LES LIEUX INFIDÈLES

Tana French

LES LIEUX INFIDÈLES

Roman traduit de l'anglais (Irlande)
par François Thibaux

ÉDITIONS FRANCE LOISIRS

Titre original : FAITHFUL PLACE
(Première publication : Hodder & Stoughton, Londres, 2010)

Ouvrage traduit avec le soutien financier de Ireland Literature
Exchange (fonds d'aide à la traduction), Dublin, Irlande
www.irelandliterature. com
info@irelandliterature.com

Édition du Club France Loisirs,
avec l'autorisation des Éditions Calmann-Lévy

Éditions France Loisirs,
123, boulevard de Grenelle, Paris.
www.franceloisirs.com

Le Code de la propriété intellectuelle n'autorisant, aux termes des paragraphes 2 et 3 de
l'article L. 122-5, d'une part, que les « copies ou reproductions strictement réservées à l'usage
privé du copiste et non destinées à une utilisation collective » et, d'autre part, sous réserve
du nom de l'auteur et de la source, que les « analyses et les courtes citations justifiées par
le caractère critique, polémique, pédagogique, scientifique ou d'information », toute
représentation ou reproduction intégrale ou partielle, faite sans le consentement de l'auteur ou
de ses ayants droit ou ayants cause, est illicite (article L. 122-4). Cette représentation ou
reproduction, par quelque procédé que ce soit, constituerait donc une contrefaçon sanctionnée
par les articles L. 335-2 et suivants du Code de la propriété intellectuelle.

© Tana French, 2010
© Calmann-Lévy, 2011, pour la traduction française.
ISBN : 978-2-298-04926-8

Prologue

Au cours d'une vie, seuls quelques instants sont décisifs. La plupart d'entre nous les oublient aussitôt, jusqu'à ce qu'ils ressurgissent sans crier gare bien des années plus tard et, avec le recul, prennent tout leur sens : celui où l'on a décidé ou non d'aborder cette fille, de ralentir dans ce virage sans visibilité, de s'arrêter pour acheter ce préservatif. Je peux dire que j'ai eu de la chance. Confronté à l'un d'eux, je l'ai reconnu pour ce qu'il était. J'ai su immédiatement que mon destin se jouait à ce moment précis, lors de cette nuit d'hiver, alors que je patientais dans l'ombre en haut de Faithful Place.

J'avais dix-neuf ans. J'étais assez mûr pour vouloir prendre le monde à bras-le-corps, assez jeune pour agir comme un imbécile. Cette nuit-là, dès que mes deux frères ont commencé à ronfler, je me suis glissé hors de notre chambre, mon sac à dos sur les épaules et mes Doc à la main. Une latte craqua. Dans la chambre des filles, l'une de mes sœurs murmura dans son sommeil. Mais les dieux étaient avec moi. Rien n'aurait pu m'arrêter. Mes parents ne se retournèrent même pas sur leur canapé-lit lorsque je traversai le salon, les touchant presque. Le feu se mourait avec un petit bruit sec, projetait dans le noir une faible lueur rouge. J'avais fourré dans mon sac tout ce que je possédais : jeans, T-shirts, un transistor d'occasion, cent livres sterling et mon extrait de naissance. À l'époque, il n'en fallait pas davantage pour gagner l'Angleterre. Rosie avait les billets du ferry.

Je l'ai attendue au bout de la rue, dans l'obscurité, à deux pas du halo brumeux et jaune du réverbère. L'air était froid comme du verre, chargé d'un délicieux parfum de houblon brûlé venu de la brasserie Guinness. Je portais trois paires de chaussettes dans mes Doc. Les mains enfoncées dans les poches de ma parka de l'armée allemande, j'ai écouté une dernière fois la rumeur de mon quartier. Une femme qui rit et s'exclame : « Mais qu'est-ce que tu fais ? » Une fenêtre que l'on claque. Le grattement des rats le long des murs de brique, une toux d'homme, le chuintement d'un vélo ; le cri solitaire et furieux de Johnny Malone le Barjo qui, au sous-sol du numéro 14, n'arrive pas à dormir. Des couples quelque part, des gémissements étouffés, des halètements. Pensant au cou de Rosie, à son parfum, je souris aux étoiles. Les cloches des églises de Dublin sonnèrent minuit : Christ Church, St. Patrick, St. Michan ; notes sonores et claires dégringolant du ciel, comme pour célébrer notre Nouvel An secret.

Au carillon de 1 heure, je craignis le pire. Tout à coup, des frottements, des bruits sourds le long des jardins, à l'arrière des maisons, me firent sursauter. Je bondis, prêt à accueillir Rosie, m'attendant à la voir enjamber le mur qui délimitait la rue. Mais elle n'apparut pas. Il s'agissait sans doute d'un pochard qui, honteux de son retard, rentrait chez lui en se faufilant par une fenêtre. Au numéro 7, le dernier né de Sallie

Hearne se mit à pleurer. Son vagissement se prolongea jusqu'à ce que sa mère se réveille et lui chante : « *I know where going... Painted rooms are bonny...* »

À 2 heures, affolé, je franchis le mur jusqu'au numéro 16, condamné bien avant ma naissance et que nous avions colonisé enfants, indifférents aux terrifiantes mises en garde, terrain vague parsemé de canettes de bière, de mégots et de virginités perdues. Sans me soucier d'être entendu, j'escaladai quatre à quatre les marches délabrées. J'étais sûr de retrouver Rosie. Je la voyais déjà, furibarde, ses mèches rousses dans les yeux, les poings aux hanches.

— T'étais où, merde ?

Planchers pourris, trous dans le plâtre, détritus, courants d'air. Et personne. Au dernier étage, dans la pièce surplombant l'entrée, je trouvai le mot, griffonné sur une page arrachée à un cahier d'écolier. Sur le plancher nu, flottant dans le pâle rectangle lumineux découpé par la fenêtre aux vitres brisées, il semblait être là depuis un siècle. Alors, aussi violemment que si j'avais reçu un coup de couteau, je sentis que tout venait de basculer, que les dieux, désormais, étaient contre moi.

Je n'ai pas emporté le message. En quittant le 16, je le connaissais par cœur et j'avais toute la vie pour essayer d'y croire. J'ai regagné la rue et me suis tapi dans l'ombre, regardant les nuages de vapeur que mon souffle projetait sous le réverbère. Les cloches sonnèrent 3, 4 puis 5 heures... La nuit s'éclaircit peu à peu : morne ciel, d'un gris triste. Le camion d'un laitier bringuebala sur les pavés ronds en direction de la laiterie. Et je guettais toujours Rosie Daly, en haut de Faithful Place.

1

Mon père m'a dit un jour que rien n'était plus important, pour un homme, que de savoir pour quelle cause il accepterait de mourir.

— Si tu le sais pas, ajouta-t-il, t'es bon à quoi ? À rien. T'es même pas un homme.

J'avais treize ans. Lui venait de s'enfiler les trois quarts d'une bouteille de Jameson, mais il parlait d'or. Si ma mémoire est bonne, il aurait accepté de donner sa vie : *a*) pour l'Irlande, *b*) pour sa mère, morte dix ans plus tôt, *c*) pour buter cette salope de Maggie Thatcher.

Sa profession de foi m'a toujours accompagné. Moi aussi, j'aurais pu énumérer sans hésiter, à n'importe quelle période de ma vie, les raisons qui m'auraient poussé à me sacrifier. Au début, c'était limpide : ma famille, ma nana, mon foyer. Plus tard, pendant un certain temps, les choses sont devenues plus complexes. Pour l'heure, elles se sont stabilisées, ce qui me convient très bien. Aujourd'hui, je serais prêt à mourir pour ce qui fait la fierté de n'importe qui, soit, sans ordre de préférence : ma ville, mon boulot, ma gosse.

Ma gosse est bien élevée, ma ville est Dublin. Quant à mon boulot, il est assez particulier. Je travaille à la brigade des opérations secrètes. On pourrait donc croire que c'est dans le cadre de mes activités professionnelles que j'ai les plus grandes chances de me faire trouer la peau. Toutefois, il y a belle lurette que je ne me mesure à rien de plus effrayant que des montagnes de paperasse. L'Irlande étant petite, la carrière d'un agent infiltré est courte : deux opérations, peut-être quatre, et le risque d'être repéré devient trop grand. J'ai épuisé depuis longtemps mes neuf existences. Dès lors, j'agis dans les coulisses, d'où je monte mes propres opérations.

Que ce soit sur le terrain ou en arrière-plan, ce métier présente un danger majeur : à force de créer un univers illusoire, on s'imagine qu'on tient la barre. On en arrive à se prendre pour l'hypnotiseur, le magicien qui sait démêler le vrai du faux et connaît toutes les ficelles. En fait, on n'est qu'une cible, un pion. Même si on est le meilleur, on se heurte à un monde beaucoup plus retors, beaucoup plus rapide et bien plus cruel que soi. On ne peut que faire de son mieux, connaître ses points faibles et s'attendre à tout moment à en prendre plein la poire.

Un vendredi après-midi, au début du mois de décembre, le destin se chargea pour la seconde fois de m'asséner un de ces coups dont il a le secret. J'avais planché toute la journée sur une opération en cours. L'un de mes hommes, englué dans une situation inextricable, avait besoin de toute urgence d'une vieille dame qu'il pourrait faire passer pour sa grand-mère aux yeux de dealers de seconde zone. L'affaire réglée, je me dirigeai vers le domicile de mon ex-épouse. J'allais chercher ma fille, dont j'avais la garde pour le week-end.

Olivia et Holly habitent dans une impasse huppée

de Dalkey, village ultra-chic de la périphérie sud, une maison mitoyenne d'un goût à tomber raide. Le père d'Olivia nous l'a offerte en cadeau de mariage. Lorsque nous y avons emménagé, elle n'avait pas de numéro, mais un nom. Même si je me suis empressé de rectifier ce détail, j'aurais déjà pu parier que notre union ne marcherait jamais. Si mes parents avaient appris que j'allais me marier, ma mère se serait endettée jusqu'au cou pour nous offrir un ravissant mobilier de salon à fleurs et aurait été outrée si nous avions enlevé le plastique des coussins.

Olivia barrait fermement la porte, pour décourager chez moi toute velléité d'entrer.

— Holly est presque prête, m'informa-t-elle.

Olivia, je l'affirme la main sur le cœur avec un mélange de fatuité et de regret, est un canon : grande, le visage allongé et fin, de superbes cheveux blond cendré, des courbes discrètes qu'on ne remarque pas au premier abord mais qu'on ne cesse, ensuite, de contempler. Une robe noire de prix, des collants plus délicats que de la soie et le collier de diamants de sa grand-mère, qu'elle exhibe uniquement lors des grandes occasions, soulignaient sa beauté. Le pape lui-même en aurait soulevé sa calotte pour s'éponger le front. Moins digne que lui, je poussai un long sifflement.

— Tu as rendez-vous ?

— Nous dînons dehors.

— Épiderme est encore de la partie ?

Olivia est trop futée pour réagir à ce genre de provocation.

— Il s'appelle Dermot. Et, oui, il m'accompagne.

— Quatre week-ends de suite... Je me trompe ? Dis-moi : c'est le grand soir ?

Elle lança dans les escaliers :

— Holly ! Ton père est là !

Profitant de ce qu'elle avait le dos tourné, je la frôlai pour me glisser dans le vestibule. Je reconnus son parfum : Chanel N° 5 ; elle n'en portait pas d'autre depuis notre rencontre. En haut des marches, une voix clama :

— Papa ! Je descends, je descends, je descends. Il faut juste que...

Suivit un flot d'explications sans queue ni tête, que ma fille égrena sans se soucier d'être entendue, ni comprise. Je criai en me dirigeant vers la cuisine :

— Prends ton temps, mon ange !

Olivia me suivit.

— Dermot sera là d'une minute à l'autre, asséna-t-elle.

Impossible de savoir s'il s'agissait d'une menace ou d'une prière. J'ouvris le frigo.

— Ce gus ne me revient pas. Il n'a pas de menton. Je ne fais jamais confiance à un type sans menton.

— Heureusement, ton goût en matière d'hommes n'entre pas en ligne de compte.

— J'aurai mon mot à dire si les choses deviennent assez sérieuses pour qu'il côtoie Holly en permanence. Quel est son nom de famille, déjà ?

Un jour, juste avant notre rupture, Olivia avait claqué la porte du frigo sur ma tête. J'aurais juré qu'elle songeait, en cet instant, à recommencer. Je demeurai penché pour la tenter, mais elle garda son sang-froid.

— Pourquoi tiens-tu à le savoir ?

— J'en aurai besoin pour le fourguer dans l'ordinateur.

J'extirpai une brique de jus d'orange, la secouai.

— C'est quoi, cette daube ? Tu achètes du bas de gamme, maintenant ?

Sa bouche, à l'éclat subtilement rehaussé par un brillant à lèvres, se pinça.

— Tu ne fourgueras Dermot dans aucun ordinateur, Frank.

— Je n'ai pas le choix, répondis-je gaiement. Je dois m'assurer qu'il n'aime pas la chair fraîche, pas vrai ?

— Nom de Dieu, Frank, il n'est pas...

— Peut-être pas. Probablement pas. Mais comment en être sûr, Liv ? Tu préfères en avoir le cœur net ou te lamenter après ?

Je décapsulai le jus d'orange, en bus une gorgée.

— Holly ! aboya Olivia. Dépêche-toi !

— Je trouve pas mon cheval !

Piétinements à l'étage. Je poursuivis :

— Ils ciblent des mères seules avec de jolis marmots. Tu n'imagines pas le nombre d'entre eux qui n'ont pas de menton. Tu ne l'as jamais remarqué ?

— Non, Frank. Et je ne te laisserai pas te servir de ton boulot pour faire de l'intimidation.

— La prochaine fois qu'un pédophile passe à la télé, regarde bien. Fourgonnette blanche et pas de menton. Parole de scout. Épiderme a quoi, comme caisse ?

— Holly !

J'avalai une autre lampée, m'essuyai avec ma manche et remis la brique au frais.

— C'est de la pisse de chat. Si j'augmente ma pension, tu achèteras quelque chose de buvable ?

— Si tu la triplais, au cas où tu en serais capable, lâcha-t-elle d'une voix à la fois enjôleuse et glaciale en consultant sa montre, ça nous paierait un pack par semaine.

Si on la titille un peu trop, Olivia mord. Holly nous évita un pugilat en hurlant à pleins poumons, depuis sa chambre :

— Papapapapa !

J'eus à peine le temps de me précipiter au bas des marches pour la recevoir dans mes bras, plus légère qu'une fée, feu d'artifice de mèches blondes et de vêtements roses, nouant ses jambes autour de ma taille, me martelant le dos avec son cartable et un poney en peluche nommé Clara qui avait connu des jours meilleurs.

— Salut, singe araignée, murmurai-je en baisant le haut de sa tête. Comment s'est passée ta semaine ?

— J'ai été débordée et je ne suis pas un singe arai-gnée, protesta-t-elle d'un air sévère en pressant son nez contre le mien. C'est quoi, un singe araignée ?

Holly a neuf ans. Elle a hérité de sa famille mater-nelle l'élégance physique et une sensibilité à fleur de peau. Nous, les Mackey, nous avons le cheveu épais ; nous sommes taciturnes, durs à cuire, faits pour trimer sous le ciel changeant de Dublin. Holly, elle, a tout de sa mère. Sauf les yeux. Lorsque je l'ai prise pour la première fois dans mes bras, quand elle m'a regardé, ce sont mes yeux qu'elle m'a renvoyés, de

16

grands iris dont le bleu étincelant m'a pétrifié et me fait toujours trembler. Olivia a beau avoir rejeté mon patronyme comme on déchire une vieille adresse, avoir rempli son frigo d'un jus d'orange qui me débecte et invité Dermot le pédophile à prendre ma place dans son lit, elle ne pourra jamais rien contre ces yeux.

Je répondis à Holly :

— C'est un singe magique de conte de fées qui vit dans une forêt enchantée.

Elle eut une mimique ambiguë qui pouvait signifier aussi bien « j'adore » que « cause toujours ».

— Qu'est-ce qui t'a tellement occupée ? ajoutai-je.

Elle se laissa glisser à mes pieds.

— Chloe, Sarah et moi, on va monter un orchestre. Je t'ai fait un dessin à l'école, parce qu'on a inventé une danse et est-ce que je pourrais avoir des souliers blancs ? Et Sarah a écrit une chanson et...

Un instant, nous nous sommes presque souri par-dessus sa tête, sa mère et moi, avant qu'Olivia se ressaisisse et consulte de nouveau sa montre.

Dans l'allée, tenant Holly par la main, j'ai croisé mon ami Épiderme, toujours aussi cul serré. Propre sur lui, citoyen modèle. Je le sais de source sûre pour avoir relevé son numéro de plaque la première fois qu'il a invité Olivia à dîner : il n'a même jamais garé son Audi en double file.

— Bonsoir, me dit-il avec un brusque hochement de tête qui me fit penser qu'il avait peut-être peur de moi. Holly...

— Comment l'appelles-tu ? demandai-je à ma fille en l'attachant sur son siège d'enfant alors qu'Olivia, aussi parfaite que Grace Kelly, embrassait la joue d'Épiderme sur le palier.

Elle démêla soigneusement la crinière de Clara.

— Maman m'a dit de l'appeler « oncle Dermot ».

— C'est ce que tu fais ?

— Non. À voix haute, je ne lui donne aucun nom. Dans ma tête, je l'appelle « Face de poulpe ».

Elle fixa le rétroviseur pour voir si j'allais lui passer un savon, s'apprêtant déjà à prendre une mine vexée. J'éclatai de rire.

— Superbe ! Bravo, ma chérie.

Je démarrai en trombe, pour faire tressaillir mon ex-femme et Face de poulpe.

Depuis qu'Olivia a eu assez de bon sens pour me mettre à la porte, j'habite sur les quais un immeuble massif construit dans les années 90, visiblement par David Lynch en personne. Les moquettes sont si épaisses que je n'ai jamais entendu un bruit de pas. Pourtant, même à 4 heures du matin, je perçois le murmure des cinq cents esprits qui m'entourent : des gens qui rêvent, espèrent, pensent, font des projets. J'ai grandi avec ma famille dans un logement exigu et vétuste. On pourrait donc me croire habitué à vivre dans un clapier. Mais ici, c'est différent. Je ne connais pas mes voisins, je ne les vois jamais. J'ignore quand ils rentrent ou sortent. D'ailleurs, à mon avis, ils ne vont nulle part. Ils restent barricadés chez eux, à gamberger. Même dans mon sommeil, toujours aux aguets, je capte ce chuchotement incessant.

Le décor de mon appartement, style « divorcé chic » de *Twin Peaks*, se limite au strict nécessaire. On jurerait, au bout de quatre ans, que le camion de déménagement n'est pas encore arrivé. Une seule exception : la chambre de Holly, remplie de tous les animaux en peluche, dessins et babioles imaginables. Le jour où nous sommes allés ensemble choisir ses meubles, je venais enfin d'obtenir de haute lutte qu'Olivia me la confie un week-end par mois et j'avais envie de lui acheter tout ce qui encombrait les trois étages du centre commercial. Une part de moi avait vraiment cru que je ne la reverrais jamais.

— On fait quoi, demain ? s'enquit-elle alors que nous remontions le couloir insonorisé.

Elle traînait Carla par une patte sur la moquette. La fois précédente, elle aurait hurlé à l'assassin à la seule idée de son poney touchant le sol. Clignez des paupières et vous ratez quelque chose.

— Tu te souviens du cerf-volant que je t'ai offert ? Si tu termines tes devoirs ce soir et s'il ne pleut pas, on ira demain à Phoenix Park pour le faire voler.

— Sarah pourra venir ?

— Nous appellerons sa mère après le dîner.

Les parents des amies de Holly m'adorent. Rien n'est plus rassurant qu'un flic qui accompagne votre gosse au parc.

— Le dîner ! On pourra avoir une pizza ?

— Bien sûr. Pourquoi pas ?

Olivia mène une vie saine, respectueuse de tous les critères diététiques à la mode. Si je ne sabote pas un peu ce régime, ma fille finira par se retrouver en bien meilleure santé que ses petites camarades et se sentira larguée.

Je déverrouillai la porte. Holly et moi ne dégusterions pas de pizza ce soir.

La messagerie de mon téléphone clignotait avec

frénésie. Cinq appels en absence. Mon bureau me joint sur mon mobile, mes agents et mes informateurs m'appellent sur un autre appareil, mes potes savent que je serai au pub quand ils m'y verront et Olivia, lorsqu'elle y est obligée, ne communique avec moi que par SMS. Restait ma famille, c'est-à-dire ma sœur cadette Jackie, puisqu'elle était la seule que j'avais de temps à autre au bout du fil depuis vingt ans. Cinq appels : cela signifiait sans doute qu'un de nos parents était mourant.

— Tiens, dis-je à Holly en lui tendant mon ordinateur portable. Emmène ça dans ta chambre et va tchater avec tes copines. Je suis à toi dans deux minutes.

Sachant qu'elle n'aurait l'autorisation de converser sur la Toile que le jour de son vingt et unième anniversaire, elle me considéra d'un œil sceptique.

— Si tu veux en griller une, papa, énonça-t-elle avec le plus grand sérieux, tu peux très bien aller sur le balcon. Je sais que tu fumes.

D'une tape dans le dos, je la poussai vers sa chambre.

— Vraiment ? Qu'est-ce qui te fait penser ça ?

À un autre moment, je l'aurais vraiment cuisinée. Je n'ai jamais fumé devant elle et Olivia n'aurait jamais vendu la mèche. Tous les deux, nous l'avons façonnée : qu'une parcelle de son esprit puisse nous échapper me met hors de moi.

— Je le sais, c'est tout, répliqua-t-elle dédaigneusement en jetant Clara et son sac sur son lit. Et tu ne devrais pas. Sœur Mary Therese dit que ça noircit tout l'intérieur.

20

— Elle a tout à fait raison. Quelle femme admirable !

Je branchai le portable, le connectai.

— Voilà. J'ai un coup de téléphone à donner. N'achète pas de diamants sur eBay.

— Tu vas appeler ta fiancée ?

Elle paraissait minuscule et bien trop raisonnable dans son manteau matelassé blanc qui masquait la moitié de ses jambes maigres, tentant de réprimer l'anxiété qu'exprimaient ses yeux écarquillés.

— Non, mon cœur. Je n'ai pas de fiancée.

— Promis ?

— Juré. Je n'ai aucune intention d'en avoir pour le moment. Dans quelques années, peut-être, tu pourras m'en trouver une. Qu'est-ce que tu en dis ?

— Je veux que maman soit ta fiancée.

— Je sais.

Je posai la main sur sa tête. Ses cheveux étaient doux comme des pétales. Puis je fermai la porte derrière moi et retournai au salon pour apprendre qui venait de mourir.

Ainsi que je m'y attendais, Jackie dégoisait sur le répondeur, à toute allure. Mauvais signe : elle ralentit toujours son débit pour annoncer les bonnes nouvelles et déverse les mauvaises avec la rapidité d'un train express. Cette fois, c'était le genre formule 1.

— Nom de Dieu, Francis, jamais tu décroches ton téléphone de merde, faut que je te parle, j'appelle pas pour jacter, c'est pas mon genre, tu le sais, non ? Bon, avant que tu tombes à la renverse, il s'agit pas de maman, grâce au Ciel elle est en pleine forme, un peu secouée mais on l'est tous, au début elle a eu des palpitations mais elle s'est assise, Carmel lui a versé un verre de cognac et maintenant elle pète le feu, pas vrai, Ma ? Heureusement que Carmel était là, elle passe la voir presque tous les vendredis après ses courses, elle nous a téléphoné, à Kevin et à moi, pour nous demander de venir. Shay nous a dit de pas t'appeler, il a grommelé « à quoi bon », mais je lui ai répondu d'aller se faire foutre, que c'était quand même la moindre des choses, alors si tu es chez toi, décroche ce téléphone, Francis ! Bordel, je...

Un *bip* interrompit le message.

Carmel, Kevin et Shay... Seigneur ! Toute la famille semblait avoir déboulé chez mes parents. Mon père... Ce devait être lui.

— Papa ! cria Holly depuis sa chambre, tu fumes combien de cigarettes par jour ?

La dame de la messagerie me demanda de presser des touches. Je suivis ses instructions.

— Qui prétend que je fume ?

— Il faut que je sache ! Vingt ?

Nouveau message...

— Peut-être.

Encore Jackie.

— Putains de machines, j'avais pas fini ! D'accord, j'aurais dû le dire tout de suite, c'est pas papa non plus, il est toujours le même, personne n'est mort, blessé ou quoi que ce soit, on est tous frais comme des roses. Kevin est un peu déboussolé, mais je crois que c'est parce qu'il se demande comment tu vas le prendre, il t'aime beaucoup, tu sais, vraiment, il t'a à la bonne. C'est peut-être pas grave, Francis, je voudrais pas que tu te prennes la tête, ça pourrait être un plaisantin, c'est ce qu'on a d'abord pensé, une blague à la con, excuse mon langage...

— Papa ! Qu'est-ce que tu fais, comme sport ? Quoi encore ?

— Je suis danseur de ballet clandestin.

— Non, sérieusement ! Tu fais de l'exercice ?

— Pas assez.

— ...et on sait pas quoi en foutre, alors si tu peux me rappeler dès que tu auras ce message... Je t'en prie, Francis. J'aurai mon mobile allumé à côté de moi.

Clac, bip, voix suave de la fille de la messagerie. En y repensant, j'aurais pu deviner ce qui se passait, du moins en avoir une idée d'ensemble.

— Papa ? Tu manges combien de fruits et légumes ?

— Des tonnes.

— C'est pas vrai !

— Disons, quelques-uns.

Les trois messages suivants, qui se succédaient à une demi-heure d'intervalle, étaient à peu près identiques. Dans le dernier, Jackie avait atteint le point de non-retour : seuls des chiots sensibles aux ultrasons auraient pu l'entendre.

— Papa ?

— Une seconde, chérie.

J'emportai mon mobile sur le balcon, au-dessus du grondement assourdissant des embouteillages et des eaux sombres de la Liffey où se reflétait la couleur orangée du ciel. De là, j'appelai Jackie. Elle répondit à la première sonnerie.

— Francis ? Jésus, Marie, Joseph, je devenais chèvre ! T'étais où ?

Elle ne parlait plus qu'à cent à l'heure.

— Holly, je suis au téléphone ! Qu'est-ce qui se passe, Jackie ?

Bruits de fond. Même après tout ce temps, je reconnus le timbre agressif de Shay. La voix de ma mère me vrilla les tympans.

— Bon Dieu, Francis. Tu pourrais t'asseoir une minute ? Ou te servir un verre ?

— Jackie, si tu ne me dis pas ce qui se passe, je te jure que je débarque chez toi et que je t'étrangle.

— T'énerve pas...

Une porte qui se ferme.

— Bien, reprit Jackie, tout à coup très posée. Tu te souviens de ce que je t'ai raconté à propos d'un type qui a acheté les trois maisons en haut de Faithful Place ? Pour les transformer en appartements ?

— Oui.

— Finalement, vu la crise immobilière, il a renoncé à les aménager. Il les garde en l'état et attend de voir. Il a embauché des maçons pour enlever les cheminées, les moulures et tout le bazar. Il veut les vendre. Des gogos sont prêts à dépenser leur pognon pour ces saloperies. Tu te rends compte ? Des malades. Donc, ils ont commencé aujourd'hui, par la baraque qui fait l'angle. Tu te rappelles ? La maison abandonnée...

— Le 16.

— Tout juste. Ils ont arraché les cheminées et, derrière le manteau de l'une d'elles, ils ont trouvé une valise.

Pause théâtrale. Drogue ? Armes ? Billets de banque ? Jimmy Hoffa ?

— Crache ta Valda, Jackie.

24

— C'est celle de Rosie Daly, Francis. C'est sa valise.

Soudain, le vide. Le vacarme de la circulation s'estompa comme par enchantement. J'eus l'impression que mon cœur allait s'arrêter.

— Non, haletai-je, c'est impossible. Je ne sais pas d'où tu tiens ça, mais c'est un tissu de conneries.

— Allons, Francis...

Sa voix suait la compassion. Si elle avait été là, je lui aurais défoncé le portrait.

— Des clous. Toi et Ma vous avez piqué une crise d'hystérie à propos d'un bobard de première et vous voulez maintenant que j'entre dans le jeu...

— Écoute, je sais que tu es...

— Ou alors, c'est une combine pour me faire venir. C'est ça, Jackie ? Tu mets au point une grande réconciliation familiale ? Tu te goures. On n'est pas dans une émission de télé-réalité et ça risque de mal finir.

— La ferme ! Ressaisis-toi ! Tu me prends pour qui ? Il y a une veste violette en laine et cachemire, dans cette valise. Carmel l'a reconnue.

Je l'avais vue sur Rosie des centaines de fois, j'avais senti ses boutons sous mes doigts.

— Et alors ? Des tas de filles portaient la même, à l'époque. Quant à Carmel, elle reconnaîtrait Elvis Presley marchant dans Grafton Street uniquement pour se faire mousser. Je croyais que tu avais un peu de plomb dans la cervelle. Apparemment...

— Il y aussi un extrait de naissance. Rose Bernadette Daly.

J'allumai une cigarette, m'accoudai à la rambarde

25

et tirai la plus longue bouffée de ma vie. Jackie s'adoucit.

— Désolée de t'avoir engueulé. Francis ? Ça va ?

— Oui. Les Daly sont au courant ?

— Ils sont pas là. Nora s'est installée à Blanchardstown il y a plusieurs années. M. et Mme Daly lui rendent visite le vendredi soir, pour voir le môme. Maman pense avoir le numéro quelque part, mais…

— Tu as prévenu la Garda ?

— Non. Seulement toi.

— Qui d'autre est au courant ?

— Les maçons. Deux jeunes Polaques. À la fin de leur journée, ils se sont pointés au 15 pour demander à qui ils pourraient rendre la valise. Mais, au 15, y a plus que des étudiants. Ils les ont envoyés chez Pa et Ma.

— Et Ma ne l'a pas raconté à toute la rue ? Tu es sûre ?

— Faithful Place a bien changé. La moitié des voisins, aujourd'hui, sont des étudiants ou des yuppies. Personne les connaît. Les Cullen sont toujours là, les Nolan aussi, et quelques Hearne, mais maman a rien voulu leur dire avant d'avoir prévenu les Daly. Ce serait pas convenable.

— Bien. Où se trouve la valise ?

— Chez nous, dans le salon. Tu crois que les maçons auraient pas dû la déplacer ? Fallait bien qu'ils continuent leur travail…

— C'est parfait. N'y touche surtout pas, sauf si tu ne peux pas faire autrement. J'arrive le plus vite possible.

Second silence. Puis :

— Francis, Dieu sait que j'ai pas envie de penser au pire, mais est-ce que ça voudrait dire que Rosie…

— Nous ne savons encore rien. Reste où tu es, ne parle à personne et attends-moi.

Je raccrochai, jetai un coup d'œil rapide à l'appartement derrière moi. La chambre de Holly était toujours fermée. Je tirai avidement sur ma cigarette pour la terminer, balançai le mégot par-dessus le balcon, en allumai une autre et appelai Olivia. Elle laissa tomber sans préambule :

— Non, Frank. Pas cette fois. Pas question.

— Je n'ai pas le choix, Liv.

— Tu m'as suppliée de te la laisser tous les week-ends. Suppliée ! Si tu ne voulais pas…

— C'est un cas d'urgence.

— Comme toujours. La brigade peut survivre deux jours sans toi, Frank. Même si tu le souhaiterais, tu n'es pas indispensable.

Tintements de couverts en arrière-fond, rires en cascade. Son ton presque enjoué ne trompait pas : elle était furieuse.

— Cette fois, dis-je, il ne s'agit pas de travail. Cela concerne ma famille.

— Bien sûr. Cela aurait-il un rapport avec mon quatrième rendez-vous avec Dermot ?

— Liv, je saboterais avec joie ton tête-à-tête, mais pas en me privant de Holly. Tu me connais.

Temps d'arrêt bref, suspicieux.

— Quel genre d'urgence familiale ?

— Je l'ignore encore. Jackie m'a téléphoné de chez mes parents, complètement hystérique. Je ne peux pas entrer dans les détails. Il faut que j'y aille tout de suite.

Nouvelle hésitation. Enfin, avec un soupir accablé, elle capitula.

— Entendu. Nous sommes à *La Coterie*. Dépose-la.

Le chef de *La Coterie* plastronne à la télé, triple ses additions le week-end et mériterait une bonne bombe incendiaire.

— Merci, Olivia. De tout cœur. Je repasserai la prendre plus tard dans la soirée si je peux, ou demain matin. Je te téléphonerai.

— J'y compte. Si tu peux, bien sûr.

Elle raccrocha. Je jetai ma deuxième cigarette et rentrai. Holly était assise en tailleur sur son lit, le portable sur les genoux, la mine inquiète.

— Chérie, lui dis-je, on a un problème.

Elle me montra l'ordinateur.

— Papa, regarde.

D'énormes lettres rouges entourées d'affreux graphiques lumineux barraient l'écran : *Tu mourras à 52 ans.* Holly avait réellement l'air catastrophé. Je pris place derrière elle, les attirai, elle et le portable, contre moi.

— C'est quoi, ce truc ?

— Un test que Sarah a trouvé. Je l'ai fait pour toi et il dit ça. Papa, tu as quarante et un ans !

Oh, mon Dieu, non…

— Mon cœur, sur Internet, n'importe qui peut affirmer n'importe quoi. Ça n'en fait pas une vérité.

— Mais c'est le résultat ! Le test a tout pris en compte !

Olivia allait me bénir si je lui ramenais notre fille en larmes.

— Laisse-moi te montrer quelque chose.

Je supprimai ma sentence de mort, ouvris un fichier Word et tapai : *Vous êtes un extraterrestre. Vous lisez ceci depuis la planète Bongo.*

— Bien. Est-ce la vérité ?

Holly réussit à émettre un petit rire.

— Bien sûr que non.

Je changeai de couleur et de style de police. Les lettres devinrent rouge vif, gothiques en diable.

— Et maintenant ?

Elle secoua la tête.

— Et si l'ordinateur t'avait posé un tas de questions avant de te donner cette réponse ? Ce serait vrai ?

Elle esquissa un sourire. Un instant, je crus avoir gagné la partie. Mais ses épaules étroites se raidirent.

— Tu as parlé d'un problème.

— Oui. Nous allons devoir modifier nos projets.

— Je rentre chez maman, dit-elle à l'ordinateur. C'est ça ?

— Exact, mon ange. Je suis vraiment navré. Je reviendrai te chercher dès que possible.

— Encore ton travail ?

Ce « encore » me fit plus mal que tous les sarcasmes d'Olivia.

— Non, répondis-je en me penchant de côté pour voir son visage. Cela n'a rien à voir avec mon travail. Tu te souviens de ta tante Jackie ? Elle a un gros ennui et a besoin de moi pour l'aider à le régler.

— Je peux venir avec toi ?

Jackie et Olivia ont toutes les deux suggéré, à l'occasion, que Holly devrait connaître sa famille paternelle. Indépendamment des valises macabres, plutôt mourir que de la laisser poser le pied dans l'asile d'aliénés des Mackey.

— Pas cette fois. Dès que j'aurai tout arrangé, nous emmènerons tata Jackie manger une glace quelque part. Et on prendra du bon temps. D'accord ?

— D'accord, concéda-t-elle avec le même petit soupir accablé que sa mère. Ce sera chouette.

Elle se libéra de mon étreinte et commença à remettre ses affaires dans son cartable.

Dans la voiture, Holly entama à voix basse une conversation animée avec Clara. À chaque feu rouge, je la regardais dans le rétroviseur, me jurant, pour ne pas lui causer trop de chagrin, d'en finir au plus vite : dégoter le numéro de téléphone des Daly, déposer cette foutue valise sur leur palier et ramener ma fille chez moi à temps pour la mettre au lit. Je me doutais que cela ne se passerait pas de cette façon. Cette rue et cette valise attendaient mon retour depuis longtemps. Elles ne me lâcheraient pas au bout d'une soirée.

Le mot était sans pathos, presque laconique. Elle avait toujours été douée pour ça, Rosie.

Je sais que ça va être un choc et j'en suis désolée. Jamais je n'ai eu l'intention d'être malhonnête. Simplement, j'y ai beaucoup réfléchi. C'est le seul moyen pour moi d'avoir une chance de mener l'existence que je veux. J'aimerais pouvoir le faire sans blesser/désespérer/décevoir. Ce serait bien que la perspective de ma nouvelle vie en Angleterre adoucisse un peu le chagrin de mon départ. Mais si c'est impossible, je comprendrai. Je jure de revenir un jour. En attendant, mille et mille baisers, Rosie.

Entre le moment où elle avait déposé ce message sur le plancher du 16, dans la pièce où nous avions échangé notre premier baiser, et celui où elle avait hissé sa valise par-dessus un mur avant de se volatiliser, il était arrivé quelque chose.

2

Vous ne trouverez jamais Faithful Place si vous ne savez pas où chercher. Le quartier des Liberties s'est développé de lui-même au cours des siècles, sans l'intervention du moindre urbaniste. Mon ancienne rue est un étroit cul-de-sac perdu au beau milieu des Liberties, comme un chemin annexe qui, dans un labyrinthe, ne mènerait nulle part. Elle se trouve à dix minutes de marche de Trinity College et des boutiques branchées de Grafton Street. Toutefois, de mon temps, nous n'allions pas à Trinity et les gens de Trinity ne se risquaient pas chez nous. Non que notre impasse, peuplée d'ouvriers, de maçons, de boulangers, de chômeurs professionnels et du petit vernis qui, employé à la brasserie Guinness, se faisait soigner à l'œil et suivait des cours du soir, ait été mal famée. Simplement, elle restait à l'écart. Les Liberties tirent leur nom, vieux de plusieurs centaines d'années, de leur indépendance et des règles qu'elles se sont forgées. Dans ma rue, ces règles étaient simples : fauché ou non, quand tu vas au pub, tu payes ta tournée ; si ton pote est pris dans une bagarre, tu le tires de là à la première goutte de sang pour que personne ne perde la face ; tu ne touches pas au trafic de la came ; que tu sois anarchiste ou punk, tu vas à la messe le dimanche ; et quoi qu'il arrive, tu ne mouchardes personne.

Je me garai dans une ruelle adjacente et poursuivis mon chemin à pied. Je ne tenais pas à ce que ma famille connaisse la marque de ma voiture ni apprenne qu'elle avait un rehausseur à l'arrière. Chaude, brutale, l'atmosphère nocturne des Liberties n'avait pas changé. Des paquets de chips et des tickets de bus tourbillonnaient dans les courants d'air, les pubs déversaient une rumeur bagarreuse. Les junkies tapis dans les coins exhibaient sur leur survêtement les derniers *blings* à la mode. Deux d'entre eux me suivirent des yeux avant de m'emboîter le pas. Mon sourire de squale les fit changer d'avis.

Faithful Place se compose de deux rangées de huit vieilles maisons de brique rouge agrémentées de marches menant à la porte d'entrée. Dans les années 80, chacune était divisée en trois ou quatre logements, parfois plus, occupés par des gens aussi divers que Johnny Malone, l'ancien combattant de la Grande Guerre qui montrait à qui voulait son tatouage de la bataille d'Ypres, ou Sallie Hearne, qui n'était pas à proprement parler une pute mais devait d'une façon ou d'une autre nourrir sa marmaille. Les chômeurs étaient relégués au sous-sol et souffraient d'une carence en vitamine D. Ceux qui avaient un emploi monopolisaient le rez-de-chaussée. Les familles installées depuis plusieurs générations jouissaient, en vertu du privilège de l'ancienneté, de l'étage supérieur où personne ne leur marchait sur la tête.

Les lieux auraient dû me sembler plus petits que dans mon souvenir. Pourtant, tout me parut identique, hormis deux maisons dont on avait repeint les façades, l'une en rose, l'autre dans un bleu pastel faussement ancien, et dont on avait doté les fenêtres de doubles vitrages. Le 16 était égal à lui-même. Le toit s'écroulait, un tas de briques et une brouette rouillée pourrissaient devant le perron. Quelqu'un, au cours des vingt dernières années, avait mis le feu à la porte. Au rez-de-chaussée du 8, une fenêtre était éclairée, dorée, familière, plus menaçante que l'enfer.

Carmel, Shay et moi avons vu le jour juste après le mariage de nos géniteurs : un moutard par an, rythme normal dans un pays où le préservatif se vendait en contrebande. Kevin arriva cinq ans après, une fois que mes parents eurent repris leur souffle. Ils conçurent Jackie cinq étés plus tard, sans doute au cours d'une des brèves périodes où ils ne se haïssaient pas. Nous vivions tous au rez-de-chaussée du 8 : la chambre des filles, celle des garçons, la cuisine, le salon. Les toilettes étaient au fond du jardin. On se lavait au milieu de la cuisine, dans une bassine. À présent, Ma et Pa ont le logement pour eux seuls.

Je vois Jackie environ une fois par mois. Elle se croit obligée de me détailler la vie de chacun, alors que je me contenterais volontiers des avis de décès. Il nous a donc fallu un certain temps pour trouver un compromis. En marchant vers Faithful Place, je savais l'essentiel : Carmel avait quatre gosses et le cul plus imposant que le bus 77A, Shay logeait au-dessus de nos parents et travaillait toujours chez le réparateur de vélos pour lequel il avait quitté l'école, Kevin vendait des télés à écran plat et chan-geait de nana tous les mois, Pa avait mal au dos et

Ma était toujours Ma. Pour compléter le tableau, Jackie était coiffeuse et vivait avec un certain Gavin, qu'elle épouserait peut-être un jour. Si elle avait suivi mes instructions, ce dont je doutais, les autres ignoraient tout de moi.

La porte d'entrée n'était pas verrouillée, pas plus que celle de l'appartement. Aujourd'hui, à Dublin, personne ne laisse sa porte ouverte. Avec tact, Jackie avait décidé que je ferais mon entrée sans être annoncé. Des voix me parvenaient du salon : courtes phrases, longs silences.

— Salut, tout le monde, dis-je sur le seuil.

Des mugs qui s'abaissent, des têtes qui se tournent. Le regard noir, acerbe, de ma mère et cinq paires d'yeux bleus en tout point semblables aux miens braqués sur moi.

— Planquez l'héroïne ! s'exclama Shay qui, appuyé contre la fenêtre, les mains dans les poches, m'avait vu remonter la rue. Voilà la flicaille.

Le propriétaire avait fini par orner le salon d'un tapis à fleurs vert et rose. La pièce sentait toujours le pain grillé, le moisi et l'encaustique. Je repérai également un relent douteux, à peine perceptible, qui m'était inconnu. Un plateau couvert de napperons et de biscuits d'apéritif trônait sur la table basse. Mon père et Kevin accaparaient les fauteuils. Ma mère était assise sur le canapé, encadrée par Carmel et Jackie, tel un chef de guerre exhibant des captives de prix.

Ma incarne la mère dublinoise à la perfection : courtaude, cheveux bouclés, gabarit de tonneau, air perpétuellement désapprobateur. L'accueil du fils prodigue fut digne d'elle.

— Francis, couina-t-elle en se renversant dans le sofa, croisant les bras là où s'était jadis trouvée sa taille et me jaugeant de la tête aux pieds, ça t'arrive de mettre une chemise correcte ?

— Comment va, Ma ?

— Maman, pas Ma. Regarde-toi. Les voisins vont croire que j'ai élevé un SDF.

J'avais, depuis le temps, troqué ma parka contre une veste de cuir marron. Pour le reste, j'étais aussi élégant que le jour où j'avais quitté la maison. Si j'avais porté un costume, elle m'aurait accusé de jouer les rupins. Avec Ma, on ne gagne jamais. Je répondis :

— Jackie m'a dit que c'était urgent. Salut, Pa.

Il semblait en moins mauvais état que je ne le redoutais. De toute la fratrie, j'étais celui qui tenait le plus de lui : même cheveux bruns, traits rugueux identiques. Heureusement, cette ressemblance s'était estompée avec le temps. Il commençait à prendre l'aspect d'un vieillard : crinière blanche, pantalons retroussés au-dessus des chevilles. Pourtant, il avait encore assez de muscles pour qu'on y pense à deux fois avant de l'asticoter. Il paraissait sobre, même si, avec lui, on ne peut jamais savoir, sauf quand il est trop tard.

— C'est gentil à toi de nous faire l'honneur de ta présence.

Sa voix était plus profonde, plus enrouée. Trop de Camel.

— T'as toujours le cou comme une bite de jockey.

— C'est ce qu'on ne cesse de me dire. Salut, Carmel. Kev... Shay...

37

Shay ne prit pas la peine de répondre. Kevin me dévisageait comme si j'étais un fantôme. Blond, solide, beau gosse, il me dépassait d'une tête.

— Putain, Francis !

— Pas de jurons chez moi ! éructa Ma.

De façon prévisible, Carmel constata :

— Tu as l'air très en forme.

Si le Christ Roi lui apparaissait un matin, elle lui déclarerait la même chose. Son cul était effectivement monstrueux et elle cultivait un accent distingué qui ne me surprit pas. Non, rien n'avait changé.

— Merci, lui répondis-je. Toi aussi.

— Viens ici, toi, me lança Jackie, ses cheveux décolorés coiffés de façon tarabiscotée, vêtue, comme si elle allait dîner chez Tom Waits, d'un pantalon corsaire blanc et d'un haut à pois rouges d'où jaillissait un flot de dentelle. Assieds-toi là et bois un peu de thé. Je vais chercher une autre tasse.

Elle se leva et se dirigea vers la cuisine, me pinça au passage en clignant de l'œil. Je l'arrêtai en chemin.

— Je suis très bien où je suis.

L'idée de m'asseoir à côté de Ma me donnait la chair de poule.

— Si nous examinions cette fameuse valise ?

— Tu es pressé ? grommela Ma. Assieds-toi.

— Les affaires avant le plaisir. Où est-elle ?

Shay me montra le plancher à ses pieds.

— Elle t'attend.

Jackie se rassit lourdement. Je contournai la table, le canapé et les fauteuils. Tous me suivirent des yeux.

La valise se trouvait près de la fenêtre. Bleu pâle,

les coins arrondis, maculée de grandes taches de moisissure. Entrouverte : quelqu'un avait forcé les pauvres serrures d'étain. Et toute petite. Quand nous partions en week-end, Olivia emballait presque tout ce qu'elle possédait, jusqu'à sa bouilloire électrique. Les trésors que Rosie avait emmenés avec elle vers sa nouvelle vie pouvaient être transportés d'une seule main.

— Qui l'a touchée ?

Shay éclata d'un rire âpre.

— Nom de Dieu, Columbo ! Tu vas relever nos empreintes ?

Brun, le visage anguleux sillonné de rides profondes, Shay était une boule de nerfs. J'avais oublié le malaise qu'on ressent en l'approchant de trop près.

— Uniquement si tu le demandes gentiment. L'avez-vous tous touchée ?

— Je ne m'en approcherais pas, répliqua promptement Carmel en frissonnant. Toute cette saleté...

Je croisai le regard de Kevin. Un instant, j'eus l'impression de n'être jamais parti.

— Ton père et moi avons essayé de l'ouvrir, annonça Ma. Comme elle était verrouillée, j'ai demandé à Shay de descendre avec un tournevis. On n'avait pas le choix. Y avait rien d'écrit dessus pour indiquer à qui elle appartenait.

Elle me fixa d'un air agressif.

— Tu as bien fait, répondis-je.

— Quand on a vu ce qu'elle contenait... J'ai eu le choc de ma vie. J'ai cru que j'allais avoir une crise cardiaque. J'ai dit à Carmel : « Heureusement que t'es venue en voiture, au cas où t'aurais dû me conduire à l'hôpital. »

Son expression signifiait clairement que cela aurait été ma faute, même si elle n'avait pas encore découvert pourquoi.

— Trevor accepte toujours de faire dîner les enfants, surtout quand il y a une urgence, me dit Carmel. Pour ça, il est super.

— Kevin et moi, on a regardé à l'intérieur quand on est arrivés, précisa Jackie. On a touché des trucs, je me rappelle plus lesquels...

— Tu as ta poudre révélatrice ? railla Shay, adossé à la fenêtre, les paupières mi-closes.

— Une autre fois, si tu es sage.

Je dégotai mes gants chirurgicaux dans la poche de ma veste, les enfilai. Pa partit d'un rire sarcastique qui s'acheva en une longue quinte de toux, si forte que son fauteuil trembla.

Le tournevis de Shay était par terre, à côté de la valise. Je m'agenouillai, m'en servis pour soulever le couvercle. Deux gars de la police scientifique me devaient un renvoi d'ascenseur et deux filles de l'équipe en pinçaient pour moi. L'un ou l'une accepterait sans doute de procéder en douce à des analyses pour me rendre service, mais n'apprécierait certainement pas que je bousille les indices.

L'humidité et le temps avaient fait leur œuvre. Remplie d'un amas de tissus réduits en charpie et zébrés de taches noires, la valise dégageait un sombre parfum de terre mouillée : le relent que j'avais respiré en entrant.

Je sortis lentement les effets, un par un, les empilai au creux du couvercle où ils ne seraient pas contaminés. Un jean ample, avec des pièces aux genoux cousues sous les déchirures. Un pull en laine vert. Un autre jean, si étroit qu'il avait des fermetures Éclair aux chevilles. Dieu sait que je le connaissais ! Le balancement des hanches de Rosie me revint brutalement en mémoire, comme un coup de poing. Sans sourciller, je poursuivis l'inventaire. Une chemise de flanelle d'homme sans col, aux jolies rayures bleues sur un fond qui avait dû être beige. Six culottes blanches en coton. Une veste violette en laine et cachemire, à longue ceinture, en lambeaux. Lorsque je la soulevai, l'extrait de naissance tomba.

— Voilà, bafouilla Jackie d'un ton anxieux, appuyée sur le bras du sofa. Tu vois. Jusque-là, on a pensé que c'était peut-être rien, une blague de gosse, ou quelqu'un qui avait planqué des trucs qu'il avait piqués, ou peut-être une pauvre femme battue qui avait préparé son bagage pour le jour où elle aurait le courage de se tirer pour de bon, le genre d'histoires qu'on lit dans les magazines...

Elle s'emballait de nouveau.

Rose Bernadette Daly, née le 30 juillet 1966. Le document était sur le point de se désintégrer.

— Sûr, répondis-je. S'il s'agit d'une blague de gosses, ils étaient sacrément minutieux.

Un T-shirt U2, qui aurait été semblable à des milliers d'autres sans la pourriture qui le souillait. Une marinière. Un gilet d'homme noir, à la mode de l'époque. Un chandail de laine violet. Un chapelet de plastique bleu pâle. Deux soutiens-gorge de coton blanc. Un baladeur de contrefaçon qui m'avait coûté des mois d'économie ; j'avais réuni les deux dernières livres une semaine avant le dix-huitième anniversaire de Rosie, en aidant Beaker Murray à vendre des vidéos de contrebande au marché d'Iveagh. Un déodorant Sure. Une dizaine d'enregistrements sur cassettes. Sur certaines étiquettes, l'écriture ronde de Rosie était encore visible : REM, *Murmur* ; U2, *Boy* ; Thin Lizzy, les Boomtown Rats, les Stranglers, Nick Cave et les Black Seeds. Elle aurait pu tout abandonner derrière elle, sauf ses tubes favoris.

Au fond de la valise, une enveloppe marron. Vingt ans d'humidité semblaient l'avoir solidifiée. Lorsque j'en tirai délicatement le bord, il s'effilocha comme du papier cul mouillé. Du travail en perspective pour mes copains du labo. Quelques mots en caractère d'imprimerie apparaissaient encore vaguement à travers le rectangle de plastique transparent, sur la face de l'enveloppe.

...Laoghaire-Holyhead... Départ... 6 heures... Quelle qu'ait été la destination de Rosie, elle ne s'y était pas rendue avec nos billets de ferry.

Tout le monde m'observait. Kevin paraissait sincèrement affecté.

— Bon, déclarai-je. Il s'agit bien, selon toute probabilité, de la valise de Rosie.

J'y replaçai les effets, déposant les papiers en dernier pour ne pas les écraser.

— On appelle la Garda ? demanda Carmel.

Pa se racla bruyamment la gorge, comme s'il s'apprêtait à cracher. Ma lui jeta un regard incendiaire. Je répondis :

— Pour lui dire quoi ?

Visiblement, personne n'y avait pensé. Je poursuivis :

— Quelqu'un a planqué une valise dans une

cheminée il y a vingt ans. Ce n'est pas vraiment le crime du siècle. Les Daly peuvent téléphoner à la Garda s'ils y tiennent. Mais, je vous préviens, elle ne va pas mettre en branle tout son attirail pour résoudre l'énigme de la cheminée bouchée.

— Pour Rosie, si, objecta Jackie qui tortillait une de ses mèches.

— Elle a disparu. Et ce vestige, là, c'est un indice, ou une preuve. Est-ce qu'on devrait pas... ?

— A-t-on signalé sa disparition ?

Interrogations muettes. Personne ne le savait. Pour ma part, j'en doutais. Aux Liberties, les flics n'ont pas bonne presse. On les côtoie quand on y est obligé, on les évite le plus souvent possible. Et surtout, on ne va jamais les chercher.

— Si on ne l'a pas fait, conclus-je en refermant la valise du bout des doigts, il est un peu tard, à présent.

— Minute, intervint Jackie. Si cette chose est restée ici, ça signifie peut-être que Rosie, après tout, n'a pas filé en Angleterre. Et si quelqu'un l'avait... ?

— Ce que Jackie insinue, précisa Shay, c'est qu'un mec l'aurait butée, l'aurait fourrée dans un sac-poubelle et balancée à la décharge avant de planquer la valise pour ne pas laisser de trace.

Voix stridente de Ma :

— Seamus Mackey ! Quelle horreur !

Carmel se signa.

J'avais déjà envisagé cette possibilité.

— Possible... À moins qu'elle n'ait été enlevée par des extraterrestres et larguée par erreur au Kentucky. Personnellement, je pencherais pour l'explication la plus simple : elle a caché elle-même cette

43

valise dans la cheminée, n'a pas pu la récupérer et
s'est embarquée pour l'Angleterre sans dessous de
rechange. Mais si vous avez besoin d'un peu de
piment dans votre vie, libre à vous.

— Sûr, persifla Shay qui, en dépit de tous ses
défauts, a oublié d'être bête. C'est pour cette raison,
poursuivit-il en désignant les gants que j'étais en
train de remettre dans ma poche, que t'as besoin de
ce bazar. Parce que, pour toi, y a pas eu de crime.

— Simple réflexe, répliquai-je avec un grand
sourire. Un flic reste un flic vingt-quatre heures sur
vingt-quatre. Tu vois ce que je veux dire ?

Il eut une moue dégoûtée. Ma gloussa avec un
mélange d'effroi, de hargne et de jubilation :

— Theresa Daly va devenir dingue. Dingue.

Pour de multiples raisons, il fallait que je m'entretienne avec les Daly avant tout le monde.

— Je vais avoir une petite conversation avec elle
et M. Daly, pour voir ce qu'ils comptent faire. À
quelle heure rentrent-ils chez eux, le samedi ?

— Ça dépend, dit Shay. Parfois après le déjeuner,
parfois tôt le matin. Quand Nora peut les
ramener...

La poisse. J'aurais juré, d'après l'expression de
Ma, qu'elle envisageait déjà de fondre sur eux avant
même qu'ils aient glissé leur clé dans leur serrure.
J'envisageai de dormir dans ma voiture afin de lui
barrer le chemin, mais il n'y avait aucun moyen de
se garer assez près pour surveiller la maison. Shay
m'observait et s'amusait beaucoup.

Alors, Ma remonta son corsage d'un geste sec.

— Si tu veux, tu peux passer la nuit ici, Francis.
Le sofa se déplie toujours.

Sa proposition n'avait rien d'affectueux. Ma aime qu'on lui soit redevable. Cela ne m'enthousiasmait guère, mais je ne voyais pas de meilleure solution. Elle ajouta, au cas où j'aurais cru à un élan de tendresse :

— À moins que tu sois devenu trop snob pour nous.

— Pas du tout, protestai-je, souriant de nouveau à Shay. Ce serait formidable. Merci, Ma.

— Maman, pas Ma. J'imagine que tu voudras un petit déjeuner et tout le toutim.

— Puis-je rester aussi ? hasarda Kevin, sortant brusquement de son hébétude.

Elle le scruta d'un air soupçonneux. Il paraissait aussi désarçonné que moi.

— J'peux pas t'en empêcher, bougonna-t-elle enfin. Ne va pas abîmer mes draps neufs !

Elle s'extirpa du canapé et entreprit de débarrasser la table. Shay eut un rire mauvais.

— Paix sur la terre aux hommes de bonne volonté, murmura-t-il en effleurant la valise du bout de sa chaussure. Bientôt Noël.

Ma interdit qu'on fume dans la maison. Shay, Jackie et moi allâmes en griller une dehors. Kevin et Carmel nous suivirent. Nous nous assîmes sur les marches du perron, comme jadis, lorsque nous sucions une glace après le dîner et attendions qu'il se passe quelque chose d'intéressant. Il me fallut un certain temps pour me rendre compte que je guettais toujours de l'animation, des gosses jouant au foot, un couple se chamaillant, une femme traversant hâtivement la rue pour échanger des ragots contre une tasse de thé, n'importe quoi, et que cela ne se produisait pas. Au 11, deux étudiants chevelus faisaient la cuisine en écoutant Keane en sourdine ; au 7, Sallie Hearne repassait et quelqu'un regardait la télé. Tel était, aujourd'hui, l'imprévu à Faithful Place.

Nous avions retrouvé d'instinct nos anciennes places : Shay et Carmel à chaque extrémité de la dernière marche, Kevin et moi sous eux, Jackie tout en bas entre nous. Nous en avions usé, des fonds de culottes sur cet escalier…

— Il fait doux, c'est pas croyable, dit Carmel. On se croirait pas en décembre, pas vrai ? C'est pas normal.

— Réchauffement climatique, répondit Kevin. Quelqu'un a une clope ?

Jackie lui tendit son paquet.

— Tu as recommencé ?

— Uniquement dans les grandes occasions.

J'allumai mon briquet et il se pencha vers moi. La flamme plaqua l'ombre de ses cils sur ses joues. Un instant, il ressembla à un enfant endormi, innocent et rose. Kevin m'idolâtrait, dans le temps. Il me suivait partout. J'avais fait saigner Zippy Hearne du nez pour le punir de lui avoir chipé ses bonbons. À présent, il sentait l'after-shave.

Je désignai Sallie Hearne.

— Elle a eu combien de gosses en tout ?

Jackie passa une main derrière son épaule pour récupérer son paquet de sèches.

— Quatorze. Rien qu'en y pensant, j'en ai mal où je pense.

Sa grimace nous fit rire, Kevin et moi. Après un silence, Carmel affirma à mon intention :

— Moi, j'en ai quatre. Darren, Louise, Donna et Ashley.

— Jackie me l'a dit. Félicitations. Ils ressemblent à qui ?

— Louise tient de moi, grâce à Dieu. Darren est le portrait de son père.

— Donna est le sosie de Jackie, dit Kevin. Dents de lapin et le reste.

Jackie le frappa.

— Boucle-la, toi.

— Ils doivent être grands, maintenant, repris-je.

— Pour sûr ! Darren termine le lycée cette année. Il veut faire des études d'ingénieur à l'université de Dublin. Rien que ça.

Personne ne m'interrogea sur Holly. Avais-je sous-estimé Jackie ? Peut-être avait-elle appris à se taire. Carmel fouilla dans son sac, sortit son téléphone portable, le tripatouilla.

— Tu veux les voir ?

Je parcourus les photos. Quatre bambins joufflus, couverts de taches de rousseur ; Trevor égal à lui-même, mais le front un peu plus dégarni ; une maison mitoyenne au crépi moucheté dans une banlieue déprimante. Carmel était exactement ce qu'elle avait toujours rêvé d'être. Peu de gens auraient pu en dire autant. Tant mieux pour elle, même si ses rêves me donnaient envie de me trancher la gorge.

— Ils sont magnifiques, dis-je en lui rendant son téléphone. Encore bravo, Melly.

Petite interjection de surprise au-dessus de moi.

— Melly… Bon Dieu, j'ai pas entendu ça depuis des années.

Ils redevenaient eux-mêmes. La pénombre effaçait les rides et les cheveux gris, affinait les lourdes mâchoires de Kevin, atténuait le maquillage de Jackie. Nous étions de nouveau « Les Cinq » aux yeux de chats, à l'affût dans le noir, la tête farcie de chimères. Si Sallie Hearne regardait par sa fenêtre, elle nous verrait : les enfants Mackey, assis sur leur perron. Un instant, de façon absurde, je me sentis heureux d'être là.

— Oh, là, gémit Carmel, incapable de garder longtemps le silence, j'ai mal au cul ! Francis, t'es sûr de ce que t'as dit tout à l'heure ? Que Rosie voulait récupérer sa valise ?

Avec un sifflement prolongé, Shay souffla la fumée de sa cigarette.

— C'est de la merde en boîte. Il le sait aussi bien que moi.

Carmel lui gifla le genou.

— Parle correctement, toi.

Shay ne réagit pas.

— Pourquoi ce serait de la merde en boîte ? enchaîna-t-elle. Qu'est-ce que t'en sais ?

J'enfonçai le clou.

— Je ne suis sûr de rien. Mais oui, à mon avis, il y a de grandes chances pour qu'elle vive heureuse en Angleterre.

— Elle serait partie là-bas sans billet et sans pièce d'identité ?

— Elle avait mis de l'argent de côté. Même si elle n'a pas réussi à récupérer son billet, elle a très bien pu en acheter un autre. Et on n'a pas besoin de papiers pour gagner l'Angleterre.

C'était vrai. Nous avions pris nos extraits de naissance pour nous inscrire au chômage avant de trouver du travail, et parce que nous allions nous marier.

Jackie demanda posément :

— J'ai quand même eu raison de te téléphoner ? Ou est-ce que j'aurais dû… ?

L'atmosphère se tendit.

— Laisser tomber, acheva Shay.

— Non. Tu as raison sur toute la ligne, Jackie. Tes intuitions valent de l'or. Tu le sais ?

Elle étira les jambes, fixa ses hauts talons. Je n'apercevais que le haut de sa tête.

— Peut-être, chuchota-t-elle.

Nous continuâmes à fumer en silence. L'odeur de malt et de houblon brûlé n'existait plus. Dans les années 90, Guinness a opté pour l'écologiquement correct. Depuis, les Liberties sentent le diesel. Un progrès, paraît-il. Des papillons de nuit tournoyaient autour du lampadaire, au bout de la rue. On avait enlevé la corde qui, nouée jadis à son sommet, servait aux enfants à se balancer.

— Pa a l'air en forme, dis-je.

— Son dos n'est pas fameux, répliqua Carmel. Jackie t'a pas mis au parfum ?

— Elle m'a dit qu'il avait des problèmes. Je m'attendais à le trouver plus mal en point.

Elle soupira.

— Il a de bons jours et de mauvais. Aujourd'hui, c'est un bon jour. Les mauvais…

Shay tira une bouffée. Il tenait sa cigarette entre le

49

pouce et l'index, comme un gangster dans un vieux film.

— Dans les mauvais jours, je dois le porter jusqu'aux chiottes, lâcha-t-il froidement.

— Les toubibs ont découvert ce qui n'allait pas ?

— Des clous. Peut-être une conséquence de son boulot... Pas moyen de savoir.

— Il a arrêté la picole ?

— En quoi ça te concerne ?

— Pa a-t-il arrêté de se pinter ? répétai-je.

Carmel remua légèrement.

— Il se maintient...

Shay eut un rire gras.

— Et Ma ? Il la traite bien ?

— C'est pas tes oignons.

Les trois autres retinrent leur souffle, attendant de voir si nous allions nous rentrer dans le lard. Lorsque j'avais douze ans, Shay m'a fendu le crâne sur ces mêmes marches. J'ai toujours la cicatrice. Peu de temps après, je suis devenu plus fort que lui. Lui aussi a des cicatrices.

Je me retournai en prenant mon temps, lui fis face.

— Je t'ai poliment posé une question...

— Que t'as pas daigné poser en vingt ans.

— Il me l'a demandé, énonça calmement Jackie. Des dizaines de fois.

— Et après ? lui lança Shay. Toi non plus, t'habites plus ici. T'en sais pas plus que lui.

— Voilà pourquoi je te le demande, insistai-je. Est-ce que Pa traite bien Ma ?

Nous nous mesurâmes du regard un instant dans

la pénombre. Je me tins prêt à jeter rapidement ma cigarette.

— Si je réponds non, ironisa-t-il, tu vas déménager de ta piaule de célibataire et venir t'occuper d'elle ?

— Sous le même toit que toi ? Ah, Shay, je te manque à ce point ?

Au-dessus de nous, une fenêtre s'ouvrit brutalement. Ma cria :

— Francis ! Kevin ! Vous venez, oui ou non ?

— Une minute !

Réponse unanime. Jackie éclata de rire. Ma claqua la fenêtre. Shay se calma et cracha à travers les barreaux de la rampe. Dès que ses yeux se détournèrent des miens, tout le monde se détendit.

— De toute façon, faut que j'y aille, dit Carmel. Ashley aime que sa maman soit là quand elle va se coucher. Avec Trevor, rien à faire. Elle le fait tourner en bourrique. Elle se croit drôle.

— Tu rentres comment ? s'enquit Kevin.

— Ma Kia est garée au coin de la rue. Elle est à moi, précisa-t-elle à mon intention. Trevor, lui, a une Range Rover.

Trevor a toujours été un sale petit con. Je fus ravi d'apprendre qu'il avait évolué en conséquence.

— C'est merveilleux, dis-je.

— Tu me déposes ? demanda Jackie. Je suis venue directement du boulot. Aujourd'hui, c'était au tour de Gav de prendre la voiture.

Carmel rentra le menton avec un petit claquement de langue réprobateur.

— Il passe pas te prendre ?

— Non. La bagnole, maintenant, est à la maison et lui au pub avec ses potes.

Carmel se redressa en s'appuyant à la rampe, lissa sa robe d'un air guindé.

— D'accord, je te dépose. Dis à Gavin, puisque c'est toi qui bosses, qu'il pourrait au moins te payer une caisse pour aller au turbin. Qu'est-ce qui vous fait marrer, tous ?

— Le féminisme est bien vivant, dis-je.

— Jamais pu piffer ce truc-là. Je suis pour les soutiens-gorge bien solides. Toi, ma louloute, arrête de te bidonner et amène-toi avant que je te laisse avec cette bande de tarés.

— On y va. Attends-moi.

Jackie rangea ses cigarettes dans son sac, glissa la lanière autour de son épaule.

— Je téléphonerai demain. Tu seras là, Francis ?

— Avec un peu de chance. Sinon, on s'appelle.

Elle prit ma main, la serra.

— Je suis heureuse que tu sois venu. T'es une vraie perle.

— Toi aussi, Jackie. À bientôt.

Carmel hésita un instant.

— Francis, on se reverra ? Tu reviendras par ici, maintenant que… ?

Je lui souris.

— Une fois cette affaire réglée, pourquoi pas ?

Elle descendit prudemment les marches et elles s'en allèrent toutes les deux, les talons de Jackie résonnant le long des façades, Carmel trottinant pour rester à son niveau, l'une grande et mince, l'autre presque obèse, semblables à deux toquées de dessin animé courant à la catastrophe.

— Ce sont des femmes solides, murmurai-je.

— Sûr, approuva Kevin.

— Si tu veux leur rendre service, dit Shay, ne reviens plus par ici.

Il avait sans doute raison, mais je ne relevai pas sa remarque. Ma nous fit de nouveau son numéro à la fenêtre.

— Francis ! Kevin ! Faut que je ferme cette porte ! Ou vous rentrez tout de suite, ou vous couchez dehors.

— Allez-y avant qu'elle ameute toute la rue, dit Shay.

Kevin se leva, s'étira.

— Tu viens ?

— Non, rétorqua-t-il. Je vais en fumer une autre.

Lorsque nous avons fermé la porte d'entrée, il était toujours assis sur les marches, faisant claquer son briquet et contemplant la flamme.

Ma avait empilé un duvet, deux oreillers et des draps sur le canapé avant d'aller se coucher, pour bien nous reprocher d'avoir traîné dehors. Elle et Pa dormaient dans notre ancienne chambre. Celle des filles avait été transformée en salle de bains, dans les années 80 à en juger par le ravissant caca d'oie du lavabo et des porte-serviettes. Tandis que Kevin se débarbouillait, je me rendis sur le palier pour ne pas être entendu de Ma, à l'ouïe plus que fine, et téléphonai à mon ex.

Il était bien plus tard que 19 heures.

— Elle dort, m'annonça Olivia. Et elle est très déçue.

— Je sais. Je voulais simplement te remercier et

53

m'excuser encore. Ai-je complètement gâché ton rendez-vous ?

— Oui. Qu'est-ce que tu imaginais ? Que *La Coterie* apporterait une chaise supplémentaire pour que ta fille puisse discuter littérature avec nous devant un saumon en croûte ?

— J'ai des choses à faire ici demain, mais je tâcherai de la récupérer avant l'heure du dîner. Vous pourriez rattraper le coup, Dermot et toi.

Gros soupir.

— Qu'est-ce qui se passe, là-bas ? Rien de grave, j'espère…

— Je ne sais pas trop. J'en aurai une meilleure idée demain.

Silence. Je crus que Liv pestait contre mon mutisme, mais elle murmura :

— Et toi, Frank ? Comment tu vas ?

Elle s'était adoucie. Mais ce soir-là, sa gentillesse était bien la dernière chose au monde dont j'avais besoin. Je mentis avec aplomb.

— On ne peut mieux. Il faut que je raccroche. Embrasse Holly pour moi demain matin. Je rappellerai dans la journée.

Kevin m'aida à faire le lit pliant. Pour ne pas nous retrouver tels deux gosses partageant le même matelas, nous nous sommes couchés tête-bêche, comme des fauves fourbus après une nuit de chasse. Nous sommes restés là, dans la faible lueur qui traversait les rideaux de dentelle, attentif chacun au souffle de l'autre. Dans un coin, le Sacré Cœur de Ma, statue de Jésus exhibant son cœur sanglant, rougeoyait de façon sinistre. J'imaginai la tête d'Olivia tombant sur cette horreur.

54

— Je suis content de te voir, dit enfin Kevin. Tu le sais ?

L'obscurité dissimulait son visage. Seules apparaissaient ses mains sur le duvet. Un de ses pouces raclait distraitement une jointure.

— Moi aussi. Tu as l'air en pleine forme. Je n'arrive pas à croire que tu sois plus grand que moi.

Petit rire.

— C'est pas pour autant que j'irais te secouer les puces.

Je ris à mon tour.

— Tu ne risquerais pas grand-chose. Je suis devenu un expert du combat sans arme.

— Sans blague ?

— Authentique. Je ne fais plus que de la paperasse. Adieu la castagne.

Il roula sur le côté pour me voir, cala un bras sous sa tête.

— Je peux te poser une question ? Pourquoi la Garda ?

Les poulets dans mon genre justifient le fait qu'on n'affecte pas un policier dans son lieu d'origine. Tous mes amis d'enfance étaient plus ou moins délinquants, non par tempérament mais par nécessité. La moitié des habitants de Faithful Place émargeait au chômage et tous chapardaient à droite et à gauche, surtout à l'approche de la rentrée scolaire, quand les petits avaient besoin de cartables et d'uniformes. Un hiver, alors que Kevin et Jackie étaient au lit avec une bronchite, Carmel rapporta à la maison de la viande du *Dunne's* où elle travaillait, pour leur refaire une santé. Personne ne lui demanda comment elle l'avait payée. À sept ans, je bidouillais le compteur à gaz pour que Ma puisse préparer le dîner. Jamais un conseiller d'orientation ne m'aurait encouragé à devenir flic.

— C'était excitant, répondis-je. Aussi simple que ça. Être payé pour en découdre. Que demande le peuple ?

— Et ça l'est vraiment ? Excitant ?

— Parfois.

— Pa a crisé, dit-il après un long silence. Quand Jackie lui en a parlé.

Mon père a commencé comme plâtrier. Lorsque nous sommes nés, il buvait du matin au soir et travaillait à mi-temps en transportant à mains nues du matériel tombé du camion. Je crois qu'il m'aurait volontiers vu en collecteur de loyers.

— C'est du propre. Maintenant, dis-moi : que s'est-il passé après mon départ ?

Kevin se mit sur le dos, croisa les bras derrière sa nuque.

— Jackie t'a pas renseigné ?

— Elle avait neuf ans. Elle ne fait aucune différence entre ses souvenirs et ce qu'elle imaginait à l'époque. Elle m'a raconté qu'un médecin en blouse blanche avait emmené Mme Daly.

— Y a jamais eu de médecin. En tout cas, j'en ai vu aucun.

Il fixait le plafond. La lueur des lampadaires qui entrait par la fenêtre faisait scintiller ses yeux, comme de l'eau en pleine nuit.

— Même si j'étais encore un mouflet, je me souviens bien de Rosie. Ses cheveux, son rire, sa démarche... Elle était sublime.

— C'est le mot.

En ce temps-là, Dublin était grise. Rosie, elle, nous offrait toutes les couleurs de l'été : le roux de ses boucles descendant jusqu'à sa taille, le vert de ses yeux reflétant le soleil, le rouge de sa bouche, l'or de ses taches de rousseur. Tout le quartier l'adorait. Elle s'en foutait, ce qui la rendait plus désirable encore. Elle se trouvait banale. Alors que sa silhouette nous faisait chavirer, elle n'y accordait pas plus d'importance qu'à ses jeans rapiécés.

En ce temps-là, les bonnes sœurs apprenaient aux filles le dégoût de leur corps et la haine des garçons, ces voleurs de vertu. Un soir d'été, alors que allions avoir douze ans et que nous ne savions même pas que nous nous aimions, Rosie et moi avons joué à Adam et Ève. De la nudité féminine, je ne connaissais que le décolleté en noir et blanc des vedettes de cinéma. Tout à coup, Rosie se déshabilla le plus naturellement du monde, comme si ses vêtements la gênaient, avant de danser dans la faible lumière du 16, paumes ouvertes, lumineuse et gaie, si près de moi que j'aurais pu la toucher. Cette image me bouleverse encore. J'étais trop jeune pour oser le moindre geste. Mais je savais que je ne verrais jamais plus rien d'aussi beau, pas même si je croisais la Joconde traversant le Grand Canyon, le Graal dans une main et un billet gagnant du Loto dans l'autre.

— On n'a même pas pensé qu'il y avait un hic, poursuivit Kevin. Au réveil, on a constaté, Shay et moi, que ton lit était vide. Pas de quoi s'affoler. On a cru que tu avais découché, sans plus. Mais, au petit déjeuner, Mme Daly a déboulé comme une furie. Tu la connais, c'est Ma en pire. Elle te cherchait. Quand on lui a dit que t'étais pas là, elle a failli avoir une attaque. Presque toutes les affaires de Rosie avaient disparu. Elle beuglait que tu t'étais fait la malle avec sa fille, ou que tu l'avais kidnappée. Pa lui a aboyé dessus et Ma a essayé de les faire taire avant que toute la rue les entende. Tu parles… Dehors, c'était déjà l'émeute. Jackie et moi, on est sortis pour voir ce qui se passait. M. Daly balançait par la fenêtre les fringues que Rosie avait laissées dans sa chambre. Tous les voisins assistaient au spectacle. Je te jure, c'était pissouillant.

Il eut un grand sourire. Je ne pus m'empêcher de sourire à mon tour.

— J'aurais payé cher pour voir ça.

— Ça t'aurait plu. La scène a failli se terminer en pugilat. Mme Daly te traitait de petit branleur, Ma traitait Rosie de petite pute, telle mère, telle fille. La Daly a sorti les griffes.

— Elle a toujours les ongles aussi longs ? Je parie quand même sur Ma. L'avantage du poids.

— Ne lui dis jamais ça.

— Elle aurait pu s'asseoir sur Mme Daly jusqu'à ce qu'elle capitule. Qui a gagné, finalement ?

— Ma, bien sûr. Elle a viré la mère de Rosie. L'autre a continué à hurler en donnant des coups de pied dans la porte, que Ma lui avait claquée au nez. Puis elle a renoncé. Elle a passé sa rogne sur son mari, l'a engueulé à propos des frusques qu'il avait jetées sur le trottoir. Les gens vendaient carrément les billets. Du vrai cinoche. Meilleur que *Dallas*.

Dans notre ancienne chambre, une subite quinte de toux de notre père secoua le sommier. Nous retînmes notre souffle pour écouter. Enfin, la respiration de Pa se calma.

— Ça n'a pas été plus loin, poursuivit Kevin en baissant le ton. Les voisins ont jasé pendant quinze jours et puis tout le monde a oublié. Ma et Mme Daly ne se sont pas adressé la parole pendant quelques années. Quant à Pa et M. Daly, ils n'ont jamais pu se blairer. Ils ont donc continué. Ma piquait sa crise à chaque Noël parce que tu n'envoyais pas de carte, mais...

Mais on était dans les années 80 et l'émigration constituait l'une de nos trois possibilités de carrière, avec les trafics de mon père et les indemnités de chômage. Ma aurait dû s'attendre à ce qu'au moins l'un d'entre nous finisse par s'embarquer avec un aller simple.

— Elle ne m'a pas cru mort dans un fossé ?

Kevin gloussa.

— Elle l'a même pas envisagé. Elle disait qu'il pouvait arriver malheur à n'importe qui, mais pas à notre Francis. On n'a ni appelé les flics, ni signalé ta disparition. Pas par indifférence. Simplement, on s'imaginait...

— Que Rosie et moi nous étions enfuis ensemble.

— Oui. Tout le monde savait que vous étiez dingues l'un de l'autre. Et personne n'ignorait ce qu'en pensait M. Daly. Alors, pourquoi pas ?

— Pourquoi pas, en effet ?

— En plus, il y avait le mot. C'est ce qui a fait péter les plombs à Mme Daly. Quelqu'un est allé traîner au 16 et l'a trouvé. Il était de la main de Rosie. Jackie t'en a pas parlé ?

— Je l'ai lu, dis-je.

Il tourna la tête vers moi.

— Vraiment ? Tu l'as vu ?

— Oui.

— Quand ? Avant que Rosie le dépose là-bas ? Elle te l'a montré ?

— Après. Tard dans la nuit.

— Alors… Elle l'avait laissé pour toi ? Pas pour sa famille ?

— Elle devait me rejoindre ce soir-là, elle n'est pas venue, je l'ai trouvé. J'en ai conclu qu'il m'était adressé.

Lorsque j'ai enfin admis que Rosie m'avait lâché, qu'elle ne viendrait pas parce qu'elle était déjà partie, j'ai mis mon sac à dos sur mes épaules et j'ai commencé à marcher. Lundi matin, à l'aube. La ville était glaciale, déserte. Moi, un balayeur des rues, quelques travailleurs de nuit fatigués qui rentraient chez eux. L'horloge de Trinity sonna ; le premier ferry était en train de quitter Dun Laoghaire.

J'ai atterri dans un squat de Baggot Street, occupé par une bande de rockers puant le fauve qui vivaient avec un clébard bigleux nommé Keith Moon et une énorme provision de hasch. Je les connaissais pour les avoir vus se produire à droite et à gauche. Ils ont tous cru qu'un membre du groupe m'avait proposé de loger quelque temps dans leur gourbi. L'un d'eux avait une sœur qui, elle, sentait bon. Installée dans un appartement de Ranelagh, elle permettait à ceux qui lui plaisaient d'utiliser son adresse pour s'inscrire au chômage. Or je lui plaisais beaucoup. Lorsque j'ai écrit cette adresse sur mon dossier de candidature à l'école de police, elle était pratiquement devenue la mienne. Ma candidature a été acceptée et j'ai dû aller suivre ma formation à

Templemore, à mon grand soulagement : la sœur au doux parfum commençait à parler mariage.

Quelle garce, cette Rosie ! Chaque phrase, chaque mot qu'elle prononçait était pour moi parole d'Évangile. Elle ne prenait jamais de gants. Elle vous balançait vos quatre vérités en plein dans les gencives, même si ça faisait mal. Voilà, entre autres, pourquoi je l'aimais. Après la vie que j'avais menée dans ma famille, quelqu'un qui ne mentait pas représentait pour moi un mystère. Alors, sa promesse, *je jure de revenir un jour*, j'y ai cru pendant vingt-deux ans. Quand je couchais avec la sœur du rocker mal lavé, quand je sortais avec des filles de passage séduisantes et vives qui auraient mérité mieux, pendant toute la durée de mon mariage avec Olivia, tandis que je feignais d'habiter chez elle, je n'avais qu'un espoir : que Rosie Daly franchisse le seuil de la porte.

— Et maintenant ? dit Kevin. Après aujourd'hui... Tu penses quoi ?

— Ne me le demande pas. Pour l'heure, je n'ai pas encore la moindre idée de ce qui lui est passé par la tête.

— Pour Shay, elle est morte. Pour Jackie aussi.

— C'est ce que j'ai cru comprendre.

Silence. Il respira un grand coup, comme s'il s'apprêtait à ajouter une phrase.

— Quoi ? dis-je.

Il secoua la tête.

— Quoi, Kevin ?

— Rien.

J'attendis.

— Juste... Ah, je sais pas.

Il remua nerveusement sur le lit.

— Shay a beaucoup souffert de ton départ.

— Ah bon ? Il faut dire qu'on était de grands copains.

— D'accord, vous vous bagarriez sans arrêt. Pourtant... Vous êtes quand même frères, non ?

C'était du pipeau : mon premier souvenir est le crayon avec lequel, un matin, Shay essaya de me crever le tympan. Kevin me racontait n'importe quoi pour me faire oublier qu'il avait été sur le point de m'avouer ou de me révéler quelque chose. Je faillis le pousser dans ses retranchements. Je me demande encore ce qui se serait passé si je m'étais décidé. Je n'en eus pas le temps. La porte du vestibule se referma avec un claquement appuyé, délibéré : Shay rentrait.

Kevin s'immobilisa, tout comme moi. Pas furtifs, s'interrompant une seconde avant de monter les marches. Cliquetis d'une autre porte, parquet craquant au-dessus de nous. Je chuchotai :

— Kevin...

Il fit semblant de dormir. Quelques instants plus tard, il dormait pour de bon.

Shay continua longtemps à arpenter son appartement. Une fois la maison plongée dans le silence, je patientai un quart d'heure. Ensuite, je me levai avec précaution. Jésus rougeoyait toujours dans son coin, comme s'il me jugeait. Je jetai un coup d'œil par la fenêtre. Il pleuvait. Toutes les lumières de Faithful Place étaient éteintes, sauf une. Au-dessus de ma tête, une lampe projetait un faisceau jaune sur les pavés mouillés.

3

J'ai, vis-à-vis du sommeil, l'attitude d'un chameau : j'en emmagasine le plus possible dès que l'occasion se présente et je vis sur mes réserves si je dois veiller plusieurs jours de suite. Cette nuit-là, je la passai à contempler la masse sombre de la valise sous la fenêtre, à écouter les ronflements de Pa et à mettre mes idées en ordre pour le lendemain.

Parmi tous les scénarios imaginables, deux paraissaient plausibles. Le premier, que j'avais développé devant ma famille, était le plus classique. Rosie avait décidé de s'enfuir seule. Elle avait planqué son bagage bien avant son départ afin de filer rapidement, avec un faible risque de se faire piéger par ses parents ou par moi. Pour la récupérer et déposer sa lettre, elle avait dû passer par les jardins, derrière les maisons, parce que je surveillais la rue. Mais hisser la valise par-dessus les murs aurait fait trop de bruit. Elle l'avait donc abandonnée là où elle l'avait cachée et était repartie par le même chemin. D'où ce que j'avais entendu.

Cette hypothèse tenait presque debout. Elle expliquait tout, sauf un détail : les billets du ferry. Même si Rosie avait décidé de ne pas s'embarquer immédiatement et de faire la morte un jour ou deux au cas où j'aurais surgi sur le port, elle aurait essayé de s'en débarrasser, de les échanger ou de les vendre. Chacun d'eux lui avait coûté presque une semaine de salaire. Jamais, à moins de ne pas avoir le choix, elle ne les aurait laissés pourrir au fond d'une cheminée.

L'autre hypothèse crédible était celle de Shay et de Jackie : quelqu'un avait intercepté Rosie, soit lors de sa fuite solitaire, soit au moment où elle s'apprêtait à me rejoindre.

Je ne m'attardai pas sur la première. J'avais eu tout le temps, pendant près de la moitié de ma vie, d'y penser et de ressasser. La seconde, par contre, m'obséda jusqu'à l'aube.

La dernière fois que j'avais vu Rosie Daly, c'était un samedi, la veille du jour J. Je partais travailler. L'un de mes potes, Wiggy, gardien de nuit dans un parking, avait un copain, Stevo, qui était videur de discothèque. Quand Stevo avait besoin d'une nuit de congé, Wiggy prenait sa place et je remplaçais Wiggy. Nous étions payés en liquide. Tout le monde était content.

Appuyée sur la rampe du numéro 4 en compagnie d'Imelda Tierney et de Mandy Cullen, parfumée, maquillée, les lèvres scintillantes et les cheveux vaporeux, Rosie attendait que Julie Nolan veuille bien descendre. L'air était brumeux et froid. Rosie soufflait sur ses mains enfouies dans ses manches, Imelda sautillait pour se réchauffer. Trois gamins se balançaient sous le lampadaire du bout de la rue, les accords de « Tainted Love » se déversaient par la fenêtre de Julie Nolan. Comme tous les samedis soir, l'atmosphère était électrique, pleine de promesses.

— Voilà Francis Mackey ! s'écria Mandy en

donnant un coup de coude aux deux autres. Vous avez vu sa banane ? Il se prend pour un tombeur ?

— Salut, les filles ! leur lançai-je, souriant d'une oreille à l'autre.

Petite et brune, jean moulant et frange dans les yeux, Mandy ricana :

— S'il était une glace à deux boules, il se lécherait jusqu'au cornet.

— J'aimerais mieux que l'une de vous le fasse pour moi, rétorquai-je en clignant de l'œil.

Toutes les trois poussèrent un cri perçant. Tapotant sa permanente, Imelda m'interpella.

— Viens là, Frankie. Mandy voudrait savoir...

Mandy hurla, plaquant sa main sur la bouche d'Imelda, qui recula.

— On doit te demander de sa part...

— Ta gueule, toi !

Rosie riait. Imelda saisit le bras de Mandy, le repoussa.

— On doit te demander de sa part si ton frangin aurait envie de l'emmener au cinéma. Pas pour regarder le film, bien sûr...

Elle et Rosie pouffèrent. Mandy se gifla les joues.

— Imelda, arrête ! Je vais piquer un fard !

— Tu ferais bien, lui dis-je. Il n'a pas un poil au menton !

Rosie était pliée.

— Pas lui ! Pas Kevin !

— Elle parle de Shay ! hoqueta Imelda. Est-ce que Shay aurait envie de...

Elle riait trop pour pouvoir poursuivre. Avec de petits cris de souris, Mandy cacha son visage entre ses paumes.

— Ça m'étonnerait, répliquai-je d'un air faussement navré.

Les Mackey n'avaient jamais eu de problèmes avec les filles. Mais Shay était un cas à part. À peine en âge de draguer, je m'étais persuadé, après avoir été témoin de ses ravages, qu'il suffisait de désirer une gonzesse pour qu'elle arrive en courant. Rosie m'avait affirmé un jour qu'un seul de ses regards dégrafait un soutien-gorge.

— J'ai l'impression que notre Shay est plutôt de l'autre bord, si vous voyez ce que je veux dire.

Toutes les trois s'esclaffèrent encore. Bon Dieu, ce que j'aimais ces nanas sur le point de sortir, peinturlurées, aussi alléchantes que des paquets cadeau ! On avait envie de les enlacer toutes pour voir si l'une d'elles se laisserait faire. Mais je m'en moquais. La plus belle était pour moi depuis longtemps. J'avais le sentiment d'être Steve McQueen, de pouvoir, d'un claquement de doigts, enlever Rosie sur ma moto et l'emmener voler au-dessus des toits.

— Je vais répéter à Shay ce que tu viens de dire ! s'exclama Mandy.

Rosie me jeta un petit coup d'œil complice : avant que Mandy ne répète quoi que ce soit, nous serions en pleine mer, hors d'atteinte.

— Pas de problème, répondis-je. Mais ne dis rien à ma mère. Il faut qu'on lui apprenne ça en douceur.

— Mandy, tu le convertiras ?

— Juré, Melda…

L'entrée du 3 s'ouvrit. M. Daly apparut. Il remonta son pantalon, croisa les bras et s'appuya contre le montant de la porte. Je le saluai.

— Bonsoir, monsieur Daly.

Il m'ignora. Mandy et Imelda se redressèrent et glissèrent un regard oblique vers Rosie, qui déclara :

— On attend Julie.

— Magnifique. Je vais attendre avec vous.

Il sortit de la poche de sa chemise une cigarette écrabouillée, lui restitua soigneusement sa forme. Mandy arracha des peluches de son pull, les examina. Imelda rajusta sa jupe.

Ce soir-là, même le père de Rosie me mettait de bonne humeur. Pas seulement à cause de la tête qu'il ferait en se réveillant le dimanche matin.

— Vous êtes très élégant, monsieur Daly. Vous sortez en boîte, vous aussi ?

Sa mâchoire se contracta, mais il continua à fixer les filles.

— Sale nazi, souffla Rosie en plongeant les mains dans les poches de sa veste de jean.

— Si on allait voir ce que fait Julie ? proposa Imelda.

— Pourquoi pas ? répondit mollement Rosie.

— Bonne soirée, Frankie, me lança Mandy avec un petit sourire qui creusa ses fossettes. Passe le bonjour à Shay de ma part.

Juste avant de se détourner, Rosie arrondit brièvement la bouche et battit des paupières : un clin d'œil, un baiser. Puis elle escalada les marches du 4, disparaissant dans l'obscurité du vestibule, et de ma vie.

J'ai passé des centaines de nuits éveillé dans un sac de couchage, entouré des effluves des rockers et de Keith Moon, à revivre ces cinq dernières minutes. J'ai cru devenir fou. Il y avait forcément eu une allusion, une insinuation, un indice. Pourtant, j'aurais juré sur tous les saints du calendrier que rien ne m'avait échappé. Avais-je vraiment été l'idiot du village, le dindon de la farce ? Je devais en avoir le cœur net. Pour de bon.

Rien, dans la lettre de Rosie, ne laissait entendre qu'elle m'était adressée. Mais pour moi, cela tombait sous le sens. Après tout, c'était moi qu'elle plaquait. Toutefois, notre projet impliquait cette nuit-là l'abandon de nombreuses autres personnes. Elle avait très bien pu laisser le mot à l'intention de ses parents, de ses copines, ou même de toute la rue.

Dans notre ancienne chambre, Pa émit un énorme gargouillis. Kevin murmura dans son sommeil et roula sur le matelas, me cognant les pieds. La pluie tombait, lourde, régulière.

Ma décision était prise. Je consacrerais au moins le reste du week-end à essayer d'éliminer l'hypothèse selon laquelle Rosie n'avait jamais quitté Faithful Place vivante. Le matin, dès que j'aurais convaincu les Daly de me confier la valise et de ne pas appeler la Garda, j'irais m'entretenir avec Imelda, Mandy et Julie.

Ma se leva vers 7 heures. Le grincement de son sommier couvrit le fracas de la pluie. En se rendant dans la cuisine, elle s'arrêta longuement sur le seuil du salon, nous regardant, Kevin et moi, et pensant Dieu sait quoi. Je gardai les yeux fermés. Enfin, elle renifla et s'en alla.

Pour le petit déjeuner, nous eûmes droit au grand jeu : œufs au bacon et à la tomate, boudin, pain grillé. Il s'agissait évidemment d'un message. « Vous voyez, on vit sur un grand pied sans vous », ou « Je me saigne toujours aux quatre veines pour vous, même si vous ne le méritez pas », ou peut-être « Que tout ce gras vous fasse crever sur place ! ». Personne ne mentionna la valise. Nous jouions la comédie de la famille heureuse rassemblée autour d'une table bien garnie, ce qui me convenait très bien. Kevin se goinfrait en me dévisageant avec insistance, comme un enfant lorgnant un inconnu. Pa mangeait en silence, hormis les grognements qu'il poussait pour se faire resservir. Je gardai un œil sur la fenêtre et entrepris de travailler Ma.

Des questions directes m'auraient valu une flopée de reproches du type « Tout à coup, tu t'inquiètes des Nolan alors que tu t'es tamponné pendant vingt-deux ans de ce qui pouvait nous arriver ! ». Il fallait que je flatte son point faible : sa langue de vipère. J'avais remarqué, la veille, que le 5 avait été repeint en rose bonbon, ce qui avait dû provoquer quelques crises de rage.

— Au 5, ils ont fait du beau travail, lui dis-je pour exciter sa verve.

Kevin me fixa comme si j'avais perdu la boule.

— Du dégueulis de bébé, marmonna-t-il en croquant une tranche de pain grillé.

Ma embraya au quart de tour.

— Des yuppies, lâcha-t-elle comme si c'était une tare. Tous les deux dans l'informatique, ou un truc du même tonneau. Tu vas pas me croire, ils ont une fille au pair ! Tu te rends compte ? De Russie, ou de par là-bas. Impossible de prononcer son nom. Le gosse a seulement un an, pauvre ange. Il ne voit ses parents que le samedi et le dimanche. Je me demande pourquoi ils l'ont fait.

Je ponctuai chaque point important d'un bougonnement outré.

— Quand les Halley sont-ils partis ? Et Mme Mulligan ?

— Les Halley ont déménagé pour Tallaght quand leur propriétaire a vendu la maison. Je vous ai élevés tous les cinq ici et j'ai jamais eu besoin de fille au pair. Je parie que la femme a eu un accouchement sans douleur.

Elle cassa un autre œuf au-dessus de la poêle. Pa leva les yeux de ses saucisses.

— Tu te crois en quelle année ? Mme Mulligan est morte il y a quinze ans. Elle avait quatre-vingt neuf balais.

Cette interruption fit oublier à Ma les yuppies et leur enfant martyr. Les décès l'enchantent.

— Allez, devine qui d'autre est mort ?

Kevin eut l'air accablé.

— Qui ? m'enquis-je poliment.

— M. Nolan. Jamais malade de toute sa vie et il tombe raide en pleine messe, en revenant de la communion. Infarctus massif. Qu'est-ce que tu dis de ça ?

Sympa, M. Nolan. Je tenais mon ouverture.

— C'est affreux. Dieu ait son âme. J'étais copain avec Julie Nolan, à l'époque. Qu'est-elle devenue ?

— Sligo, martela Ma avec une satisfaction lugubre, comme s'il s'agissait de la Sibérie.

Elle racla le fond de la poêle, en versa le contenu dans son assiette et nous rejoignit. Elle commençait à traîner la patte : problème de hanche.

— Quand on a déplacé l'usine. Elle est venue à l'enterrement. Depuis qu'elle se fait bronzer aux ultraviolets, elle a la tronche aussi ridée qu'un cul d'éléphant. Où tu vas à la messe, Francis ?

Pa ricana.

— Ça dépend. Et Mandy Cullen ? Toujours dans le coin ? La petite brune qui avait le béguin pour Shay…

— Elles en pinçaient toutes pour lui, dit Kevin avec un grand sourire. Quand j'ai eu l'âge, toutes celles qui n'avaient pas pu se le taper se sont rabattues sur moi.

— Minables petits baiseurs, grommela Pa, ce qui, de sa part, était un compliment.

— Regarde où ça l'a mené, reprit Ma. Mandy a épousé un bon gars de New Street. Aujourd'hui, elle s'appelle Mandy Brophy. Ils ont deux gamins et une voiture. C'est ce qu'aurait pu avoir Shay s'il s'était remué les miches. Quant à toi, poursuivit-elle en pointant sa fourchette sur Kevin, tu finiras comme lui si tu te bouges pas non plus.

Kevin se concentra sur son assiette.

— Je suis très bien comme je suis.

— Faudra bien que tu te poses un jour ou l'autre. Tu peux pas courir la gueuse jusqu'à la fin des temps. T'as quel âge, maintenant ?

Cet aparté me gênait un peu. Je ne me sentais pas délaissé, mais je commençais de nouveau à m'inquiéter de ce qu'avait pu raconter Jackie. Je détournai la conversation.

— Mandy vit toujours par ici ? Tant que je suis là, je devrais lui rendre visite.

— Toujours au 9, répliqua vivement Ma. M. et Mme Cullen ont le sous-sol, Mandy et sa famille le rez-de-chaussée et le premier étage. Comme ça, elle peut s'occuper de son papa et de sa maman. C'est une fille bien, Mandy. Elle accompagne sa mère à la clinique tous les mercredis, pour ses os, et le vendredi pour...

Tout d'abord, je ne perçus, venant du bout de la rue, qu'un son ténu brisant le rythme de la pluie. Je cessai d'écouter Ma. Des gens marchaient. Leurs pas se rapprochaient, mêlés à leurs voix. Je posai mes couverts, bondis vers la fenêtre. Ma aboya :

— Francis Mackey, qu'est-ce qui te prend ?

C'était Nora Daly. Même après tout ce temps, j'avais reconnu sa démarche, identique à celle de sa sœur.

— J'ai besoin d'un sac-poubelle, dis-je.

— T'as pas touché à ce que j'ai cuisiné pour toi ! éructa Ma. Assieds-toi et finis ton assiette.

— Plus tard. Où mets-tu les sacs-poubelle ?

Elle rentra son triple menton, prête à l'affrontement.

— J'ignore comment tu vis, mais sous mon toit on gaspille pas la nourriture. Mange d'abord. Ensuite, tu pourras me reposer ta question.

— Ma, je n'ai pas le temps. Ce sont les Daly.

J'ouvris brutalement le tiroir où l'on entassait jadis les sacs-poubelle. Ils étaient pleins de chiffons.

— Ferme ce tiroir ! Tu te crois chez toi ?

Bravement, Kevin baissa le nez.

— Qu'est-ce qui te fait croire que les Daly ont envie de revoir ta sale gueule ? ergota Pa. Ils t'ont tout mis sur le dos.

— Tu te prends pour qui ? s'étrangla Ma. Pour le prince de Galles ?

— Sans doute, approuvai-je en ouvrant d'autres

tiroirs remplis de produits de ménage, mais je vais leur montrer cette valise et je ne tiens pas à ce qu'elle prenne l'eau. Où sont ces putains de...

— Pas de jurons ! Mes œufs au bacon te dégoûtent, c'est ça ?

— Attends que j'aie mis mes pompes, ajouta Pa. Je viens avec toi. Je rêve de voir la tête de Matt Daly.

Et Olivia souhaitait que je leur présente Holly...

— Non merci, dis-je.

— Chez toi, tu prends quoi au petit déjeuner ? beugla Ma. Du caviar ?

À bout de nerfs, Kevin capitula.

— Frank, sous l'évier.

J'ouvris le placard. Enfin, le Graal ! Un rouleau de sacs-poubelle. J'en arrachai un, me dirigeai vers le salon. Au passage, je soufflai à Kevin :

— Tu m'accompagnes ?

Pa avait raison. Les Daly ne m'avaient pas à la bonne ; mais, à moins que les choses n'aient changé, personne n'en voulait à mon petit frère. Il se renversa dans sa chaise et répondit :

— Sois béni.

Dans le salon, j'enveloppai aussi délicatement que possible la valise dans le sac de plastique. Ma déblatérait toujours.

— Kevin Vincent Mackey ! Tu bouges pas d'ici !

— Bon Dieu, soupirai-je. L'asile de fous est pire qu'avant.

— Ils se calmeront quand on sera partis, dit Kevin en enfilant sa veste.

— Je vous ai autorisés à quitter la table ? Francis ! Kevin ! Vous m'écoutez ?

73

— La ferme, marmotta Pa. J'essaye de manger tranquille.

Il n'avait pas élevé le ton ; pas encore. Mais sa voix ne présageait rien de bon. Kevin ferma les yeux.

— On sort, lui dis-je. Je veux coincer Nora avant qu'elle reparte.

Je quittai l'appartement puis descendis les marches du perron, la valise à plat sur mes avant-bras pour que rien ne bouge à l'intérieur. Kevin me tint les portes. La rue était déserte. Les Daly s'étaient engouffrés au 3. Le vent tournoya entre les façades et m'atteignit en pleine poitrine, comme la main d'un dieu me conjurant de ne pas aller plus loin.

Aussi loin qu'il m'en souvienne, mes parents et les Daly se sont toujours détestés, pour des raisons connues d'eux seuls. Quand Rosie et moi avons commencé à sortir ensemble, j'ai essayé de comprendre pourquoi notre amour rendait M. Daly malade, mais je n'ai effleuré que la surface des choses. Cette haine venait en partie de ce que les hommes de la famille travaillaient pour Guinness, ce qui les plaçait bien au-dessus de nous : emploi stable, salaire consistant et possibilité de promotion. Le père de Rosie suivait des cours du soir pour échapper à la condition ouvrière. Je savais par Jackie qu'il était devenu plus ou moins contremaître et qu'il avait racheté le 3 à son propriétaire. Mes parents vomissaient les prétentieux et les Daly méprisaient les chômeurs alcooliques. Selon Ma, il y avait aussi une forme de jalousie : elle nous avait pondu tous les cinq sans le moindre problème, alors que Theresa

Daly n'avait eu que deux filles et n'avait jamais réussi à offrir un garçon à son homme. « Ne parlons pas de ses fausses couches », jubilait-elle.

Ma et Mme Daly consentaient quand même à s'adresser la parole. Les femmes aiment se haïr de près : leurs ruades font plus mal. Quant à Pa et M. Daly, je ne les avais jamais vus échanger trois mots. Ils ne communiquaient qu'une fois ou deux par an, quand Pa rentrait un peu plus éméché que d'habitude et, dépassant notre maison, titubait jusqu'au 3. Il hurlait :

— Matt Daly, sors si t'es un homme !

Il fallait que Ma et Shay interviennent ou, si Ma faisait ce soir-là le ménage dans des bureaux, que Carmel, Shay et moi sortions pour le convaincre de rentrer chez nous. Toute la rue écoutait, commentait, applaudissait. Les Daly, eux, n'ouvraient jamais une fenêtre, n'allumaient jamais une lampe. Le plus dur, c'était d'aider Pa à monter les escaliers.

— Une fois qu'ils nous auront fait entrer, dis-je à Kevin alors que nous avions couru sous les trombes et qu'il frappait à la porte du 3, c'est toi qui parleras.

Il eut l'air ahuri.

— Moi ? Pourquoi moi ?

— Fais-moi plaisir. Raconte-leur simplement comment la valise a réapparu. Je me charge du reste.

Cela ne l'enchantait guère. Mais notre Kev ne ferait jamais de peine à personne. Avant même qu'il ait trouvé une formule affable pour m'intimer de me charger moi-même de mon sale boulot, la porte s'ouvrit sur Mme Daly.

— Kevin, dit-elle, comment vas…

75

Soudain, elle me reconnut. Ses yeux s'arrondirent et elle eut une sorte de hoquet. J'énonçai avec douceur :

— Madame Daly, je suis désolé de vous déranger. Pourrions-nous entrer un moment ?

Elle plaqua sur sa poitrine sa main aux ongles démesurés.

— Je ne...

Tout flic sait comment s'imposer chez quelqu'un qui n'a aucune envie de le recevoir.

— Si je pouvais juste mettre ceci à l'abri de la pluie, dis-je en la contournant et en lui collant la valise sous le nez. Je crois qu'il serait important que vous et M. Daly y jetiez un coup d'œil.

Penaud, Kevin me suivit mollement dans le vestibule. Sans nous quitter du regard, Mme Daly hurla :

— Matt !

— Ma ?

Nora apparut la première sur le seuil du salon. Elle avait grandi et sa robe le prouvait.

— Qui... Dieu du Ciel ! Francis ?

— En chair et en os. Comment va, Nora ?

— Ça alors...

Soudain, elle s'écarta.

Dans mon souvenir, M. Daly avait la carrure d'un Schwarzenegger en cardigan. Je me retrouvai devant un homme de taille à peine moyenne, maigre, très droit, les cheveux courts, les traits butés. Sa mâchoire se contracta. Il m'examina en prenant son temps, puis lâcha :

— On n'a rien à te dire.

Je me tournai furtivement vers Kevin, qui répondit très vite :

— Monsieur Daly, il faut vraiment que nous vous montrions quelque chose.

— Tu peux nous montrer ce que tu veux. Mais ton frère doit foutre le camp d'ici.

— Je sais. D'ailleurs, il ne voulait pas venir. On n'a pas eu le choix. Parole d'honneur. C'est très important. Est-ce qu'on pourrait... ? Je vous en prie.

Il était parfait, se dandinant et repoussant la mèche qui lui tombait sur le nez, gauche, presque suppliant. Si on lui avait donné un coup de pied, il n'aurait pas plus réagi qu'un ours en peluche. Comme vendeur, il devait être redoutable. Il ajouta avec humilité :

— Jamais nous ne vous aurions importunés si nous avions pu agir autrement. Cinq minutes, pas plus...

Au bout d'un moment, M. Daly acquiesça d'un signe de tête raide, réticent. J'aurais volontiers sauté au cou de mon petit frère. Et j'aurais payé cher pour l'avoir comme collaborateur dans des missions difficiles.

Les Daly nous introduisirent dans leur salon, moins chargé que celui de Ma, mais plus chic : moquette unie beige, peinture crème au lieu de papiers peints, un portrait de Jean-Paul II et une ancienne affiche syndicale dans deux cadres accrochés au mur. Ni napperons ni canards de plâtre. Même à l'époque où nous, enfants, courions de maison en maison, nous rendant librement chez les uns ou les autres, je n'avais jamais pénétré chez eux. Les Daly ne m'en jugeaient pas digne. Pendant longtemps, j'avais rêvé d'y être invité ; avec hargne. Bien sûr, j'avais imaginé d'autres circonstances. Dans mon rêve, je passais un bras autour de l'épaule de Rosie, elle avait une bague au doigt, un superbe manteau, un polichinelle dans le tiroir et un sourire radieux.

Nora nous fit asseoir autour de la table basse. Je devinai qu'elle envisageait de nous servir des biscuits et du thé, puis qu'elle se ravisait. Je posai la valise sur la table, enfilai mes gants avec solennité : M. Daly était sans doute le seul membre de la paroisse qui préférait avoir un flic dans son salon plutôt qu'un Mackey. Ensuite, j'ôtai le sac-poubelle et demandai :

— L'un de vous a-t-il déjà vu ceci ?

— Elle est à moi, bafouilla Mme Daly, le poing sur la bouche. Je l'ai emportée en voyage de noces.

— Où t'as trouvé ça ? cria M. Daly, les joues dangereusement violacées.

Je fis signe à Kevin. Tout bien considéré, il raconta merveilleusement l'histoire : maçons, extrait de naissance, coups de téléphone. J'exhumai divers objets pour illustrer son récit, comme une hôtesse de l'air expliquant le fonctionnement du gilet de sauvetage, tout en observant les Daly.

Au moment de mon départ, Nora était une gamine empotée et boulotte de treize ou quatorze ans, aux cheveux frisés. Elle s'était métamorphosée. Elle avait à présent la silhouette de Rosie, style « ôte tes pattes de là », des formes pleines telles qu'on n'en voit plus depuis que les filles se laissent mourir de faim pour ressembler à des mannequins anorexiques. Elle était un peu plus petite que sa sœur, moins éclatante avec ses cheveux châtain foncé et ses yeux gris, mais la ressemblance était là ; quelque chose d'indéfinissable dans le maintien, la ligne des épaules et du cou, et sa façon d'écouter avec un calme absolu, un coude au creux de la paume, les yeux rivés sur Kevin.

Mme Daly, elle aussi, avait changé ; en mal. Je me souvenais d'une femme flamboyante fumant sur les marches de son perron, une hanche calée contre la rampe, nous faisant rougir et détaler, nous les garçons, avec ses allusions salaces et son rire de gorge. La fuite de Rosie, ou vingt-deux ans de vie, ou M. Daly avaient eu raison de sa vigueur. Son dos se voûtait, son visage s'affaissait. Soudain, une évidence qui m'avait échappé alors que nous étions adolescents et qu'elle nous paraissait âgée s'imposa à moi : sous le bleu de son fard à paupières, sa crinière ébouriffée et son allure de folle, elle était le sosie de Rosie. Dès lors, devant moi, l'image de sa fille ne cessa de se superposer à la sienne, comme deux diapositives se chevauchant à toute allure. Et que Rosie ait pu, au fil des années, devenir le portrait de sa mère me donna la chair de poule.

M. Daly, au contraire, demeurait fidèle à lui-même. Même veste de laine où luisaient deux boutons neufs, cheveux impeccablement taillés, joues glabres ; il avait sans doute emporté, la veille, un rasoir chez Nora et s'était rasé avant qu'elle raccompagne ses parents. Mme Daly s'agitait, gémissait, se mordait les phalanges tandis que j'extirpais le contenu de la valise. Nora réagit plusieurs fois de façon brutale, respirant bruyamment, renversant la tête ou fermant les yeux. Même s'il pâlissait de plus en plus, M. Daly, lui, resta de marbre. Ses mâchoires se contractèrent de nouveau lorsque je brandis l'extrait de naissance. Rien d'autre.

Kevin se tut, me jeta un coup d'œil pour s'assurer qu'il s'était montré à la hauteur. Je remis le gilet de Rosie dans la valise, pressai le couvercle. Un silence absolu suivit. Enfin, Mme Daly bredouilla :

— Mais comment cette valise a pu se retrouver au 16 ? Rosie l'a emmenée avec elle en Angleterre !

Sa certitude fit battre mon cœur.

— Comment le savez-vous ?

— Après son départ, elle était plus là.

— Comment êtes-vous sûre que Rosie a gagné l'Angleterre ?

— Elle nous a laissé un mot. Pour nous dire au revoir. Les jeunes Shaughnessy et un des fils de Sallie Hearne nous l'ont apporté le lendemain. Ils l'avaient trouvé au 16. Elle a écrit noir sur blanc qu'elle partait pour l'Angleterre. Au début, on a cru que vous deux...

M. Daly eut un geste brusque, agressif, que je fis mine de ne pas remarquer. Mme Daly se tut.

— Effectivement, c'est ce que tout le monde pensait, répondis-je sans me troubler. Quand avez-vous découvert que nous n'étions pas partis ensemble ?

— Il y a des années, intervint Nora. Quinze, peut-être. C'était avant mon mariage. Un jour, je suis tombée sur Jackie dans son salon de coiffure. Elle m'a dit qu'elle cherchait à reprendre contact avec toi, que tu étais à Dublin. Elle m'a affirmé que Rosie s'était enfuie sans toi.

Elle fixa la valise d'un air égaré, me regarda de nouveau.

— Tu penses que... Où est-elle, à ton avis ?

— Pour l'instant, je ne pense rien, répliquai-je d'un ton très officiel, comme s'il s'agissait de n'importe quelle disparition. Il faudrait que j'en sache un peu plus. Avez-vous eu des nouvelles d'elle depuis son départ ? Un coup de fil, une lettre, un message de quelqu'un qui l'aurait croisée ?

Outrée, Mme Daly éructa :

— Nous téléphoner ? On n'avait pas le téléphone ! Quand on l'a eu, j'ai écrit le numéro sur un bout de papier, je suis allée voir ta mère, Jackie et Carmel, et je leur ai dit : « Écoutez-moi bien, si jamais Francis vous fait signe, donnez-lui ce numéro et demandez-lui de dire à Rosie de nous appeler, même une minute, à Noël ou... ». Évidemment, quand j'ai su qu'elle n'était pas avec toi... À quel numéro elle aurait appelé, hein ? Elle pourrait écrire, mais bon, elle fait les choses quand ça lui chante. En tout cas, elle écrira bientôt, j'en suis sûre. J'aurai soixante-cinq ans en février. Elle enverra une carte. C'est une bonne fille. Et jamais...

Sa voix devenait de plus en plus aiguë. M. Daly posa une main sur les siennes. Elle se mordit les lèvres. Kevin semblait vouloir disparaître sous terre.

— Non, confirma Nora. Aucune nouvelle. Au début, on a vraiment cru que vous aviez fui ensemble. Pourtant, même quand on a appris que c'était faux, on a toujours pensé qu'elle vivait en Angleterre.

Mme Daly essuya une larme.

Et voilà. Ils ne savaient rien. J'avais espéré que Nora était restée secrètement en contact avec sa sœur, que j'aurais pu lui soutirer ses coordonnées en douceur, prendre congé de ma famille, chasser de mon esprit la soirée de la veille et m'en aller. Je m'étais fait des idées. Une fois encore, Rosie me glissait entre les doigts.

— Il faut qu'on appelle la Garda, martela M. Daly.

Je ne cachai pas mon scepticisme.

— Bien sûr, vous pourriez. C'est ce que ma famille voulait faire tout à l'heure. Néanmoins j'ai pensé que vous seuls aviez le droit de prendre ou non cette décision.

Il me considéra d'un air soupçonneux.

— Pourquoi on le ferait pas ?

Je soupirai, passai une main dans mes cheveux.

— Écoutez. J'aimerais vraiment vous assurer que la police consacrera à cette affaire toute l'attention qu'elle mérite. Mais je ne veux pas vous donner de faux espoirs. Dans l'idéal, on devrait, pour commencer, prélever sur cette valise des empreintes et d'éventuelles traces de sang. Pour cela, poursuivis-je sans me laisser désarçonner par la plainte affreuse que poussa Mme Daly, il faudrait d'abord assigner un numéro à cette affaire, la confier à un enquêteur qui, lui-même, demanderait l'autorisation de procéder à des analyses. Je peux vous dire tout de suite que cela n'arrivera pas. Personne n'affectera des moyens conséquents à ce qui n'est peut-être même pas un crime. Le service des personnes disparues, celui des affaires classées et la brigade criminelle se renverront la balle pendant quelques mois, jusqu'à ce qu'ils se lassent et rangent le dossier dans un sous-sol. Vous devez vous y attendre.

— Et toi ? interrogea Nora. Tu ne pourrais pas intervenir pour faire démarrer une enquête ?

Je secouai tristement la tête.

— Officiellement, non. Quoi que je fasse, jamais ma brigade ne se penchera sur ce cas. Et une fois enclenchée la machine administrative que je viens d'évoquer, je ne pourrai rien faire.

Nora se redressa avec vivacité, me fixa intensément.

— Mais si on contournait ces procédures ? Si tu prenais tout en charge toi-même ? Il n'y aurait pas un moyen de... ?

— Demander quelques faveurs en douce ?

J'hésitai, réfléchis un instant.

— Peut-être, effectivement. Toutefois, il faudrait que vous soyez tous les trois d'accord.

— Je le suis ! clama Nora, aussi impulsive, aussi déterminée que Rosie autrefois. Fais-le pour nous, Francis. Je t'en prie.

Mme Daly opina, extirpa un Kleenex de sa manche et se moucha.

— Après tout, elle est peut-être en Angleterre ? C'est possible, non ?

Elle me suppliait. Sa voix me fit mal. Kevin tressaillit.

— Oui, murmurai-je, c'est possible. Si vous me laissez prendre les choses en main, je pourrai essayer de le savoir.

— Bon Dieu, gémit M. Daly, ah, bon Dieu...

— Monsieur Daly ?

Immobile sur le rebord de son fauteuil, les mains serrées entre les genoux, il contemplait la valise, comme s'il ne m'avait pas entendu. Enfin, il répondit :

— Je t'aime pas. Ni toi, ni ta famille. Je vais pas prétendre le contraire.

— Je sais. J'ai eu l'occasion de m'en apercevoir. Mais je ne suis pas ici en tant que Mackey. Je suis ici en qualité d'officier de police, et je souhaite vous aider à retrouver votre fille.

— En douce, sous la table, par la porte de derrière. Les gens ne changent pas.

— Apparemment non, fis-je avec un sourire affable. Mais les circonstances, oui. Cette fois, nous sommes du même côté.

— Vraiment ?

— Vous feriez mieux de vous en convaincre, parce que je suis votre seul allié. À prendre ou à laisser.

Il me toisa longuement. Je soutins son examen sans broncher. Il finit par acquiescer à son tour, comme à contrecœur.

— Fais-le. Tout ce qui est en ton pouvoir. S'il te plaît.

— Parfait, dis-je en sortant mon calepin. Parlez-moi du départ de Rosie. Commencez par ce qui s'est passé la veille, avec le plus grand nombre de détails possible.

Ils savaient tout par cœur, comme toute famille qui a perdu un enfant, comme cette mère qui m'avait montré, au milieu de dix autres, le verre dans lequel son fils avait bu juste avant de faire une overdose.

Le matin d'un dimanche de l'Avent, gris et froid. S'étant couchée tôt la veille, Rosie était allée à la messe de 9 heures avec le reste de la famille, plutôt que de faire la grasse matinée et d'assister à celle de

84

midi, ce qu'elle faisait quand elle rentrait tard le samedi soir. Ils avaient pris leur petit déjeuner au retour. À l'époque, manger avant la communion vous valait à confesse un « Je vous salue Marie ». Rosie avait repassé pendant que sa mère se chargeait de la vaisselle, et toutes les deux avaient discuté du moment où il faudrait aller acheter le jambon du réveillon. Une seconde, l'idée qu'elle ait pu parler calmement d'un plat auquel elle n'avait aucune intention de goûter, tout en rêvant d'un Noël où nous ne serions que tous les deux, me serra le cœur. Un peu avant midi, les filles s'étaient rendues à pied à New Street, d'où elles avaient ramené leur grand-mère Daly pour le déjeuner du dimanche. Ensuite, tout le monde avait regardé la télévision. Autre privilège qui plaçait les Daly un cran au-dessus de nous, pauvres ploucs ; ils possédaient un téléviseur. Même chez les pauvres, le snobisme existe ; je redécouvrais des nuances subtiles oubliées depuis longtemps.

Le reste de la journée fut tout aussi banal. Les filles raccompagnèrent leur aïeule chez elle, Nora partit se promener avec deux de ses amies. Rosie passa l'après-midi dans sa chambre, à lire, ou peut-être à faire ses bagages, à écrire sa lettre, ou assise sur son lit, respirant profondément pour calmer son anxiété. Ensuite, le *high tea*, ou dîner, d'autres travaux domestiques, encore un peu de télé. Rosie aida Nora à faire un devoir de maths. Tout était absolument normal. Rien, pas un signe, n'aurait pu laisser deviner son projet.

— Un ange, grommela M. Daly. Toute cette semaine, elle a été un ange. J'aurais dû me douter de quelque chose.

Nora était montée se coucher vers 22 h 30, le reste de la famille peu après 23 heures. Rosie et son père devaient se lever tôt pour se rendre à leur travail. Les deux filles partageaient une chambre, leurs parents occupaient l'autre. Pas de canapé-lit chez les Daly. Nora se souvenait de Rosie se déshabillant et enfilant son pyjama, de son « bonne nuit » chuchoté tandis qu'elle se glissait entre ses draps. Et puis plus rien. Elle ne l'avait pas entendue se lever, se rhabiller, se faufiler hors de la chambre, ni quitter l'appartement.

— À l'époque, j'avais un sommeil de plomb, se justifia-t-elle, comme si on n'avait cessé de le lui reprocher. J'étais gamine…

Le matin, lorsque Mme Daly vint réveiller ses filles, Rosie n'était plus là.

Tout d'abord, ils ne s'inquiétèrent pas, pas plus que ma famille de l'autre côté de la rue. Je crus comprendre que M. Daly avait un peu pesté contre la désinvolture de la jeunesse ; sans plus. Dans les années 80, Dublin était la ville la plus sûre du monde. Ils pensèrent que Rosie avait eu ses raisons pour sortir si tôt, peut-être un rendez-vous avec ses amies, une histoire entre filles. Et puis, alors qu'elle n'était pas rentrée pour le petit déjeuner, les garçons Shaughnessy et Barry Hearne avaient apporté la lettre.

Personne ne savait très bien ce qu'ils fabriquaient au 16 à cette heure-là, par un lundi matin glacial. J'aurais parié pour du hasch ou du porno ; l'année précédente, le cousin d'un gars du quartier avait rapporté d'Angleterre des magazines interdits qui passaient de main en main. En tout cas, c'était à ce moment-là que tout le monde avait pété les plombs.

Le récit des Daly fut un peu moins pittoresque que celui de Kevin la veille, mais la ligne générale était la même.

Je désignai la valise.

— Où se trouvait-elle ?

— Dans la chambre des filles, répondit Mme Daly, le poing toujours contre la bouche. Rosie y fourrait ses vieux vêtements, ses anciens jouets... À l'époque, on n'avait pas de placards. Personne n'en avait.

— Réfléchissez bien. L'un d'entre vous se rappelle-t-il le moment où il l'a vue pour la dernière fois ?

Nul ne s'en souvenait.

— Ç'aurait pu être des mois avant, précisa Nora. Rosie la gardait sous son lit. Je l'apercevais uniquement quand elle la tirait pour chercher quelque chose.

— Et ce qu'elle contenait ? Quand avez-vous vu Rosie l'utiliser ? Écouter les cassettes, porter un des vêtements ?

Silence. Tout à coup, Nora claqua des mains.

— Le Walkman ! Je l'ai vu le jeudi, trois jours avant son départ. Je le barbotais dans le tiroir de sa table de nuit, après la classe, et j'écoutais ses cassettes avant qu'elle rentre du boulot. Si elle m'avait chopée, elle m'aurait démolie, mais ça valait le coup : elle avait la meilleure musique...

— Comment es-tu sûre que c'était le jeudi ?

— Parce que c'était un des jours où je l'empruntais. Le jeudi et le vendredi, Rosie se rendait à l'usine et en revenait avec Imelda Tierney. Tu te souviens d'Imelda ? Elle travaillait avec elle à l'atelier de couture. Donc, ces jours-là, Rosie laissait le baladeur à la maison. Le reste de la semaine, comme

Imelda avait des horaires différents, elle partait au travail toute seule et l'emportait pour l'écouter.

— Donc, tu as pu le voir le jeudi ou le vendredi.

— Non. Le vendredi, je me payais le cinoche après l'école, avec des copines. J'y suis allée ce vendredi-là. Je m'en souviens, parce que...

Elle rougit, se tut, regarda furtivement son père.

— Elle s'en souvient parce que, après la fuite de Rosie, je l'ai coincée longtemps à la maison. Pas question d'aller gambader dehors, asséna-t-il d'un ton sans réplique. On en avait perdu une parce qu'on avait été trop laxiste. J'allais pas laisser l'autre s'envoler.

— Sage précaution, répondis-je hypocritement. Et aucun d'entre vous ne se rappelle avoir vu ces objets après le jeudi après-midi ?

Dénégation générale. Si Rosie n'avait pas encore bouclé sa valise le jeudi après-midi, il lui restait peu de temps pour la dissimuler elle-même, surtout surveillée de près par son doberman de père. On pouvait dès lors commencer à envisager que quelqu'un d'autre l'avait fait pour elle.

— Auriez-vous noté la présence d'un individu tournant autour d'elle, ou la harcelant ? Quelqu'un qui vous aurait inquiétés ?

Les yeux de M. Daly fulminèrent – « Qui d'autre, à part toi ? » –, mais il réussit à se maîtriser.

— Si j'avais remarqué un type suspect, répondit-il froidement, je lui aurais réglé son compte.

— Pas de disputes, de problèmes avec quiconque ?

— Si ça été le cas, elle l'a gardé pour elle, du moins ici. Toi, tu l'aurais su. Pas nous. Moins les filles de cet âge en disent à leurs parents, mieux elles se portent.

— Une dernière chose.

Je sortis d'une poche de ma veste trois petites enveloppes contenant chacune la même photo d'amateur, les leur tendis.

— Reconnaissez-vous cette femme ?

Les Daly examinèrent les clichés avec attention, sans résultat ; et pour cause. Fifi Digitale est une prof d'algèbre du Nebraska dont j'ai dégoté le portrait sur Internet. Où que j'aille, elle m'accompagne. Sa photo a une large bordure blanche où l'on peut appliquer ses doigts sans prendre de précautions. Et comme elle a un physique passe-partout, il faut la dévisager assez longuement pour être certain de ne pas la connaître. Je lui dois de nombreuses identifications. Ce jour-là, elle allait me permettre de savoir si les Daly avaient laissé leurs empreintes sur la valise.

Et si Rosie s'était-elle vraiment apprêtée à me rejoindre ? Mais peut-être n'avait-elle jamais quitté la maison. Si elle avait suivi notre plan, si elle n'avait pas eu l'intention de m'éviter, elle aurait pris le même chemin que moi : la porte d'entrée, puis les marches du perron donnant directement sur la rue. Or, cette rue, j'en avais eu une vue parfaite tout au long de la nuit ; et sa porte ne s'était jamais ouverte.

Les Daly occupaient le rez-de-chaussée du numéro 3. À l'étage habitaient les sœurs Harrison, trois vieilles filles fantasques qui nous donnaient du pain et du sucre si nous portions leurs messages. Au sous-sol, Veronica Crotty, petite femme malade et triste qui racontait que son mari était marin au long cours, vivait avec sa fille, aussi malade et aussi triste qu'elle. En d'autres termes, si une personne avait empêché Rosie de se rendre à notre rendez-vous, elle se trouvait dans ce salon, assise de l'autre côté de la table basse, devant Kevin et moi.

Les trois Daly paraissaient sincèrement bouleversés. Cela ne prouvait rien. À l'âge ingrat, Nora n'avait pas été un modèle de douceur, Mme Daly avait le cerveau fêlé, son mari était violent, il me détestait et il avait des muscles. Toutefois, Rosie n'était pas un poids plume ; même s'il en imposait moins que Schwarzenegger, M. Daly était le seul membre de la famille assez robuste pour avoir pu se débarrasser de son corps.

Scrutant toujours la photo, Mme Daly s'écria avec angoisse :

— C'est qui, celle-là ? Jamais vu sa tête. Tu crois qu'elle aurait pu faire du mal à notre Rosie ? Elle est plutôt maigrichonne. Elle était forte, Rosie. Jamais elle...

— À mon avis, cette jeune femme n'est pas impliquée, répondis-je sans mentir, reprenant les trois enveloppes avant de les remettre dans ma poche. J'explore simplement toutes les possibilités.

— Mais tu crois quand même que Rosie a été agressée, dit Nora.

— Il est trop tôt pour l'affirmer. Cependant, je dispose d'assez d'éléments pour commencer mon enquête. Je vous tiendrai au courant. Merci de m'avoir reçu.

Kevin bondit de son siège, comme propulsé par des ressorts. J'enlevai mes gants pour serrer la main de chacun. Je ne demandai pas le numéro de téléphone des Daly ; inutile d'en rajouter. Je ne leur demandai pas non plus s'ils avaient conservé la lettre de Rosie, l'idée de la relire me désespérait.

M. Daly nous raccompagna. Devant la porte, il me dit de façon abrupte :

— On a cru que c'était toi qui lui interdisais de nous écrire.

Peut-être une façon de s'excuser, ou un dernier sondage.

— Personne ne pouvait empêcher Rosie de faire ce qu'elle voulait, répondis-je. Je vous ferai signe dès que j'aurai du nouveau.

Au moment où il refermait la porte derrière nous, l'une des deux femmes éclata en sanglots.

4

Une petite bruine avait succédé à la pluie. Mais les nuages, de plus en plus denses, s'assombrissaient. D'autres s'amoncelleraient bientôt. Sentant un regard insistant posé sur nous, je levai la tête. En face, plantée devant la fenêtre du salon, Ma nous épiait. Dès qu'elle se rendit compte que je l'avais aperçue, elle brandit un chiffon et frotta les vitres avec frénésie.

— Beau travail, dis-je à Kevin. Je te félicite.

— J'avais la trouille, avoua-t-il.

Cette fois, il ne s'adressait plus à son grand frère qui chapardait pour lui des chips chez l'épicière, mais au flic.

— Ça ne s'est pas vu. Tu t'es comporté comme un pro. Tu as un don. J'espère que tu le sais.

Ce compliment le laissa de marbre.

— Et maintenant ?

— Je vais fourrer ça dans ma voiture avant que Matt Daly ne change d'avis, répondis-je en balançant la valise d'une main tout en agitant, de l'autre, les doigts en direction de ma mère, lui décochant un sourire de faux jeton. Ensuite, j'aurai une petite conversation avec une vieille amie. Pendant ce temps, occupe-toi de Ma et de Pa.

— Ah, non ! protesta-t-il, terrifié. Pas question. Elle va encore gueuler à propos du petit déjeuner !

— Allez, Kev, sois sympa. Un peu d'esprit d'équipe.

— Équipe, mon cul ! C'est toi qui l'as foutue en rogne et tu veux que j'affronte sa DCA ?

— Tout juste. Je ne tiens pas à ce qu'elle harcèle les Daly, ni qu'elle parle à tort et à travers ; du moins pas tout de suite. Je n'ai besoin que d'une heure avant de la laisser faire des dégâts. Je peux compter sur toi ?

— Et si elle se sauve, je réagis comment ? Je la plaque au sol, comme au rugby ?

— Donne-moi ton numéro de téléphone.

Depuis mon mobile, celui sur lequel me joignaient mes hommes et mes informateurs, je lui envoyai un SMS qui disait *Salut*.

— Voilà. Si elle essaye de s'échapper, tu réponds à ce message et je viens lui mettre moi-même la camisole. Ça te va ?

— Quelle galère ! grommela-t-il en fixant la fenêtre.

— Le paradis, m'esclaffai-je en lui donnant une grande claque dans le dos. Tu es un vrai héros. Je te retrouve à la maison dans une heure et je te paye quelques bières ce soir. D'accord ?

— Il m'en faudra un tonneau, gémit-il d'un ton lugubre en se redressant, résigné à affronter le peloton d'exécution.

Je regagnai ma voiture, ouvris le coffre et y rangeai la valise, prête à recevoir les soins d'une délicieuse personne de la police scientifique avec qui j'étais en excellents termes. Avachis contre un mur, des moutards d'une dizaine d'années, crâne rasé, examinaient les véhicules garés près du mien et se demandaient quelle portière ils allaient crocheter. La disparition de la valise aurait été la pire des catastrophes. Je m'appuyai contre le pare-chocs, étiquetai mes enveloppes contenant les portraits de Fifi Digitale puis fumai paisiblement une cigarette, défiant la future élite irlandaise jusqu'à ce que les gamins capitulent et partent vandaliser une bagnole dont le propriétaire ne chercherait pas à les retrouver.

Le logement des Daly était la réplique du nôtre. Il était donc impossible d'y dissimuler un cadavre, du moins longtemps. Si leur fille avait été tuée dans leur appartement, ils auraient eu deux options. À supposer que son père ait eu les tripes pour le faire, ce que je n'excluais pas, il aurait pu envelopper Rosie dans un tapis ou une couverture, la traîner hors de la maison et la jeter dans le fleuve, sur un site abandonné ou, pour reprendre la suggestion délicate de Shay, à la décharge. Toutefois, les Liberties étant ce qu'elles sont, il y avait de fortes chances pour que quelqu'un l'ait remarqué, s'en soit souvenu et en ait parlé. Or M. Daly ne me semblait pas être amateur de roulette russe.

Restait l'autre solution, moins risquée : le jardin du fond. Aujourd'hui, la moitié des habitants de la rue ont aménagé le leur, y ont planté des arbustes, les ont agrémentés d'une camelote en fer forgé. À l'époque, tout le monde les laissait en friche : herbe pelée, détritus, lattes pourries, meubles effondrés, carcasses de vélos. On ne s'y aventurait pas, sauf pour se rendre aux toilettes ou étendre le linge. Tout se passait à l'avant des maisons, face à la rue. Il avait fait froid, mais pas assez pour que la terre gèle. Une heure, la première nuit, pour commencer à creuser une tombe, peut-être une autre la nuit suivante pour la terminer, une troisième le surlendemain pour y ensevelir le corps. Nul n'aurait rien vu. Les jardins n'avaient pas d'éclairage ; on devait même, les nuits sans lune, prendre une lampe de poche pour aller aux gogues. Personne n'aurait rien entendu ; les sœurs Harrison étaient sourdes comme des pots, Veronica Crotty avait bouché avec des planches chaque soupirail du sous-sol pour conserver la chaleur et aucun voisin n'aurait ouvert ses fenêtres par une température pareille. Il ne restait plus, en plein jour, qu'à dissimuler la tombe sous un amas de ferraille, une vieille table ou des débris quelconques. Qui serait venu y fourrer son nez ?

Je ne pouvais fouiller ce jardin qu'avec un mandat, que je n'obtiendrais jamais sans un semblant de motif. J'écrasai ma cigarette et repris le chemin de Faithful Place, pour sonner chez Mandy Brophy.

Mandy fut la première personne réellement heureuse de me voir. Elle poussa un cri de joie, dont je savais qu'il attirerait de nouveau ma mère près de sa fenêtre.

— Francis Mackey ! Dieu du Ciel !

Elle me sauta au cou, m'étouffa entre ses bras.

— Tu as failli me faire avoir une crise cardiaque ! J'aurais jamais pensé te revoir dans le coin. Qu'est-ce que tu fais par ici ?

Elle avait à présent le gabarit d'une mère de famille, les cheveux assortis ; mais ses fossettes étaient toujours là.

— Je passais, répondis-je en lui rendant son

sourire. J'avais envie de savoir comment allaient les uns et les autres.

— Ça fait un sacré bail ! Entre. Vous, ordonna-t-elle en frappant dans ses mains à deux petites filles brunes aux yeux ronds à plat ventre dans le salon, montez jouer dans votre chambre pour que je puisse parler tranquillement à ce gars-là. Allez !

Elle les poussa vigoureusement dehors, vers l'escalier.

— Elles sont ton portrait craché, constatai-je.

— Deux petites pestes, oui. Elles m'en font voir, je te jure. Ma mère affirme que je ne l'ai pas volé, après tout ce qu'elle a enduré à cause de moi quand j'étais môme.

Elle débarrassa le canapé des poupées à moitié habillées, des papiers de bonbons, des jouets et des crayons cassés qui l'encombraient.

— Assieds-toi près de moi. Il paraît que tu es dans la Garda. Tu es devenu respectable...

Ses fossettes se creusèrent un peu plus ; mais ses yeux sombres étaient vifs, attentifs, comme si elle me jaugeait.

— Que tu crois, répliquai-je en calant ma tête contre le dossier, avec un rictus de voyou. J'ai grandi, c'est tout. Comme toi.

Elle eut un geste fataliste.

— Je suis toujours la même. Regarde autour de toi.

— Moi aussi. Tu peux quitter Faithful Place...

— Mais Faithful Place ne te quitte jamais. Une tasse de thé ?

Et voilà. Pas de meilleur mot de passe que le bon vieux temps.

97

— Non merci, j'ai encore mon petit déjeuner sur l'estomac.

Elle entassa les jouets dans un coffre de plastique rose, claqua le couvercle.

— Tu es sûr ? Alors, tu m'autorises à plier mon linge en bavardant, avant que les deux chipies reviennent tout mettre sens dessus dessous ?

Elle tira vers elle un panier en osier.

— On t'a dit que j'avais épousé Ger Brophy ? Il est chef cuistot, maintenant. Il a toujours aimé la bonne bouffe...

— Trois étoiles, hein ? Il ramène sa spatule à la maison pour te faire ta fête ?

Elle gloussa, gifla mon poignet.

— Petit con. Toujours le même. Trois étoiles, mon œil... Il travaille dans un des nouveaux hôtels, à côté de l'aéroport. Il sert surtout des familles qui ont raté leur avion et des hommes d'affaires qui cherchent un endroit peinard pour sauter leurs gonzesses. La nourriture, tout le monde s'en tape. Un jour, je te jure, il s'emmerdait tellement qu'il a mis des bananes dans les œufs frits du petit déjeuner, juste pour voir la réaction des clients. Aucun n'a moufté.

— Ils ont dû croire que c'était de la nouvelle cuisine.

— En tout cas, ils ont tout mangé : les œufs, les saucisses et les bananes.

— Ger est un gars solide. Vous vous en êtes bien sortis.

Elle secoua un petit T-shirt rose.

— C'est vrai, il est pas mal. Et puis il est marrant. C'était écrit depuis le début, de toute façon. Quand j'ai annoncé à ma mère qu'on allait se fiancer, elle m'a répondu qu'elle l'avait vu venir depuis la maternelle. Comme pour... Enfin, comme pour la plupart des mariages ici, d'ailleurs.

Normalement, elle aurait déjà dû entendre parler de la valise, avec tous les détails macabres imaginables. Mais grâce à la garde que Kevin montait auprès de Ma, le téléphone arabe n'avait pas encore fonctionné. Mandy n'était donc ni nerveuse, ni sur la défensive. Elle faisait simplement preuve de tact, pour ne pas raviver mes vieilles blessures. Je me détendis dans le canapé et savourai l'instant présent. J'aime les maisons en désordre où les enfants et leur mère laissent partout leurs marques : traces de doigts sur les murs, fouillis de bibelots, de barrettes et de rubans sur la cheminée, effluves de lessive et de linge repassé.

Nous avons papoté un moment : ses parents, les miens, les voisins qui s'étaient mariés, avaient eu des enfants, étaient partis en banlieue ou avaient des problèmes de santé. Imelda vivait toujours dans les parages. Elle habitait Harrows Lane, à deux minutes à pied. Je devinai toutefois, à une petite contraction des lèvres de Mandy, qu'elles ne se voyaient plus aussi souvent qu'autrefois. Je n'insistai pas. Je préférai la faire rire. Déclenchez le rire d'une femme et elle en arrive très vite aux confidences. Le sien était toujours aussi pétillant, spontané, incroyablement communicatif.

Dix bonnes minutes s'écoulèrent avant qu'elle me demande d'une voix égale :

— À propos, tu as eu des nouvelles de Rosie ?

— Aucune, répondis-je sur le même ton. Et toi ?

— Rien. Je croyais simplement que tu en avais eu, c'est tout.

— Tu savais ?

Elle fixait les chaussettes qu'elle était en train de rouler, mais elle battit des cils.

— Qu'est-ce que tu veux dire ?

— Vous étiez proches, elle et toi. Je pensais qu'elle t'aurait raconté.

— Que vous comptiez vous enfuir ensemble, ou bien qu'elle… ?

— L'un ou l'autre.

Elle se renfrogna un peu plus.

— Allons, Mandy ! m'exclamai-je avec une gaieté forcée. C'était il y a vingt ans. Je te promets que je ne vais pas piquer une crise parce que les filles se racontent tout. Je m'interrogeais, sans plus.

— J'ignorais qu'elle avait l'intention de rompre. Parole d'honneur. Quand j'ai appris que vous n'étiez pas ensemble, j'en suis tombée à la renverse. J'étais certaine que vous étiez mariés, installés, avec une ribambelle de gosses.

— Tu étais donc au courant de notre projet ?

— Vous avez disparu la même nuit. Tout le monde en a tiré la même conclusion que moi.

— Tu as parlé de rupture, repris-je avec un sourire appuyé, en secouant la tête. Alors, tu savais qu'on se voyait toujours. On a pourtant gardé le secret pendant presque deux ans. C'était du moins ce qu'on s'imaginait.

Mandy fit une petite grimace, empila les chaussettes dans le panier à linge.

— Vous ne vous trompiez pas. Elle se gardait bien de se confier à nous. Pas un mot, tu peux me croire.

Jusqu'au jour… Vous n'êtes pas allés prendre un verre ensemble dans un pub, elle et toi, à peu près une semaine avant votre départ ? Quelque part en centre-ville ?

O'Neill's, sur Pearse Street ; tous les ados tournant la tête tandis que Rosie se frayait un chemin jusqu'à notre table, une chope dans chaque main. De toutes les filles que je connaissais, elle était la seule à boire des pintes et payait toujours sa tournée.

— Oui, dis-je. C'est exact.

— C'est à ce moment-là qu'on a deviné. Elle a raconté à son père qu'elle sortait avec moi et Imelda, mais elle a oublié de nous demander de la couvrir. On ne savait vraiment rien. Ce soir-là, Imelda et moi, on n'a pas traîné. M. Daly surveillait la rue depuis sa fenêtre. Il nous a vues arriver, sans Rosie. Elle est rentrée bien plus tard. Vous deviez avoir plein de choses à vous dire…

— Oui.

Baisers d'au revoir contre le mur de Trinity, ma main sur ses hanches l'attirant tout contre moi.

— Bref, M. Daly est resté éveillé pour l'attendre. Le lendemain, le samedi, elle est passée me voir. Elle m'a dit qu'il était devenu enragé.

Et voilà. Retour à ce bon M. Daly.

— Ça ne m'étonne pas.

— Imelda et moi, on a demandé à Rosie où elle était allée. Rien à faire. Elle nous a simplement répété que son père était furibard. Alors, on a compris qu'elle avait rendez-vous avec toi.

— Mais qu'est-ce que Daly pouvait bien avoir contre moi ?

— Va savoir. Lui et ton vieux étaient comme chien et chat. À mon avis, ça venait peut-être de là. Et puis quelle importance ? Tu vis ailleurs, loin de lui...

— Rosie m'a plaqué, Mandy. Elle m'a jeté comme une souris morte et je n'ai jamais su pourquoi. Cela avait-il un rapport avec son père ? J'aimerais savoir si j'aurais pu faire quelque chose, n'importe quoi, pour que les événements prennent un tour différent.

Je n'avais pas réprimé mon chagrin. La compassion de Mandy m'alla droit au cœur.

— Ah, Francis... Rosie se foutait pas mal de ce que son père pensait de toi. Tu le sais.

— C'est possible. Pourtant, si elle avait peur de lui, si elle me le cachait... Jusqu'où allait sa rage contre elle ?

Mandy parut stupéfaite, ou inquiète...

— Tu veux dire quoi, exactement ?

— M. Daly est un sanguin. Quand il a découvert que Rosie était avec moi, toute la rue l'a entendu hurler. Je me suis toujours demandé si ça s'arrêtait là, ou... Bref, s'il la frappait.

Mandy porta les mains à sa bouche.

— Dieu du Ciel, Francis ! Elle t'a dit quelque chose ?

— Elle ne m'aurait jamais rien révélé sur lui, sauf si elle avait voulu que je l'assomme. Mais à toi, à Imelda ?

— Oh, non ! Pas un mot. Si ç'avait été vrai, je suis sûre qu'elle nous aurait mises dans la confidence. Quoique... Va savoir, murmura-t-elle en lissant sur ses genoux un uniforme bleu d'écolière. À mon avis, il n'a jamais levé la main sur elle, affirma-t-elle enfin.

102

Et je ne dis pas ça parce que c'est ce que tu voudrais entendre. En fait, il n'admettait pas qu'elle avait grandi. Ce samedi, quand elle est venue me voir, alors qu'il l'avait surprise rentrant au milieu de la nuit, on devait toutes les trois aller en boîte, aux *Apartments*. Mais pour elle, c'était râpé. Son père, je blague pas, lui avait confisqué ses clés. Comme à une gamine, alors qu'elle déposait chaque semaine son salaire sur la table. Il lui a dit qu'il verrouillerait la porte à 23 heures tapantes. Si elle n'était pas là, elle n'aurait qu'à dormir dans la rue. Tu sais bien qu'aux *Apartments*, à 23 heures, ça commence à peine. Tu vois ? Lorsqu'il était en pétard contre elle, il ne la giflait pas. Il l'envoyait au coin, comme je le fais avec mes gamines quand elles deviennent casse-boules.

En un clin d'œil, M. Daly avait cessé d'être le suspect n° 1. Obtenir un mandat pour fouiller son jardin n'était plus une priorité et la béatitude domestique de Mandy me séduisait un peu moins. Si Rosie n'était pas sortie de chez elle par la porte principale, ce n'était pas pour m'éviter, ni pour fuir la hargne meurtrière de son père. Peut-être, tout simplement, ne lui avait-il pas laissé le choix. Les portes d'entrée étaient verrouillées la nuit ; celles de derrière étaient munies d'un loquet, pour qu'on aille aux toilettes sans avoir besoin d'une clé et qu'on ne se retrouve pas coincé dehors. Si Rosie n'avait pas eu les siennes, peu importait qu'elle ait eu l'intention de me fuir ou de se jeter dans mes bras : elle avait été obligée de sortir par la porte de derrière, d'escalader les murs et de traverser les jardins.

Dès lors, le 3 n'était plus dans la ligne de mire. Et les chances de découvrir des empreintes intéressantes sur la valise s'amenuisaient. Si Rosie savait qu'elle devrait s'enfuir par les jardins, elle avait dissimulé la valise à l'avance pour la récupérer en chemin. Si un agresseur lui avait barré la route, il en ignorait sans doute jusqu'à l'existence.

Mandy me scrutait d'un air un peu inquiet, essayant de savoir si j'avais compris ce qu'elle voulait dire.

— Ça se tient, répliquai-je. Ceci étant, j'imagine mal Rosie acceptant de rester cloîtrée. N'envisageait-elle pas une riposte ? Piquer ses clés à son père, par exemple ?

— Surtout pas. C'est ce qui nous a mis la puce à l'oreille, à Imelda et moi. On lui a dit : « Envoie-le paître et viens avec nous. S'il ferme la porte, on t'hébergera. » Elle a refusé. Elle voulait éviter de le mettre en rogne. On lui a répondu : « Pourquoi tu te donnes tout ce mal ? » C'était vraiment pas son genre. Alors elle a ajouté : « Ça ne durera plus longtemps. » Ça nous a titillées. On l'a asticotée pour savoir de quoi il retournait. Autant s'adresser à un mur. Elle a laissé entendre que son vieux lui rendrait bientôt ses clés. Tu parles... On a tout de suite deviné qu'elle nous cachait l'essentiel. Quoi exactement, on l'ignorait. Mais quelque chose de grandiose se préparait.

— Vous n'avez pas essayé d'en apprendre davantage ? Sur ce qu'elle projetait, si c'était avec moi ?

— Oh, là, oui ! Qu'est-ce qu'on l'a houspillée ! Je lui pinçais le bras pour la faire parler, Imelda la frappait avec un oreiller. Elle a tenu bon jusqu'à ce qu'on renonce et qu'on aille se préparer. Elle était... Mon Dieu...

Mandy eut un petit rire étouffé. Le mouvement machinal de ses mains sur le linge se calma.

— On était là où tu te trouves, dans ce salon. À l'époque, c'était ma chambre. J'étais la seule à en avoir une pour moi. C'était toujours là qu'on se réfugiait. Imelda et moi, on se crêpait les cheveux. Bordel, la dégaine qu'on avait ! Et ce fard à paupières turquoise, tu t'en souviens ? On se prenait pour des stars.

— Vous étiez superbes. Toutes les trois. Je n'ai jamais vu d'aussi jolies filles.

— Vil flatteur.

Elle fronça le nez vers moi, mais ses yeux étaient toujours ailleurs.

— On charriait Rosie, on lui demandait si elle allait entrer au couvent. Sûr qu'elle serait adorable en habit de bonne sœur. Elle avait le béguin pour le père McGrath ou quoi… ? Tu vois le genre. Allongée sur mon lit, elle fixait le plafond et rongeait son ongle. Tu te rappelles ? Elle en grignotait un seul, toujours le même.

Celui de l'index droit ; elle le mordait quand elle réfléchissait beaucoup. Les deux derniers mois, pendant que nous concoctions nos plans, elle l'avait fait saigner plusieurs fois.

— Oui, je me rappelle.

— Je l'observais dans le miroir de ma coiffeuse. C'était bien Rosie, que je connaissais depuis le berceau. Pourtant, ce n'était plus la même personne. Comme si elle était devenue plus âgée que nous. Comme si elle était déjà partie… J'ai eu envie de lui donner un porte-bonheur, une médaille de saint Christophe pour lui souhaiter bon voyage.

— Tu en as parlé à quelqu'un ?

— Des clous ! Jamais je l'aurais mouchardée. Tu me connais.

Elle s'était redressée, presque furieuse. Je la rassurai.

— Oui, je te connais. Simplement, je vérifie deux fois plutôt qu'une. Déformation professionnelle. Ne m'en veux pas.

— D'accord, j'en ai parlé à Imelda. On croyait toutes les deux que vous alliez vous enfuir ensemble. On trouvait ça romantique. Mais je n'ai rien dit à personne d'autre, pas même après. On était de votre côté, Francis. On voulait vous voir heureux.

Un bref instant, j'eus l'illusion qu'en me retournant je les apercevrais toutes les trois telles qu'elles étaient jadis, insouciantes et gaies, avec l'éternité devant elles.

— Merci, dis-je. Tu me fais plaisir.

— Va savoir pourquoi elle a changé d'avis. Pour moi, ça reste un mystère. Si je le savais, je te le dirais. Rosie et toi, vous étiez faits l'un pour l'autre. Le couple idéal. Voilà ce que je pensais.

Sa voix se brisa.

— Moi aussi, murmurai-je.

— Bon Dieu, Francis, chuchota-t-elle avec une tristesse infinie, les mains toujours à plat sur le même uniforme d'écolière. Ça fait un bail, pas vrai ?

La rue était calme. À l'étage, d'une voix chantante, l'une des petites filles faisait la leçon à sa sœur. Une bourrasque projeta une giclée de pluie contre les vitres.

— Des siècles, dis-je. Pourquoi a-t-il fallu tant de temps ?

Je ne lui dévoilai rien. Ma s'en chargerait, avec délectation. Nous nous enlaçâmes sur le perron. Je l'embrassai sur la joue, lui promis de revenir bientôt lui rendre visite. Je m'imprégnai de son odeur, que je n'avais pas respirée depuis des années : savon Pears, biscuits fourrés et parfum bon marché.

5

Kevin était avachi contre la rampe, comme autrefois, quand on lui interdisait de se joindre à nous parce qu'il était trop petit. Pour l'heure, il avait un mobile à la main et pianotait un SMS à toute allure.

— Ta petite amie ? lançai-je.

Il haussa les épaules.

— Si on veut. Pas vraiment. Pas question de me mettre en ménage.

— Tu en as donc plusieurs. Kevin, tu n'es qu'un macaque en rut.

Il sourit d'une oreille à l'autre.

— Et alors ? Elles sont toutes d'accord. Elles n'ont pas l'intention de s'installer non plus. On s'envoie en l'air pour le plaisir. Où est le mal ?

— Nulle part. Sauf que tu devais surveiller Ma au lieu d'expédier des mots doux à ta chérie du moment.

— Je le fais d'ici. Elle me tapait sur le système. Si elle avait tenté de courir jusque chez les Daly, je l'aurais interceptée.

— Je ne tiens pas à ce qu'elle téléphone à la terre entière.

— Elle ne téléphonera à personne. Pas avant que Mme Daly lui ait tout raconté. Elle s'épuise à faire la vaisselle. J'ai voulu lui donner un coup de main, mais elle a piqué sa crise parce que j'avais placé une fourchette à l'envers dans le séchoir et que quelqu'un allait se prendre une dent dans l'œil. Alors, j'ai dégagé. Où t'étais ? Avec Mandy Brophy ?

— Admettons, déclarai-je sans transition, que tu veuilles aller du 3 jusqu'à l'extrémité de la rue, mais que tu ne puisses pas sortir par la porte principale. Qu'est-ce que tu ferais ?

— La porte de derrière, répondit-il promptement, retournant à son SMS. Puis par-dessus les murs des jardins. Je l'ai fait mille fois.

— Moi aussi.

Je montrai du doigt la succession des façades, du 3 au 15, tout au bout.

— Six jardins.

Sept, en comptant celui des Daly. Rosie m'attendait peut-être toujours dans l'un d'eux.

— Minute, objecta Kevin en levant les yeux de son portable. Tu veux dire maintenant, ou autrefois ?

— Quelle différence ?

— Le cabot des Halley, mon pote. Rambo. Tu te rappelles le jour où ce roquet m'a mordu le cul à travers mon froc ?

— Merde ! Je l'avais oublié ! Une fois, je lui ai balancé un coup de pied dans les côtes.

Rambo était un minuscule corniaud mâtiné de fox-terrier qui, mouillé, devait peser trois kilos. Son nom lui avait donné un complexe à la Napoléon et il défendait son territoire avec acharnement.

— Maintenant que les yuppies à la peinture rose bonbon occupent le 5, précisa Kevin en désignant à son tour la ligne que je venais de tracer, je prendrais ce chemin-là. Mais, à l'époque, avec Rambo prêt à m'arracher les burnes, je serais passé par ici.

Il se retourna et je suivis son doigt : dépasser le 1, longer le haut mur délimitant la rue, traverser les jardins des nombres pairs, enfin sauter par-dessus le mur du 16, juste devant le lampadaire.

— Pourquoi ne pas escalader simplement le mur du fond et aboutir directement dans la rue ? Pourquoi s'obliger à traverser les jardins de notre côté ?

Il eut un grand sourire.

— T'as oublié ? T'as jamais balancé des cailloux contre la fenêtre de Rosie ?

— Pas avec son père dans la pièce d'à côté. Je tenais à mes couilles.

— J'ai fricoté un temps avec Linda Dwyer. Tu te souviens des Dwyer, au 1 ? On se retrouvait la nuit derrière chez elle, pour qu'elle puisse s'amuser à m'empêcher de lui tripoter les nibards. De l'autre côté, ajouta-t-il en désignant le fond de Faithful Place, le mur est lisse. Aucune prise. Tu ne peux le franchir que par un des coins, en prenant appui sur le mur voisin pour te hisser. Et tu aboutis dans les jardins d'en face, côté pair.

— Tu es un puits de science. Tu as réussi à soulever le soutien-gorge de Linda Dwyer ?

Il roula des yeux et commença à m'expliquer la relation complexe qu'entretenait Linda avec la Légion de Marie. Je ne l'écoutais pas. Je réfléchissais. J'avais le plus grand mal à imaginer un tueur en série de passage ou un obsédé sexuel errant dans les jardins un dimanche soir, avec le faible espoir qu'une victime se pointerait au bon moment. Si quelqu'un avait coincé Rosie, il la connaissait ; il l'avait vue arriver et il avait au moins un début de plan.

Au-delà du mur bouchant Faithful Place commençait Copper Lane : une rue presque identique, mais plus vaste, plus animée. Si j'avais concocté une rencontre clandestine ou projeté une embuscade le long de l'itinéraire dressé par Kevin, surtout si cette rencontre devait se terminer par une lutte et l'évacuation d'un corps, j'aurais choisi le 16.

Ces bruits que j'avais entendus alors que je faisais le pied de grue sous le lampadaire, sautant d'un pied sur l'autre pour lutter contre le froid... Un grognement d'homme, les cris étouffés d'une femme, cette étreinte brutale. Un gamin amoureux est un niais qui voit tout en rose. Pour moi, cette nuit-là, l'amour recouvrait le monde. Il imbibait l'atmosphère, réveillait les passions endormies : ouvriers épuisés saisis par le désir, adolescents s'embrassant à en perdre le souffle comme si leur vie en dépendait, vieillards retrouvant la fougue de leur jeunesse. Oui, l'amour régnait sur les Liberties. Et ce que j'avais entendu ne pouvait être qu'un couple d'amoureux oubliant toute retenue. Je m'étais peut-être trompé.

Encore une fois, pour un instant, je me persuadai que Rosie s'apprêtait vraiment à me rejoindre. Si c'était le cas, son mot prouvait qu'elle avait suivi le chemin qu'avait détaillé Kevin, jusqu'au 16. Et la valise attestait qu'elle n'en était jamais sortie.

Kevin déblatérait toujours.

— Je m'en serais tamponné, mais elle avait le plus beau châssis de...

— Viens, lui dis-je. On va faire un tour là où Ma nous interdisait d'aller jouer.

L'état du 16 était pire que ce que j'avais imaginé. En évacuant les cheminées, les ouvriers avaient massacré les marches du perron. Les deux rampes de fer forgé avaient été volées ou vendues elles aussi par le propriétaire. L'énorme panneau *PJ Lavery Entrepreneurs* était tombé dans la cage d'escalier et masquait un soupirail du sous-sol ; personne n'avait pris la peine de le redresser.

— Qu'est-ce qu'on fait ? demanda Kevin.

Je n'en avais qu'une vague idée. Simplement, nous allions suivre Rosie pas à pas et nous verrions bien où elle nous mènerait. Je répondis :

— On entre d'abord. Le reste, on le découvrira au fur et à mesure.

Kevin poussa la porte, se pencha avec précaution pour inspecter les lieux.

— À moins qu'on se retrouve à l'hôpital...

Le vestibule était plongé dans une obscurité striée de rais de lumière surgissant d'un peu partout : des pièces vides aux portes à moitié descellées, de la fenêtre aux vitres sales du rez-de-chaussée, de l'escalier intérieur d'où soufflait une brise froide. Je sortis ma lampe torche. Même si, officiellement, je ne travaille plus sur le terrain, je trimbale toujours dans les nombreuses poches de ma veste de cuir de quoi affronter l'imprévu : Fifi Digitale, trois petits sachets d'indices, un calepin, un crayon, un couteau suisse, des menottes et une petite lampe Maglite extrêmement puissante. Mon Colt « Spécial Police » loge bien au chaud dans un étui spécialement conçu au creux de mes reins, invisible sous la ceinture de mon jean.

— Je blague pas, dit Kevin en désignant les marches plongées dans les ténèbres. J'aime pas ça. Si

113

l'un de nous éternue, la baraque nous tombera sur la tête.

— Le GPS de la brigade est relié à un système de détection implanté dans ma nuque. Ils viendront nous déterrer.

— Sérieux ?

— Bien sûr que non. T'affole pas, Kev. Tout ira bien.

J'allumai ma torche et le précédai dans le vestibule, soulevant des nuages de poussière qui tournoyèrent lentement autour de nous. L'escalier craqua et ploya dangereusement sous notre poids, mais tint bon. Je commençai par la pièce du haut donnant sur la rue, où j'avais trouvé le mot de Rosie et où, à en croire Ma et Pa, les Polaques avaient découvert sa valise. Il y avait un grand trou dentelé à la place de la cheminée qu'ils avaient arrachée. Tout autour, le mur était constellé de graffitis indiquant qui aimait qui, qui était pédé et qui pouvait aller se faire enculer. Quelque part sur cette cheminée en route pour une belle demeure de Ballsbridge figuraient mes initiales et celles de Rosie.

Comme dans toute maison abandonnée, des canettes, des mégots et des papiers gras jonchaient le plancher, recouverts d'une épaisse poussière : les ados, aujourd'hui, ont des lieux dédiés pour se défouler et assez d'argent de poche pour s'y rendre. Je remarquai également, avec plaisir, des préservatifs usagés. De mon temps, ils étaient interdits. Si on avait la chance de se retrouver dans une situation qui en aurait nécessité l'usage, on prenait ses responsabilités et on passait le reste de la semaine à chier dans son froc. Un petit vent glacé soufflant par les

114

brèches des fenêtres à guillotine soulevait les toiles d'araignée qui s'amoncelaient dans les coins. Un jour ou l'autre, ces fenêtres disparaîtraient, vendues à un bobo à la noix dont la femme raffolerait de cette adorable touche d'authenticité. Je chuchotai :

— J'ai perdu mon pucelage dans cette pièce.

Je sentis le regard de Kevin, son envie d'en savoir davantage. Renonçant à m'interroger, il murmura :

— J'ai connu des endroits plus confortables pour tirer un coup.

— On avait une couverture. Et puis le confort n'est pas tout. Je n'aurais pas échangé ce plancher pourri contre une suite au *Shelbourne*.

Kevin frissonna.

— Cet endroit me déprime.

— N'y vois qu'une atmosphère. Fouille dans ta mémoire.

— Mémoire, mon cul. Plus j'oublie cette période, mieux je me porte. Tu as entendu les Daly parler de ces dimanches sinistres des années 80 ? La messe avant ce putain de déjeuner du dimanche ? Je parie qu'ils s'enfilaient du jambon bouilli et des patates au chou.

— N'oublie pas le dessert.

Je fis courir le faisceau le long des lattes : trouées, écornées par endroits, mais unies ; on n'en avait remplacé aucune.

— Angel Delight, précisai-je. Aussi indigeste que de la craie parfumée à la fraise. Mais si on ne le mangeait pas, on condamnait les bébés du tiers-monde à crever de faim.

— Sûr. Et rien à glander de la journée, sauf traîner dans le froid, se réfugier au cinoche ou supporter Pa et Ma. Que dalle à la télé, à part les sermons d'un curé de mes deux expliquant que la contraception rendait aveugle. Même pour ça, on devait passer des heures à régler cette antenne à la con en forme d'oreilles de lapin pour y voir quelque chose... Je te jure, certains dimanches, je m'emmerdais tellement que j'avais hâte de retourner à l'école.

Rien à l'ancien emplacement de l'âtre, ni dans le conduit ; juste un nid en haut et des fientes blanchâtres maculant les parois. La cheminée était à peine assez large pour contenir la valise. Il aurait été impossible d'y cacher un corps, même temporairement.

— Tu aurais dû venir ici, lançai-je à Kevin. C'est là que tout se passait : sexe, drogue et rock'n' roll.

— Quand j'ai eu l'âge, personne n'y allait plus. À cause des rats.

— Il y en a toujours eu. Ils mettaient de l'ambiance. Amène-toi.

Je l'entraînai dans la pièce voisine. Il me suivit à contrecœur, en maugréant :

— Une infection. T'étais plus là quand un malade a répandu du poison. Je crois que c'était Johnny le Barjo. Il détestait les rats, à cause des tranchées. Ils sont allés crever à l'intérieur des murs. Qu'est-ce que ça schlinguait ! On serait tous morts de la typhoïde.

— Je n'ai pas d'odorat, dis-je.

Je braquai de nouveau ma torche, cherchant toujours les traces d'une tombe. Je commençais à me demander si je ne devenais pas parano. Une nuit chez mes parents et leur dinguerie déteignait déjà sur moi. Kevin ajouta :

— Bien sûr, la puanteur a disparu après un certain temps. Mais nous, à l'époque, on avait investi le terrain vague qui fait le coin de Copper Lane. Tu le connais. Un cloaque. En hiver, on se pelait. C'était plein d'orties et de barbelés. Mais tous les ados de Copper Lane et de Smith's Road s'y retrouvaient aussi. Du coup, on avait plus de chances de trouver de quoi picoler ou des doudounes à tripoter. Et on n'est plus jamais revenus ici.

— Tu as raté quelque chose.

Il considéra la pièce d'un air dubitatif. Les mains dans les poches, il serrait étroitement sa veste contre lui, comme pour ne rien toucher.

— J'y survivrai. La nostalgie des années 80, je te la laisse. Se faire chier à mort, jouer avec des barbelés ou baiser dans des trous à rats... J'ai manqué quoi ?

Il se dressait devant moi, sapé comme un milord, avec sa belle montre et sa coiffure impeccable, indigné, à mille lieues de l'univers où nous avions vécu. Je le revis tel qu'il avait été jadis, famélique et la mèche sur le front, affublé des oripeaux qui ne m'allaient plus, sauvageon grandissant dans une famille indigne de lui.

— C'était bien mieux que ça, réfutai-je.

— Mieux que quoi ? Qu'y a-t-il d'extraordinaire à se faire dépuceler dans un dépotoir ?

— Je ne prétends pas que je ressusciterais ces années-là si j'avais le choix, mais je ne jette pas le bébé avec l'eau du bain. Et contrairement à toi, je ne me suis jamais emmerdé. Jamais.

Il poussa un grognement.

— Tant mieux pour toi.

117

— Concentre-toi. Ça viendra.

Je me dirigeai vers les pièces du fond, sans l'attendre. Si, dans le noir, il posait le pied sur une latte pourrie, c'était son problème. Au bout d'un moment, il me suivit en maugréant.

Rien d'intéressant, hormis un amas de bouteilles de vodka vides. Je redescendis au rez-de-chaussée, me dirigeai vers l'escalier menant au sous-sol. Kevin râlait toujours.

— J'y vais pas, me dit-il.

— Chaque fois que tu réponds non à ton grand frère, une étoile s'éteint. Magne-toi.

— Un jour, Shay nous a enfermés là-dedans. Tu t'en souviens ?

— C'est pour ça que l'idée d'y descendre te fait tourner de l'œil ?

— Non. Mais je ne vois pas pourquoi on se ferait enterrer vivants pour rien.

— Alors, attends-moi dehors.

Il finit par capituler et m'emboîta le pas, par habitude, comme il l'avait toujours fait.

Ce sous-sol, j'avais dû y aller trois fois. Selon la légende, Higgins l'Écorcheur y avait tranché la gorge de son frère sourd et muet avant de l'ensevelir sur place. Le fantôme de sa victime, Higgins le Débile, y errait toujours, brandissant ses mains décharnées et poussant d'affreux hurlements dès qu'un enfant envahissait son territoire. Les frères Higgins avaient sans doute été inventés par nos parents et aucun d'entre nous ne croyait à leur existence. Pourtant, nous évitions de nous aventurer dans ce sous-sol. Shay et ses potes s'y risquaient parfois pour nous prouver qu'ils n'avaient peur de rien et, de temps à

118

autre, un couple cherchant désespérément un endroit où s'envoyer en l'air y trouvait refuge. Moi-même, j'y avais, à neuf ans, entraîné Zippy Hearne et Michelle Nugent, dans l'espoir que la terreur les pousserait à se laisser tripoter. Peine perdue : même à cet âge, je m'intéressais à des filles que rien n'effrayait. De toute façon, l'essentiel se passait là-haut. Les Malboro par paquets de dix, le cidre bon marché par bouteilles de deux litres et le strip-poker qui n'allait jamais jusqu'au bout. Le sous-sol, c'était l'enfer, l'antre du diable. Tout d'un coup, je me souvins de la terreur qui m'avait submergé lorsque Shay nous y avait enfermés, Kevin et moi. L'heure que nous y avions passée m'avait paru durer des semaines. Kevin devait avoir deux ou trois ans. Sa peur l'empêchait même de crier et il avait fait pipi dans sa culotte. J'avais essayé de le rassurer, d'enfoncer la porte à coups de pied, de déclouer à mains nues les planches qui bouchaient les soupiraux. Et je m'étais juré qu'un jour Shay payerait pour tout ça.

À la lueur de ma torche, le sous-sol m'apparut tel qu'il était jadis, à une différence près : je comprenais maintenant pourquoi nos parents nous en interdisaient l'accès. La pâle lumière qui filtrait à travers les planches clouées n'importe comment contre les soupiraux éclairait faiblement le plafond dangereusement bombé. Des plaques de plâtre s'étaient détachées, dénudant les poutres penchées et fendues. Les cloisons s'étaient déformées, puis écroulées. Il ne restait qu'une grande pièce dont le plancher s'effondrait jusque dans les fondations. Il y avait très longtemps, quelqu'un avait tenté d'en combler les trous les plus béants avec du béton. Comme dans mon souvenir, mais un peu plus qu'autrefois, l'endroit puait le moisi, les ordures et la pisse.

— Bon Dieu, geignit Kevin, chancelant au pied des marches, bon Dieu...

Sa voix résonna dans les coins invisibles, rebondit contre les murs, comme si un fantôme gémissait dans le noir. Il grimaça et se tut.

Deux des blocs de béton avaient la taille d'un être humain. Celui qui les avait placés là en avait barbouillé les bords avec du ciment grumeleux, pour la satisfaction du travail bien fait. Le troisième, par contre, avait été posé à la va-vite, sans la moindre précaution. C'était un gros morceau de guingois, d'environ 1,50 m sur 1 mètre, et au diable le ciment.

— Bien, lança Kevin un peu trop fort, derrière moi. Voilà. La salle de boum est encore là, et c'est toujours un cloaque. On y va ?

Je m'avançai prudemment jusqu'au milieu du plancher, pressai un coin de la dalle du bout de mon soulier. Des années de crasse la maintenaient en place. Pourtant, je sentis un léger mouvement sous mon poids. La dalle bougeait. Si j'avais eu un levier, si j'avais trouvé un morceau de fer au milieu des débris, j'aurais pu la soulever.

— Kevin, dis-je, fais travailler tes méninges. Ces rats qui sont allés crever dans les murs, est-ce que c'était l'hiver de mon départ ?

Ses yeux s'agrandirent lentement. Les rais de lumière grise le rendaient transparent, comme une image imprécise sur un écran.

— Bordel, Frank, non !

— Je te pose une question. Juste après que je dégage, les rats dans les murs... Oui, ou non ?

— Frank…

— Oui, ou non ?

— C'était que des rats, Frank. Il y en avait partout. On les a vus, des dizaines de fois.

À la belle saison, il ne serait resté plus rien pour dégager une puanteur qui aurait poussé les riverains à se plaindre au propriétaire ou à la municipalité.

— Et on les a sentis, ajouta Kevin. On les a sentis pourrir.

Enfin, il acquiesça.

— Ouais. C'était juste après que tu t'en ailles.

— Viens ! lui dis-je.

Je le pris fébrilement par le bras et le poussai sans ménagement dans l'escalier, dont les marches se tordirent et ployèrent sous nos pas. À peine parvenu en haut, puis dehors, sur le perron, sous la bruine mêlée à la brise glaciale, je saisis mon mobile et composai le numéro de la police scientifique.

Le type qui décrocha, sans doute de garde pour le week-end ou parce que j'interrompais sa sieste, ne me parut guère joyeux. Je lui annonçai, sans entrer dans des détails mineurs, telles les dates, que je disposais d'informations indiquant qu'un corps avait été enfoui sous un bloc de béton au sous-sol du 16, Faithful Place, que j'avais besoin d'une équipe du labo accompagnée de deux agents en tenue et qu'il était possible que je ne me trouve pas sur place lorsqu'ils arriveraient. Le gus objecta mollement qu'une telle opération exigeait un mandat de perquisition. Je répliquai que le suspect, quel qu'il fût, avait forcément pénétré dans les lieux par effraction et que, de toute façon, abandonnée depuis au moins

121

trente ans, la maison était considérée *de facto*, par droit de saisie, comme un lieu public. Donc, que dalle pour le mandat. J'ignorais ce qu'une telle argumentation pèserait devant un tribunal, mais ce n'était pas le problème du moment et cela cloua le bec du rond-de-cuir. Je l'inscrivis mentalement sur ma liste des connards incompétents, au cas où j'aurais encore affaire à lui.

J'attendis, en compagnie de Kevin, l'équipe de la scientifique et son escorte sur le perron des étudiants du 11, assez près pour avoir une vue d'ensemble de ce qui allait se passer, assez loin pour que, avec un peu de chance, personne ne ferait la relation entre moi et ce qu'on allait découvrir au bout de la rue. Si ce que je redoutais se produisait, il fallait que les riverains ne voient en moi qu'un fils prodigue de retour dans son ancien quartier, et non un flic.

J'allumai une cigarette, en offris une à Kevin, qui refusa.

— Qu'est-ce qu'on fait ? me demanda-t-il.

— On reste en dehors du coup.

— Tu devrais pas être là-bas ?

— Les gens du labo sont de grands garçons. Et de grandes filles. Ils peuvent faire leur travail sans que je leur tienne la main.

Il ne semblait pas convaincu.

— Est-ce qu'on devrait pas... Je sais pas... Aller voir s'il y a vraiment quelque chose avant de laisser entrer les flics ?

Curieusement, j'avais eu la même idée. J'avais dû me faire violence pour ne pas soulever cette foutue dalle, avec les ongles si nécessaire. Je réussis à ne pas rembarrer vertement mon petit frère.

— Les indices, répondis-je posément. Les scientifiques ont le matériel pour les récolter. Pas nous.
Nous ne devons surtout pas saloper la scène de
crime. S'il y en a eu un.

Kevin se souleva pour inspecter le fond de son
pantalon. Les marches étaient mouillées et il portait
encore son beau costume de travail de la veille. Il
murmura :

— Tu avais l'air très sûr de toi, au téléphone.

— Je voulais qu'ils rappliquent. Tout de suite ;
pas la semaine prochaine, quand ils auraient eu envie
d'un après-midi de plein air.

Il me scruta brièvement, avec inquiétude. Puis il
entreprit, tête baissée, de débarrasser ses vêtements
de la poussière et des toiles d'araignée. Son calme
m'apaisa. La patience vient avec l'expérience et mes
collègues m'en attribuent beaucoup. Pourtant, après
cette journée interminable, je rêvais de me précipiter
au labo et d'arracher l'enfoiré de garde à ses jeux
vidéo pour le traîner par la peau des burnes jusqu'à
Faithful Place.

Shay apparut sur le perron du 8 et, se curant négligemment les dents, se dirigea vers nous.

— Du nouveau ?

Kevin s'apprêtait à répondre. Je le pris de vitesse.

— Pas grand-chose.

— Je vous ai vus aller chez les Cullen.

— Tu as bien vu.

Il examina la rue, de haut en bas. La porte du 16
bâillait encore.

— Vous attendez quelque chose ?

— Viens t'asseoir avec nous, lui proposai-je avec

123

un grand sourire en tapotant la marche où j'étais installé. Tu seras aux premières loges.

Il ricana mais vint s'affaler sur la marche du haut, les pieds sous mon nez.

— Ma te cherche, dit-il à Kevin.

Kevin grogna. Shay s'esclaffa et remonta le col de sa veste pour se protéger du froid.

Tout à coup, des pneus crissèrent sur les pavés, au coin de la rue. J'allumai une autre sèche et me coulai sur les marches, adoptant l'attitude d'un voyou anonyme. Shay, par sa présence, me facilitait la tâche. Précaution inutile puisque, des deux flics en uniforme dans leur véhicule de patrouille et des trois employés du labo qui jaillirent de leur van, je n'en connaissais aucun.

— Putain, chuchota Kevin. Y en a un max. Ils déboulent toujours comme ça ?

— C'est le minimum. Ils peuvent très bien appeler du renfort. Ça dépend.

Shay poussa un long sifflement faussement admiratif.

Il y avait longtemps que je n'avais pas observé une scène de crime de l'autre côté de la barrière, comme un infiltré ou un civil. J'avais oublié la rapidité avec laquelle la machine se met en marche. Les types du labo engoncés dans leur combinaison blanche, tenant à la main leur lourde boîte pleine d'instruments barbares, ajustant leur masque et disparaissant à l'intérieur du 16, me donnèrent la chair de poule. Shay fredonna une vieille ballade :

— « Trois coups à la porte, weela weella waile, et le diable t'emporte dans la rivière Saille... »

Les agents en tenue eurent à peine le temps de

124

fermer le cordon de sécurité qu'ils avaient enroulé le long de la rampe. Les habitants de la rue avaient déjà senti l'odeur du sang et sortaient pour la humer. Des mémés en bigoudis et en foulard surgirent sur la chaussée pour échanger des commentaires, inventant avec délectation des contes de bonne femme :

— Une gamine a eu un bébé et l'a abandonné là... C'est horrible... Je me disais bien que Fiona Molloy avait pris du ventre... Vous croyez que... ?

Les hommes eurent soudain envie de fumer sur le perron, de voir quel temps il faisait. Des ados boutonneux à la capuche rabattue et des gamines aux joues de bébé s'agglutinèrent contre le mur du fond, affectant un air indifférent. Bouche bée, des moutards au crâne rasé passaient et repassaient sur leur skateboard, fixant le 16. L'un d'eux heurta Sallie Hearne, qui le gifla au creux des genoux. La vieille Mme Nolan avait agrippé un des agents par la manche, comme pour exiger des explications. Il demeura impavide. Les Daly étaient eux aussi sur leur perron. Un bras dans son dos, M. Daly soutenait sa femme. Cette foule me mettait mal à l'aise. Je déteste ne pas pouvoir compter les gens qui m'environnent.

— Francis, hasarda Kevin, il n'y a sans doute rien là-bas.

— Peut-être pas.

— Sérieusement. Je l'ai probablement imaginé. Il est trop tard pour...

— Imaginé quoi ? demanda Shay.

— Rien, dis-je.

— Kev...

— Rien. C'est ce que je suggérais. J'ai sans doute imaginé...

125

— Qu'est-ce qu'ils cherchent ?

— Ma queue, marmonnai-je.

— J'espère qu'ils ont un microscope.

— J'en ai ma claque, lâcha Kev d'un ton maussade. Je crois que je vais...

— Vise un peu ! s'écria Shay. Ma.

Nous nous aplatîmes presque sur les marches pour qu'elle ne nous voie pas. Dressée sur notre perron, les bras croisés sous les seins, elle contemplait la rue d'un œil acéré, comme si elle savait que toute cette pagaille était ma faute et qu'elle allait me le faire payer. Derrière elle, Pa tirait sur sa clope et observait la scène, impassible.

Bruits au 16. L'un des scientifiques apparut, désigna du pouce l'intérieur de la maison abandonnée, déclara quelque chose qui fit glousser les flics en tenue. Il déverrouilla le van, farfouilla à l'intérieur et escalada de nouveau les marches, une barre à mine dans la main.

— S'il utilise ce machin, commenta Shay, la baraque va lui tomber sur la tête.

Kevin s'agitait toujours, comme s'il avait mal aux fesses.

— Et s'ils ne trouvent rien ? Il se passe quoi ?

— Notre Francis se fera taper sur les doigts pour avoir fait perdre son temps à tout ce monde, ironisa Shay. Ce serait bien dommage.

— Merci de ta sollicitude, rétorquai-je. Je m'en sortirai.

— Comme d'habitude. Qu'est-ce qu'ils cherchent ?

— Demande-le-leur.

Un étudiant chevelu émergea du 11, T-shirt froissé, la tête dans le seau.

— C'est quoi, ce bazar ?

— Rentre, lui ordonnai-je.

— C'est notre perron !

Je lui montrai ma carte. Il disparut aussitôt, avec un commentaire scandalisé. Soudain, un grondement semblable à un coup de canon se répercuta dans la rue. La dalle de béton venait de retomber. Suivit un silence de plomb, une tension insupportable. Ensuite Nora, sortie elle aussi, poussa un cri. Sallie Hearne serra le col de son cardigan et trembla de tous ses membres. Les voix des gars du labo retentirent, puis moururent. Les agents en tenue se tournèrent vers la maison abandonnée, les gens rassemblés au milieu de la chaussée firent un pas en avant. Le ciel s'obscurcit.

Derrière moi, Kevin prononça mon nom. Je me rendis compte que nous étions debout et qu'il avait posé une main sur mon bras.

— Lâche-moi, Kev.

— Frank...

Au fond de la maison, quelqu'un aboya un ordre. Qu'on sache que j'étais flic ne m'importait plus.

— Restez là ! ordonnai-je à mes frères.

L'agent qui gardait le perron du 16, un petit rondouillard efféminé, me barra le chemin.

— Tire-toi, mec. Y a rien à voir.

Je lui fourrai ma carte sous le nez. Des pas dans l'escalier intérieur, un visage furtif à la fenêtre du rez-de-chaussée. M. Daly hurla, très loin. L'agent me rendit ma carte.

— C'est une carte d'infiltré. Je n'ai pas été informé de la présence d'un infiltré sur les lieux.

— Maintenant, tu l'es.

— Il faudra vous adresser à qui de droit : mon supérieur, ou la Criminelle...

— Dégage, lui dis-je.

Sa bouche se plissa.

— N'employez pas ce ton avec moi. Vous pouvez attendre là-bas, où vous vous trouviez, jusqu'à ce qu'on vous donne l'autorisation de...

— Pousse-toi ou je te fais avaler ton dentier.

Il roula des yeux mais obtempéra, tout en affirmant qu'il rédigerait un rapport. Je le repoussai d'un coup d'épaule, gagnai le perron.

Au fond de moi, je n'avais jamais pensé qu'ils trouveraient quelque chose. Moi, le cynique affirmant à la bleusaille que le monde était pire que tout ce qu'on pouvait imaginer, je ne l'avais jamais envisagé. En ouvrant cette maudite valise, en sentant le bloc de béton osciller dans ce sous-sol lugubre, en percevant la tension soudaine qui m'avait fait bondir, malgré toute mon expérience, tout mon pessimisme, je n'avais pas cessé d'espérer, de me persuader que Rosie était vivante. Je le croyais encore en dévalant les marches branlantes menant au sous-sol, je le croyais toujours lorsque les hommes masqués groupés en cercle braquèrent sur moi l'éclat blanc de leur torche, lorsque j'aperçus la dalle renversée, lorsque la puanteur me sauta à la gorge. J'y crus jusqu'à ce que, bousculant les scientifiques, je voie ce qu'ils observaient : le trou dentelé, la masse sombre des cheveux enchevêtrés, les lambeaux de ce qui avait été un jean, les os noircis rongés par les rats. Je discernai le squelette délicatement courbé d'une main et je sus que lorsqu'ils découvriraient les ongles, quelque part au milieu de la vase pourrie et des insectes morts, celui de l'index droit serait rongé jusqu'à la racine.

La chose était recroquevillée comme un enfant endormi, le visage enfoui entre les bras. Ce fut peut-être ce qui m'empêcha de hurler. Je perçus la voix de Rosie, très claire, très tendre, qui murmurait comme autrefois « Francis ».

Quelqu'un parla sèchement de contamination, plaqua un masque sur ma figure. Je reculai, m'essuyai violemment la bouche. Le plafond craqua. Et je crus m'entendre chuchoter :

— Ah, merde.

— Ça va ? me demanda un des gars du labo, debout trop près de moi, comme s'il me répétait sa question.

— Oui, dis-je.

Un autre membre de l'équipe se rengorgea.

— La première fois, ça fout un coup, hein ? On a vu pire.

— C'est vous qui avez appelé ? reprit l'homme.

— Oui. Inspecteur Frank Mackey.

— Vous êtes de la Criminelle ?

Il me fallut quelques secondes pour réagir.

— Non, répondis-je enfin.

Il me jeta un regard suspicieux. C'était un avorton qui avait la moitié de mon âge et m'arrivait à l'épaule : sans doute le petit con de tout à l'heure.

— On a prévenu la brigade criminelle, asséna-t-il. Et le légiste.

— Faut pas être sorcier, fit gaiement son collègue. Elle n'est pas venue ici toute seule.

Il brandissait un sachet d'indices. Si l'un d'eux touchait Rosie devant moi, je le défonçais.

— Excellente initiative, approuvai-je. Je suis sûr qu'ils rappliqueront d'un moment à l'autre. Je vais aller donner un coup de main aux agents en faction.

Je remontai l'escalier. Le connard ironisa sur l'hystérie des pékins du coin. Les membres de son équipe ricanèrent, comme une bande de merdeux. J'aurais pu jurer qu'il s'agissait de Shay et de ses potes fumant des joints dans cette cave en riant de leurs plaisanteries macabres, que j'étais revenu vingt ans en arrière, que tout cela n'était qu'un mauvais rêve.

Dehors, de plus en plus dense, la foule s'était rapprochée de mon copain le chien de garde. Son collègue l'avait rejoint. Le ciel bas pesait sur les toits, nimbait la rue de reflets violacés. Je descendis jusqu'au bas du perron. Soudain, la foule s'agita. Écartant sans même les voir ceux qui le gênaient, M. Daly s'avança, les yeux braqués sur moi.

— Mackey !

Il essayait de crier, mais sa voix enrouée se brisa.

— Qu'est-ce qu'il y a là-dedans ?

— Je suis responsable de la sécurité des lieux, déclara sèchement le chien de garde. Reculez.

— Tu ne serais même pas foutu de protéger ta biroute à deux mains, lui dis-je, la figure à quelques centimètres de son visage de nourrisson.

Il se détourna. Je le repoussai brutalement et marchai en direction de Daly.

130

Dès que je fus près de lui, le père de Rosie m'agrippa par le col et m'attira violemment contre son torse, son menton touchant presque le mien. Je m'en sentis presque ravi. Il avait plus de tripes que le flic. Ou alors, la perspective de tabasser un Mackey lui donnait des ailes. Dans les deux cas, ça m'allait. Il répéta :

— Qu'est-ce qu'il y a là-dedans ? Qu'est-ce qu'ils ont trouvé ?

Une vieille poussa un cri d'excitation, il y eut des gloussements de singe chez les morveux à capuche. Je clamai, assez fort pour que ma menace n'échappe à personne :

— Ôtez vos pognes de là !

— Petit saligaud, je t'interdis de… C'est ma Rosie qui est là-bas ? C'est elle ?

— Ma Rosie à moi, vieux con ! Ma nana. Et je vous le répète : bas les pattes !

— C'est de ta faute, sale ramier ! Si elle est là-dedans, c'est à cause de toi !

Son front écrasait le mien et il tirait si fort sur mon col que ma chemise entaillait ma nuque. Les mômes beuglaient :

— Tue-le ! Tue-le !

Je saisis son poignet, le tordis. J'étais sur le point de le briser lorsque je sentis sa sueur, son haleine : cette odeur animale, chaude, fétide, que je connaissais si bien. Il était terrifié, hors de lui.

À cet instant, je pensai à Holly. Et toute ma fureur reflua, s'évanouit.

— Monsieur Daly, prononçai-je le plus doucement possible, dès qu'ils sauront quelque chose, ils viendront vous en avertir. En attendant, vous devez rentrer chez vous.

Le chien de garde et son alter ego essayaient en criant de nous séparer. Lui et moi, on s'en foutait. Des cernes blanchâtres creusaient ses yeux. Il hurla :

— Est-ce que c'est ma Rosie ?

Du pouce, je pressai le nerf de son poignet. Il hoqueta, lâcha mon col. Mais juste avant qu'un des sous-fifres ne le tire en arrière, il siffla dans mon oreille :

— Ta faute.

Surgie de nulle part, geignant, gémissant, Mme Daly se précipita vers l'agent et son mari. Daly s'affaissa. Ils le ramenèrent, appuyés sur eux, vers la foule qui se marrait.

Le chien de garde s'accrochait toujours à mes basques. Je l'envoyai valser d'un coup de coude. Je m'adossai à la rampe, réajustai ma chemise et me massai la nuque, reprenant mon souffle.

— Vous n'en avez pas fini avec moi ! éructa le flic, soudain cramoisi. Je vous avertis ! Je ferai un rapport !

— Franck Mackey, répondis-je. Avec *e* et *y* à la fin. Dis-leur de le mettre sur la pile.

Il renifla telle une vieille fille outragée puis courut se défouler sur les badauds, leur ordonnant avec de grands gestes de rentrer chez eux. J'aperçus Mandy. Elle pressait une petite fille contre sa hanche et tenait l'autre par la main ; hébétées toutes les trois, comme paralysées. Se soutenant mutuellement, les Daly montèrent en titubant les marches du 3, disparurent dans leur maison. Restée sur le seuil, appuyée contre l'encadrement de la porte, Nora se mordait la main.

Je regagnai le 11, qui valait bien un autre endroit. Shay se roulait une cigarette. Décomposé, Kevin bredouilla :

— Ils ont trouvé quelque chose, hein ?

Le légiste et le camion de la morgue seraient là dans une minute.

— Oui, répondis-je.

— C'est... C'est quoi ?

Je sortis mes cigarettes. Peut-être pour me témoigner sa compassion, Shay me prêta son briquet.

— Tu vas bien ? bafouilla Kevin.

— Je pète le feu.

Long silence. Kevin prit l'une de mes clopes. Dans la foule, le ton baissa peu à peu. Les gens discutaient par petits groupes. Ils évoquaient les violences policières, se demandaient si M. Daly pourrait porter plainte. La plupart parlaient bas en m'observant à la dérobée. Je leur fis face sans ciller.

— Qu'on se le dise, murmura Shay, la tête levée vers le ciel noir. Ce bon vieux Mackey est de retour.

6

Cooper, le légiste, un teigneux prétentieux qui se prend pour Dieu, fut le premier sur les lieux. Il s'extirpa de sa grosse Mercedes noire, toisa sévèrement la foule jusqu'à ce qu'elle consente à s'écarter comme la mer devant Moïse, puis s'engouffra dans la maison en enfilant ses gants, déclenchant derrière lui un murmure prolongé. Deux voyous à capuche tournèrent, mine de rien, autour de sa voiture. Le chien de garde leur hurla quelques mots incompréhensibles qui les firent s'éloigner mollement, faussement désinvoltes. La foule s'était reformée et les commentaires montèrent d'un cran, comme si une émeute se préparait.

Les gars de la morgue arrivèrent peu après. Ils sautèrent de leur camion au blanc crasseux et pénétrèrent à leur tour dans la maison, tenant négligemment par les sangles leur civière de toile bleue. La tension monta encore. Les gens commençaient à comprendre qu'il ne s'agissait plus d'un spectacle un peu plus divertissant qu'une émission de télé-réalité et que, tôt ou tard, quelque chose sortirait sur cette civière. Tout à coup, les piétinements et les interjections cessèrent. Un silence pesant, presque effrayé, s'installa : avec leur sens légendaire de la mise en scène, les enquêteurs de la Criminelle venaient d'apparaître.

Contrairement à eux, les infiltrés privilégient la discrétion. C'est l'une des nombreuses différences entre leur brigade et la nôtre. Pour se marrer un bon coup, rien de tel que de les regarder soigner leur entrée. Ces deux-là virèrent au coin de la rue dans une BMW argentée, banalisée mais reconnaissable entre mille, freinèrent brutalement au vu et au su de tous, claquèrent les portières avec des gestes parfaitement synchronisés sans doute répétés et, tels des héros d'une série américaine, paradèrent jusqu'au 16.

Le plus jeune, un blondinet au visage de furet, soignait visiblement sa démarche, comme si elle n'était pas encore devenue naturelle. Le second avait mon âge. Un porte-documents au cuir brillant à la main, il assumait sa fatuité avec la même aisance que son costard El Snazzo. La cavalerie venait de débouler et elle avait un nom : Scorcher Kennedy.

Nous nous sommes connus, lui et moi, à l'école de police. De tous mes congénères, il était celui dont je me sentais le plus proche, ce qui n'impliquait pas forcément une affection débordante. La majorité des élèves venait d'endroits dont je n'avais jamais entendu parler et que je n'avais aucune intention de connaître. Leur seul plan de carrière consistait à porter un uniforme qui les changerait de leurs bottes de bouseux et à rencontrer des filles qui ne seraient pas leurs cousines. Tous deux originaires de Dublin, Scorcher et moi avions des ambitions plus hautes. Jamais, en tout cas, nous n'enfilerions le moindre uniforme. Nous nous sommes repérés dès le premier jour et avons passé les trois années suivantes à rivaliser dans tous les domaines, des performances physiques à la virtuosité au billard.

Le vrai prénom de Kennedy est Mick. Son surnom, Scorcher ou « Le Torride », il le tient de moi. Et je peux assurer qu'il s'en est tiré à bon compte. Il aimait gagner, notre Mick ; moi aussi, mais je ne la ramenais pas. Lui avait l'habitude assez déplaisante, quand il remportait une victoire, de lever le poing en clamant « But ! », assez fort pour être entendu de tout le monde. Au bout de quelques semaines, j'ai commencé à me moquer de lui. « Tu as réussi à faire ton lit, Mickey ? Ça, c'est un sacré but ! Tu t'y es pris comment ? » Je m'entendais mieux avec les autres élèves que lui. Rapidement, tout le monde se mit à l'appeler Scorcher, pas toujours de façon amicale. Il n'appréciait guère, mais ne le montrait pas. Ainsi que je l'ai dit, j'aurais pu trouver pire. J'avais même pensé à « Michelle ».

Notre formation terminée, nous n'avons pas fait beaucoup d'efforts pour rester en contact. Toutefois, lorsque nous nous rencontrions par hasard, nous allions boire un verre, surtout pour savoir qui l'emportait sur l'autre. Il était devenu inspecteur cinq mois avant moi, mais j'avais dépassé le statut de stagiaire et intégré une brigade un an et demi avant lui. Il s'était marié le premier, mais avait divorcé aussi sec. Grosso modo, nous avions fait match nul. Son jeune acolyte blond ne me surprit pas. Alors que les flics de la Criminelle travaillent avec un coéquipier, lui a toujours préféré avoir un larbin.

Scorcher mesure un peu plus de 1,80 m, soit quelques centimètres de plus que moi. Pourtant, il se déplace comme un petit mec : torse bombé, les épaules en arrière, le cou très droit. Brun, mince, les mâchoires carrées, il a un succès fou auprès des gourdes avides de promotion sociale. Je sais, sans qu'on ne m'en ait jamais parlé, que ses parents raffolent de l'argenterie et préféreraient mourir de faim plutôt que de renoncer à leurs rideaux de dentelle. Il cultive son accent huppé, mais sa façon de porter ses costumes suffirait à le cataloguer.

Sur les marches du 16, il se retourna et jeta un regard circulaire sur la rue, pour prendre la température de ce qu'il aurait à maîtriser. Bien sûr, il m'aperçut. Il fit cependant mine de ne pas me connaître. Tel est le privilège, et le grand plaisir des infiltrés : les membres des autres brigades ne savent jamais si nous sommes sur un coup ou si nous nous baladons avec nos potes, en toute innocence ; donc ils nous ignorent, au cas où... Ils ne tiennent pas à saboter une opération ni, surtout, à se retrouver au chômage, déblatérant dans un pub sur l'ingratitude humaine.

Enfin, Scorch et son factotum s'enfoncèrent dans le sombre vestibule.

— Attendez là, ordonnai-je à mes frères.

— Tu me prends pour ta gonzesse ? rétorqua Shay.

— Seulement quand tu glousses. Je reviens.

— Laisse tomber, lui dit Kevin sans lever la tête. Il travaille.

— Il parle comme un putain de flic.

— Et merde, soupira Kevin, à bout de patience.

Il avait eu sa dose de ses frangins. Il quitta le 11, se fraya un chemin au milieu de la foule et disparut

138

au coin de la rue. Shay se détourna ostensiblement. Je le laissai et allai récupérer la valise.

Kevin n'était pas en vue, ma voiture était intacte et, lorsque je revins, Shay s'était éclipsé lui aussi. Sur notre perron, Ma agitait la main dans ma direction et m'interpellait d'un ton menaçant, comme s'il y avait une urgence, mais c'est ce qu'elle fait toujours. Je feignis de ne pas la voir.

Revenu sur le perron du 16, Scorcher questionnait, sans succès à en juger par son expression accablée, mon copain le chien de garde. La valise sous le bras, je m'interposai entre eux, lui donnai une claque dans le dos.

— Scorch ! Ça fait plaisir !

— Frank ! s'exclama-t-il en m'étreignant virilement les deux mains. Quelle surprise ! On m'a dit que tu m'avais devancé ?

— Désolé, répliquai-je, gratifiant l'agent en tenue d'un sourire enjôleur. Je voulais juste jeter un œil. J'ai peut-être quelque chose d'intéressant pour toi.

— Dieu t'entende ! On est en plein brouillard. Si tu avais ne serait-ce qu'un début de piste, je te bénirais.

— Je n'en demande pas tant, répondis-je en l'entraînant à l'écart du chien de garde qui, la bouche humide, ouvrait grandes ses esgourdes. Je pourrais éventuellement te donner le nom de la victime. Il s'agirait d'une fille nommée Rose Daly, qui a disparu du 3 il y a un bon bout de temps.

Scorcher poussa un sifflement admiratif.

— Magnifique. Tu as son signalement ?

— Dix-neuf ans, 1,65 m, bien foutue, peut-être soixante kilos, longs cheveux bouclés, yeux verts. Je ne peux pas te dire avec certitude ce qu'elle portait la dernière fois qu'on l'a vue, mais cela pourrait inclure une veste en jean et des Doc rouge foncé à quatorze trous...

Rosie était du genre à dormir avec ces pompes.

— Ça correspond à ce que vous avez trouvé ?

Il répondit prudemment :

— Cela ne le contredit pas.

— Allez, Scorch, un effort.

Il soupira, ébouriffa ses cheveux puis les remit en place.

— Selon Cooper, nous avons affaire à un individu adulte de sexe féminin, qui a séjourné là entre cinq et cinquante ans. Il ne peut rien ajouter avant de l'avoir allongé sur la table. Les gars du labo ont trouvé divers objets non identifiés, un bouton de jean et des anneaux de métal qui pourraient être les œillets de ces Doc. Les cheveux étaient peut-être roux. Difficile à dire.

Cette masse sombre mêlée à Dieu sait quoi...

— Une idée sur les causes de la mort ?

— Si seulement... Tu connais ce con de Cooper... S'il t'a dans le nez, tu peux t'accrocher. Et il ne m'a jamais eu à la bonne. Il ne confirmera rien sinon, merci Sherlock, qu'elle est morte. Selon moi, quelqu'un lui a fracassé le crâne, qui est grand ouvert, avec une brique. Mais qu'est-ce que j'en sais ? Je ne suis que flic. Cooper a évoqué en ânonnant des dommages post mortem et des fractures provoquées par des pressions.

Subitement, il cessa d'observer la rue et me dévisagea avec insistance.

— Pourquoi cet intérêt ? Ne me dis pas qu'une de

tes informatrices se serait mise dans la panade pour toi ?

Je suis toujours surpris que Scorcher ne se fasse pas démolir plus souvent.

— Mes informateurs ne se font pas défoncer le crâne à coups de brique, Scorch. Jamais. Ils meurent dans leur lit, après une longue vie bien remplie.

— Oh, pardon ! s'exclama-t-il en levant les mains. Mais si ce n'est pas une de tes collaboratrices, pourquoi cherches-tu à savoir ce qui lui est arrivé ? Et, sans vouloir mettre en cause la valeur de tes renseignements, qu'est-ce qui t'a amené ici ?

Je lui révélai tout ce qu'il aurait immanquablement appris par d'autres sources : amour de jeunesse, rendez-vous nocturnes, Roméo délaissé partant affronter la cruauté du monde, la valise, mes brillantes déductions. Lorsque j'eus terminé, il me considéra avec une sorte de pitié, ce qui ne me plut pas du tout.

— Quelle merde, murmura-t-il, résumant très bien la situation.

— Du calme, Scorch. Ça s'est passé il y a vingt-deux ans. Depuis le temps, le feu de paille s'est éteint. Je suis là uniquement parce j'ai cru que ma sœur préférée allait avoir une crise cardiaque et que cela allait bousiller mon week-end.

— Quand même... Je ne voudrais pas être à ta place, mon pauvre vieux.

— Je t'appellerai si j'ai besoin d'une épaule pour pleurer.

Il eut un geste triste.

— J'étais sincère. J'ignore comment les choses se

passent dans ta brigade, mais je ne serais pas ravi d'expliquer tout ça à mon supérieur.

— Mon patron est très compréhensif. Remercie-moi, Scorch. J'ai des cadeaux de Noël pour toi.

Je lui remis la valise et les enveloppes où j'avais rangé les photos de Fifi Digitale : il obtiendrait l'analyse des empreintes bien plus rapidement que moi et avec beaucoup moins de difficultés ; de toute façon, le père Daly n'était plus vraiment dans le collimateur. Scorcher examina les enveloppes comme si elles renfermaient des portraits de débiles mentaux.

— Que comptais-tu en faire, si je puis me permettre ?

— Les faire circuler parmi certaines personnes de ma connaissance. Juste pour voir de quoi il retourne.

Il parcourut les étiquettes : Matthew Daly, Theresa Daly, Nora Daly.

— Tu penses à la famille ?

— Qui aime bien châtie bien. Ce point de départ en vaut bien un autre.

Le ciel devenait plus noir que la nuit, de grosses gouttes s'écrasaient à nos pieds. La foule se diluait peu à peu. Chacun rentrait chez soi, sauf les petits marlous qui s'attardaient dans les parages.

— J'ai encore deux ou trois choses à faire, déclara Scorch. J'aimerais notamment avoir un bref entretien préliminaire avec la famille de la victime. Ensuite, toi et moi, on pourrait aller se taper une bière. Ça te va ? Le gamin est assez grand pour surveiller les lieux. Un peu de responsabilité ne lui fera pas de mal.

Soudain, des bruits ébranlèrent la maison : un

long raclement, un grognement, des souliers pesant sur des marches. De vagues silhouettes blanches traversèrent les ombres créées par la lumière aveuglante venue du sous-sol. Les gars de la morgue remontaient leur butin.

Les quelques vieillards restés sur place se figèrent. Aucun ne manqua une seconde de ce qui suivit. Les brancardiers passèrent devant Scorch et moi, tête baissée sous la pluie qui redoublait. L'un d'eux pestait déjà contre la circulation qui les attendait. Ils me frôlèrent de si près que j'aurais pu tendre la main, toucher le sac dissimulant le corps : un amas informe sur leur civière, si plat qu'il aurait pu être vide, si léger qu'ils le portaient sans peine, comme s'il n'était rien du tout.

Scorch les regarda le glisser à l'arrière du camion.

— J'en ai pour quelques minutes, dit-il. Attends-moi.

Nous sommes allés au *Blackbird*, quelques rues plus loin. Sa clientèle étant exclusivement masculine, la rumeur ne s'y était pas encore propagée. C'était le premier pub où l'on m'avait servi à boire. J'avais quinze ans et je rentrais de ma première journée d'intérim comme déchargeur de briques sur un chantier de construction. Pour Joe, le barman de l'époque, quiconque faisait un boulot d'homme avait droit à une pinte d'homme. Son successeur arborait une moumoute un peu différente de la sienne, la fumée des cigarettes avait été remplacée par des relents de bière éventée et de transpiration. Pour le reste, rien n'avait changé : mêmes photos craquelées en noir et blanc d'obscures équipes sportives le long des murs, mêmes chiures de mouches sur le miroir derrière le comptoir, même banquettes en Skaï défoncées. Quelques vieux habitués chancelaient sur de hauts tabourets, au milieu d'une flopée de types en brodequins, dont une moitié de Polonais et plusieurs mineurs.

J'installai Scorcher, qui porte sa carte de flic sur la figure, à une table isolée et allai moi-même au bar. Lorsque je ramenai nos chopes, il avait sorti son calepin et jouait avec un joli stylo à plume. Apparemment, les membres de la Criminelle n'avaient que faire du bon vieux stylo-bille Biro, pas assez cher pour eux.

— Donc, dit-il en ouvrant son calepin d'une main et en saisissant sa bière de l'autre, nous sommes dans ta tourbe natale. Qui l'aurait cru ?

— Qu'est-ce que tu pensais ? Que j'avais été élevé dans un château ?

Il éclata de rire.

— Pas vraiment. Tu n'as jamais renié tes origines. Tu en étais même fier. Mais tu étais si peu loquace sur les détails que je t'avais imaginé grandissant dans une banlieue sinistre. Pas dans un endroit… Comment dire ? Aussi coloré…

— Le mot est bien choisi.

— Cette couleur locale a dû te manquer. Selon Matthew et Theresa Daly, on ne t'a plus vu dans les parages depuis la nuit où vous vous êtes fait la malle, Rosie et toi. Ça fait du bien de rentrer chez soi, non ? Même si tu aurais sans doute préféré d'autres circonstances.

— On ne peut rien te cacher.

Il me jeta un regard peiné.

— Tu dois voir les choses de façon positive, vieux.

Je le scrutai d'un air ahuri.

— Je suis sérieux. Prends le négatif et transforme-le en positif.

Joignant le geste à la parole, il retourna son dessous-de-verre. En temps normal, je l'aurais envoyé bouler, lui et son conseil à la noix. Mais je voulais obtenir quelque chose de lui. Je réagis donc avec placidité.

— Éclaire ma lanterne, Scorch.

Il avala une longue gorgée, agita un index dans ma direction.

— La perception. Tout est là. Si tu te persuades que ce qui t'arrive peut tourner à ton avantage, ça se réalisera. Tu me suis ?

— Pas vraiment.

Scorcher a tendance à devenir pompeux dès qu'il s'emballe, comme d'autres se mettent à pleurnicher après un verre de gin. Je regrettai de ne pas avoir commandé un alcool fort pour accompagner nos bières.

— Le secret, c'est d'avoir foi en soi. Toi et moi, Frank, on était au-dessus du lot. Dans les années 80, l'Irlande pataugeait dans une merde noire. Pas le moindre espoir. Mais nous, nous croyions en nous-mêmes. Voilà pourquoi nous sommes arrivés là où nous en sommes.

— Je suis là où j'en suis car je fais bien mon boulot. Et j'espère que toi aussi, tu es un bon flic. Parce que j'aimerais que cette affaire soit résolue.

Il parut piqué au vif.

— Je suis bon, Frank, foutrement bon. Tu connais

145

les statistiques de la Criminelle ? Soixante-douze pour cent d'affaires élucidées. Et tu as une idée de mon pourcentage personnel ? Quatre-vingt-six pour cent, mec. Tu as eu de la chance de tomber sur moi aujourd'hui.

— Je n'en doute pas, répondis-je, faussement admiratif.

— Et tu as raison.

Le point marqué, il se renversa dans sa banquette, fixa avec irritation un ressort qui pointait.

— C'est peut-être notre jour de chance à tous les deux, murmurai-je.

— Comment ça ? répliqua-t-il, soupçonneux.

Il me connaît assez pour se méfier de moi par principe.

— Réfléchis, poursuivis-je. Quand tu commences à travailler sur une affaire, de quoi as-tu le plus besoin ?

— D'aveux complets corroborés par des témoins et les conclusions du légiste.

— Non, non. Je parle en général. En un mot, quel est ton meilleur atout, en tant qu'enquêteur ?

— La bêtise. Laisse-moi cinq minutes avec un abruti...

— L'information, Scorch ! Le moindre tuyau, le plus anodin, le plus ténu fera l'affaire. L'info, c'est de l'or, le nerf de la guerre. Sans la bêtise, tu peux toujours te débrouiller. Sans info, tu n'iras nulle part.

— Et alors ? demanda-t-il prudemment.

J'ouvris les bras, affichai mon plus beau sourire.

— La réponse est là, devant toi. Toute l'info que tu peux désirer mais que tu n'obtiendras jamais par toi-même parce que personne, ici, ne te dira jamais rien, je l'ai, moi.

— Fais-moi une faveur et redescends un instant à mon niveau, Frank. Sois concret. Qu'est-ce que tu veux ?

— Il ne s'agit pas de moi, mais de la situation présente. Donnant, donnant. Mettons tout de notre côté. C'est le meilleur moyen de transformer le négatif en positif. Ensemble.

— Tu veux être sur le coup.

— Oublie ce que je veux. Pense à ce qui est bon pour toi et pour moi... Sans parler de l'affaire. Nous voulons tous les deux qu'elle aboutisse, non ? N'est-ce pas l'objectif prioritaire de tout le monde ?

Il fit mine de réfléchir. Puis il secoua lentement la tête.

— Navré, vieux.

Navré... Qui emploie encore un mot aussi désuet ? Toujours cette affectation, ce besoin de se distinguer. Je tenais peut-être là un argument auquel il ne résisterait pas : sa soif de gloriole.

— Tu n'as pas à t'inquiéter, Scorch. Tu dirigeras l'enquête. Si elle aboutit, tout le mérite t'en reviendra. Nous ne dressons pas de statistiques, chez les infiltrés.

— Grand bien vous fasse.

Il n'avait pas mordu à l'hameçon. Il avait appris à contrôler son ego, au fil des ans...

— Tu sais que j'adorerais travailler avec toi, Frank. Mais mon patron ne marchera jamais.

Le chef de la brigade criminelle n'est pas, effectivement, l'un de mes fans. Toutefois, je doutais que Scorch ait été au courant. Je lui lançai gaiement :

147

— Ton patron ne te fait pas confiance pour monter ta propre équipe ?

— Si, mais à condition que je justifie mes choix. Donne-moi quelque chose de solide à lui soumettre. Partage quelques-unes de tes fameuses infos. Rose Daly avait-elle des ennemis ?

Nous savions tous les deux que je n'étais pas en position de lui faire remarquer que j'en avais déjà partagé pas mal, des infos.

— Pas à ma connaissance. C'est l'une des raisons pour lesquelles je n'ai jamais envisagé sa mort.

Il eut une mimique incrédule.

— Quoi, elle était idiote ?

Je rétorquai, toujours aussi gaiement :

— Elle était beaucoup plus futée que tu ne le seras jamais.

— Assommante ?

— Loin de là.

— Agressive ?

— Tout le voisinage l'adorait. Tu me prêtes de drôles de goûts…

— Alors, je te garantis qu'elle avait des ennemis. Une sainte-nitouche insipide peut très bien réussir à n'indisposer personne. Par contre, une fille jolie, vive et qui a du caractère provoque toujours la rancœur de quelqu'un. L'amour t'a rendu aveugle. Ce côté fleur bleue ne te ressemble pas. Tu devais être dingue d'elle. Je me trompe ?

Terrain glissant…

— Premier amour, dis-je négligemment. Il y a longtemps. D'accord, je l'ai sans doute idéalisée, mais c'était vraiment une chouette nana. Je ne connais personne qui ait eu un problème avec elle.

— Pas d'anciens petits copains furieux ? De combats de coqs ?

— Nous étions ensemble depuis l'âge de seize ans. Je crois qu'elle a eu deux ou trois amoureux avant moi. Des histoires de gosses ; se tenir la main au cinéma, graver le nom de l'autre sur son pupitre, rompre au bout de trois semaines parce que l'un des deux devenait collant...

— Des noms ?

Son beau stylo était déjà prêt. Quelques pauvres hères allaient bientôt recevoir des visites désagréables.

— Martin Hearne, genre frimeur à l'époque, mais il a pu changer. Il habitait au 7. Il s'est brièvement vanté d'être le petit ami de Rosie quand nous avions une quinzaine d'années. Avant, il y a eu un certain Colm, qui était en classe avec nous avant que ses parents retournent dans leur cambrousse. Et quand nous avions huit ans, elle a embrassé Larry Sweeney, de Smith Road, par défi. Je serais surpris que l'un d'eux l'ait encore eue dans la peau.

— Pas de filles jalouses ?

— Jalouses de quoi ? Rosie n'avait rien d'une allumeuse. Elle n'aguichait pas les petits amis de ses copines. Et je suis peut-être un coup fabuleux, mais même si quelqu'un avait su que nous sortions ensemble, ce qui n'était pas le cas, je doute qu'une fille l'ait butée uniquement pour pouvoir poser ses mains sur mon corps brûlant.

Il fit la moue.

— Bon Dieu, tu ne m'aides pas beaucoup ! Tu ne me fournis rien que je ne pourrais obtenir d'une vieille commère du quartier. Pour te pistonner auprès de mon patron, il me faut du biscuit. Donne-moi des mobiles, les secrets bien juteux de la victime ou... Ah, voilà ! s'écria-t-il en claquant des doigts. Parlemoi de la nuit où elle était censée te rejoindre. Témoignage oculaire. Ensuite, je verrai ce que je peux faire.

En d'autres termes, où étais-tu le soir du 15, fiston ? Me prenait-il à ce point pour un naïf ?

— Allons-y, dis-je. Nuit de dimanche à lundi, du 15 au 16 décembre 1985. À environ 23 h 40, je me suis faufilé hors de chez moi, 8, Faithful Place, avant de gagner le haut de la rue, où je devais retrouver Rose Daly vers minuit, si nos familles dormaient et si nous avions réussi à quitter nos maisons sans être vus. Je suis resté là jusqu'à 5 ou 6 heures du matin ; je ne pourrais préciser l'heure exacte. J'ai quitté mon poste une seule fois, peut-être cinq minutes, juste après 2 heures. J'ai pénétré au 16 pour vérifier s'il n'y avait pas eu de malentendu à propos de l'endroit du rendez-vous et si, par hasard, Rosie ne m'y attendait pas.

— Y avait-il une raison pour que le 16 ait été un autre lieu de rendez-vous possible ?

Scorch prenait des notes en utilisant une sorte de sténo personnelle.

— Nous en avions parlé avant de nous décider pour le haut de la rue. C'était le point de ralliement de tout le monde. Les ados s'y retrouvaient tout le temps. Si on voulait picoler, fumer, se peloter ou faire tout ce que nos parents n'approuveraient pas et si on n'avait pas l'âge de le faire ailleurs, le 16 était l'endroit idéal.

150

— C'est donc là que tu as cherché Rose. Dans quelles pièces es-tu entré ?

— J'ai exploré toutes celles du rez-de-chaussée. Comme je ne voulais pas faire de bruit, je ne pouvais pas l'appeler. Il n'y avait personne. Je n'ai pas vu la valise. Je n'ai aperçu ni entendu quoi que ce soit d'inhabituel. Je suis ensuite monté à l'étage, où j'ai découvert un mot signé Rose Daly sur le plancher de la pièce de droite donnant sur la rue. Selon ce mot, elle avait décidé de partir pour l'Angleterre toute seule. Je l'ai laissé sur place.

— Je l'ai vu. Il n'est adressé à personne en particulier. Qu'est-ce qui te fait croire qu'il était pour toi ?

L'imaginer salivant sur cette lettre avant de la glisser délicatement dans un sachet d'indices me donna une nouvelle fois envie de lui rentrer dedans. Et nous n'avions pas encore évoqué la possibilité que Rosie ait eu des doutes… Je me demandai ce que les Daly, exactement, lui avaient débité sur moi.

— Cela m'a paru logique, répondis-je. J'étais celui qu'elle était supposée rejoindre. Si elle avait écrit un mot, ce ne pouvait être qu'à moi.

— Elle ne t'avait fait aucune allusion qui aurait pu indiquer qu'elle avait changé d'avis ?

— Pas la moindre. Et nous n'en savons toujours rien, pas vrai, Scorch ?

— Peut-être pas, murmura-t-il en griffonnant sur un bloc. Tu n'es pas descendu au sous-sol ?

— Non. Personne n'y allait jamais. C'était sombre, délabré, humide, puant et plein de rats. Je n'avais aucune raison de penser qu'elle s'y trouverait.

Il tapota ses dents avec son stylo, examina ses

notes. J'engloutis un tiers de ma pinte et songeai, aussi brièvement que possible, que Rosie avait pu effectivement être au sous-sol pendant que je me morfondais juste au-dessus, à quelques mètres d'elle.

— Donc, reprit Scorcher, en dépit du fait que tu avais considéré le mot de Rose comme un billet d'adieu, tu es retourné dans la rue et tu as continué à attendre. Pourquoi ?

Sa voix égale, indifférente, contrastait avec l'éclat de ses yeux. Cet enfoiré aimait ça.

— L'espoir fait vivre, dis-je. Et souvent femme varie. Je lui donnais une chance de revenir sur sa décision.

Il eut un ricanement bien masculin.

— Ah, les femmes… Donc, tu lui as accordé trois ou quatre heures et puis tu t'es tiré. Où es-tu allé ?

Je lui racontai l'épisode du squat, les rockers mal lavés et la sœur généreuse, omettant les prénoms au cas où il aurait eu envie d'aller fouiner là-bas. Il prit encore des notes. Puis :

— Pourquoi n'es-tu pas simplement rentré chez toi ?

— La hâte. Et l'orgueil. Je voulais me barrer de toute façon. La décision de Rosie n'y changeait rien. Je me voyais mal en Angleterre tout seul, mais je m'imaginais encore moins retournant chez papa et maman comme un minable, la queue entre les jambes. J'étais fin prêt pour partir. Alors, j'ai déguerpi.

— Ouais… Revenons à ces six heures pendant lesquelles tu as poireauté en haut de la rue. Un bail, surtout en décembre. Te souviens-tu de quelqu'un passant dans le coin, entrant dans une maison ou en sortant, un détail de ce genre ?

— Deux faits. Vers minuit, j'ai entendu ce que j'ai pris pour un couple fricotant dans les parages. En y repensant, il aurait pu aussi bien s'agir d'une lutte. Et, un quart d'heure ou une demi-heure plus tard, quelqu'un a longé les jardins du fond, du côté des nombres pairs. J'ignore l'importance que cela peut avoir après tout ce temps, mais prends-le pour ce que ça vaut.

— Tout peut être utile, marmonna-t-il en continuant à gribouiller. Tu le sais aussi bien que moi. Pas d'autre présence humaine ? Toute une nuit, dans un quartier comme celui-là ? Soyons francs : ce n'est pas ce qu'on pourrait appeler une banlieue chic.

Il commençait à me courir, ce qui était sans doute son but. Je m'efforçai de rester calme, bus lentement une gorgée.

— On était dimanche soir. Au moment où je suis sorti, tout était fermé et la plupart des gens dormaient. Sinon, j'aurais attendu un peu. Quelques personnes étaient encore éveillées et parlaient, mais Faithful Place était déserte. J'ai entendu, au coin de la rue, des gens marcher vers New Street. Certains sont passés si près que je me suis écarté du lampadaire pour me dissimuler dans l'ombre. Je n'ai reconnu personne.

Scorch tritura pensivement son stylo, contemplant le reflet sur le capuchon.

— Donc, personne ne t'a vu. Et personne ne savait que Rosie et toi étiez ensemble. C'est bien ce que tu m'as dit ?

— C'est exact.

153

— Un vrai roman. Une raison particulière à cela ?

— Le père de Rosie ne m'appréciait pas. Il a pété un plomb quand il a appris que nous nous aimions. Voilà pourquoi nous avons ensuite gardé notre relation secrète. Si je lui avais annoncé que je voulais emmener sa fille chérie à Londres, ç'aurait été la guerre sainte. J'estimais qu'il me serait plus facile d'obtenir son pardon que sa permission.

— Malheureusement, certaines choses ne changent jamais. Pourquoi ne t'appréciait-il pas ?

— Parce qu'il n'a aucun goût ! Comment peut-on ne pas fondre devant mon doux visage ?

Scorch resta de marbre.

— Sérieusement.

— Va le lui demander. Il ne me confiait pas ses pensées profondes.

— Je le ferai. Quelqu'un d'autre avait eu vent de votre projet ?

— Je n'en ai parlé à personne. Autant que je sache, Rosie non plus.

Mandy m'était entièrement acquise. Si Scorcher voulait la cuisiner, je lui souhaitais bien du plaisir. J'aurais payé cher pour assister à leur entretien.

Il relut encore ses notes, sirota tranquillement sa bière.

— Bien, dit-il enfin en refermant son stylo. Ça ira pour le moment.

— Nous verrons ce que ton patron en pensera.

Il n'y avait pas la moindre chance pour qu'il lui parle. Mais si je baissais les bras trop facilement, il se demanderait quel plan B je gardais dans ma manche. J'ajoutai :

154

— Tout ce que je viens de te révéler pourrait le convaincre d'accepter une collaboration.

Scorch garda le silence. Il me regarda longuement, sans ciller. Il pensait à ce qui m'avait sauté aux yeux dès que j'avais entendu parler de la valise. Le suspect le plus crédible était celui qui avait un mobile, qui avait eu l'occasion de commettre le crime et n'avait pas l'ombre d'un alibi, l'amoureux transi qui attendait Rosie, celui qu'elle avait, selon toute vraisemblance, l'intention de plaquer cette nuit-là et qui affirmait, croix de bois, croix de fer, qu'elle n'était jamais venue.

Ni lui ni moi n'avions l'intention d'être le premier à mettre ça sur la table.

— Je ferai de mon mieux, dit-il.

Il rangea son calepin dans sa poche intérieure.

— Merci pour tes tuyaux, Frank. J'aurais peut-être besoin de vérifier quelques points avec toi à un moment ou à un autre.

— Pas de problème. Tu sais où me trouver.

Il termina sa bière.

— Et souviens-toi : positive.

— Scorch, cet amas informe que tes collègues viennent d'emporter était ma nana. Je la croyais de l'autre côté de la mer d'Irlande, heureuse comme une reine. Pardonne-moi si j'ai du mal à « positiver ».

Il soupira.

— Je comprends. Tu veux un avis personnel ?

— Je n'attends que ça.

— Tu as une bonne réputation dans le métier, Frank. Avec un petit bémol, cependant. Selon la rumeur, tu as tendance à jouer perso, à ne pas trop te soucier des règles. Cette valise en est l'exemple même. Les huiles préfèrent ceux qui travaillent en équipe aux électrons libres. On ne vénère les francs-tireurs que s'ils s'appellent Mel Gibson. Si tu te tiens à carreau pendant une enquête comme celle-là, qui te met visiblement sous pression, si tu prouves à tout le monde que tu peux rester à ta place au sein d'une équipe, alors tu seras inattaquable. Projette-toi dans le long terme. Tu me suis ?

Une nouvelle fois, je lui décochai mon plus beau sourire, refrénant mon envie de lui casser la gueule.

— Tu me sers trop de clichés à la fois, Scorch. Donne-moi un peu de temps pour les digérer.

— À ton aise. Réfléchis quand même.

Il se leva, rectifia les revers de sa veste.

— Je te contacterai, conclut-il avec une inflexion subtile qu'on aurait pu prendre pour une menace.

Il ramassa sa serviette rutilante et s'en alla.

Je n'avais pas l'intention de bouger. Je savais déjà que je resterais là jusqu'à la fin du week-end. Première raison : Scorcher. Lui et ses collègues de la Crimi-nelle allaient fondre sur Faithful Place telle une nuée de corbeaux, renifler dans les coins, fourrer leur nez dans l'intimité des gens et exaspérer tout le monde. Il devait être clair, aux yeux des habitants de la rue, que je n'avais rien à voir avec eux.

Deuxième raison : Scorch encore, mais sous un autre angle. Il m'avait paru un tantinet soupçonneux à mon égard. Si j'endormais sa méfiance pendant vingt-quatre heures, cela m'aiderait à ne pas l'avoir sur les talons par la suite. M'ayant connu jeune, il voyait toujours en moi le gamin impulsif qui agissait sur-le-champ, ou pas du tout. Il ne lui était pas venu à l'esprit que, pendant qu'il dominait son ego, j'avais, de mon côté, cultivé la patience. Si l'on aime chasser comme un chien haletant qui bondit sur la piste à peine libéré de sa laisse, on entre dans la Criminelle. Si l'on opte pour les infiltrés, ce qui avait toujours été mon choix, on apprend à chasser comme les chats : se mettre en embuscade, s'aplatir et se rapprocher très lentement, sans se faire repérer.

La troisième raison fulminait sans doute à Dalkey et rêvait de m'arracher les yeux. Je devrais tôt ou tard m'expliquer avec elle et, Dieu ait pitié de moi, avec Olivia. Mais un homme a ses limites. Je n'ai pas l'habitude de me saouler. Pourtant, après la journée que je venais de vivre, je m'estimais largement en droit de découvrir combien de temps je tiendrais avant de m'écrouler. Je fis signe au barman.

— Mettez m'en une autre.

Le pub s'était vidé, probablement à cause de Scorcher. Le barman essuyait des verres et m'examinait depuis le comptoir, sans se presser. Enfin, d'un mouvement du menton, il désigna la porte.

— Un ami à vous ?

— Ce n'est pas le terme que j'emploierais.

— Je ne vous ai jamais vu ici. Vous êtes lié aux Mackey de Faithful Place ?

— C'est une longue histoire.

— On en a tous, conclut-il avec philosophie, comme s'il n'avait pas besoin d'en savoir davantage pour tout comprendre.

Et, dans un geste stylé, il glissa une chope sous la tireuse.

Nous nous sommes vus pour la dernière fois en tête à tête, Rosie et moi, un vendredi soir, neuf jours avant l'heure H. Il faisait froid. La ville était fébrile, pleine de monde. Les lumières de Noël illuminaient les façades, les acheteurs pressés se hâtaient sur les trottoirs, les vendeurs des rues proposaient du papier cadeau à bas prix. Je n'aimais pas Noël. La folie de ma mère et l'ivrognerie de mon père atteignaient un paroxysme terrifiant au cours du déjeuner, il y avait toujours de la vaisselle brisée et au moins un membre de la famille finissait par fondre en larmes. Mais, cette année-là, tout semblait irréel, à la fois enchanteur et inquiétant. Les collégiennes aux cheveux brillants qui chantaient « Joy to the World » pour des œuvres de charité étaient un peu trop propres, un peu trop lisses, les enfants qui pressaient leur nez contre les vitrines féeriques paraissaient un peu trop subjugués par toutes ces couleurs, tout ce bruit. Marchant au milieu de la foule, je gardais une main dans la poche de ma parka de l'armée allemande : en ce jour décisif, la pire des catastrophes aurait été de me faire dévaliser.

Je retrouvais toujours Rosie au *O'Neill's*, sur Pearse Street, un pub fréquenté par les élèves de Trinity College où nous passions inaperçus et n'avions aucune chance de tomber sur une connaissance. Les Daly croyaient leur fille avec ses copines et mes parents se souciaient comme d'une guigne de l'endroit où je me trouvais. *O'Neill's* était vaste, enfumé, bruyant. Toutefois, je repérai tout de suite les cheveux flamboyants de Rosie. Accoudée au comptoir, elle parlait au barman, qui lui souriait. Pendant qu'elle payait nos bières, je trouvai une table au fond d'une niche isolée.

Elle posa nos pintes, me montra discrètement un groupe d'étudiants ricaneurs adossés au bar.

— Ce gros con a essayé de mater sous ma jupe quand je me suis penchée.

— Lequel ?

J'étais déjà levé. Elle me força à me rasseoir, poussa ma chope vers moi.

— Reste tranquille. Je m'en occupe.

Elle se faufila sur la banquette, assez près de moi pour que nos cuisses se touchent.

— Ce mec, là-bas…

Pull de rugbyman, pas de cou, il s'éloignait du comptoir, deux pintes dans chaque main. Rosie agita la main dans sa direction. Puis elle battit des cils et passa le bout de sa langue sur le rebord de sa chope. Bouche bée, le type écarquilla les yeux et se prit les pieds dans un tabouret, renversant la moitié de ses bières sur le dos d'un client.

— Bien, dit Rosie en lui faisant un doigt d'honneur avant de s'en désintéresser, tu les as ?

— Voilà.

Je plongeai une main dans ma parka que j'avais pliée sur le bras de la banquette pour pouvoir garder un œil sur elle, trouvai l'enveloppe, en sortis deux billets que je posai entre nous, sur la table cabossée. *Dun Laoghaire-Holyhead, départ 6 heures, dimanche 16 décembre. Se présenter au moins trente minutes avant l'embarquement.*

Les revoir me donna la chair de poule. Rosie eut un petit rire, comme si elle n'en revenait pas.

— J'ai pensé qu'il valait mieux prendre le premier bateau du matin, dis-je. J'aurais pu choisir celui de nuit, mais on aurait plus de mal à rassembler nos affaires et à déguerpir dans la soirée. On pourrait gagner le port dans le courant de la nuit et attendre là-bas. D'accord ?

— Parfait, chuchota Rosie, le souffle court. Bon Dieu, pourvu que…

Elle couvrit les billets de son bras, les cachant aux consommateurs des tables voisines. J'emmêlai mes doigts dans les siens.

— On est peinards, ici. On n'a jamais rencontré quelqu'un qu'on connaissait, pas vrai ?

— C'est toujours Dublin. Je me ferai du mouron tant que le ferry n'aura pas quitté Dun Laoghaire. Remets-les dans ta poche.

— Et si tu les gardais, toi ? Ma mère fouille dans mes affaires.

— Pas étonnant ! s'exclama-t-elle en riant. Je suis sûre que mon père fouille aussi dans les miennes, mais il ne touchera pas à mon tiroir à culottes. Donne-les-moi.

Elle saisit doucement les billets, comme s'ils étaient en dentelle, les glissa avec précaution dans l'enveloppe qu'elle rangea dans la poche supérieure de sa veste de jean. Ses doigts y restèrent un moment, sur son sein.

— Ouf… Neuf jours et puis…

— Et puis, toi et moi, on commence notre nouvelle vie.

Nous avons trinqué, puis bu. Et je l'ai embrassée. Ma pinte était ébréchée, la chaleur du pub commençait à dégeler mes pieds après ma longue marche en ville, des guirlandes de Noël drapaient les tableaux accrochés aux murs, les étudiants de la table d'à côté s'esclaffaient bruyamment, déjà éméchés. J'aurais dû être l'homme le plus heureux du pub. Pourtant, la soirée me semblait encore angoissante, comme un rêve merveilleux qui menace de sombrer dans l'horreur. Je libérai Rosie de mon étreinte, craignant de l'embrasser trop fort, de lui faire mal.

Elle but une autre gorgée, cala une jambe sur la mienne.

— Il faudra qu'on se retrouve tard, dit-elle. Mon vieux ne se couche jamais avant 23 heures et je devrai lui laisser le temps de s'endormir.

— Chez moi, tout le monde est lessivé à 22 h 30. Parfois, Shay reste plus longtemps dehors mais, sauf si je me cogne contre lui au moment de son retour, la voie sera libre. Et même si ça arrive, il nous laissera partir. Il sera trop content de me voir déguerpir.

Rosie fronça brièvement les sourcils, porta sa chope à ses lèvres.

— Je t'attendrai à minuit, ajoutai-je. Si tu es un peu en retard, pas de souci.

— Je serai à l'heure. Mais le dernier bus sera passé. Tu te sens d'aller au port à pied ?

— Pas avec tout notre barda. On arrivera crevés à l'embarcadère. Faudra prendre un taxi.

Elle me jeta un regard amusé et impressionné.

— Eh ben, dis donc…

Ravi, j'enroulai une de ses mèches autour de mon doigt.

— J'ai encore deux extras cette semaine. J'aurai du blé. Rien n'est trop beau pour ma nana. J'aurais loué une limousine si j'avais pu, mais on devra attendre. Pour ton anniversaire, peut-être ?

Elle eut un petit rire distrait. Elle n'avait pas envie de blaguer.

— Rendez-vous au 16 ?

— Non. Les Shaughnessy y traînent souvent, depuis quelques semaines. Pas question de tomber sur eux.

Les frères Shaughnessy, quoique inoffensifs, n'étaient pas très malins et se pintaient du matin au soir. En plus, ils parlaient fort. J'aurais mis trop de temps à leur fourrer dans le crâne qu'ils devaient la boucler et faire comme s'ils ne nous avaient pas vus.

— En haut de la rue ?

— On se fera repérer.

— Pas un dimanche après minuit. Qui sera dehors, à part ces débiles de Shaughnessy ?

— Il suffit d'une personne. Et s'il pleut ?

Cette nervosité ne lui ressemblait pas. En temps normal, elle avait un sang-froid à toute épreuve.

— Pas besoin de tout prévoir maintenant. On se décidera en fonction du temps qu'il fera la semaine prochaine.

— Non. Il ne faut plus qu'on se revoie avant le départ. Je ne voudrais pas que mon père ait des soupçons.

— S'il n'en a pas eu jusqu'à présent...

— Je sais, je sais. Simplement... Bon Dieu, Francis, ces billets...

Elle remit la main dans sa poche.

— On est si prêts du but ! Faut qu'on fasse gaffe, à chaque instant. Au cas où quelque chose tournerait mal.

— Comme quoi ?

162

— J'en sais rien ! Quelqu'un qui nous arrêterait.

— Personne ne nous arrêtera.

— Ouais.

Elle rongea son ongle, se détourna.

— Je sais. Tout ira bien.

— Qu'est-ce qu'il y a, Rosie ?

— Rien. Retrouvons-nous en haut de la rue, comme tu l'as dit, sauf s'il pleut des cordes. Dans ce cas, on ira au 16. S'il fait un temps pourri, les demeurés resteront chez eux, non ?

— Sûr. Regarde-moi. Tu te sens coupable ?

Elle se mordit la lèvre.

— Évidemment ! C'est pas comme si on faisait ça pour rire. Si mon vieux n'avait pas pété les plombs à cause de nous, on n'y aurait jamais pensé... Pourquoi ? Tu te sens coupable, toi ?

— Pas du tout. Kevin et Jackie seront les seuls à me regretter. Je leur enverrai un beau cadeau avec mon premier salaire et ils seront contents. Ta famille va te manquer, c'est ça ? Ou les filles ?

Elle réfléchit un instant.

— Les filles, oui. Et ma famille, un peu. Mais bon... J'ai toujours su que je foutrais le camp. Déjà, en classe, Imelda et moi on parlait d'aller à Londres toutes les deux, et puis...

Bref sourire en coin.

— Et puis toi et moi on a mis au point un meilleur plan. De toute façon, je serais partie. Pas toi ?

Elle savait mieux que personne que ma famille ne me manquerait pas.

— Si, affirmai-je.

Était-ce vrai ? En tout cas, c'était ce que nous voulions entendre, elle et moi.

163

— Oui, je me serais barré, d'une manière ou d'une autre. Mais je préfère la nôtre.

Nouveau sourire en coin, toujours un peu crispé.

— Même chose pour moi.

— Alors qu'est-ce qu'il y a ? Depuis que tu t'es assise, tu te comportes comme si la banquette te brûlait les fesses.

— Regarde-toi ! Tu me fais rire ! J'ai l'impression d'avoir une boule de nerfs à côté de moi.

— C'est toi qui me rends nerveux ! Je croyais que les billets te feraient sauter de joie et au lieu de ça...

— Arrête ! Tu es arrivé dans cet état. Tu crevais d'envie d'aller démolir ce mateur...

— Toi aussi. Tu as changé d'avis ? C'est ça ?

— Si tu essayes de me larguer, Francis Mackey, comporte-toi en homme et dis-le franchement. Ne me laisse pas faire le sale boulot à ta place.

Elle me fixa méchamment. Puis elle se radoucit, poussa un gros soupir, s'appuya contre la banquette et passa une main dans ses cheveux.

— Je vais te dire ce qui se passe, Francis. On est tous les deux nerveux parce qu'on a la trouille de se planter.

— Parle pour toi.

— C'est ce que je fais. On veut s'enfuir à Londres et travailler dans le showbiz, rien de moins. Plus d'usine pour nous, merci beaucoup, on vaut mieux que ça, on va se lancer dans le rock. Qu'est-ce qu'elle dirait, ta mère, si elle le savait ?

— Elle me demanderait pour qui je me prends. Ensuite elle me balancerait une beigne derrière les oreilles en me traitant de petit merdeux. Ça s'entendrait de loin.

— Voilà pourquoi on se sent péteux, Francis. Parce que tous ceux que nous connaissons diraient la même chose : ils vont se ramasser. Si on foire, on finira par se le reprocher l'un l'autre et par se rendre horriblement malheureux. Alors, il faut qu'on se ressaisisse, et vite. Et qu'on se débrouille par nous-mêmes.

Au fond, je reste fier de la façon dont nous nous aimions. Nous n'avions rien à apprendre de personne, surtout pas de nos parents qui n'étaient guère des modèles de réussite. Nous ne pouvions compter que sur nous, nous apprendre mutuellement ceci : quand on aime quelqu'un et qu'on s'en sent responsable, on laisse derrière soi l'adolescent cabochard qu'on a été et on agit en adulte. Dès lors, tout devient possible.

— Viens là, dis-je.

J'emprisonnai sa joue dans le creux de ma main. Elle se pencha, posa son front contre le mien. Le monde entier s'évanouit derrière le fouillis de ses cheveux.

— Tu as raison. Je suis un imbécile.

— On peut échouer, mais on fera de notre mieux.

— Tu es une fille géniale, tu sais.

Elle me contempla longuement, d'assez près pour que je distingue la poudre d'or dans le vert de ses yeux, les rides minuscules que dessinait son début de sourire.

— Rien n'est trop beau pour mon homme, murmura-t-elle.

Cette fois, je l'embrassai comme il faut. Je sentais les billets entre mon cœur et le sien. J'eus l'impression qu'ils allaient s'envoler, exploser en gerbes multicolores au-dessus de nos têtes. Mon inquiétude reflua, disparut comme par miracle. J'eus la certitude que rien, désormais, ne nous arrêterait, que nous surmonterions toutes les épreuves, toutes les désillusions.

Un peu plus tard, Rosie me lança :

— Moi aussi, je me suis activée. Je suis allée chez Eason et j'ai épluché toutes les annonces des journaux anglais.

— Des offres d'emploi ?

— Quelques-unes. La plupart pour des trucs qu'on serait incapables de faire : conducteurs de chariots de levage, profs par intérim. Il y a quand même des postes de serveuses, de barmen. On pourra dire qu'on a de l'expérience. Ils ne vérifieront jamais. Pas une seule demande d'éclairagiste ou d'assistante pour des groupes de rock, mais on le savait. On cherchera une fois qu'on sera là-bas. Et il y a des tas de logements, Francis. Des centaines.

— On pourra payer le loyer ?

— Sans problème. Même si on ne trouve pas de boulot tout de suite. Ce qu'on a économisé suffira pour la caution. Et, avec le chômage, on aura de quoi s'installer dans une piaule. Merdique, c'est sûr : un lit et une salle de bains sur le palier. Mais, au moins, ça nous évitera de rester trop longtemps à l'hôtel.

— Je partagerais tout, les gogues, la cuisine et le reste, pourvu qu'on dégage de l'hôtel le plus tôt possible. Ce serait idiot de vivre dans deux chambres séparées quand...

Le tremblement de sa bouche, la lueur dans ses yeux... je crus que mon cœur allait cesser de battre.

— Quand on pourrait avoir un endroit à nous, chuchota-t-elle.

— Oui. Un endroit à nous.

Ce que je voulais, c'était seulement un lit où elle et moi pourrions dormir toutes les nuits dans les bras l'un de l'autre, nous réveiller le matin enlacés. J'aurais donné n'importe quoi, j'aurais renoncé à tout, simplement pour ça. Tout ce que le monde pourrait offrir ne serait que du rab. Quand j'entends, au pub, les hommes de ma brigade parler des femmes et énumérer tout ce qu'ils exigent d'elles, quand je surprends des conversations féminines sur le métier de l'époux idéal, la marque de sa voiture, les fleurs ou les bijoux qu'il devrait offrir, j'ai envie de hurler : « Bande de crétins ! » Je n'ai jamais acheté de fleurs à Rosie. Elle aurait été bien en peine d'expliquer leur provenance à ses parents. Je ne me suis jamais demandé si sa silhouette correspondait aux canons à la mode. Je la voulais toute à moi, et j'étais sûr qu'elle me voulait aussi. Jusqu'à la naissance de Holly, rien, de toute ma vie, ne m'a paru aussi simple.

Rosie me tira de ma rêverie.

— Certains proprios refusent les Irlandais.

— Qu'ils aillent se faire foutre.

Mon rêve prenait corps à nouveau. Je savais que le premier logement où nous mettrions les pieds serait le bon, que le destin nous conduirait directement chez nous. J'ajoutai :

167

— On leur dira qu'on vient de Mongolie extérieure. Tu peux prendre l'accent mongol ?

— Pas besoin d'accent. On parlera gaélique et on dira que c'est du mongol. Tu crois qu'ils feront la différence ?

Je m'inclinai cérémonieusement et déclarai :

— *Póg mo thóin.*

« Baise mon cul », soit à peu près quatre-vingt-dix pour cent de mon gaélique. Je précisai :

— Ancienne salutation mongole.

— Sois sérieux. Je disais ça parce que je connais ton manque de patience. Si on ne trouve pas de quoi se loger le premier jour, on n'en fera pas un drame, d'accord ? On a tout le temps.

— Je sais. Certains nous claqueront la porte au nez en nous prenant pour des poivrots ou des terroristes. Et d'autres...

Je saisis sa main, fis courir mon pouce sur ses doigts : forts, calleux à cause de la couture, avec des bagues de pacotille achetées à des marchands des rues, spirales celtiques ou têtes de chat.

— D'autres nous refuseront parce que nous vivrons dans le péché.

— Qu'ils aillent se faire foutre eux aussi.

— Si tu veux, on pourrait faire semblant. Acheter de fausses alliances et se faire appeler monsieur et madame. Jusqu'à...

Elle secoua vivement la tête.

— Pas question.

— Ce serait juste provisoire, jusqu'à ce qu'on ait assez d'argent pour se marier vraiment. Ça nous simplifierait la vie.

— Tant pis. Faire semblant, non. Ou on est

mariés, ou on ne l'est pas. Ça n'a rien à voir avec ce que les gens pensent.

— Rosie, insistai-je en serrant sa main. Tu sais qu'on le fera, non ? Tu sais que je veux t'épouser. Plus que tout au monde.

Cette déclaration la dérida.

— Tu ferais mieux. Quand on a commencé à sortir ensemble, j'étais une fille sage, comme les nonnes me l'avaient appris. Et maintenant, me voilà prête à devenir ta poule…

— Je suis sérieux. Écoute-moi. Des tas de gens, s'ils savaient, te traiteraient de folle. Ils diraient que les Mackey sont des sauteurs, que je vais profiter de toi puis te laisser tomber avec un bébé sur les bras et ta vie gâchée.

— Aucune chance. En Angleterre, ils ont des capotes.

— Tu ne le regretteras pas. Je le jure.

— Je sais, Francis, dit-elle très doucement.

— Je ne suis pas mon père.

— Si je pensais que tu l'étais, je ne serais pas ici. Maintenant, va me chercher un paquet de chips. Je meurs de faim.

Nous nous sommes attardés au *O'Neill's* jusqu'à ce que les étudiants soient partis et que le barman s'impatiente. Nous avons bu, parlé de tout et de rien, nous avons ri. Avant de rentrer chez nous, séparément au cas où quelqu'un nous aurait aperçus, moi marchant derrière elle et la surveillant de loin, nous nous sommes embrassés longtemps contre le mur de Trinity. Ensuite nous sommes restés immobiles, enlacés. L'air était si froid qu'il semblait craquer au-dessus de nous comme du cristal en train de se briser. Le souffle rauque de Rosie était chaud contre ma gorge, ses cheveux sentaient le bonbon au citron, son cœur battait à tout rompre. Enfin, je l'ai laissée partir et je l'ai regardée s'éloigner de moi, pour toujours.

Bien sûr, je l'ai cherchée. La première fois que je me suis retrouvé seul devant un ordinateur de la police, j'y ai inséré son nom et son adresse. Elle n'avait jamais été arrêtée en république d'Irlande, ce qui n'était pas une révélation ; je la voyais mal en délinquante. À mesure que mes contacts se diversifiaient, mes recherches s'affinèrent. Elle n'avait pas été arrêtée non plus en Irlande du Nord, en Angleterre, en Écosse, au pays de Galles ou aux États-Unis. Elle ne s'était inscrite nulle part au chômage, n'avait pas fait de demande de passeport, il n'existait aucun certificat de décès à son nom, elle ne s'était pas mariée. Je recommençai ces recherches tous les deux ans, harcelant ceux de mes contacts qui avaient une dette envers moi. Ils ne me posèrent jamais de question.

Ensuite, un peu apaisé par la naissance de Holly, je me mis à espérer que Rosie menait quelque part une existence heureuse et sans surprise, se souvenant de moi de temps à autre avec un petit pincement au cœur, rêvant à ce qui aurait pu être. Parfois, elle retrouvait ma trace, me téléphonait en pleine nuit ou frappait à la porte de mon bureau. Dans un parc, assis côte à côte sur un banc, silencieux, à la fois attendris et gênés, nous regardions Holly et deux petits garçons roux faire de la balançoire. J'inventais une longue soirée dans un pub aux lumières tamisées, nos têtes se rapprochant de plus en plus, les mots échangés, nos rires, nos doigts glissant sur la table abîmée avant de se frôler. Je l'imaginais telle qu'elle serait devenue : les plis de sourires que je n'aurais pas vus, son ventre adouci par des enfants qui ne seraient pas les miens, toute sa vie que j'aurais manquée inscrite en braille sur son corps exploré par mes mains. Je l'entendais me donner des réponses auxquelles je n'aurais jamais pensé, celles qui expliqueraient tout, qui remettraient en place les pièces manquantes du puzzle. Bref, je nous inventais une seconde chance.

D'autres nuits, même après tout ce temps, je désirais encore ce que j'avais souhaité avec haine à vingt ans : la voir sur une affiche des Violences Domestiques, dans un fichier de prostituées infectées par le sida, morte d'une overdose, allongée dans une morgue d'un bas-fond de Londres.

Tout venait de voler en éclats : ma seconde chance, ma revanche, la ligne Maginot que j'avais dressée entre ma famille et moi. La trahison de Rosie Daly avait été mon repère, aussi intangible que ma douleur. À présent, que me restait-il ? Mes souvenirs vacillaient comme un mirage, je ne reconnaissais plus rien.

Je commandai une autre bière accompagnée d'un double Jameson, seul moyen pour moi de tenir jusqu'au matin. Rien d'autre ne pourrait brouiller l'image de cauchemar qui me hantait, ce cadavre recroquevillé dans son trou à rats, souillé par des filets de terre tombant sur lui avec un bruit de petits pas précipités.

7

Faisant preuve d'une délicatesse que je n'aurais pas soupçonnée, ils m'accordèrent deux heures de solitude avant de venir me chercher. Kevin apparut le premier : passant la tête par l'entrebâillement de la porte, regardant à droite et à gauche comme un enfant jouant à cache-cache, envoyant un SMS en douce pendant que le barman lui servait sa bière, tournant timidement autour de ma table jusqu'à ce que je mette fin à son supplice en lui faisant signe de s'asseoir. Aucun de nous deux ne parla. Les filles nous rejoignirent cinq minutes plus tard, secouant leur imperméable mouillé, gloussant et examinant le pub à la dérobée.

— Bon Dieu, lâcha Jackie en ôtant son foulard, quand je pense qu'on mourait d'envie de venir ici uniquement parce que c'était interdit aux filles ! On n'a rien perdu, pas vrai ?

Carmel jeta un œil suspicieux sur l'un des tabourets, l'essuya rapidement avec son mouchoir avant de s'y installer.

— Heureusement que maman est pas venue. L'endroit l'aurait déprimée.

Kevin redressa vivement la tête.

— Quoi ? Ma devait venir ?

— Elle se fait du souci pour Francis.

— Tu parles... Elle veut lui tirer les vers du nez,
oui. Elle va quand même pas te suivre ?

— Ça m'étonnerait pas d'elle. Ma agent secret.

— Elle le fera pas. Je lui ai dit que t'étais rentré
chez toi, m'annonça Carmel, le bout des doigts
contre la bouche, mi-coupable, mi-espiègle. Dieu me
pardonne.

— Tu es un génie, soupira Kevin avec soulagement.

— Tout à fait d'accord, approuva Jackie. Elle
nous aurait rendus dingues.

Elle se contorsionna, essayant d'attirer l'attention
du barman.

— Maintenant, ils servent les femmes, non ?

— J'y vais, dit Kevin. Qu'est-ce vous prenez ?

— Ramène-nous un gin tonic.

Carmel rapprocha son tabouret de la table.

— Tu crois qu'ils auraient du Babycham ?

— Pas cette piquette, Carmel.

— Je supporte pas les alcools forts. Tu le sais.

— J'irai pas au comptoir demander cette pisse de
chat. Je vais me faire jeter.

— Au contraire, rectifiai-je. Ici, ils en sont restés
aux années 80. Ils ont sans doute une pleine caisse
de Babycham derrière le bar.

— Et une batte de base-ball pour ceux qui en
commandent.

Soudain, Jackie se leva et agita la main.

— Voilà Shay ! Il peut y aller, lui, puisqu'il est
debout.

— Qui l'a invité ? s'inquiéta Kevin.

— Moi, rétorqua Carmel. Pour une fois, vous
pourriez tous les deux vous conduire en adultes et

être aimables l'un envers l'autre. Ce soir, il est question de Francis, pas de vous.

— Ça s'arrose ! lançai-je.

J'en étais à ce stade de l'ivresse où l'on voit tout en rose. Rien, pas même la présence de Shay, n'aurait pu me mettre de mauvaise humeur. D'ordinaire, j'engloutis un café noir dès que les premières vapeurs de l'alcool commencent à faire leur effet. Cette nuit-là, j'avais bien l'intention de jouir pleinement de cet état proche de la béatitude.

Shay marcha vers nous, lissant ses cheveux pour en chasser les gouttes de pluie.

— J'aurais jamais cru que ce pub serait assez bien pour toi, me dit-il. Tu as amené ton copain flic ici ?

— Ça lui a réchauffé le cœur. Tout le monde l'a accueilli comme un frère.

— J'aurais payé cher pour voir ça. Qu'est-ce que vous buvez ?

— C'est toi qui régales ?

— Pourquoi pas ?

— C'est gentil. Guinness pour Kevin et moi, gin tonic pour Jackie. Et un Babycham pour Carmel.

— On veut voir comment tu vas te débrouiller, persifla Jackie.

— Pas de problème. Prenez-en de la graine.

Il gagna le bar, interpella familièrement le barman, preuve qu'il était un vieil habitué du pub, puis brandit triomphalement la bouteille de Babycham dans notre direction.

— Quel m'as-tu-vu ! grommela Jackie.

Il revint en apportant toutes les consommations en même temps, les maintenant en équilibre avec une dextérité de professionnel.

— Bien, déclara-t-il en les posant sur la table. Dis-nous, Francis, c'est ta gonzesse qui a provoqué tout ce foin ? Allons, faites pas cette tête-là, vous autres. Vous brûlez d'envie de lui poser la question. Alors, Francis, c'est elle ?

— Fous-lui la paix, intervint Carmel, prenant sa voix de maman sévère. Je l'ai dit à Kevin et je le répète pour toi : ce soir, vous devez vous comporter de façon civilisée.

Shay s'esclaffa et tira un tabouret. J'avais eu tout le loisir, au cours des deux heures précédentes, de réfléchir à ce que j'étais prêt à partager avec les habitants de Faithful Place ou, en tout cas, avec ma famille, ce qui revenait au même.

— Ça va, Melly, dis-je. Rien n'est encore définitif. Toutefois, il y a de fortes chances pour que ce soit Rosie.

Petit cri de Jackie, puis le silence. Shay réprima un sifflement.

— Dieu ait son âme, murmura Carmel.

Elle se signa, imitée par Jackie qui enchaîna :

— C'est ce que ton collègue a dit aux Daly. Le type à qui tu parlais… Mais on ignorait si on devait le croire ou non. Ces flics racontent n'importe quoi. Pas toi, bien sûr… Les autres. Il voulait peut-être simplement qu'on pense que c'était elle.

— Comment ils le savent ? bredouilla Kevin, la mine défaite.

— Ils n'en sont pas encore sûrs. Ils vont faire des prélèvements.

— L'ADN et tout le bazar ?

— Aucune idée, Kev. Ce n'est pas ma partie.

— Ta partie, marmonna Shay en faisant tourner

sa pinte entre ses doigts. Je me suis toujours demandé... C'est quoi, exactement, ta partie ?

— Ça varie.

Pour des raisons évidentes, les infiltrés répondent à ceux qui les interrogent qu'ils s'occupent de la défense de la propriété intellectuelle ou de tout autre domaine assez barbant pour que la conversation tourne court. Jackie croit que je gère la stratégie d'affectation du personnel.

Toujours décomposé, Kevin hasarda :

— Est-ce qu'ils peuvent dire... enfin... ce qui lui est arrivé ?

J'ouvris la bouche, la refermai aussitôt, bus une longue gorgée de bière.

— Kennedy n'en a pas parlé aux Daly ?

— Pas un mot ! s'indigna Carmel. Ils l'ont supplié, oui, supplié ! Rien à faire. Il est parti et les a laissés en plan, seuls avec leur détresse.

Jackie bouillait de colère. Pour un peu, ses cheveux se seraient dressés sur sa tête.

— Leur propre fille ! Qu'elle ait été assassinée ou non, c'est pas vos oignons. Il a osé leur dire ça ! C'est peut-être ton pote, Francis, mais c'est un beau fumier.

Scorcher faisait encore meilleure impression que ce que j'avais prévu.

— Kennedy n'est pas un ami. C'est simplement un petit enfoiré avec qui je travaille de temps à autre.

— Je parie que vous êtes quand même assez copains pour qu'il t'ait craché le morceau, dit Shay.

Dans la salle, les conversations avaient monté d'un cran. Sans hausser le ton, les buveurs s'exprimaient avec un débit plus rapide, de façon plus précise : la nouvelle avait enfin fait le tour du quartier. Personne ne nous regardait, par courtoisie pour Shay mais aussi parce que les clients de ce genre de pub ont leurs propres problèmes et connaissent le prix de la discrétion. Je m'appuyai sur les coudes et prononçai à voix basse :

— OK. Je me ferai peut-être virer, mais les Daly ont le droit d'en savoir autant que nous. Vous devez me promettre que cela ne parviendra jamais aux oreilles de Kennedy.

Shay eut une moue sceptique. Les trois autres acquiescèrent, fiers comme Artaban. « Malgré les années, notre Francis est toujours un gars des Liberties avant d'être flic et nous restons unis comme les doigts de la main. » Voilà ce que les filles affirmeraient à tous les voisins en leur chuchotant leurs tuyaux à l'oreille : « Francis est de notre côté. »

— On l'a tuée, assénai-je. En tout cas, c'est plus que probable.

Carmel hoqueta et se signa une nouvelle fois. Jackie s'écria :

— Que Dieu ait pitié de nous !

De plus en plus pâle, Kevin bafouilla :

— Comment ?

— Aucune indication là-dessus. Pas encore.

— Ils trouveront quand même, non ?

— Sans doute. Après tant de temps, ça risque d'être difficile, mais l'équipe du labo connaît son métier.

— Comme *Les Experts* ?

Carmel écarquillait les yeux.

— Tout juste.

S'ils m'avaient entendu, ceux des scientifiques

pour qui cette série américaine n'est qu'un tissu d'âneries auraient eu une attaque. Mais je savais que ça plairait à mes frangins.

— Ils ont une baguette magique ? railla Shay.

— Presque. Ces types sont capables d'identifier, d'après les indices les plus infimes, anciennes taches de sang, minuscules parcelles d'ADN, des dizaines de blessures différentes. Pendant qu'ils s'efforceront de découvrir ce qui est arrivé à Rosie, Kennedy et ses hommes traqueront son assassin. Ils interrogeront tous ceux qui vivaient autour d'elle à l'époque. Ils chercheront à savoir avec qui elle était liée, avec qui elle ne s'entendait pas, qui l'aimait, qui la détestait et pourquoi, ce qu'elle a fait minute par minute au cours des derniers jours de son existence, si quelqu'un a remarqué quelque chose d'anormal le soir de sa fuite, un individu au comportement bizarre à ce moment-là, ou juste après... Ils ne négligeront rien et prendront le temps qu'il faudra. Le moindre détail, même le plus anodin, peut être crucial.

— Sainte Vierge, souffla Carmel. Comme à la télé... C'est dingue.

Tout autour de nous, dans les pubs, les cuisines, les chambres, les gens parlaient déjà : se remémorant de vieux souvenirs, les comparant, les interprétant pour échafauder des millions d'hypothèses. Dans ma rue, le ragot est un sport de compétition digne des Jeux olympiques. Je ne le méprise pas. Bien au contraire : je le vénère de tout mon cœur. Ainsi que je l'avais dit à Scorcher, l'info est le nerf de la guerre. De multiples commérages allaient remonter à la surface et je voulais m'assurer qu'ils parviendraient jusqu'à moi, d'une façon ou d'une autre. Si Scorcher avait outragé les Daly, il aurait du mal à obtenir le moindre renseignement de qui que ce soit à des centaines de mètres à la ronde. Il avait du souci à se faire.

— Si j'apprends autre chose que les Daly devraient savoir, martelai-je, je ne les laisserai pas dans le brouillard.

Jackie serra mon poignet.

— Je suis tellement désolée, Francis. J'espérais qu'il s'agissait d'une méprise, d'une erreur...

— La pauvre chérie, dit doucement Carmel. Elle avait quel âge ? Dix-huit ans ?

— Dix-neuf et des poussières.

— Seigneur, à peine plus que mon Darren ! Et laissée toute seule dans cette horrible maison pendant toutes ces années. Ses parents mourant d'inquiétude et se demandant où elle était alors que...

— J'aurais jamais cru que je dirais ça, coupa Jackie, mais, dans un sens, on peut remercier PJ Lavery.

— Espérons, bougonna Kevin en terminant sa bière. Quelqu'un en prend un autre ?

— Volontiers. Qu'est-ce que tu veux dire par « espérons » ?

— Rien de spécial. Souhaitons que ça se passe bien, c'est tout.

— Enfin, Kevin, comment veux-tu que ça se passe bien ? Cette pauvre fille est morte ! Pardon, Francis.

Shay intervint.

— Il veut dire : pourvu que les flics ne déterrent pas quelque chose qui nous ferait tous regretter que les maçons de Lavery n'aient pas balancé la valise dans une benne à ordures et laissé les morts entre eux.

— Comme quoi ? Kev ?

Kevin repoussa son tabouret et lâcha, excédé :

— Cette conversation commence à me courir. Et Frank aussi, j'imagine. Je vais au bar. Si vous parlez encore de toute cette merde quand je reviendrai, je vous laisse avec vos verres et je rentre à la maison.

— Visez-moi ça, se gaussa Shay. La souris se met à rugir. T'as foutrement raison, Kev. On parlera de *Survivor*. Maintenant, va nous chercher à boire.

Nous avons pris une autre tournée, et puis encore une autre. La pluie fouettait les vitres, un courant d'air glacé s'engouffrait dans la salle chaque fois que la porte s'ouvrait. Le barman avait monté le chauffage. Rassemblant son courage à deux mains, Carmel se leva et alla commander des sandwiches au pain grillé. Je pris conscience que je n'avais rien avalé depuis les œufs frits de Ma et que je mourais de faim. Shay et moi avons raconté à tour de rôle des blagues qui enchantèrent Jackie. Carmel couinait et nous donnait une tape sur le bras quand elle avait pigé. Kevin improvisa une imitation féroce de Ma au déjeuner de Noël qui nous fit tous pleurer de rire.

— Arrête ! sanglota Jackie. Je vais faire pipi dans ma culotte !

— Elle le fera, dis-je en essayant de reprendre mon souffle. Et tu devras éponger le sol avec une serpillière.

— Tu riras moins le jour de Noël, me lança Shay. Parce que tu souffriras avec nous.

— Des clous. Je serai peinard chez moi, à boire du single malt en vous plaignant.

— Tu te réjouis trop vite. Maintenant que Ma a remis le grappin sur toi, tu crois qu'elle va te laisser filer juste avant la grande réunion de famille ? Rater une occasion de nous faire tous tourner en bourrique d'un seul coup ?

— Tu paries ?

Il tendit la main.

— Cinquante livres. Au déjeuner de Noël, tu seras assis en face de moi.

— Tenu.

Je plaquai ma paume sur la sienne. Sa main était forte, calleuse et sèche. Une onde électrique passa entre nous. Ni l'un ni l'autre ne cilla.

Carmel se tourna vers moi.

— Francis, on avait juré qu'on te le demanderait pas, mais je peux pas m'en empêcher... Jackie, arrête de me pincer ! S'il refuse de nous l'expliquer, il me le dira lui-même. Francis, pourquoi t'es jamais revenu avant tout ça ?

— J'avais trop peur que Ma me reçoive à coups de balai. J'avais tort ?

— Sérieusement... Pourquoi, Francis ?

Elle, Kevin et même Jackie, qui m'avait cuisiné plusieurs fois là-dessus sans obtenir de réponse, me dévisageaient, ivres, perplexes, et un peu vexés. Shay retirait quelque chose de sa bière.

— Laissez-moi vous poser une question. Pour quoi seriez-vous prêts à mourir ?

— T'es un marrant, toi, maugréa Kevin.

— Ah, laisse-le parler, s'irrita Jackie.

— Pa, continuai-je, m'a affirmé un jour qu'il mourrait pour l'Irlande. Vous le feriez, vous ?

Kevin roula des yeux.

— Pa en est resté aux années 70. Qui penserait ça aujourd'hui ?

— Essaye quand même. Pour rire. Tu le ferais ?

Il me jeta un regard médusé.

— Si quoi ?

— Disons, si les Anglais nous envahissaient de nouveau.

— Faudrait qu'ils soient débiles.

— S'ils le faisaient, Kev.

— J'en sais rien. J'y ai jamais pensé.

Shay pointa sa pinte vers lui.

— Voilà exactement ce qui a ruiné ce pays.

— Moi ? Qu'est-ce que j'ai fait ?

— Toi et les types dans ton genre. Ta génération de dégénérés qui se foutent de tout. À part vos Rolex et votre pognon, qu'est-ce qui vous intéresse ? Pour une fois, Frank a raison. Tu devrais te trouver une cause pour laquelle tu donnerais ta vie.

— Arrête tes conneries. Tu mourrais pour quoi, toi ? Une Guinness ? Un bon coup ?

— La famille.

— De quoi tu parles ? protesta Jackie. Ma et Pa te sortent par les yeux.

Tout le monde éclata de rire. Carmel essuya ses larmes.

— C'est vrai, reconnut Shay. Mais c'est pas la question.

— Et toi ? me demanda Kevin. Tu te ferais vraiment tuer pour l'Irlande ?

— Plutôt crever ! clamai-je, ce qui déclencha de nouveau l'hilarité générale. J'ai été un temps en poste à Mayo. Vous connaissez Mayo ? Ses bouseux, ses moutons, ses paysages ? Je ne mourrai pas pour ça.

183

— Quoi, alors ?

— Pour reprendre l'expression de Shay, la question n'est pas là. L'important, c'est que j'aie une certitude.

— Je me ferais tuer pour mes gosses ! jura Carmel. Dieu m'en préserve.

— Moi, énonça Jackie, je mourrais pour Gav. Si c'était vraiment indispensable... Tout ça est d'un morbide ! Francis, si on parlait d'autre chose ?

— Dans le temps, j'aurais donné ma vie pour Rosie Daly. Voilà ce que j'essaye de vous dire.

Silence. Enfin, Shay leva sa pinte.

— À tout ce pour quoi nous serions prêts à mourir. *Cheers.*

Nous avons trinqué, puis bu longuement. Je savais que j'avais un sacré coup dans l'aile, mais leur présence me comblait, même celle de Shay. Plus encore, je leur en étais reconnaissant. Leur opinion à mon sujet importait peu. Tous les quatre avaient renoncé à ce qu'ils auraient pu faire ce soir-là pour m'aider à affronter cette nuit. Leur sollicitude me semblait, en cet instant, plus précieuse que tout au monde.

Carmel se pencha vers moi et me glissa, presque timidement :

— Quand Donna était bébé, elle a eu un problème de reins. Les médecins ont envisagé une transplantation. Je leur ai déclaré tout de go « Pas de problème pour moi, vous pouvez prendre les deux miens ». J'ai pas réfléchi une seconde. Finalement, elle a guéri et, de toute façon, il lui en aurait fallu qu'un, mais j'ai jamais oublié ça. Tu comprends ce que je veux dire ?

184

— Oui, répondis-je en lui souriant, je comprends.

— Ah, elle est adorable, Donna ! s'extasia Jackie. Une perle. Toujours gaie ! Il faut que tu fasses sa connaissance, Francis.

— Tu sais que je te retrouve dans Darren ? Depuis qu'il est tout môme, ajouta Carmel.

Le cri du cœur, poussé d'une seule voix par Jackie et moi :

— Que Dieu lui vienne en aide !

— Vous moquez pas. Il te ressemble dans le bon sens, Francis. Il veut aller à l'université. Tu te rends compte ? Il tient pas ça de moi, ni de Trevor qui se serait contenté d'en faire un plombier, comme papa. Non, il s'est décidé de lui-même, sans jamais nous en toucher un mot. Il a choisi son orientation comme un grand, il a travaillé d'arrache-pied et il a foncé tête baissée. Comme toi. J'aurais bien voulu être comme ça, moi aussi...

Je crus discerner une ombre de tristesse sur son visage.

— Tu t'es toujours arrangée pour obtenir ce que tu voulais, Melly. Souviens-toi de Trevor.

Sa tristesse s'évanouit. Son rire espiègle ressuscita en elle la petite fille de jadis.

— C'est bien vrai ! Je l'ai voulu, je l'ai eu. La première fois que je l'ai vu dans cette boîte, j'ai dit à Louise Lacey : « Il est pour moi. » Il portait ces pantalons pattes d'éléphant qui faisaient fureur... Rigole pas, Jackie. Ton Gavin peut s'aligner, avec ses vieux jeans en lambeaux. J'aime qu'un gars fasse un effort. Dans son falzar, Trevor avait un petit cul ravissant. Et il sentait si bon ! Pourquoi vous vous marrez, tous les deux ?

— Tu avais le feu où je pense, dis-je.

— Pas du tout. À l'époque, les choses étaient différentes. Si on était folle d'un type, on se serait fait tuer plutôt que de le lui avouer. C'était à lui de faire le premier pas.

— Bon Dieu ! s'écria Jackie. Comme dans *Orgueil et Préjugés*. Moi, j'ai dragué Gavin bille en tête.

— Ça marchait, je vous assure ! Bien mieux que tout ce boxon d'aujourd'hui. Pas besoin d'aller en boîte sans culotte, comme les filles de maintenant. J'ai eu mon mec, pas vrai ? Et je me suis fiancée à vingt et un ans. Tu étais encore là, Francis ?

— Oui. Je suis parti trois semaines plus tard.

Je me souvenais de la réception : les deux familles serrées dans notre salon, les mères se jaugeant tels deux pitbulls obèses, Shay faisant son numéro de grand frère et envoyant des vannes à un Trevor terrifié, Carmel dans une affreuse robe plissée rose qui la faisait ressembler à une truite écaillée. Dédaigneux, je m'étais assis sur le rebord de la fenêtre, près du petit frère grassouillet de Trevor à qui je n'adressais pas la parole. Dans ma tête, j'étais déjà parti. Je m'étais alors juré de ne jamais avoir une réception de fiançailles où l'on servirait des sandwiches aux œufs durs. Il ne faut pas dire : « Fontaine, je ne boirai pas de ton eau. » En les regardant tous les quatre autour de la table, j'eus le sentiment d'avoir, ce soir-là, manqué quelque chose.

— Je portais ma robe rose, spécifia dignement Carmel. Tout le monde m'a trouvée du feu de Dieu.

— Tu l'étais, acquiesçai-je en clignant de l'œil. Si

tu n'avais pas été ma sœur, je t'aurais fait du gringue.

Piaillements faussement indignés d'elle et Jackie. Mais je ne les écoutais plus. En bout de table, mes deux frères discutaient en aparté. Un éclat de voix de Kevin me força à tendre l'oreille.

— C'est un boulot ! Qu'est-ce qu'il y a de mal à ça ?

— Quel boulot ? Tu lèches le cul de tes patrons, oui, monsieur, non, monsieur, tout de suite, monsieur, tout ça pour le compte de gros pleins de soupe qui te jetteront après t'avoir sucé la moelle. Tu leur remplis les poches, et qu'est-ce que t'as en échange ?

— Je suis payé ! L'été prochain, j'irai en Australie. Je ferai de la pêche sous-marine autour de la Grande Barrière et des barbecues à Bondi Beach avec des nanas d'enfer. Grâce à mon boulot. Que demande le peuple ?

Shay ricana.

— Tu ferais mieux d'économiser ton fric.

— J'en gagnerai un max en rentrant.

— Des clous… C'est ce qu'on veut te faire croire.

— Qui ? De quoi tu parles ?

— Les temps changent, mec. À ton avis, pourquoi PJ Lavery…

— Enfoiré ! braillèrent les autres, moi inclus.

— Pourquoi pille-t-il ces baraques ?

— On s'en fout.

— Tu as tort. C'est un petit futé, Lavery. Il sait d'où vient le vent. L'année dernière, il achète les trois maisons pour les retaper, envoie aux bobos de Dublin de jolis prospectus sur de pittoresques appartements de luxe. Et tout à coup, il laisse tomber, vide les bicoques et vend tout ce qui peut l'être.

— Et alors ? Il a peut-être besoin de liquide pour régler un divorce ou un redressement fiscal. En quoi ça me concerne ?

Shay ricana encore, secoua la tête.

— T'as rien compris. Tu picores les miettes qu'on te donne et tu t'imagines que ce sera toujours la belle vie. J'ai hâte de voir ta tronche.

— Arrête de l'emmerder, dit Jackie.

Kevin et Shay ne se sont jamais beaucoup aimés. Toutefois, en cet instant, les causes profondes de leur animosité m'échappaient. Était-ce la conséquence de vingt-deux ans d'absence, ou de huit bières ? En tout cas, je me gardai bien d'intervenir dans leur conversation.

— Je vais te dire pourquoi Lavery a renoncé à diviser les maisons en appartements bidon, reprit Shay. Parce qu'au moment où ils seront terminés, personne n'aura le pognon pour les lui acheter. Ce pays va bientôt se casser la gueule. Et toi avec. Quand les yuppies qui te font vivre seront au chômage, à qui tu les fourgueras, tes télés à la con ?

Carmel mit une main en écran devant sa bouche et articula en silence, à mon intention : « Il est bourré. » Ayant elle-même sifflé trois Babycham, elle se trompa de main, ce qui permit à Shay de lire sur ses lèvres. Il l'ignora et poursuivit :

— Ce pays est bâti sur de la daube et de la pub. Un coup de pied et il s'écroulera. Bientôt.

— En quoi ça te réjouit ? répondit mollement

Kevin, engourdi par l'alcool. S'il y a un krach, tu te ramasseras autant que nous.

— Ah non, mec. Pas moi. J'ai un plan.

— T'en as toujours un. Lequel s'est réalisé, jusqu'à présent ?

Jackie soupira bruyamment.

— Bonjour l'ambiance...

— Cette fois, c'est différent, dit Shay.

— Sûr.

— Tu verras, mec. Tu verras...

— Tout ça me paraît merveilleux, dit Carmel avec la fermeté d'une hôtesse reprenant le contrôle du déroulement de son dîner, assise très droite sur son tabouret, le petit doigt en l'air au-dessus de son verre. Raconte-nous.

— Ah, Melly, s'écria Shay en riant, tu as toujours été la seule à me tenir tête. Vous savez, vous autres, qu'elle m'a foutu une raclée parce que j'avais traité Tracy Long de salope ?

— Tu la méritais. On parle pas comme ça d'une fille.

— C'est vrai. Les autres ne t'apprécient pas, mais moi oui. Si on s'associait, on ferait un tabac.

— Où ? demanda Kevin. À l'agence pour l'emploi ?

Shay revint vers lui, à contrecœur.

— La vérité, la voilà. En période de prospérité, les gros bonnets se partagent le gâteau. Les travailleurs survivent, mais ce sont les riches qui s'engraissent.

Jackie commençait vraiment à trouver le temps long.

— Si le travailleur dégustait sa pinte et bavardait gentiment avec ses frères et sœurs ?

— C'est seulement quand tout se déglingue, s'obstina Shay, qu'un gus avec du plomb dans la cervelle et un plan peut rafler la mise. Et j'ai les deux.

« J'ai un rendez-vous important », disait-il jadis en se coiffant devant le miroir, sans jamais révéler avec qui. Ou bien : « Je me suis fait un petit extra, Melly, va t'acheter une glace avec Jackie », mais personne ne savait d'où venait l'argent. Je mis soudain mon grain de sel dans le débat.

— Tu te répètes. Tu vas nous le dévoiler, ton fameux plan, ou continuer à faire le coq toute la nuit ?

Il me fixa. Je lui adressai un sourire innocent.

— Francis... L'homme du système. Pourquoi tu te soucierais d'un marginal dans mon genre ?

— Par amour fraternel.

— Eh bien, je vais t'en boucher un coin. Je rachète le magasin de vélos.

Il en rougit d'orgueil. Kevin pouffa. Jackie n'en crut pas ses oreilles.

— Notre Shay entrepreneur ! Ça, c'est une nouvelle !

— Joli coup, renchéris-je. Quand tu seras devenu le Donald Trump de la bécane, je viendrai chez toi acheter mes BMX.

— Conaghy prend sa retraite l'année prochaine et son fils refuse d'entendre parler de la boutique. Il vend des bagnoles de frimeurs. Le vélo, c'est pas assez bien pour lui. Conaghy me donne donc la primeur.

Un peu dessaoulé, Kevin réussit à lever les yeux de sa pinte.

— Où tu vas trouver l'oseille ?

L'éclat qui brilla dans les yeux de Shay me fit comprendre son succès auprès des filles.

— J'en ai déjà la moitié. Il y a longtemps que j'en mets de côté. La banque me prête le reste. Ces rapaces commencent à serrer la vis parce qu'ils sentent venir le désastre, comme Lavery, mais j'ai présenté mon dossier à temps. Dans un an, les amis, je serai mon propre patron.

— Bravo ! fit Carmel.

Je perçus pourtant une certaine réticence dans sa voix lorsqu'elle conclut :

— Tu es un chef.

Shay leva sa pinte pour masquer son expression de triomphe.

— Comme je l'ai dit à Kev, pourquoi bourrer les poches des autres quand on peut remplir les siennes ?

— Et après ? rétorqua Kevin. Si le pays doit s'écrouler bientôt, tu dégusteras comme les autres.

— C'est là où tu te trompes, mon gars. Quand les connards pleins aux as se retrouveront dans la mouise, moi, je ferai fortune. Dans les années 80, alors que les gens qu'on connaissait étaient trop fauchés pour avoir une bagnole, ils se déplaçaient comment ? À vélo. C'est ce qui va arriver aux fils de rupins quand papa pourra plus leur payer une BMW pour aller à l'école, à cinq cents mètres de chez eux. Alors, ils frapperont à ma porte. La tête de ces minus, j'en jouis à l'avance.

— Magnifique, grommela Kevin avant de retourner à la contemplation de sa bière.

— Alors, tu habiteras au-dessus de la boutique ? s'enquit Carmel.

Shay et elle échangèrent un regard étrange, comme s'ils partageaient un secret.

— Oui.

— Et tu travailleras à plein temps. Sans pouvoir modifier tes horaires...

Il se radoucit.

— Melly, ça se passera bien. Conaghy prendra sa retraite dans plusieurs mois. D'ici là...

L'inquiétude de Carmel ne se dissipa pas. Elle s'efforça quand même de faire bonne figure.

— Entendu, chuchota-t-elle, comme si elle cherchait à se convaincre.

— T'angoisse pas.

— Oh, non. Je suis si contente pour toi ! Dieu sait que tu mérites ta chance. J'ai toujours su que tu l'aurais un jour. Simplement, je...

— Carmel, regarde-moi. Tu crois vraiment que je te ferais ça ?

— Hé, dit Jackie, c'est quoi, l'histoire ?

Shay baissa doucement le verre de Carmel pour apercevoir son visage. Je ne l'avais jamais vu tendre et son geste me parut encore moins rassurant qu'à elle.

— Écoute-moi. Tous les médecins ont dit « quelques mois ». Six maxi. D'ici à ce que j'achète la boutique, il sera à l'hospice ou dans un fauteuil roulant, trop faible pour causer le moindre dégât.

— Dieu nous pardonne, souffla Carmel. Souhaiter que...

— Qu'est-ce qui se passe ? demandai-je.

Ils braquèrent sur moi leurs yeux bleus inexpressifs. Pour la première fois, je trouvai qu'ils se ressemblaient. J'ajoutai :

— Êtes-vous en train d'insinuer que Pa frappe toujours Ma ?

— Mêle-toi de tes oignons, siffla Shay, et on se mêlera pas des tiens.

— Qui t'a élu porte-parole ?

— On préférerait qu'il y ait quelqu'un en permanence à la maison, dit Carmel. Au cas où Pa ferait une chute.

— Jackie m'a assuré qu'il avait arrêté. Il y a des années.

— Qu'est-ce qu'elle en sait ? éructa Shay. Et toi ? Vous n'en avez jamais rien eu à battre, l'un et l'autre. Alors, restez en dehors de tout ça.

— Tu veux que je te fasse un aveu ? Je commence à en avoir ma claque que tu te comportes comme si tu avais été le seul à supporter Pa.

Tout le monde se taisait. Shay eut un rire mauvais.

— Tu l'as supporté, toi ?

— J'ai les cicatrices qui le prouvent. On a vécu tous les deux sous le même toit, tu te rappelles ? La seule différence entre toi et moi, c'est que j'ai grandi et que je peux parler cinq minutes sans remettre ça sur le tapis.

— T'as rien connu, mon pote. Rien du tout. Et on n'a pas vécu sous le même toit. Pas un seul jour. Toi, Jackie et Kevin, vous vous êtes vautrés dans la soie, comparé à ce qu'on a enduré, Carmel et moi. Des enfants gâtés, voilà ce que vous étiez. Tu crois que vous avez morflé ? Des clous. Carmel et moi, on a tout pris sur nous. On vous a protégés.

— Arrête de jouer les martyrs. Et arrête de me dire ce qu'a été ma vie.

— Tu t'es toujours cru supérieur à nous, pas vrai ?

— Seulement à toi, beau gosse. Simple lucidité.

— Pourquoi ? Parce que Carmel et moi on a quitté l'école à seize ans ? Pour quelle raison, à ton avis ? Parce qu'on était demeurés ?

Il agrippait le rebord de la table, devenait cramoisi.

— C'était pour rapporter notre salaire à la maison quand Pa le faisait pas. Pour que vous ayez de quoi bouffer. Pour que vous puissiez, vous trois, acheter vos bouquins de classe, vos jolis uniformes et poursuivre vos études...

— C'est parti, rota Kevin, s'adressant à sa bière.

— Sans moi, tu crois que tu serais flic, aujourd'hui ? Rien, Francis. Voilà ce que tu serais. Tu penses que je blaguais quand je disais que je mourrais pour la famille ? Je l'ai presque fait ! J'ai renoncé à mon avenir, à tout !

— Parce que sinon, tu serais devenu prof de fac ? Tu me fais rigoler. Tu n'as rien perdu.

— Ce que j'ai perdu, je le saurai jamais ! Et toi, t'as renoncé à quoi ? De quoi t'a privé la famille ? Qu'est-ce qu'elle t'a enlevé ?

— Rosie Daly.

Silence de mort. Bouche bée, Jackie se figea, le verre au bord des lèvres. Je me rendis compte que j'étais debout, chancelant légèrement, et que j'avais presque hurlé.

— Quitter l'école, ce n'est rien. Quelques baffes, ce n'est rien. J'aurais supporté tout ça, j'aurais supplié qu'on me l'inflige plutôt que de perdre Rosie. Et elle est partie.

Voix sidérée de Carmel :

— Tu crois qu'elle t'a quitté à cause de nous ?

Je savais qu'il y avait quelque chose de faux dans ce que je venais d'affirmer, mais j'étais trop saoul pour mettre le doigt dessus. Dès que je m'étais levé, tout s'était mis à vaciller autour de moi. Mes genoux ne me portaient plus.

— Ah, Carmel, comment t'expliquer ? Un jour, nous étions fous l'un de l'autre. Amour éternel, amen. On allait se marier. On avait acheté les billets. Je jure devant Dieu qu'on aurait tout fait, n'importe quoi, Melly, pour être ensemble. Le lendemain, oui, le lendemain, elle m'a abandonné.

Les buveurs commençaient à regarder dans notre direction, les conversations s'interrompaient. Pourtant, je n'arrivais pas à baisser la voix. Je reste toujours impassible en cas d'affrontement et sobre dans les pubs. Ce soir-là, j'étais sorti de mes gonds et il était trop tard pour revenir en arrière.

— Entre-temps, un événement, un seul, a tout changé. Pa est allé se cuiter puis, à 2 heures du matin, a essayé de défoncer la porte des Daly. Vous êtes tous sortis pour le maîtriser. Il vous a résisté et vous vous êtes mis à hurler plus fort que lui. Tu te souviens de cette nuit, Melly. Toute la rue s'en souvient. Étonne-toi ensuite que Rosie ait été épouvantée. Qui voudrait d'une telle bande de tarés comme belle-famille ? Qui voudrait transmettre leur sang à ses enfants ?

Sans la moindre émotion, Carmen demanda :

— C'est pour ça que t'es jamais revenu ? Parce que tu as pensé ça pendant tout ce temps ?

— Si Pa avait été fréquentable. S'il avait été autre

chose qu'un poivrot ou, du moins, s'il avait eu la décence de se beurrer en douce. Si Ma n'avait pas été Ma. Si Shay n'avait pas fait le con du matin au soir. Si nous avions été différents…

— Mais Rosie n'est allée nulle part, objecta Kevin, complètement désarçonné.

Je n'étais plus assez lucide pour relever la justesse de sa remarque. Tout ce que j'avais enduré pendant la journée resurgissait d'un coup, me mettant hors de moi.

— Rosie m'a plaqué parce que ma famille était une horde de tarés ! Et je ne le lui reproche pas.

— Ah non, Francis, protesta Jackie ulcérée, parle pas comme ça. C'est moche.

— Rosie Daly n'avait aucun problème avec moi, dit Shay. Tu peux me croire.

Il était de nouveau calme, détendu. Le rouge de ses pommettes avait disparu. Mais il y avait ce ton persifleur, cette lueur arrogante dans ses yeux, ce sourire mauvais.

— De quoi tu parles ?

— Elle était adorable, Rosie. Très amicale. Très… sociable. C'est le mot que je cherchais.

— Si tu as l'intention de dire du mal d'une fille qui n'est plus là pour se défendre, fais-le franchement, comme un homme. Si tu n'as pas assez de tripes pour ça, alors boucle-la !

Le barman frappa le bar avec une chope vide.

— Hé, là-bas ! Ça suffit ! Vous mettez une sourdine ou vous dégagez !

Shay enfonça le clou.

— Je te félicite simplement pour ton bon goût. Beaux nichons, cul somptueux… Et un sacré tempérament. Fallait pas lui en promettre, à Rosie. Elle s'allongeait en moins de deux.

Une voix intérieure me suppliait de partir. Mais j'étais trop ivre pour l'entendre.

— Rosie aurait préféré crever plutôt que te toucher.

— Elle faisait bien plus que toucher. Fais un effort de mémoire, mec. T'as jamais senti mon odeur sur elle quand tu la dépoilais ?

Je le saisis par le col. J'avais déjà le poing levé lorsque que les autres réagirent avec la rapidité et l'efficacité stupéfiantes des gens éméchés. Carmel s'interposa entre nous, Kevin arrêta mon bras et Jackie mit les verres à l'abri au bout de la table. Shay arracha ma main de sa chemise, qui se déchira. Nous avons tous les deux basculé en arrière. Carmel rattrapa Shay par les épaules, le força à se rasseoir et le maintint immobile, lui parlant à mi-voix. Kevin et Jackie me prirent par les aisselles, me firent contourner la table et me tirèrent vers la porte.

— Lâchez-moi ! beuglai-je. Allez-vous-en !

Ils me traînèrent habilement entre les tables, les tabourets et les clients sidérés. Je me retrouvai dans la ruelle glaciale, coincé entre eux. La porte claqua derrière nous.

— Mais qu'est-ce que vous faites ?

Jackie répliqua doucement, comme si elle s'adressait à un enfant :

— Francis, tu sais bien que tu peux pas te battre là-dedans.

— Ce salaud voulait que je lui foute sur la gueule ! Tu l'as entendu ! Dis-moi qu'il ne le méritait pas !

— Évidemment qu'il le méritait. Inutile de démolir

le pub pour ça. Si on marchait un peu ? L'air frais te fera du bien.

— Non ! Je picolais tranquillement sans rien demander à personne et il a fallu qu'il arrive. Il m'a cherché !

— Quand il a bu, il devient agressif, reconnut Kevin. Il a été dégueulasse. Ça t'étonne ?

— Alors pourquoi est-ce que c'est moi qu'on sort ?

— C'est son quartier général. Il y est tous les soirs.

— Les Liberties ne lui appartiennent pas ! J'ai autant de droits que lui...

J'avais conscience de m'exprimer comme un môme à qui on a volé ses billes. C'était plus fort que moi. Je voulus me libérer de leur étreinte pour regagner le pub. Je faillis m'écrouler. Loin de me dégriser, le froid m'achevait. Tout tournait autour de moi, mes oreilles bourdonnaient.

— Bien sûr, murmura Jackie en m'entraînant fermement dans la direction opposée. Mais à quoi ça servirait de retourner là-bas ? Ça vaut pas le coup. Si on allait ailleurs ?

Je repris brutalement mes esprits. Je m'arrêtai, secouai la tête jusqu'à ce que le bourdonnement de mes oreilles s'atténue.

— Non, Jackie. Je n'irai nulle part avec vous.

Elle me scruta avec inquiétude.

— Tu vas bien ? Tu vas pas être malade ?

— Rassure-toi, je ne vais pas dégueuler. Mais jamais plus je ne t'écouterai.

— Sois pas vache, Francis...

— Tu te rappelles comment tout a commencé ?

Tu m'as téléphoné et tu m'as convaincu de revenir dans cette rue maudite. Regarde comment ça a tourné. Tu es fière de toi ? J'aurais mieux fait de me fracasser le crâne contre la portière de ma voiture !

Je titubais. Kevin tenta de caler une épaule sous la mienne. Je le repoussai violemment, m'affalai contre le mur et couvris mon visage de mes mains. Des milliers d'étincelles voltigeaient derrière mes paupières.

— J'aurais dû, gémis-je. J'aurais dû...

Personne ne parla pendant un long moment. Entre mes doigts, j'apercevais Kevin et Jackie. Ils se consultaient en silence, pour décider de ce qu'ils devaient faire.

— J'ai les tétons gelés, déclara-t-elle enfin. Je vais chercher mon manteau. Vous m'attendez ?

— Prends aussi le mien, fit Kevin.

— Entendu. Vous restez là, hein ?

Elle me serra brièvement le coude. Je n'eus aucun geste en retour. Elle soupira, s'éloigna en faisant claquer ses talons. Kevin s'adossa au mur, à côté de moi, souffla plusieurs fois pour se réchauffer.

— Quelle sale journée, dis-je.

— Jackie n'y est pour rien.

— Je sais bien, Kev, je sais bien. Mais je m'en fous.

Le trottoir puait l'urine et l'huile de moteur. Quelques rues plus loin, deux pochards s'insultaient. Leurs injures me parvenaient assourdies, comme dans un brouillard. Kevin rectifia sa position contre le mur.

— Prends-le comme tu voudras, Francis... Je suis content que tu sois revenu. Ça m'a fait du bien de me défouler. Bien sûr, je suis triste pour Rosie. Et pour toi... Mais je suis vraiment heureux qu'on se soit revus. Pour moi, la famille, ça compte, même si j'irais pas jusqu'à dire que je mourrais pour elle, comme Shay... Au fait, j'ai pas apprécié qu'il me dise ce que je devais penser.

— Qui aimerait ça ?

J'ôtai mes mains de mon visage, écartai ma tête du mur pour voir si le monde s'était un peu stabilisé. Rien n'oscillait de façon trop catastrophique.

— Quand on était gosses, c'était plus simple, ajouta Kevin.

— Ce n'est pas le souvenir que j'en ai gardé.

— Enfin... Non, c'était pas simple... Mais, au moins, on savait ce qu'on était censés faire, même si ça nous gonflait. Je crois que ça me manque. Tu vois ce que je veux dire ?

— Kev, mon frère, je dois te faire un aveu : non, je ne vois absolument pas.

Le froid et l'ivresse rosissaient ses joues, lui donnaient l'air rêveur. Il tremblait légèrement. Avec ses cheveux en bataille, il ressemblait à un gamin sur une vieille carte de Noël. Résigné, il bougonna :

— C'est pas grave.

Je m'écartai avec précaution du mur, m'y appuyant encore d'une main, au cas où... Mes genoux tinrent bon.

— Jackie ne devrait pas traîner toute seule à une heure pareille. Va la chercher, Kev.

— D'accord. Tu nous attends ? Je serai de retour dans deux minutes.

— Non.

— Ah... Et demain ?

200

— Quoi, demain ?

— Tu seras dans le coin ?

— J'en doute.

— À un de ces jours, alors ?

Il paraissait si enfantin, si perdu, que je n'eus pas le cœur de le contredire. Je répétai :

— Va chercher Jackie.

Je stabilisai ma position et commençai à marcher. Quelques secondes plus tard, je perçus derrière moi les pas de Kevin qui, lentement, s'en allait dans l'autre sens.

8

Je dormis quelques heures dans ma voiture. J'étais trop imbibé pour ne pas dégoûter un chauffeur de taxi, mais pas assez pour envisager de frapper à la porte de Ma. Je me réveillai transi, avec un goût écœurant dans la bouche et un horrible torticolis qui ne se dissipa qu'au bout de vingt minutes.

Les rues désertes luisaient après la pluie, les cloches sonnaient pour la première messe du matin. Je dénichai un snack déprimant rempli d'Européens de l'Est déprimés et avalai un petit déjeuner revigorant : muffins pesant sur l'estomac, plusieurs cachets de Nurofen et un plein pot de café. Ensuite, je rentrai chez moi, fourrai dans la machine à laver les vêtements que je portais depuis le vendredi matin, pris une douche bouillante et réfléchis à la suite.

Je n'avais aucune intention de me mêler de l'affaire. Je laissais volontiers l'enquête officielle à Scorcher. Pour une fois, son obsession du triomphe me convenait. Tôt ou tard, il résoudrait le mystère. Peut-être même me tiendrait-il au courant de ses investigations ; non par altruisme, mais ça m'était égal. En moins d'un jour et demi, j'avais eu ma dose de famille pour un autre quart de siècle. Rien n'aurait pu me ramener à Faithful Place.

Je devais quand même, avant d'oublier toute cette

histoire, éclaircir certains points : être sûr que la dépouille découverte dans le sous-sol était bien celle de Rosie, savoir comment elle était morte, et si Scorcher et ses hommes avaient récolté des indices permettant de déterminer où elle allait au moment où on l'avait agressée. Toute ma vie d'adulte avait été marquée par son absence, par cette blessure. Avant de faire mon deuil, il fallait que j'aie une certitude.

J'enfilai des vêtements propres, sortis sur le balcon et appelai Scorcher.

— Frank, dit-il avec une courtoisie assez appuyée pour me faire comprendre qu'il n'était pas ravi de m'entendre, que puis-je pour toi ?

— Je sais que tu es surchargé de travail, Scorch, répondis-je le plus humblement possible. J'aurais juste un service à te demander.

— Je serais ravi de te le rendre, vieux, mais je suis un peu...

— J'en viens donc au fait. Tu connais Yeates, mon pote de la brigade...

— Nous nous sommes croisés.

— Le monde est petit. On s'en est jeté quelques-uns hier soir. Je lui ai raconté l'histoire. Pour lui, c'est clair : ma copine m'a plaqué. Vexé qu'un de mes collègues mette en doute mon magnétisme sexuel, j'ai parié cinquante livres avec lui qu'elle ne l'avait pas fait. Si tu as le moindre renseignement qui abonderait dans mon sens, on partagera le gain.

Yeates n'étant pas du genre causant, le risque que Scorcher vérifie était minime.

— Navré, dit-il. Toute information relative à l'enquête est confidentielle.

204

— Je n'ai pas l'intention de la vendre au *Daily Star*. Quant à Yeates, c'est une tombe.

— Il ne fait pas partie de mon équipe. Pas plus que toi.

— Allons, Scorch. Dis-moi au moins s'il s'agit vraiment de Rosie. Si le cadavre remonte à la reine Victoria, je paye Yeates et je laisse tomber.

— Frank, je sais que c'est difficile pour toi… Tu te souviens de notre conversation ?

— Mot pour mot. Tu m'as fait comprendre que tu ne me voulais pas dans tes pattes. Faisons donc un marché. Tu réponds à ma question et tu n'entendras parler de moi que le jour où je t'inviterai à boire un verre pour te féliciter d'avoir résolu l'affaire.

— Frank, je ne ferai aucun marché avec toi. Et je ne participerai pas à un de tes paris à la noix. Il s'agit d'un meurtre. Mes hommes et moi souhaitons travailler en paix. Je croyais que tu l'avais compris. J'avoue que tu me déçois un peu.

Je me souvins de nous, à l'époque de Templemore. Un soir, complètement cuit, il m'avait défié : lequel de nous deux pisserait le plus haut contre un mur ? Je me demandai à quel moment il était devenu le connard pompeux qui me parlait aujourd'hui ou si, derrière le masque de l'adolescent chahuteur, il l'avait toujours été.

— Tu as raison, reconnus-je, toujours aussi humblement. Ce qui m'ennuie, c'est de perdre face à ce crétin de Yeates.

— Tu sais, Frank, l'envie de gagner, c'est très bien… Jusqu'à ce que ça te transforme en *loser*.

Encore l'une de ces maximes creuses dont il avait le secret.

— Un peu trop profond pour moi. J'y réfléchirai quand même.

Je coupai la communication, allumai une autre cigarette et regardai la foule des acheteurs du dimanche arpenter les quais. En augmentation constante depuis vingt ans, l'immigration semblait revivifier le pays. Aux pâles Irlandaises se mêlaient des femmes originaires des quatre coins du monde qui, aussi belles les unes que les autres, me donnaient envie d'offrir à Holly des demi-frères et des demi-sœurs que Ma aurait traités de métèques.

Le rond-de-cuir du labo ne me serait d'aucun secours : pour me punir d'avoir interrompu sa sieste, il me raccrocherait au nez. Mais Cooper, le légiste, m'aimait bien. Et il travaillait le week-end. Sauf urgence imprévue, il devait avoir terminé l'autopsie. Il y avait de fortes chances pour que le tas d'ossements qu'on lui avait confié lui ait livré au moins une partie de ce que je voulais savoir.

Une heure de plus ne rendrait pas Holly et Olivia plus furieuses qu'elles ne l'étaient déjà. Je jetai ma cigarette et quittai mon appartement.

Cooper déteste presque tout le monde, et la plupart des gens croient qu'il les hait sans raisons. Ils n'ont pas compris ceci : Cooper ne supporte pas l'ennui. Barbez-le une fois, ce que Scorch avait visiblement réussi à faire, et vous serez éliminé pour toujours. Intéressez-le et il sera tout à vous. On m'a traité de bien des choses, mais jamais de raseur.

La morgue de Dublin se trouve à quelques minutes à pied de mon appartement. Il suffit de longer les quais et de dépasser la gare routière. On tombe alors sur un superbe bâtiment de brique datant de plus d'un siècle. Même si j'ai rarement l'occasion de m'y rendre, la simple évocation de sa façade me remplit de fierté, tout comme le fait que la brigade criminelle ait ses locaux dans une aile de Dublin Castle. Nos activités traversent, comme la Liffey, le cœur de la ville ; nous méritons donc de profiter des fleurons de son histoire et de son architecture. Ce jour-là, pourtant, je n'avais pas le cœur à me réjouir. Quelque part à l'intérieur du bâtiment, Cooper pesait, mesurait et examinait les quelques restes d'une fille qui était sans doute Rosie.

Il vint au bureau de la réception lorsque je le demandai. Mais, comme la plupart des gens ce week-end, il ne parut pas enchanté de me voir.

— L'inspecteur Kennedy, m'annonça-t-il en prononçant son nom du bout des lèvres, avec une répugnance non dissimulée, m'a déclaré avec insistance que vous ne faisiez pas partie de son équipe d'enquêteurs et qu'on ne devait vous fournir aucune information sur l'affaire.

Quand je pense que je lui avais offert une bière. L'ingrat... Je répondis :

— L'inspecteur Kennedy devrait se prendre un peu moins au sérieux. Je n'ai pas besoin d'être un membre de sa fine équipe pour être intéressé. Or cette affaire est intéressante. Et... Comment dire ? Je préférerais que cela ne s'ébruite pas trop, mais si la victime est la personne à laquelle je pense, j'ai grandi avec elle.

Comme je l'avais prévu, une étincelle anima les petits yeux de fouine de Cooper.

— Vraiment ?

Je pris un air gêné, pour piquer sa curiosité.

— En fait, ajoutai-je en contemplant l'ongle de mon pouce, pendant un certain temps, quand nous étions adolescents, je suis sorti avec elle.

Il mordit à l'hameçon. La lueur dans ses yeux se fit plus vive. S'il n'avait pas trouvé le métier qui lui convenait, je me serais inquiété de sa façon d'occuper ses loisirs.

— Vous comprendrez donc mon désir de savoir ce qui lui est arrivé ; si, bien sûr, vous n'êtes pas trop occupé pour m'en faire part. Ce que Kennedy ignorera ne risque pas de l'indisposer.

Les coins de la bouche de Cooper se plissèrent, ce qui, chez lui, correspondait à un sourire.

— Venez, dit-il.

Longs couloirs, élégantes cages d'escaliers, vieilles aquarelles de bonne facture, reliées par des guirlandes de fausses épines de pin, contre les parois. Même la morgue proprement dite, vaste pièce aux plafonds ornés de moulures et aux hautes fenêtres, aurait paru magnifique sans quelques légers désagréments : l'air lourd et froid, l'odeur, le carrelage sinistre, les tiroirs d'acier couvrant l'un des murs. Entre deux d'entre eux, une plaque aux lettres gravées spécifiait : *Pieds devant. Étiquette nominative en évidence.*

Un œil mi-clos, Cooper fit courir un doigt le long de la rangée.

— Ah, voilà.

Il recula et, avec un geste très étudié, tira un tiroir.

Je fermai un instant les yeux, chassai toute émotion. Enfin, je regardai.

Les os étaient disposés de façon parfaite, presque artistique, sur leur table d'autopsie. Cooper et ses assistants les avaient nettoyés. Ils restaient quand même brunâtres et crasseux, hormis les deux rangées de dents, d'un blanc immaculé. L'ensemble semblait bien trop menu, trop fragile pour être Rosie. Une seconde, une seule, je ne pus m'empêcher d'espérer.

L'épaisseur des vitres étouffait des rires de filles venus de la rue. La lumière des néons était trop crue, Cooper, un peu trop près de moi, m'observait de manière un peu trop intense.

— Ces restes, énonça-t-il, sont ceux d'une jeune femme de race blanche, mesurant entre 1,65 m et 1,72 m, de corpulence moyenne ou forte. Le développement des dents de sagesse et la soudure inachevée des épiphyses indiquent un âge situé entre dix-huit et vingt-deux ans.

Il se tut, me forçant à poser ma question.

— Pouvez-vous affirmer qu'il s'agit de Rosie Daly ?

— Nous ne disposons d'aucune radiographie. Cependant, selon son dossier dentaire, Rose Daly avait un plombage sur une molaire inférieure droite. La défunte a un plombage identique, sur la même dent.

Il prit l'os de la mâchoire entre le pouce et l'index, l'inclina et désigna l'intérieur de la bouche.

— Beaucoup de gens ont le même, observai-je.

Il haussa les épaules.

— Bien sûr, des coïncidences de ce genre se produisent souvent. Heureusement, nous ne nous appuyons pas uniquement sur les plombages pour identifier une dentition.

Il feuilleta des dossiers posés sur une longue table, en sortit deux diapositives qu'il superposa sur un tableau lumineux.

— Voilà, dit-il en l'éclairant.

Et Rosie apparut, radieuse, riant contre un mur de brique rouge et le ciel gris, le menton levé, les cheveux au vent. Un instant, je ne vis qu'elle. Ensuite, j'aperçus les minuscules x soulignant son visage, puis le crâne vide surgissant en arrière-plan.

— Ainsi que vous pouvez le vérifier d'après mes pointillés, poursuivit Cooper, les repères anatomiques du crâne de la défunte, la taille, la position des orbites, leur espacement, le nez, les dents et les mâchoires correspondent parfaitement aux traits de Rosie Daly. Sans que cela constitue une identification définitive, on peut parler d'une certitude raisonnable, surtout si l'on combine ces éléments avec le plombage et les circonstances de la découverte de la dépouille. J'ai dit à l'inspecteur Kennedy qu'il était en droit d'informer la famille. Je n'aurais aucune peine à déclarer sous serment qu'il s'agit, à mon avis, de Rose Daly.

— Comment est-elle morte ?

— Ce que vous voyez, inspecteur Mackey, répondit-il en me montrant les ossements, est tout ce dont je dispose. On peut rarement, en présence d'un squelette, déterminer avec exactitude la cause du décès. Il est évident qu'elle a été agressée, mais je ne puis éliminer, par exemple, la possibilité d'une crise cardiaque fatale pendant l'agression.

— L'inspecteur Kennedy a fait allusion à des fractures du crâne.

— À moins que je ne me trompe lourdement,

répliqua Cooper d'un ton méprisant, l'inspecteur Kennedy n'est pas docteur en médecine.

Je réussis à prendre un ton enjoué.

— Il n'a pas non plus de diplôme de casse-pieds. Mais il fait bien son travail.

— En effet, concéda Cooper avec dédain. En l'occurrence, et bien que ce soit un pur hasard, ses conclusions sont justes. La boîte crânienne a été fracassée.

D'un doigt, il fit rouler le crâne de Rosie sur le côté.

— Là.

Dans ses fins gants blancs, sa main paraissait mouillée et morte, plissée comme une peau de serpent. L'arrière du crâne de Rosie ressemblait à un pare-brise défoncé par un club de golf ; telle une toile d'araignée, d'innombrables zébrures s'éparpillaient dans toutes les sens, s'entrecroisaient, se heurtaient. La plus grande partie de ses cheveux étaient tombés. On les avait déposés en tas à côté d'elle. Toutefois, quelques petites mèches frisaient encore sur le crâne.

— Si vous regardez attentivement, reprit Cooper en caressant délicatement les zébrures du bout du doigt, vous remarquerez que les bords des fractures ne sont pas nettement délimités. En d'autres termes, ces fractures ne sont pas post mortem. Elles ont été infligées au moment de la mort, peut-être un peu avant, ou un peu après. Elles résultent de plusieurs coups violents, trois au moins, assénés par un instrument à la surface plane, large de dix centimètres ou plus, au pourtour non tranchant.

Je me retins pour ne pas avaler ma salive. Il s'en apercevrait si je le faisais.

— Je ne suis pas non plus médecin légiste, mais il me semble que cela pourrait tuer quelqu'un.

Cooper eut un sourire affecté.

— Effectivement. Toutefois, dans ce cas, nous ne pouvons l'assurer. Regardez.

Il tâtonna au niveau du larynx de Rosie, extirpa deux fragiles petits bouts d'os qu'il réunit l'un à l'autre, leur donnant la forme d'un fer à cheval.

— Voici l'os hyoïde. Il se trouve au-dessus du larynx, juste sous la mâchoire, soutient la langue et permet la circulation de l'air. Vous constaterez qu'une des grandes cornes est brisée. On associe généralement une fracture de cet os à un accident de voiture ou à une strangulation manuelle.

— Donc, à moins qu'elle n'ait été heurtée par un véhicule invisible circulant dans le sous-sol, quelqu'un l'a fait passer de vie à trépas.

— Tel est, me confirma Cooper en agitant l'os hyoïde de Rosie dans ma direction, l'aspect le plus fascinant de cette affaire. Comme nous l'avons noté précédemment, la victime avait dix-neuf ans. Chez les adolescents, il est rare, étant donné la flexibilité des os, de trouver un hyoïde fracturé. Or cette fracture, tout comme les autres, est indubitablement contemporaine de la mort. La seule explication possible est que la victime a été étranglée avec une extrême violence par un agresseur doté d'une grande force physique.

— Un homme.

— Sans doute. Néanmoins, on ne peut exclure une femme robuste agissant sous le coup d'une émotion intense. Une hypothèse expliquerait la multiplicité des blessures : l'agresseur a saisi la victime à la gorge et lui a cogné plusieurs fois la tête contre un mur. Les deux forces opposées, l'impact du mur et la fureur de l'agresseur, ont entraîné la fracture de l'hyoïde et la compression des voies respiratoires.

— Elle a été étouffée.

— Non, asphyxiée, rectifia-t-il comme s'il s'adressait à un cancre. C'est ce que je pense. L'inspecteur Kennedy a raison d'estimer que les blessures à la tête auraient de toute façon entraîné la mort, consécutive à une hémorragie intracrânienne et à des dommages au cerveau, mais le processus aurait pu prendre plusieurs heures. Avant que cela ne se produise, la victime avait probablement succombé à une hypoxie provoquée soit par la strangulation manuelle elle-même, soit par une inhibition vagale due à cette strangulation, ou encore par une obstruction des voies respiratoires, conséquence de la fracture de l'os hyoïde.

Encore une fois, je m'efforçai de ne rien ressentir. En vain. Un bref instant, je revis la ligne de la gorge de Rosie quand elle riait. Pour prolonger mon supplice au-delà du supportable, Cooper précisa :

— Le squelette ne montre pas d'autres blessures contemporaines de la mort, mais l'état de décomposition empêche de déterminer s'il y en a eu sur les tissus mous. Si, par exemple, la victime a subi des violences sexuelles...

— Je croyais que, selon l'inspecteur Kennedy, elle avait des vêtements sur elle. Cela ne veut peut-être pas dire grand-chose...

Il eut une moue dubitative.

— Il reste très peu de fibres. La police scientifique a découvert divers effets associés aux vêtements : fermeture Éclair, boutons de métal, agrafes de soutien-gorge, j'en passe. On peut en déduire que la victime a été enterrée entièrement habillée, ou presque. Mais cela ne nous dit pas avec certitude si elle portait ces vêtements au moment de l'ensevelissement. Le processus naturel de décomposition et l'action des rongeurs ont suffisamment déplacé ces éléments pour qu'il soit impossible de dire s'ils ont été inhumés sur elle, ou avec elle.

— La fermeture Éclair était-elle ouverte ou fermée ?

— Fermée. Tout comme les agrafes du soutien-gorge. Cela ne prouve rien : elle a pu se rhabiller après une première agression. Mais c'est quand même une indication.

— Les ongles ? Étaient-ils cassés ?

Rosie avait dû se battre. Avec acharnement.

Cooper soupira. Mes questions, que Scorcher lui avait certainement déjà posées, commençaient à le lasser. Je devais raviver son intérêt ou m'en aller.

— Les ongles, m'expliqua-t-il en désignant négligemment quelques rognures brunâtres à côté des os des mains de Rosie, se décomposent. Néanmoins, dans le cas présent, ils ont, comme les cheveux, été partiellement préservés par l'alcalinité de l'environnement, quoique sous une forme nettement détériorée. Et comme je ne suis pas magicien, je ne peux deviner l'état dans lequel ils se trouvaient avant cette détérioration.

— Encore deux ou trois détails, si vous avez le temps, avant que je cesse de vous importuner. Savez-vous si les scientifiques ont découvert d'autres objets en dehors de ceux que vous avez mentionnés ? Des clés, peut-être ?

— Il me semble, répliqua-t-il sèchement, qu'ils doivent le savoir mieux que moi.

Il avait posé une main sur le tiroir, prêt à le refermer. Si Rosie avait eu ses clés, soit parce que son père les lui avait rendues, soit parce qu'elle les lui avait dérobées, elle aurait pu, cette nuit-là, s'enfuir de chez elle par l'entrée principale. Or elle ne l'avait pas fait. Donc, elle cherchait à m'éviter.

— Je n'en doute pas, dis-je, et cela ne fait partie de votre travail, docteur. Mais la moitié des types du labo sont des robots. Je suis sûr qu'ils ne sauraient même pas de quelle affaire je parle. Quant à me fournir la bonne information...

Il me considéra une seconde, comme s'il savait ce que je faisais et s'en souciait comme d'une guigne.

— Le rapport préliminaire, lâcha-t-il enfin, fait état de deux bagues en métal argenté et de trois boucles d'oreilles également argentées, identifiées après une certaine hésitation par les Daly comme faisant partie des bijoux que possédait leur fille, plus une petite clé, compatible avec une serrure de série de qualité inférieure et qui, apparemment, correspond à celle d'une valise découverte plus tôt sur les lieux. Rien d'autre.

Et voilà. J'en étais revenu au point de départ, au moment où j'avais posé les yeux sur cette valise : dans le brouillard complet, sans le moindre élément auquel me raccrocher. Pour la première fois, j'envisageai la possibilité de ne jamais rien savoir.

— Ce sera tout ? s'enquit Cooper.

Seul le ronronnement du thermostat troublait la

quiétude de la morgue. Je contemplai une dernière fois les ossements étalés sous les néons. Et, de toute mon âme, je regrettai de ne pas avoir laissé Rosie reposer pour toujours là où on l'avait enfouie. Non pour mon propre salut, mais pour le sien. À présent, elle appartenait à tout le monde : à Cooper, à Scorcher, aux habitants de Faithful Place. Ils en feraient ce qu'ils voudraient. Elle deviendrait un mythe, un fantôme, un fait divers. On gloserait sur sa vie, sur sa mort. Ces commentaires, ces jugements moraux détruiraient son souvenir, tout comme la terre avait détruit son corps. Jamais elle n'aurait dû sortir de sa tombe. Si elle était restée absente, seuls ceux qui l'avaient aimée auraient conservé son image au fond de leur cœur.

— Oui, conclus-je. Ce sera tout.

Cooper repoussa le tiroir. L'acier glissa longuement sur l'acier et les os disparurent, reprirent leur place dans leur niche identique à tant d'autres, parmi les morts. La dernière chose que je vis avant de quitter la morgue fut le visage transparent de Rosie sur le tableau lumineux, l'éclat de ses yeux et, plaqué sur son pauvre crâne, son sourire éternellement vivant.

Cooper me raccompagna jusqu'à la sortie. Je le remerciai avec effusion, en parfait faux cul, lui promis pour Noël une bouteille de son vin préféré. Il me salua sur le pas de la porte avant de retourner aux manipulations inquiétantes auxquelles il se livre une fois seul avec ses cadavres. Parvenu au coin de la rue, je donnai de grands coups de poing dans le mur, réduisant mes phalanges en charpie. J'eus si mal que, plié en deux et agrippant ma main, je ne sentis plus mon chagrin.

9

Je pris ma voiture, qui empestait la sueur d'un ivrogne ayant passé la nuit sur la banquette arrière, et roulai jusqu'à Dalkey. Lorsque je sonnai à la porte d'Olivia, j'entendis des exclamations étouffées, un siège qu'on repoussait brusquement et, dans l'escalier, les pas lourds de Holly, qui pèse une tonne quand elle est de mauvaise humeur, suivis d'un claquement de porte à faire exploser les vitres.

Olivia m'accueillit sur le seuil avec sa tête des mauvais jours.

— J'espère que tu as un bon prétexte. Elle est triste, furieuse et déçue. Quant à moi, au cas où cela t'intéresserait, je ne suis pas ravie d'avoir gâché mon week-end.

Certains jours, j'évite sagement d'entrer chez mon ex d'un air désinvolte et de piller son réfrigérateur. Je restai sur place, laissant la pluie couler de l'avant-toit dans mes cheveux.

— Je suis désolé, Liv. Crois-moi, rien de ce qui s'est passé n'a été de mon fait. C'était une urgence.

Petit rictus cynique.

— Oh, vraiment ? Dis-moi : qui est mort ?

— Une personne que j'ai connue il y a longtemps. Avant de m'enfuir de chez moi.

Elle ne s'y attendait pas, mais se reprit très vite.

— En d'autres termes, quelqu'un dont tu ne t'es pas soucié pendant vingt-deux ans et qui, subitement, a pris plus d'importance que ta propre fille. Dois-je proposer un autre rendez-vous à Dermot, ou y a-t-il un risque pour que quelque chose, quelque part, arrive à une de tes anciennes connaissances ?

— Ça n'a rien à voir. Cette fille et moi étions très proches. Elle a été assassinée la nuit où je suis parti de chez moi. On a retrouvé son corps ce week-end.

Olivia me fixa longuement, avec une intensité inhabituelle.

— Très proches ? Tu parles d'une petite amie ? D'un premier amour ?

— Quelque chose dans le genre, oui.

Elle resta impassible. Je la sentis néanmoins déconcertée, presque émue.

— Je suis navrée de l'apprendre. Je crois que tu devrais aller l'expliquer à notre fille, du moins dans les grandes lignes. Elle est dans sa chambre.

Lorsque je frappai à sa porte, Holly hurla :

— Va-t'en !

Sa chambre est la seule pièce de la maison où subsistent des traces de mon existence : les babioles et les peluches que je lui ai achetées, les mauvais dessins que j'ai faits pour elle, les cartes postales rigolotes que je lui ai envoyées sans raisons précises. Elle était à plat ventre sur le lit, un oreiller sur la tête.

— Salut, mon ange...

Elle agita furieusement les jambes, tira l'oreiller sur ses oreilles. J'ajoutai :

— Je te dois des excuses.

Au bout d'un moment, une voix assourdie rétorqua :

— Trois !

— Comment ça ?

— Tu m'as ramenée chez maman, tu as promis de repasser me prendre plus tard mais tu ne l'as pas fait ! Ensuite, tu m'as juré que tu viendrais me chercher aujourd'hui et tu ne l'as pas fait non plus !

— Tu as raison. Si tu consens à m'embrasser, je m'excuserai trois fois. Mais je ne demande pas pardon à un oreiller.

Elle hésita, se demandant si elle devait continuer à me punir. Elle n'a rien d'une peau de vache. Cinq minutes de bouderie lui suffisent. Je précisai, pour la faire céder plus vite :

— Je te dois également une explication.

La curiosité l'emporta. L'oreiller glissa sur le côté, dévoilant un petit visage soupçonneux.

— Je te demande pardon une fois. Je te demande pardon deux fois. Et une troisième fois, du fond du cœur.

Elle soupira puis s'assit sur le lit, écartant ses cheveux. Ses yeux m'évitaient toujours.

— Que s'est-il passé ?

— Tu te souviens que je t'ai dit que ta tante Jackie avait un problème ?

— Oui.

— Une personne est morte, ma chérie. Quelqu'un que nous avons connu il y a très longtemps.

— Qui ?

— Une fille nommée Rosie.

— Pourquoi est-elle morte ?

— On ne sait pas. Elle est morte bien avant ta

219

naissance, mais on ne l'a retrouvée que vendredi soir. Tout le monde était bouleversé. Tu comprends pourquoi je devais aller retrouver Jackie ?

Léger haussement d'épaules.

— Peut-être…

— Dois-je en conclure que nous pouvons passer ensemble ce qui reste du week-end ?

— Je devais aller chez Sarah à la place.

— Mon lapin, je te demande une faveur. Je serais si heureux que nous puissions recommencer ce week-end… Revenir là où nous l'avons laissé vendredi soir et profiter l'un de l'autre avant que je te raccompagne. Faire comme si tout ce qui s'est passé entre-temps n'avait jamais existé.

Elle cligna des paupières, me glissa un regard en coin. Mais elle ne répondit rien.

— Je sais que je te demande beaucoup et que je ne le mérite peut-être pas. Nous avons tous besoin de faire une pause de temps en temps, de ne plus ressasser nos soucis. Veux-tu m'aider à oublier les miens ?

Elle réfléchit un instant.

— Il faudra que tu retournes là-bas si autre chose se produit ?

— Non, mon cœur. Maintenant, deux inspecteurs s'occupent de cette affaire. Quoi qu'il arrive, ils prendront tout en charge. Ce n'est plus mon problème. D'accord ?

Silence. Enfin, elle frotta sa tête contre mon bras, comme un chat.

— Papa, je suis triste que ton amie soit morte.

Je caressai ses cheveux.

— Merci, ma belle. Je ne vais pas te mentir : j'ai

passé un week-end très éprouvant. Toutefois, ça commence à aller mieux.

En bas, on sonna à l'entrée.

— Tu attends quelqu'un ?

Elle pouffa, plissa mes joues du bout des doigts en une horrible grimace, pour faire peur à Épiderme. Geste inutile. Une voix de femme retentit dans le vestibule : Jackie.

— Comment va, Olivia ? Qu'est-ce qu'on caille, dehors !

Liv lui fit baisser le ton. La porte de la cuisine se referma doucement sur leurs murmures.

— Tata Jackie ! Elle peut venir avec nous ?

— Bien sûr.

Je me penchai pour soulever Holly. Elle se faufila sous mon coude et plongea vers son armoire, fouillant parmi ses pulls à la recherche du cardigan qu'elle avait choisi de mettre.

Jackie et elle s'entendent comme larrons en foire. Bizarrement, Jackie et Liv sont, elles aussi, les meilleures amies du monde, ce qui me perturbe un peu. Aucun homme ne tient à ce que deux femmes qui font partie de sa vie aient des liens trop étroits. Il craint comme la peste qu'elles ne parlent de lui dans son dos. Il m'a fallu très longtemps, après ma rencontre avec Liv, pour les présenter l'une à l'autre. Je ne sais trop laquelle me faisait honte, ou laquelle je redoutais. En tout cas, je me serais senti rassuré si Jackie, rebutée par le milieu huppé d'Olivia, s'était empressée de sortir de mon existence. Je l'adore. Mais j'ai toujours eu le don de repérer les talons d'Achille, y compris le mien.

Après mon départ, j'avais soigneusement évité

mon quartier pendant huit ans, pensant à ma famille peut-être une fois par an, quand une vieille femme croisée dans la rue ressemblait assez à Ma pour que je me dissimule à la hâte sous une porte cochère. Je m'en étais très bien porté. Malheureusement, dans une ville de la taille de Dublin, c'était trop beau pour durer. Je dus mes retrouvailles avec Jackie à un exhibitionniste nullissime qui choisit la mauvaise victime. Lorsque Willie Riquiqui surgit de sa ruelle et brandit devant elle son pitoyable engin, Jackie dégonfla sa fierté en éclatant de rire et en lui balançant un coup de pied dans les parties. Elle avait dix-sept ans et venait juste de quitter la maison. Avant d'intégrer les infiltrés, je faisais mes premières armes à la brigade des mœurs. Comme il y avait eu plusieurs viols dans les parages, mon patron tint à ce que quelqu'un prenne la déposition de Jackie.

Cela n'aurait pas dû tomber sur moi. Un flic se tient toujours en dehors d'une affaire impliquant un membre de sa famille. Or j'avais tout de suite vu, en consultant la plainte, que « Jacinta Mackey » ne pouvait être que ma sœur. J'aurais pu demander à mon supérieur de trouver quelqu'un d'autre pour recueillir sa description du complexe d'infériorité de Willie Riquiqui, et passer le reste de ma vie sans plus jamais avoir à penser aux miens, à Faithful Place, ou à la mystérieuse affaire de la mystérieuse valise. Mais j'étais curieux. Jackie avait neuf ans lors de mon départ et n'était responsable de rien ; de plus, c'était une gamine en or. J'avais envie de savoir comment elle avait tourné. J'avais pensé : « Après tout, qu'est-ce que je risque ? » Comment aurais-je pu deviner à quel point j'avais tort ?

— Viens, dis-je à Holly, en lui lançant sa chaussure gauche. Emmenons tata Jackie faire un tour. Ensuite, nous pourrons aller manger cette pizza que je t'ai promise vendredi soir.

Entre autres joies, mon divorce m'a procuré le plaisir d'éviter les promenades digestives du dimanche au cours desquelles il me fallait échanger des signes de tête polis avec des couples bien mis pour qui mon accent dévaluait la cote immobilière de Dalkey. Holly aime les balançoires de Herbert Park. Si j'en juge d'après ses longs monologues une fois la bonne vitesse atteinte, elles se métamorphosent en destriers et ont quelque chose à voir avec Robin des Bois. Nous l'avons donc emmenée là-bas. Le soleil brillait, l'air était vif et de nombreux pères divorcés avaient eu la même idée. Certains exhibaient pour l'occasion leur conquête du moment. Avec Jackie et sa veste en faux léopard, je ne déparais pas.

Holly se précipita tout de suite vers les balançoires. Je m'installai avec Jackie sur un banc d'où nous pourrions garder un œil sur elle. Regarder ma fille se balancer constitue l'une des meilleures thérapies que je connaisse. Pour un aussi petit bout de chou, elle est singulièrement robuste. Elle peut se balancer des heures sans éprouver la moindre fatigue ; et je continue à la contempler, hypnotisé par son rythme. Peu à peu, mes épaules s'allégèrent. Je me rendis compte alors à quel point elles avaient été crispées. Je respirai profondément, me demandant comment je réussirais à contrôler ma tension artérielle lorsque Holly aurait dépassé le stade des cours de récréation.

— Elle a encore poussé depuis la dernière fois que je l'ai vue, s'émerveilla Jackie. Elle sera bientôt plus grande que moi.

— Et je l'enfermerai sous peu dans sa chambre jusqu'à son dix-huitième anniversaire. J'attends le moment où elle mentionnera pour la première fois le nom d'un garçon sans glousser.

J'étendis les jambes, croisai les mains derrière ma tête, dirigeai mon visage vers le pâle soleil et songeai à passer ainsi le reste de l'après-midi. Mes épaules se détendirent un peu plus.

— Prépare-toi. Elles commencent sacrément tôt, maintenant.

— Pas Holly. Je lui ai dit que les garçons n'étaient pas propres avant vingt ans.

Jackie s'esclaffa.

— Du coup, elle s'intéressera aux gars plus âgés.

— Assez âgés pour comprendre que papa a un revolver.

— Dis-moi, Frank. Tu vas bien ?

— J'irai mieux quand ma gueule de bois aura disparu. Tu as une aspirine ?

Elle fouilla dans son sac.

— Que dalle. Un peu de migraine te fera du bien. Tu feras attention à ce que tu boiras la prochaine fois. Enfin, je veux dire... Tu t'es remis de la journée d'hier ? Et de la soirée ?

— Je paresse dans un parc en compagnie de deux ravissantes personnes. Que faut-il de plus pour être heureux ?

— Tu as bien fait : Shay a été au-dessous de tout. Il aurait jamais dû parler comme ça de Rosie.

— Ça ne l'atteint plus, à présent.

— Il a raconté n'importe quoi. Y a jamais rien eu entre eux. Il voulait juste te faire enrager. D'habitude, il est pas comme ça. Simplement... Il sait pas trop quoi penser de ton retour. Tu vois ce que je veux dire ?

— Ne te mets pas martel en tête. Fais-moi plaisir. Oublie ça, profite du soleil et admire ma môme. D'accord ?

Elle rit une nouvelle fois.

— Beau programme.

Holly se balançait de plus en plus haut. Elle chantait. Le soleil enflammait ses cheveux aux nattes dénouées. Son aisance et le mouvement régulier de ses jambes agissaient sur mes muscles qui, progressivement, se relâchaient.

— Elle a fait tous ses devoirs, dis-je au bout d'un moment. Tu veux qu'on se paye un cinoche, après la pizza ?

— Je vais prévenir la maison.

Mes quatre frères et sœurs subissaient encore ce cauchemar hebdomadaire : le dimanche soir avec Ma et Pa, le rosbif, la glace tricolore, les piques, les reproches, l'exaspération qui montait jusqu'à ce quelqu'un perde la boule.

— Arrive en retard. Rebelle-toi.

— Je leur ai dit que je retrouverais d'abord Gav en ville, pour boire une pinte avant qu'il sorte avec ses potes. Si je ne lui consacre pas un peu de temps, il va croire que je me tape un minet. Je suis seulement passée voir si tu allais bien.

— Demande-lui de venir aussi.

— Voir un dessin animé à la noix ?

— Ce sera tout à fait de son niveau.

— Sois pas vache... Qu'est-ce t'as à la main ?

— J'ai empêché des motards nazis de violer une sainte-nitouche.

— Sérieusement... T'es pas tombé, au moins ? Après nous avoir quittés ? Tu m'as eu l'air un peu... limite.

À ce moment-là, mon portable professionnel sonna.

— Surveille Holly un instant, dis-je en fouillant dans ma poche.

Pas de nom. Et je ne reconnus pas le numéro.

— Allô ?

Je m'étais éloigné du banc.

— Euh, Frank ? bredouilla Kevin.

— Désolé, Kev. Pas maintenant.

Je raccrochai, fermai le téléphone d'un coup sec et revins m'asseoir.

— C'était Kevin ? s'enquit Jackie.

— Oui.

— Alors, t'es pas d'humeur à lui parler ?

— Non.

Elle coula vers moi un œil compatissant.

— Ça va aller mieux, Frank. Tu verras.

Je ne réagis pas. Elle s'exclama, sous le coup d'une inspiration subite :

— Viens avec moi chez Ma et Pa, après avoir raccompagné Holly ! Shay aura dessaoulé. Je suis sûre qu'il voudra s'excuser. Et Carmel amène les petits...

— Je ne crois pas.

— Allons, Francis... Pourquoi ?

— Papapapapa !

Holly a toujours eu le don d'intervenir au bon

226

moment. Elle sauta de la balançoire et galopa vers nous en imitant un cheval, les joues rouges, hors d'haleine.

— Je viens juste de me rappeler. Au cas où j'oublierais encore, je pourrais avoir ces bottines blanches ? Celles avec de la fourrure sur les rebords et deux fermetures Éclair ? Elles sont douces et montent jusque-là.

— Tu as déjà des chaussures. La dernière fois que je les ai comptées, je suis arrivé à trois mille douze paires.

— Mais celles-là sont spéciales !

— Ça dépend. Pourquoi ?

Si Holly veut, hormis à Noël ou pour son anniversaire, quelque chose qui n'est pas indispensable, je la force à m'expliquer ses raisons. Je tiens à ce qu'elle apprenne la différence entre besoin, désir et caprice. J'appréciai le fait que, malgré cette exigence, elle s'adressa quand même à moi et non à Liv.

— Celia Bailey a les mêmes.

— Qui est Celia Bailey, déjà ? Elle est au cours de danse avec toi ?

Holly me fixa d'un air incrédule.

— Celia Bailey ! Elle est connue !

— Tant mieux pour elle. Et pourquoi l'est-elle ?

Son incrédulité se mua en consternation.

— C'est une célébrité !

— Je n'en doute pas. C'est une actrice ?

— Non.

— Une chanteuse ?

— Non !

Je jouais de plus en plus au benêt. Jackie nous observait avec un petit sourire en coin.

— Une astronaute ? Une sauteuse à la perche ? Une héroïne de la Résistance française ?

— Papa, arrête ! Elle passe à la télé !

— Les astronautes, les chanteurs et les gens qui font des bruits d'animaux avec leurs aisselles aussi. Et elle ? Elle y passe pourquoi ?

Les mains aux hanches, Holly me toisa avec fureur.

— Celia Bailey est un top model, dit Jackie pour mettre un terme à la dispute. Bien sûr que tu la connais. Une blondasse. Il y a deux ans, elle sortait avec un propriétaire de boîtes de nuit. Un gros richard. Quand il l'a trompée, elle est tombée sur les messages qu'il envoyait à sa poule et les a vendus au *Star*. Depuis, elle est célèbre.

— Ah, celle-là...

Jackie avait raison. Je la connaissais : une gourde qui avait fini par mettre le grappin sur un fils à papa plein aux as et racontait à la télévision, avec une sincérité à fendre le cœur et des pupilles grosses comme des têtes d'épingle, comment elle avait gagné sa bataille contre la cocaïne. Voilà ce qu'on considère aujourd'hui en Irlande comme une superstar.

— Holly, ma chérie, cette fille n'est pas une célébrité. Elle n'est qu'une coquille vide dans une robe moulante. Pourquoi voudrais-tu lui ressembler ?

— Elle est jolie.

— Jolie ! Elle est refaite de la tête aux pieds ! On dirait un monstre.

Holly fulminait. Elle cria :

— C'est un top model ! Tata Jackie l'a dit !

— Tu parles... Elle a posé pour une pub de yoghourt...

— C'est une star !

— Certainement pas. Katharine Hepburn était une star. Bruce Springsteen est une star. Elle, elle n'est qu'une baudruche bouffie de vanité qui affirme en être une. Et il y a des débiles pour la croire. Ce n'est pas une raison pour que tu en fasses partie.

Holly avait les joues cramoisies. Elle serrait les poings, comme si elle s'apprêtait à se battre. Elle réussit quand même à se maîtriser.

— Je m'en moque. Je veux simplement des bottines blanches. Je peux ?

Je savais que j'allais trop loin, mais j'étais incapable de revenir en arrière.

— Non. Quand tu admireras quelqu'un qui sera devenu célèbre pour avoir accompli quelque chose de valable, je te jure que je t'offrirai toute sa garde-robe. Mais jamais je ne dépenserai mon argent pour faire de toi le clone d'une idiote pour qui le fin du fin consiste à vendre les photos de son mariage à un magazine de bas étage.

— Je te déteste ! hurla Holly. Tu es bête et tu ne comprends rien à rien ! Je te hais !

Elle donna un grand coup de pied dans le banc, tout près de ma jambe, puis courut vers les balançoires. Un mioche avait pris la sienne. Elle s'assit en tailleur par terre et continua à ruminer.

Après un silence, Jackie murmura :

— Francis, sans vouloir te dire comment élever ta fille, parce que je suis douée pour tout sauf pour ça, t'avais vraiment besoin de te monter la tête ? Elle veut simplement des bottines blanches. Sur qui elle les a vues, qu'est-ce qu'on en a à faire ? D'accord, cette Celia Bailey est nulle, mais elle est inoffensive.

— Non. Elle incarne tout ce qui va mal dans le monde. Elle est aussi inoffensive qu'un sandwich au cyanure.

— Arrête. Où est le problème ? Dans un mois, Holly l'aura oubliée et sera fan d'un groupe de chanteuses de rock.

— La question n'est pas là. J'essaye de l'élever correctement, de lui inculquer de vraies valeurs, qui n'ont rien à voir avec la gloire bidon de *people* dégénérés. Ces gens-là polluent tout, Jackie. Je voudrais que ma fille grandisse dans un pays dont les citoyens s'intéresseront à autre chose qu'aux bagnoles de luxe et à Paris Hilton.

Holly avait dégoté une autre balançoire et tournoyait lentement pour en emmêler les chaînes.

— Une nation qui idolâtre une Celia Bailey, ajoutai-je, a touché le fond. Finalement, une bonne crise nous ferait le plus grand bien.

Jackie eut un petit rire narquois.

— Tu sais qui tu me rappelles ? Shay.

— Ne parle pas de malheur. Si je pensais être comme lui, je me ferais sauter la cervelle.

— Tu en rajoutes. Je vais te dire ce qui t'arrive. Tu as pris une cuite carabinée la nuit dernière et tu as les tripes retournées. D'où ta mauvaise humeur. Je me trompe ?

Mon téléphone sonna une nouvelle fois : encore Kevin.

— Pour l'amour du Ciel ! pestai-je, plus méchamment que je ne l'aurais voulu.

Sur le moment, lui donner mon numéro se justifiait. Mais entrouvrez votre porte à un membre de ma famille et il s'installera chez vous avant de refaire toute la décoration. Je n'avais même pas la possibilité d'éteindre mon mobile. Pas avec mes infiltrés qui pouvaient avoir besoin de moi à tout instant.

— Si ce con de Kev a toujours autant de mal à comprendre à demi-mot, étonne-toi qu'il ne soit pas capable de garder une nana.

Jackie tapota doucement mon bras.

— T'occupe pas de lui. Laisse-le sonner. Je lui demanderai ce soir ce qu'il avait de si important à te dire.

— Non, merci.

— À mon avis, il souhaiterait juste savoir quand vous vous reverrez.

— Mets-toi bien ça dans le crâne, Jackie, je me fous éperdument de ce qu'il souhaite. Et si tu as raison, s'il tient à savoir quand nous nous reverrons, réponds-lui de ma part, avec toute mon affection : jamais. OK ?

— Allons, Francis. Tu penses pas ce que tu dis.

— Si. Crois-moi. Je le pense.

— C'est ton frère.

— Et un très chic type qui, j'en suis sûr, est adoré de ses nombreux amis. Mais je n'en fais pas partie. Le seul lien que j'ai avec lui est l'accident de la nature qui nous a réunis quelques années sous le même toit. Maintenant que nous ne vivons plus à Faithful Place, je n'ai rien en commun avec lui, pas plus qu'avec le type assis sur le banc d'à côté. Même chose pour Carmel, pour Shay et, de façon définitive, pour Ma et Pa. Nous ne nous connaissons pas, nous ne partageons rien. Je ne vois absolument pas pourquoi nous nous retrouverions autour de cookies et d'une tasse de thé.

— Ils n'ont pas tous les torts. Tu sais bien que c'est pas aussi simple.

Le téléphone sonna une troisième fois.

— Si, dis-je, ça l'est.

Elle remua des feuilles mortes du bout de sa chaussure, attendit que la sonnerie cesse. Puis elle déclara :

— Hier, tu nous as rendus responsables de ta rupture avec Rosie.

Je pris une grande inspiration, adoucis ma voix :

— J'aurais du mal à te reprocher quoi que ce soit, poussin. Tu étais à peine sortie de tes couches.

— C'est pour ça qu'on se voit, tous les deux ?

— Je pensais que tu ne te souvenais même pas de cette nuit.

— J'ai demandé hier à Carmel de me la raconter, après... Je me rappelle uniquement quelques bribes. Avec le temps, la mémoire se brouille...

— Pas mon souvenir de cette nuit. Il est clair comme de l'eau de roche.

Il était 3 heures du matin. Ayant fini de bayer aux corneilles à l'entrée de la boîte de nuit, mon copain Wiggy s'était pointé au parking pour me donner mes quelques shillings avant de reprendre son poste. Je rentrai chez moi, croisant les derniers poivrots chancelants et braillards du samedi soir. Je sifflais doucement, rêvant au lendemain et plaignant tous ceux qui n'étaient pas à ma place. Lorsque je tournai au coin de la rue, je flottais sur un nuage.

Je compris tout de suite qu'il se passait quelque chose. La moitié des fenêtres, y compris les nôtres, étaient violemment éclairées. On percevait des exclamations, des rires, des sarcasmes.

De multiples entailles zébraient la porte de notre appartement. Dans la pièce principale, une chaise renversée et brisée gisait contre le mur. À genoux sur le plancher, son manteau recouvrant sa chemise de nuit à fleurs aux couleurs fanées, Carmel rassemblait des débris de porcelaine avec une pelle et une balayette. Ses doigts tremblaient tellement qu'elle en laissait retomber des morceaux. Réfugiée dans un coin du canapé, Ma respirait bruyamment et épongeait sa lèvre fendue avec un gant de toilette mouillé. Recroquevillée à l'autre bout, Jackie, le pouce dans la bouche, s'était enveloppée dans sa couverture. Dans le fauteuil, Kevin se rongeait les ongles et regardait dans le vide. Adossé au mur, les mains profondément enfoncées dans les poches, Shay se balançait d'un pied sur l'autre. Livide, il tentait de reprendre son souffle. Il avait un œil au beurre noir. De la cuisine me parvenaient des râles caverneux : Pa vomissait dans l'évier.

— Que s'est-il passé ? demandai-je.

Tous sursautèrent violemment. Dix yeux braqués sur moi, énormes, écarquillés, sans expression. Carmen avait pleuré.

— Tu sais choisir ton moment, grommela Shay.

Personne d'autre ne prononça une parole. Prenant la pelle et la balayette des mains de Carmel, je commençai à ramasser les débris. Longtemps après, les râles venus de la cuisine se transformèrent en ronflements. Shay y pénétra calmement, en ressortit avec les couteaux effilés. Cette nuit-là, personne n'alla se coucher.

Mon père avait eu une aubaine au cours de la semaine : quatre jours de boulot au noir comme plâtrier. Il avait flambé au pub ce qu'il avait gagné, fêté sa bonne fortune en buvant tout le gin qu'il était capable d'ingurgiter. Le gin le pousse à s'apitoyer sur lui-même ; et s'apitoyer sur lui-même le rend méchant. Il avait regagné Faithful Place en titubant et s'était livré à son petit numéro habituel devant la porte des Daly, ordonnant à Matt Daly de sortir et de se battre. Cette fois, il était allé un peu plus loin. Il avait tenté d'enfoncer la porte, avant de jeter une de ses chaussures contre la fenêtre. C'était à ce moment-là que Ma et Shay étaient intervenus et avaient essayé de le traîner jusqu'à la maison.

D'habitude, il se laissait faire. Mais, ce soir-là, il était gonflé à bloc. Toute la rue, y compris Kevin et Jackie, l'entendit traiter Ma de vieille peau, Shay de branleur et Carmel, qui se précipita pour leur prêter main-forte, de sale petite pute. Ma lui répondit sur le même ton, rugit qu'elle souhaitait le voir mort. Pa leur ordonna à tous les trois de le lâcher. Sinon, il les égorgerait dans leur sommeil. Puis il les frappa à tour de bras.

Rien de tout cela n'était nouveau, à un détail près : d'ordinaire, il piquait ses crises à l'intérieur. Là, il venait de franchir un cap et se sentait tout permis.

— C'est de pire en pire, constata Carmel, d'une toute petite voix.

Personne ne lui prêta la moindre attention. Par la fenêtre, Kevin et Jackie hurlaient à Pa d'arrêter, Shay leur criait de ne pas s'en mêler, Ma gueulait que tout était leur faute parce qu'ils incitaient leur père à boire, Pa aboyait plus fort que tout le monde, beuglait qu'ils ne perdaient rien pour attendre. Finalement, les sœurs Harrison, les seules à avoir le téléphone, appelèrent la Garda. Acte aussi impensable que de donner de l'héroïne aux petits enfants ou de jurer devant le curé. Ma famille avait réussi à leur faire transgresser ce tabou.

Ma et Carmel supplièrent les agents de ne pas embarquer Pa, de lui épargner ce déshonneur suprême. Ils s'inclinèrent de bonne grâce. À l'époque, pour de nombreux flics, se livrer à des violences domestiques équivalait à vandaliser sa propre maison : une idée stupide, mais pas un crime. Ils traînèrent Pa en haut des marches, le laissèrent tomber sur le sol de la cuisine et s'en allèrent.

— On a passé un sale quart d'heure, dit Jackie,

— C'est ce qui a révulsé Rosie. Voilà ce que j'ai cru. Toute sa vie, son père l'a mise en garde contre ces sauvages de Mackey. Elle n'en a tenu aucun compte, elle est tombée amoureuse de moi, persuadée que j'étais différent. Et puis, quelques heures avant qu'elle remette son sort entre mes mains, alors qu'aucun doute ne l'avait jamais effleurée, les Mackey lui ont prouvé que le point de vue de son père était le bon. Ils lui ont offert ce spectacle pitoyable devant tout le voisinage : hurlant, éructant, s'empoignant comme une bande de babouins en rut. Elle a dû se demander comment je me comporterais derrière des portes closes, si, en fin de compte, je n'étais pas comme eux et au bout de combien de temps ma vraie nature remonterait à la surface.

— Alors, tu es parti. Sans elle.

— J'avais payé cher le droit de foutre le camp.

— Je me suis toujours interrogée : pourquoi t'es pas tout bonnement rentré à la maison ?

— Si j'avais eu l'argent, j'aurais sauté dans un avion pour l'Australie. Le plus loin possible...

— Tu leur en veux toujours ? Ou est-ce que c'était simplement l'alcool, hier soir ?

— Oui. Je leur en veux. À tous. C'est sans doute injuste, mais la vie l'est aussi.

Mon téléphone bipa. Un SMS. *Salut Frank, c Kev je sais que t occupé mais si ta locase ta pel ok ? Faudrait con parle.* Je le supprimai.

— Mais si, après tout, hasarda Jackie, elle n'avait pas eu l'intention de te plaquer ? Si c'était jamais arrivé ?

Je n'avais aucune réponse à cette question, qu'une part de moi ne comprenait même pas ; et il était bien trop tard, me semblait-il, pour en chercher une. Je gardai le silence jusqu'à ce que Jackie renonce avec une moue fataliste et renouvelle son rouge à lèvres. Je regardai Rosie tourner avec frénésie tandis que les chaînes de la balançoire se dénouaient et m'efforçai de ne penser à rien, sauf à l'écharpe que je devais lui mettre, au temps qu'il lui faudrait avant d'être suffisamment calmée pour avoir faim et aux ingrédients que je voulais sur ma pizza.

10

Notre pizza dégustée, Jackie partit cajoler Gavin. Holly me supplia de l'emmener à la patinoire de la Royal Dublin Society. Elle patine comme une reine et moi comme un gorille lobotomisé, ce qui lui donne l'avantage et lui permet de se moquer de moi chaque fois que je m'aplatis contre un mur. Lorsque je la déposai chez Olivia, nous étions tous les deux épuisés, un peu saoulés par les chants de Noël aux accords éraillés, mais ravis. En nous apercevant sur le perron, en sueur, hirsutes et débraillés, Olivia ne put s'empêcher de sourire. Je retournai en ville. Après avoir bu deux ou trois pintes avec des potes, je rentrai chez moi. Twin Peaks n'avait jamais été aussi accueillant. J'écoutai distraitement quelques messages sans intérêt. Enfin, je me couchai, me délectant à l'avance de la journée de travail ordinaire qui m'attendait le lendemain.

J'aurais dû me douter que Faithful Place ne me lâcherait pas aussi facilement. La nouvelle catastrophe se produisit dès le lundi, à l'heure du déjeuner. Alors que je venais de présenter mon agent aux prises avec des trafiquants de drogue à sa grand-mère toute neuve, le téléphone de mon bureau sonna.

— Mackey.

Brian, l'administrateur de la brigade, était au bout du fil.

— Un appel personnel pour toi. Tu le prends ? Je ne voulais pas te déranger, mais ça m'a l'air urgent. C'est le moins qu'on puisse dire.

Encore Kevin. Ce ne pouvait être que lui. Si je ne l'envoyais pas paître tout de suite, il me collerait jusqu'à la fin des temps.

— La barbe ! Passe-le-moi !

— C'est une femme, rectifia Brian. Et elle n'a pas l'air commode. Je t'aurai prévenu.

C'était Jackie. En larmes.

— Francis, grâce à Dieu, t'es là ! Je t'en conjure, viens ! Je comprends pas, je sais pas ce qui s'est passé... Je t'en prie !

Sa voix se brisa, se mua en un gémissement incontrôlable. Un frisson me glaça la nuque.

— Jackie ! Parle-moi ! Qu'est-ce qu'il y a ?

Je saisis à peine son bafouillage : il était question des Hearne, de la Garda, d'un jardin.

— Jackie, reprends-toi. Pour moi, juste un instant. Respire un bon coup et raconte.

Elle haleta :

— Kevin. Francis... Mon Dieu... C'est Kevin.

Nouveau frisson, plus glacial encore.

— Il est blessé ?

— Il est... Francis... Oh, Seigneur... Il est mort. Il...

— Où es-tu ?

— Chez Ma. Dehors, devant le perron.

— Kevin y est aussi ?

— Oui... Non. Pas ici... L'arrière de la maison, le jardin... Il, il...

Sa voix se désintégra de nouveau. Elle sanglotait et suffoquait en même temps.

— Jackie, écoute-moi. Va t'asseoir, bois quelque chose et surtout ne reste pas seule. J'arrive.

J'avais déjà enfilé ma veste. Chez les infiltrés, personne ne vous demande de comptes sur votre emploi du temps. Je raccrochai et sortis à toutes jambes.

Et voilà. Je me retrouvais de nouveau à Faithful Place, comme si je ne l'avais jamais quittée. La première fois que j'avais déguerpi, elle m'avait laissé courir vingt-deux ans avant de tirer sur la laisse. La seconde, elle m'avait accordé trente-six heures.

Les voisins étaient encore au balcon, comme dimanche après-midi, avec cependant une différence de taille : les gosses étaient à l'école et les adultes à leur travail ; ne subsistaient que les vieux, les mères aux foyers et les chômeurs. Frigorifiés, emmitouflés dans leurs vêtements d'hiver, ils s'agglutinaient sur les marches ou derrière les fenêtres, pétrifiés, attentifs. La chaussée, elle, était déserte, à l'exception de mon vieil ami le chien de garde qui marchait de long en large, comme s'il protégeait le Vatican. Cette fois, les flics en uniforme n'avaient pas traîné et avaient bouclé les lieux, pour empêcher la rumeur de se propager. Quelque part, un bébé pleurait. Rien d'autre ne troublait le silence, hormis les talons du chien de garde, le murmure lointain de la circulation et la pluie matinale qui, lentement, s'écoulait des gouttières.

Pas de van des scientifiques, pas de Cooper. Entre la voiture de police et le camion de la morgue trônait la jolie BMW argentée de Scorcher. Le ruban de sécurité entourait le 16 et un grand escogriffe en civil, un des hommes de Scorch, à en juger par son costard, le surveillait. Quoi qu'ait eu Kevin, ce n'était pas une crise cardiaque.

Le chien de garde m'ignora. Un bon choix. Sur les marches du 8 se trouvaient Jackie et mes parents. Ma et Jackie se soutenaient. On avait l'impression que si l'une bougeait de un millimètre, toutes les deux s'écrouleraient. Pa tirait violemment sur une cigarette.

Ils me regardèrent approcher, les prunelles vides, comme s'ils ne me reconnaissaient pas, comme s'ils ne m'avaient jamais vu.

— Jackie, que s'est-il passé ?

— T'es revenu, maugréa Pa. Voilà ce qui s'est passé.

Jackie agrippa un pan de ma veste, pressa son front contre mon bras. Je refrénai mon envie de la repousser.

— Jackie, murmurai-je tendrement, il faut encore que tu te ressaisisses, que tu me parles.

Elle tremblait comme une feuille.

— Oh, Francis, gémit-elle. Oh, Francis. Comment... ?

— Je sais, mon petit. Où est-il ?

Ma lâcha d'un ton rogue :

— Au 16. Derrière, dans le jardin. Sous cette pluie, toute la matinée...

Elle s'appuyait lourdement contre la rampe. Elle avait la voix sourde, comme si elle avait sangloté pendant des heures, mais ses yeux étaient secs, acérés.

— Vous avez une idée de ce qui est arrivé ?

Personne ne répondit. Ma remua la bouche.

— Bien, dis-je. Mais on est bien sûr à cent pour cent qu'il s'agit de Kevin ?

— Évidemment, abruti ! éructa Ma, prête à me gifler. Tu me crois pas capable de reconnaître mon propre enfant ? T'es timbré, ou quoi ?

Je l'aurais volontiers poussée dans l'escalier.

— Bien vu. Et Carmel ?

— Elle arrive, dit Jackie. Shay aussi. Il faut juste que, juste que…

Ses mots s'étranglèrent. Pa précisa :

— Il attend que son patron vienne s'occuper de la boutique.

Il jeta son mégot, observa son grésillement sur le soupirail mouillé du sous-sol.

— Parfait, conclus-je.

Il était impossible de laisser Jackie seule avec ces deux-là, mais Carmel et elle s'épauleraient.

— Vous n'avez aucune raison d'attendre dehors, dans le froid. Rentrez et buvez quelque chose de chaud. Je vais voir ce que je peux apprendre.

Aucun ne réagit. Aussi délicatement que possible, j'écartai les doigts de Jackie de ma veste. Je les plantai là tous les trois et remontai la rue jusqu'au 16, suivi par des dizaines d'yeux mornes.

Le grand type posté devant le cordon de sécurité examina rapidement ma carte.

— L'inspecteur Kennedy est dans le jardin, de l'autre côté.

Visiblement, il s'attendait à me voir arriver.

Entrant par la porte du fond bloquée et grande ouverte, une lumière grise, irréelle, baignait le sous-sol et l'escalier. Les quatre hommes groupés dans le jardin semblaient sortir d'un tableau ou d'un mauvais rêve : les malabars de la morgue, tout en blanc, attendant patiemment devant leur civière, au milieu des hautes herbes et des orties grosses comme des câbles ; Scorcher, la tête luisante et basse, son pardessus noir claquant contre la brique usée du mur, accroupi et tendant une main gantée ; et Kevin. Il était sur le dos, les jambes pliées dans le mauvais sens, la tête en arrière et la face tournée vers la maison, ce qui m'empêchait de distinguer ses traits. Un bras barrait sa poitrine. L'autre était tordu sous lui, comme si quelqu'un lui avait fait une prise. De gros caillots noirs, irréguliers, s'étalaient autour de son crâne, se mêlaient à la terre. Les doigts blancs de Scorcher exploraient avec précaution une poche de son jean. Par-dessus le mur, le vent sifflait.

Scorcher m'entendit le premier, ou sentit ma présence. Il se tourna vers moi, retira ses doigts de la poche de Kevin et se redressa.

— Frank, dit-il en s'avançant. Je suis vraiment navré de ce drame.

Il ôtait ses gants, s'apprêtait à me serrer la main. Je rétorquai :

— Je veux le voir.

Il acquiesça et recula, me laissant passer. Je m'agenouillai dans l'herbe, près du corps de mon frère.

La mort avait creusé ses pommettes et ses joues. Il paraissait quarante ans de plus que son âge. La partie relevée de son visage était blême ; l'autre, où le sang s'était accumulé, était marbré de taches violettes. Un filet de sang coagulé sortait de son nez. J'aperçus, là où sa mâchoire retombait, ses dents de devant cassées. La pluie avait ramolli et assombri ses cheveux. L'une de ses paupières s'affaissait légèrement sur une pupille vitreuse, comme un clin d'œil espiègle et bête.

J'avais un poids d'une tonne sur le thorax, comme si une énorme cascade s'était soudain déversée sur moi, écrasant mes poumons.

— Cooper, dis-je. Il nous faut Cooper.

— Il est venu.

— Et ?

Silence. Les deux employés de la morgue échangèrent un bref regard. Enfin, Scorcher répondit :

— Selon lui, ton frère est mort d'une fracture du crâne, ou la nuque brisée.

— Comment ?

Gentiment, il murmura :

— Frank, ils doivent l'emmener, maintenant. Allons à l'intérieur. Nous parlerons là-bas.

Il tendit une main vers mon coude, se ravisa. Je contemplai une dernière fois le visage de Kevin, ce clin d'œil figé, le filet de sang noir, la légère dissymétrie de ses sourcils qui était la première chose que je voyais chaque matin près de moi, sur l'oreiller, quand j'avais six ans.

— D'accord.

Je pivotai. Un bruit de déchirure me fit sursauter ; les gars de la morgue ouvraient le sac mortuaire.

Je ne me souviens pas de mon retour dans la maison, ni de Scorcher me conduisant dans l'escalier pour permettre à la civière de passer. Une réaction juvénile, tels de grands coups de poing dans le mur, ne m'aurait apaisé en rien. Je ressentais une telle colère que je crus un instant être devenu aveugle.

Lorsque ma vue s'éclaircit, nous nous trouvions à l'étage, dans l'une des pièces du fond que Kevin et moi avions inspectées samedi. Elle était plus claire et plus froide que deux jours plus tôt : quelqu'un avait soulevé le châssis crasseux de la fenêtre à guillotine.

— Ça va ? me demanda Scorcher.

J'avais désespérément besoin qu'il s'entretienne avec moi de façon professionnelle, de flic à flic. Ma voix, quand je lui répondis, me parut lointaine, métallique, presque étrangère.

— Qu'est-ce qu'on a ?

Malgré tout ce qu'on peut lui reprocher, Scorch est l'un des nôtres. Il comprit tout de suite. Il s'adossa au mur et déclara d'un ton neutre :

— Ton frère a été vu pour la dernière fois vers 23 h 20, hier soir. Lui, ta sœur Jacinta, ton frère Seamus, ta sœur Carmel et sa famille ont dîné chez tes parents, comme ils le font souvent. Arrête-moi si je te dis quelque chose que tu sais déjà...

— Continue.

— Carmel et son mari ont regagné leur domicile avec leurs enfants vers 20 heures. Les autres sont restés un peu plus longtemps. Ils ont regardé la télévision et bavardé. Tous, sauf ta mère, ont bu quelques bières. De l'avis général, les hommes étaient un peu ivres, sans plus, et Jacinta à peine éméchée. Kevin, Seamus et Jacinta ont quitté ensemble le domicile de tes parents, juste après 23 heures. Seamus est monté jusqu'à son appartement et Kevin a fait un bout de chemin avec Jacinta. Ils ont descendu Smith's Road jusqu'au coin de New Street, où elle avait garé sa voiture. Elle a proposé à Kevin de le ramener chez lui, mais il lui a répondu qu'il avait envie de marcher pour se dégriser. Elle a pensé qu'il avait l'intention de reprendre en sens inverse le chemin qu'ils avaient emprunté, de remonter Smith's Road, de dépasser l'entrée de Faithful Place, puis de couper à travers les Liberties et le long du canal jusqu'à son appartement de Portobello. Bien sûr, elle ne peut le confirmer. Il a attendu qu'elle s'installe au volant, ils se sont dit au revoir et elle est partie. La dernière fois qu'elle l'a aperçu, il rebroussait chemin vers Smith's Road. Plus personne ne l'a vu vivant.

Vers 19 heures, il avait renoncé et arrêté de m'appeler. Mon silence l'avait convaincu de l'inutilité d'essayer de nouveau. Il avait donc décidé d'affronter tout seul, comme un grand, avec ses gros sabots, ce qui le tourmentait.

— Mais il n'est pas allé chez lui, dis-je.

— Ça m'en a tout l'air. Aujourd'hui, les maçons travaillent à côté. Par conséquent, personne n'a pénétré ici avant la fin de la matinée, lorsque deux gamins nommés Jason et Logan Hearne sont entrés au 16 pour jeter un coup d'œil au sous-sol, ont collé leur nez à la fenêtre du rez-de-chaussée et sont tombés sur un spectacle auquel ils ne s'attendaient pas. Ils ont treize et douze ans. Quant à savoir pourquoi ils n'étaient pas en classe…

— Personnellement, j'en suis ravi.

Le 12 et le 14 étant inoccupés, personne n'aurait remarqué Kevin depuis une fenêtre donnant sur les jardins. Il aurait pu rester là des semaines. J'ai déjà vu des corps découverts après tout ce temps.

Scorcher eut une petite mimique embarrassée.

— Dans un sens, effectivement, on peut les remercier. En tout cas, ils ont détalé et appelé leur mère, qui nous a prévenus et a, apparemment, ameuté la moitié de la rue. Mme Hearne a également reconnu ton frère dans la personne du défunt. Elle a donc averti ta mère, qui a procédé à l'identification définitive. Je suis navré qu'elle ait dû supporter ça.

— Elle est solide.

Derrière moi, au bas de l'escalier, un choc, puis un grognement suivi d'un raclement m'apprirent que les employés de la morgue manœuvraient leur civière le long des étroits couloirs. Je ne me retournai pas.

— Cooper situe le décès aux alentours de minuit, à deux heures près, avant ou après. Ajoute le témoignage de ta famille et le fait qu'on a trouvé ton frère dans les vêtements qu'il portait, selon leur description, hier soir, et nous pouvons tenir pour acquis qu'après avoir raccompagné Jacinta jusqu'à sa voiture, il est retourné directement à Faithful Place.

— Et puis quoi, merde ! Comment a-t-il fini avec le cou brisé ?

Scorch inspira profondément.

— Pour une raison quelconque, il s'est introduit dans cette maison et est monté jusqu'ici. Ensuite, d'une façon ou d'une autre, il est passé par la fenêtre. Si cela peut te réconforter, Cooper affirme que la mort a été quasi instantanée.

Des étoiles explosaient devant mes yeux, comme si je recevais des coups sur la tête. J'ébouriffai mes cheveux.

— Non. Ça n'a aucun sens. Il est peut-être tombé d'un des murs du jardin.

Je revis Kevin dans toute la souplesse de ses seize

ans, se faufilant d'un jardin à l'autre à la poursuite des nibards de Linda Dwyer.

— Mais pas par cette fenêtre...

Scorcher secoua la tête.

— Des deux côtés, les murs ont quoi ? Deux mètres, 2,50 m de haut ? Selon Cooper, les blessures résultent d'une chute d'environ 7 mètres. Et la trajectoire est directe. Il est tombé par la fenêtre.

— Non. Kevin détestait cet endroit. Samedi, j'ai dû le prendre par la peau du cou pour le traîner jusqu'ici. Il a passé son temps à râler contre les rats, les planchers pourris, la puanteur, les plafonds qui risquaient de s'écrouler. Et c'était en plein jour. Que serait-il venu faire ici tout seul, au milieu de la nuit ?

— Voilà ce que nous aimerions savoir. Peut-être, pris d'une subite envie de pisser, a-t-il choisi de se soulager ici, dans un endroit désert, avant de rentrer chez lui ? Mais pourquoi être monté à l'étage ? Il aurait pu arroser le jardin depuis la fenêtre du rez-de-chaussée. En tout cas, c'est ce que j'aurais fait... Pas toi ?

Tout à coup, je pris conscience que les traînées sur le châssis n'étaient pas de la crasse, mais de la poudre révélatrice d'empreintes. Et je compris pourquoi la vue de Scorcher dans le jardin avait provoqué en moi un pressentiment lugubre.

— Vous faites quoi, là ? m'écriai-je.

Il cligna des paupières. Puis il expliqua, choisissant ses mots :

— D'abord, nous avons cru à un accident. Kevin monte jusqu'ici, Dieu sait pour quelle raison. Soudain, quelque chose le pousse à passer la tête par la fenêtre ; un bruit dans le jardin, ou une envie de vomir. Il se penche un peu trop, perd l'équilibre, ne se rattrape pas à temps...

Je serrai les dents. Scorcher poursuivit.

— Le problème, c'est que j'ai vérifié. Tu as croisé Hamill, en bas, près du cordon de sécurité... Il a presque la taille et la corpulence de ton frère. À ma demande, il a répété plusieurs fois le geste qu'aurait pu faire Kevin. Ça ne marche pas, Frank.

— Qu'est-ce que tu racontes ?

Il plaqua le tranchant de sa main sur ses côtes.

— Sur Hamill, le châssis arrive à ce niveau. Pour glisser sa tête dessous, il doit fléchir les genoux, ce qui le force à courber le dos et maintient son centre de gravité à l'intérieur de la pièce. Nous avons essayé sous dix angles différents. Même résultat. Il est presque impossible à un homme de la taille de Kevin de tomber accidentellement par cette fenêtre.

La bouche sèche, je murmurai :

— Quelqu'un l'a balancé.

Scorcher plongea les mains dans les poches de sa veste. Il énonça ensuite, avec ménagement :

— Nous n'avons aucune trace de lutte, Frank.

— Qu'est-ce que tu insinues ?

— Si on l'avait poussé, nous aurions découvert des marques sur le plancher, le châssis ou le rebord de la fenêtre, des ongles cassés, des coupures, des bleus sur le cadavre. Nous n'avons rien trouvé de tel.

— Tu essayes de me dire que Kevin s'est tué.

Il se détourna.

— J'essaye de te dire qu'il ne s'agissait pas d'un accident et que rien n'indique que quelqu'un l'ait poussé. Selon Cooper, toutes ses blessures ont été provoquées par sa chute. Ton frère était costaud et, d'après ce que j'ai pu recueillir, il était peut-être beurré hier soir, mais pas assez pour se laisser faire. Il se serait battu.

À mon tour de reprendre mon souffle.

— D'accord. Un point pour toi. Viens quand même une seconde. Je voudrais te montrer quelque chose.

Je l'entraînai vers la fenêtre. Il me considéra d'un air soupçonneux.

— Qu'est-ce que tu mijotes ?

— Regarde attentivement par la fenêtre, depuis cet angle. Surtout là où il aboutit à la base de la maison. Tu comprendras.

Il se cala contre le rebord et glissa sa tête sous le châssis.

— Où ça ?

Je le poussai bien plus fort que j'en avais eu l'intention. Un instant, je crus que je n'aurais pas la force de le ramener à l'intérieur. Je ne pus m'empêcher de jubiler.

— Nom de Dieu !

Il se rétablit tant bien que mal, s'écarta vivement de la fenêtre et me fixa, les yeux écarquillés.

— Tu es dingue !

— Pas de traces de lutte, Scorch. Pas de châssis brisé, pas d'ongles cassés, pas de coupures, pas de bleus. Tu es baraqué, tu es plus sobre qu'une nonne et tu aurais basculé sans un cri. *Bye bye*, merci pour la démonstration, Scorcher vous tire sa révérence.

— Putain de...

Il rajusta sa veste, l'épousseta d'un geste furibond.

— Tu n'es pas drôle Frank. Tu m'as foutu une trouille du diable.

— Tant mieux. Kevin n'était pas du genre suicidaire, Scorch. Il va falloir que tu me croies. Il est impossible qu'il se soit jeté par la fenêtre.

— Admettons. Alors, dis-moi : qui l'attendait ?

— Je n'en ai aucune idée. Mais je sais qu'il était en bonne santé, sain d'esprit, n'avait ni peines de cœur ni problèmes d'argent. Heureux comme un pape. Et une nuit, venu de nulle part, il décide de se balader dans une maison en ruine avant de faire le saut de l'ange ?

— Ça arrive.

— Donne-moi un élément qui indiquerait que cela s'est produit ici. Un seul.

Scorch rajusta sa coiffure et soupira.

— Entendu. Je vais te mettre au parfum en tant que collègue, Frank. Pas en tant que parent de la victime. Pas un mot ne sortira de cette pièce. D'accord ?

— Parole de scout.

Je savais déjà que j'allais morfler. Scorcher se baissa, fouilla dans son beau porte-documents et se redressa, brandissant un sachet d'indices en plastique transparent.

— Ne l'ouvre pas.

C'était une petite feuille de papier réglé, jaunie et marquée profondément aux endroits où elle était restée longtemps pliée. Elle me parut vierge jusqu'à ce que je la retourne. Alors apparut l'encre délavée du stylo-bille. L'écriture me sauta au visage.

Chère maman, cher papa, Nora chérie,
Quand vous lirez ceci, je serai en route pour l'Angleterre avec Frank. Nous allons nous marier, trouver de bons jobs loin des usines et avoir une vie merveilleuse ensemble. Je regrette d'avoir été obligée de vous mentir. Chaque jour, je voulais vous regarder droit dans les yeux et vous dire « je vais l'épouser », mais, papa, je n'ai pas osé. Je savais que ça allait te rendre fou, mais Frank n'est PAS un bon à rien et il ne me fera AUCUN mal. Il me rend heureuse. C'est le plus beau jour de ma vie.

— Les graphologues vont devoir l'étudier, annonça Scorcher. Cela ne changera rien : nous avons déjà vu, toi et moi, l'autre moitié de ce billet.

Dehors, le ciel était d'un gris glacé. Un courant d'air froid s'engouffra par la fenêtre, soulevant un minuscule nuage de poussière qui flotta un instant dans la pièce, puis retomba. Au fin fond de la maison, du plâtre s'effondra avec un petit bruit de pluie. Scorcher me dévisageait. Son expression m'intrigua. J'espérai pour lui qu'il ne s'apprêtait pas à me témoigner de la compassion. Je ne l'aurais pas supporté.

— Où as-tu eu ça ?

— Sur ton frère. Dans la poche intérieure de sa veste.

J'étouffai de nouveau. Lorsque je réussis enfin à respirer, j'ajoutai :

— Cela ne te dit pas où il l'a trouvé. Cela ne te dit même pas si c'est lui qui l'a fourré dans sa poche.

— Non, reconnut Scorcher avec une douceur exagérée. Cela ne nous le dit pas.

Silence. Avec tact, il attendit un moment avant d'avancer la main vers le sachet.

— Tu penses que cela implique que Kevin a tué Rosie, dis-je.

— Je ne pense rien. À ce stade, je me contente de recueillir les indices.

Il essaya de s'emparer du sachet. D'un large mouvement du bras, je l'éloignai de lui.

— Tu continues à le chercher ! Tu m'entends ?

— Il me faut ce sachet.

— Présomption d'innocence. Ce papier ne constitue pas une preuve. Loin de là.

— Sûr, marmonna Scorcher. Il faudra aussi que tu t'écartes de mon chemin, Frank. Je suis très sérieux.

— Quelle coïncidence... Moi aussi.

— Avant, c'était déjà limite. Mais maintenant... On ne peut pas être émotionnellement plus impliqué que toi. Je sais que tu es bouleversé, mais toute ingérence de ta part compromettrait l'ensemble de mon enquête. Je ne le permettrai pas.

— Kevin n'a tué personne, martelai-je. Ni lui, ni Rosie, ni qui que ce soit d'autre. Mets-toi ça dans le crâne.

Il se détourna. Je lui rendis son précieux sachet et m'en allai.

Au moment où je franchissais le seuil, il me lança :

— Hé, Frank ! Maintenant, au moins, nous savons qu'elle n'avait aucune intention de te plaquer.

Je ne me retournai pas. La chaleur de l'écriture de Rosie traversant le plastique enrobait encore ma main, la marquait au fer rouge. *C'est le plus beau jour de ma vie.*

Elle venait à moi, et elle avait presque réussi. Seule une dizaine de mètres nous avait séparés de notre nouveau monde, de notre vie à deux. J'eus la sensation de tomber dans un trou sans fond, de plonger dans le noir absolu.

11

Je tirai la porte d'entrée et la refermai avec fracas, à l'intention de Scorcher. Ensuite, je descendis les marches du fond, traversai le jardin et escaladai le mur. Je n'avais pas le temps de me mesurer de nouveau à ma famille ; les ragots vont trop vite. J'éteignis mes mobiles et gagnai directement la brigade, sans traîner, pour annoncer à mon patron mon projet de prendre des vacances avant qu'il me l'ordonne lui-même.

George est un grand type proche de la retraite. Son visage affaissé et las le fait ressembler à un basset en peluche. Nous l'aimons. Les suspects commettent l'erreur de croire qu'ils peuvent l'aimer aussi. En m'apercevant sur le seuil de son bureau, il se leva lourdement, me tendit la main.

— Ah, Frank. Toutes mes condoléances.

— Nous n'étions guère proches, répondis-je en serrant fermement ses phalanges, mais c'est quand même un choc.

— Ils prétendent qu'il l'aurait peut-être fait lui-même.

— C'est ce qu'ils disent, approuvai-je tandis qu'il me jaugeait avec acuité en se laissant retomber dans son fauteuil. C'est le bazar, là-bas. Chef, j'ai des

congés en retard. Si vous n'y voyez pas d'inconvé-
nient, j'aimerais les prendre tout de suite.

Il lissa la partie dégarnie de son crâne, examina sa
paume d'un air morose, feignant de peser le pour et
le contre.

— Est-ce que vos enquêtes en cours vous le
permettent ?

— Aucun problème.

Il le savait déjà : lire à l'envers est le don le plus
utile qui soit, et le dossier ouvert devant lui était l'un
des miens.

— Aucune affaire n'a atteint un stade crucial. Il
suffira de les suivre de loin. Accordez-moi une heure
ou deux pour mettre ma paperasse à jour et je serai
prêt à passer le relais.

— Parfait, soupira George. Pourquoi pas ? Voyez
avec Yeates. Il est obligé de lever le pied sur l'opération cocaïne des quartiers sud. Il est disponible.

Yeates est un bon. Aux infiltrés, nous n'avons pas
de tocards.

— Je le branche tout de suite. Merci, patron.

— Prenez quelques semaines. Ça lave la tête.
Qu'allez-vous faire ? Passer du temps avec votre
famille ?

En d'autres termes, comptez-vous traîner sur les
lieux et fourrer votre nez partout ?

— Je pensais aller me balader. À Wexford, peut-
être. Il paraît que la côte est superbe, en cette
saison.

George massa les plis de son front, comme s'ils lui
faisaient mal.

— Un connard de la Criminelle s'est pointé ici tôt
ce matin et a déblatéré sur vous. Kennedy, Kenny,

256

quelque chose d'approchant. Il affirme que vous vous mêlez de son enquête.

Sale mouchard...

— Il a ses règles. Une vraie minette. Je lui offrirai un beau bouquet de fleurs et il sera content.

— Offrez-lui ce que vous voudrez. Mais ne le poussez pas à me rappeler. Je déteste qu'on me les casse avant que j'aie bu mon thé. Ça me fout les tripes en l'air.

— Je serai à Wexford, patron. Même si je le voulais, il me serait impossible de donner des vapeurs à Miss Marple. Le temps de boucler certains détails, ajoutai-je en pointant le pouce en direction de mon bureau, et je dégage.

Il me scruta sous ses paupières lourdes. Enfin, il abattit sa grosse main sur la table et conclut :

— Allez-y. Prenez tout le temps qu'il faudra.

— À bientôt, chef.

Voilà pourquoi nous aimons George : un grand patron décide toujours au bon moment qu'il ne veut rien savoir.

— On se revoit dans quelques semaines.

J'étais à mi-chemin de la porte lorsqu'il m'interpella.

— Frank ?

— Chef ?

— La brigade pourrait-elle faire un don à une institution quelconque ? Une œuvre de charité ? Un club sportif ?

Sa question m'atteignit en plein cœur. Je me rendis compte que j'ignorais à peu près tout de Kevin. Je ne savais même pas s'il était membre d'un club de sport, ce qui m'aurait quand même étonné. Je me dis qu'on aurait dû créer un fonds spécial destiné à des situations comme celle-ci, pour envoyer de jeunes gars faire de la plongée sous-marine autour de la Grande Barrière ou du parapente au-dessus du Grand Canyon, au cas où le destin se serait avisé de les faucher dans la fleur de l'âge.

— Versez le montant de la collecte à l'association des victimes d'homicide, ricanai-je. Et encore merci, patron. Du fond du cœur. L'attention me touche. Transmettez ma gratitude à toute l'équipe.

Nous, les infiltrés, nous considérons les membres de la Criminelle comme des enfants de chœur. Nous nous battons à mains nues, dans le caniveau ; et quand la loi nous gêne, nous l'envoyons bouler. Eux respectent le règlement, les codes, la déontologie. Scorch ne faisait pas exception. Pour lui, il allait de soi que, en dépit de mon petit côté voyou, j'utilisais les mêmes armes que lui. Il mettrait du temps à comprendre que mes méthodes n'avaient rien à voir avec les siennes. Cela ne pourrait que me servir.

J'étalai quelques dossiers sur mon bureau, histoire de prouver à un collègue qui passerait par là que j'étais effectivement en train de préparer la relève. Puis je téléphonai à mon copain des archives et lui demandai de me transmettre par courriel le dossier personnel de tous les stagiaires travaillant sur le meurtre de Rosie Daly. Il renâcla un peu, fit valoir le secret professionnel. Mais, deux ans plus tôt, j'avais sorti d'embarras sa fille compromise dans une histoire de drogue et il me devait un renvoi d'ascenseur. Les dossiers arrivèrent presque avant que nous ayons raccroché.

Scorch employait cinq stagiaires de la Garda Síochána, regroupant l'ensemble des services de police, ce qui parut beaucoup pour une affaire remontant à plus de vingt ans ; apparemment, ses quatre-vingt pour cent et quelques de réussite n'étaient pas du bidon et lui valaient, à la Criminelle, un traitement de faveur. Le quatrième stagiaire était l'homme qu'il me fallait. Stephen Morgan, trente-six ans, domicilié sur North Wall Quay, au bord de la Liffey, entré directement à Templemore après d'excellentes études secondaires, remarquablement bien noté, encore flic en tenue trois mois plus tôt. La photo montrait un gamin maigre aux cheveux roux en bataille, aux yeux gris et vifs. Un gosse de la classe ouvrière de Dublin, futé et qui en voulait, mais trop novice pour remettre en question les propos d'un inspecteur chevronné. Ce jeune Stephen et moi allions bien nous entendre.

Je fourrai les renseignements sur lui dans ma poche, supprimai le courriel et consacrai deux heures à peaufiner mes dossiers pour Yeates. Il n'était pas question qu'il me téléphone au mauvais moment pour clarifier tel ou tel détail. La relève fut amicale et brève. Yeates eut le bon goût de ne pas me témoigner une sympathie appuyée, en dehors d'une tape sur l'épaule et la promesse qu'il s'occuperait de tout. Ensuite, je pris mes affaires, fermai la porte de mon bureau et pris le chemin de Dublin Castle, pour ferrer Stephen Morgan.

Si un autre inspecteur avait dirigé l'enquête, j'aurais peut-être eu du mal à trouver mon homme. Stephen aurait pu finir sa journée à 18, 19 ou même 20 heures et, s'il avait été sur le terrain, sans prendre la peine de faire un crochet par la brigade pour y déposer son rapport avant de rentrer chez lui. Mais je connais Scorchie. Les heures supplémentaires donnent des palpitations aux huiles et la paperasse les fait jouir. Ses gars et ses filles termineraient donc leur journée à 17 heures tapantes, après avoir rendu un rapport impeccable. Je dénichai un banc dans le parc, avec une bonne vue sur la porte et une haie protectrice me dissimulant aux yeux de Scorch. J'allumai une cigarette et attendis. Il ne pleuvait même pas. C'était vraiment mon jour de chance.

Tout à coup, un détail me frappa de plein fouet : Kevin n'avait pas de lampe de poche sur lui. Si cela avait été le cas, Scorcher l'aurait mentionnée, pour étayer sa belle hypothèse du suicide. Or Kevin, depuis sa toute petite enfance, n'avait jamais affronté le danger sans une raison impérative. Jouer les têtes brûlées, très peu pour lui ; il laissait ça à Shay et à moi. Il n'y avait pas assez de canettes de Guinness dans tout Dublin pour lui donner envie d'aller se balader seul au 16 en pleine nuit, juste pour rigoler. Soit, passant à proximité, il avait vu ou entendu quelque chose qui l'avait convaincu d'aller vérifier, un événement trop soudain pour qu'il coure chercher du renfort, mais assez discret pour que personne d'autre, dans la rue, ne l'ait remarqué ; soit quelqu'un l'avait hélé et entraîné dans la maison, quelqu'un qui, par magie, savait qu'il longerait Faithful Place en cet instant précis. Ou alors, il avait raconté des bobards à Jackie. Il s'était rendu délibérément au 16, pour y rencontrer un individu qui avait préparé son coup.

La nuit tomba. J'avais entassé une bonne pile de

mégots à mes pieds avant que, comme prévu, à 17 heures tapantes, Scorcher et son acolyte passent la porte et se dirigent vers le parking. Scorcher marchait vite en balançant son porte-documents, débitant une blague quelconque qui provoquait chez son adjoint au visage de fouine un rire de commande. Peu après leur départ, Stephen apparut, jonglant pour tenir un mobile ouvert d'une main, un sac à dos, un casque de vélo et une longue écharpe de l'autre. Il était plus grand que je ne l'avais imaginé. Il avait une voix grave aux inflexions rauques, comme s'il venait de muer, ce qui le rajeunissait. Il portait un manteau gris de très bonne qualité et très, très neuf ; il avait dilapidé ses économies pour se montrer à la hauteur des hommes de la brigade.

D'entrée de jeu, j'avais un avantage. Stephen ne parlerait peut-être pas volontiers au frère d'une victime, mais j'étais prêt à parier qu'on ne l'avait pas mis en garde contre moi. Scorch n'aurait jamais confié à un débutant qu'il se sentait menacé par moi. Son sens exagéré de la hiérarchie allait m'être précieux. Pour lui, les agents en tenue sont des demeurés et les stagiaires des Pieds Nickelés. Seuls les inspecteurs de sa brigade et ses supérieurs ont droit à son respect. Ce dédain est toujours dangereux. Non seulement on ne sait pas ce qu'on perd, mais on se crée de nombreux points faibles. Or, je l'ai déjà dit, j'ai le chic pour les repérer.

Stephen raccrocha, glissa son mobile dans sa poche. Je jetai ma cigarette et lui emboîtai le pas vers la sortie du parc.

— Stephen.

— Ouais ?

— Frank Mackey, dis-je en lui tendant la main. Brigade des infiltrés.

Ses yeux s'agrandirent brièvement, de surprise, de crainte, ou les deux. Au fil des années, j'ai entretenu et magnifié un certain nombre de légendes à mon sujet, certaines vraies, la plupart fausses, mais toutes utiles. Au premier abord, elles me rendent intimidant. Stephen s'efforça de ne pas le laisser paraître, ce que j'appréciai.

— Stephen Morgan, Garda Síochána, répondit-il en broyant ma main et en soutenant un peu trop longtemps mon regard, pour m'impressionner. Heureux de vous rencontrer, monsieur.

— Appelez-moi Frank. On ne fait pas de chichis, chez les infiltrés. Je suis votre parcours depuis un certain temps, Stephen. Nous avons eu d'excellents échos sur vous.

Il réussit à dissimuler à la fois son plaisir et sa curiosité.

— Il est toujours agréable de l'entendre.

Ce gamin commençait à me plaire.

— Marchons un peu, lui dis-je en l'entraînant vers le fond du parc, loin du bâtiment d'où risquaient de sortir à tout instant d'autres stagiaires et d'autres membres de la Criminelle. Vous êtes passé inspecteur il y a trois mois, n'est-ce pas ?

Il marchait à longues enjambées, comme ces adolescents dotés d'un trop-plein d'énergie.

— C'est exact.

— Félicitations. Corrigez-moi si je me trompe, mais j'ai l'impression que vous n'êtes pas du genre à passer le reste de votre carrière à vous occuper des chiens écrasés, tout en servant de temps à autre de supplétif provisoire dans une brigade quelconque. Vous avez trop de potentiel pour ça. Vous avez l'intention de mener un jour vos propres enquêtes. J'ai raison ?

— C'est mon plan, en effet.

— Quelle brigade visez-vous ?

Cette fois, il s'empourpra légèrement.

— La Criminelle, ou les infiltrés.

Je le gratifiai d'un grand sourire.

— Vous avez bon goût. Donc, travailler sur une affaire de meurtre, ainsi que vous le faites actuellement, doit être un rêve qui se réalise, non ? Ça vous botte ?

— J'apprends beaucoup, murmura-t-il prudemment.

J'éclatai de rire.

— Vous êtes dans vos petits souliers. Cela signifie que Scorcher Kennedy vous traite comme un chimpanzé apprivoisé. Qu'est-ce qu'il vous demande ? De faire le café ? D'aller chercher ses costards chez le teinturier ? De raccommoder ses chaussettes ?

Stephen se mordit les lèvres. Puis, avec réticence :

— De taper les dépositions des témoins.

— Merveilleux ! Combien de mots alignez-vous à la minute ?

— Ça ne me gêne pas. Je suis le bleu, vous comprenez. Tous les autres ont plusieurs années d'ancienneté. Et quelqu'un doit bien faire le...

Il luttait vaillamment pour se donner une contenance. Je l'interrompis.

— Stephen, détendez-vous. Vous ne passez pas un examen. Vous perdez votre temps à faire du secrétariat. Vous le savez, je le sais, et si Scorch avait pris la peine de lire votre dossier, il le saurait aussi.

Je désignai un banc, sous un lampadaire pour pouvoir voir son visage, et hors de vue des sorties principales.

— Asseyez-vous.

Il laissa tomber par terre son casque et son sac à dos, puis s'assit. Je le sentais flatté mais inquiet, ce qui me convenait. Je m'installai à côté de lui.

— Stephen, nous sommes tous les deux très pris. J'irai donc droit au but. Je serais heureux que vous me donniez votre avis sur les développements de l'enquête. En vous en tenant strictement à votre point de vue, bien sûr. Celui de l'inspecteur Kennedy, nous ne l'ignorons ni l'un ni l'autre, ne nous servirait à rien. Inutile d'être diplomate : tout cela restera entre nous.

Il eut l'air de réfléchir à toute allure. Pourtant, il demeura impassible, ce qui m'empêcha de deviner comment il avait pris ma proposition.

— Que je vous donne mon avis ? Qu'entendez-vous par là, exactement ?

— Nous nous retrouvons de temps en temps. Je vous offre même une ou deux pintes. Vous me racontez à quoi on vous a employé les jours précédents, ce que vous en pensez, comment vous mèneriez l'enquête, peut-être d'une façon différente, si vous la dirigiez. Ainsi, je me ferai une idée de votre façon de travailler. Ça vous va ?

Il ramassa une feuille morte qui traînait sur le banc, la plia soigneusement en suivant les rainures.

— Puis-je vous parler franchement ? Comme si nous n'étions pas en service. D'homme à homme.

J'ouvris largement les mains.

264

— Nous ne sommes pas en service, mon ami. Vous ne l'aviez pas remarqué ?

— Je veux dire...

— Je sais ce qui vous gêne. Relaxez-vous. Dites ce qui vous passe par la tête. Il n'y aura pas de retombées.

Il leva les yeux de sa feuille, les braqua sur moi. Calmes, gris, intelligents.

— On raconte que vous êtes personnellement impliqué dans l'affaire. À double titre.

— Ce n'est pas un secret d'État. Et ?

— Il me semble, monsieur, que vous me demandez d'espionner mes collègues chargés de l'enquête et de vous rendre compte.

Je répondis joyeusement :

— Si c'est ainsi que vous envisagez les choses...

— Cet aspect ne m'enthousiasme guère.

— Intéressant. Cigarette ?

— Non, merci.

Pas aussi bleu que ça, le petit Stephen... Même s'il brûlait d'envie d'être dans mes petits papiers, il n'était le larbin de personne. En temps normal, j'aurais applaudi. Pour l'heure, je n'étais pas d'humeur à marcher sur des œufs pour l'avoir à l'usure. J'allumai une cigarette, soufflai la fumée dans le halo jaune et brumeux du réverbère.

— Stephen... Considérez posément le problème. Trois aspects vous préoccupent. Dans le désordre : le degré de compromission, la déontologie, les conséquences éventuelles. Exact ?

— Plus ou moins, oui...

— Commençons par la compromission. Je ne vous demanderai pas de rapports quotidiens sur tout ce qui se déroulera dans la salle d'opérations. Je vous poserai des questions précises auxquelles vous pourrez répondre rapidement, sans vous livrer à un surcroît de travail. Deux ou trois rencontres par semaines suffiront amplement. Si vous avez mieux à faire, aucune n'excédera un quart d'heure et n'exigera de vous plus d'une demi-heure de recherches. Cela vous semblerait-il possible ? Dans l'hypothèse où vous accepteriez, bien évidemment...

Silence.

— Il ne s'agit pas d'avoir mieux à faire...

— Bonne réponse. Maintenant, les conséquences éventuelles. Oui, l'inspecteur Kennedy vous saquera sans pitié s'il apprend que nous sommes en contact. Toutefois, il n'y a aucune raison pour qu'il l'apprenne. Il devrait vous sembler évident que je sais garder un secret. Et vous ?

— Je ne suis pas un mouchard.

— Je ne l'ai jamais cru. En d'autres termes, le risque que l'inspecteur Kennedy vous chope et vous envoie au coin est minime. Et ensuite, Stephen ? Gardez à l'esprit tout le bénéfice que vous pourriez retirer de notre collaboration.

Nouveau silence. Je patientai jusqu'à ce qu'il réponde :

— Comme quoi ?

— Quand je disais que vous aviez du potentiel, je ne me moquais pas de vous. Cette affaire ne s'éternisera pas. Dès qu'elle sera bouclée, vous rejoindrez la masse des stagiaires. C'est ce que vous souhaitez ?

Il eut un geste bougon.

— C'est le seul moyen d'intégrer une brigade. Il faut en passer par là.

— Retrouver les vols de voitures et les bris de glace en attendant qu'un autre Scorcher Kennedy vous siffle et vous enjoigne, pendant quelques semaines, d'aller lui chercher ses sandwiches... Bien sûr, il faut en passer par là. Mais certains s'encroûtent un an, d'autres vingt. Si on vous donne le choix, que déciderez-vous ?

— Le plus tôt sera le mieux. Cela va de soi.

— C'est ce que je pensais. Ainsi que je vous l'ai promis, je vous garantis que je noterai votre façon de travailler. Chaque fois qu'une place se libère dans ma brigade, je me souviens de ceux qui ont fait du bon boulot pour moi. On ne peut en dire autant de mon ami Scorcher. De vous à moi, connaît-il seulement votre prénom ?

Stephen resta coi.

— Je crois que cela règle le problème des conséquences éventuelles. Pas vous ? Voyons maintenant l'aspect déontologique de la situation. Est-ce que je vous demande de faire quoi que ce soit qui pourrait compromettre votre travail sur l'affaire ?

— Jusque-là, non.

— Et je n'en ai nullement l'intention. Si, à un moment ou à un autre, vous trouvez que je mets en danger votre capacité d'accorder toute votre attention à votre mission officielle, faites-le-moi savoir et vous n'entendrez plus parler de moi. Vous avez ma parole.

Toujours, toujours leur fournir une issue de secours qu'ils n'auront jamais l'occasion d'utiliser.

— Ça vous convient ?

Il n'avait pas l'air rassuré.

— Oui.

— Est-ce que je vous demande de désobéir aux ordres de qui que ce soit ?

— Vous pinaillez. D'accord, l'inspecteur Kennedy ne m'a pas interdit de vous parler, mais uniquement parce qu'il ne lui est même pas venu à l'esprit que cela pourrait se produire.

— Et alors ? Il aurait dû y penser. Si ça n'a pas été le cas, c'est son problème, ni le mien ni le vôtre. Vous ne lui devez rien.

Il passa une main dans ses cheveux.

— Si, je lui dois beaucoup. C'est lui qui m'a mis sur l'affaire. Depuis, c'est mon patron. Selon le règlement, je prends mes ordres de lui. De personne d'autre.

Les bras m'en tombèrent.

— Le règlement ? Je croyais que vous souhaitiez intégrer les infiltrés. Vous me meniez en bateau ? Je déteste qu'on me prenne pour un cave, Stephen.

Il sursauta violemment.

— Non ! Bien sûr que... Qu'est-ce que vous insinuez ? Je veux réellement rejoindre votre brigade !

— Et vous croyez que nous pouvons nous permettre de rester toute la journée le cul sur une chaise, à lire le règlement ? Vous vous imaginez que j'ai infiltré pendant trois ans un réseau de trafiquants de drogue en m'en tenant aux règles ? Dites-moi que vous me faites marcher ! Que je n'ai pas perdu mon temps en étudiant votre dossier !

— Je ne vous ai jamais demandé de le lire. De toute façon, vous ignoriez son existence avant cette semaine. Jusqu'à ce que vous recherchiez quelqu'un travaillant sur l'affaire.

Bien envoyé.

— Stephen. Je vous offre une chance pour laquelle n'importe quel stagiaire, n'importe lequel de vos collègues, tous ceux que vous verrez à la Criminelle demain matin vendraient père et mère. Vous allez la laisser passer parce que je ne peux pas prouver que je m'intéresse à vous depuis longtemps ?

Il rougit tellement qu'on ne distingua plus ses taches de rousseur. Mais il tint bon.

— Non ! J'essaye de faire ce qui est juste !

Dieu, qu'il était jeune...

— Si vous ne le savez pas déjà, mon gars, vous feriez mieux de l'écrire et de l'apprendre par cœur : ce qui est juste n'a pas toujours grand-chose à voir avec votre sacro-saint règlement. Je vous propose de devenir un agent infiltré. Ce métier implique une certaine ambiguïté morale. Il faudra vous y résoudre.

— C'est différent. Il s'agit d'infiltrer les nôtres.

— Mon petit ami, vous seriez sidéré d'apprendre à quel point cela arrive souvent. Sidéré. Si vous ne pouvez vous y faire, autant le dire tout de suite. Nous devrons tous les deux reconsidérer votre plan de carrière.

Il tordit la bouche.

— J'en déduis que si je n'accepte pas, je peux oublier les infiltrés.

— N'y voyez rien de personnel. Un type pourrait baiser mes deux sœurs en même temps puis balancer la vidéo sur YouTube, je serais ravi de travailler avec lui si j'étais sûr qu'il mènerait le boulot à bien. Mais si j'ai la certitude que vous n'êtes pas taillé pour le job, en dépit de toute ma sympathie, je ne vous recommanderai pas.

269

— Puis-je avoir quelques heures pour y réfléchir ?

— Non. C'est maintenant ou jamais. Au cours des prochaines semaines, vous pouvez être le secrétaire de Scorcher Kennedy, ou mon agent. À vous de décider. Sur-le-champ.

Il se mordit la lèvre, enroula le bout de son écharpe autour de sa main.

— Si nous le faisons, risqua-t-il enfin. Si... Quel genre de renseignements voudriez-vous obtenir ? À titre d'exemple...

— À titre d'exemple, lorsque les résultats des relevés d'empreintes reviendront, je serais avide d'apprendre lesquelles, s'il y en a, imprégnaient la valise, son contenu, les deux moitiés du billet et la fenêtre par laquelle Kevin est tombé. Je prendrais également connaissance avec intérêt de la description complète de ses blessures, de préférence avec les schémas et le rapport d'autopsie. Cela me suffirait peut-être pour continuer un certain temps. Qui sait ? Je pourrais très bien ne pas avoir besoin d'autre chose. Et ces éléments arriveront d'ici deux jours, non ?

Au bout d'un moment, il expira longuement, envoyant la buée dans l'air froid, puis se redressa.

— Sans vous offenser, avant de balancer des infos sur une affaire de meurtre à un parfait inconnu, j'aimerais vérifier son identité.

Je m'esclaffai, lui tendis ma carte.

— Stephen, vous êtes un homme selon mon cœur ! Nous allons nous rendre de grands services, vous et moi.

— J'espère bien, répliqua-t-il un peu sèchement.

Tandis qu'il penchait sa tête hirsute et rousse sur ma carte, je songeai, me délectant de mon triomphe : *Scorchie, mon agneau, à la tienne. Il est à moi, maintenant.* J'éprouvai un brusque élan d'affection envers la bleusaille assise près de moi. Avoir quelqu'un de mon côté me faisait du bien.

12

Prochain rendez-vous : Faithful Place. Impossible de différer davantage le moment fatidique. Pour me requinquer, je fis une halte au *Burdock's,* seule perspective qui m'avait parfois donné envie de revenir aux Liberties. Hélas, même le meilleur *fish and chips* de Dublin a ses limites. Comme la plupart des infiltrés, je ne suis guère sensible à la peur. J'ai participé sans transpirer à des réunions avec des malfrats qui avaient prévu de me couper en rondelles avant de me couler dans du béton. Cette fois, pourtant, je n'en menais pas large. Je me dis ce que j'avais affirmé au jeune Stephen : « Considère ça comme une opération d'infiltration. Le grand Frankie s'apprête à effectuer la mission la plus audacieuse qu'il ait jamais conçue ; se jeter tête baissée dans la gueule du malheur. »

L'entrée de la maison n'était pas verrouillée. Dès que je pénétrai dans le vestibule, la vague me submergea : chaleur, éclats de voix, odeurs de whisky chaud et de clou de girofle jaillissant par la porte grande ouverte. On avait poussé les radiateurs à fond. Le salon était bondé de gens qui pleuraient, s'étreignaient, se marchaient sur les pieds, se délectaient de la tragédie tout en charriant des enfants en bas âge ou des assiettes de sandwiches sous

Cellophane. Même les Daly étaient là. Le père Daly tendu à l'extrême, sa femme toujours en représentation, comme sur une scène de music-hall. D'instinct, je cherchai Pa. Il avait, en compagnie de Shay et d'autres, aménagé dans la cuisine un espace réservé aux hommes où ils fumaient, picolaient et s'exprimaient par monosyllabes. Il ne paraissait pas trop mal en point. Des photos de Kevin trônaient sur une table, sous le Sacré Cœur, entre des fleurs, des images pieuses et des bougies électriques. Kevin gros bébé joufflu, en costume blanc le jour de sa confirmation, riant sur une plage avec des amis qui, brûlés par le soleil, brandissaient des cocktails rouge sang.

— Te voilà ! beugla Ma en écartant un convive d'un coup de coude.

Affublée de sa plus belle tenue, une robe lavande à vous crever les yeux, elle semblait avoir beaucoup pleuré au cours de l'après-midi. Elle empoigna mon bras, le serra au point de me faire mal, selon son habitude.

— T'as pris ton temps, hein ? Viens par là. Ton collègue, celui qui cause comme un aristo, il dit que Kevin est tombé par une fenêtre.

Visiblement, elle avait décidé de le prendre comme une insulte personnelle. Avec elle, on ne sait jamais ce qu'elle va considérer comme un crime de lèse-majesté. Je répondis :

— Ça en a tout l'air, oui.

— Jamais entendu une telle connerie. Ce poulet débloque complètement. Il s'imagine quoi ? Que notre Kevin était un mollusque ? Un infirme ? Il est jamais tombé d'une fenêtre de sa vie. Voilà ce que tu vas lui dire.

Et Scorcher avait cru me rendre service en transformant un suicide en accident...

— Sûr. Je lui transmettrai.

— Pas question que les gens pensent que j'ai élevé un handicapé incapable de mettre un pied devant l'autre. Tu l'appelles et tu lui dis. Où est ton téléphone ?

— Ma, les bureaux sont fermés. Si je le harcèle maintenant, il va se braquer. Je le joindrai demain matin. Ça te va ?

— Tu le feras pas ! Tu dis ça pour m'amadouer. Je te connais, Francis Mackey. T'as toujours été un menteur et tu t'es toujours cru plus malin que les autres. Mais moi, je suis ta mère et t'es pas plus futé que moi. T'appelles ce type tout de suite, devant moi.

J'essayai de libérer mon bras. Elle le broya.

— T'as la trouille de ce flic, c'est ça ? Je lui parlerai moi-même, si t'as pas les couilles de le faire. Allez, dépêche-toi.

— Pour lui dire quoi ?

Grosse erreur. Elle était déjà assez remontée comme ça. Je n'aurais pas dû en rajouter.

— Ma, c'est du délire ! Si Kevin n'est pas tombé par la fenêtre, alors qu'est-ce qui lui est arrivé, à ton avis, hein ? Merde !

— Pas de gros mots devant moi ! Il a été renversé par une auto, bien sûr ! Un ivrogne rentrait chez lui, beurré après avoir fêté Noël, il a heurté notre Kevin et... Tu m'écoutes ? Au lieu d'assumer, comme un homme, il l'a fourgué dans ce jardin, en espérant qu'il resterait là jusqu'à la fin des temps.

Soixante secondes avec elle et j'avais la tête comme

une citrouille. Ce qui ne m'empêchait pas, sur le fond, d'être plus ou moins d'accord avec elle.

— Ma, ça ne s'est pas passé comme ça. Aucune de ses blessures ne correspondait à un accident de voiture.

— Alors, remue-toi le cul et tâche de savoir ce qui lui est arrivé ! C'est ton boulot et celui de ton snobinard de collègue, pas le mien. Comment je saurais ce qui s'est passé ? J'ai une tronche de flic ?

Jackie sortait de la cuisine avec un plateau de sandwiches. D'un coup d'œil, je la suppliai de venir à mon secours. Elle confia le plateau à l'ado le plus proche, se faufila vers nous. Ma éructait toujours.

— « Foutaises ! » Voilà ce qu'il a répondu ! Et tu vas l'écouter ? Vous vous prenez pour qui, tous ?

Jackie coula son bras sous le mien et lança :

— J'ai promis à tata Concepta de lui amener Francis dès qu'il serait là. Si on attend encore, elle va péter un câble. On ferait mieux d'y aller, Frank.

Bien vu. Tata Concepta est en fait la tante de Ma, et la seule personne capable de lui clouer le bec. Ma renifla et lâcha mon bras, me jeta un regard noir qui signifiait : « T'en as pas fini avec moi. » Jackie respira un grand coup. Je l'imitai et plongeai avec elle dans la foule.

Ce fut sans conteste la soirée la plus bizarre de ma vie. Jackie me fit faire le tour de l'appartement, me présentant à ses neveux et nièces, aux anciennes conquêtes de Kevin, dont Linda Dwyer qui fondit en larmes en me pressant contre elle, aux épouses et aux rejetons de mes vieux potes, aux locataires du sous-sol, quatre étudiants chinois abasourdis qui, agglutinés contre un mur, tenant poliment entre leurs doigts des canettes de Guinness non entamées, tentaient de considérer tout cela comme une expérience culturelle enrichissante. Un type nommé Waxer me serra la main pendant cinq bonnes minutes en me racontant avec des trémolos dans la voix comment Kevin et lui s'étaient fait choper en train de chaparder des illustrés. Gavin, le jules de Jackie, me tapota gauchement le poignet et chuchota une phrase qui venait du cœur. Les quatre gosses de Carmel me fixèrent de leurs prunelles bleues jusqu'à ce que la plus jeune des filles, Donna, qu'on prétendait si gaie, éclate en sanglots.

Tous ceux que j'avais connus jadis étaient là : les mioches avec qui je m'étais bagarré et avec qui j'allais à l'école à pied, les femmes qui me giflaient les mollets chaque fois que je salissais leur parquet bien propre, les hommes qui me glissaient une pièce pour aller leur acheter en douce les cigarettes auxquelles ils n'avaient pas droit. Tous, en me dévisageant, revoyaient le jeune Francis Mackey qui traînait dans les rues, s'était fait renvoyer provisoirement de l'école à cause de sa grande gueule et finirait sûrement comme son père. Ils avaient changé. Avec leurs bajoues, leur bedon, leur front dégarni, ils ressemblaient à des acteurs sur le retour grimés pour un dernier spectacle. Jackie me les désignait, chuchotait leur nom à mon oreille. Je lui laissai croire que je ne m'en souvenais pas.

Zippy Hearne me gratifia d'une énorme claque dans le dos et m'annonça que je lui devais cinq livres – il avait finalement réussi à sauter Maura Kelly, même s'il avait dû l'épouser pour parvenir à ses fins. La mère de Linda Dwyer insista pour que je goûte ses canapés aux œufs durs. J'eus droit à quelques regards torves. Toutefois, dans l'ensemble, Faithful Place avait décidé de m'accueillir à bras ouverts. Du moins au premier abord. J'avais apparemment bien joué ma carte au cours du week-end ; et un deuil aide toujours, surtout auréolé d'un parfum de scandale. L'une des sœurs Harrison, toute ratatinée, désormais aussi petite que Holly mais, par miracle, toujours en vie, me retint par la manche, se dressa sur la pointe des pieds et m'affirma, avec autant d'enthousiasme que le lui permettaient ses frêles poumons, que j'étais devenu un très bel homme.

Je pus enfin me dégager, dégoter une canette bien fraîche et me réfugier dans un coin discret. Je m'appuyai contre le mur, pressai la canette contre mon cou et me fis tout petit.

L'ambiance était montée d'un cran, comme dans toute veillée funèbre. On s'interpellait sans gêne, de nouveaux convives arrivaient. Près de moi, des amis de Kevin hurlaient de rire en se remémorant ses frasques, notamment sa manière de se payer la tête des flics. Quelqu'un avait repoussé la table basse pour dégager le devant de cheminée. Un autre invité conjurait Sallie Hearne de chanter la première. Elle se fit prier, comme de juste. Mais dès qu'on lui eut éclairci le gosier avec une rasade de whisky, elle se lança. « *There were three lovely lassies from Kimmage...* Il était une fois trois belles filles de Kimmage... » La moitié de l'assistance reprit en écho : « *from Kimmage.* » Quand j'étais enfant, chaque soirée se terminait ainsi, par des ballades. Rosie, Mandy, Ger et moi, nous nous cachions sous les tables pour qu'on ne nous envoie pas nous coucher avec les autres marmots, dans une chambre inconnue. À présent, Ger était si chauve que j'aurais pu me raser devant son crâne.

J'examinai le salon et pensai : « Il est là. » Il n'aurait manqué ça pour rien au monde. Il devait être très doué pour maîtriser ses nerfs et se mêler à la foule. Il était là, buvant avec nous, évoquant des souvenirs larmoyants et s'égosillant avec Sallie...

Les copains de Kev se bidonnaient toujours en évoquant ses farces, son génie pour lever les nanas. Deux d'entre eux pouvaient à peine respirer. Même Ma, assise sur le canapé, coincée entre tata Concepta et son horrible amie Assumpta qui semblaient la protéger, chantait à tue-tête ; les yeux rouges, se tamponnant les narines, mais le verre levé et son double menton en avant, telle une lutteuse de foire. Des enfants en habits du dimanche couraient entre les jambes des adultes, une provision de biscuits au chocolat dans chaque main, surveillant avec inquié- tude toute grande personne susceptible de décréter qu'ils veillaient trop tard. D'une minute à l'autre, ils s'accroupiraient sous les tables. La pièce sentait l'al- cool, le parfum cher qu'on se met dans les grandes occasions, la sueur. Sallie releva sa robe et esquissa un pas de danse devant l'âtre. Elle avait de beaux restes. Tout en chantant avec les autres, je n'en perdis pas une miette. Elle s'en aperçut, battit des paupières. Elle se détourna et entama un nouveau couplet, un peu plus fort.

Tout à coup, Carmel se planta près de moi.

— C'est merveilleux ! À ma mort, j'aimerais qu'on donne une soirée d'adieu comme celle-là.

Elle sirotait un *wine cooler*, mélange écœurant de

vin, de jus de fruits et d'eau gazeuse. Ses traits avaient cette expression à la fois rêveuse et butée des femmes un peu grises.

— Tous ces gens, ajouta-t-elle en agitant son verre, adoraient notre Kev. Je les approuve. C'était une perle, notre Kevin. Un amour.

— Oui. Un gamin en or.

— Il l'est resté en grandissant, Francis. J'aurais aimé que tu aies eu la chance de le connaître mieux. Mes gosses en étaient fous.

Elle me scruta brièvement. Un instant, je crus qu'elle allait dire autre chose, mais elle se ravisa. Je répondis :

— Ça ne me surprend pas.

— Un jour, à quatorze ans, Darren a fait une fugue, la seule de sa vie. Eh bien, je me suis même pas inquiétée. J'étais sûre qu'il était allé chez Kevin. Pauvre Darren, il est désespéré. Il soutient que, de nous tous, seul Kev n'était pas complètement siphonné et que maintenant, appartenir à cette famille, c'est la honte.

Darren traînassait au fond de la pièce, triturant son gros chandail noir, la mine morose.

— Carmel, il a dix-huit ans et il est dans tous ses états. Ne prends pas mal ce qu'il te dit.

Elle soupira.

— Je sais bien qu'il a du chagrin, mais... Dans un sens, je pense qu'il a raison.

— Et alors ? La démence est une tradition familiale. Il l'appréciera quand il sera plus âgé.

J'essayais de la faire sourire. Peine perdue. Elle se grattait le nez, fixait anxieusement son fils.

— Tu crois que je suis mauvaise, Francis ?

J'éclatai de rire.

— Toi ? Mon Dieu, non, Melly ! À moins que tu tiennes en cachette un bordel dans cette maison de rêve... J'ai rencontré pas mal de fripouilles et je peux te garantir que tu n'en fais pas partie.

— Ça va te paraître affreux, bredouilla-t-elle en lorgnant son verre, comme si elle se demandait comment il était arrivé là. Je devrais pas te le dire ; non, je devrais pas. Mais t'es mon frère, pas vrai ? Et les frères et sœurs, ça sert à ça, non ?

— Bien sûr. Qu'est-ce que tu as fait ? Je vais être obligé de te coffrer ?

— Arrête... J'ai rien fait. C'est seulement ce que j'ai pensé. Rigole pas, hein ?

— Juré. Ça ne me viendrait même pas à l'idée.

Elle me considéra d'un air soupçonneux, puis soupira une seconde fois et but une lampée de son breuvage, où je perçus un relent de pêche.

— J'étais jalouse de lui, avoua-t-elle. De Kevin. Je l'ai toujours été.

Je m'attendais à tout, sauf à ça. Elle poursuivit :

— Je le suis aussi de Jackie. Je l'ai même été de toi.

— J'avais l'impression que tu étais très heureuse, à l'époque. Je me trompe ?

— Non ! Oh, non ! Et je le suis toujours. J'ai une vie magnifique.

— Alors ? Qu'est-ce qu'on a de plus que toi ?

— C'est pas ça. C'est... Tu te souviens de Lenny Walker, Francis ? Celui avec qui je suis sortie quand j'étais toute môme, avant Trevor ?

— Vaguement. Le vérolé ?

— Sois pas vache. Le pauvre, il avait de l'acné.

C'est parti par la suite. De toute façon, ça m'était bien égal. J'étais simplement ravie d'avoir mon premier gars. Je mourais d'envie de le ramener à la maison et de vous le présenter. Mais tu sais que c'était hors de question.

— Sûr.

Impensable. Aucun d'entre nous n'avait jamais ramené personne à la maison, pas même les jours bénis où Pa était censé travailler.

Carmel s'assura que personne n'écoutait. Enfin, elle reprit :

— Mais, une nuit que Lenny et moi on se bécotait dans Smith's Road, voilà que Pa se pointe en rentrant du pub et nous surprend. Il est devenu blême. Il a flanqué une raclée à Lenny et lui a crié de dégager. Puis il a commencé à me gifler. Il m'a traitée de tout. Ses insultes, j'ose même pas les répéter... Il m'a traînée jusqu'à la maison en continuant à me frapper. Il m'a dit que s'il me reprenait à m'envoyer en l'air, il me collerait dans un foyer pour filles des rues. Bon Dieu, Francis, Lenny et moi, on se roulait des pelles, c'est tout. Je savais même pas comment on faisait les bébés.

En dépit des années, ce souvenir empourprait encore ses joues.

— Entre nous, ça été la fin, en tout cas. Après ça, quand on se croisait, Lenny me regardait même pas. Trop gêné. Comment lui en vouloir ?

À l'égard des petites amies de Shay et des miennes, Pa se montrait plus qu'indulgent : complice. À l'époque où nous nous fréquentions au grand jour, Rosie et moi, avant que Matt Daly le découvre et grimpe aux rideaux, il gloussait : « La petite Daly,

hein ? Bravo, fils. Elle est jolie comme un cœur. »
Une bourrade trop forte, un sourire salace. « Les
nénés qu'elle a ! Tu les as tripotés ? »

— C'est ignoble, Melly. Dégueulasse.

Elle se frotta les joues, dont la rougeur reflua peu
à peu.

— Regarde-moi. On va croire que j'ai des bouffées de chaleur... C'est pas que j'étais mordue de
Lenny. J'aurais rompu de toute façon ; il embrassait
comme une savate. Mais après, je me suis plus jamais
sentie la même. J'étais une sacrée morveuse, avant
ça. Je répondais à Ma et à Pa du tac au tac, sans me
démonter. Ensuite, j'ai eu peur de mon ombre. Trevor
et moi, on a parlé de se fiancer un an avant que ce
soit officiel. Il avait économisé l'argent pour la bague
et tout le bazar... Pourtant, impossible de me décider.
Parce qu'il y aurait un grand tralala. Les deux
familles dans la même pièce. J'étais terrorisée.

— Je me mets à ta place.

Une seconde, je me reprochai de ne pas avoir été
plus aimable avec le petit frère porcin de Trevor.

— Et pour Shay, c'est pareil. Non qu'il ait eu peur
et que Pa l'ait empêché de voir des filles, mais...

Elle l'observa, debout à l'entrée de la cuisine,
adossé à l'encadrement de la porte, une canette à la
main et la tête penchée, toute proche de celle de
Linda Dwyer.

— Tu te rappelles le jour, tu devais avoir treize
ans, où il est tombé dans les pommes ?

— Je fais de mon mieux pour l'oublier.

Une scène d'anthologie. Pour une raison qui,
aujourd'hui, m'échappe, Pa avait filé une beigne à
Ma. Shay avait saisi son poignet. Furieux, Pa l'avait

pris à la gorge avant de lui cogner le front contre le mur. Shay resta inconscient une minute qui parut durer une heure et passa le reste de la soirée à loucher. Ma refusa que nous l'emmenions à l'hôpital, par crainte des médecins, ou des voisins, ou des deux. Je veillai toute la nuit sur son sommeil, affirmant à Kevin qu'il survivrait, tout en me demandant, affolé, ce que je ferais s'il mourait.

— Ensuite, il a changé, murmura Carmel. Il s'est endurci.

— Il n'était pas vraiment fleur bleue avant.

— Je sais qu'entre toi et lui, c'était pas l'idylle, mais je te jure qu'il était formidable. Tous les deux, on avait de grandes conversations et, en classe, il bossait comme un chef... C'est après qu'il s'est renfermé, qu'il s'est mis à fuir les autres.

Des cris et des applaudissements saluèrent le final de Sallie. Comme Carmel, je battis automatiquement des mains. Surpris, Shay pivota vers l'assistance. Un instant, il eut l'air de sortir d'un pavillon de cancéreux ; grisâtre, épuisé, des cernes profonds sous les yeux. Puis il retrouva son sourire, de nouveau attentif à ce que lui racontait Linda Dwyer.

— Quel rapport avec Kevin ? demandai-je.

Troisième soupir, cette fois mélancolique, petite gorgée de *wine cooler*.

— Parce que c'est pour cette raison que j'étais jalouse de lui. Kevin et Jackie... Ils en ont bavé, c'est vrai. Mais jamais ils n'ont vécu un truc pareil. Un choc qui les aurait traumatisés pour toujours. Shay et moi, on leur a évité ça.

— Et moi.

— Oui, concéda-t-elle après un temps de réflexion.

284

Et toi. Mais on a essayé également de te protéger. Tu peux le croire, Francis. Toi aussi, je t'ai toujours trouvé formidable. En tout cas, t'as eu les tripes de partir. Ensuite, Jackie nous disait toujours que t'étais en pleine forme... J'en ai déduit que t'avais pris le large avant de devenir cinglé.

— Je suis passé très près.

— Ça, je l'ignorais jusqu'à l'autre nuit au pub, quand tu nous l'as raconté. On a fait tout ce qu'on pouvait pour toi, Francis.

Je lui souris. L'inquiétude, qui l'avait si longtemps rongée, se lisait sur son front sillonné de petits plis.

— Je sais, ma belle. Personne n'aurait agi mieux que toi.

— Tu comprends maintenant pourquoi j'étais jalouse de Kevin ? Il savait apprécier la vie, comme Jackie. Et comme moi quand j'étais toute petite. Je ne voulais pas qu'il lui arrive malheur, Dieu m'en garde ! Mais je rêvais d'être comme lui.

Je répondis doucement :

— Cela ne fait pas de toi une personne mauvaise, Melly. Tu ne t'en es jamais prise à lui. Tu n'as jamais cherché à le blesser. Tu as été une bonne sœur pour lui.

— C'est quand même un péché, insista-t-elle, vacillant légèrement sur ses talons. L'envie. Même si on ne fait qu'y penser, c'est déjà un péché. Souviens-toi : « Pardonnez-moi, mon père, car j'ai péché, par pensées, par paroles, par actions et par omissions. » Comment je vais pouvoir dire ça en confession, maintenant qu'il est mort ? J'aurais trop honte.

Je passai un bras autour de ses épaules, la serrai contre moi. Elle était moelleuse, enveloppante.

— Écoute. Je te garantis que tu n'iras pas en enfer pour avoir éprouvé une légère jalousie envers tes frères et sœurs. Au contraire. Dieu te saura gré d'avoir vaillamment lutté pour la surmonter.

— T'as sûrement raison, maugréa-t-elle.

Son ton monocorde, résultat d'années de soumission à Trevor, prouvait qu'elle n'était pas convaincue. Une seconde, j'eus le curieux sentiment de l'avoir laissée tomber. Tout à coup, elle poussa un cri et m'oublia complètement.

— Dieu du Ciel ! Louise a une canette à la main ! Louise, viens ici !

Louise ouvrit des yeux ronds et disparut dans la foule à la vitesse de l'éclair. Carmel se lança à sa poursuite.

Je me tassai dans mon coin. Il y eut un nouveau mouvement dans l'assistance. De sa voix jadis aussi savoureuse que le miel et la fumée de tourbe, Tommy Murphy, l'ancêtre, venait d'attaquer « The Rare Old Times ». L'âge avait un peu émoussé son timbre, mais il était encore capable d'imposer silence à tous. Les femmes brandirent leur verre et se balancèrent épaule contre épaule, les enfants se blottirent contre leurs parents et écoutèrent, le pouce dans la bouche. Même les amis de Kevin cessèrent de brailler. Les yeux clos, la tête en arrière, Tommy chantait la légende des héros disparus dont Dublin vénérait la mémoire, leur combat pour la liberté, pour l'Irlande. « *Raised on songs and stories, heroes of renown, the passing tales and glories that once was Dublin town…* » Nora, debout contre le rebord de la fenêtre, buvait ses paroles. Sa vue fit bondir mon cœur. En dépit de ses cheveux sombres, elle ressemblait tellement au fantôme de Rosie, avec ses yeux tristes et calmes, comme hors d'atteinte...

Près de l'autel dédié à Jésus et à Kevin, Mme Cullen, la mère de Mandy, était en grande conversation avec Veronica Crotty, toujours aussi souffreteuse. Adolescent, je m'entendais bien avec elle. Elle aimait rire et je l'amusais. Cette fois, lorsque je lui souris, elle sursauta comme si une bête l'avait mordue, saisit le coude de Veronica et lui parla très vite à l'oreille, tout en jetant des coups d'œil furtifs dans ma direction. Les Cullen n'avaient jamais été très subtils. Soudain, je me demandai pourquoi Jackie ne m'avait pas emmené les saluer dès mon arrivée.

Je partis à la recherche de Des Nolan, le frère de Julie, l'un de mes anciens potes que Jackie avait également oublié dans notre tournée des vieilles connaissances. Si je m'étais senti d'humeur joyeuse, son expression, lorsque je m'avançai vers lui, m'aurait paru du plus haut comique. Il marmonna quelque chose d'incohérent, me montra sa canette pourtant pleine et se précipita vers la cuisine.

Au fond de la pièce, Jackie se forçait à écouter les envolées de notre oncle Bertie qui, collé contre elle, suait à grosses gouttes. Je l'arrachai à son étreinte, l'entraînai vers la chambre et fermai la porte.

Couleur pêche, encombrée de babioles de porcelaine prêtes à être fracassées, ce qui dénotait de la part de Ma une certaine imprévoyance, la pièce sentait le sirop contre la toux et un médicament plus fort. Jackie s'effondra sur le lit, s'éventa en soufflant bruyamment.

— Merci mille fois ! Putain, il s'est lavé quand,

pour la dernière fois ? Le jour où la sage-femme l'a sorti du ventre de sa mère ?

— Jackie, que se passe-t-il ?

— Qu'est-ce que tu veux dire ?

— La moitié des convives ne m'adressent pas la parole, ne me regardent pas en face mais dégoisent dès que j'ai le dos tourné. C'est quoi, l'histoire ?

Elle réussit à prendre un air à la fois innocent et sournois, comme une gamine surprise à voler du chocolat.

— Tu réapparais après vingt ans d'absence. Ils sont un peu déroutés...

— À d'autres. C'est parce que je suis flic ?

— Non. Peut-être un peu, mais... Tu te fais des idées, Francis. Tu deviens parano ?

— Arrête ton char !

— Du calme. Tu te crois où ? Dans un commissariat ?

Elle agita sa canette de cidre.

— Il en reste encore quelque part, à ton avis ?

Je lui tendis ma Guinness, à laquelle je n'avais pratiquement pas touché.

— Accouche.

Elle soupira, fit rouler la bière entre ses paumes.

— Tu connais Faithful Place. La plus petite chance de scandale...

— Et ils se jettent dessus comme des vautours. Aujourd'hui, leur pitance, c'est moi. Pourquoi ?

Elle eut un rictus gêné.

— Rosie a été tuée la nuit de ton départ. Kevin est mort deux jours après ton retour. Et tu as conseillé aux Daly de s'abstenir d'aller voir les flics. Certains voisins...

288

— Jackie, c'est une blague ? Ne me dis pas que les habitants de Faithful Place insinuent que j'ai tué Rosie et Kevin.

— Pas tous. Uniquement quelques-uns. À mon avis, ils n'y croient pas eux-mêmes. Tu m'écoutes ? Ils racontent ça parce que ça fait une meilleure histoire. T'as foutu le camp, t'es flic... T'occupe pas d'eux. Ils veulent du drame, c'est tout.

Sans m'en rendre compte, j'avais écrabouillé sa canette vide. Je me serais attendu à de telles allégations de la part de Scorcher, des autres guignols de la Criminelle, peut-être même de quelques infiltrés. Jamais de ma propre rue.

— En plus, poursuivit Jackie, en dehors de toi, ceux qu'on pourrait soupçonner sont d'ici.

— Moi aussi, je suis d'ici !

Timidement, elle essaya de toucher mon bras. Je repoussai brutalement sa main. Faiblement éclairée, la chambre semblait chargée de menaces, remplie d'ombres hostiles. Dans le salon, les convives reprenaient en chœur les couplets du vieux Tommy. « Dublin change, rien n'est plus pareil... » Je criai presque :

— Les gens m'accusent ouvertement, en ta présence, et tu les laisses entrer dans cette maison ?

— Te fais pas plus bouché que t'es ! Ils m'ont rien dit. Tu crois qu'ils en auraient eu le courage ? Je les aurais réduits en bouillie. Ils ont fait des allusions, c'est tout. Mme Nolan a dit à Carmel que t'étais toujours prêt à cogner, Sallie Hearne a affirmé à Ma que t'avais toujours été violent, qu'elle se rappelait le jour où tu avais fait saigner Zippy du nez...

289

— Il embêtait Kevin. Voilà pourquoi je lui ai cassé la gueule !

— Je sais bien. Fais pas attention à eux, Francis. Leur donne pas ce plaisir. Ce sont des cons. Ils veulent du drame. Comme s'ils en avaient pas assez chez eux...

Dans le salon, les voix montaient, s'harmonisaient : « Le jour baisse, je me souviens des temps glorieux de Dublin... »

Je m'appuyai contre le mur, passai une main dans mes cheveux. Jackie m'observa du coin de l'œil tout en sirotant ma Guinness. Enfin, elle hasarda :

— On y va ?

— Tu as demandé à Kevin de quoi il voulait me parler ?

— Oh, Francis, pardon ! J'aurais dû... Mais tu m'as dit...

— Je sais ce que j'ai dit.

— Il a pas réussi à te joindre, au bout du compte ?

— Non.

— Je suis vraiment désolée, Francis.

— Ce n'est pas de ta faute.

— Les gens vont nous chercher.

— Donne-moi une minute avant de retourner là-bas.

Elle me proposa la bière.

— Laisse tomber cette pisse de chat, Jackie. Il me faut quelque chose de plus fort.

Le rebord de la fenêtre surplombait une latte descellée où Shay et moi planquions nos cigarettes pour empêcher Kevin de nous les piquer. Pa l'avait certainement trouvée lui aussi. J'extirpai de la cachette une bouteille de vodka à moitié pleine, en bus une gorgée, l'offris à Jackie sidérée.

— Bon Dieu ! Pourquoi pas, après tout...

Elle la prit, but à son tour, plus délicatement que moi, tamponna son rouge à lèvres. J'avalai une autre lampée, remis la bouteille en place.

— Bien. Maintenant, allons affronter les lyncheurs.

Soudain, le chant s'interrompit. Le brouhaha des conversations s'évanouit. Un homme beugla une insulte, une chaise s'écrasa contre un mur. Ma poussa un hurlement plus aigu que le miaulement d'une sirène d'alarme.

Menton contre menton, Pa et Matt Daly se défiaient au milieu du salon. Le haut de sa robe lavande mouillé, Ma éructait :

— Je le savais, salaud, je le savais ! Alors que je t'avais supplié ! Juste pour ce soir !

Tous les convives avaient reculé, craignant de prendre un mauvais coup. Shay me faisait face, à l'autre bout de la pièce. Un signe bref. Il comprit aussitôt et, comme moi, joua des coudes.

— Assieds-toi ! ordonna Matt Daly.

— Pa, dis-je, posant une main sur l'épaule de mon père.

Il ne remarqua même pas ma présence. Il cracha à Matt Daly :

— Me donne pas d'ordres dans ma propre maison !

— Pa, dit Shay, de l'autre côté.

— Assieds-toi, répéta froidement Matt Daly à voix basse. Pas de scandale.

Pa bascula en avant. Les vieux réflexes ne disparaissent jamais : je le retins en même temps que Shay, arc-bouté, l'agrippant où il fallait, fin prêt lorsqu'il arrêta de se débattre et fléchit les genoux. La honte me submergea. Je me sentis devenir écarlate jusqu'à la racine des cheveux.

— Virez-le d'ici ! aboya Ma.

Une horde de femmes l'entourait en piaillant. L'une d'elles essuyait son haut avec un mouchoir. Sa fureur était telle qu'elle ne s'en aperçut pas.

— Fous le camp, fous le camp ! Va crever dans le ruisseau d'où j'aurais jamais dû te sortir ! Le soir de la veillée funèbre de ton propre fils ! Fumier !

— Salope ! rugit Pa, alors que nous le traînions fermement vers la porte. Vieille pute vérolée !

— Par-derrière, déclara Shay d'un ton brusque. Laissons les Daly sortir par-devant.

— Merde à Matt Daly, hoqueta Pa pendant que nous descendions les marches. Et merde à Tessie Daly. Merde aussi à vous deux. Le seul des trois qui valait quelque chose, c'était Kevin.

Shay ricana. Il avait l'air dangereusement épuisé.

— T'as sans doute raison sur ce point.

— Le meilleur du lot, gémit Pa. Mon préféré.

Il se mit à sangloter. Par-dessus sa nuque, Shay me foudroya, les yeux pleins de hargne.

— Tu voulais savoir comment il allait ? T'as la réponse. Prends ton pied.

Du talon, il maintint la porte ouverte, lâcha Pa qui s'affala au bas de l'escalier. Puis il remonta et disparut.

Pa resta où nous l'avions déposé, pleurant toutes les larmes de son corps et débitant sa litanie habituelle sur la cruauté de la vie. Adossé au mur, j'allumai une cigarette. La lueur faiblement orangée

292

du ciel, venue d'on ne savait où, nimbait le fond du jardin. L'abri qui servait jadis de toilettes était toujours là, penché, avec quelques planches en moins. Derrière moi, la porte d'entrée du vestibule claqua : les Daly rentraient chez eux.

Au bout d'un moment, le chagrin de Pa s'apaisa, ou il eut froid aux fesses. Il mit une sourdine à ses jérémiades, s'essuya le nez sur sa manche et, en geignant, s'installa plus confortablement sur sa marche.

— File-moi une clope.

— « S'il te plaît. »

— Je suis ton père et je te dis de me filer une clope.

— Je donne toujours pour les bonnes causes, répondis-je en lui en tendant une. Ton cancer des poumons est en bonne voie.

— T'as toujours été un petit merdeux insolent, grommela-t-il en prenant la cigarette. J'aurais dû pousser ta mère dans l'escalier le jour où elle m'a annoncé qu'elle était en cloque.

— Tu l'as probablement fait.

— Des clous. J'ai jamais levé la main sur un seul d'entre vous, sauf quand vous le méritiez.

Il tremblait trop pour allumer sa cigarette. Je m'assis près de lui, sortis mon briquet et le fis à sa place. Il puait le tabac froid, la bière éventée, le gin. J'étais toujours nerveux, tendu, pétrifié par lui. Au-dessus de nous, étouffées par la fenêtre, les conversations reprenaient peu à peu, par bribes.

— Qu'est-ce qui ne va pas avec ton dos ?

Il souffla un gros nuage de fumée.

— C'est pas tes oignons.

293

— Je voulais juste causer.

— T'as jamais parlé pour rien. Quoi que t'en penses, je suis pas débile.

— Je n'ai jamais cru ça.

J'étais sincère. S'il avait passé un peu plus de temps à se former et un peu moins à se biturer, il aurait fait des étincelles. À douze ans, j'étais censé étudier en classe la Seconde Guerre mondiale. Le prof, un péteux prétentieux qui trouvait les gosses des quartiers pauvres trop bêtes pour y comprendre quelque chose, ne prit même pas la peine d'essayer de nous l'enseigner. Mon père, miraculeusement sobre cette semaine-là, s'assit avec moi à la table de la cuisine, dessina des croquis au crayon et, disposant sur la nappe, en guise d'armées, les soldats de plomb de Kevin, m'expliqua toutes les opérations de façon si vivante et si claire que je garde encore chaque détail en mémoire, comme si j'avais vu le film. Pa était trop intelligent pour ne pas se rendre compte qu'il avait gâché sa vie. Ce fut son drame. Il aurait bien mieux supporté l'existence s'il avait été con comme un mulet.

— Pourquoi tu t'inquiètes pour mon dos ?

— Par curiosité. Et si on doit me demander ma part dans le prix d'une maison de retraite, autant le savoir à l'avance.

— Je t'ai rien demandé. Et j'irai jamais dans une maison de retraite. Je me ferai sauter le caisson d'abord.

— Bonne idée. Ne tarde pas trop.

— Je te donnerai pas cette joie.

Il tira une autre bouffée de sa cigarette, regarda

les ronds de fumée sortir de sa bouche. Je demandai :

— Il s'est passé quoi, là-haut ?

— Rien. Des histoires d'hommes.

— Genre western ? Matt Daly t'a volé ton bétail ?

— Il aurait jamais dû venir chez moi. Surtout ce soir.

Le vent se faufilait dans les jardins, battait les parois de l'abri. Une seconde, je vis Kevin la veille, fracassé, livide et violet, allongé dans l'obscurité quatre jardins plus loin. Je ne ressentais plus de colère, mais une immense lassitude, comme si j'allais rester assis là toute la nuit, sans pouvoir me lever.

— Tu te rappelles cet orage ? murmura Pa. Tu devais avoir cinq ou six ans. Je vous ai emmenés dehors, toi et ton frère. Ta mère piquait une crise.

— Oui, je m'en souviens.

C'était un de ces soirs d'été si lourds qu'on a du mal à respirer, où tout le monde a les nerfs à vif. Lorsque le premier coup de tonnerre éclata, Pa partit d'un rire énorme, heureux et soulagé. Il cala Shay sur l'un de ses bras, moi sur l'autre et descendit l'escalier, Ma tempêtant derrière nous. Il nous souleva pour que nous puissions admirer les éclairs qui dansaient au-dessus des cheminées. Il nous dit de ne pas avoir peur du tonnerre, car il ne s'agissait que des éclairs chauffant le ciel à la vitesse d'une explosion, de ne pas non plus avoir peur de Ma qui, penchée à la fenêtre, criait de plus belle. Enfin, la pluie s'abattit sur nous. Alors, la tête levée vers le ciel noir, il nous fit tournoyer dans la rue déserte. Shay et moi hurlions de bonheur tandis que de grosses gouttes chaudes s'écrasaient sur nos joues, que l'électricité crépitait dans nos cheveux et que le tonnerre faisait vibrer le sol, grondant dans les os de Pa et les nôtres.

— Ça été un bel orage, dit-il. Une belle soirée.

— J'en sens encore l'odeur. La saveur.

— Moi aussi.

Il tira une dernière bouffée, jeta son mégot dans une flaque.

— Je vais te dire ce que j'avais envie de faire, ce soir-là. Vous prendre tous les deux avec moi et partir. Aller vivre dans les montagnes. Barboter une tente et un fusil quelque part, manger ce qu'on aurait tué. Pas de femmes pour nous les briser, personne pour nous traiter de bons à rien, ni pour nous exploiter. Vous étiez de bons gars, toi et Kevin. Des gamins costauds capables de tout faire. On se serait débrouillés comme des caïds.

Je rectifiai :

— Ce soir-là, c'était Shay et moi.

— Toi et Kevin.

— Non. J'étais encore assez petit pour que tu puisses me soulever. Ça veut dire que Kevin était bébé. S'il était déjà né...

— Tu m'emmerdes. C'est un de mes plus beaux souvenirs de mon fils mort. Et tu cherches à le détruire ? Pourquoi, salopard ?

— Tu n'as aucun souvenir réel de Kevin pour une raison très simple : quand il est venu au monde, tu avais le cerveau en compote. Si tu tiens à m'expliquer en quoi c'est de ma faute, je t'écoute.

Il inspira bruyamment, se préparant à me frapper. Cela ne fit que déclencher une quinte de toux qui le projeta presque au bas des marches. Soudain, je ressentis pour nous deux un profond dégoût. Depuis un quart d'heure, je cherchais à recevoir un coup de poing. Mais il m'avait fallu autant de temps pour admettre que je harcelais un homme plus faible que moi. Trois minutes de plus dans cette maison et je deviendrais fou.

— Tiens, dis-je en lui tendant une autre cigarette.

Toujours incapable de parler, il la prit d'une main tremblante. J'ajoutai, comme Shay tout à l'heure :

— Prends ton pied.

Et je le laissai.

Là-haut, Tommy l'ancêtre avait recommencé à chanter. Les convives avaient remplacé la bière par de l'alcool fort. Les têtes s'échauffaient, les Anglais n'avaient qu'à bien se tenir. « Ni tambours, ni cornemuses. Mais l'Angélus sonnant sur la Liffey traverse le brouillard. »

Shay s'était éclipsé, tout comme Linda Dwyer. Sur le canapé, Carmel fredonnait, un bras autour de Donna à moitié endormie, l'autre main sur l'épaule de Ma. Je chuchotai à son oreille :

— Pa est dans l'escalier du jardin. Occupe-toi de lui. Il faut que je file.

Elle sursauta. Un doigt sur les lèvres, je désignai Ma.

— Chut. On se revoit bientôt. Promis.

Je m'en allai avant que quelqu'un ne se cramponne à mes basques. La rue était sombre. Seules brillaient une lumière chez les Daly et une dans l'appartement des étudiants chevelus. Tous les autres voisins dormaient ou étaient chez nous. La fenêtre de notre salon, violemment éclairé, atténuait la voix de Tommy, faible et sans âge. « *As back through the glen, I rode again, my heart with grief was sore, for I parted then with valiant men whom I never shall see more...* De nouveau je chevauchai dans la vallée, le cœur broyé par le chagrin, car je quittais des hommes valeureux que jamais je ne reverrais. » Elle me suivit tout au long de la rue. Lorsque je tournai dans Smith's Road, la complainte déchirante du vieil homme, assourdie par le murmure des autos qui passaient, m'accompagnait toujours.

13

Je roulai jusqu'à Dalkey. Bien au chaud dans leur lit, les résidents endormis rêvaient de leur compte en banque. Après avoir immobilisé ma voiture sous un arbre aussi distingué qu'eux, je demeurai quelque temps assis au volant, contemplant la fenêtre de la chambre de Holly et me remémorant les soirs où je rentrais tard de mon travail. Je me garais dans l'allée, tournais sans bruit ma clé dans la serrure. Olivia me laissait toujours, sur le bar du petit déjeuner, des sandwiches aux ingrédients chaque fois différents, de petits billets et les dessins que Holly avait faits dans la journée. Je mangeais les sandwiches installé devant le bar, admirais les dessins à la lueur du réverbère qui se faufilait par la fenêtre, écoutais les sons ténus de la maison : le ronronnement du réfrigérateur, le vent dans les avant-toits, le souffle paisible de mes deux reines assoupies. J'écrivais un mot à ma fille, pour l'aider à perfectionner sa lecture : *Salut, Holly, ton tigre est magnifique ! Pourrais-tu, aujourd'hui, me dessiner un ours ? Mille baisers, papa.* Ensuite, j'allais l'embrasser en montant me coucher. Holly dort étalée sur le dos, occupant le maximum d'espace. Liv, elle, du moins à l'époque, se pelotonnait en chien de fusil, laissant ma place libre. Quand je me glissais dans le lit, elle se pressait contre moi en murmurant des paroles confuses, cherchait ma main pour enrouler mon bras autour d'elle.

Je tentai d'abord de la joindre sur son mobile, pour ne pas réveiller Holly. Elle le laissa sonner jusqu'au déclenchement du répondeur. Je l'appelai alors sur le fixe. Elle décrocha dès la première sonnerie.

— Quoi, Frank ?

— Mon frère est mort.

Silence.

— Mon frère Kevin. On a trouvé son corps ce matin.

Quelques secondes plus tard, sa lampe de chevet s'alluma.

— Mon Dieu, Frank. Je suis vraiment désolée. Qu'est-ce que… ? Comment est-il… ?

— Je suis dehors. Tu peux me laisser entrer ?

Nouveau silence.

— Je n'avais pas d'autre endroit où aller, Liv.

Elle soupira.

— Une minute.

Elle raccrocha. Son ombre bougea derrière les rideaux de sa chambre : bras enfilant des manches, mains dans ses cheveux. Elle vint m'ouvrir dans une robe d'intérieur blanche d'où dépassait le bas d'une chemise de nuit en jersey bleu. Je ne l'avais donc pas arrachée à l'étreinte torride d'Épiderme. Elle posa un doigt sur ses lèvres et réussit à m'entraîner rapidement vers la cuisine, sans me toucher.

— Que s'est-il passé ?

— Il y a une maison en ruine, au bout de notre rue. Celle où nous avons découvert Rosie.

Elle s'installa sur un tabouret et croisa les mains sur le bar, prête à écouter. Incapable de m'asseoir, j'arpentai fébrilement la pièce, sans pouvoir me maîtriser.

— C'est là qu'on a trouvé Kevin ce matin, dans le jardin du fond. Il est tombé d'une fenêtre de l'étage. Il s'est brisé la nuque.

La gorge d'Olivia remua tandis qu'elle avalait sa salive. Il y avait quatre ans que je ne l'avais pas vue les cheveux lâchés. Elle ne les dénoue qu'avant de se mettre au lit. J'en eus un pincement au cœur.

— Trente-six ans, Liv. Il avait une dizaine de petites amies à la fois, parce qu'il n'avait aucune envie de se fixer. Il voulait voir la Grande Barrière de Corail.

— Dieu du Ciel, Frank. Est-ce qu'on l'a... Comment ?

— Il est tombé, il a sauté, on l'a poussé, au choix. Je n'ai pas la moindre idée de ce qu'il faisait dans cette maison. Dès lors, peu importe comment il a basculé. Je ne sais pas quoi faire, Liv. Je ne sais pas quoi faire.

— Dois-tu vraiment faire quelque chose ? N'y a-t-il pas une enquête ?

J'eus un rire amer.

— Oh, si ! La brigade criminelle est sur les dents, non parce qu'elle envisage un meurtre, mais à cause du lien avec Rosie : même lieu, intervalle rapproché. Tout repose sur Scorcher Kennedy, à présent.

Le visage d'Olivia se ferma un peu plus. Elle connaît Scorcher et ne l'apprécie guère, ou plutôt ne m'apprécie guère lorsque j'ai affaire à lui.

— Ça te convient ? s'enquit-elle poliment.

— Non. Je ne sais pas. Je me suis d'abord dit « parfait, ç'aurait pu être pire ». Je sais que Scorch est une plaie, Liv, mais il ne renonce jamais et c'est ce qu'il nous fallait. La mort de Rosie est de l'histoire ancienne, du réchauffé. Neuf membres de la Criminelle sur dix s'en seraient lavé les mains. Pas Scorch. J'ai cru que c'était une bonne chose.

— Mais maintenant ?

— Ce type est un vrai pitbull. Il se prend pour un as. Quand il est sur une piste, il ne la lâche pas, même s'il se goure complètement. Et maintenant…

J'avais cessé de marcher. Je m'adossai à l'évier, me frottai les joues. Les ampoules écologiquement correctes projetaient dans la cuisine une lumière blafarde.

— Ils vont prétendre que Kevin a assassiné Rosie, Liv. Je l'ai lu sur le visage de Scorcher. Il ne me l'a pas dit, mais il en est persuadé. Ils vont affirmer qu'il l'a tuée et s'est jeté par la fenêtre quand il a cru qu'on allait le démasquer.

— Mon Dieu ! Ont-ils des… ? Qu'est-ce qui leur fait croire… Mais pourquoi ?

— Rosie a laissé une lettre… La moitié d'une lettre. On a découvert l'autre moitié sur le cadavre de Kevin. N'importe qui, après l'avoir poussé, aurait pu la fourrer dans sa veste, mais ce n'est pas ce que pense Scorcher. Il est certain de tenir une explication d'une logique imparable. D'une pierre deux coups, affaire classée. Ni interrogatoires ni mandats ni procès ; pas besoin de tout ce bazar. Pourquoi se compliquer la vie ?

Je m'écartai de l'évier, recommençai à faire les cent pas.

— Il est de la Criminelle. Lui et ses sbires sont un ramassis de crétins. Ils ne voient pas plus loin que le bout de leur nez. Demande-leur de regarder un peu au-delà, juste un peu, et ils sont perdus. Une demi-journée chez les infiltrés et ils seraient tous morts.

Olivia lissa puis étira, tout en la fixant, une longue mèche de ses cheveux cendrés.

— Je suppose que, la plupart du temps, l'explication la plus évidente est la bonne.

— Pas cette fois, Liv. Cette fois, elle ne tient pas debout.

Elle garda le silence un instant. Je me demandai si elle avait deviné qui cette explication désignait jusqu'à ce que Kevin fasse le saut de l'ange. Elle hasarda enfin, très prudemment :

— Tu n'avais pas vu ton frère depuis longtemps. Peux-tu être absolument sûr... ?

— Oui. Oui. Oui. Sans l'ombre d'un doute. J'ai passé ces derniers jours avec lui. Il était resté celui que j'avais connu enfant. Mieux coiffé, plus grand, mais le même. Je sais tout ce qu'il y avait d'important à savoir sur lui. Et il n'était ni un tueur ni un candidat au suicide.

— As-tu tenté de convaincre Scorcher ?

— Bien sûr. Autant parler à un mur. Ce n'était pas ce qu'il voulait entendre, donc il n'a rien entendu.

— Pourquoi ne pas t'adresser à son supérieur ? Est-ce qu'il t'écouterait ?

— Bon Dieu, non ! Ce serait pire que tout. Scorcher m'a déjà enjoint de m'écarter de son chemin. Et il a bien l'intention de me surveiller. Si je mets mon grain de sel dans son enquête, surtout pour contester son précieux scénario, il s'y accrochera encore plus. Alors, qu'est-ce que je fais, Liv ? Qu'est-ce que je fais ?

Ses yeux gris me scrutèrent d'un air pensif. Elle répondit doucement :

— Tu ferais peut-être mieux de ne pas t'en mêler, du moins un certain temps. Quoi qu'ils disent, cela ne peut plus atteindre Kevin. Quand les choses se seront tassées...

— Non ! Jamais de la vie ! Je ne vais pas rester les bras croisés, leur permettre de le transformer en bouc émissaire uniquement parce qu'il est mort. Il ne peut plus se défendre, mais je le ferai pour lui ! Je te le garantis !

Soudain, une petite voix nous fit bondir.

— Papa ?

Holly se tenait dans l'encadrement de la porte, flottant dans une chemise de nuit trop grande, une main sur la poignée, les orteils recroquevillés sur le carrelage glacé. Olivia réagit aussitôt.

— Retourne te coucher, chérie. Maman et papa discutent.

— Papa, tu as dit que quelqu'un était mort. Qui est mort ?

Oh, Seigneur...

— Tout va bien, mon ange. Il s'agit d'une de mes relations. C'est tout.

Olivia s'avança vers elle.

— Il est horriblement tard. Va dormir. Nous en parlerons tous les trois demain matin.

Elle essaya de la pousser vers l'escalier. Holly s'agrippa à la poignée de la porte et se cala sur ses pieds.

— Non ! Papa, qui est mort ?

— Au lit. Tout de suite. Demain, nous pourrons...

— Non ! Je veux savoir !

Tôt ou tard, j'aurais été obligé de tout lui révéler. Grâce à Dieu, elle n'ignore rien de la mort : son poisson rouge, un hamster, le grand-père de Sarah...

— Tata Jackie et moi, nous avons un frère.

Un parent inconnu à la fois...

— Nous avions un frère. Il est mort ce matin.

Holly écarquilla les yeux.

— Ton frère ? gémit-elle avec un tremblement dans la voix. Comme mon oncle ?

— Oui, mon cœur. Ton oncle.

— Lequel ?

— Pas un de ceux que tu connais. Ceux-là sont les frères de ta maman. C'était ton oncle Kevin. Tu ne l'as jamais rencontré, mais vous vous seriez bien entendus, tous les deux.

Ses prunelles s'agrandirent démesurément, ses traits se décomposèrent. Elle renversa la tête et hurla :

— Noooon ! Non, maman, non, maman, non...

Elle éclata en sanglots, enfouit son front contre le ventre de sa mère. Olivia s'agenouilla, la prit dans ses bras et tenta de la consoler. Je demandai :

— Pourquoi pleure-t-elle ?

J'étais réellement perplexe. Les jours qui venaient de s'écouler m'avaient assommé, me rendant long à la détente. Mais je perçus le coup d'œil furtif et coupable d'Olivia. Alors, seulement, je compris qu'il se passait quelque chose.

305

— Liv, répétai-je, pourquoi pleure-t-elle ?

— Pas maintenant. Chut, ma chérie, chut. Tout va bien.

— Non ! Tout ne va pas bien !

Un point pour ma fille.

— Si, maintenant ! Pourquoi pleure-t-elle, merde !

Holly écarta son visage rouge et mouillé de l'épaule de Liv. Puis elle cria :

— Oncle Kevin ! Il devait m'emmener avec tata Jackie au spectacle de marionnettes de Noël ! Au spectacle de contes de fées !

Une nouvelle crise de larmes l'empêcha de poursuivre. Je m'effondrai sur un des tabourets du bar. Se détournant obstinément de moi, Olivia la berça en lui tapotant la nuque. J'aurais payé cher pour qu'une personne à la poitrine accueillante et à la chevelure enveloppante m'accorde la même faveur.

Enfin, Holly, épuisée, arrêta de pleurer. Elle se mit à frissonner, à claquer des dents. Liv l'aida tendrement à remonter l'escalier jusqu'à sa chambre. Pendant qu'elles étaient là-haut, je dénichai une bouteille de chianti dans le casier à vin ; j'aurais préféré de la bière, mais Olivia n'en entrepose plus depuis mon départ. Après l'avoir débouchée, je m'assis de nouveau sur le tabouret, fermai les yeux, appuyai ma tête contre le mur de la cuisine et, tout en écoutant les bruits rassurants que faisait Liv au-dessus de moi, tentai de me souvenir d'un jour où j'avais ressenti une colère aussi noire.

— Bien, lançai-je d'un ton badin lorsque mon ex réapparut, belle à croquer dans son armure de mère modèle, air digne, jeans ajusté et cachemire caramel.

Il me semble que j'ai droit à une explication, tu ne crois pas ?

— Et à un verre, apparemment.

— Oh, non. Plusieurs. Je ne fais que commencer.

— Tu ne comptes quand même pas dormir ici si tu n'es pas en état de conduire ?

— Liv, en temps normal, je serais ravi de me disputer avec toi sous n'importe quel prétexte, mais, ce soir, j'irai droit au but. Comment Holly connaît-elle Kevin ?

Elle tira ses cheveux en arrière, les noua adroitement avec un élastique. Elle avait visiblement l'intention de garder son calme.

— J'ai décidé que Jackie pouvait les présenter l'un à l'autre.

— Sois sûre que je vais avoir une petite conversation avec elle. Je t'accorde le bénéfice de la naïveté, mais Jackie n'a aucune excuse. Uniquement Kevin, ou toute la famille Adams ? Dis-moi que c'était seulement Kevin, Liv. Je t'en prie.

Elle croisa les bras et, très droite, plaqua son dos contre le mur de la cuisine, en position de combat ; celle qu'elle avait adoptée tant de fois face à moi.

— Ses grands-parents, ses oncles, son autre tante, ses cousins.

Shay. Ma mère. Mon père. Je n'ai jamais frappé une femme. Je me rendis compte que j'en brûlais d'envie lorsque, d'instinct, je serrai de toutes mes forces le rebord du tabouret.

— Jackie l'emmenait dîner là-bas de temps à autre, après l'école. Elle a rencontré sa famille, Frank. Ce n'est pas la fin du monde.

— On ne rencontre pas ma famille. On ouvre les

hostilités. On y va avec un lance-flammes, après s'être blindé de la tête aux pieds. Combien de soirs, exactement, Holly a-t-elle passés à Faithful Place ?

Léger haussement d'épaules.

— Je n'ai pas compté. Douze, quinze ? Peut-être vingt ?

— Depuis quand ?

Cette fois, elle battit des cils, presque penaude.

— Environ un an.

— Tu pousses ma fille à me mentir depuis un an !

— Nous lui avons dit...

— Une année ! Tous les week-ends, depuis un an, je lui demande ce qu'elle a fait pendant la semaine et elle me débite une montagne de conneries !

— Nous lui avons dit qu'elle devait provisoire-ment garder le secret parce que tu étais brouillé avec eux. C'est tout. Nous allions...

— Tu peux appeler ça garder le secret, mentir, tout ce que tu voudras. C'est ce que ma famille fait de mieux. Il s'agit d'un talent inné, d'un don de Dieu. Je souhaitais épargner cela à Holly. J'espérais qu'elle échapperait à cette tare, qu'elle grandirait normalement, qu'elle deviendrait un être humain honnête, respectable. Cela te paraît excessif, Olivia ? Est-ce trop demander ?

— Frank, nous allons encore la réveiller si...

— Au lieu de quoi, tu l'as plongée dans ce cloaque. Et, en moins de deux, surprise, surprise, elle se comporte comme une Mackey. Elle ment comme elle respire. Et tu l'as encouragée à le faire. C'est bas, Liv. C'est la chose la plus basse, la plus mesquine, la plus vile que j'aie jamais entendue.

Elle me fit au moins la grâce de rougir.

— Nous allions te le dire, Frank. Nous pensions qu'une fois que tu aurais constaté à quel point cela se passait bien...

J'éclatai d'un rire si énorme qu'elle tressaillit.

— Se passer bien ? Bon Dieu, Liv ! Corrige-moi si je me trompe, mais je ne vois pas ce qui se passe bien dans ce misérable panier de crabes !

— Pour l'amour du Ciel, Frank, ce n'est pas comme si nous savions que Kevin allait...

— Tu savais que je ne voulais pas qu'elle s'approche d'eux. Cela aurait dû suffire.

Tête basse, le menton rentré, elle avait la même expression butée que Holly. Je tendis la main vers la bouteille. Comme elle restait muette, je me resservis abondamment, laissant une grosse tache de vin sur la belle ardoise du bar.

— Ou bien l'as-tu fait précisément parce que je le refusais de toutes mes forces ? Me détestes-tu à ce point ? Allons, Liv. Je peux tout entendre. Jouons cartes sur table. Étais-tu ravie de me jouer ce sale tour ? Est-ce que ça t'a fait rire ? As-tu précipité Holly au milieu de ces fous furieux uniquement pour m'emmerder ?

Cette fois, elle se braqua.

— Comment oses-tu ? Je ne ferais jamais quoi que ce soit qui puisse nuire à Holly ! Tu le sais. Jamais !

— Alors, pourquoi, Liv ? Comment as-tu pu penser que c'était une bonne idée ?

Elle retrouva son sang-froid et rétorqua sèchement :

— Ils font partie de sa famille, Frank. Elle n'arrêtait pas de poser des questions. Pourquoi n'avait-elle pas deux grands-mères, comme toutes ses amies ? Aviez-vous, Jackie et toi, d'autres frères et sœurs ? Pourquoi ne pouvait-elle pas aller les voir ?

— Des clous ! Elle a dû m'interroger une fois sur eux depuis sa naissance.

— Oui. Et ta réaction l'a dissuadée de recommencer. Alors, elle s'est adressée à moi. Et à Jackie. Elle voulait savoir.

— Et après ? Elle a neuf ans. Elle veut aussi un lionceau, les bottines blanches de Celia Bailey, et des pizzas midi et soir. Tu vas également céder à ces caprices-là ? Nous sommes ses parents, Liv. Nous sommes censés lui donner ce qui est bon pour elle, pas ce qu'elle réclame.

— Frank, chut... Pourquoi aurait-ce été mauvais pour elle ? Tu m'as dit, à propos des membres de ta famille, que tu avais rompu tout contact avec eux. Rien de plus. Ce n'est pas comme si tu m'avais annoncé qu'ils étaient des tueurs en série. Jackie est délicieuse, elle s'est toujours montrée affectueuse avec Holly et m'a affirmé que les autres étaient des gens charmants...

— Et tu l'as crue sur parole ? Elle vit sur un nuage. Elle croit que Jack l'Éventreur avait simplement besoin d'une gentille fiancée. Depuis quand se mêle-t-elle de l'éducation de notre fille ? Tu as toujours pensé que ma famille n'était pas assez bien pour toi ! En quoi est-elle assez bien pour Holly ?

Blême de colère, elle siffla :

— Quand ai-je dit ça, Frank ? Quand ? Si tu as honte des tiens, c'est ton problème, pas le mien ! Je ne les ai jamais méprisés ! Jamais !

Elle marcha vers la porte, l'ouvrit brutalement et

sortit. Je restai assis un instant, hébété et stupide. Puis je saisis la bouteille, dénichai un autre verre et partis à sa recherche.

Elle était dans la véranda, sur le canapé d'osier, les jambes repliées sous elle, les mains enfoncées dans ses manches. Elle ne leva pas les yeux ; mais lorsque je lui tendis un verre, elle extirpa une main de son pull et le prit. Je nous servis à chacun une quantité de vin à noyer une souris et m'installai à côté d'elle.

Il pleuvait toujours. L'eau coulait sans relâche le long des vitres, un courant d'air froid s'insinuait par une embrasure. Olivia sirota son verre en silence. Enfin, je murmurai :

— Pourquoi ne m'as-tu jamais rien dit ?

— À propos de quoi ?

— De tout. D'abord, pourquoi ne m'as-tu jamais dit que tu n'éprouvais aucune réticence vis-à-vis de ma famille ?

Elle eut un geste las.

— Tu ne semblais pas pressé d'en parler. Et je n'avais aucune raison d'aborder le sujet. Pourquoi aurais-je eu un problème avec des gens que je ne connaissais pas ?

— Liv, je t'en prie, ne joue pas les idiotes. Je suis trop épuisé pour ça. Ici, nous sommes dans l'univers de *Desperate Housewives*. Pendant que les rupins de ton milieu dégustent du chianti dans leur véranda, les miens se demandent, dans leur cage à poules, sur quel lévrier ils vont miser leur allocation chômage.

Elle esquissa un sourire.

— Frank, j'ai deviné tes origines dès que tu as ouvert la bouche. Tu ne t'en es jamais caché. Cela ne m'a pas empêchée de t'aimer.

— Lady Chatterley et son garde-chasse...

Elle se tourna vers moi. Dans la faible lumière venue de la cuisine, son visage allongé, ravissant et triste, ressemblait à une image pieuse.

— Tu n'as jamais pensé cela...

— Non, reconnus-je au bout d'un moment. Peut-être pas.

— Je te voulais. C'était aussi simple que ça.

— C'était simple tant que ma famille restait hors de vue. Tu me voulais peut-être, mais tu n'as jamais voulu mon oncle Bertie et ses concours de pets, ma grand-tante Concepta et sa haine des métèques, ou ma cousine Nathalie qui a payé à sa fille de sept ans une séance de bronzage pour sa première communion. Aux yeux de tes voisins, j'étais presque présentable. Mais tu sais comme moi que le reste du clan aurait soulevé le cœur des partenaires de golf de ton père et des amies bridgeuses de ta mère.

— Je ne vais pas prétendre le contraire. Ou que cela ne m'est jamais venu à l'esprit, répondit-elle posément. Au début, oui, j'ai pensé que le fait que tu ne sois plus en relation avec eux facilitait les choses. Non parce qu'ils n'étaient pas assez bien. Simplement, c'était... moins compliqué. Mais une fois que Holly est arrivée... Elle a tout bouleversé, Frank : mes idées, ma façon de voir le monde, mes a priori. Il fallait qu'elle rencontre la famille de son père. Sa famille. Il n'était pas question de l'en priver. C'était mille fois plus important que tous les préjugés du monde.

Je me renversai dans le canapé et bus une autre gorgée, impressionné par sa tirade. Olivia a toujours été pour moi un mystère insondable. Lorsque nous nous sommes rencontrés, elle travaillait comme

312

juriste au ministère public. Elle s'apprêtait à engager des poursuites contre un trafiquant d'héroïne nommé Pippy, qui venait de se faire prendre dans une rafle alors que je souhaitais le laisser filer parce j'avais ramé six semaines pour devenir son meilleur pote et que j'estimais ne pas avoir épuisé toutes ses intéressantes ressources. J'allai la voir dans son bureau, bien décidé à la dissuader. La discussion dura une heure. Je m'assis sur sa table, je lui fis perdre son temps et je la fis rire. Ensuite, je l'emmenai dîner afin de poursuivre notre conversation dans un endroit plus confortable. Pippy eut droit à quelques mois de liberté supplémentaire et j'obtins un second rendez-vous.

Elle était unique : tailleurs impeccables, maquillage subtil et manières de duchesse, un esprit acéré, des jambes de rêve, une silhouette à tomber et cette assurance conquérante de ceux à qui le monde appartient. Le mariage, les enfants, tout cela ne la concernait pas, ce qui me convenait tout à fait. Je venais de rompre pour la septième ou huitième fois, après une relation d'un an qui, semblable aux autres, avait commencé comme une fête avant de s'étioler et de s'achever dans la rancœur, une fois avouée ma répugnance à m'engager. En toute logique, ma liaison avec Liv aurait dû se terminer de la même façon. Au lieu de quoi, nous eûmes droit à un mariage à l'église, à une réception dans un country-club, à une maison à Dalkey, et à Holly.

— Je n'ai jamais rien regretté. Et toi ?

Elle garda le silence, soit pour comprendre ce que je venais de dire, soit pour décider quoi répondre. Enfin, elle chuchota :

— Non. Jamais.

Je posai une main sur les siennes, au-dessus de son chandail de cachemire doux, usé. Leur forme m'était aussi familière que les miennes. Je me levai, retournai dans le salon, pris un châle abandonné sur le sofa et l'enroulai autour de ses épaules.

Sans me regarder, elle reprit :

— Elle avait tellement envie de les connaître. Il s'agit de sa famille, Frank. La famille, ça compte. Elle en avait le droit.

— Et moi, j'avais celui de donner mon avis. Je suis toujours son père.

— Oui. J'aurais dû t'en parler. Ou respecter ta volonté. Mais...

Elle appuya sa nuque contre le dossier du canapé, plongeant son visage dans l'ombre.

— Je savais que cela provoquerait une énorme dispute. Et je ne m'en sentais pas la force. Donc...

— Ma famille est un désastre, Liv. Il ne faut pas qu'elle déteigne sur Holly.

— Holly est une enfant heureuse, équilibrée. Les tiens ne l'ont choquée en rien. Elle était ravie de les voir. Personne n'aurait pu prévoir ce qui s'est passé.

Était-ce vrai ? J'avais toujours eu l'intuition qu'au moins un membre de ma famille finirait mal, même si je n'aurais pas parié sur Kevin.

— Je ne cesse de penser à toutes les fois où je l'ai questionnée sur ses journées, à ses réponses : « J'ai fait du roller avec Sarah », ou « J'ai fabriqué un volcan en classe de sciences ». Elle paraissait si innocente... Jamais je n'aurais soupçonné qu'elle me menait en bateau. Ça me tue, Liv. Ça me tue.

— Tu vois tout en noir. Elle n'avait pas l'impres-

314

sion de te mentir, mais de te préserver. Elle a grandi. Elle est plus mûre que tu ne le crois. Bientôt, elle sera adolescente.

— Je sais, je sais...

Je l'imaginai rêvant dans son lit, les joues fripées par les larmes. Et je me rappelai la nuit où nous l'avions conçue, le rire de gorge triomphal de Liv, ses cheveux entre mes doigts, la sueur sur ses épaules, son parfum d'été.

— Elle aura besoin de parler de tout cela demain matin, Frank. Si nous sommes là tous les deux, cela l'aidera. Si tu veux dormir dans la chambre d'amis...

— Merci. Ce serait bien.

Elle se leva, fit glisser son châle, le replia au creux de son coude.

— Le lit est fait.

Je tapotai mon verre.

— Je vais finir ça.

— À ton aise. Ne bois pas trop quand même.

Sa voix était indulgente, presque maternelle. Elle s'immobilisa derrière le canapé. Délicatement, ses doigts effleurèrent mes épaules.

— Je suis tellement désolée pour Kevin...

— C'était mon petit frère. J'aurais dû être là pour le sauver.

Elle retint son souffle, comme si elle s'apprêtait à ajouter quelque chose d'important. Elle se contenta de soupirer avec tristesse, peut-être pour elle-même.

— Oh, Frank...

Ses doigts abandonnèrent mes épaules, y laissant, là où ils avaient été si chauds, un froid soudain. Sans bruit, la porte se referma derrière elle.

14

Lorsque Olivia frappa légèrement à la porte de la chambre d'amis, j'émergeai en sursaut d'un sommeil de plomb, déprimé avant même de prendre conscience de l'endroit où je me trouvais. J'avais passé trop de nuits dans cette chambre, à l'époque où Liv et moi découvrions peu à peu qu'elle ne souhaitait plus rester mariée à moi. À lui seul, son parfum d'intérieur au jasmin réussissait à me rendre triste, épuisé et lourd.

— Frank, il est 7 h 30, annonça-t-elle. J'ai pensé que tu voudrais peut-être voir Holly avant son départ pour l'école.

Je m'extirpai du lit, me frottai le visage.

— Merci, Liv. Je serai là dans une minute.

Je voulus lui demander si elle avait des suggestions à faire. Mais, avant que j'aie pu ajouter quoi que ce soit, elle tourna les talons et redescendit l'escalier. De toute façon, elle ne serait pas entrée, sans doute pour éviter de tomber sur moi dans le plus simple appareil et d'avoir à repousser des avances incongrues.

Holly était encore dans sa chambre. Mince et frêle dans son uniforme d'écolière, assise en tailleur face à sa maison de poupée, elle me tournait le dos.

— Bonjour, mon cœur, lançai-je. Comment va ? Je peux entrer un instant ?

Haussement d'épaules. Je fermai la porte derrière moi et m'installai à ses côtés, dans la même position qu'elle. Réplique parfaite d'une demeure victorienne, sa maison de poupée, cadeau des parents d'Olivia, est une œuvre d'art. Rien n'y manque : les meubles de style, les minuscules scènes de chasse sur les murs, les domestiques nains figés dans une attitude soumise. Holly avait sorti la table de salle à manger et la polissait frénétiquement avec un morceau chiffonné d'essuie-tout.

— Chérie, poursuivis-je, je comprends que tu sois triste à propos de ton oncle Kevin. Je le suis aussi.

Elle baissa un peu plus la tête. Des bouts de cheveux pâles jaillissaient de ses nattes, qu'elle avait nouées elle-même.

— Tu as des questions à me poser ?

Elle ralentit brièvement son mouvement et répondit, comme enrhumée par les larmes :

— Maman m'a dit qu'il était tombé d'une fenêtre.

— C'est exact.

Je savais qu'elle imaginait la scène. J'eus envie de couvrir sa tête de mes mains pour détruire cette vision.

— Il a eu mal ?

— Non. Ça a été très rapide. Il ne s'est rendu compte de rien.

— Pourquoi est-il tombé ?

Olivia lui avait probablement assuré qu'il s'agissait d'un accident. Mais Holly, comme tous les enfants de divorcés, vérifie toujours par recoupements ce que lui racontent ses parents. Quant à moi, je mens sans le moindre scrupule à tout le monde, sauf à elle.

— Personne n'en est sûr, mon ange.

Enfin, elle leva vers moi ses yeux gonflés, rougis, intenses.

— Alors, tu vas le découvrir. D'accord ?

— D'accord.

Elle me scruta encore. Puis elle acquiesça et se pencha de nouveau au-dessus de la petite table.

— Est-ce qu'il est au Ciel ?

— Oui.

Là, pour le coup, je mentais. J'ai toujours considéré la religion comme un tissu d'âneries. Mais quand on se trouve devant une gamine de cinq ans qui demande en pleurant ce qui est arrivé à son hamster, on est prêt à débiter n'importe quoi pour atténuer son chagrin.

— Il est là-haut, assis sur une plage de mille kilomètres de long, buvant une Guinness et flirtant avec une fille magnifique.

Elle eut un mélange de gloussement, de reniflement et de sanglot.

— Papa, non, je blague pas !

— Moi non plus. Et je parie qu'il te fait signe et te demande de ne plus pleurer.

Sa voix s'étrangla.

— Je veux pas qu'il soit mort !

— Je sais. Moi non plus.

— Conor Mulvey n'arrêtait pas de me chiper mes ciseaux à l'école. Oncle Kevin m'a dit : « La prochaine fois, tu lui diras qu'il fait ça uniquement parce qu'il est amoureux de toi. Il deviendra tout rouge et ne t'embêtera plus. » Je l'ai fait et ça a marché.

— C'était un excellent conseil. Tu lui as raconté ?

— Oui. Il a ri. Papa, c'est pas juste !

Elle était de nouveau au bord d'une crise de larmes.

— Oui, chérie, c'est foncièrement injuste. J'aimerais pouvoir dire quelque chose pour te consoler, mais c'est impossible. Parfois, la vie est vraiment moche. Et personne n'y peut rien.

— Maman dit que si j'attends un peu, je serai capable de penser à lui sans que ça me rende triste.

— D'habitude, ta mère a raison. Espérons que ce sera le cas cette fois-ci.

— Un jour, oncle Kevin m'a dit que j'étais sa nièce préférée parce que tu étais son frère préféré.

Oh, mon Dieu... Je tendis le bras pour entourer ses épaules. Elle s'écarta et se remit à frotter la table, poussant, avec l'ongle, le papier dans les minuscules fioritures du bois.

— Tu es fâché parce que je suis allée chez mamie et papy ?

— Non, mon ange. Pas contre toi.

— Contre maman ?

— Juste un peu. Ça passera.

— Vous allez encore vous disputer ?

J'ai grandi avec une mère qui n'a pas son pareil pour vous culpabiliser. Mais son génie n'est rien comparé à ce que peut faire Holly sans même essayer.

— Nous ne nous sommes pas disputés. Simplement, je suis un peu triste que personne ne m'en ait parlé.

Silence.

320

— Tu te rappelles nos conversations à propos des secrets ?

— Oui.

— Souviens-toi. Si toi et tes amies partagez des secrets, c'est bien, mais si l'un d'eux te perturbe, c'est un mauvais secret. Tu dois alors en parler à papa ou à maman.

— Ça n'avait rien de mal ! Ce sont mes grands-parents !

— Je sais, chérie. J'essaye de te dire qu'il existe une autre sorte de secrets. Ceux-là, même s'ils n'ont rien de condamnable, quelqu'un d'autre est en droit de les connaître.

La tête toujours penchée, elle commençait à prendre son air buté.

— Admettons que ta maman et moi décidions d'aller nous installer en Australie. Devrions-nous te prévenir ? Ou nous contenter de te mettre dans un avion au milieu de la nuit ?

Haussement d'épaules.

— Dis-moi. Cela te concernerait. Tu aurais le droit de savoir.

— Oui.

— Quand tu as commencé à voir ma famille, ça me concernait. Tu as eu tort de me le cacher.

Elle ne parut pas convaincue.

— Si je te l'avais dit, ça t'aurait fait de la peine.

— Que personne ne m'en ait parlé m'a blessé bien davantage. Holly, il vaut toujours mieux me dire les choses tout de suite. Toujours. Même si cela doit ne pas me plaire. Les garder secrètes ne fait qu'empirer la situation.

Elle fit soigneusement glisser la table dans la salle

à manger de la maison de poupée, la remit en place du bout des doigts.

— J'essaye de te dire la vérité, même quand elle fait un peu mal. Tu le sais. Tu dois faire la même chose avec moi. Marché conclu ?

Elle déclara à la maison de poupée, d'une petite voix étouffée :

— Pardon, papa.

— Accordé. À condition que tu ne me caches plus rien. D'accord ?

Hochement de tête.

— Parfait. Maintenant, raconte-moi comment ça s'est passé avec notre famille. Est-ce que ta grand-mère t'a fait un diplomate pour le thé ?

Petit soupir de soulagement.

— Oui. Elle dit que j'ai de beaux cheveux.

Miracle... Un compliment. J'étais prêt à contre-dire toutes les critiques sur l'accent de ma fille, son attitude ou la couleur de ses chaussettes. Apparemment, Ma s'adoucissait avec l'âge.

— C'est vrai. Comment sont tes cousins ?

Holly sortit un piano à queue miniature du salon de la maison de poupée et répondit sans conviction.

— Gentils.

— Mais encore ?

— Darren et Louise ne me parlent pas parce que je suis trop petite, mais Donna et moi, on fait des imitations de nos maîtresses. Une fois, on a telle-ment ri que mamie nous a dit : « Chut ! » Sinon, la police viendrait nous chercher.

Cela ressemblait davantage à la Ma que je connais-sais et que j'évitais.

— Et ta tante Carmel ? Ton oncle Shay ?

— Ils sont bien. Tante Carmel est rabat-joie, mais quand oncle Shay est à la maison, il m'aide à faire mes devoirs de maths, parce que je lui ai dit que Mme O'Donnel hurle quand on se trompe.

Et dire que j'avais été ravi qu'elle sache enfin faire une division...

— C'est sympa de sa part.

— Pourquoi tu vas jamais les voir ?

— C'est une longue histoire, mon cœur. La matinée n'y suffirait pas.

— Je peux toujours aller chez eux, même si tu n'y vas plus ?

— Nous verrons.

Tout cela semblait parfaitement idyllique. Pourtant, Holly ne me regardait pas. Quelque chose la troublait. Si elle avait vu Pa dans son état habituel, on m'entendrait hurler jusqu'à Belfast et je n'hésiterais pas à aller devant le juge pour obtenir de nouvelles conditions de garde.

— Qu'est-ce qui te chagrine ? Quelqu'un t'a embêtée ?

Elle fit courir un ongle sur le clavier du piano. Puis elle chuchota :

— Mamie et papy n'ont pas d'auto.

Je ne m'attendais pas à ça.

— Non. Ils n'en ont jamais eu.

— Pourquoi ?

— Ils n'en ont pas besoin.

Mine stupéfaite. Je me rendis compte que Holly n'avait jamais connu, de toute sa vie, des gens ne possédant pas de voiture, qu'ils en aient eu besoin ou non.

— Ils se déplacent comment ?

— À pied ou en bus. La plupart de leurs amis habitent tout près de chez eux et les magasins sont au coin de la rue. Que feraient-ils d'une auto ?

Elle réfléchit un instant.

— Pourquoi ils ne vivent pas dans une vraie maison, pour eux tout seuls ?

— Ils ont toujours vécu au même endroit. Ta grand-mère est née dans cet appartement. Je plains quiconque tenterait de l'en déloger.

— Pourquoi ils n'ont pas d'ordinateur, pas même de lave-vaisselle ?

— Tout le monde n'en a pas.

— Tout le monde a un ordinateur !

Même si je répugnais à l'admettre, je commençais à comprendre pourquoi Olivia et Jackie avaient souhaité que Holly sache d'où je venais.

— Non. Pas tout le monde. Loin de là. La majorité des gens, dans le monde, n'ont pas d'argent pour s'offrir ce luxe. Même ici, à Dublin.

— Papa... Est-ce que mamie et papy sont pauvres ?

Elle rosit légèrement, comme si elle venait de prononcer un gros mot.

— Eh bien, tout dépend de la personne à qui tu poseras la question. Eux te répondront non. Ils sont bien plus à l'aise que quand j'étais petit.

— Alors, ils étaient pauvres ?

— Oui, chérie. Nous ne crevions pas de faim, mais nous étions très pauvres.

— Comme quoi ?

— Par exemple, nous ne partions jamais en vacances, et nous devions économiser pour aller au cinéma. Je portais les vieux vêtements de ton oncle

Shay et ton oncle Kevin portait les miens, au lieu d'en acheter des neufs. Ta grand-mère et ton grand-père couchaient dans le salon parce que nous n'avions pas assez de chambres.

Elle ouvrit de grands yeux, comme si je lui lisais un conte de fées.

— Sérieux ?

— Oui. Des tas de gens vivent de cette façon. Ce n'était pas la fin du monde.

— Mais...

De rouge, ses joues étaient devenues cramoisies.

— Chloe dit que les pauvres sont des cloportes.

Cela ne me surprit pas. Chloe est une petite chipie snobinarde et sans humour, dotée d'une mère anorexique, mesquine et sans humour, qui me parle fort et lentement en utilisant des mots simples, parce que sa famille est sortie du ruisseau une génération avant la mienne et que son mari bedonnant, mesquin et sans humour conduit une Tahoe. J'ai toujours pensé que nous devrions bannir ces trois vipères de la maison. Selon Liv, Holly s'éloignera de Chloe en temps voulu, de sa propre initiative. Je décidai de hâter ce moment béni.

— Bien. Qu'entend-elle par là, exactement ?

Je n'avais pas élevé le ton. Toutefois, Holly me connaît. Elle m'observa du coin de l'œil.

— C'est pas un gros mot.

— Ce n'est pas non plus un terme flatteur. Que voulait-elle dire, à ton avis ?

Geste exaspéré.

— Tu le sais bien !

— Mon lapin, si tu utilises un mot, tu dois avoir une petite idée de ce qu'il signifie. Allons...

325

— Comme des gens bêtes. Qui portent des habits miteux, qui n'ont pas de travail parce qu'ils sont paresseux et qui ne parlent même pas comme il faut. Des pauvres !

— Et moi ? Tu crois que je suis bête et paresseux ?

— Pas toi !

— Même si ma famille était pauvre comme Job ?

Elle devenait nerveuse.

— C'est différent !

— Très juste. On peut être un méchant cousu d'or, ou un méchant en guenilles. On peut être aussi, qu'on soit riche ou pauvre, un être humain respectable. L'argent ne compte pas. Il est agréable d'en avoir, mais cela ne fait pas de toi ce que tu es.

— Chloe dit que sa mère jure qu'il est super important que les gens sachent tout de suite qu'on en a plein. Sinon, personne ne vous respecte.

— Chloe et sa famille, rétorquai-je à bout de patience, sont assez vulgaires pour doubler à eux seuls le pourcentage de cloportes qui peuplent la planète.

— C'est quoi, vulgaire ?

Elle avait cessé de triturer le piano et me considérait d'un air totalement désemparé, attendant que je donne un sens à tout cela. Peut-être pour la première fois de sa vie, je ne savais quoi lui répondre. Comment expliquer la différence entre un miséreux honnête et un salaud de pauvre, ou le sens du mot « vulgaire » à une gamine qui croyait que tout le monde avait un ordinateur et n'avait jamais connu que les beaux quartiers ? Comment, d'ailleurs, expliquer à qui que ce soit de quelle façon cette situation avait abouti à un tel désastre ? J'eus envie d'appeler Olivia à la rescousse, de lui demander conseil. Mais cela ne la concernait plus. Désormais, ma relation avec Holly ne dépendait que de moi. J'ôtai le piano miniature de sa main, le remis dans la maison de poupée et l'attirai contre moi.

— Chloe est idiote, n'est-ce pas ? dit-elle.

— Oh, oui. S'il y avait une pénurie de crétins sur la terre, Chloe et sa famille la combleraient en un clin d'œil.

Elle se blottit contre ma poitrine et je calai sa tête sous mon menton.

— Un jour, tu me montreras l'endroit où oncle Kevin est tombé par la fenêtre ?

— Si tu en ressens le besoin, oui, je te le montrerai.

— Pas aujourd'hui.

— Non. Ne gâchons pas la journée qui commence.

Nous sommes restés assis par terre, silencieux, moi la berçant et elle suçant pensivement le bout de sa natte, jusqu'à ce qu'Olivia vienne nous rappeler qu'il était l'heure de partir pour l'école.

Pensant sans doute que j'y verrais une invitation à me réinstaller chez elle, Olivia ne me proposa pas de petit déjeuner. Je m'offris donc, à Dalkey, un grand café et un muffin genre bio que je dégustai assis sur un mur, en contemplant les gros lards en costard qui, au volant de leur char d'assaut, pestaient parce que les files de voitures ne s'écartaient pas spécialement pour eux. Ensuite, je consultai ma boîte vocale.

— Frank, euh, salut. C'est Kev. Bien sûr, tu m'as dit que c'était pas le moment, mais... Tu pourrais me joindre quand tu auras un instant de libre ? Ce soir, pas trop tard, ce serait parfait. Merci. Bye.

La deuxième fois, il raccrocha sans laisser de message. Même chose la fois suivante, alors que Holly, Jackie et moi nous nous goinfrions de pizzas. Le quatrième appel avait eu lieu juste avant 19 heures, sans doute alors que Kevin se rendait chez Ma et Pa.

— Frank, c'est encore moi. Il faut que je te parle. Je sais que t'as pas vraiment envie de penser à toute cette merde. Simplement... Rappelle, d'accord ? Salut.

Quelque chose avait changé entre le samedi soir, lorsque je l'avais renvoyé au pub, et le dimanche après-midi, au début de ses coups de fil. Cela s'était peut-être produit en chemin, ou au *Blackbird's*, dont certains habitués ne sont pas des enfants de chœur ; s'ils n'ont encore tué personne, cela tient du miracle. Mais j'en doutais. Kevin m'avait paru nerveux bien avant, à Faithful Place, dès que nous nous étions dirigés vers le 16. J'avais alors autre chose en tête et j'avais mis son attitude sur le compte de l'angoisse que suscite chez tout individu normal la présence de la mort. En fait, c'était beaucoup plus grave.

Ce qui le perturbait n'était pas arrivé pendant le week-end. Cette peur était déjà tapie au fond de lui, peut-être depuis vingt-deux ans, jusqu'à ce qu'un événement, le samedi, la fasse remonter à la surface. Il avait passé vingt-quatre heures à tenter de l'ignorer ou de l'affronter seul, avant de demander l'aide de son grand frère Francis. Quand je l'avais rembarré, il s'était tourné vers la dernière personne à qui il aurait dû s'adresser : la pire.

Que faire, à présent ? Mes choix étaient limités. La perspective d'un bavardage amical avec les habitants de Faithful Place avait perdu une grande partie de son attrait, maintenant que je savais que la moitié d'entre eux me prenait pour un tueur. De toute façon, je devais rester hors du champ de vision de Scorcher, au moins par égard pour les tripes de George. D'un autre côté, l'idée de traîner mes guêtres en guettant, telle une minette amoureuse, l'apparition du numéro de Stephen sur mon mobile, ne me réjouissait guère non plus. Quand je ne fais rien, j'aime que ce soit dans un but précis.

Ma nuque me picotait, comme si on m'en avait arraché les poils un par un. Je ne dédaigne jamais cette sensation, elle m'a souvent évité de me faire descendre. J'avais raté quelque chose, un détail que j'avais vu, ou entendu, et que j'avais négligé.

Contrairement aux gars de la Criminelle, les infiltrés ne peuvent pas s'appuyer, lors de leurs enquêtes, sur des enregistrements vidéo. Nous avons donc une excellente mémoire. Je m'installai plus confortablement sur le mur, allumai une cigarette et passai en revue les moindres bribes d'information que j'avais récoltées les jours précédents.

Soudain, une question s'imposa d'elle-même. Comment la valise de Rosie était-elle arrivée jusqu'à la cheminée du 16 ? Selon Nora, on l'y avait déposée entre le jeudi après-midi, lorsqu'elle avait chipé le Walkman de sa sœur, et le samedi soir. Mais, à en croire Mandy, tout au long de ces deux jours, Rosie n'avait plus ses clés. Cela éliminait la possibilité

329

d'évacuer la valise de nuit ; d'autant qu'il lui aurait fallu franchir les nombreux murs séparant son jardin de celui du 16. En outre, Matt Daly exerçait sur elle une surveillance de tous les instants, ce qui l'empêchait de sortir un objet de taille respectable pendant la journée. Nora avait également déclaré que, le mardi et le vendredi, Rosie se rendait à son travail et en rentrait à pied en compagnie d'Imelda Tierney.

Ce vendredi soir, Nora était allée au cinéma avec ses copines. Rosie et Imelda auraient pu disposer tranquillement de la chambre pour boucler la valise et mettre au point un plan. Personne n'aurait prêté la moindre attention aux allées et venues d'Imelda. Elle se serait faufilée sans peine hors de l'appartement en transportant tout ce qu'elle voulait.

Pour l'heure, elle vivait à Hallows Lane, assez loin de Faithful Place pour demeurer en dehors du périmètre de Scorch. Si je me fiais à ce qu'avait insinué Mandy, j'avais de grandes chances de la trouver chez elle un jour de semaine ; et il était fort possible qu'elle entretienne avec ses voisins des relations assez mitigées pour accueillir avec joie un revenant venu lui rendre une visite impromptue. Je balançai le reste de mon café froid et marchai vers ma voiture.

Mon pote de l'ESB, la compagnie d'électricité irlandaise, dénicha pour moi une facture au nom d'Imelda Tierney, 10, Hallows Lane, appartement 3, premier étage. La maison était en piteux état : tuiles manquantes sur le toit, porte à la peinture écaillée, rideaux miteux derrière des vitres sales. J'avais vu juste : Imelda était chez elle.

— Francis ! s'exclama-t-elle en m'ouvrant, avec

un mélange de surprise, de bonheur et d'effroi. Bon Dieu !

Elle avait mal vieilli. Elle n'avait jamais été un canon. Pourtant, on admirait jadis sa taille fine, ses longues jambes et sa jolie démarche, trois qualités qui peuvent vous mener loin. Elle avait conservé sa silhouette, mais elle avait à présent des poches sous les yeux, les cheveux décolorés, le visage fripé par des rides profondes. Une tache de café maculait le bas de son tablier blanc. Restait l'éclat espiègle de son regard, qui ressuscita un instant l'adolescente de jadis et m'alla droit au cœur.

— Salut, Melda, lui répondis-je en lui décochant mon plus beau sourire, pour lui rappeler que nous avions été bons amis.

Je l'avais toujours appréciée. C'était une gosse futée, lunatique et susceptible, dotée d'un sens aigu de la repartie qu'elle avait hérité d'une enfance difficile. Trop d'hommes de passage, certains mariés de leur côté, avaient remplacé provisoirement le père qu'elle n'avait pas eu. À l'époque, ça choquait. Imelda avait dû subir de nombreux sarcasmes à propos de sa mère. À Faithful Place, où tout le monde était au courant de tout, il valait mille fois mieux avoir un père alcoolique et chômeur qu'une mère qui s'envoyait en l'air.

— J'ai appris, pour Kevin, ajouta-t-elle. Dieu ait son âme. Je partage ton chagrin.

— Qu'il repose en paix. Comme je suis dans le coin, j'en profite pour faire la tournée des vieux copains.

Debout dans l'encadrement de la porte, j'attendais. Elle pivota légèrement. Je ne bougeai pas, ne lui laissant guère le choix. Elle s'excusa.

331

— L'endroit est un peu...

— Tu crois que je me soucie de ça ? Si je te montrais ma piaule... C'est bon de te revoir.

Tout en parlant, j'avais franchi le seuil. L'appartement n'était pas vraiment un cloaque, mais je compris ce qu'elle voulait dire. Un seul coup d'œil au logement de Mandy m'avait suffi pour deviner que son existence la satisfaisait. Pas Imelda. Le fouillis qui encombrait son salon le rendait encore plus petit qu'il n'était. Mugs usagés, cartons de plats chinois à emporter autour du canapé, vêtements féminins de différentes tailles séchant sur les radiateurs, boîtiers poussiéreux de DVD empilés dans les coins. Le chauffage était trop fort, on n'avait pas ouvert les fenêtres depuis longtemps. La pièce sentait le tabac froid, le graillon et la femme. Tout, sauf l'écran géant de la télé, avait besoin d'être remplacé.

— C'est coquet, dis-je.

— Une merde, oui, rétorqua-t-elle sèchement.

— J'ai grandi dans un endroit bien pire.

— Et alors ? C'est une merde quand même. Tu veux du thé ?

— Volontiers. Qu'est-ce que tu deviens ?

Elle se dirigea vers la cuisine.

— Tu peux le constater par toi-même. Assieds-toi.

Je me posai sur un coin dégagé du canapé.

— J'ai appris que tu avais des filles...

Par la porte entrouverte de la cuisine, je la vis se figer, une main sur la bouilloire.

— Et moi, j'ai appris que t'étais flic.

L'agressivité de sa réplique ne m'échappa pas. J'ai l'habitude. Je pris un ton mi-outragé mi-peiné.

— Imelda ! Qu'est-ce que tu vas imaginer ? Que je suis là pour t'interroger sur tes gamines ?

— Va savoir. Elles n'ont rien fait, de toute façon.

— Je ne sais même pas comment elles s'appellent ! Je bavarde, c'est tout. Je suis simplement venu te dire bonjour, en souvenir du bon vieux temps. Si tu as l'intention de cracher sur mon métier, je dégage ! Crois-moi.

Silence. Enfin, avec un petit sourire crispé, elle tapota la bouilloire.

— Sacré Francis... Toujours grande gueule. Ouais, j'en ai trois. Isabelle, Shania et Genevieve. Des terreurs, toutes les trois. Des ados. Et toi ?

Aucune allusion à un père ; ou à plusieurs.

— Une fille, fis-je. Elle a neuf ans.

— Je te plains. On dit que les garçons foutent tout en l'air dans votre maison et que les filles foutent tout en l'air dans votre tête. C'est la vérité.

Elle fourra des sachets de thé dans les mugs. Sa manière de bouger me donna l'impression d'avoir vieilli d'un siècle.

— Toujours dans la couture ?

Elle renifla, ce qui pouvait passer pour un rire.

— C'est de l'histoire ancienne. J'ai quitté l'usine il y a vingt ans. Maintenant, je fais des petits boulots. Surtout des ménages...

Elle me défia brièvement, avec une sorte de hargne.

— Les immigrés d'Europe de l'Est sont moins chers, mais il reste encore quelques endroits où on demande des gens qui parlent anglais. J'ai le profil.

L'eau se mit à bouillir.

— Tu es au courant, pour Rosie ?

— Sûr. C'est affreux. Tout ce temps...

Elle versa le thé et secoua rapidement la tête, comme si elle essayait de se débarrasser d'une vision pénible.

— Tout ce temps, j'ai cru qu'elle était en Angleterre. Quand j'ai appris ce qui était arrivé, je n'arrivais pas à y croire. Le reste de la journée, j'ai tourné en rond comme une zombie.

— Même chose pour moi. Tout le monde a dégusté, cette semaine.

Elle apporta une brique de lait et un paquet de sucre, fit de la place pour eux sur la table basse.

— Kevin a toujours été adorable, reprit-elle. Sa mort m'a consternée. Je serais bien venue à la veillée, seulement...

Elle eut un geste fataliste, laissa sa phrase en suspens. Chloe et sa mère n'auraient jamais saisi la différence sociale, subtile mais irrémédiable, qui l'avait amenée à penser, sans doute à juste titre, qu'elle n'aurait peut-être pas été la bienvenue dans la maison de ma mère. Je répondis :

— J'espérais te voir, ce soir-là. Mais il vaut mieux parler tranquillement en tête à tête, pas vrai ?

Nouveau demi-sourire, cette fois un peu moins réticent.

— T'as pas changé. Toujours beau parleur.

— Je suis quand même mieux coiffé.

— Bon Dieu, oui. Les épis que t'avais !

— Ç'aurait pu être pire. J'aurais pu avoir une coupe mulet, ras devant et long derrière, comme Zippy.

— Arrête ! La tronche que ça lui faisait !

Elle retourna chercher les mugs à la cuisine. Même

334

si j'avais eu tout mon temps, continuer à papoter ne m'aurait mené nulle part. Imelda était bien plus coriace que Mandy. Elle savait déjà que j'avais une idée derrière la tête. Lorsqu'elle revint, j'attaquai d'emblée.

— Je peux te poser une question ? Elle ne va peut-être pas te plaire, mais je te jure que j'ai une bonne raison pour le faire.

Elle plaça un mug crasseux dans ma paume, s'assit dans un fauteuil. Elle resta très droite, me fixa d'un air méfiant.

— Vas-y.

— Quand tu as déposé la valise de Rosie au numéro 16, où l'as-tu laissée, exactement ?

Son regard vide, son expression à la fois butée et stupide me rappelèrent qui j'étais et ce qui en résultait : Imelda avait un flic devant elle.

— Quelle valise ?

— Allons, Imelda ! m'écriai-je joyeusement, persuadé qu'une seule fausse note serait catastrophique. Rosie et moi, on planifiait tout depuis des mois. Tu crois qu'elle ne m'a pas dit comment elle allait se débrouiller ?

Lentement, Imelda se détendit, tout en demeurant sur ses gardes.

— Je veux pas avoir d'ennuis avec ça. Si quelqu'un d'autre me le demande, j'ai jamais vu de valise.

— Pas de problème, ma belle. Ça restera entre nous. Tu nous as rendu service et j'ai apprécié. Tout ce que je veux savoir, c'est si quelqu'un a touché la valise après toi. Tu te rappelles où tu l'as laissée ? Et quand ?

Elle me scruta de nouveau, avec intensité, comme

335

si elle se demandait où je voulais en venir. Enfin, elle exhuma un paquet de cigarettes de sa poche.

— Rosie m'a tout raconté trois jours avant votre fuite. Elle m'en avait jamais parlé avant. Mandy et moi, on avait deviné qu'il se passait quelque chose, mais sans rien savoir de précis. T'as vu Mandy, non ?

— Oui. Elle a l'air en pleine forme.

— Une grosse dondon snob, grommela Imelda en allumant son briquet. Une clope ?

— Avec plaisir. Je croyais que vous étiez copines, Mandy et toi.

Elle ricana en me tendant le briquet.

— Plus maintenant. Elle est trop bien pour moi. Et puis va savoir si on était vraiment copines. Simplement, on était toutes les deux liées avec Rosie, et après son départ...

— Tu as toujours été son amie la plus proche.

Elle me toisa avec un dédain qui signifiait que des hommes plus malins que moi avaient essayé de l'embobiner et s'étaient cassé les dents.

— Si on avait été si intimes que ça, elle m'aurait révélé votre projet dès le début, pas vrai ? Elle m'a mise dans la confidence uniquement parce que son vieux l'avait à l'œil. Donc, pas moyen pour elle de sortir ses affaires toute seule. Certains jours, on allait à l'usine et on en revenait ensemble. On causait de ce dont causent les filles, je me souviens pas bien. Ce jour-là, elle m'a demandé de lui rendre un service.

— Comment as-tu sorti la valise ?

— Facile. Après le travail, le lendemain, vendredi, je me suis pointée chez les Daly. Rosie et moi, on leur a annoncé qu'on allait dans sa chambre, pour écouter le nouvel album d'Eurythmics. Ils nous ont juste dit de pas faire beugler la musique. On l'a poussée juste assez fort pour qu'ils n'entendent pas Rosie faire son bagage.

Un instant, alors que, penchée en avant, les coudes sur les genoux, elle souriait légèrement à travers la fumée de sa cigarette, je retrouvai l'Imelda espiègle et vive que j'avais connue.

— T'aurais dû être là, Francis. Elle dansait autour de la pièce, chantait en prenant sa brosse à cheveux pour un micro, agitait les slips neufs qu'elle venait d'acheter pour que tu voies pas ses vieilles culottes élimées… Elle m'a entraînée dans sa sarabande. On devait avoir l'air de deux cinglées, riant aux éclats mais essayant de le faire assez bas pour que sa mère se radine pas. Elle était sur un nuage, ma Rosie.

Je chassai tout de suite cette image, la gardant pour plus tard.

— C'est bon à entendre, dis-je. Donc, une fois la valise bouclée… ?

Le visage d'Imelda devint radieux.

— Je l'ai prise et j'ai quitté la chambre. Parole d'honneur. J'avais ma veste par-dessus, mais quelqu'un avec les yeux en face des trous l'aurait repérée aussi sec. Rosie m'a dit gaiement au revoir, et d'une voix forte, j'ai salué M. et Mme Daly. Ils regardaient la télé dans le salon. Lui a tourné la tête quand j'ai passé la porte, mais uniquement pour s'assurer que Rosie se tirait pas avec moi. Il a pas remarqué la valise. Je me suis glissée dehors. Et salut la compagnie.

— Bien joué, toutes les deux. Tu l'as emmenée directement au 16 ?

— Oui. C'était l'hiver. Il faisait déjà nuit, et froid. Tous les voisins se calfeutraient chez eux. Personne m'a vue.

Elle plissait les yeux, toute à ses souvenirs.

— Je te dis pas, Frank. Cette maison me flanquait une trouille d'enfer. C'était la première fois que j'y allais de nuit, toute seule en tout cas. Le pire, c'était l'escalier. Les pièces étaient vaguement éclairées par la lumière qui entrait par les fenêtres, mais l'escalier, lui, était noir. J'ai dû monter à tâtons. Des toiles d'araignée tout autour de moi, l'escalier qui tanguait comme si la baraque allait s'écrouler, et des petits bruits partout... Je le jure, j'ai cru qu'il y avait quelqu'un d'autre, ou peut-être un fantôme, qui m'observait. J'étais prête à hurler si des doigts m'agrippaient. J'ai grimpé les dernières marches comme si j'avais le feu au cul.

— Tu te rappelles où tu as mis la valise ?

— Sûr. Rosie et moi, on avait tout prévu. Je l'ai calée derrière le manteau de la cheminée de la grande pièce, tu sais, celle qui donne sur la rue. Si elle n'entrait pas là-dedans, je devais la fourrer sous le tas de planches et de ferraille du sous-sol. Pour descendre là-bas, il aurait vraiment fallu que je sois obligée. Heureusement, la valise avait les bonnes dimensions. Pile poil.

— Merci, Imelda, de nous avoir aidés. J'aurais dû te remercier il y a longtemps, mais mieux vaut tard que jamais.

— Maintenant, enchaîna-t-elle, je peux te demander quelque chose ? Ou c'est à sens unique ?

— Comme la Gestapo, *nous afons les moyens te*

fous vaire barler ? Non, ma belle. Pose-moi ta question.

— Les gens prétendent que Rosie et Kevin ont été tués. Assassinés. Tous les deux. Ils disent ça pour provoquer un scandale, ou bien c'est vrai ?

— Effectivement, Rosie a été tuée. Pour Kevin, on n'en est pas encore sûr.

— Elle a été tuée comment ?

— On ne m'a pas mis au parfum.

— Ouais…

— Imelda, tu peux continuer à me considérer comme un flic si ça te chante, mais je te garantis que je ne m'occupe pas de l'affaire. On m'en tient même éloigné. En venant ici, j'ai mis mon boulot de côté. Cette semaine, je ne suis pas flic. Je ne suis que l'emmerdeur qui ne laissera pas tomber parce qu'il aimait Rosie Daly.

Elle se mordit violemment la lèvre.

— Je l'aimais, moi aussi. Tellement…

— Je sais. Voilà pourquoi je suis là. Je n'ai pas la moindre idée de ce qui lui est arrivé et je ne fais pas confiance aux enquêteurs officiels. J'ai besoin d'un coup de main, Melda.

— L'avoir tuée, c'est dégueulasse. Elle avait jamais rien fait à personne. Tout ce qu'elle voulait…

Silence.

— Elle était celle qui avait eu le courage de partir.

Elle se tut à nouveau. Elle rougit un peu, comme si elle avait proféré une idiotie, avant de poursuivre :

— Regarde Mandy. Le portrait craché de sa mère. Elle s'est mariée le plus vite possible, a arrêté de bosser pour s'occuper de sa famille. Petite vie peinarde, maman modèle. Elle vit dans la même maison qu'autrefois et porte les vieilles frusques de sa mère. Tous ceux qu'on a connus sont les mêmes ; des clones de leurs parents, même s'ils se persuadent du contraire.

Elle écrasa son mégot dans un cendrier plein, désigna l'appartement d'un mouvement du menton.

— Et regarde-moi ! Trois filles, trois pères... Mandy te l'a dit, non ? J'ai eu Isabelle à vingt ans. Tout de suite au chômage. Pas un emploi décent depuis, jamais mariée, jamais gardé un mec plus d'un an, la moitié d'entre eux étaient déjà casés de toute façon. J'avais des millions de projets, quand j'étais ado. Du vent, tout ça. J'ai fini comme ma mère, moi aussi.

Je sortis deux autres cigarettes de mon paquet, en allumai une pour elle. Elle tira une bouffée, se détourna pour ne pas me souffler la fumée dans la figure.

— Rosie, elle, avait refusé de suivre les traces de sa vieille. De nous tous, c'était la seule. Voilà ce que je me disais. Quand j'allais mal, j'aimais penser qu'elle menait la grande vie loin d'ici, à Londres, à New York ou à Los Angeles. Elle avait eu le courage de partir...

— Je ne suis pas devenue ma mère. Ni mon père, grâce à Dieu.

Ça ne la fit pas rire. Au contraire. Son bref regard signifia « t'es devenu flic, c'est pas brillant ». Elle ajouta :

— Shania est enceinte. À dix-sept ans. Elle sait pas trop qui est le père.

Même Scorcher n'aurait pu transformer cette information en élément positif.

— Au moins, dis-je, elle a une bonne mère pour la soutenir.

— Sûr. Enfin...

Dans un des appartements voisins, un locataire poussa la radio à fond et quelqu'un lui hurla de baisser le son. Imelda sembla ne pas le remarquer.

— J'ai une autre question...

Mon ton faussement négligé lui mit la puce à l'oreille. Son visage se ferma de nouveau.

— À qui as-tu raconté qu'on avait l'intention, Rosie et moi, de partir ensemble ?

— À personne. Je suis pas une moucharde.

Elle se redressa un peu plus, prête à l'affrontement.

— Je n'ai jamais pensé ça, Imelda. Mais il y a mille façons de soutirer un renseignement à quelqu'un. Tu avais quoi ? Dix-huit, dix-neuf ans ? Il est facile de saouler une gamine pour lui délier la langue, ou de lui faire fumer quelques joints...

— Je suis pas une conne non plus.

— Pas plus que moi. Écoute-moi. Quelqu'un, cette nuit-là, attendait Rosie au 16. Ce quelqu'un l'a butée et s'est débarrassé du corps. Seules trois personnes savaient qu'elle passerait par là pour récupérer sa valise : moi, elle, et toi. Je n'en ai jamais soufflé mot. Et ainsi que tu l'as dit toi-même, Rosie s'est tue pendant des mois. Tu étais sa meilleure amie. Pourtant, elle ne t'aurait jamais rien révélé si elle avait eu le choix. Tu voudrais me faire croire qu'elle est allée cracher le morceau à quelqu'un d'autre, uniquement pour se faire mousser ? Des clous. Il ne reste que toi.

Avant que j'aie fini ma phrase, Imelda bondit sur ses pieds et m'arracha mon mug des mains.

— Salopard ! Me traiter de balance sous mon propre toit ! Me faire le numéro du vieux copain ! Copain, mon cul ! Tu es venu me cuisiner, c'est tout !

Elle se précipita dans la cuisine, jeta bruyamment les mugs dans l'évier. Seule la culpabilité provoque des réactions aussi brutales. Je la rejoignis.

— Et toi, tu me joues du violon, tu me jures que tu adorais Rosie, « la seule qui ait eu le courage de partir ». C'était pas du bidon, ça ?

— Tu sais pas de quoi tu parles ! C'est facile pour toi de fouiner dans le coin après tout ce temps, monsieur le caïd. Tu peux dégager quand tu veux. Mais moi, je vis ici ! Mes filles vivent ici !

— J'ai l'air de vouloir dégager ? Je suis là, Imelda, que ça te plaise ou non. Je ne vais nulle part.

— Si. Tu te barres de chez moi. Tu prends tes questions, tu te les carres où je pense et tu te tires.

— Dis-moi à qui tu as parlé et je m'en vais.

J'étais trop près. Imelda s'était adossée à la cuisinière. Elle examina fébrilement la cuisine, cherchant une issue. Puis elle me fixa, terrifiée.

— Imelda, murmurai-je aussi doucement que possible, je ne vais pas te frapper. Je te pose simplement une question.

Dans son dos, une de ses mains serrait quelque chose. Je compris que sa frayeur n'était pas un réflexe lié au souvenir d'un enfoiré qui l'avait cognée. Elle avait réellement peur de moi.

— Qu'est-ce que tu t'imagines, sifflai-je. Que je vais t'étrangler ?

Elle chuchota :

— On m'a mise en garde contre toi.

Instinctivement, je fis un pas en avant. Elle brandit le couteau à pain et ouvrit toute grande la bouche, prête à crier. Alors je m'en allai, dévalai l'escalier. Elle se ressaisit vite. Penchée au-dessus de la rampe, elle hurla, pour le plus grand bonheur des voisins :

— Ne refous plus jamais les pieds ici !

La porte de son appartement claqua derrière moi.

15

Pour me calmer, je marchai au hasard dans Dublin, tentant de fuir les moutons de Panurge qui se bousculaient sur les trottoirs et dans les magasins, impatients de se ruiner pour Noël. Je finis par me retrouver devant St. Patrick, au sud-ouest de la ville. En dépit du chahut des embouteillages, la quiétude de cette cathédrale, debout depuis huit siècles, m'apaisa. Assis dans les jardins, je fumais tranquillement lorsque mon téléphone bipa. Le SMS était de Stephen. J'aurais parié qu'il l'avait réécrit cinq fois, pour bien le peaufiner. *Bonjour, inspecteur Mackey, je tiens à vous faire savoir que j'ai l'information demandée. Bien à vous, Stephen Morgan (insp).*

Quel amour... Il était un peu moins de 17 heures. Je répondis : *Bravo, rendez-vous au* Cosmo's *le plus rapidement possible.*

Le *Cosmo's* est un bar à sandwiches minable, perdu dans un dédale de ruelles au large de Grafton Street. Aucune chance de tomber sur un membre de la Criminelle. Second avantage, c'est l'un des rares établissements où l'on emploie encore du personnel irlandais, peu enclin à vous lorgner sous le nez. J'y rencontre parfois mes indics.

Quand je poussai la porte, Stephen patientait déjà à une table, devant un mug de café, traçant du bout de l'index des dessins sur du sucre qu'il avait renversé. Il ne leva pas la tête lorsque je pris place en face de lui.

— Ravi de vous revoir, inspecteur, lançai-je. Merci d'avoir pris contact.

Il eut un geste bougon.

— Je vous ai dit que je le ferais.

— Ah… On a des scrupules ?

— Je me sens morveux. À Templemore, on m'a affirmé que la police était ma famille, à présent. J'ai pris ça au sérieux, vous savez.

— Vous avez eu raison. C'est votre famille. Mais dans toutes les familles, on se fait des cachotteries, mon joli. Vous ne le saviez pas ?

— Non.

— Une enfance heureuse est une bénédiction. Qu'avez-vous pour moi ?

Il mordit l'intérieur de sa joue. Je l'observai avec intérêt, le laissant régler seul ses problèmes de conscience. Finalement, bien sûr, au lieu de déguerpir après avoir ramassé son sac à dos, il en extirpa une mince enveloppe verte.

— Le rapport d'autopsie.

Je le feuilletai avec l'ongle du pouce. Tout me sauta au visage : diagrammes des blessures de Key, poids des organes, contusions cérébrales. Lecture peu ragoûtante, surtout dans un bistrot.

— Beau travail, dis-je. Et hautement apprécié. Résumez-moi ça en trente secondes maximum.

Il en resta pantois. Il avait sans doute déjà prévenu des familles de victimes, mais sans entrer dans les détails. Enfin, il se jeta à l'eau.

— Bon… Il… Je veux dire le défunt… Euh…

Votre frère est tombé par la fenêtre, la tête la première. On n'a relevé aucune blessure consécutive à une résistance, ou à une lutte, rien qui puisse impliquer un agresseur. Il est tombé d'une hauteur d'environ 7 m 50, sur un sol dur qu'il a heurté d'un côté de la tête, au sommet, à peu près ici. Le choc a provoqué une fracture du crâne, des dommages au cerveau et lui a brisé la nuque, ce qui entraîne une paralysie de la respiration. L'un de ces trois éléments l'a tué. Très vite.

C'était exactement ce que je voulais. Pourtant, je tombai presque amoureux de la serveuse trop bien sapée, pour être apparue au bon moment. Je lui demandai un café, deux sandwiches et des chips. Elle se trompa trois fois en notant la commande, histoire de prouver qu'elle était trop bien pour le job, parut consternée par mon air stupide et faillit répandre sur ses cuisses le contenu du mug de Stephen en embarquant mon menu. Mais, au moment où elle s'éloignait en roulant des hanches, j'avais repris mon sang-froid.

— Rien de neuf là-dedans. Vous avez les résultats des empreintes ?

Stephen acquiesça et sortit un autre dossier, plus épais. Scorcher avait certainement tanné les scientifiques pour l'obtenir dans les plus brefs délais, bien décidé à boucler l'affaire en deux temps trois mouvements.

— Contentez-vous du plus intéressant, dis-je.

— L'extérieur de la valise est inutilisable. Son séjour dans la cheminée a effacé la plupart des empreintes qui s'y trouvaient auparavant. Ensuite, il y a eu les maçons et la famille qui... votre famille, rectifia-t-il, horriblement gêné. Il subsiste quelques empreintes correspondant à celles de Rose Daly, plus une de sa sœur, et trois non identifiées, probablement de la même main et, vu leur emplacement, laissées au même moment. À l'intérieur, nous avons plus ou moins la même chose : celles de Rosie partout, celles de Nora sur le Walkman, deux de Theresa Daly sur les parois, ce qui s'explique puisque la valise lui appartenait, et une tripotée d'empreintes de la famille Mackey, surtout de Josephine Mackey. S'agit-il, euh, de votre mère ?

— Oui.

Seule Ma avait pu s'arroger le droit de défaire la valise. Je l'entendais d'ici : « Jim Mackey, ôte tes sales pattes de là, il y a des sous-vêtements là-dedans. T'es un pervers, ou quoi ? »

— Des empreintes inconnues ?

— Pas à l'intérieur. Nous avons également, euh, certaines des vôtres sur les enveloppes contenant les billets.

J'eus un pincement au cœur. Mes empreintes déposées lors de notre soirée chez *O'Neill's,* encore toutes fraîches après vingt ans dans le noir, prêtes à être manipulées par les techniciens du labo...

— Rien d'étonnant, ricanai-je. Je n'ai pas pensé à mettre des gants avant de les acheter. Rien d'autre ?

— C'est tout pour la valise. Et il semble que la lettre ait été nettoyée. Sur la deuxième page, celle qui a été découverte en 1985, nous avons Matthew, Theresa et Nora Daly, les trois gamins qui l'ont ramassée, plus vous. Aucune empreinte de Rose. Sur la première page, celle qui se trouvait dans la poche

348

de Kevin, nous n'avons rien du tout. Propre comme un sou neuf.

— Et sur la fenêtre ?

— Problème inverse : trop d'empreintes. Les scientifiques sont presque sûrs d'avoir celles de Kevin sur le haut et le bas du châssis, ce qui paraît logique s'il l'a ouverte, et celles de sa paume sur le rebord, où il s'est penché ; mais ils ne pourraient pas le jurer. Il y a trop d'autres couches d'empreintes en dessous ; les détails sont perdus.

— À part ça ?

— Rien de probant. Les empreintes de Kevin apparaissent en deux autres endroits, la porte d'entrée, celle de la pièce d'où il est tombé, mais nulle part où l'on ne s'y attendrait pas. La maison entière est maculée d'empreintes inconnues. Le labo les étudie toujours. Quelques-unes appartiennent à des auteurs de délits mineurs, mais ce sont des types du coin qui auraient pu se trouver là sans motif précis. Il y a des années, d'après ce que nous savons.

— Beau travail, répétai-je.

Je tassai les feuilles des dossiers, les glissai dans ma serviette.

— Je ne l'oublierai pas. Maintenant, résumez-moi l'hypothèse de l'inspecteur Kennedy à propos de ce qui s'est passé.

Son regard suivit ma main.

— Dites-moi encore en quoi tout ceci est déontologiquement honorable.

— Parce que ni vu ni connu, mon petit. Je vous écoute.

Il hésita.

349

— Vous entretenir de cette affaire me met mal à l'aise.

La serveuse déposa à la hâte mon café, nos sandwiches et nos chips sur la table avant de tourner les talons, pressée de terminer sa journée. Stephen lui accorda aussi peu d'attention que moi. Je répondis :

— À cause de mes liens personnels avec presque toutes les personnes concernées ?

— Exact. Je ne voudrais pas vous rendre les choses plus difficiles.

Plein de tact, en plus. Encore cinq ans et il serait chef de la police.

— Votre sollicitude me touche, Stephen. Toutefois, pour l'heure, je n'en ai nul besoin. Ce qu'il me faut, c'est votre objectivité. Comportez-vous comme si je n'avais rien à voir avec l'affaire. Je ne suis qu'un parfait inconnu à qui vous devez faire un rapport. Ça vous va ?

Il opina.

— Je vais essayer.

— Merveilleux, dis-je en tirant mon assiette vers moi. Allez-y.

Il prit son temps. Il noya son sandwich dans du ketchup et de la mayonnaise, disposa soigneusement ses chips dans son assiette, comme s'il mettait de l'ordre dans ses pensées. Enfin, il commença :

— Bien. L'hypothèse de l'inspecteur Kennedy est la suivante. À la fin du mois de décembre 1985, Francis Mackey et Rose Daly décident de se retrouver en haut de Faithful Place et de s'enfuir ensemble. Kevin, le frère de Mackey, a vent du projet...

— Comment ?

J'imaginais mal Imelda se confiant à un moutard de quinze ans.

— Ce n'est pas clair. Néanmoins, de toute évidence, quelqu'un a été mis au courant ; et Kevin semble la personne la plus plausible. C'est l'un des points sur lequel repose la théorie de l'inspecteur Kennedy. Si l'on en croit tous ceux que nous avons interrogés, Francis et Rose avaient gardé le secret absolu sur leurs intentions. Kevin, cependant, occupait une position privilégiée. Il partageait une chambre avec Francis. Il aurait pu voir quelque chose.

Ma chère Mandy l'avait donc bouclée.

— Foutaises. Il n'y avait rien à voir, dans cette chambre.

Il haussa les épaules.

— Je suis de North Wall. Il n'y a guère de différence entre mon quartier et les Liberties : les gens vivent les uns sur les autres, ils jacassent. Le secret, ça n'existe pas. Je vous avoue que je serais sidéré d'apprendre que personne n'était au courant de ce projet de fuite. Sidéré.

— Admettons. Laissons donc cette supposition en suspens. Que se passe-t-il ensuite ?

Il se détendit, retrouva son aisance.

— Kevin décide d'intercepter Rose avant qu'elle ne rejoigne Francis. Il s'arrange peut-être pour la croiser, ou bien il sait qu'elle doit récupérer sa valise. En tout cas, ils se rencontrent, plus vraisemblablement quelque part au 16, Faithful Place. Ils se disputent, il perd la boule, la saisit à la gorge et lui fracasse la tête contre le mur. Selon Cooper, cela s'est passé très vite, en quelques secondes. Lorsque Kevin retrouve ses esprits, il est trop tard.

— Le mobile ? Pourquoi l'a-t-il interceptée, pour commencer ? Sans parler de la dispute...

— Inconnu. Tout le monde affirme que Kevin était très attaché à Francis. Peut-être ne voulait-il pas que Rosie l'emmène. Il pourrait également s'agir de jalousie sexuelle. Il avait l'âge où ça commence à perturber les garçons. Selon tous les témoignages, elle était sublime. Elle l'a peut-être envoyé bouler, ou alors ils ont eu une histoire en douce...

Stephen se rappela soudain à qui il parlait. Il rougit, se tut, me fixa avec appréhension.

Je me souviens de Rosie, m'avait dit Kevin. *Ses cheveux, son rire, sa démarche...*

— La différence d'âge, objectai-je d'un ton indifférent, me paraît un peu grande. Quinze ans d'un côté, dix-neuf de l'autre. Mais il a très bien pu, effectivement, avoir le béguin pour elle. Continuez.

— Merci. En ce qui concerne le mobile, il n'a pas besoin d'être très sérieux. D'après ce que nous savons, il n'avait pas l'intention de la tuer. Ça ressemble plus à un acte impulsif. Quand il comprend qu'elle est morte, il traîne le corps jusqu'au sous-sol, à moins que tout se soit passé en bas, et le met sous le béton. Il était costaud pour son âge. L'été précédent, il avait travaillé à mi-temps sur un chantier de construction, à trimbaler des briques. Il aurait été capable de le faire.

Nouveau silence. J'extirpai négligemment un bout de jambon d'une molaire.

— À un moment ou à un autre, poursuivit Stephen, Kevin découvre le mot que Rose a écrit à

l'intention de sa famille et comprend qu'il peut l'utiliser à son avantage. Il planque la première page et
laisse la seconde où elle est. L'idée est la suivante : si
Francis s'en va quand même, tout le monde croira
que Rose et lui se sont enfuis ensemble et que la
lettre était destinée à ses parents. Si Francis finit par
rentrer chez lui après avoir attendu Rose en vain, ou
s'il entre par la suite en contact avec sa famille, tout
le monde pensera que le billet lui était adressé et
qu'elle est partie de son côté.

— Et, pendant vingt-deux ans, c'est exactement
ce qui s'est produit.

— Tout juste. On découvre alors le cadavre de
Rose, nous commençons à enquêter. Kevin panique.
Selon tous ceux que nous avons interrogés, il s'est
montré très nerveux au cours des deux derniers
jours, et ça n'a fait qu'empirer. Finalement, il ne
supporte plus cette tension. Il sort la première page
de la cachette où elle est restée toutes ces années,
passe une dernière soirée avec sa famille, revient sur
les lieux où il a tué Rosie, puis...

— Il dit ses prières avant de se jeter par la fenêtre.
Justice est faite.

— Si on veut. Ouais.

Il me regarda à la dérobée par-dessus son café,
redoutant ma réaction. Je le rassurai aussitôt.

— Félicitations,   inspecteur.   Clair,   concis,
objectif.

Il poussa un soupir de soulagement, comme s'il
venait de passer un oral, et plongea dans son
sandwich.

— À votre avis, ajoutai-je, de combien de temps
disposons-nous avant que cette hypothèse devienne

353

les conclusions officielles de Kennedy et que les deux affaires soient classées ?

— Quelques jours, peut-être ? Il n'a pas encore envoyé le dossier en haut lieu. Nous cherchons toujours des preuves. L'inspecteur Kennedy est méticuleux. Bien sûr, il a son idée. Mais il ne va pas s'en contenter pour bâcler l'enquête. Il parle de nous garder à la brigade, les autres stagiaires et moi, au moins jusqu'à la fin de la semaine.

Cela me laissait à peu près trois jours. Personne n'aime revenir en arrière. Une fois l'affaire classée, il faudrait que je me pointe avec une vidéo certifiée devant notaire et montrant un inconnu commettant les deux meurtres avant que quiconque consente à la rouvrir.

— Je suis sûr qu'il va faire des étincelles. Que pensez-vous, personnellement, de son hypothèse ?

Ma question prit Stephen au dépourvu. Il mit une seconde à se ressaisir.

— Moi ?

— Vous, mon mignon. Je sais déjà comment travaille Scorcher. Ainsi que je vous l'ai dit, je m'intéresse à ce que vous avez à offrir. En dehors de vos talents inouïs de dactylo…

— Mon travail ne consiste pas à…

— Si. Je vous le demande. Donc, cela devient votre travail. Sa théorie vous paraît-elle défendable ?

Il baissa la tête, mordit dans son sandwich pour se donner le temps de réfléchir.

— Allons, Stevie. J'admets volontiers que vous me soupçonniez d'être partial, fou de chagrin ou cinglé pour de bon, ce qui ne fait pas de moi l'être idéal avec qui partager vos convictions les plus intimes. Pourtant, je parie que vous avez déjà envisagé la possibilité que l'inspecteur Kennedy se trompe.

— Cela m'a traversé l'esprit.

— Bien évidemment ! Sinon, vous seriez un imbécile. Ces doutes ont-ils effleuré d'autres membres de votre équipe ?

— Ils n'en ont pas fait mention devant moi.

— Et ils ne le feront pas. Ils l'ont tous pensé, parce qu'ils ne sont pas idiots non plus. Mais ils se tairont, terrifiés à l'idée de déplaire à Scorcher.

Je me penchai au-dessus de la table et martelai, mon front touchant presque le sien :

— Il ne reste que vous, inspecteur Morgan. Vous et moi. Si l'assassin de Rose Daly se balade toujours dans les parages, personne ne lui donnera la chasse, sauf nous. Commencez-vous à comprendre pourquoi notre petit jeu est « déontologiquement honorable » ?

Silence.

— Je crois, finit-il par répondre dans un murmure.

— Vous avez une responsabilité particulière. Ni envers Scorcher, ni envers moi. Mais à l'égard de Rose Daly et de Kevin Mackey. Ils n'ont que nous. Alors, cessez de minauder comme une pucelle et dites-moi ce que vous pensez du scénario de l'inspecteur Kennedy.

— Il ne m'emballe pas.

— Pourquoi ?

— Les blancs ne me gênent guère : mobile indéterminé, comment Kevin a découvert le projet de fuite, tout ça. Après tant d'années, il fallait s'y attendre. Ce qui me turlupine, ce sont les empreintes.

Je m'étais demandé s'il y viendrait.

— Qu'est-ce qu'elles ont ?

Il leva le pouce après en avoir léché la mayonnaise.

— Un, celles de l'extérieur de la valise qu'on n'a pas identifiées. Elles n'ont peut-être aucune importance. Toutefois, si je menais l'enquête, j'aurais voulu connaître leur provenance avant de clore le dossier.

À qui elles appartenaient, je le savais. Mais je préférais le garder pour moi.

— Moi aussi, dis-je. Ensuite ?

Il leva un autre doigt.

— Pourquoi n'en a-t-on trouvé aucune sur la première page de la lettre ? Nettoyer la seconde semble logique : si quelqu'un avait eu des soupçons et avait signalé la disparition de Rose, il n'était pas question, pour Kevin, qu'on découvre ses empreintes sur le mot d'adieu. Mais la première page ? Il l'extirpe de sa cachette, il compte l'utiliser comme preuve de son suicide, comme un aveu. Et il la nettoie, met des gants pour la glisser dans sa poche ? Pourquoi ? Pour empêcher qu'on fasse le rapprochement entre ce billet et lui ?

— Qu'en dit l'inspecteur Kennedy ?

— Que toute affaire a ses petites anomalies. Kevin nettoie les deux pages la nuit du meurtre, dissimule la première. Quand il la récupère, il n'y laisse aucune empreinte. On n'en laisse pas toujours. Vrai, sauf que... Nous parlons d'un homme qui est sur le point de se tuer. Quelqu'un qui avoue un meurtre ! Même déterminé, il doit suer à grosses gouttes. Et quand on transpire, on laisse des empreintes. Cette page devrait en être couverte. Point final.

Il attaqua de nouveau son sandwich.

— Admettons un instant, pure spéculation bien entendu, que, pour une fois, mon vieil ami Scorcher se trompe et que Kevin Mackey n'ait pas tué Rose Daly. Dès lors, qu'avons-nous ?

Il feignit la surprise.

— Nous supposons donc que Kevin, lui aussi, a été assassiné ?

— À vous de me le dire.

— S'il n'a pas essuyé cette lettre et ne l'a pas mise dans sa poche, quelqu'un l'a fait à sa place. J'opte pour le meurtre.

De nouveau, une brusque bouffée d'affection pour lui me submergea. Je l'aurais presque embrassé.

— Ça me va. Que savons-nous de l'assassin ?

— Vous pensez qu'il n'y en a qu'un ?

— Je le souhaite de tout cœur. Mes voisins sont peut-être fêlés, mais pas assez, j'espère, pour que deux tueurs distincts se promènent dans ma rue.

Depuis qu'il commençait à donner son opinion, Stephen avait de moins en moins peur de moi. Appuyé sur les coudes, il était si concentré qu'il en avait oublié son sandwich. Ses yeux brillaient d'un éclat dur, auquel je ne me serais pas attendu chez cette bleusaille rougissante.

— Selon Cooper, il s'agit sans doute d'un homme. Âge : entre le milieu de la trentaine et la cinquantaine. Il avait donc entre quinze et trente ans à la mort de Rose. Un gars en pleine forme physique, à l'époque et maintenant. Il fallait qu'il soit costaud pour faire ce qu'il a fait.

— Ça cadre avec Rosie. Avec Kevin, non. Si le tueur a trouvé le moyen de l'amener à se pencher par la fenêtre, et Kev n'était pas du genre méfiant, une petite poussée a suffi. Inutile d'avoir des biceps.

— Donc, si notre homme avait entre quinze et cinquante balais quand il a liquidé Rosie, il doit en avoir à présent entre trente-cinq et soixante-dix.

— Hélas. Rien qui puisse réduire la fourchette ?

— Il a grandi très près de Faithful Place. Il connaît le 16 comme sa poche. Quand il a compris que Rosie était morte, il a dû être sacrément choqué. Pourtant, il s'est souvenu des dalles de béton du sous-sol. Et, d'après toutes les déclarations, les gens qui connaissent le 16 vivaient à Faithful Place ou dans les environs immédiats quand ils étaient ados. Il n'habite peut-être plus là et a pu apprendre la découverte du corps de Rose de multiples façons. Mais il y vivait à l'époque.

— Peu importe comment il a appris la découverte du corps de Rosie. Ainsi que vous l'avez dit, le téléphone arabe a dû fonctionner dans tout le quartier des Liberties. Ce qui compte, c'est comment il a su que Kevin constituait une menace pour lui, après tout ce temps. À mon sens, une seule personne aurait pu l'en convaincre : Kevin lui-même. Soit les deux hommes étaient toujours en relation, soit ils sont tombés nez à nez pendant le chambardement du week-end, soit Kevin est entré en contact avec lui. Quand vous en aurez l'occasion, j'aimerais que vous me dégotiez les noms des gens à qui Kevin a téléphoné au cours des dernières quarante-huit heures, depuis son mobile ou son fixe s'il en avait un, à qui il a envoyé des SMS, qui l'a appelé ou lui a expédié des messages. Je ne ferai pas à l'inspecteur Kennedy l'injure d'envisager qu'il ne s'est pas procuré ces relevés.

— Il ne les a pas encore, mais il les a demandés.

— Si nous savons à qui Kevin a parlé ce week-end, nous tenons notre homme.

Entre le moment où il m'avait quitté brutalement, le samedi après-midi, juste avant que je récupère la valise pour Scorcher, et le soir, lorsque je l'avais retrouvé au pub, Kev avait eu tout le temps d'aller voir n'importe qui.

— Autre élément important, reprit Stephen. Je crois que c'est un violent. Bien sûr, il l'a été lors des deux meurtres. Mais il a dû l'être bien d'autres fois. À mon avis, il y a de fortes chances pour qu'il ait un casier ou, du moins, une réputation.

— Hypothèse intéressante. D'où vous vient-elle ?

— Il y a une différence entre les deux meurtres. D'accord ? Notre homme a forcément prémédité le second, ne serait-ce que quelques minutes avant de le commettre. Pas le premier.

— Et alors ? Il a vieilli, il se contrôle davantage, il prévoit. La première fois, il a simplement pété les plombs.

— Justement. Chez lui, c'est une tendance. Et même s'il a vieilli, ça ne changera pas.

Soudain, une scène me revint en mémoire. Le front de Shay frappant violemment le mur, les grosses mains de Pa enserrant sa nuque. Ma hurlant : *Regarde ce que tu as fait, salopard, tu as failli le tuer !* La voix épaisse et rauque de Pa : *Il l'a pas volé.* Et Cooper : *L'agresseur l'a saisie à la gorge et a cogné plusieurs fois sa tête contre un mur.*

— Quelque chose ne va pas ? s'enquit Stephen, que mon expression devait inquiéter.

— Rien, répondis-je en enfilant ma veste.

Matt Daly, net, catégorique : *Les gens ne changent jamais.*

— Vous abattez du bon boulot, inspecteur Morgan. Je suis sincère. Faites-moi signe dès que vous aurez ces relevés téléphoniques.

— Comptez sur moi. Si quelque chose...

Je jetai un billet de vingt livres sur la table.

— Réglez la note. Prévenez-moi tout de suite si le labo identifie les empreintes inconnues de la valise, ou si l'inspecteur Kennedy vous dit quand il compte clore l'enquête. Souvenez-vous que tout repose sur nos épaules. Ils n'ont que nous.

Je partis. La dernière chose que je vis fut le visage de Stephen, flou derrière la vitre du café. Il tenait le billet à la main et, bouche bée, me regardait m'en aller.

16

Je marchai encore deux heures. En chemin, je traversai Smith's Road à l'intersection de Faithful Place, suivant le parcours que Kevin était censé avoir emprunté le samedi soir après avoir raccompagné Jackie à sa voiture. Pendant un bon moment, j'eus une vue parfaite sur les fenêtres supérieures du 16, avant d'apercevoir brièvement celles du rez-de-chaussée puis, en me retournant, la façade entière de la maison. Les réverbères auraient permis à quiconque guettant à l'intérieur de me voir venir. Mais ils nimbaient aussi les fenêtres d'une lumière orangée, brumeuse. S'il y avait eu une lampe torche allumée dans une des pièces, ou une action en cours, je n'aurais rien remarqué. Et si quelqu'un avait voulu se pencher au-dehors et m'appeler, il aurait dû le faire d'une voix assez forte pour que toute la rue risque de l'entendre. Kevin ne s'était pas aventuré au 16 parce qu'une anomalie avait attiré son attention. Il y avait rendez-vous.

Une fois à Portobello, je me reposai sur un banc, au bord du canal, et parcourus le rapport d'autopsie. Le jeune Stephen était doué pour les résumés. Aucune surprise, hormis deux photos dont je me serais bien passé. Kevin était en bonne santé. À en croire Cooper, il aurait pu vivre éternellement, s'il avait pris soin d'éviter les bâtisses en ruine. La cause de la mort était qualifiée d'« indéterminée ». Quand Cooper se montre plein de tact envers vous, vous êtes mal barré.

Je retournai aux Liberties et arpentai deux fois Copper Lane, cherchant, sur le mur du fond, des prises pour mes pieds. Il était à peu près 20 h 30. Tout le monde dînait, regardait la télé ou couchait les enfants. J'escaladai le mur et traversai le jardin des Dwyer, en direction de celui des Daly.

Il fallait que je sache ce qui s'était passé entre mon père et celui de Rosie. Impossible, dans ma situation, de frapper à la porte des voisins. Mieux valait aller droit à la source. J'étais sûr que Nora avait toujours eu un faible pour moi. Jackie m'avait appris qu'elle habitait Blanchardstown. Mais toutes les familles normales, sauf la mienne, se serrent les coudes en cas de malheur. Après les événements du samedi, j'étais prêt à parier que Nora avait laissé son moutard et son mari jouer les baby-sitters l'un avec l'autre et passait quelques jours chez papa et maman.

Un autre mur à franchir. Le gravier craqua sous mes pieds lorsque j'atterris de l'autre côté. Je m'immobilisai dans les ténèbres. Personne ne vint voir.

Peu à peu, mes yeux s'accoutumèrent à l'obscurité. Je ne m'étais jamais risqué dans ce jardin ; comme je l'avais avoué à Kevin, j'avais toujours eu trop peur de me faire prendre. L'endroit correspondait parfaitement à Matt Daly : arbustes bien taillés, bâtonnets étiquetés dans des parterres de fleurs préparés pour le printemps, toilettes transformées en cabane à outils. Je dénichai un banc de fer forgé dans un coin obscur, l'essuyai avant de m'y asseoir. Et j'attendis.

Derrière l'une des fenêtres du rez-de-chaussée, une lampe éclairait un alignement de placards en bois de pin – la cuisine. Au bout d'une demi-heure, Nora apparut, flottant dans un pull noir trop grand, les cheveux noués en un chignon hâtif. Même à distance, elle semblait fatiguée et pâle. Elle se versa un verre d'eau au robinet et s'appuya contre l'évier pour le boire, jetant un regard vide au-dehors, en se massant la nuque. Enfin elle sursauta, répondit à quelqu'un, rinça rapidement le verre qu'elle posa sur le séchoir, prit quelque chose dans un placard et s'en alla.

Il ne me restait qu'à patienter jusqu'à ce qu'elle se couche. Pas question de fumer. On aurait pu repérer le rougeoiement de ma cigarette, et Matt Daly était du genre à poursuivre les rôdeurs avec une batte de base-ball, pour le salut de la communauté. Pour la première fois depuis le début de ces journées qui m'avaient paru des siècles, je n'avais qu'une chose à faire : me tenir tranquille.

Un téléviseur projetait une lueur tremblotante sur le mur des Dwyer. Un air mélancolique, chanté par une jolie voix de femme, se répandait tristement dans les jardins. Aux 7, les ampoules multicolores du sapin et les petits Pères Noël rondouillards étincelaient contre les vitres. L'un des marmots de Sallie Hearne hurla « Je te hais ! », puis claqua une porte. À l'étage du 5, les yuppies couchaient leur bébé né sous péridurale, tout juste sorti du bain et drapé dans un petit peignoir blanc. Papa le portait dans la chambre en pouffant sur son ventre, maman se penchait en riant pour ouvrir son lit. De l'autre côté de la rue, Ma et Pa fixaient sans doute la télé d'un air hagard, prisonniers de leurs pensées inavouables, se demandant s'ils pourraient tenir jusqu'au moment où ils s'endormiraient sans s'adresser la parole.

Je pensai à Holly dans ce que j'avais pris pour sa tour d'ivoire, essayant d'imaginer comment le monde pourrait continuer à exister sans oncle Kevin ; au petit Stephen si touchant dans son costume flambant neuf, tentant de ne pas croire à ce que je lui enseignais sur son métier ; à ma mère, qui avait pris la main de mon père devant l'autel et porté ses enfants en trouvant que c'était une bonne idée. Je pensai à moi, à Mandy, à Imelda et aux Daly, seuls et silencieux au fond de notre nuit, accablés par la mort de Rosie dont, pendant vingt-deux ans, nous avions pleuré l'absence.

Nous avions dix-huit ans et nous étions au *Galligan's,* tard en ce samedi soir de printemps, lorsque Rosie prononça pour la première fois devant moi le mot « Angleterre ». Presque tous les gens de ma génération ont des histoires à propos de cette boîte, et ceux qui n'en ont pas s'approprient celles des autres. Chaque quadragénaire de Dublin vous racontera, hilare, comment il a réussi à se débiner de là à 3 heures du matin pour échapper à une descente de police, payé un verre aux musiciens de U2 avant qu'ils ne deviennent célèbres, comment il y a rencontré sa femme, perdu une dent lors d'une bagarre ou s'y est tellement cuité qu'il s'est endormi dans les gogues et n'a été découvert que deux jours plus tard. L'endroit était un trou à rats et un piège mortel en cas d'incendie : peinture noire écaillée, aucune ouverture, portraits au pochoir de Bob Marley, Che Guevara et autres idoles à la mode. Mais on y servait à boire jusqu'à point d'heure. Pas de licence pour la bière. On avait le choix entre deux marques d'un vin blanc allemand râpeux qui vous donnait à la fois l'impression d'être dans le vent et le sentiment de vous faire arnaquer. Surtout, on pouvait y entendre d'éphémères groupes de rock, jamais les mêmes et jamais programmés à l'avance. Aujourd'hui, aucun ado ne s'aventurerait seul dans un bouge pareil. Pour nous, c'était le paradis.

Rosie et moi étions là pour écouter Lipstick On Mars, dont on lui avait dit le plus grand bien. Nous buvions le meilleur vin blanc et dansions jusqu'au vertige. J'adorais la regarder danser. Je raffolais du balancement de ses hanches, du mouvement de ses cheveux. Contrairement aux traits des autres filles, qui devenaient vite inexpressifs, les siens s'animaient sans cesse. La soirée promettait d'être grandiose. Le groupe n'était pas Led Zeppelin, mais il avait de bonnes chansons, un excellent batteur et cette aura qui, à l'époque, les transfigurait tous parce que personne n'avait rien à perdre, que le fait de n'avoir aucune chance de percer comptait pour des prunes et que se jeter à corps perdu dans la musique était le seul moyen de se distinguer des autres chômeurs sans avenir qui broyaient du noir dans leur piaule à deux balles.

Le bassiste cassa une corde pour prouver sa vigueur. Pendant qu'il la changeait, Rosie m'entraîna jusqu'au bar où elle commanda deux autres verres de vin.

— Ce pinard est dégueu, annonça-t-elle au barman en s'éventant avec son haut. T'as rien de mieux ?

— Plante ton mec, attends l'heure de la fermeture et je t'emmène ailleurs.

Il nous aimait bien. Je lui lançai :

— Je t'en colle une ou je laisse ce plaisir à ta gonzesse ?

— Fais-le. Elle cogne plus fort que toi.

Elle avait une crête d'Iroquois au sommet du crâne, des tatouages sur les avant-bras. Elle aussi nous avait à la bonne. Il nous fit un clin d'œil et alla chercher ma monnaie.

— J'ai des nouvelles, me dit Rosie, soudain sérieuse.

— Ah oui ? Quel genre ?

— Le mois prochain, quelqu'un prend sa retraite chez Guinness. Mon père m'a recommandée. Si je veux le poste, il est à moi.

— Bravo.

— Je le prends pas.

Le barman étala ma monnaie sur le comptoir. Je la pris en répondant :

— Pourquoi ?

— Je veux rien devoir à mon vieux. Ce que j'aurai, je l'aurai obtenu par moi-même. De toute façon...

L'orchestre recommença à jouer, attaquant par un solo déchaîné de batterie, et la voix de Rosie se perdit. En riant, elle me désigna le fond de la pièce, où l'on pouvait encore à peu près s'entendre. Prenant sa main libre, je nous frayai un chemin au milieu de filles dodues en mitaines et aux paupières de ratons laveurs, cernées par des types désarticulés qui espéraient, en se rapprochant, les tripoter un peu.

— Là, dit-elle en se juchant sur le rebord d'une fenêtre murée. Ils sont pas mal, ces gars, tu trouves pas ?

— Ils sont extra.

366

J'avais passé la semaine à chercher du boulot dans tout Dublin et à me heurter à un refus narquois chaque fois que je donnais mon adresse. Depuis des mois, Shay n'arrêtait pas de fustiger ces glandeurs de collégiens incapables de ramener un salaire à la maison. Le barman venait d'empocher ce qui restait de mon dernier billet de 10 livres. N'importe quel orchestre jouant assez fort pour me laver la tête m'aurait paru génial.

— Je dirais pas extra, non, objecta Rosie. Pas mal. Mais en partie à cause de ça.

Elle me montra les spots du plafond d'où jaillissaient des rayons multicolores, aveuglants. Un type nommé Shane s'occupait de l'éclairage. Il menaçait du poing tous ceux qui, un verre à la main, s'approchaient un peu trop de sa console. Les reflets argentés qu'il réussissait à créer transformaient la silhouette des musiciens, la rendaient surnaturelle, presque angélique.

— C'est un bon, ce Shane. Toute l'atmosphère vient de lui. Sans la lumière et les costumes, ils seraient quoi, ces quatre gars ? Des tocards.

— Comme tous les groupes, répliquai-je en riant.

— Tu veux que je te dise quelque chose, Francis ?

— Vas-y.

J'adorais l'esprit de Rosie. Si j'avais pu m'y glisser, j'y aurais volontiers passé le reste de ma vie, flottant dans ses songes.

— C'est ce que j'aimerais faire.

— L'éclairage ? Pour les orchestres ?

— Oui. La musique, c'est mon dada. J'ai toujours rêvé de travailler dans le showbiz. Depuis que je suis toute petite. Je t'apprends rien.

Je savais, comme tout le monde, qu'elle avait été la seule gamine de Faithful Place à dépenser l'argent de sa confirmation pour acheter des albums. Toutefois, c'était la première fois qu'elle mentionnait l'éclairage.

— Je chante comme une casserole. Pour le côté artistique, écrire des chansons, jouer de la guitare, je serais nulle. Mais les lumières, c'est mon truc.

— Pourquoi ?

— Parce que. Grâce à ce gus, les musiciens deviennent bons. Même s'ils sont vannés, même s'ils jouent devant dix paumés, même si personne ne remarque ce qu'il fait, il les rend mille fois meilleurs à chaque fois. J'aime ça.

L'éclat de ses yeux me ravissait. La danse avait ébouriffé ses cheveux. Je les remis en ordre.

— Il fait du bon boulot, c'est vrai.

— Et indispensable. S'il est brillant, il change tout. C'est ce qui me botte. Quand je me défonce à l'atelier de couture, tout le monde s'en fout. L'essentiel, c'est que je fasse pas de conneries. À l'usine Guinness, ce serait pareil. Je veux être bonne dans un job. Vraiment bonne. Et qu'on s'en aperçoive ! Ici, c'est une scène minable. Imagine ce qu'on pourrait faire dans une vraie salle... Si on travaillait pour un bon groupe qui partirait en tournée. Un lieu différent tous les deux jours...

— Te laisser gambader sur les routes avec une bande de rockers ? Jamais ! Ils te sauteraient aussi sec.

— Tu pourrais venir aussi. Devenir membre de l'équipe.

— Je m'occuperais des groupies ?

Elle s'esclaffa.

— Sûrement pas ! Sauf si je dois m'envoyer le chanteur... Sérieux... Tu le ferais ?

Elle m'interrogeait pour de bon. Elle voulait vraiment savoir.

— Oui. Sans hésiter. Je plaquerais tout pour ça : voyager, écouter de la bonne musique, ne jamais m'ennuyer... Mais ça n'arrivera jamais.

— Pourquoi pas ?

— Allons... Combien de groupes, à Dublin, peuvent s'offrir un assistant ? Tu crois qu'ils le peuvent, eux ?

Je pointai du doigt les musiciens de Lipstick On Mars, qui avaient sans doute à peine de quoi se payer un ticket de bus pour rentrer chez eux.

— Leur assistant doit être le petit frère de l'un d'eux, qui transporte la batterie dans la camionnette de papa.

— Même chose pour l'éclairage, approuva Rosie. Il y a peu de postes, et ils vont à des types qui ont déjà de l'expérience. Y a pas de formation, d'apprentissage, rien. J'ai vérifié.

— Ça m'étonne pas.

— Admettons que t'aies réussi à t'introduire dans le milieu. Peu importe comment. Tu commencerais où ?

Je haussai les épaules.

— Pas ici. À Londres ; peut-être à Liverpool. En Angleterre, en tout cas. Je trouverais un groupe qui me nourrirait pendant que j'apprendrais le métier. Ensuite, je volerais de mes propres ailes.

— C'est exactement ce que je pense.

Elle but une gorgée de vin, s'appuya contre la

paroi. Contemplant l'orchestre, elle laissa tomber négligemment :

— Alors, allons en Angleterre.

Je crus avoir mal entendu. Je la fixai et elle ne cilla pas.

— T'es sérieuse ?

— Oui.

— Bon Dieu ! C'est pas une blague ?

— Croix de bois, croix de fer. Qu'est-ce qu'on a à perdre ?

Un feu d'artifice éclata dans mon crâne, le dernier solo de batterie me fit trembler de la tête aux pieds. Je ne voyais plus rien, je ne savais plus où j'étais. Je me ressaisis enfin et bredouillai :

— Ton père va grimper au rideau.

— Et après ? Il le fera de toute façon quand il découvrira qu'on est toujours ensemble. Au moins, on sera plus là pour l'entendre. Une autre bonne raison pour se tirer ; le plus loin sera le mieux.

— Sûr. Mais comment faire ? On n'a pas un rond. Il nous en faut assez pour le bateau, une piaule et... Bon Dieu !

Elle eut un petit rire attendri.

— Je sais bien, ballot. Je parle pas de partir ce soir. On devra économiser.

— Ça prendra des mois.

— Il y a des mois que j'y pense.

— J'en savais rien. Tu m'as rien dit.

— J'attendais d'être sûre. Maintenant, je le suis.

— À cause de quoi ?

— De l'emploi chez Guinness. C'est ce qui m'a décidée. Tant que je resterai ici, mon vieux n'arrêtera pas de faire pression sur moi. Tôt ou tard, je finirai par craquer et par accepter le poste. Parce qu'il a raison, Francis. C'est une occasion unique. Des gens tueraient pour être choisis. Mais une fois là-dedans, j'en sortirai jamais.

Le groupe venait d'achever, en apothéose, son dernier morceau. Le chanteur se frappa le front avec son micro, déclenchant l'hystérie de la foule. J'applaudis machinalement. La fièvre retomba ; tout le monde, y compris les musiciens, se dirigea vers le bar. Je posai mon verre et, debout, me plantai devant Rosie, le visage tout proche du sien.

— Si on s'en va, on reviendra jamais. Personne ne revient.

— Tant mieux. Comment rester ensemble, autrement ? J'ignore comment ça se passe chez toi, mais je refuse que mon père soit sur mon dos pendant des années et me tanne du matin au soir pour soi-disant faire mon bonheur. Je veux que toi et moi, on ait un bon départ : qu'on fasse ce qui nous plaît, ensemble, sans que nos familles nous pourrissent la vie. Juste tous les deux.

Les spots diffusaient à présent un halo délicat, apaisant, qui évoquait le fond de la mer. Sur scène, une fille se mit à chanter avec lenteur, d'une voix puissante et rauque. Nimbée par les rayons dorés et verts, Rosie ressemblait à une sirène, à un mirage fait de couleurs et de lumière. J'eus envie de la serrer de toutes mes forces contre moi, pour la retenir, l'empêcher de disparaître. Mais elle était bien réelle, bien vivante. Et elle venait de me montrer le chemin. J'avais toujours su, dès ma plus tendre enfance, que je méritais mieux que l'avenir que nous prédisaient nos maîtres d'école : l'usine ou le chômage.

Pourtant, je ne m'étais jamais cru capable de m'exiler, de forger mon destin de mes propres mains, d'échapper à une famille qui, chaque fois que je poussais la porte de chez moi, me déprimait. Maintenant, grâce à Rosie, je ne craignais plus rien.

— Faisons-le, dis-je.

— Du calme, Francis ! Je t'ai pas demandé de te décider ce soir. T'as le temps d'y réfléchir.

— C'est tout réfléchi.

— Mais... Et ta famille ? Elle te laissera partir ?

Nous n'avions jamais parlé de mes parents, ni de mes frères et sœurs. Elle devait bien avoir son idée à leur sujet, comme toute la rue, mais elle n'y avait jamais fait allusion devant moi et je lui en étais reconnaissant.

Ce soir-là, j'avais réussi à sortir en négociant pied à pied avec Shay à qui j'avais promis de passer, en échange, la fin du week-end à la maison. Au moment où je m'éclipsais, Ma reprochait violemment à Jackie de se montrer si insolente avec son père qu'il se réfugiait au pub pour ne plus avoir à la supporter. Je regardai Rosie droit dans les yeux.

— Tu es ma famille, maintenant.

Ses prunelles s'illuminèrent.

— Je le serai n'importe où. Ici, si on t'empêche de t'en aller, murmura-t-elle.

— Non. Tu as raison. Il faut qu'on parte.

Ce radieux, ce merveilleux sourire dont je ne me lasserais jamais. Et ce chuchotement :

— Que vas-tu faire de moi jusqu'à la fin de mes jours ?

Mes paumes remontèrent le long de ses cuisses, enserrèrent ses hanches. Doucement, je l'attirai contre moi. Elle noua ses jambes autour de ma taille et m'embrassa. Sa bouche avait un goût sucré à cause du vin, salé à cause de la danse. Je sentis son sourire contre mes lèvres, jusqu'à ce que la musique nous enrobe, que son baiser devienne passionné et que ce sourire s'évanouisse.

La seule qui ne soit pas devenue le clone de sa mère, me souffla la voix d'Imelda, enrouée par des millions de cigarettes et une tristesse sans nom. *Celle qui a eu le courage de partir.* Imelda et moi étions deux menteurs congénitaux, mais elle ne m'avait pas menti sur son amour pour Rosie et je ne lui avais pas menti en lui affirmant qu'elle avait été son amie la plus proche. Imelda, que Dieu lui vienne en aide, avait tout compris.

Le bébé yuppie s'était endormi à la lueur rassurante de sa veilleuse. Sa mère se redressa avec précaution, se glissa hors de la chambre. Une par une, les lumières de Faithful Place s'éteignirent : les Pères Noël de Sallie Hearne, la télé des Dwyer, l'antre des étudiants chevelus. Le 9 était sombre. Mandy et Ger se blottissaient tôt l'un contre l'autre ; il se levait sans doute à l'aube, pour aller préparer les œufs frits à la banane à l'intention de ses clients hommes d'affaires. Je commençais à avoir froid aux pieds. La lune rasait les toits, embuée et souillée par les nuages.

À 23 heures tapantes, Matt Daly pénétra dans sa cuisine, vérifia que le frigo était bien fermé et éteignit la lumière. Une minute plus tard, une lampe s'alluma dans la pièce du haut donnant sur le jardin. C'était Nora, dénouant d'une main l'élastique de ses cheveux et couvrant un bâillement de l'autre. Elle libéra ses boucles en secouant la tête, puis s'avança vers la fenêtre et tira les rideaux.

Avant qu'elle se déshabille et se mette en chemise de nuit, ce qui l'aurait rendue vulnérable et l'aurait peut-être poussée à appeler papa pour chasser l'intrus tapi dans l'ombre, je jetai un gravier contre sa fenêtre. Il rebondit avec un craquement sec, mais rien ne se passa. Elle avait mis le bruit sur le compte des oiseaux, du vent, des sons ténus de la maison. J'en jetai un autre, plus fort.

Sa lampe s'éteignit. Un rideau remua à peine. J'actionnai ma torche, la pointai sur mon visage, agitai la main. Après avoir laissé à Nora le temps de me reconnaître, je posai un doigt sur mes lèvres, puis lui fis signe.

Quelques instants plus tard, sa lampe se ralluma. Elle écarta le rideau, eut un geste qui pouvait aussi bien signifier « Va-t'en » que « J'arrive ». Je lui fis de nouveau signe, avec un grand sourire, espérant que le faisceau lumineux ne le transformerait pas en un rictus concupiscent à la Jack Nicholson. Alors, pleine de ressource, comme sa sœur, elle se pencha contre l'appui de la fenêtre, souffla sur la vitre et, d'un doigt, écrivit à l'envers : *Attends*. Je levai le pouce, éteignis ma torche et attendis.

Les Daly tardèrent à s'endormir. Il était près de minuit lorsque la porte de derrière s'ouvrit. Nora traversa le jardin, moitié en courant, moitié sur la pointe des pieds. Elle avait jeté un long manteau de laine sur sa jupe et son chandail. Hors d'haleine, elle pressait une main contre sa poitrine.

— Bon Dieu, cette porte... Elle a grincé, puis a

claqué derrière moi. Quel boucan ! Tu as entendu ? J'ai failli tomber dans les pommes…

Je souris encore, lui fis une place sur le banc.

— Rien du tout. Tu es un vrai rat d'hôtel. Assieds-toi.

Elle resta debout, reprenant son souffle et m'observant d'un air inquiet.

— Je ne peux rester qu'une minute. Je suis juste venue voir… Je ne sais pas… Comment tu allais.

— À merveille. Et toi ? On jurerait que tu as presque eu une crise cardiaque.

— Presque, oui. J'étais sûre que mon père allait descendre… J'ai l'impression d'avoir seize ans et de faire le mur en glissant le long de la gouttière.

Dans l'obscurité bleutée du jardin, avec son visage nettoyé pour la nuit et ses cheveux flottants, elle ne paraissait guère plus âgée.

— C'est ce que tu faisais dans ta folle jeunesse ?

— Moi ? Sûrement pas. Avec mon père… J'étais une fille sage. Je n'ai jamais vécu ce genre d'aventures. J'en ai simplement entendu parler par mes copines.

— Dans ce cas, tu as le droit de te rattraper. Pendant que tu y es, essaye ça.

Je sortis mon paquet de sèches, lui en tendis une.

— Un petit coup de cancer ?

— Je ne fume pas.

— Sage précaution. Mais cette nuit ne compte pas. Ce soir, tu as seize ans et tu t'émancipes. Je regrette de ne pas avoir apporté une bouteille de cidre.

Elle hésita. Enfin, elle céda.

— Après tout, pourquoi pas ?

Elle se laissa tomber sur le banc et prit une cigarette. Je me penchai en riant, lui donnai du feu. Elle tira trop fort sur sa clope et se cassa en deux, secouée par une toux incontrôlable. Je lui tapotai le dos. Elle respira un grand coup, étouffa un gloussement en me montrant la maison, fit « Chut ! », ce qui accentua notre fou rire.

— Je suis pas habituée à ce truc, hoqueta-t-elle enfin en s'essuyant les yeux.

— Tire de petites bouffées. Surtout, n'avale pas. Souviens-toi. Tu es ado, tu ne fumes pas par besoin, mais pour te donner un genre. Vise un peu l'expert.

Je me vautrai sur le banc, style James Dean, glissai une cigarette au coin de ma bouche, l'allumai et, la mâchoire en avant, crachai un long jet de fumée.

— Tu vois ?

Mon numéro la mit en joie.

— Tu ressembles à un gangster.

— C'est le but. Si tu veux avoir l'air d'une starlette sophistiquée, tu fais la même chose. Tiens-toi droite. Bien... Croise les jambes. Maintenant, rentre le menton, regarde-moi du coin de l'œil, arrondis la bouche et...

Elle tira une autre bouffée, eut un mouvement extravagant du poignet et souffla la fumée vers le ciel.

— Magnifique ! Tu es maintenant la minette la plus délurée de toute la rue. Tu les tomberas tous.

Riant encore, elle recommença. Puis elle retrouva son sérieux.

— Vous vous retrouviez ici, Rosie et toi ?

— Non. J'avais trop peur de ton père.

Elle opina, fixa le bout incandescent de sa cigarette.

— J'ai pensé à toi, ce soir.

— Ah, oui ? Pour quelle raison ?

— Rosie. Et Kevin. C'est à cause d'eux que tu es venu, non ?

— Plus ou moins, répondis-je prudemment. Je me suis dit que si quelqu'un savait comment se sont passés ces derniers jours...

— Elle me manque, Francis. Énormément.

— Je sais, ma belle. À moi aussi.

— Je ne m'y attendais pas... Avant, elle ne me manquait que par intermittence : quand j'ai eu mon bébé et qu'elle n'était pas là pour venir le voir, ou quand les parents me tapaient sur les nerfs et que j'aurais aimé lui téléphoner pour déverser ma bile. Le reste du temps, je ne pensais plus à elle, ou rarement. J'avais d'autres soucis. Pourtant, quand on a appris qu'elle était morte, je n'ai pas arrêté de pleurer.

— Je ne suis pas du genre pleurnichard, mais je comprends.

Le bras tendu, elle envoya la cendre de sa cigarette dans le gravier, où son paternel ne la remarquerait pas le lendemain matin.

— Mon mari, lui, poursuivit-elle tristement, ne pige rien. Il ne comprend pas ce qui me bouleverse. Vingt ans que je ne l'ai pas vue, et je suis en lambeaux... Il me conjure de me ressaisir, avant de traumatiser le bébé. Ma mère est sous Valium et mon père considère que je devrais la soutenir. C'est elle qui a perdu sa fille... Je pensais à toi sans cesse.

Je me disais que tu serais le seul à ne pas me prendre pour une idiote.

— Je n'ai vu Kevin que quelques heures au cours des vingt-deux dernières années, et j'ai mal. Tu n'es pas idiote du tout.

— J'ai le sentiment de ne plus être la même personne. Autrefois, quand on me demandait si j'avais des frères et sœurs, je répondais « Oui, j'ai une grande sœur ». À présent, je dirai « Non ». Comme si j'étais fille unique.

— Rien ne t'empêche de parler d'elle.

Elle secoua si violemment la tête que ses cheveux balayèrent son visage.

— Non ! Je refuse de mentir ! C'est ce qui a été le pire : je mentais et je ne m'en rendais même pas compte. Lorsque j'affirmais que j'avais une sœur, ce n'était pas vrai. J'étais déjà fille unique, tout le temps.

Je pensai à Rosie au *O'Neill's,* montant sur ses grands chevaux à l'idée de prétendre que nous étions mariés.

— Il ne s'agit pas de mentir, mais de ne pas la faire disparaître. Tu peux dire : « J'avais une sœur aînée. Elle s'appelait Rosie. Elle est morte. »

Soudain, elle trembla de la tête aux pieds.

— Tu as froid ?

Elle écrasa sa cigarette contre une pierre.

— Non. Tout va bien. Merci.

— Hé, donne-moi ça ! m'écriai-je en lui arrachant son mégot avant de le fourrer dans mon paquet. Une délurée qui se respecte ne laisse jamais d'indices que son père pourrait découvrir.

— Aucune importance. Je me demande pourquoi

je me suis fait tout ce cinéma, comme s'il pouvait encore me consigner dans ma chambre. Je suis une femme adulte. Je quitte la maison quand je veux.

Elle ne me regardait plus. Elle s'éloignait de moi. Une minute encore et elle se souviendrait qu'elle était une trentenaire respectable, avec un mari, un enfant, du bon sens, et que rien de tout cela n'était compatible avec le fait de fumer au fond d'un jardin, à minuit, en compagnie d'un homme.

— C'est tout le problème des parents, m'exclamai-je gaiement. Deux minutes avec eux et on retombe en enfance. Ma mère me flanque toujours une trouille bleue. Et elle n'hésiterait pas à me balancer une beigne, comme à un bambin.

Elle s'esclaffa de bon cœur.

— Un jour, les nôtres auront les mêmes rapports avec nous.

Ne voulant pas qu'elle pense à son mioche, je m'empressai de changer de sujet.

— À propos de ton père, je tiens à m'excuser pour la conduite du mien, l'autre soir.

Elle haussa les épaules.

— Dans l'affaire, ils étaient deux.

— Tu as remarqué ce qui a tout déclenché ? Je bavardais dans un coin avec Jackie et j'ai raté le meilleur. Tout se passait à merveille et, en dix secondes, ils en sont presque venus aux mains.

Elle ajusta le col de son manteau contre sa gorge.

— Je ne l'ai pas vu non plus.

— Mais tu as ton idée là-dessus, non ?

— Ils avaient bu. Et ils venaient tous les deux de vivre de sales journées... N'importe quel prétexte aurait suffi.

379

— Nora, il m'a fallu une demi-heure pour calmer mon père. Tôt ou tard, s'il continue à se mettre dans des états pareils, il aura une crise cardiaque. J'ignore s'ils se haïssent à cause de moi, parce que ma relation avec Rosie rendait ton père furieux ; mais si c'est le problème, j'aimerais au moins être au courant, pour pouvoir faire quelque chose avant que le mien n'en meure.

— Francis, ne dis pas ça ! protesta-t-elle en me serrant le bras. Ce n'est absolument pas de ta faute ! Ils ne se sont jamais entendus. Même quand j'étais môme, bien avant que tu sortes avec Rosie, mon père n'a jamais...

Elle s'interrompit, retira sa main.

— Il n'a jamais pu blairer Jimmy Mackey. C'est ce que tu allais dire ?

— L'autre soir, tu n'y étais pour rien. C'est tout ce que j'ai dit.

— Alors, qui est responsable ? Là, je suis perdu, Nora. Je suis dans le noir, je me noie et personne ne lèvera le petit doigt pour m'aider. Rosie n'est plus là. Kevin non plus. La moitié de la rue me prend pour un assassin. J'ai l'impression de perdre la boule. Je suis venu vers toi parce que je pensais que tu étais la seule personne à qui je pouvais m'adresser. Je t'en supplie, Nora. Dis-moi ce qui se passe.

Même si j'exagérais mon désarroi, j'étais sincère. Troublée, elle se tourna vers moi.

— Francis, je n'ai pas vu ce qui a provoqué leur colère. Mais si je devais le deviner, je dirais que c'est parce que ton père parlait à ma mère.

Et voilà. En un instant, d'innombrables petits détails remontant à mon enfance me revinrent en mémoire. J'avais envisagé des dizaines d'explications toutes aussi improbables les unes que les autres, Matt Daly découvrant l'une des combines de mon père, une vendetta datant de la Grande Famine, l'ancêtre de l'un ayant volé à l'aïeul de l'autre sa dernière pomme de terre, mais je n'avais pas pensé à la seule raison qui pousse deux hommes à se vouer une haine mortelle : une femme.

— Il y a eu quelque chose entre eux, dis-je.

Silence embarrassé. Même si l'obscurité m'empêchait de le vérifier, j'étais prêt à parier que Nora avait rougi.

— Je crois, oui. Personne ne m'en a rien dit, mais j'en suis presque certaine.

— Quand ?

— Oh, il y a des années, bien avant leur mariage. Ce n'était pas une liaison. Juste un amour de gosses...

Ce qui, j'étais bien placé pour le savoir, peut vous marquer à vie.

— Et ensuite ? Que s'est-il passé ?

Je m'attendais à ce qu'elle me raconte des scènes d'une violence inouïe, un étranglement, une tentative de meurtre. Elle soupira.

— Je ne sais pas, Francis. Je te l'ai dit : personne ne m'en a jamais parlé. Je l'ai deviné à partir de sous-entendus, de vagues allusions. C'est tout.

Je me baissai, écrasai ma cigarette sur le gravier, la remit dans le paquet.

— Il ne manquait plus que ça, grommelai-je. Je ne me suis jamais douté de rien. Quel con je fais !

— Pourquoi ? Je n'aurais jamais cru que cela t'intéresserait.

— Tu t'étonnes parce que je m'intéresse à ce qui s'est passé ici alors que je n'y ai pas remis les pieds pendant vingt-deux ans ?

Elle me scrutait toujours, ébranlée, déconcertée. La lune avait émergé des nuages. Sa lueur glacée conférait au jardin un aspect immaculé, féerique. Je murmurai :

— Dis-moi, Nora. Crois-tu que je sois un assassin ?

Je désirais tellement qu'elle me réponde « Non ! » que cela m'effraya. J'aurais dû me lever et partir. J'avais obtenu tout ce qu'elle pouvait m'offrir. Prolonger notre tête-à-tête ne pouvait aboutir qu'à une catastrophe. Elle déclara simplement, sur le ton de l'évidence :

— Non. Je ne l'ai jamais cru.

Une émotion subite me fit frissonner.

— Apparemment, nombre de gens le croient.

— Un jour, reprit-elle d'une voix pleine de nostalgie, alors que je devais avoir cinq ou six ans, je jouais dans la rue avec un des chatons de Sallie Hearne. De gros balèzes se sont pointés et me l'ont enlevé, pour me faire enrager. Ils se l'envoyaient, se le renvoyaient, et je hurlais... Tout à coup, tu es arrivé et tu les as défiés. Tu leur as crié d'arrêter. Tu leur as repris le chaton et tu m'as dit de le ramener chez les Hearne. Tu ne t'en souviens pas...

— Oh, si.

La supplique dans ses yeux... Tout ce qu'elle voulait, c'était que nous partagions ce souvenir. Et c'était le seul cadeau, dérisoire, que je pouvais lui faire.

— Bien sûr que je m'en souviens.

— Je n'imagine pas un être capable d'un tel acte faire volontairement du mal à quelqu'un. Je suis peut-être idiote...

Cette émotion encore, plus vive...

— Tu n'es pas idiote. Tu es adorable.

Dans la lumière diffuse, elle ressemblait à une adolescente, un fantôme, une image en noir et blanc de Rosie surgie du passé, d'un vieux film ou d'un rêve. Si je la touchais, elle se dissiperait, redeviendrait aussitôt Nora et disparaîtrait pour de bon. Son sourire fit bondir mon cœur. Du bout des doigts, j'effleurai ses cheveux. Son souffle était précipité, chaud sur mon poignet.

— Où étais-tu ? chuchotai-je tout près de sa bouche. Où étais-tu tout ce temps ?

Nous nous sommes agrippés l'un à l'autre comme deux enfants perdus, avides, désespérés. La courbe de ses hanches, leur douceur, leur chaleur que j'avais crues perdues pour toujours, mes mains les connaissaient par cœur. Et elle ? Qui cherchait-elle ? Elle m'embrassa avec une telle violence que je perçus le goût du sang. Elle sentait la vanille. Rosie sentait le citron, le soleil et le détachant qu'on utilisait à l'usine. Mais c'était Nora que je caressais. Mes doigts se perdaient dans le foisonnement de ses boucles, ses seins se soulevaient contre ma poitrine. Un instant, je crus qu'elle pleurait.

Elle se détacha la première. Les joues en feu, le souffle court, elle rabattit son pull.

— Il faut que je m'en aille.

Je l'enlaçai de nouveau.

— Reste.

Elle hésita, prête à se laisser aller. Puis elle ôta ma main de sa taille.

— Je suis heureuse que tu sois venu.

Rosie serait restée. Je fus à deux doigts de le dire. Je l'aurais fait, si j'avais cru que cela me consolerait. Je me renversai contre le dossier, pris une grande inspiration. Mon cœur se calma. Je retournai la main de Nora, embrassai sa paume.

— Moi aussi, dis-je. Merci d'être venue à moi. Maintenant, va-t'en avant de me rendre fou. Fais de beaux rêves.

Les cheveux en désordre, les lèvres tendres, gonflées par notre baiser, elle répondit :

— Rentre bien, Francis.

Elle se leva et remonta le jardin, serrant son manteau contre elle.

Elle se faufila à l'intérieur de la maison avant de refermer la porte, sans un regard pour moi. Je demeurai assis sur le banc, contemplant sa silhouette qui se découpait en ombre chinoise derrière les rideaux de sa chambre, jusqu'à ce que mes genoux cessent de trembler. Alors, j'escaladai le mur et je rentrai chez moi.

17

Un message de Jackie m'attendait sur le répondeur. Rien d'important, assurait-elle tout en me priant de la rappeler. Elle semblait lessivée, vieillie. Vu ce qui s'était passé après que j'eus ignoré les appels de Kevin, je fus tenté de lui téléphoner sur-le-champ. Mais j'étais moi aussi sur les genoux. Et l'aube pointait presque. Je ne voulais pas provoquer par une sonnerie intempestive une crise cardiaque chez elle et Gavin. J'allai donc me coucher. Lorsque j'ôtai mon pull, je respirai, sur le col, l'odeur des cheveux de Nora.

Le mercredi matin, je m'éveillai tard, vers 10 heures, encore plus crevé que la nuit précédente. J'avais oublié à quel point la douleur, physique ou morale, épuise un homme. Je me lavai à l'eau froide et bus un café serré avant d'appeler Jackie.

— Ah, salut, Francis…

Sa voix était aussi accablée que la veille. Même si j'avais eu le temps ou l'énergie de l'engueuler à propos de Holly, je n'en aurais pas eu le courage.

— Salut, ma belle. Je viens d'avoir ton message.

— Oh… Oui. J'ai pensé, après coup, que j'aurais peut-être pas dû… Je voulais pas t'effrayer, ou quoi que ce soit. Te laisser croire qu'y avait encore eu une catastrophe. Je voulais juste savoir comment t'allais.

— Je me suis éclipsé un peu tôt, lundi soir. J'aurais dû rester plus longtemps.

— Sûr. Mais ce qui est fait est fait. Y a pas eu d'autre drame, de toute façon. Les invités ont encore bu et chanté. Puis ils sont rentrés chez eux.

Des bruits de fond envahissaient le récepteur : bavardages de femmes, ronflement d'un séchoir.

— Tu es au boulot ?

— Oui. Pourquoi pas ? Impossible, pour Gav, de demander un jour de congé supplémentaire ; et je me voyais mal tourner en rond dans l'appartement... En plus, si Shay et toi avez raison sur l'état du pays, j'ai intérêt à garder mes clientes, pas vrai ?

Elle blaguait, mais si mollement que sa gaieté forcée me fit de la peine.

— Ne te tue pas au travail. Si tu es naze, rentre chez toi. Si tu veux mon avis, tes clientes ne te quitteront pour rien au monde.

— Va savoir. En fait, ça va. Tout le monde est adorable. Les filles savent ce qui est arrivé par les journaux et à cause de mon absence d'hier. Elles m'apportent du thé et me laissent en griller une de temps en temps. Je suis bien mieux ici. Et toi ? T'es pas au bureau ?

— J'ai pris quelques jours.

— Bonne idée, Francis. Tu travailles trop. Détends-toi. Emmène Holly quelque part.

— En fait, maintenant que j'ai du temps libre, j'aimerais avoir une petite conversation avec Ma. En tête-à-tête, sans Pa dans les parages. Y a-t-il une bonne heure de la journée pour ça ? Est-ce qu'il va faire des courses, ou picoler au pub ?

— D'habitude, oui. Mais...

386

Je percevais la lenteur de son souffle, l'effort qu'elle faisait pour essayer de se concentrer.

— Il a eu un gros problème de dos, hier. Aujourd'hui, ça sera sans doute pareil. Il peut à peine se lever. Quand son dos le fait souffrir, il dort.

Traduction : un toubib lui prescrit les bonnes pilules, il les avale avec la vodka planquée sous le plancher et ronfle comme un sonneur.

— Maman sera seule à la maison toute la journée, sauf si Shay a besoin de quelque chose. Appelle-la. Elle sera ravie de te voir.

— Je vais le faire. Dis à Gav de bien s'occuper de toi, d'accord ?

— Il est merveilleux. Qu'est-ce que je deviendrais sans lui ? Et si tu passais ce soir ? Tu pourrais dîner avec nous...

Fish and chips et une sauce imbitable. Le rêve.

— Je suis pris. Merci quand même, ma jolie. Peut-être une autre fois.

— Entendu. Prends soin de toi, Francis. Embrasse maman pour moi.

Elle retourna à ses séchoirs, aux potins de ses clientes et à ses tasses de thé sucré.

Jackie ne se trompait pas. Quand je sonnai à l'Interphone, Ma descendit m'ouvrir la porte du vestibule. Elle aussi avait l'air harassé. Depuis samedi, elle avait maigri : quelques bourrelets manquaient. Elle me scruta un moment, hésitant sur l'attitude à prendre. Puis elle asséna :

— Ton père dort. Viens dans la cuisine et ne fais pas de bruit.

Elle pivota, monta péniblement l'escalier. Ses cheveux avaient besoin d'un coup de peigne.

L'appartement sentait l'alcool éventé, le parfum d'intérieur et le Miror. L'autel à la mémoire de Kevin était encore plus déprimant à la lumière du jour. Les fleurs se fanaient, les images pieuses étaient tombées, les bougies électriques en bout de course clignotaient faiblement. Des ronflements paisibles traversaient la porte de la chambre.

Ma avait étalé toute son argenterie sur la table de la cuisine : couverts, broches, cadres de photographies, camelote pseudodécorative sans doute refilée plusieurs fois comme cadeau de baptême ou de noces avant d'atterrir ici. Je pensai à Holly, en larmes, frottant avec frénésie les meubles de sa maison de poupée.

— Je vais te donner un coup de main, dis-je en m'emparant du chiffon.

— Avec tes grosses pattes ? Tu vas tout saloper.

— Laisse-moi essayer. Si je m'y prends mal, tu me le dis.

Elle me considéra d'un œil soupçonneux. Mais l'offre était trop tentante.

— Après tout, ça te donnera l'occasion de te rendre utile. Je vais te faire du thé.

Pas question de refuser. Je dénichai une chaise et commençai à astiquer les couverts pendant que Ma sortait les tasses. Elle déclara, histoire de tirer la première salve :

— Tu t'es vite défilé, lundi soir.

— Il fallait que je m'en aille. Comment s'est passée la fin de la veillée ?

— Si tu voulais le savoir, t'avais qu'à rester.

— J'imagine ce que tu as dû endurer. Je peux faire quelque chose ?

Elle jeta des sachets dans la théière.

— Tout est parfait, merci bien. Les voisins ont été magnifiques. Ils nous ont apporté de quoi manger pendant quinze jours et Marie Dwyer m'a proposé de tout garder dans son congélateur. On a survécu sans ton aide pendant vingt ans, on peut continuer.

— Je sais, maman. Mais si je peux vraiment faire quelque chose, n'importe quoi, fais-le-moi savoir. D'accord ?

Elle pivota brusquement, braqua la théière dans ma direction.

— Je vais te dire ce que tu peux faire. Tu peux dire à ton copain qui nous fait le coup du mépris, je sais plus son nom et je m'en tamponne, qu'il renvoie ton frère à la maison. Je peux pas m'arranger avec les pompes funèbres pour les obsèques, je peux pas décider de la date de la messe avec le père Vincent, je peux dire à personne quand je porterai en terre mon propre fils parce qu'un morveux à la tronche de Popeye refuse de me dire quand le corps sera disponible. « Disponible ». C'est ce qu'il a dit. Le fumier. Comme si notre Kevin était sa propriété.

— Je te promets d'intervenir auprès de lui. Il ne cherche pas à te pourrir la vie. Il fait simplement son métier, le plus rapidement possible.

— Son métier, c'est son problème, pas le mien. S'il nous fait lanterner plus longtemps, on devra fermer le cercueil. T'as pensé à ça ?

J'aurais pu rétorquer que le cercueil devrait être fermé de toute façon. Je préférai arrêter là et passer à autre chose.

— J'ai appris que tu avais rencontré Holly.

Une femme plus faible aurait accusé le coup, tenté de dissimuler sa culpabilité. Pas Ma. Elle se rengorgea et martela fièrement :

— Il était temps ! Cette gamine aurait pu se marier et me pondre une ribambelle de petits-enfants avant que tu lèves le petit doigt pour l'amener ici. T'espérais quoi ? Que je calanche avant que tu nous présentes ?

L'idée m'avait traversé l'esprit.

— Elle t'aime beaucoup, dis-je. Que penses-tu d'elle ?

— Le portrait de sa mère. Ravissantes, toutes les deux. Tu les mérites pas.

— Tu connais Olivia ?

Mentalement, je tirai mon chapeau à Liv. Elle avait très bien préparé son coup.

— Je l'ai vue que deux fois, quand elle a déposé Holly et Jackie chez nous. Une fille des Liberties, c'était pas assez bon pour toi ?

— Tu me connais, Ma. Toujours à prendre des grands airs.

— Regarde où ça t'a mené. Vous êtes divorcés, ou simplement séparés ?

— Divorcés. Depuis deux ans.

Elle eut une moue de dédain.

— Moi, j'ai pas divorcé d'avec ton père. Maintenant, tu peux plus communier.

— Si, j'en ai le droit. Tant que je ne me remarie pas. Et je peux sauter toutes les minettes que je veux. D'ailleurs, depuis mon divorce, je me suis rattrapé.

— Cochon ! aboya Ma. Je suis pas aussi faux cul que toi, je connais pas toutes ces subtilités de pharisiens, mais je sais une chose : le père Vincent te donnera jamais la communion ! Jamais dans l'église où tu as été baptisé !

Elle pointa vers moi un doigt triomphant. Je me souvins que j'étais venu pour avoir une conversation avec elle, pas le dernier mot.

— Tu as sans doute raison, concédai-je.

— Bien sûr que j'ai raison !

— Au moins, je n'élève pas Holly comme une mécréante. Elle va à la messe.

Je pensais que le nom de ma fille l'adoucirait. Pauvre innocent... Elle éructa :

— Et alors ? Pour ce que ça m'a apporté ! J'ai raté sa première communion ! Ma première petite-fille !

— Ma, c'est la troisième. Carmel a deux gamines plus âgées qu'elle.

— La première à porter notre nom ! Et la dernière, au train où ça va ! Parce que Shay, faut pas compter dessus ! À quoi il joue ? Même s'il se tapait des dizaines de filles, on n'en saurait rien. Il nous en a jamais présenté une seule. Avec lui, j'ai renoncé. Ton père et moi, on pensait que Kevin serait le seul à...

Elle se mordit la lèvre, posa bruyamment les tasses sur les soucoupes, les biscuits sur une assiette. Puis elle conclut :

— Je suppose qu'on verra plus Holly.

— Voilà, dis-je en brandissant une fourchette. Elle est assez propre ?

Elle l'examina brièvement.

— Non. Frotte entre les dents.

Elle déploya le nécessaire à thé sur la table, me versa une tasse, poussa vers moi le lait et le sucre.

391

— Je cherche un cadeau d'anniversaire pour Holly. J'ai repéré une petite veste de velours.

— C'est dans quinze jours. On verra comment on s'arrangera.

Elle me glissa un regard de biais qui ne présageait rien de bon, mais ne releva pas ma remarque. Elle dénicha un autre chiffon, s'assit en face de moi et saisit un objet argenté qui aurait pu être un bouchon de carafe.

Le thé était assez fort pour donner des palpitations. Tout le monde était parti au travail. Seuls le bruit régulier de la pluie et le grondement lointain de la circulation troublaient le silence. Pendant que Ma décrassait avec vigueur diverses babioles, je terminai les couverts et m'attaquai à un cadre photo orné de fleurs. Lorsque l'atmosphère me parut un peu apaisée, je hasardai :

— On m'a raconté que Pa avait eu une idylle avec Theresa Daly avant que tu entres en scène. C'est vrai ?

Elle se raidit. Ses traits ne changèrent pas, mais ses yeux s'embrasèrent.

— Où t'as entendu ça ?

— Donc, il était avec elle.

— Ton père est un enfoiré. Tu le savais déjà, non ? Quant à cette fille, c'était une allumeuse. Toujours à attirer l'attention sur elle, à tortiller du cul dans la rue en couinant avec ses copines.

— Et Pa a craqué.

— Ils craquaient tous, ces abrutis ! Ton père, Matt Daly et la moitié des gars des Liberties. Tous à courir après ses miches. Elle les menait par le bout du nez, en aguichait trois ou quatre à la fois, les plaquait au bout d'une semaine s'ils tiraient pas assez la langue. Et ils en redemandaient !

— À cet âge, on est bête. Pa était jeune.

— Tu parles ! Il était assez grand pour comprendre. J'avais trois ans de moins que lui, mais j'aurais pu lui dire que ça finirait mal.

— Tu l'avais déjà dans le collimateur, hein ?

— Pour ça, oui ! Bon Dieu ! T'imagines pas… Il était beau comme Jésus, en ce temps-là. Cette crinière bouclée, ces yeux bleus… Et son rire ! Jimmy Mackey, ajouta-t-elle avec gourmandise, comme si ce nom avait la saveur d'une glace bien crémeuse, aurait pu tomber n'importe quelle beauté.

J'esquissai un petit sourire.

— Et il ne t'a pas choisie tout de suite ?

— J'étais trop môme. J'avais quinze ans quand il a commencé à cavaler après Tessie O'Byrne. Et je faisais mon âge. Pas comme ces gamines de maintenant, qui ont l'air d'avoir vingt piges alors qu'elles en ont douze… Je me pomponnais pas, je me maquillais jamais. J'essayais d'attirer son regard quand je le croisais le matin en allant au travail. Il me voyait même pas. Il était dingue de Tessie et elle le préférait aux autres.

Je n'avais jamais entendu parler de cette affaire auparavant. J'étais prêt à parier que Jackie l'ignorait elle aussi. Sinon, elle m'aurait mis au courant. Ma n'est pas du genre à se confier. Si je l'avais interrogée sur cet épisode une semaine avant ou une semaine après, j'aurais fait chou blanc. Mais la mort de Kevin l'avait laissée brisée, à vif. Autant en profiter.

— Alors, pourquoi ont-ils rompu ?

— Si tu veux briquer cette argenterie, applique-toi. Va dans les rainures. Si je dois repasser derrière toi, à quoi ça sert ?

— Désolé.

J'accélérai le mouvement. Au bout d'un moment, Ma souleva mon poignet pour vérifier l'éclat du cadre.

— C'est mieux... Je dis pas que ton père était un enfant de chœur. Il était aussi déluré qu'elle. Ils formaient une belle paire, tous les deux. Toujours à faire les quatre cents coups. Un dimanche après-midi d'été, ton père a emprunté la voiture d'un copain et a emmené Tessie à Powerscourt, pour voir la cascade. Au retour, la voiture est tombée en panne. Plus de batterie.

C'était la version de Pa. À en croire sa moue, Ma avait des doutes.

— Et ?

— Ils sont restés là-bas ! Toute la nuit ! Y avait pas de portables, à l'époque. Impossible de téléphoner à un garagiste, ni de prévenir qui que ce soit. Ils ont essayé de marcher un peu. Pour aller où ? La nuit tombait, ils étaient perdus au milieu des Wicklow Mountains. Finalement, ils ont dormi dans l'auto. Le lendemain matin, un fermier qui passait par là les a aidés à la faire redémarrer. Quand ils sont rentrés, tout le monde croyait qu'ils s'étaient enfuis.

Elle leva sa pièce d'argenterie vers la lumière, pour s'assurer que la finition était parfaite, et faire une pause. Elle a toujours eu le goût du drame.

— Bref. Ton père m'a toujours juré qu'il avait dormi sur le siège avant et Tessie à l'arrière. Comment savoir ? En tout cas, à Faithful Place, personne n'y a cru.

— Il aurait fallu être naïf.

— De mon temps, les filles s'envoyaient pas en l'air. Sauf les traînées. Jamais avant la nuit de noces.

— J'aurais cru qu'ils se seraient mariés, après ça. Pour préserver leur réputation.

Le visage de Ma se ferma.

— À mon avis, ton couillon de père était assez mordu pour aller jusque-là. Mais les O'Byrne, qui se prenaient pour des rupins, le trouvaient pas assez bien pour eux. Le père et les oncles de Tessie l'ont insulté comme c'est pas permis. Je l'ai vu le lendemain, je l'ai à peine reconnu. Ils lui ont dit de ne plus jamais s'approcher d'elle, qu'il avait causé assez de dégâts.

— Et il a obéi.

— Il avait pas le choix, répliqua-t-elle, ravie. Le père de Tessie lui avait toujours laissé la bride sur le coup et regarde où ça l'avait menée. Ensuite, il l'a coincée à la maison. Il la laissait sortir uniquement pour aller au boulot, et il l'accompagnait. Je le blâme pas. Les gens jasaient. Les petits morveux lui envoyaient des vannes salaces, les plus âgés attendaient qu'elle rue dans les brancards, la moitié de ses copines n'avaient pas le droit de lui parler au cas où elle les changerait en putes. Le père Hanratty nous a débité un sermon sur les filles perdues qui affaiblissaient le pays, et c'était pas pour ça que nos jeunes gars étaient morts en 1916. Pas de nom, bien sûr, mais tout le monde a compris. Ça a été la fin des frasques de Tessie.

J'imaginais sans peine, à un demi-siècle de distance, ce qu'elle avait supporté : l'hystérie, la méchanceté,

395

la haine. Ces quelques semaines avaient sans doute semé chez elle les graines de la folie.

— Elle a dû en prendre pour son grade.

— Elle le méritait ! beugla Ma, aussi droite qu'une statue de la Vertu. Elle a commencé à sortir avec Matt Daly peu de temps après. Il lui faisait les yeux doux depuis des années. Elle l'avait même pas remarqué. Jusqu'à ce qu'il devienne utile. Un type sérieux, Matt. Le père de Tessie s'est pas opposé à ce qu'elle sorte avec lui. C'était le seul moyen pour elle de mettre le nez dehors.

— C'est ce que Pa reproche à Matt Daly ? De lui avoir soufflé sa gonzesse ?

— Pour l'essentiel.

Elle posa sa babiole à côté de trois autres du même style, saisit une boule de Noël sur le tas d'objets à nettoyer.

— Matt avait toujours été jaloux de ton père. Jimmy était mille fois plus craquant que lui. Il avait un succès fou. Pas seulement auprès des filles. Les garçons, eux aussi, le trouvaient formidable. Un marrant... Matt, lui, était une plaie. Rasoir, sans fantaisie.

Dans sa voix perçaient d'anciens sentiments de triomphe, mêlés à de l'amertume, de la rancœur.

— Donc, en piquant la nana, Matt s'est vengé.

— Ça lui a pas suffi. Ton père avait posé sa candidature chez Guinness, comme chauffeur. On lui avait promis qu'il aurait le poste dès qu'un vieux prendrait sa retraite. Mais Matt Daly travaillait à la brasserie depuis quelques années, comme son père avant lui. Il connaissait du monde. Après ce bazar avec Tessie, il est allé trouver son contremaître et lui a dit que Jimmy Mackey n'était pas le genre de type à être embauché chez Guinness. Y avait au moins vingt candidats pour chaque poste. Pourquoi s'embarrasser d'un jeune qui créerait des problèmes ?

— Pa a donc fini plâtrier.

— Mon oncle Joe l'a pris en apprentissage. On s'est fiancés peu après ce micmac avec Tessie. Ton père avait besoin d'un revenu, si on voulait fonder une famille.

— Tu n'as pas traîné.

— J'ai saisi ma chance. J'avais dix-sept ans. L'âge d'intéresser les garçons. Ton père était...

Elle se mordit la lèvre, lissa sa boule avec un soin maniaque.

— Je savais qu'il en pinçait toujours pour Tessie, lâcha-t-elle enfin, d'un air de défi.

Un instant, je vis une gamine au menton déjà proéminent, le nez collé à la fenêtre de la cuisine des Mackey, dévorant des yeux le beau Jimmy et pensant « Il est pour moi ».

— Ça m'était égal. Je me disais que je changerais ça une fois que je lui aurais mis le grappin dessus. Je demandais pas grand-chose. Pas comme certaines, qui croient qu'elles vont devenir stars à Hollywood. J'avais jamais eu de prétentions. Mon rêve, c'était une petite maison à moi, des gosses, et Jimmy Mackey.

— Tu as eu les gosses et tu as eu Jimmy Mackey.

— Oui, je l'ai eu. Ou ce qu'en avaient laissé Tessie et Matt. Il avait déjà commencé à boire.

— Tu le voulais quand même.

— Je l'avais dans la peau. Ma grand-mère, Dieu ait son âme, m'avait avertie : « Ne va jamais avec un gus qui picole. » Mais j'y connaissais rien. Mon père, tu t'en souviens pas, Francis, c'était un homme merveilleux, avait jamais bu une goutte. Ce qu'était un pochtron, j'en avais aucune idée. Je savais que ton père s'en jetait quelques-uns, mais tous les gars faisaient pareil. Je croyais que ça n'allait pas plus loin, et c'était le cas quand je suis tombée amoureuse de lui. Jusqu'à ce que Tessie O'Byrne lui mette la tête en bouillie.

Je la croyais. Je sais ce qu'une femme peut faire à un homme. Non que je soupçonne Tessie d'avoir agi délibérément. Simplement, certains êtres ne devraient jamais se rencontrer.

Ma poursuivit :

— Tout le monde avait toujours pris Jimmy pour un bon à rien. Sa mère et son père étaient deux poivrots. Jamais travaillé de leur vie. Encore haut comme trois pommes, il frappait chez les voisins pour demander s'il pouvait rester dîner parce que y avait rien à la maison. Il traînait encore dans la rue au milieu de la nuit... Quand je l'ai connu, tout le monde affirmait qu'il finirait comme ses parents. J'étais persuadée qu'ils se trompaient. Il était pas mauvais ; juste sauvage. Et pas bête. Il aurait pu devenir quelqu'un. Travailler chez Guinness, s'aplatir devant un supérieur, très peu pour lui. Il aurait pu monter sa petite affaire. Il avait toujours aimé conduire. Il aurait pu faire des livraisons, avoir son propre camion... Si cette femme l'avait pas démoli.

Et voilà. Le mobile était là, enveloppé dans du papier cadeau avec un ruban rose, limpide, évident, signé. Jimmy Mackey avait une fille sublime à son bras, un boulot en or en perspective, un destin radieux. Il aurait répondu par un doigt d'honneur à quiconque aurait prétendu le contraire. Mais il avait fait un faux pas ; un seul. Et, en un clin d'œil, le sinistre petit Matt Dally avait pris sa place, s'était approprié son existence. Avant d'avoir eu le temps de reprendre ses esprits, Jimmy s'était retrouvé marié à une fille qu'il n'avait jamais désirée, exerçant un métier sans avenir et engloutissant des quantités d'alcool qui auraient tué Peter O'Toole. Pendant vingt ans, il avait vu la vie qu'il aurait pu mener se dérouler sur le trottoir d'en face, dans la maison d'un autre. Enfin, un samedi soir, Matt Daly l'avait humilié devant toute la rue, avait failli le faire arrêter, en tout cas de son point de vue, car ce qui arrive à un ivrogne est toujours la faute de l'ennemi. Et, ce même week-end, il avait découvert par hasard que Rosie Daly avait ensorcelé son fils, qu'elle en faisait ce qu'elle voulait.

N'y avait-il pas eu quelque chose de plus, de pire ? Pa gloussant avec un grand sourire, en clignant de l'œil : « La petite Daly, hein ? Une merveille. Les nibards qu'elle a... » Ma Rosie, ma perle, le délicieux portrait craché de sa Tessie O'Byrne.

Il avait dû m'entendre traverser le salon sur la pointe des pieds, sûr de pouvoir m'éclipser en douce. Je l'avais vu des centaines de fois faire semblant de dormir. Peut-être avait-il simplement l'intention d'ordonner à Rosie de laisser sa famille tranquille. Ou bien il voulait plus. Mais elle était là, devant lui, lui crachant au visage qu'elle se moquait bien de ce qu'il exigeait. La fille de Tessie O'Byrne, irrésistible, de nouveau intouchable, la fille de Matt Daly capable de tout lui voler. Il était sans doute ivre, du moins jusqu'à ce qu'il comprenne ce qui s'était passé. Et il avait des biceps, à l'époque.

Nous n'étions pas les seuls à être éveillés, cette nuit-là. Kevin s'était levé, peut-être pour aller aux toilettes. Il avait constaté mon absence et celle de Pa. Sur le moment, il ne s'en était pas soucié ; Pa disparaissait parfois des jours entiers, Shay et moi passions occasionnellement la soirée dehors. Mais, vingt-deux ans plus tard, lorsqu'il avait pris conscience que, cette même nuit, quelqu'un était sorti pour tuer Rosie, il s'en était souvenu.

J'avais l'impression de connaître chaque détail de cette histoire, qu'elle avait jailli du plus profond de moi dès l'instant où j'avais entendu la voix de Jackie sur le répondeur. Je sentis tout mon corps se glacer.

— Il aurait dû attendre que je grandisse, dit Ma. Bien sûr, Tessie était jolie, mais lorsque j'ai eu seize ans, des tas de gars me trouvaient mignonne aussi. Je sais que j'étais jeune, mais je mûrissais. Si cet imbécile avait cessé une seconde de la dévorer des yeux pour les poser sur moi, y aurait jamais eu tout ça.

Elle ne maîtrisait plus son chagrin. Alors, je compris. Elle croyait que Kevin avait bu comme un trou – bon sang ne saurait mentir –, et que c'était pour cette raison qu'il était tombé par la fenêtre. Avant que j'aie pu la contredire, elle regarda la pendule sur le rebord de la fenêtre et s'écria :

— Mon Dieu, déjà 13 heures ! Faut que je mange quelque chose, sinon je vais me trouver mal.

Elle lâcha son bibelot, repoussa sa chaise.

— Je vais te faire un sandwich.

— J'en apporte un à Pa ?

400

Avant d'ouvrir le frigo, elle se tourna vers la porte de la chambre.

— Pas la peine.

Elle prépara des sandwiches au pain de mie, au beurre doux et au jambon reconstitué, découpés en triangles. Ils me ramenèrent à l'époque où, assis à la même table, je balançais mes pieds dans le vide. Elle refit du thé, toujours aussi noir, puis se mit à manger avec méthode. Sa façon de mâcher me révéla qu'elle avait un dentier neuf. Lorsque nous étions gosses, elle nous disait toujours qu'elle avait perdu ses dents à cause de nous, en nous mettant au monde. Une par enfant. Quand ses larmes commencèrent à couler, elle sortit un mouchoir bleu pâle de la poche de son cardigan et attendit qu'elles s'arrêtent. Ensuite elle se moucha et revint à son sandwich.

18

Je serais volontiers resté avec Ma jusqu'à la fin des temps, à boire du thé et à manger ses sandwiches. Quand elle consentait à se taire, sa compagnie n'était pas désagréable ; pour la première fois, sa cuisine ressemblait à un refuge, du moins comparée à ce qui m'attendait dehors. Dès que j'en aurais franchi le seuil, je n'aurais plus qu'une chose à accomplir : rechercher des preuves solides. Ce n'était pas la partie la plus difficile. Elle me prendrait vingt-quatre heures tout au plus. Alors, le véritable cauchemar commencerait. Une fois les preuves en main, je devrais décider quoi en faire.

Vers 14 heures, des bruits retentirent dans la chambre : craquements du sommier, raclements de gorge suivis d'une toux interminable. Il était temps de m'en aller. Mon départ provoqua de la part de Ma toute une série de questions compliquées sur le déjeuner de Noël.

— Si vous venez, Holly et toi, je dis bien « si », elle mangera de la viande blanche ou de la viande rouge ? Ou est-ce que ça lui sera égal ? Parce qu'elle m'a dit que sa mère ne lui donnait que de la dinde fermière…

Tête basse, je quittai la pièce.

— Ravie de t'avoir vu ! Reviens bientôt ! lança Ma, derrière moi.

Depuis la chambre, Pa appela :

— Josie !

Je savais exactement comment il aurait pu découvrir où Rosie se trouverait cette nuit-là : par l'intermédiaire d'Imelda. Et il n'aurait pu avoir de contact avec elle que pour une seule raison. J'avais toujours tenu pour acquis que lorsqu'il disparaissait deux ou trois jours, c'était uniquement pour aller picoler. Il ne m'était jamais venu à l'esprit qu'il en ait profité pour tromper Ma, surtout dans son état. Ma famille réserve bien des surprises.

Imelda aurait pu avoir répété à sa mère ce que lui avait raconté Rosie, parce qu'elle lui faisait confiance ou cherchait à se rendre intéressante ; ou risqué une vague allusion en présence de Pa, histoire de se trouver plus futée que l'homme qui baisait sa vioque. Ainsi que je l'ai dit, Pa est loin d'être bête. Il n'aurait pas manqué de faire le rapprochement.

Cette fois, quand je sonnai chez Imelda, personne ne répondit. Mais, derrière le rideau de tulle, quelqu'un bougea. J'appuyai sur le bouton de l'Interphone pendant trois bonnes minutes avant qu'elle soulève brutalement le combiné.

— Quoi ?

— Salut, Imelda. C'est Francis. Surprise...

— Va te faire mettre.

— Allons, Imelda, sois gentille. Il faut qu'on parle.

— J'ai rien à te dire.

— Tu es coriace. Comme je n'ai nulle part d'autre où aller, je vais attendre de l'autre côté de la rue, dans ma voiture. C'est la Mercedes 1999 gris argenté. Quand tu en auras ta claque de ce petit jeu, on aura une petite conversation, puis je te laisserai tranquille jusqu'à la fin des temps. Si je me lasse le premier, j'irai poser des questions sur toi à tes voisins. Ça te va ?

— Fous le camp.

Elle raccrocha. Une vraie tête de mule. Il lui faudrait au moins deux heures, peut-être trois, avant de craquer et de descendre. Je m'installai dans ma voiture, mis un CD d'Otis Redding et baissai la vitre pour en faire profiter les riverains. Ils me prendraient, au choix, pour un flic, un dealer ou un gros bras envoyé par un créancier véreux. Personne ne viendrait me déranger.

Hallows Lane était calme. Un vieillard appuyé sur un déambulateur et une mémé polissant ses cuivres échangèrent des propos peu amènes à mon endroit. Deux jeunes mères appétissantes me regardèrent du coin de l'œil en rentrant de leurs courses. Un type en survêtement, visiblement mal dans ses pompes, passa trois quarts d'heure devant la maison d'Imelda, vacillant et utilisant ce qui lui restait de cervelle pour beugler toutes les dix secondes « Deco ! » à la fenêtre du dernier étage. Deco avait mieux à faire et le type finit par s'en aller d'un pas incertain. Vers 15 heures, une ado qui ne pouvait être que Shania escalada les marches du 10 et disparut à l'intérieur. Isabelle arriva quelques instants plus tard. Le portrait craché de sa mère à dix-huit ans : menton arrogant, longues jambes, démarche insolente signifiant « dégage » à qui l'aurait lorgnée. Impossible de savoir si elle me déprima ou me rendit optimiste. Chaque fois que le rideau bougeait, j'agitai la main.

Peu après 16 heures, alors qu'il commençait à faire sombre, que Genevieve venait de rentrer de l'école et que j'écoutais James Brown, on frappa à la vitre de la portière gauche, la place du mort. C'était Scorcher.

J'avais dit à Imelda : « Je ne suis pas censé m'occuper de cette affaire. On m'en tient même éloigné. » Devais-je la mépriser pour m'avoir vendu, ou admirer sa présence d'esprit ? Je coupai la musique, baissai la vitre.

— Inspecteur... Que puis-je pour vous ?

— Ouvre, Frank.

Je feignis d'être surpris par le ton sinistre de Scorch. Je me penchai quand même pour déverrouiller la portière, qu'il claqua violemment après s'être engouffré dans l'auto.

— Démarre.

— T'es en cavale ? Je peux te planquer dans le coffre, si tu veux.

— Je ne suis pas d'humeur à plaisanter. On s'en va avant que tu continues à terroriser ces pauvres filles.

— Je ne suis qu'un homme dans sa bagnole, Scorch. Un revenant qui contemple avec nostalgie sa tourbe natale. Qu'y a-t-il de si terrifiant ?

— Démarre !

— Je m'exécuterai si tu reprends ton souffle. Je ne suis pas assuré contre les crises cardiaques de mes passagers.

— Ne m'oblige pas à te coffrer !

J'éclatai de rire.

— Oh, Scorchie, je t'adore ! J'oublie chaque fois pourquoi. Moi aussi, je pourrais te coffrer. On est flics tous les deux.

Je me faufilai dans la circulation et suivit le flot.

— À présent, éclaire-moi. Qui ai-je épouvanté ?

— Imelda Tierney et ses enfants. Tu le sais très bien. La fille Tierney affirme que tu as tenté hier de t'introduire de force dans son appartement et qu'elle a dû te menacer avec un couteau pour t'obliger à partir.

— Imelda ? La fille Tierney ? Elle a quarante-deux ans, Scorch. Un peu de respect. On dit « madame ».

— Tu oublies ses gamines. La plus jeune n'a que onze ans. Elle dit que tu es resté là tout l'après-midi, à faire des gestes obscènes dans leur direction.

— Je n'ai pas eu le plaisir de leur être présenté. Elles sont mignonnes, ou elles tiennent de leur mère ?

— Qu'est-ce que je t'ai dit, la dernière fois que nous nous sommes vus ? Quel est le seul ordre que je t'aie donné ?

— De rester hors de ton chemin. J'ai reçu le message. Mais je n'ai pas très bien compris pourquoi tu te comportais comme mon patron. La dernière fois que je me suis entretenu avec lui, il était plus enveloppé que toi ; et beaucoup moins beau.

— Je n'ai pas besoin d'être ton patron pour te demander de ne pas te mêler de mon affaire. Mon enquête, Frank ! Mes instructions ! Tu les as ignorées.

— Alors, fais-moi un rapport. Tu veux ma carte d'abord ?

— Hilarant, Frank. Je sais que les règles ne sont

pour toi qu'une vaste fumisterie. Je sais que tu te crois intouchable, comme tous tes copains infiltrés !

La fureur lui allait mal. Sa mâchoire avait doublé de volume, une veine se gonflait dangereusement sur son front.

— Bon Dieu, martela-t-il, tu devrais te souvenir que j'ai fait tout ce qui était en mon pouvoir pour te rendre service ! Jusqu'à modifier mes conclusions ! Franchement, je me demande bien pourquoi. Si tu continues à m'emmerder, je pourrais changer d'avis !

Je luttai pour ne pas enfoncer le frein et envoyer sa tête fracasser le pare-brise.

— Me rendre service ? Tu veux dire en insinuant que la mort de Kevin était accidentelle ?

— Je ne me suis pas contenté de l'insinuer. Cela figurera sur le certificat de décès.

— Sans blague ? Tu as fait ça ? Je suis éperdu de gratitude, Scorch. Vraiment.

— Tu n'es pas seul en cause, Frank. Tu te fous peut-être de savoir si ton frère a eu un accident ou s'est suicidé, mais je parie que ta famille ne sera pas du même avis.

— Ah, non ! N'essaye même pas de me faire ce coup-là. Tu ignores dans quoi tu t'embarques. Ma famille est ingérable, mon pote. Ses membres croiront ce qu'ils auront envie de croire, sans se soucier de ce que toi et Cooper aurez inscrit sur le certificat de décès ; ma mère, par exemple, m'a chargé de t'informer qu'il s'agissait – véridique – d'un accident de la circulation. D'un autre côté, en ce qui concerne la plupart d'entre eux, s'ils brûlaient vifs devant moi, je ne leur pisserais même pas dessus pour les sauver. Ce qu'ils pensent de la mort de Kevin, je m'en tape.

— Un suicidé peut-il reposer en terre consacrée ? Que déclame le prêtre dans son oraison funèbre ? Qu'en dit son entourage ? Que ressentent ceux qu'il laisse derrière lui ? Ne te mens pas à toi-même, Frank. Tu ne peux pas être indifférent à ça.

Il commençait à me fatiguer. En marche arrière pour pouvoir filer rapidement si je finissais par l'éjecter de la voiture, je m'engageai dans un étroit cul-de-sac dont les murs de brique s'ornaient de grotesques balcons peints en bleu surmontant des poubelles géantes. Puis je coupai le contact.

— Bien, dis-je. Le dossier de Kevin contient la mention « accident ». Et celui de Rosie ?

— Meurtre. Cela va de soi.

— Évidemment. Tuée par qui ? Un ou des assassins inconnus ?

Silence.

— Ou par Kevin, ajoutai-je.

— Eh bien... C'est un peu plus compliqué.

— Dans quelle mesure ?

— Si notre suspect est décédé lui aussi, nous disposons d'une certaine liberté. C'est délicat. Il n'y aura pas d'arrestation. Les huiles n'envisageront donc pas avec enthousiasme l'idée d'engager des hommes sur l'affaire. D'un autre côté...

— Il y a les sacro-saints pourcentages.

— Gausse-toi tant que tu voudras. Cet aspect-là compte. Tu crois que j'aurais pu affecter autant d'enquêteurs sur ta nana si j'avais eu un pourcentage nul ? C'est un cycle. Plus j'obtiendrai de résultats sur cette affaire, plus je pourrai consacrer de moyens à la suivante. Navré, Frank. Je ne vais pas compromettre mes chances de rendre justice à la prochaine victime, sans parler de ma réputation, à cause de tes états d'âme.

— Traduis, Scorch. Que comptes-tu faire exactement à propos de Rosie ?

— J'agirai dans les règles. Nous allons continuer à recueillir des indices et des témoignages au cours des deux prochains jours. Ensuite, à moins d'imprévu... J'ai déjà été confronté à deux cas semblables. Normalement, nous nous efforçons de régler la situation le plus humainement possible. Le dossier va chez le procureur, mais sans publicité, surtout si nous n'avons pas affaire à un criminel professionnel. Nous préférons ne pas flétrir le nom d'un homme qui n'est plus là pour se défendre. Si le procureur entérine nos conclusions, nous avons un entretien avec la famille de la victime. Nous prenons soin de lui préciser que nous ne possédons rien de définitif, mais nous lui permettons au moins de tourner la page. Fin de l'histoire. La famille fait son deuil, celle de l'assassin a l'esprit en paix et nous considérons l'énigme comme résolue. Voilà ce que serait la procédure normale.

— Pourquoi ai-je l'impression que tu cherches à me menacer ?

— Allons, Frank, ne dramatise pas.

— Comment dois-je l'interpréter ?

— Disons que j'essaye de te mettre en garde. Et tu ne me rends pas la tâche facile.

— Me mettre en garde contre quoi, exactement ?

Il soupira.

— Si je dois mener une enquête approfondie pour déterminer les causes de la mort de Kevin, je le ferai. Et je suis prêt à parier que les médias en feront leurs choux gras. Sans parler de l'effet désastreux qu'aura sur toi la confirmation de la thèse du suicide, nous connaissons tous les deux quelques plumitifs pour qui un flic en mauvaise posture constitue un gibier de choix. Si elle tombait entre de mauvaises mains, cette histoire pourrait te mettre dans une position intenable.

— Cela ressemble fort à une menace.

— Je crois t'avoir affirmé que je préférerais ne pas en arriver là. Mais si c'est le seul moyen de t'empêcher de jouer les Sherlock Holmes... Je souhaiterais simplement que tu m'écoutes, Frank. Et je n'ai guère d'autres moyens de me faire entendre.

— Revenons en arrière, Scorch. Que t'ai-je affirmé lors de notre dernière rencontre ?

— Que ton frère n'était pas un tueur.

— Exact. M'as-tu écouté ?

Il baissa le pare-soleil, examina une coupure de rasoir dans le miroir, passa un pouce sur sa joue.

— D'une certaine façon, dit-il enfin, je te dois des remerciements. J'admets que je n'aurais pas abouti à Imelda Tierney si tu ne l'avais pas trouvée pour moi. Et elle se révèle très utile.

Sale petite pute.

— Je n'en doute pas. Elle est du genre coopératif.

— Assez, oui. En cas de nécessité, ce qu'elle m'a raconté pèsera lourd.

Il se tut. Mais son petit sourire, qu'il ne maîtrisait pas, était éloquent.

— Continue, Scorch. Cogne. Qu'est-ce qu'elle t'a déballé ?

Il fit semblant de réfléchir.

411

— Elle pourrait être entendue comme témoin, Frank. Tout dépend. Je ne peux pas te révéler ce qu'elle m'a dit si, ensuite, tu la harcèles pour la forcer à revenir sur ses déclarations. Nous savons tous les deux que cela finirait très mal.

Je pris mon temps. Je le regardai longuement, jusqu'à ce qu'il baisse les yeux. Je plaquai ensuite ma nuque contre l'appuie-tête, me frottai le visage.

— Tu veux un aveu, Scorch ? Je viens de vivre la semaine la plus longue de mon existence.

— Je sais, vieux. Toutefois, pour la tranquillité de tous, tu dois trouver un autre moyen, plus productif, de dépenser ton énergie.

— Tu as raison. Je n'aurais pas dû aller voir Imelda. Mais elle et Rosie étaient proches, non ? Je me suis dit que si quelqu'un savait quelque chose…

— Tu aurais dû me donner son nom. Je lui aurais parlé à ta place. Même résultat, sans tout ce bazar.

— Encore une fois, tu as raison. Simplement, il est difficile de rester les bras croisés quand on n'a rien de concret, d'un côté comme de l'autre. J'aime savoir ce qui se passe.

— Lors de notre dernière conversation, répliqua-t-il sèchement, tu semblais persuadé d'être au courant de tout.

— Je le croyais.

— Et maintenant ?

— Je suis fatigué, Scorch. Toute cette semaine, j'ai été confronté à l'assassinat d'une ex, à la mort d'un frère ; et à mes parents. Je suis lessivé. Je ne suis plus sûr de rien.

Je devinai, à sa mine concentrée, qu'il s'apprêtait

à me faire un sermon, ce qui le mettrait sans doute de meilleure humeur.

— Tôt ou tard, Frank, commença-t-il, nos certitudes en prennent un coup. C'est la vie. La sagesse consiste à transformer cette épreuve en une marche supplémentaire vers le prochain niveau de certitude. Tu me suis ?

Cette fois, je supportai son charabia avec sérénité.

— Oui. Et même si j'ai du mal à l'admettre devant toi ou qui que ce soit d'autre, j'ai besoin qu'on m'aide à atteindre ce niveau supérieur. J'en ai vraiment besoin, vieux. Sors-moi de ma nuit. Que t'a raconté Imelda ?

— Tu ne vas pas aller lui secouer le cocotier ?

— Je serai soulagé de ne plus jamais la revoir.

— Tu dois me donner ta parole, Frank. Pas d'entourloupe.

— Je te fais le serment de ne plus la tourmenter. Ni à propos de Rosie, ni au sujet de Kevin, ni pour aucune autre raison.

— Quelle qu'elle soit ?

— Quelle qu'elle soit.

— Je ne veux pas te compliquer la vie. Et je ne le ferai pas tant que tu ne pourriras pas la mienne. Ne m'y oblige pas.

— Juré.

Il lissa ses cheveux, remit le pare-soleil en place.

— Dans un sens, tu as eu raison d'aller la cuisiner. Ta technique est peut-être un peu fruste, mon ami, mais tu as un instinct infaillible.

— Elle avait eu vent de quelque chose.

— Plus que ça. J'ai une surprise pour toi, vieux

frère. Tu pensais que vous aviez, Rosie et toi, gardé votre relation secrète. Pourtant, crois-en mon expérience, quand une femme affirme qu'elle ne parlera à personne, cela signifie qu'elle ne se confiera qu'à ses deux meilleures amies. Imelda Tierney savait tout depuis le début, votre relation, votre projet de fuite. Tout.

— Merde, alors.

Je secouai la tête avec un petit rire honteux, le laissant savourer son triomphe.

— Celle-là, je ne l'ai pas vue venir.

— Tu n'étais qu'un gosse. Tu ne connaissais pas les règles du jeu.

— Quand même... Comment ai-je pu être aussi naïf ?

— Une autre chose, qui t'a peut-être échappé, c'est que selon Imelda, Kevin avait un gros béguin pour Rose. Cela confirme ce que tu m'as dit : elle était la reine du quartier, tous les gars en pinçaient pour elle.

— Bien sûr. Mais Kevin ? Il avait à peine quinze ans.

— Il était assez âgé pour que ses hormones commencent à le travailler. Et pour se faufiler dans des boîtes où il n'aurait pas dû aller. Un soir, alors qu'Imelda était au *Bruxelles*, Kevin l'a abordée et lui a offert un verre. Il lui a demandé, il l'a même suppliée de glisser à Rose un mot en sa faveur. Elle a éclaté de rire. Ensuite, consciente de l'avoir profondément blessé, elle lui a dit que sa réaction n'avait rien de personnel : Rose était prise. Elle a voulu s'en aller. Kevin s'est accroché. Il tenait à savoir qui était le petit veinard. Il lui a payé d'autres verres. Elle a fini par cracher le morceau. Elle n'y a vu aucun mal. Elle le trouvait attendrissant. Et elle pensait qu'il n'insisterait pas s'il apprenait qu'il s'agissait de son propre frère. Grosse erreur. Il est devenu fou de rage. Il s'est mis à hurler, à donner des coups de pied dans les murs, à fracasser des verres... Les videurs ont dû le foutre dehors.

Cela ne correspondait en rien au caractère de Kevin qui, quand il prenait la mouche, semblait à peine offusqué. Pour le reste, l'histoire était merveilleusement bien agencée. Imelda m'impressionnait de plus en plus. Le troc n'avait plus de secret pour elle. Elle avait compris, bien avant d'appeler Scorcher, que si elle voulait qu'il la débarrasse du méchant type garé dans la rue, elle devrait lui donner du biscuit en échange. Elle avait probablement téléphoné à quelques copines pour se rancarder. Les gars de la Criminelle n'avaient pas caché, en faisant du porte à porte, qu'ils s'intéressaient à un lien éventuel entre Kevin et Rosie ; les habitants de Faithful Place n'avaient eu aucune peine à remplir les blancs. En fin de compte, j'aurais dû la bénir d'avoir eu l'intelligence de se renseigner plutôt que de foncer bille en tête et de me mettre directement en cause.

— Bon Dieu, murmurai-je en m'affalant contre le volant et en fixant, à travers le pare-brise, les autos qui passaient au ralenti à l'entrée de la ruelle. Et je ne me suis jamais douté de rien. Ça s'est passé quand ?

— Quinze jours avant la mort de Rose. Imelda se sent terriblement coupable, maintenant qu'elle sait où cela a mené. C'est ce qui l'a poussée à se mettre à table. Elle signera une déposition officielle dès la fin de l'enquête.

— Je suppose que son témoignage pèsera lourd.

— Je suis désolé, Frank.

— Merci.

— Ce n'est pas ce que tu espérais entendre...

— Pas vraiment.

— Toutefois, selon tes propres termes, toute forme de certitude aide à progresser, même si nous ne nous en rendons pas compte sur le moment. Lorsque tu seras prêt, tu pourras commencer à intégrer tout cela dans ta vision du monde.

— Scorcher, laisse-moi te poser une question. Est-ce que tu vois un psy ?

Il réussit à paraître à la fois embarrassé, droit dans ses bottes et agressif.

— Ouais. Pourquoi ? Tu veux une recommandation ?

— Je m'interrogeais, c'est tout...

— C'est un bon praticien. Grâce à lui, j'ai découvert des choses passionnantes. Comment faire coïncider ma réalité extérieure et ma réalité intérieure, ce genre de trucs.

— Ça m'a l'air très motivant.

— Ça l'est. À mon avis, cela t'aiderait énormément.

— Je suis plutôt vieux jeu. Je crois que c'est ma réalité intérieure qui devrait s'harmoniser avec le monde qui m'entoure. Je retiens quand même ta proposition.

— Oui. Fais-le.

Il frappa mon tableau de bord du plat de la main,

comme s'il flattait un cheval ayant bien appris sa leçon.

— Je suis heureux d'avoir eu cet entretien avec toi, Frank. Appelle-moi si tu as besoin de parler. D'accord ?

— Entendu. Pour l'heure, j'ai besoin d'être seul, de faire le point, de digérer tout ça.

Il opina en fronçant les sourcils, singeant sans doute son psy. J'ajoutai :

— Je te dépose à la brigade ?

— Non, merci. La marche me fera du bien. Je dois surveiller ma ligne, précisa-t-il en tapotant son estomac. Prends soin de toi, Frank. On parlera.

Le cul-de-sac était si étroit qu'il dut se faufiler hors de la voiture en entrebâillant la portière, ce qui ôta un peu de dignité à sa sortie. Il la retrouva en adoptant aussitôt sa démarche d'inspecteur de la Criminelle. Tout en le regardant s'éloigner en direction de la rue bondée, très droit, son porte-documents à la main, je me souvins du jour où, tombant nez à nez, nous avions découvert que nous appartenions tous les deux, désormais, au club des divorcés. Nous avions fêté ça pendant quatorze heures. La biture s'était terminée dans un tripot de Bray où nous avions tenté de convaincre deux greluches sans cervelle que nous étions des milliardaires russes venus acheter Dublin Castle, sauf que nous pouvions à peine articuler et que nous n'arrêtions pas de hennir au-dessus de nos pintes, tels deux gamins séchant l'école et se cuitant dans un grenier. Finalement, au cours des vingt dernières années, Scorcher Kennedy avait été un bon copain. À coup sûr, il allait me manquer.

En règle générale, les gens me sous-estiment, ce qui m'avantage. Je fus quand même surpris par Imelda. Elle n'était pourtant pas du genre à négliger l'aspect le plus sombre de la nature humaine. À sa place, j'aurais au moins demandé à un ami baraqué et armé jusqu'aux dents de passer quelques jours avec moi. Or, le mardi matin, la famille Tierney semblait avoir retrouvé son train-train habituel. Genevieve partit paresseusement pour l'école en suçant un KitKat, Imelda fit des courses à New Street et en revint chargée de deux sacs en plastique, Isabelle, très digne, se hâta vers un rendez-vous qui exigeait une coiffure impeccable et un chemisier d'un blanc immaculé. Cette fois, tandis que je surveillais la maison, personne ne me remarqua.

Vers midi, deux adolescentes flanquées de deux bébés sonnèrent à l'Interphone. Shania descendit et elles s'en allèrent faire sans doute du lèche-vitrines. Une fois sûr qu'elle ne reviendrait pas sur ses pas pour chercher ses cigarettes, je forçai la serrure de l'entrée principale et montai jusqu'à l'appartement d'Imelda.

La télé retransmettait un débat en direct. Les invités s'invectivaient sans complexe pour la plus grande joie de l'assistance, qui réclamait du sang. Plusieurs serrures tapissaient la porte, mais l'infime interstice entre cette dernière et le mur m'indiqua qu'une seule était verrouillée. Il me fallut dix secondes pour la crocheter. Le vacarme de la télé couvrit son craquement lorsqu'elle céda.

Assise sur le canapé, Imelda enveloppait des cadeaux de Noël, des contrefaçons Burberry. Alors que j'avais refermé la porte et que je m'approchais d'elle par-derrière, alertée par mon ombre, ou le grincement d'une latte, elle se retourna brusquement. Avant qu'elle ait pu crier, je plaquai une main sur sa bouche et, de l'autre avant-bras, coinçai ses poignets sur son ventre. Je m'installai sur le bras du canapé et chuchotai à son oreille :

— Imelda, Imelda, Imelda. Tu m'avais juré que tu n'étais pas une balance. Tu me déçois.

Elle tenta de m'envoyer son coude dans l'estomac, puis de mordre ma paume. Je renversai violemment sa tête, comme pour lui briser la nuque.

— Quand j'enlèverai ma main, j'aimerais que tu réfléchisses à deux choses. Un, je suis plus proche de toi que n'importe qui d'autre. Deux, que pensera Deco s'il apprend qu'une moucharde vit juste au-dessous de chez lui, ce qu'il découvrira très vite, je te le garantis ? À ton avis, s'en prendra-t-il à toi ou trouvera-t-il Isabelle plus affriolante ? Ou Genevieve ? À toi de voir. Moi, je ne connais pas ses goûts.

La fureur dilatait ses pupilles. Si elle avait pu m'égorger avec ses dents, elle l'aurait fait.

— Alors, comment on procède ? Tu vas hurler ?

Au bout d'un moment, ses muscles se relâchèrent et elle secoua la tête. Je la lâchai, envoyai valser par terre un lot de vêtements, prêts à être empaquetés, qui encombrait un fauteuil.

— Voilà, dis-je en m'asseyant. On n'est pas mieux comme ça ?

Elle caressa sa joue endolorie et siffla :

— Ordure.

— Je n'ai pas eu le choix, mon ange. Je t'ai donné deux fois l'occasion de me parler comme une personne civilisée, mais non, tu as préféré qu'on en arrive là.

— Mon mec va rentrer d'une minute à l'autre. Il est agent de sécurité. T'as envie de faire sa connaissance ?

— C'est curieux ! Il n'était pas chez toi l'autre soir et rien, dans cette pièce, ne prouve qu'il existe.

J'écartai les faux Burberry du pied pour pouvoir étendre mes jambes.

— Pourquoi me débiter ce bobard, Imelda ? Ne me dis pas que tu as peur de moi.

Elle se recroquevilla dans le coin du sofa, bras et jambes fermement croisés.

— Fais gaffe, Francis Mackey. J'ai maté des gars plus coriaces que toi.

— Je n'en doute pas. Et si tu ne peux pas le faire toi-même, tu appelles au secours. Tu m'as vendu à Scorcher Kennedy... Non ! Boucle-la ! Tu m'as vendu à Kennedy et ça ne me plaît pas. Toutefois, ça peut s'arranger. Tu n'as qu'à me dire à qui tu as tout déballé sur Rosie et moi, hop, je passe l'éponge.

Elle haussa les épaules. Sur l'écran, les participants en venaient aux mains. Sans cesser de surveiller Imelda, je me penchai et arrachai la prise du mur.

— Je ne t'ai pas entendue.

Nouveau haussement d'épaules.

— J'ai été plus que patient, mon ange. Ce que je viens de faire n'est rien à côté de ce qui t'attend.

— Cause toujours.

— Je croyais qu'on t'avait mise en garde contre moi.

Soudain, la peur contracta ses traits. J'ajoutai :

— Je sais ce qu'on raconte sur moi. À ton avis,

qui ai-je tué, Imelda ? Rosie ou Kevin ? Ou bien les deux ?

— J'ai jamais dit...

— J'opte pour Kevin. J'ai pensé qu'il avait buté Rosie et je l'ai balancé par la fenêtre. C'est ton scénario ?

Elle se garda bien de répondre. J'avais haussé le ton, sans me soucier de Deco et de ses copains camés. Il y avait une semaine que j'avais envie de me lâcher.

— Dis-moi... Comment as-tu pu être assez bête pour doubler un type qui a liquidé son propre frère ? Je ne suis pas d'humeur, Imelda. Et tu as passé l'après-midi d'hier à me faire un enfant dans le dos. Tu trouves que c'était une bonne idée ?

— Je voulais simplement...

— Voilà que tu recommences. Tu cherches à me pousser à bout ? Tu veux que je cogne, c'est ça ?

— Non...

Je me levai d'un bond et agrippai le dos du canapé de chaque côté de sa tête, le visage si près du sien que je perçus dans son haleine des relents de chips au fromage et aux oignons.

— Laisse-moi t'expliquer quelque chose, Imelda. Je vais m'exprimer simplement, pour que ça te rentre bien dans la tronche. Je jure devant Dieu que, d'ici dix minutes, tu auras répondu à ma question. Je sais que tu préférerais me ressortir le char avec lequel tu as embobiné Kennedy, mais tu peux te brosser. Tu n'as que deux possibilités : tu me réponds après t'être fait tabasser, ou avant.

Elle tenta de se détourner. Saisissant sa mâchoire, je l'obligeai à me faire face.

— Avant de te décider, réfléchis encore. Tu t'imagines qu'il m'en faudrait beaucoup pour me mettre en rogne et te tordre le coup comme à un poulet ? Tout le monde me prend déjà pour Hannibal Lecter. Qu'est-ce que j'aurais à perdre ? Ton copain l'inspecteur Kennedy n'est peut-être pas un de mes fans, mais il est flic, comme moi. Si tu te retrouves défigurée ou, Dieu me pardonne, plus raide qu'un rat crevé, tu crois qu'il s'en souciera ? Il s'en foutra totalement. Pour lui, ma jolie, ta vie de traînée ne vaut pas un clou.

La terreur qui la défigura, cette mâchoire molle, ces yeux écarquillés, je les avais vus des centaines de fois à Faithful Place, à l'instant où Ma savait qu'elle allait recevoir une raclée. J'avais tellement envie de lui broyer la mâchoire que j'en fus presque choqué.

— Tu as ouvert ta sale gueule devant le premier connard qui t'a interrogée. Maintenant, tu vas l'ouvrir pour moi. À qui as-tu tout raconté à propos de Rosie et de moi ? À qui, Imelda ? Qui était-ce ? Ta pute de mère ?

Je l'entendais déjà me cracher à la figure : « À ton poivrot, ton sale maquereau de père ! » Je m'y attendais, je m'y étais préparé lorsqu'elle éructa :

— Je l'ai raconté à ton frère !

— Sale menteuse ! C'est la salade que tu as servie à Kennedy. Et il l'a gobée. Tu me crois aussi con que lui ?

— Pas à Kevin, abruti ! Qu'est-ce que je serais allée foutre avec Kevin ? À Shay ! J'ai tout raconté à Shay !

Un silence mortel envahit la pièce. Sans m'en rendre compte, je m'effondrai dans le fauteuil, engourdi, paralysé, comme si mon sang s'était figé. Je notai que quelqu'un, au-dessus, avait mis une machine à laver en route. Imelda s'était effondrée contre les coussins du canapé. L'effroi que je lus sur son visage m'en dit long sur ce que devait exprimer le mien.

— Qu'est-ce que tu lui as balancé ? murmurai-je enfin.

— Francis… Je suis désolée. Je pensais pas…

— Que lui as-tu dit, Imelda ?

— Simplement que… Rosie et toi, vous comptiez vous enfuir.

— Quand ?

— Le samedi soir, au pub. La veille de votre départ. Je pensais pas à mal. À ce stade, qui aurait pu vous empêcher de partir ?

— Si tu te cherches encore une excuse, je démolis ta télé volée. Tu lui as dit où nous allions ?

Bref hochement de tête.

— Et où tu avais déposé la valise ?

— Pas la pièce, mais… au 16, oui.

Éclairée par la morne lumière d'hiver qui perçait les rideaux, dans ce salon qui empestait le graillon, la poubelle et le tabac, elle me parut grise, misérable. Je ne parvenais pas à imaginer ce que cette femme avait pu obtenir en échange de sa délation.

— Pourquoi, Imelda ? Pourquoi ?

Elle rougit légèrement, se renfrogna.

— Tu me charries, lui dis-je. Tu lui courais après ? Je croyais que c'était Mandy.

— Elle aussi. On lui tournait toutes autour. Pas Rosie, mais toutes les autres. Il avait l'embarras du choix.

— Donc, tu as trahi Rosie pour attirer l'attention de Shay. C'est comme ça que tu l'aimais, ta copine ?

— C'est pas juste ! J'ai jamais voulu...

De toutes mes forces, je jetai le cendrier contre le téléviseur. Il était lourd. Il traversa l'écran avec un fracas de verre brisé, projeta des cendres et des débris autour du poste, sur le tapis, la table basse, le survêtement d'Imelda. Elle sursauta, leva un bras pour se protéger. En silence. Elle avait appris à ne pas crier.

J'époussetai la table du plat de la main, trouvai ses cigarettes sous un rouleau de ruban vert.

— Tu vas me répéter mot pour mot ce que tu lui as balancé. Ne néglige aucun détail. Si tu as un trou de mémoire, tu me le dis. Pas de craque. C'est clair ?

Elle acquiesça, la paume contre la bouche. J'allumai une sèche, me renversai dans le fauteuil.

— Accouche.

J'aurais pu décrire la scène moi-même. Elle s'était déroulée dans un pub de Wexford Street, dont Imelda avait oublié le nom.

— On avait prévu d'aller danser, Mandy et moi. Rosie était là, mais elle devait rentrer tôt parce que son père était sur le sentier de la guerre. Elle a refusé d'aller en boîte. On a donc décidé de se taper quelques bières d'abord...

Imelda s'était rendue au bar pour payer sa tournée. Elle avait repéré Shay, s'était avancée vers lui. Je la voyais, tapotant ses cheveux, l'aguichant en ondulant des hanches. Il avait réagi aussi sec en lui faisant du charme. Mais il les aimait plus jolies, plus discrètes, moins pulpeuses. Ses pintes en main, il lui avait tourné le dos pour rejoindre ses potes. Alors, uniquement pour le provoquer, elle lui avait lancé :

— T'as un problème, Shay ? C'est Francis qu'a raison ? Tu préfères les mecs ?

— Qu'est-ce qu'il en sait, ce puceau ?

Il avait commencé à s'éloigner. Alors, elle avait clamé :

— Pas si puceau que ça ! Si je te disais avec qui il sort...

— Ah, ouais ?

Il s'était arrêté.

— Si tu veux, je te raconte. Apporte d'abord leurs Guinness à tes copains.

— Je reviens tout de suite. Reste là.

— Peut-être. Ou peut-être pas.

Bien sûr, elle avait obéi. Rosie s'était payé sa tête lorsqu'elle avait déposé en vitesse les consommations à leur table. Mandy avait pris un air scandalisé, du style « tu me piques mon mec ». Imelda leur avait fait un doigt d'honneur et avait regagné le bar où elle s'était accoudée, sirotant sa bière blonde et, mine de rien, défaisant un bouton de son chemisier. Lorsque Shay s'était de nouveau pointé, son cœur battait à cent à l'heure. Il ne lui avait jamais, auparavant, accordé un regard.

Il se pencha, plongea dans les siens ses yeux d'un bleu irrésistible, glissa un genou entre ses jambes, lui offrit une autre bière et frôla ses phalanges en lui passant sa pinte. Elle fit durer son récit le plus longtemps possible pour le garder près d'elle, sans omettre le moindre détail : la valise, le lieu du rendez-vous, le bateau, la piaule à Londres, les boulots dans le showbiz, le mariage à venir ; tous les projets secrets que Rosie et moi avions mis au point pendant des mois. Tout en parlant, Imelda se méprisait. Elle n'osait même plus regarder Rosie, qui riait avec Mandy. Vingt-deux ans plus tard, la honte enflammait encore ses joues. Mais elle l'avait fait.

C'était une petite histoire pathétique, comme les ados en vivent tous les jours et oublient aussitôt. Elle nous avait amenés à cette semaine, et dans ce salon.

— Dis-moi... Est-ce qu'il t'a sautée vite fait, après ça ?

Elle rougit de plus belle.

— Tant mieux. Tu ne nous as pas trahis pour rien. Deux êtres sont morts et plusieurs vies ont été saccagées, mais tu as quand même tiré le coup dont tu rêvais.

Elle bafouilla d'une toute petite voix :

— Tu veux dire... Ce que j'ai raconté à Shay a causé la mort de Rosie ?

— Tu es un génie.

— Francis, bredouilla-t-elle en tremblant de tous ses membres, comme un cheval effrayé, est-ce que Shay... ?

— J'ai dit ça ?

— Non.

— Bonne réponse. Fais attention, Imelda. Si tu répands ce bruit, si tu parles à une seule personne, tu le regretteras jusqu'à la fin de tes jours. Tu as fait de ton mieux pour souiller le nom de l'un de mes frères. Je ne te laisserai pas détruire l'honneur de l'autre.

— Je dirai rien à personne. Je le jure, Francis.

— Cela inclut tes filles. Au cas où la délation serait une tare familiale...

Elle pâlit.

— Tu n'as jamais rien raconté à Shay et je ne suis jamais venu ici. Pigé ?

— Oui, Francis... Je suis désolée, mon Dieu, tellement désolée. J'aurais jamais pensé...

— Regarde ce que tu as fait. Doux Jésus, Imelda, regarde ce que tu as fait.

Je la laissai là, hébétée devant les cendres, le verre brisé, le vide.

19

La nuit fut longue. Je faillis appeler ma ravissante copine du labo, y renonçai à temps. Rien n'est moins réjouissant qu'une partie de jambes en l'air avec une partenaire qui connaît trop de détails sur la mort de votre ex. La perspective d'aller me saouler au pub ne me souriant guère, je songeai fortement à téléphoner à Olivia pour lui demander si je pouvais passer. Mauvaise idée. J'avais assez abusé de sa patience au cours de la semaine. Je finis au *Ned Kelly's*, sur O'Connell Street, à jouer au billard avec trois Russes incapables de baragouiner deux mots d'anglais mais très doués pour communiquer par gestes. Je ne rentrai chez moi qu'après la fermeture. Assis sur mon balcon, je fumai jusqu'à l'aube, m'efforçant de chasser de mes pensées les visages de Rosie et de Kevin.

Ce n'était pas Kevin adulte qui m'obsédait. C'était le bambin qui, jadis, avait partagé si longtemps un matelas avec moi. Celui dont je sentais les pieds blottis, en hiver, entre mes tibias. Ange blond et joufflu d'une pub pour Corn Flakes, il était le plus beau de nous tous. Carmel et ses amies jouaient avec lui à la maman, le choyaient, le changeaient, le gavaient de bonbons. Couché dans leur landau de poupée, il leur souriait d'un air béat, mendiant leur attention. À cet âge, déjà, notre Kevin aimait les dames. J'espérais que quelqu'un avait prévenu ses innombrables conquêtes et leur avait expliqué avec ménagement pourquoi elles ne le verraient plus.

Ce n'était pas non plus la Rosie radieuse, transfigurée par notre amour et nos projets d'avenir qui me hantait. C'était la Rosie furieuse. Un soir d'automne, alors que nous avions tous les deux dix-sept ans, Carmel, Shay et moi fumions sur les marches ; à l'époque, Carmel clopait et me permettait de la taxer pendant les périodes scolaires, quand je ne travaillais pas et que je ne pouvais pas me payer mes propres sèches. Les émanations de l'usine Guinness se mêlaient aux senteurs de la brume et des fumées de tourbe. Entre ses dents, Shay fredonnait doucement « Take Me Up to Monto ». Soudain, des hurlements retentirent.

M. Daly beuglait qu'il ne se laisserait pas bafouer sous son propre toit et que celle à qui il s'adressait avait intérêt à bien se tenir si elle ne voulait pas prendre sa main dans la gueule. Mon sang se glaça. Shay annonça :

— Dix livres qu'il a surpris sa fille en train de se faire limer par un boutonneux.

Carmel fit claquer sa langue.

— Sois pas porno.

Je répliquai d'une voix égale :

— Pari tenu.

Nous sortions ensemble depuis un peu plus d'un an, Rosie et moi. Même si nos potes étaient au courant, nous faisions semblant, pour éviter les ragots, d'être de bons copains, sans plus. Cela me rendait dingue, mais Rosie m'objectait que son père n'apprécierait pas ; et la menace semblait bien réelle. Ce qui venait d'éclater ce soir-là, je le redoutais depuis un an.

— T'as pas dix livres, ricana Shay.

— J'en aurai pas besoin.

Toutes les fenêtres de la rue s'étaient ouvertes. Les Daly élevaient moins souvent la voix que les voisins. Il s'agissait donc d'une première. Rosie rugit :

— T'as aucune preuve !

Je tirai une dernière bouffée de ma cigarette, jusqu'au filtre.

— Tu me dois dix livres, dis-je à Shay.

— Tu les auras quand je serai payé.

Rosie jaillit du 3. Elle claqua la porte avec une telle violence que les piailleurs s'empressèrent de refermer leurs fenêtres pour continuer à dégoiser chez eux. Puis elle marcha vers nous. Sous le ciel gris de l'automne, ses cheveux semblaient lancer des flammes.

— Salut, Rosie, lança Shay. T'es à croquer, comme d'habitude.

— Et toi, t'es toujours à gerber. Francis, on pourrait causer une minute ?

Shay siffla. Carmel avait la bouche ouverte. Je répondis en me levant :

— Bien sûr. On va faire un tour ?

La dernière chose que j'entendis lorsque je tournai au coin de Smith's Road fut le rire répugnant de Shay.

Les mains enfoncées dans les poches de sa veste de jean, Rosie marchait si vite que j'avais du mal à la suivre. Elle martela :

— Mon vieux a tout découvert !

Évidemment, je m'en doutais. J'eus quand même l'impression de recevoir un coup de poing dans l'estomac.

— Ah, merde ! C'est ce que je pensais. Comment ?

— Quand on est allés au *Neary's*. J'aurais dû savoir que c'était pas prudent. Ma cousine Shirley et ses copines buvaient un coup. Cette pétasse est la pire pipelette que je connaisse. Elle nous a vus. Elle l'a raconté à sa mère, qui l'a raconté à la mienne, qui a tout déballé à mon père.

— Et il a sauté au plafond.

Rosie explosa.

— Le salaud, le salaud ! La prochaine fois que je vois Shirley, je la démolis ! Ce que je disais, il s'en foutait ! Autant parler à un mur !

— Rosie, calme-toi...

— Il m'a dit de pas venir pleurer quand je me retrouverais en cloque, larguée et couverte de cocards. Putain, Frank, j'avais envie de le tuer !

— Alors, qu'est-ce que tu fais là ? Il sait que c'est moi ?

— Oui, il le sait ! Il m'a envoyée rompre avec toi.

Je me figeai au milieu du trottoir. Elle se retourna et cria :

— Je vais pas le faire, couillon ! Tu penses vraiment que je te quitterai parce que mon père me l'a ordonné ? T'es débile ?

— Bon Dieu...

Lentement, mon cœur retrouva son rythme normal.

— Tu veux que j'aie un infarctus ? J'ai cru... Bordel...

— Frank.

Elle revint sur ses pas, emmêla ses doigts dans les miens, les serra à me faire mal.

— Je te plaquerai pas. D'accord ? Simplement, je sais pas quoi faire.

J'aurais vendu un rein pour qu'on me souffle la réponse miraculeuse. Je clamai comme un idiot, plus téméraire que saint Michel terrassant le dragon :

— Je vais aller voir ton père, lui parler d'homme à homme, lui jurer que je suis pas un coureur !

— Je le lui ai déjà dit. Cent fois ! Il croit que tu me joues du violon pour baisser ma culotte et que je gobe tes bobards. Tu t'imagines qu'il va t'écouter ?

— Alors, je lui montrerai. Quand il verra que je te traite avec respect...

— On n'a pas le temps ! Il dit que je dois rompre ce soir. Sinon, il me chassera de la maison. Et il le fera ! Ça brisera le cœur de ma mère, mais il s'en tape. Il lui interdira de me revoir et elle s'aplatira.

Dix-sept années en compagnie de ma famille m'avaient appris l'esquive.

— Dis-lui que tu l'as fait. Que tu m'as plaqué. Personne n'aura à savoir qu'on est toujours ensemble.

Elle réfléchit très vite.

— Jusqu'à quand ?

— Jusqu'à ce qu'on trouve un meilleur plan, jusqu'à ce que ton père se calme... Si on tient assez longtemps, la situation changera.

— Peut-être.

Elle gambergeait toujours, la tête baissée au-dessus de nos mains jointes.

— Tu crois que ça sera possible ? Avec tous ces gens qui jasent...

— Ce sera pas facile. On devra affirmer à tout le

monde qu'on a rompu, et jouer la comédie. On pourra plus être vus ensemble.

— Je m'en moque. Mais toi ? Tu vas quand même pas rester enfermé chez toi. Tes parents veulent pas faire de toi une bonne sœur. Tu vas te sacrifier ?

— Pourquoi pas ? Je t'aime !

J'en restai pétrifié. Je ne l'avais jamais dit auparavant. Et jamais plus je ne le dirais. Un tel aveu, on ne le fait qu'une fois dans sa vie. Le mien, je venais de le faire en ce brumeux soir d'automne, sous un lampadaire qui projetait des strates jaunes sur le trottoir mouillé, mes doigts dans ceux de Rosie.

— Oh, murmura-t-elle.

Elle éclata d'un rire joyeux, irrépressible.

— Voilà. Tu le sais, dis-je.

— Alors, tout va bien, non ?

— Vraiment ?

— Oui. Moi aussi, je t'aime. On trouvera un moyen.

Je la serrai très fort contre moi. Un vieux con qui promenait son chien grommela un commentaire sur la jeunesse qui ne savait plus se tenir. Quelle importance ? Rosie enfouit son visage au creux de mon cou. Je sentais le battement de ses cils contre ma peau.

— Sûr, chuchotai-je dans la chaleur de ses cheveux, sachant que c'était vrai parce que nous avions en main le joker contre lequel personne ne peut rien. On trouvera.

Nous avons marché, parlé jusqu'à épuisement. Ensuite, chacun rentra chez soi, seul, pour convaincre la rue que tout était fini entre nous. Nous n'avons pas résisté longtemps. Tard cette nuit-là, sans nous soucier du danger, nous nous sommes retrouvés au 16. Nous nous sommes étendus sur le parquet qui craquait et Rosie nous a enveloppés dans la couverture bleue qu'elle emportait toujours avec elle. Cette nuit-là, pas une seule fois elle ne me dit : « Arrête. »

Cette soirée fut l'une des raisons pour lesquelles je n'avais jamais envisagé sa mort. Son éclat lorsque la colère la submergeait, cette fougue, ce sentiment qu'on aurait pu enflammer une allumette en la posant simplement sur sa peau, incendier un arbre de Noël, embraser le ciel… Que cette ardeur ait pu être réduite à néant me paraissait inconcevable.

Je connaissais des dizaines de malfrats qui, si je le leur avais demandé gentiment, auraient mis le feu à la boutique de vélos et disséminé assez de preuves pour faire accuser Shay. D'autres, moins subtils, l'auraient fait disparaître sans autre forme de procès. Le problème, c'est que je ne voulais pas d'eux. Scorcher avait raison sur toute la ligne. S'il avait vraiment besoin de faire endosser à Kevin le meurtre de Rosie, il le ferait. Olivia, elle aussi, avait raison. Rien, à présent, ne pourrait plus atteindre mon petit frère. Dès lors, rien, non plus, ne s'interposait entre Shay et moi. Je lui réglerais son compte moi-même. Chaque fois que je me penchais au-dessus de la Liffey, je le voyais à sa fenêtre, quelque part dans la myriade de lumières, m'observant de l'autre côté du fleuve et attendant que je vienne à lui. Jamais je n'avais désiré une fille, pas même Rosie, autant que ce face-à-face.

Le vendredi après-midi, j'envoyai un SMS à Stephen : *Même endroit, même heure.* Il pleuvait des cordes. Le *Cosmo 's* était rempli de gens épuisés qui, encombrés de leurs cadeaux de Noël et trempés jusqu'aux os, espéraient pouvoir se réchauffer un moment. Je ne commandai que du café ; l'entretien ne durerait pas longtemps.

Un peu gêné, ne sachant trop ce que nous faisions là mais trop poli pour me poser la question, Stephen se contenta de déclarer :

— La liste des appels téléphoniques de Kevin n'est pas encore arrivée.

— Je ne l'attendais pas. Savez-vous quand l'enquête doit se terminer ?

— Sans doute mardi. Selon l'inspecteur Kennedy, nous avons assez d'éléments pour clore l'affaire. Il ne nous reste qu'à boucler la paperasse.

— J'en déduis que vous avez entendu parler de la merveilleuse Imelda Tierney.

— En effet.

— L'inspecteur Kennedy estime que son témoignage constitue la pièce manquante du puzzle, qu'il peut désormais confectionner un joli paquet, l'entourer d'un ruban rose et l'expédier au procureur. Exact ?

— Plus ou moins, oui.

— Et vous, qu'en pensez-vous ?

Il passa une main dans ses cheveux, formant des épis bien raides.

— Je pense, si j'en crois l'inspecteur Kennedy, arrêtez-moi s'il se trompe, qu'Imelda Tierney vous en veut à mort.

— Pour l'heure, je ne suis pas son meilleur ami, c'est sûr.

— Vous la connaissez bien, même si cela remonte

à des années. Vous détesterait-elle au point d'inventer une histoire pareille ?

— Elle n'hésiterait pas une seconde. Mais je ne suis peut-être pas impartial.

— Admettons. Toutefois, j'ai toujours le même problème avec les empreintes. À moins qu'Imelda Tierney ne puisse expliquer pourquoi la lettre a été nettoyée, cela rend, en ce qui me concerne, son témoignage peu crédible. Les gens mentent ; les preuves, non.

Ce gamin était dix fois plus futé que Scorcher ; et que moi.

— Inspecteur, lui dis-je, j'aime votre manière de raisonner. Malheureusement, Scorcher Kennedy n'est pas près d'y adhérer.

— À moins que nous ne lui apportions une théorie trop solide pour qu'il l'ignore.

Il prononça ce « nous » avec timidité, tel un ado décrivant sa première petite amie. C'était quand même un progrès de taille : il avait vaincu ses réticences et était désormais de mon côté, définitivement.

— Je me suis donc concentré là-dessus. J'ai longuement passé en revue les différents aspects de cette énigme, cherchant ce qui avait pu nous échapper. Et, hier soir, un détail m'a frappé.

— Je vous écoute.

Il prit une profonde inspiration. Il avait répété sa tirade, pour m'impressionner.

— Bien. Jusqu'à maintenant, aucun de nous n'a prêté la moindre attention au fait qu'on ait dissimulé le corps de Rose. Nous nous sommes focalisés sur ce qu'impliquait l'endroit où on l'avait caché, sans nous préoccuper d'abord des raisons de cet acte. Pourtant, cela nous aurait appris quelque chose. Tout le monde est d'accord pour dire que le crime paraît non prémédité, que notre homme aurait simplement perdu les pédales. Vous me suivez ?

— Continuez.

— Il a donc dû être effondré par son crime. Moi, je me serais tiré à toutes jambes. Or, notre homme a eu assez de volonté pour se ressaisir, trouver une cachette, enfouir un corps lourd sous une lourde dalle de béton... Cela prend du temps et demande de gros efforts. Il fallait absolument qu'il dissimule le cadavre. C'était capital. Pourquoi ? Pourquoi ne pas le laisser là, afin que quelqu'un tombe dessus le matin ?

— Vous allez me le dire.

Penché vers moi, les yeux dans les miens, il poursuivit, possédé par son récit :

— Parce qu'il savait qu'un quidam, dans les parages, pourrait le relier à Rose ou à la maison. Si on avait découvert la victime le lendemain, quelqu'un aurait pu dire « attendez, j'ai vu Untel pénétrer au 16 la nuit dernière », ou « je crois que Machin avait l'intention d'aller retrouver Rose Daly ». Il lui était impossible de prendre ce risque.

— Ça paraît plausible.

— Donc, nous devons découvrir ce lien. L'histoire d'Imelda ne tient pas. Toutefois quelqu'un en a une autre, proche de la sienne, mais vraie. Ce témoin potentiel l'a sans doute complètement oubliée parce que, sur le moment, il ne lui a attaché aucune importance. Mais si nous pouvions raviver ses souvenirs... Je commencerais par interroger les proches de Rose, sa sœur, ses meilleurs amis ; et ses voisins immédiats, ceux qui habitaient du même côté de la rue. Dans votre déposition, vous affirmez avoir entendu un individu traverser les jardins. On aurait pu l'apercevoir depuis une fenêtre du fond.

S'il poursuivait quelques jours dans cette direction, il arriverait quelque part. Il avait l'air si enthousiaste que l'idée de briser son élan me révulsait. Mais je devais le faire.

— Superbes déductions, inspecteur. Tout s'emboîte à merveille. Maintenant, laissez tomber.

Il blêmit.

— Quoi ?

— Stephen... Pourquoi vous ai-je envoyé un SMS ? Je savais que vous n'auriez pas la liste des appels de Kevin, j'étais déjà au courant à propos d'Imelda Tierney, j'étais certain que vous me préviendriez en cas d'imprévu. Alors, pourquoi ai-je souhaité cette rencontre ?

— Euh... Pour une mise à jour...

— Si vous voulez. La mise à jour, la voilà : à partir de maintenant, nous nous désintéressons de ce cas. Je retourne à mes congés et vous à vos devoirs de dactylo. Bien du plaisir.

Il abattit sa tasse sur la table.

— Pourquoi ? Mais pourquoi ?

— Votre mère ne vous disait-elle pas : « Parce que je l'ai décidé » ?

— Vous n'êtes pas ma mère ! Qu'est-ce que...

Soudain, il crut avoir compris.

— Vous avez trouvé quelque chose, pas vrai ? La dernière fois, quand vous êtes parti d'ici, un élément vous avait frappé. Vous avez enquêté là-dessus pendant deux jours et maintenant...

— Hypothèse intéressante. Hélas, non. J'aurais adoré que cette affaire se résolve d'elle-même grâce à un coup de génie. Désolé de vous décevoir. Ça arrive beaucoup plus rarement que vous ne le pensez.

— ... Et maintenant que vous avez ce que vous cherchiez, vous le gardez pour vous. *Bye-bye*, Stephen, merci de votre collaboration et à la niche. Vous avez peur que je n'identifie le coupable avant vous ? Je suppose que je dois m'en sentir flatté...

Je soupirai en me massant la nuque.

— Petit, si l'avis d'un homme qui exerce ce métier depuis bien plus longtemps que vous ne vous rebute pas, laissez-moi vous confier un secret : à de rares exceptions près, l'explication la plus simple est toujours la bonne. Il n'y a pas d'entourloupe, pas de conspiration, et le gouvernement n'a pas implanté une puce derrière votre oreille. Tout ce que j'ai découvert, au cours de ces deux jours, c'est qu'il est temps pour vous et moi de laisser l'affaire suivre son cours.

Il me dévisagea comme si je m'étais changé en singe à deux têtes.

— Attendez une minute. Que deviennent vos belles déclarations sur notre responsabilité vis-à-vis des victimes ? Que faites-vous de : « Il ne leur reste que vous et moi ? »

— Cela ne se justifie plus. Scorcher Kennedy a une solution en béton. Si j'étais le procureur, je l'applaudirais des deux mains. Il n'y a aucune chance pour qu'il revienne sur son hypothèse, même si l'ange

Gabriel descend du ciel pour lui affirmer qu'il se trompe. Quelle importance si une petite anomalie apparaît sur la liste des appels de Kevin ou si, pour vous et moi, les déclarations d'Imelda Tierney puent le faux témoignage ? Ce qui pourrait arriver d'ici mardi ne compte pas. L'affaire est bouclée.

— Et ça vous convient ?

— Certainement pas, mon mignon. Mais je suis adulte. Risquer ma peau pour une cause perdue, ce serait du gâchis. Quel gâchis, aussi, si vous vous retrouviez en uniforme d'agent de ville ou derrière le guichet d'accueil d'un commissariat de province jusqu'à la fin de votre carrière pour m'avoir transmis des informations sans valeur...

Stephen était un vrai rouquin. Sanguin. Il serra les poings, prêt à m'en balancer un en pleine poire.

— J'ai agi en connaissance de cause. Je suis un grand garçon. Je suis capable de mener ma barque tout seul.

Je m'esclaffai.

— Ne vous méprenez pas. Je ne cherche pas à vous protéger. Je mettrais volontiers votre avenir en jeu si je le jugeais utile. Mais ce n'est plus le cas.

— Vous avez voulu que je m'implique dans ce meurtre ! Vous m'y avez carrément forcé ! Maintenant, je le suis et je le reste ! Que vous changiez d'avis toutes les cinq minutes, je m'en tamponne ! Je ne suis pas votre larbin, ni celui de l'inspecteur Kennedy !

— Si, vous l'êtes. Je garderai un œil sur vous, mon jeune ami. Et si j'apprends que vous fourrez encore votre nez dans ce qui ne vous regarde pas, j'enverrai le rapport d'autopsie et le relevé des empreintes à

l'inspecteur Kennedy, en lui révélant leur provenance. Il ne vous aura plus à la bonne, et moi non
plus. Dès lors, vous croupirez pour de bon dans un
bled paumé. Je vous le répète donc une dernière
fois : on arrête. Pigé ?

Il était trop bouleversé, trop jeune pour se dominer.
Il me considéra avec un mélange de fureur, de stupeur
et de dégoût. C'était exactement ce que j'escomptais.
Plus il me haïrait, plus il se tiendrait éloigné de ce
qui allait suivre, et qui ne serait pas forcément très
ragoûtant. Ça faisait quand même mal.

— Je ne vous comprends pas, dit-il d'un air
accablé. Vraiment pas.

— Ça viendra, marmonnai-je en cherchant mon
portefeuille.

— Et je ne tiens pas à ce que m'offriez mon café.
J'ai de quoi le payer.

Si je l'humiliais davantage, il pourrait, uniquement par fierté, se passionner encore pour l'enquête.
Je m'adoucis et répliquai :

— À votre aise. Stephen… Inspecteur… Arrêtez
de me faire la tête. Regardez-moi. Vous avez accompli
un excellent travail. Je sais que nous aurions préféré,
vous et moi, que notre collaboration se termine de
façon différente, mais je ne l'oublierai pas. Si je puis
un jour faire quelque chose pour vous, et ce jour
arrivera forcément, comptez sur moi.

— Je vous l'ai dit. Je suis capable de me débrouiller
seul.

— J'en suis persuadé. Cependant, j'aime payer
mes dettes ; et je vous dois beaucoup. Travailler avec
vous a été un plaisir, inspecteur. J'ai hâte de remettre
ça.

Je n'essayai pas de lui serrer la main. Il me lança un œil noir, jeta un billet de dix livres sur la table, geste de prince pour une bleusaille fauchée, ajusta son pardessus sur ses épaules. Je restai assis, lui accordant le privilège de s'en aller le premier.

Retour à la case départ, là où je m'étais garé une semaine auparavant, devant la maison de Liv, venant chercher Holly pour le week-end. J'avais l'impression qu'un siècle s'était écoulé.

Seul changement : Olivia avait troqué sa petite robe noire pour un discret tailleur beige. Mais le message était le même ; Épiderme ne tarderait pas. Cette fois, pourtant, au lieu de barricader la porte, elle l'ouvrit en grand et me conduisit rapidement dans la cuisine. Je feignis la surprise.

— Holly n'est pas prête ?

— Elle prend son bain. Elle a accompagné Sarah à son cours de hip-hop. Elle vient de rentrer en nage. Elle sera là dans quelques minutes.

— Comment va-t-elle ?

Liv soupira, passa une main légère sur son Brushing impeccable.

— Bien, je crois. Du moins aussi bien que nous pourrions l'espérer. Elle a fait un cauchemar la nuit dernière. Ensuite, elle s'est calmée. Toutefois elle ne semble pas... Je ne sais pas. Elle adore ce cours de hip-hop.

— Elle mange ?

Après mon départ définitif, elle avait fait quelque temps la grève de la faim.

— Oui. Mais elle est plus renfermée que d'habitude. Voudrais-tu essayer de lui parler ? Tu auras peut-être plus de succès que moi.

— Donc, elle devient cachottière. Je me demande de qui elle tient ça.

Olivia accusa le coup.

— J'ai fait une erreur. Impardonnable. Je l'ai reconnu et je m'en suis excusée. On ne pourrait pas signer un armistice, pour une fois ? Cesser de se déchirer ?

— Tout le monde se déchire. Parents, amants, frères et sœurs... Plus on est proche de quelqu'un, plus on lui fait du mal. Il existe peut-être des exceptions, mais je n'en ai jamais rencontré. Toi oui, peut-être. Dans ce cas, éclaire-moi. J'ai l'esprit ouvert. Cite-moi une relation que tu as connue, juste une, qui n'ait pas abouti à un désastre.

Je n'exerce peut-être pas beaucoup d'influence sur Olivia, mais j'ai le chic pour la pousser dans ses retranchements. Elle lâcha la poignée de la porte, s'adossa au mur et croisa les bras.

— D'accord. Cette fille, Rose. Dis-moi, en quoi t'a-t-elle fait du mal ? Je ne parle pas de son assassin, mais d'elle. De Rose.

— Je crois que je l'ai assez évoquée au cours de cette semaine, si ça ne t'ennuie pas.

Sans tenir compte de ma remarque, elle asséna :

— Rose ne t'a pas quitté, Frank. Cela ne s'est jamais produit. Tôt ou tard, tu devras te libérer de cette souffrance.

— Qui t'a raconté ça ? Jackie la pipelette ?

— Je n'ai pas eu besoin d'elle pour deviner qu'une femme t'avait brisé le cœur, ou que tu l'as cru. Je l'ai deviné dès que nous nous sommes rencontrés.

— Navré de te contredire, Liv. Tes dons télépathiques ne sont guère au point, aujourd'hui. Tu auras peut-être plus de chance la prochaine fois.

— Inutile d'être télépathe. Demande à n'importe quelle femme avec qui tu as eu une liaison. Je te garantis qu'elle a tout de suite pigé qu'elle n'était qu'une remplaçante, une solution provisoire, jusqu'à ce que celle que tu attendais jour et nuit réapparaisse.

Elle s'apprêtait à ajouter quelque chose, mais se ravisa. Elle paraissait inquiète, presque sidérée d'être allée aussi loin.

— Dis ce que tu as sur le cœur, insistai-je. Tu as commencé. Autant finir.

Elle hésita encore avant de lâcher, fataliste :

— Entendu. C'est une des raisons pour lesquelles je t'ai demandé de partir.

J'éclatai de rire.

— Première nouvelle ! Donc, toutes ces interminables disputes à propos de mon travail et de mes éternelles absences, c'était quoi ? Des diversions ?

— Tu sais très bien que non. Et tu sais parfaitement que j'avais toutes les raisons d'être malade chaque fois que j'entendais « je rentre à 20 heures », parce que je me demandais si cela signifiait minuit ou mardi prochain, malade aussi chaque fois que lorsque je t'interrogeais sur ta journée, tu répondais invariablement « j'ai bossé » ou...

— Quel rapport avec Rosie ?

— Elle est la cause de tout.

Au-delà de sa voix étale, distinguée, je sentis sa hargne, sa rancœur.

— Au fond, reprit-elle, tu m'as toujours reproché de ne pas être cette autre femme, dont j'ignorais tout. Si elle t'avait téléphoné à 3 heures du matin, tu aurais couru la rejoindre sur-le-champ. Et si tu avais vécu avec elle, tu ne l'aurais jamais traitée comme tu m'as traitée. Parfois, Frank, j'avais l'impression que tu me punissais pour ce qu'elle t'avait fait, ou parce qu'elle n'était pas là ; que tu me poussais à te quitter pour qu'elle trouve la place libre quand elle reviendrait. Voilà ce que je ressentais.

— Allons, Olivia. Tu m'as plaqué parce que tu le voulais. Je ne prétends pas que ce fut une grosse surprise, ni que je ne le méritais pas. J'affirme simplement que Rose Daly, surtout dans la mesure où tu ne connaissais même pas son existence, n'a joué aucun rôle dans notre séparation.

— Oh, si, Frank. Oh, si ! Tu t'es jeté tête baissée dans notre mariage en étant convaincu qu'il ne durerait pas. Il m'a fallu du temps pour m'en rendre compte. Mais une fois que je l'ai compris, les jeux étaient faits.

Elle était si jolie, si fatiguée... La lumière crue de la cuisine soulignait la fragilité de sa peau, les petites rides autour de ses yeux. Je pensai à Rosie, ronde, ferme, plus veloutée qu'une pêche et que le destin avait figée pour toujours sans cette splendeur, sans lui laisser la chance de mûrir, de se faner. Je me surpris à espérer qu'Épiderme avait pleinement conscience de la beauté des rides d'Olivia.

Je n'avais plus aucune envie de me battre avec elle. Je ne supportais plus l'idée de la blesser.

— Écoute, lui dis-je. Je monte chercher Holly. Si je reste ici, je vais te mettre de mauvaise humeur et gâcher ton rendez-vous. Je l'ai déjà fait la semaine dernière. Je ne tiens pas à être le rabat-joie de service.

Elle eut un rire étonné, presque ravi.

446

— Je ne suis pas un goujat, ajoutai-je.

— Je ne l'ai jamais cru.

Je lui jetai un regard sceptique, fis mine de me lever. Elle m'arrêta d'un geste.

— J'y vais. Ta fille n'apprécierait pas que tu frappes à la porte pendant qu'elle est dans son bain.

— Ah bon ? Depuis quand ?

Elle sourit avec mélancolie.

— Elle grandit, Frank. Elle ne me permet même pas d'entrer avant qu'elle soit habillée. La dernière fois que je l'ai fait par mégarde, j'ai eu droit à des hurlements et à un discours furieux sur le respect de la vie privée.

— Mon Dieu !

Je me souvins de Holly à deux ans, se dressant dans la baignoire et sautant dans mes bras, nue comme au premier jour, m'aspergeant et, hilare, poussant des cris aigus quand je lui chatouillais les côtes.

— Vas-y et ramène-la vite, avant qu'elle ait du poil sous les aisselles.

Liv rit à nouveau. Jadis, je la faisais rire sans arrêt. À présent, deux fois le même soir aurait pu figurer dans le Livre des records.

— Je n'en ai que pour un moment.

— Prends ton temps. Je me sens très bien où je suis.

— Fais-toi du café, si tu veux. Tu as l'air épuisé.

Elle referma avec autorité la porte derrière elle, pour m'enjoindre de ne pas bouger si Épiderme arrivait, au cas où j'aurais eu l'intention de le virer à coups de pied au cul. Je me préparai un double expresso. J'entendis, venues de là-haut, couvrant le bruit de la baignoire qui se vidait, les voix de Holly et de sa mère. Soudain, je ressentis le désir fou de bondir à l'étage, de les prendre toutes les deux dans mes bras, de les entraîner vers le grand lit de Liv, notre lit, comme nous le faisions le dimanche après-midi, de me lover contre elles, étouffant leurs fous rires tandis qu'Épiderme sonnerait désespérément à la porte avant de repartir, outré, dans son Audi. J'aurais commandé ensuite des dizaines de plats préparés et passé ainsi, entre les deux femmes de ma vie, non seulement le week-end, mais la semaine entière. Un instant, je faillis perdre la tête et me précipiter dans l'escalier.

Holly mit du temps à se confier. Au cours du dîner, elle me raconta, s'aidant de grands gestes et de commentaires essoufflés, le cours de hip-hop. Elle s'attaqua ensuite à ses devoirs avec moins de protestations que d'habitude, puis se glissa contre moi sur le sofa pour regarder *Hanna Montana*. Elle suçotait l'une de ses mèches, ce qu'elle n'avait pas fait depuis longtemps. Je respectai son silence. Ce ne fut qu'une fois dans son lit, mon bras autour d'elle, son verre de lait chaud bu jusqu'à la dernière goutte et l'histoire que je lui lisais le soir terminée, qu'elle murmura :

— Papa...
— Qu'est-ce qu'il y a ?
— Tu vas te marier ?
Encore ?
— Non, mon ange. Aucune chance. Mon mariage

448

avec ta mère m'a comblé. Qu'est-ce qui te fait penser ça ?

— Tu as une petite amie ?

Ma, à tous les coups... Sans doute un de ses commentaires sur le divorce et l'impossibilité de se remarier à l'église.

— Non. Je te l'ai dit la semaine dernière. Tu t'en souviens ?

Elle se tut un moment.

— Cette Rosie, dit-elle enfin. Celle qui est morte et que tu as connue avant que je sois née. C'était ta petite amie ?

— Oui. Je n'avais pas encore rencontré ta maman.

— Tu comptais l'épouser ?

— C'était mon idée, en effet.

Silence.

— Pourquoi tu ne l'as pas fait ? finit-elle par demander, les sourcils froncés.

— Rosie est morte avant que nous puissions aller aussi loin.

— Mais tu m'as raconté que tu ne savais même pas qu'elle était morte, jusqu'à cette semaine.

— C'est vrai. Je croyais qu'elle m'avait laissé tomber.

— Pourquoi tu ne savais pas ?

— Un jour, elle a disparu. Elle a laissé une lettre où elle annonçait son départ pour l'Angleterre. Je l'ai trouvée et je me suis imaginé qu'elle m'abandonnait. En fait, je me trompais.

— Papa...

— Oui ?

— Est-ce que quelqu'un l'a tuée ?

449

Elle portait son pyjama rose et blanc à fleurs que je venais de repasser, car elle a toujours aimé le linge bien propre. Elle tenait Clara perchée sur ses genoux relevés. Dans la douce lumière dorée de la lampe de chevet, elle ressemblait à une petite fille de conte de fées, lisse, hors du temps. Elle me terrifiait. Je me serais fait couper une jambe pour savoir si je menais correctement cette conversation ou si j'allais déclencher une catastrophe.

— C'est fort possible. Cela s'est passé il y a très, très longtemps. On ne peut donc être sûr de rien.

Elle regarda Clara dans les yeux, suçota de nouveau l'une de ses mèches.

— Si je disparaissais, tu croirais que je me suis enfuie ?

Olivia avait mentionné un cauchemar.

— Peu importe ce que je croirais. Même si je pensais que tu t'étais envolée dans un vaisseau spatial pour voguer vers une autre planète, je partirais à ta recherche et je ne m'arrêterais pas avant de t'avoir retrouvée.

Elle poussa un gros soupir, se blottit contre moi.

— Si tu avais épousé cette Rosie, est-ce que je serais née ?

Je retirai sa mèche de sa bouche, la remit en place. Ses cheveux sentaient le shampooing pour bébé.

— J'ignore comment marche tout ce bazar, ma chérie. C'est un grand mystère. Tout ce que je sais, c'est que tu es toi. Et, à mon avis, tu as trouvé un moyen d'être toi sans que cela ait un rapport avec ce que j'ai fait.

Elle se coula dans le lit et déclara hardiment, comme pour me défier :

— Après-demain, je veux qu'on déjeune chez mamie.

Et moi, je pourrais avoir une conversation fraternelle avec Shay autour d'une bière...

— Eh bien, répondis-je prudemment, on pourrait l'envisager si ça ne compromet pas nos autres projets. Tu as une raison particulière de vouloir y aller ?

— Donna y va tous les dimanches, après la partie de golf de son papa. Elle dit que mamie fait des repas délicieux avec de la tarte aux pommes et des glaces pour le dessert, et tata Jackie leur fait des coiffures rigolotes ou bien tout le monde regarde un DVD. Donna, Darren et Ashley choisissent le film à tour de rôle, mais tata Carmel m'a dit que si j'étais là, je pourrais choisir la première. J'y allais jamais le dimanche parce que tu savais pas que je connaissais mamie, mais maintenant que tu le sais, je veux y aller.

Je me demandai si Ma et Pa avaient signé un pacte de non-agression pour ces jours-là, ou si elle mélangeait un euphorisant à sa nourriture avant de l'enfermer dans la chambre, avec sa vodka planquée sous le plancher pour lui tenir compagnie.

— Une fois, reprit Holly, oncle Shay a emmené tous les enfants à son magasin et il leur a fait essayer les vélos. Et souvent, oncle Kevin apporte sa Wii, ils jouent à plein de jeux et mamie se met en pétard parce qu'ils sautent dans tous les sens et elle crie que la maison va s'écrouler.

Son visage était resté de marbre. Mais elle agrippait Clara un peu trop fort.

— Chérie, oncle Kevin ne sera pas là dimanche. Tu le sais ?

Elle baissa la tête vers Clara.

— Oui. Parce qu'il est mort.

— C'est vrai.

Bref coup d'œil dans ma direction.

— Quelquefois, je l'oublie. Comme aujourd'hui, quand Sarah m'a raconté une blague et que je voulais la lui répéter, mais au bout d'un moment, je m'en suis rappelé.

— Je sais. Ça m'arrive aussi. Il faut que tu t'y habitues. Ça s'arrêtera bientôt.

Elle opina, brossa la crinière de Clara avec ses doigts. J'ajoutai :

— Et tu sais que ce week-end, tout le monde, chez mamie, aura du chagrin. Ce ne sera pas aussi drôle que dans les récits de Donna.

— Je sais ! Je veux y aller parce que je veux être là, moi aussi !

— OK, mon cœur. On verra si c'est possible.

Silence. Elle tressa une natte dans la crinière de Clara, l'examina attentivement.

— Papa...

— Oui.

— Quand je pense à oncle Kevin, quelquefois je pleure pas.

— C'est normal, mon ange. Il n'y a rien de mal à ça. Moi non plus, je ne pleure pas en pensant à lui.

— Puisque je l'aimais, est-ce que je devrais pas pleurer ?

— C'est le choc, ma chérie. Parfois, pour masquer leur chagrin, les parents et les amis du défunt se réunissent. Ils évoquent les moments drôles de sa vie, les instants de bonheur qu'ils ont connus avec lui. Ils rient, ils chantent. C'est parce qu'ils

452

l'aimaient... Voilà ce qu'on va faire. Dimanche après-midi, on ira chez mamie, même si on ne reste pas longtemps. Tout le monde parlera de Kevin et chacun réagira à sa manière. Mais personne ne passera son temps à sangloter et je peux t'assurer qu'on ne te reprochera pas de ne pas fondre en larmes. Tu crois que ça t'aidera à te sentir mieux ?

Elle se redressa, plongea ses yeux dans les miens.

— Oui. Probablement.

Et voilà. Le prétexte que je cherchais, je le tenais. Dimanche, Shay serait là, devant moi. Un frisson glacé me parcourut. Je me ressaisis, poursuivis d'un ton enjoué :

— Alors, c'est d'accord.

— Sérieux ? Pour de bon ?

— Oui. Je vais tout de suite envoyer un SMS à tata Jackie, pour qu'elle annonce à ta mamie que nous viendrons dimanche.

— C'est bien, conclut-elle gaiement.

— En attendant, il faut que tu dormes.

Elle s'allongea de nouveau sur le dos, cala Clara sous son menton.

— Borde-moi.

J'arrangeai la couette autour d'elle, sans trop la serrer.

— Et pas de cauchemars. Seuls les beaux rêves sont autorisés. C'est un ordre.

— D'accord.

Ses yeux se fermaient déjà. Emmêlés dans la crinière de Clara, ses doigts se relâchaient.

— Bonne nuit, papa.

Autrefois, mon intuition ne m'aurait pas trompé. Pendant près de quinze ans, j'avais sauvé la vie de

453

mes gars et de mes filles, sans parler de la mienne, en ne négligeant jamais le moindre signe : l'âcre odeur de papier brûlé quand on pénètre dans une pièce, une intonation animale lors d'un banal coup de téléphone. Ces signes, pour son malheur, je n'en avais pas tenu compte à propos de Kevin. Ce soir-là, face à Holly, j'aurais dû les percevoir, tels des éclairs de chaleur clignotant autour de ses animaux en peluche, emplissant sa petite chambre douillette comme un gaz mortel. Danger.

Au lieu de cela, j'éteignis sa lampe et déplaçai son sac pour qu'il ne masque pas la veilleuse. Elle se tourna vers moi, murmura des mots sans suite. Je m'inclinai, l'embrassai sur le front. Elle s'enfouit sous la couette, poussa un soupir heureux. Longuement, je contemplai ses cheveux clairs répandus sur l'oreiller, l'ombre de ses cils sur ses joues. Puis, sans bruit, je quittai la chambre et refermai la porte.

20

Pour un agent infiltré, rien n'est plus exaltant que le jour précédant une mission. Tout semble lumineux, indestructible. Ni doute, ni anxiété. On pourrait boire toute la journée et rester d'une lucidité miraculeuse. On a l'esprit vif, acéré. Les mots croisés les plus tordus font figure de jeux d'enfant.

Il y avait longtemps que je n'avais pas bossé sur le terrain. Pourtant, je reconnus cette sensation dès mon réveil, le samedi matin. Elle m'accompagna toute la journée, lors de la séance de balançoire de Holly à Phoenix Park ou lorsque je l'aidai à terminer ses devoirs. Pendant que nous nous préparions trop de macaronis avec trop de fromage, tout se mit en place dans mon esprit. Tôt le dimanche matin, quand nous prîmes place dans ma voiture pour traverser la Liffey, je savais exactement comment j'allais agir.

Faithful Place me parut paisible, innocente, comme sortie d'un rêve. Une pâle lumière dorée flottait sur les pavés disjoints. Les doigts de Holly serrèrent les miens.

— Qu'est-ce qu'il y a, mon ange ? Tu as changé d'avis ?

— Non...

— Si tu veux, tu peux. Un seul mot de toi et on

ira acheter un DVD rempli de princesses de conte de fées et un paquet de pop-corn plus gros que ta tête.

Pas de petit rire. Elle ajusta son sac à dos sur ses épaules et me tira par la main le long du trottoir, dans cette lumière étrange.

Ma s'était décarcassée pour faire de cet après-midi une réussite. Une débauche de pain d'épice et de tartelettes à la confiture attendait les convives. Elle avait envoyé Shay, Trevor et Gavin acheter un arbre de Noël qui occupait presque tout le salon. À notre arrivée, les enfants de Carmel le décoraient calmement en dégustant du chocolat chaud fumant. Trônant sur le canapé, une couverture sur les genoux, Pa semblait sobre et ressemblait à un patriarche. On se serait cru dans une publicité des années 50. Bien sûr, c'était de la comédie. Tout le monde avait l'air accablé. Darren louchait, signe qu'il était près d'exploser. Toutefois, je compris ce que Ma essayait d'accomplir. Ses efforts me seraient allés droit au cœur si elle n'avait retrouvé son ton habituel pour me lancer que j'avais une mine de déterré et des rides affreuses autour des paupières.

Seul Shay tranchait sur la morosité ambiante. Agité, les yeux cernés comme s'il avait de la fièvre, affalé dans un fauteuil et remuant nerveusement un genou, il était en grande conversation avec Trevor, à propos de golf. Bien sûr, les gens changent. Pourtant, à ma connaissance, Shay n'éprouvait que du mépris pour le golf, et pour Trevor. Je ne voyais qu'une explication à son comportement : il était sur les nerfs, ce qui me parut de bon augure.

Ravie, Holly se mêla aussitôt à ses cousins. Dès que Ma commença à donner des signes d'impatience,

Gavin et Trevor proposèrent d'emmener les enfants à Smithfield, pour voir le marché de Noël.

— Histoire de digérer ce pain d'épice, expliqua Gavin en tapotant sa brioche.

— Qu'est-ce qu'il a, mon pain d'épice ? éructa Ma. Si tu prends du bide, c'est pas à cause de ma cuisine !

Il bredouilla quelque chose et jeta à Jackie un regard désespéré. Il avait essayé avec tact de nous laisser entre nous en ce moment difficile. Carmel couvrit les enfants de manteaux, d'écharpes et de bonnets. Holly se glissa dans la file entre Donna et Ashley, comme si elle était un des gosses de Carmel, et tous s'en allèrent. Par la fenêtre, je les regardai descendre la rue. Holly avait pris le bras de Donna et marchait serrée contre elle, au point qu'elles ressemblaient à deux sœurs siamoises. Elle ne se retourna pas pour me faire signe.

La réunion familiale ne se déroula pas comme l'avait souhaité Gav. Tout le monde s'agglutina devant la télévision, jusqu'à ce que Ma entraîne Carmel dans la cuisine pour qu'elle l'aide à cuire Dieu sait quoi au four. Je dis à Jackie, avant qu'elle se retrouve enrôlée à son tour :

— Viens en griller une.

Elle me jeta un œil inquiet, telle une gamine craignant de prendre une baffe.

— Ne te défile pas, ma belle, ajoutai-je.

Dehors, il faisait froid. Au-dessus des toits, le ciel virait au mauve. Jackie s'assit à sa place habituelle, au bas des marches, étendit ses longues jambes bottées de cuir pourpre et tendit la main.

457

— Passe-m'en une, avant de commencer à m'engueuler. Gay est parti avec les miennes.

— Bien, déclarai-je gaiement, après lui avoir donné du feu et allumé ma cigarette. Qu'est-ce qui vous a pris, à Olivia et à toi ?

Elle rentra le menton, prête à l'affrontement. Un bref instant, j'eus la désagréable impression de me trouver devant le sosie de Holly.

— J'ai pensé que ta fille serait heureuse de les connaître tous. C'était aussi l'avis d'Olivia. Et on avait raison, pas vrai ? Tu l'as vue avec Donna ?

— Ouais. Elles sont adorables, toutes les deux. Je l'ai aussi vue bouleversée par la mort de Kevin. Elle pleurait tellement qu'elle pouvait à peine respirer. Ça, c'était moins adorable.

Jackie regarda les volutes de sa cigarette ramper le long des marches.

— On est tous au trente-sixième dessous. Ashley aussi, et elle n'a que six ans. C'est la vie. Tu voulais que Holly prenne conscience de la réalité, non ? La voilà, la réalité.

C'était sans doute vrai. Toutefois, quand Holly est en cause, avoir raison ne suffit pas.

— Si ma gosse a besoin de se confronter au monde réel, ma jolie, je préfère que l'initiative vienne de moi. Ou, au moins, qu'on me prévienne si quelqu'un prend la décision à ma place. Tu trouves que j'exagère ?

— J'aurais dû te le dire. Je suis impardonnable.

— Alors, pourquoi ne m'as-tu pas mis au courant ?

— Je voulais le faire, je te jure, mais... Au début, je me suis dit que c'était pas la peine de t'embêter avec ça, alors que ça pouvait très bien tourner mal. J'ai pensé l'emmener ici une fois, et te le dire après...

— Et j'aurais trouvé l'idée merveilleuse, je me serais précipité ici avec deux énormes bouquets, un pour Ma, un pour toi, nous aurions fait une grande fête et vécu heureux jusqu'à la fin des temps. C'était ça, ton idée ?

Elle eut l'air penaud.

— Bien sûr, je l'aurais mal pris. Mais pas aussi mal que maintenant. Qu'est-ce qui t'a fait changer d'avis ? Qu'est-ce qui t'a poussée à garder le silence pendant une année entière ?

Elle ne me regardait toujours pas. Elle remua sur la marche, comme si je lui faisais mal.

— Tu vas te moquer de moi.

— Crois-moi, Jackie. Je ne suis pas d'humeur à plaisanter.

— J'avais peur, murmura-t-elle. Tu comprends ? C'est pour ça que j'ai rien dit.

Il me fallut un moment pour être sûr qu'elle ne se payait pas ma tête.

— Allons... Qu'est-ce que tu t'imaginais ? Que j'allais te cogner ?

— J'ai pas dit ça...

— Alors quoi ? Tu ne peux pas lâcher une bombe pareille puis jouer les mijaurées. T'ai-je donné une seule fois dans ma vie l'occasion d'avoir peur de moi ?

— Regarde-toi ! T'as une expression épouvantable et tu me parles comme si j'étais ton ennemie. J'aime pas les gens qui se mettent en rogne, qui hurlent et perdent la boule. J'ai jamais aimé ça. Tu le sais.

Je répliquai, le regrettant aussitôt :

— On jurerait que tu me prends pour la réplique de Pa.

— Ah, non, Francis. Tu sais bien que c'est faux.

— J'aime mieux ça.

— Simplement, j'ai pas eu le courage de te le dire. Je suis coupable, pas toi. Je suis désolée. Vraiment désolée...

Au-dessus de nous, une des fenêtres à guillotine se souleva bruyamment et la tête de Ma jaillit.

— Jackie Mackey ! Tu vas rester assise là comme la reine de Saba à attendre que moi et ta sœur on t'apporte du caviar sur un plateau d'argent ?

— C'est ma faute, Ma ! Je voulais bavarder avec elle. On fera la vaisselle après, ça te va ?

— Pff... Il revient comme s'il était chez lui, il donne des ordres à tout le monde, il astique l'argenterie et lave les assiettes pour nous amadouer... Faux cul !

Elle renonça à poursuivre sa diatribe, au cas où j'aurais pris Holly par la manche et quitté la maison. Elle rentra la tête, mais continua à marmonner jusqu'à ce que le châssis retombe avec fracas.

La rue commençait à s'éclairer. Nous n'étions pas les seuls à avoir forcé sur les décorations de Noël. Chez les Hearne, comme si quelqu'un y avait envoyé au bazooka toute la grotte du Père Noël, des guirlandes, des rennes et des lampes clignotantes pendaient du plafond, des lutins grimaçants et des anges en extase couvraient chaque parcelle de mur. Un énorme *Happy Xmas* en flocons de neige étalés à la bombe barrait la vitre. Les yuppies eux-mêmes avaient dressé un sapin stylisé en bois blond, très chic, flanqué de trois ornements sobres, genre suédois.

Je songeai à revenir tous les dimanches soir, à m'installer au même endroit pour assister, saison après saison, aux métamorphoses de la rue. Le printemps, les moutards courant de maison en maison le jour de leur première communion, brandissant leur chapelet et comparant leurs aubes. Le vent d'été, la camionnette bringuebalante du marchand de glaces, les filles exhibant, pour rire, la naissance de leurs seins. Le retour de l'hiver, les nouvelles guirlandes des Hearne, le Jour de l'an, et puis l'année suivante. Ces images me donnèrent le vertige, comme lors d'une cuite ou un début de grippe. La certitude que Ma trouverait chaque semaine une nouvelle raison de hurler me ramena à la réalité.

— Francis, risqua timidement Jackie, on fait la paix ?

J'avais une réponse toute prête, agressive à souhait. Mais ma rêverie avait dissipé ma colère. D'abord Olivia, maintenant ma petite sœur. Je m'adoucissais avec l'âge.

— Oui, dis-je. On fait la paix. Je me vengerai quand même. Quand tu auras des mouflets, je leur offrirai à chacun une batterie et un petit saint-bernard.

Elle me dévisagea d'un air perplexe, surprise de s'en tirer à si bon compte.

— Chiche. Quand je les foutrai dehors, je leur donnerai ton adresse.

Derrière nous, la porte d'entrée grinça : Carmel et

Shay. Je m'étais demandé combien de temps il tiendrait sans palabres ni nicotine.

— De quoi vous parliez ? s'enquit-il en se laissant tomber à sa place, au sommet de l'escalier.

— De Holly, répondit Jackie.

— J'engueulais ma frangine pour l'avoir fait venir ici sans me prévenir, précisai-je.

Carmel se posa lourdement au-dessus de moi.

— Ouf ! Ces marches deviennent de plus en plus dures. Si j'étais pas rembourrée où je pense, j'aurais mal au coccyx… Allez, Francis, houspille pas Jackie. Elle pensait nous amener Holly une seule fois, pour qu'on fasse connaissance, mais on est devenus tellement dingues d'elle qu'on l'a conjurée de revenir avec elle. Cette petite est une perle. Tu devrais en être fier.

Je m'adossai à la rampe pour les voir tous en même temps, étirai mes jambes.

— Je le suis.

Shay ironisa, en cherchant ses clopes :

— Et notre compagnie ne l'a pas transformée en bête féroce. Dément, non ?

— Je suis sûr que ce n'est pas faute d'avoir essayé, rétorquai-je mielleusement.

Carmel ajouta, comme s'il s'agissait d'une supplique :

— Donna est malade d'angoisse à l'idée de ne plus la revoir.

— Elle n'a aucune raison de s'inquiéter.

— Francis ! T'es sérieux ?

— Bien sûr. Je ne suis pas assez barjo pour contrarier deux gamines de neuf ans.

— Formidable ! Elles sont vraiment copines, toutes les deux. Donna serait désespérée. Alors...

Elle se frotta gauchement le nez. Je l'avais si souvent vue faire ce geste, des millions d'années plus tôt...

— Tu reviendras, toi aussi ? Ou tu laisseras simplement Jackie nous amener Holly ?

— Je suis là, non ?

— Sûr. Et on est contents de te voir. Mais... Comment dire ? T'es de retour parmi nous ?

— Eh oui. Content de te voir aussi, Melly.

— Bordel ! s'écria Jackie en roulant des yeux. T'aurais pas pu décider ça il y a quinze ans ? M'éviter tout ce merdier ?

— Super, renchérit Carmel. C'est super, Francis. J'ai cru...

Elle me gifla le bras, comme autrefois.

— Je me fais peut-être du cinoche. J'ai cru qu'une fois que tout serait arrangé, tu te tirerais de nouveau. Pour de bon.

— J'en avais l'intention. Pourtant, je dois l'admettre : pour moi, notre séparation a été plus pénible que prévu. Comme tu dis, c'est bon de rentrer chez soi.

Shay ne cessait de me scruter. Ses yeux bleus ne trahissaient rien. Mais je devinai son malaise. Je lui décochai un grand sourire, comme au bon vieux temps. Sa gêne, diffuse encore, me comblait. Les réjouissances ne faisaient que commencer.

J'avais mis Stephen hors circuit et Scorcher était pressé. Dès qu'ils attaqueraient leur prochaine affaire, il ne resterait que Shay et moi, jusqu'au Jugement dernier. Je pourrais jouer avec lui comme au

463

yo-yo avant de lui faire comprendre que je savais, passer une autre année à arriver à mes fins. J'avais tout mon temps.

Lui, par contre, n'en avait pas beaucoup. Je le connaissais comme si je l'avais fait. Il était né nerveux, avait passé toute sa vie dans un milieu qui aurait transformé le dalaï-lama en idiot de village et commis des actes qui auraient donné des cauchemars à n'importe qui. De toute évidence, il était sur le point de s'effondrer. On m'a souvent affirmé, ce qui, dans la bouche de certains, est même un compliment, que je possède un talent inné pour rendre les gens cinglés. Ce que l'on peut faire à des inconnus n'est rien comparé aux dégâts que l'on peut infliger à sa propre famille. J'étais certain que, avec du temps et de l'obstination, je parviendrais à pousser Shay à se nouer une corde autour du cou, à en attacher l'autre bout au sommet de l'escalier du 16 et à se laisser tomber.

Il regarda les Hearne s'agiter autour de leur sapin surchargé, puis murmura :

— Je me suis laissé dire que tu avais déjà pris tes marques dans le quartier.

— Ah, oui ?

— Il paraît que tu as rendu visite à Imelda Tierney, l'autre jour.

— J'ai des amis dans le beau monde. Tout comme toi, apparemment.

— Tu cherchais quoi, en allant chez elle ? Un brin de conversation ou un bon coup ?

— Allons, Shay, ne me sous-estime pas. Certains d'entre nous ont quand même meilleur goût que ça. Tu vois ce que je veux dire ?

Je lui fis un clin d'œil. Il tiqua à peine, se reprit aussitôt. Mais il commençait à s'interroger.

— Arrête de te la jouer, me lança Jackie. Au cas où personne te l'aurait fait remarquer, t'es pas Brad Pitt non plus.

— T'as vu Imelda, récemment ? Autrefois, elle n'était déjà pas un canon, mais, bon Dieu, ce qu'elle est devenue...

— Un de mes potes se l'est payée une fois, reprit Shay. Il y a deux ans. Il m'a juré que quand il lui a enlevé sa culotte, il a eu l'impression de se retrouver devant la barbe d'un ZZ Top.

Je ris de bon cœur. Jackie piailla. Carmel, elle, ne réagit pas. À mon avis, elle n'avait pas entendu. Elle plissait sa robe entre ses doigts, la fixait d'un air morne. Je la tirai de son hébétude.

— Ça va, Melly ?

Elle sursauta.

— Oh, oui... Simplement... Vous devez tous ressentir la même chose. J'arrête pas de penser que si je lève les yeux, Kevin sera là, à sa place, sous Shay. Chaque fois que je le vois pas, je me demande presque où il s'est barré. C'est pareil pour toi ?

J'allongeai le bras, pressai sa main. Alors, Shay s'exclama, avec une rage subite :

— Le salopard !

— Qu'est-ce que tu racontes ? protesta Jackie.

Il grimaça, tira sur sa cigarette.

— Moi aussi, j'aimerais bien savoir, dis-je.

— Il pensait pas à mal, rectifia Carmel. Pas vrai, Shay ?

— Devine, si t'en es capable.

— Pourquoi, intervins-je, ne pas faire comme si on était tous bouchés et nous mettre au parfum ?

— Pas besoin de faire semblant.

Carmel fondit en larmes.

— Melly, n'en rajoute pas, lui ordonna Shay, sans méchanceté mais avec une sorte de lassitude, comme s'il lui répétait la même chose pour la centième fois en une semaine.

— C'est plus fort que moi. On pourrait pas être sympas les uns avec les autres, pour changer ? Après tout ce qui s'est passé ? Notre pauvre petit Kevin est mort ! Il reviendra jamais ! Pourquoi on est assis là, à se balancer des saloperies ?

Jackie s'efforça de l'apaiser.

— Carmel, ma chérie, on blaguait, c'est tout.

— Parle pour toi, grommela Shay.

— On forme une famille, ma belle, renchéris-je. Et ça se passe comme ça dans toutes les familles.

— Pour une fois, ce con a raison ! applaudit Shay.

Carmel pleurait de plus en plus.

— Quand je me souviens de nous cinq au même endroit, vendredi dernier... J'étais au paradis, voilà où j'étais. Jamais j'aurais imaginé que ce serait la dernière fois. Je croyais que c'était le début...

— Je sais, dit Shay. Arrête de chialer. Fais-le pour moi, tu veux ?

Elle essuya ses larmes, qui redoublèrent.

— Dieu me pardonne, j'étais sûre qu'une catastrophe allait se produire après ce qui était arrivé à Rosie. Pas vous ? Mais je voulais pas y penser. Vous croyez qu'on a été punis ?

Cri unanime :

— Carmel, non !

Elle tenta d'ajouter autre chose. Un gros sanglot l'en empêcha. Jackie, elle aussi, était au bord des larmes. Une minute encore et elle se changerait en pleureuse. Je coupai court en déclarant :

— Je vais vous dire ce qui me désespère. J'aurais dû être là.

L'œillade cynique glissée par Shay me prouva qu'il ne se laisserait pas embobiner. Les filles, elles, ouvrirent de grands yeux et se mordirent la lèvre. Carmel épongea ses larmes avec un mouchoir, gardant pour plus tard celles qui lui restaient, maintenant qu'un homme requérait son attention.

— Ah, Francis, dit Jackie en se redressant pour tapoter mon genou, comment t'aurais pu savoir ?

— La question n'est pas là. L'important, c'est que j'ai raté non seulement vingt-deux ans de sa vie, mais ses dernières heures. Je regrette simplement...

J'eus un geste résigné, m'y repris à trois fois pour allumer une nouvelle cigarette.

— Peu importe, poursuivis-je après avoir tiré une grande bouffée et raffermi ma voix. Allez, racontez-moi cette soirée. Qu'est-ce que j'ai manqué ?

Shay ricana, ce qui choqua les filles. Jackie s'exprima la première.

— Laisse-moi réfléchir. En fait, c'était une soirée... banale. T'es d'accord, Carmel ?

Carmel se moucha.

— J'ai trouvé Kevin un peu perturbé. Pas vous ?

Shay eut un rictus de dédain et se détourna, s'excluant de la conversation. Jackie reprit :

— Il m'a paru en pleine forme. Gav et lui ont joué au foot dans la rue avec les gosses.

— Mais il a fumé. Après le dîner. Et il clope jamais, sauf s'il est à cran.

Nous y étions. Impossible d'avoir un tête-à-tête en présence de Ma. Je l'entendais d'ici : « Kevin Mackey, c'est quoi, ces messes basses avec ton frère ? Si c'est intéressant, on aimerait tous en profiter... »

Si Kev avait décidé de parler à Shay, car, après mon refus de prendre ses appels, seule une solution aussi stupide aurait pu germer dans le cerveau de ce pauvre innocent, il l'aurait suivi sur les marches pour en griller une. Là, il se serait emmêlé les pinceaux ; il aurait ânonné, bafouillé, ce qui aurait laissé à Shay tout le loisir de se ressaisir et de répliquer en riant : « Je rêve, mec ! Tu t'imagines vraiment que j'ai tué Rosie Daly ? » Doigt discret pointé sur la fenêtre. « Pas maintenant. On n'a pas le temps. On a qu'à se retrouver plus tard. Reviens après ton départ. Tu pourras pas monter chez moi sans que Ma s'en mêle, et tous les pubs seront fermés. Je t'attendrai au 16. Ce sera pas long, parole d'honneur. »

À la place de Shay, c'est ce que j'aurais fait ; et il n'y aurait eu aucun problème. Bien sûr, Kev n'aurait pas été ravi de retourner au 16, surtout dans le noir. Mais Shay était bien plus futé que lui ; et acculé. De toute façon, Kevin cédait toujours. Il ne lui serait jamais venu à l'idée d'avoir peur de son propre frère, en tout cas de craindre pour sa vie. Pour quelqu'un qui avait grandi dans notre famille, il était tellement naïf que les bras m'en tombaient.

— Je te jure, Francis, insista Jackie, il s'est rien passé. C'était comme aujourd'hui. Ils ont tous joué au foot. Ensuite, on a dîné avant de regarder un peu la télé… Kevin était en grande forme. T'as rien à te reprocher.

— A-t-il téléphoné ? Reçu des coups de fil ?

Shay pivota brièvement vers moi, mais garda le silence. Carmel répondit :

— Il a échangé des SMS avec une fille… Aisling, c'est ça ? Je lui ai demandé de pas la mener en bateau. Il a beuglé que j'y pigeais que dalle, que j'étais une bonne sœur, une mal baisée… Il a été très méchant avec moi. C'est pour ça que je l'ai trouvé perturbé. C'était la dernière fois que je le voyais et…

Sa voix se brisa. Elle s'interrompit, près d'éclater de nouveau en sanglots.

— Personne d'autre ?

— Pourquoi, Francis ? s'étonna Jackie. Quelle différence ça fait ?

— Kojak est sur une piste, railla Shay en admirant le ciel doré.

— Je me pose des questions, c'est vrai. On m'a donné des tas d'explications sur la mort de Rosie et sur celle de Kevin. Aucune ne me convient.

— À nous non plus, sûr, asséna Jackie.

D'un ongle, Carmel creva une cloque de peinture sur la rampe.

— Les accidents, y en a toujours. Subitement, tout se déglingue, sans raison. Tu vois ?

— Non, Melly, je ne vois pas. Ton baratin ressemble à tous ceux qu'on a essayé de me faire gober. Du bidon ! Je n'ai aucune envie d'avaler ça.

— Ça nous consolera pas, Francis ! On est tous cassés et aucune explication n'y changera rien. Tu voudrais pas laisser tomber ?

— Un jour, peut-être ; sauf que d'autres ne le

feront pas. Et l'une des hypothèses les plus en vogue fait de moi un coupable. Tu crois que je devrais m'en laver les mains ? Tu veux que je passe tous les dimanches dans une rue où l'on me prend pour un assassin ?

Jackie se tortilla sur sa marche.

— Je te l'ai déjà dit. C'est des ragots. Ça se tassera.

— Alors, si je ne suis pas le coupable et si Kevin ne l'est pas non plus, que s'est-il passé, à votre avis ?

Un long silence suivit. Soudain, dans le lointain, des voix résonnèrent : rires d'enfants qui se mêlaient, halètements de course au bout de la rue. Enfin, le groupe apparut, dix silhouettes sombres dans la lumière aveuglante du crépuscule, les hommes aussi grands que des réverbères dominant la masse confuse des enfants. Holly cria :

— Papa !

Sans encore la distinguer des autres, j'agitai la main. Leurs ombres s'allongeaient sur les pavés, projetaient à nos pieds des formes mystérieuses.

— Bon, soupira Carmel en passant ses doigts sous ses yeux pour s'assurer qu'aucune trace de ses larmes ne subsistait. Bon...

— La prochaine fois, dis-je, vous achèverez de me raconter ce qui s'est passé dimanche dernier.

— Comme il se faisait tard, lâcha Shay, Ma et Pa sont allés se coucher, et Kev et Jackie sont rentrés chez eux.

Il jeta son mégot au-dessus de la rampe, se leva et conclut :

— Fin de l'histoire.

Dès notre retour, Ma, pour nous punir de l'avoir abandonnée à ses insurmontables tâches ménagères, retrouva son rôle de tyran domestique. Tout en martyrisant des légumes, elle débita ses instructions à toute allure, sans réplique possible.

— Carmel, Jackie, dépêchez-vous d'éplucher les pommes de terre. Shay, mets ça là, non, imbécile, là ! Ashley, mon ange, passe un coup de chiffon à la table pour ta mamie. Et toi, Francis, va faire la conversation à ton père, il est retourné se coucher et désire un peu de compagnie ! Vas-y ! beugla-t-elle en me donnant un grand coup de torchon sur la tête.

Holly, qui me montrait une céramique peinte qu'elle venait d'acheter pour Olivia au marché de Noël, s'empressa d'aller rejoindre ses cousins, ce qui me parut le bon sens même. Je fus tenté de la suivre, mais Ma ne renonçait jamais. Elle brandit de nouveau le torchon dans ma direction. Je m'éclipsai aussitôt.

La chambre était plus froide que le reste de l'appartement, et calme. Assis dans son lit, appuyé contre les oreillers, Pa ne faisait rien. Peut-être écoutait-il les voix venues des autres pièces. La mièvrerie du décor, papier peint de couleur pêche, napperons, lueur douce de la lampe sur pied, donnait l'impression bizarre qu'il n'était pas à sa place. Elle le rendait plus puissant, plus sauvage, accentuait la dureté et l'arrogance de ses traits, la saillie de ses pommettes et de ses mâchoires, la vivacité de ses yeux bleus. On comprenait pourquoi les filles s'étaient crêpé le chignon pour lui. Dans cette lumière trompeuse, il redevenait le farouche Jimmy Mackey d'autrefois.

Seules ses mains le trahissaient. Ses doigts déformés, recroquevillés, aux ongles blancs et rêches, comme s'ils se décomposaient déjà, ne cessaient de remuer sur le lit, d'arracher les peluches de la couverture. La chambre sentait la maladie, les médicaments et les pieds.

— Ma m'a dit que tu avais besoin de compagnie.

— Passe-moi une clope.

Il avait l'air encore sobre, ce qui ne signifiait rien. Sa résistance à l'alcool n'avait cessé d'augmenter au cours de sa vie et il lui fallait désormais une sacrée dose pour en venir à bout. Je rapprochai du lit, pas trop près, la chaise de la coiffeuse de Ma.

— Je croyais qu'elle t'interdisait de fumer ici.

— Que cette truie aille se faire foutre.

— Ravi d'apprendre que votre lune de miel dure toujours.

— Et tu peux aller te faire foutre toi aussi. Donne-moi une sèche.

— Pas question. Tu peux envoyer bouler ta femme tant que tu voudras. Je tiens à rester dans ses petits papiers.

Il eut un sourire mauvais.

— Bonne chance à toi.

Soudain, il parut totalement éveillé et m'observa avec attention.

— Pourquoi ?

— Pourquoi pas ?

— Depuis que t'es né, tu t'es jamais soucié d'elle.

Je haussai les épaules.

— Ma gosse adore sa mamie. Si cela me force à passer un après-midi par semaine à lui faire de la lèche pour que Holly ne nous voie pas nous étriper, je le ferai. Demande-le-moi poliment et je t'en ferai même à toi, du moins quand ma fille sera dans la pièce.

Il se renversa dans ses oreillers et éclata d'un rire énorme qui s'acheva en une affreuse quinte de toux. Il tenta de reprendre son souffle, désigna une boîte de mouchoirs sur la commode. Je la lui tendis. Il se racla la gorge, cracha dans un mouchoir, le jeta en direction de la corbeille à papier, qu'il manqua. Je ne le ramassai pas.

— Foutaises, dit-il enfin.

— Pourrais-tu être plus précis ?

— Tu vas pas aimer.

— Je survivrai. Quand ai-je, pour la dernière fois, apprécié un mot sortant de ta bouche ?

Il s'inclina péniblement vers la table de chevet pour saisir son verre d'eau, ou d'autre chose, but en prenant son temps puis s'essuya les lèvres.

— Toute cette salade sur ta môme, c'est du flan. Elle est sensas. Elle se tape complètement de savoir si vous vous entendez bien, toi et ta mère, et tu le sais. Ta vioque, t'as un motif bien précis pour lui chanter des berceuses.

— Parfois, papa, les gens essayent d'être gentils les uns envers les autres. Sans raison. Je sais que tu as du mal à l'admettre mais, crois-moi, ça arrive.

De nouveau son sourire mauvais.

— Pas toi, dit-il.

— Peut-être, peut-être pas. Mais tu sais sans doute mieux que moi ce que je pense.

— Pas besoin. Je connais bien ton frère ; et vous avez toujours fait la paire, tous les deux.

Il ne parlait certainement pas de Kevin.

— Je ne vois pas la ressemblance.

— Des jumeaux. Lui et toi, vous avez jamais rien fait sans avoir une bonne raison et vous en avez jamais parlé à personne, sauf si vous y étiez obligés. Je pourrais pas vous renier, l'un et l'autre. Ça, c'est sûr.

Il s'amusait. J'aurais dû me taire, mais c'était impossible.

— Je n'ai rien de commun avec cette famille ! Rien ! Je me suis enfui de cette maison pour ne jamais vous ressembler. Et j'ai passé toute mon existence à m'assurer que vous n'aviez pas déteint sur moi.

Il eut un rictus sardonique.

— Écoutez-le. On était pas assez bien pour toi ? On l'a quand même été assez pour t'assurer un toit pendant vingt ans.

— Le sadisme gratuit ne me fait pas bander.

Il s'esclaffa encore.

— Vraiment ? Au moins, je sais que je suis un salaud. Tu crois que t'en es pas un ? Allons, regarde-moi dans les yeux et jure-moi que me voir dans cet état te fait pas jouir.

— On a ce qu'on mérite.

— Tu vois ? Je suis en miettes et tu jubiles. La voix du sang, fils. La voix du sang.

— Je n'ai jamais, de ma vie, frappé une femme. Je n'ai jamais, de ma vie, frappé un enfant. Et ma gosse ne m'a jamais, de sa vie, vu bourré. Il n'y a pas de quoi en être fier. Pourtant, je ne peux pas m'en empê-cher. Cela prouve que je n'ai rien de commun avec toi.

474

— Tu penses donc être meilleur père que je l'ai été.

— Ça ne me grandit pas. J'ai vu des chiens errants être de meilleurs pères que toi.

— Alors, dis-moi une chose, une seule. Si t'es un tel saint et nous un ramassis de tarés, pourquoi t'utilises cette gamine comme prétexte pour venir ici ?

Je me dirigeais vers la porte lorsque j'entendis, derrière moi :

— Assieds-toi !

C'était encore sa voix d'autrefois, ferme, forte et jeune. En un éclair, elle me ramena à mes cinq ans. Je me retrouvai de nouveau sur la chaise avant même de m'en rendre compte. Je devais quand même prétendre que l'initiative venait de moi.

— Je crois, dis-je, que nous avons fini.

Crier un ordre l'avait épuisé. Cassé en deux, il respirait avec difficulté, agrippait la couverture. Il haleta :

— Quand ce sera fini, je te le dirai.

— Fais ça. Pourvu que ce soit bientôt.

Il se redressa, remonta ses oreillers derrière son dos. Je ne proposai pas de l'aider. La perspective de nos deux visages subitement si proches me révulsait. Lentement, il reprit son souffle. La fissure du plafond en forme de voiture de course que je contemplais jadis, lorsque, réveillé tôt le matin, je rêvais en écoutant Shay et Kevin se retourner et murmurer dans leur sommeil, s'étirait toujours au-dessus de sa tête. Dehors, la lumière dorée avait disparu. Au-delà des jardins, le ciel glacial virait au bleu foncé.

— Tu vas m'écouter, dit Pa. J'en ai plus pour longtemps.

— Garde ce numéro pour Ma. Elle s'y connaît.

Aussi loin que remontaient mes souvenirs, Ma avait toujours été au seuil de la mort, en raison d'une mystérieuse affection intestinale.

— Elle nous enterrera tous. Moi, je verrai pas le prochain Noël.

Une main crispée sur la poitrine, la tête en arrière, il mimait l'agonisant. Pourtant, le léger tremblement de sa voix indiquait qu'il y croyait à moitié.

— Comment as-tu prévu de mourir ? lui demandai-je.

— Qu'est-ce que ça peut te foutre ? Si j'étais en train de cramer, tu me pisserais même pas dessus.

— C'est vrai et je l'ai déjà dit à quelqu'un. Mais je suis curieux. Je ne pensais pas que l'ignominie était une maladie mortelle.

— Mon dos déconne de plus en plus. La moitié du temps, je sens plus mes jambes. Je suis tombé deux fois, l'autre matin, en essayant d'enfiler mon calebar. Mes genoux se sont effondrés sous moi. Le toubib affirme que je serai dans une chaise roulante avant l'été.

— Laisse-moi deviner. T'a-t-il dit aussi que ton dos irait mieux, ou du moins cesserait d'aller plus mal si tu arrêtais la picole ?

Il eut une moue de dégoût.

— Ce puceau vous rendrait malade. Il devrait arrêter de téter sa mère et boire un vrai coup. Quelques pintes ont jamais fait de mal à personne.

— Quelques pintes de bière, pas de vodka. Si les bitures te font tant de bien, de quoi es-tu en train de mourir ?

— Devenir un légume, c'est pas une vie ! Être

enfermé toute la journée, se faire torcher le cul, se faire laver et sortir de la baignoire... Plutôt crever. Si je dois finir comme ça, j'arrête.

Encore une fois, sa sincérité perçait sous ses jérémiades. Sans doute parce que la maison de retraite n'aurait pas de minibar. Toutefois, j'étais d'accord avec lui : plutôt le cercueil que les couches.

— Comment ?

— J'ai tout prévu.

— J'ai dû rater un épisode. Que veux-tu de moi ? Si c'est de la compassion, je suis à sec. Et si tu cherches une main pour t'aider, je crois qu'il y a la queue.

— Je te demande rien, connard. J'essaye de te dire quelque chose d'important, si tu consens à la boucler pour écouter. Mais tu aimes peut-être trop ta propre voix pour ça ?

Subitement, je me retrouvai devant l'un des dilemmes les plus cruels qu'il m'ait été donné de vivre. D'un côté, j'aurais préféré me pendre plutôt que de l'entendre. De l'autre, n'avait-il pas réellement quelque chose d'important à me dire ? C'était mon père. Quand j'étais môme, avant qu'il se révèle un enfoiré de première, je le prenais pour un dieu. Il savait tout sur tout, il aurait pu démolir le Yéti d'une main en soulevant un piano à queue de l'autre, un sourire de lui illuminait ma journée entière. Et je n'avais jamais eu autant besoin de sagesse paternelle que ce soir-là.

— Je t'écoute, murmurai-je.

Il se souleva lourdement dans son lit.

— Quand le moment est venu, asséna-t-il, un homme doit savoir tourner la page.

Il me scruta avec intensité, comme s'il s'attendait à une réponse. Apparemment, c'était le seul éclaircissement auquel j'aurais droit. Je me serais brisé les dents pour avoir espéré, pauvre imbécile, obtenir davantage.

— Formidable, dis-je. Merci mille fois. Je garderai ça au fond de moi.

Je tentai une seconde fois de me lever. Une de ses mains déformées enserra mon poignet, plus vite et bien plus violemment que je ne l'aurais escompté. Le contact de sa peau me donna la chair de poule.

— Reste assis et écoute. Voilà ce que je veux te dire : même si j'ai eu des tas d'emmerdes dans ma vie, je me suis jamais défilé. Je suis pas un faible. Mais la première fois que quelqu'un me met une couche, je dégage, parce que ça vaudra plus le coup. Il faut savoir quand on doit se battre et quand on doit baisser les bras. Tu me suis ?

— Moi, je voudrais savoir ceci : pourquoi, subitement, cet intérêt pour ce que je fais ?

Je redoutais une réaction agressive. Elle n'eut pas lieu. Il lâcha mon poignet et massa ses jointures, examinant ses mains comme si elles appartenaient à quelqu'un d'autre.

— Prends-le comme tu voudras. Je peux pas te forcer. Mais s'il y a quelque chose que j'aurais voulu qu'on m'apprenne il y a longtemps, c'est ça. J'aurais causé moins de dégâts. À moi et à ceux qui m'entourent.

À moi, cette fois, de hurler de rire.

— C'est la meilleure ! Tu as des remords ? Tu as peut-être un pied dans la tombe, après tout !

— Fous-toi de ma gueule. Tous, vous êtes adultes.

Si vous avez bousillé vos vies, c'est votre faute, pas la mienne.

— Alors, bon Dieu, qu'est-ce que tu racontes ?

— Je dis qu'il y a des choses qui se sont mal passées il y a cinquante ans, et ça continue. Il est temps que ça s'arrête. Si j'avais eu l'intelligence de laisser tomber au bon moment, tout aurait été différent. Bien mieux.

— Tu parles de ce qui s'est passé avec Tessie O'Byrne ?

— C'est pas tes oignons et t'as pas intérêt à dégoiser sur elle. Je dis qu'y a pas de raison pour que ta mère ait encore le cœur brisé pour rien. Tu piges ?

Le bleu de ses yeux s'assombrissait, reflétait une angoisse profonde. C'était la première fois de ma vie que je le voyais s'inquiéter de la souffrance d'un être humain. Cette panique cachait des secrets inavouables, trahissait un danger imminent, mortel.

Je répondis, après un long silence :

— Je n'en suis pas sûr.

— Alors, t'attendras de l'être avant de faire une connerie. Je connais mes fils. Depuis toujours. Je sais bien que t'avais tes raisons pour venir ici. Tiens-les éloignées de cette maison jusqu'à ce que tu sois vraiment certain de ce que tu cherches.

De l'autre côté de la porte, Ma aboya. Suivit un murmure apaisant de Jackie.

— Je donnerais cher, dis-je à Pa, pour savoir ce que tu as dans le crâne.

— Je suis mourant. J'essaye, avant de partir, de mettre un peu d'ordre... Dégage, Francis. T'as pas à foutre la merde ici. Retourne d'où tu viens et laisse-nous tranquilles.

— Papa...

Il eut soudain l'air ravagé. Son teint devint cireux.

— Je t'ai assez vu. Fous le camp et demande à ta mère de m'apporter une tasse de thé. Du vrai, bien fort. Pas la pisse de chat qu'elle m'a fait boire ce matin.

Je n'avais aucune envie de poursuivre. Je n'avais qu'un désir : prendre Holly par la main et déguerpir. Que nous désertions le dîner allait provoquer chez Ma un infarctus massif. Mais j'avais assez titillé Shay pour la semaine et j'avais gravement sous-estimé le seuil de tolérance de ma famille. Je pensais déjà au meilleur endroit où m'arrêter pour offrir un repas à Holly avant de la ramener chez Liv, pour me délecter de son merveilleux visage jusqu'à ce que mon cœur retrouve son rythme normal. Je lançai, depuis le seuil de la chambre :

— À la semaine prochaine !

— Je te le répète. Rentre chez toi. Ne reviens plus.

Il ne tourna pas la tête. Je le laissai là, affalé contre ses oreillers, triturant la couverture de ses doigts informes et fixant la nuit qui noyait la fenêtre.

Dans la cuisine, Ma découpait rageusement une énorme pièce de viande à moitié cuite tout en fustigeant, à l'adresse de Carmel, la façon de s'habiller de Darren.

— Il aura jamais de boulot s'il continue à se nipper comme un dégénéré, prétends pas que je t'aurai pas prévenue, botte-lui le cul et paye-lui un beau chino...

Agglutinés devant la télé, Jackie, Gavin et la marmaille de Carmel regardaient, bouche bée, un type torse nu avaler un serpent plein d'écailles. Holly n'était nulle part. Shay non plus.

21

— Où est Holly ? m'écriai-je, sans me soucier du ton de ma voix.

Devant la télé, personne ne broncha. Ma cria, depuis la cuisine :

— Elle a entraîné son oncle Shay à l'étage pour qu'il l'aide à faire ses devoirs de calcul. Si tu y vas, Francis, dis-leur que le dîner sera prêt dans une demi-heure et que je les attendrai pas... Carmel O'Reilly, reviens ici et écoute-moi ! On l'autorisera pas à s'asseoir dans la salle d'examen s'il se pointe déguisé en Dracula...

Je me précipitai dans l'escalier, comme si j'avais eu des ailes. La montée me parut durer un million d'années. Très haut au-dessus de moi, Holly babillait, heureuse, insouciante. Je ne repris pas mon souffle avant d'avoir atteint le palier, devant l'appartement de Shay. Je m'apprêtais à enfoncer la porte lorsque Holly demanda :

— Elle était jolie, Rosie ?

Je m'arrêtai en plein élan.

— Oui, très jolie, répondit Shay.

— Plus jolie que ma maman ?

— Je ne connais pas ta mère, tu t'en souviens ? Mais si j'en juge d'après tes traits, je dirai que Rosie était presque aussi jolie. Pas tout à fait, mais presque.

J'imaginai le petit sourire flatté de ma fille. Tous les deux semblaient détendus, ravis d'être ensemble, comme un oncle et une nièce qui s'aiment.

— Mon papa allait se marier avec elle, reprit-elle.

— Peut-être.

— C'était sûr.

— Il l'a jamais fait. Maintenant, un autre exercice. Si Tara a 185 poissons rouges et qu'elle peut en mettre 7 dans un bocal, il lui faudra combien de bocaux ?

— Il l'a jamais fait parce que Rosie est morte. Elle a écrit à sa mère et à son père une lettre leur disant qu'elle allait en Angleterre avec papa, et alors quelqu'un l'a tuée.

— Il y a longtemps. Ne change pas de sujet. Ces poissons vont pas plonger tout seuls dans leur bocal.

Gloussement, longue pause. Holly s'escrimait sur ses divisions, encouragée par Shay. Je m'adossai au mur, près de la porte. Ma respiration s'apaisa et je retrouvai mon sang-froid.

J'étais prêt à bondir dans la pièce pour récupérer ma môme. Mais mon frère n'était pas complètement fou, du moins pas encore, et Holly n'était pas en danger. Mieux : elle essayait de le faire parler de Rosie. Tout ce qu'elle pourrait obtenir de lui me servirait.

Elle annonça, triomphante :

— Vingt-sept ! Et il y a que trois poissons dans le dernier.

— Exact. Bravo.

— Est-ce que quelqu'un a tué Rosie pour l'empêcher de se marier avec mon papa ?

Silence.

— C'est ce qu'il dit ?

Sale fouineur. Je serrai la rampe à me faire mal. Holly répondit négligemment :

— Je le lui ai pas demandé.

— Personne ne sait pourquoi Rosie Daly a été assassinée. Et il est trop tard, à présent, pour le découvrir. Ce qui est fait est fait.

Elle rétorqua avec la confiance absolue, bouleversante que les enfants de neuf ans ont encore :

— Mon papa va le découvrir.

— Vraiment ?

— Oui. Il l'a dit.

— Parfait, répliqua-t-il sans la moindre agressivité. Ton père est dans la Garda. Résoudre les énigmes, c'est son boulot. Maintenant, au suivant : si Desmond a 342 bonbons et qu'il les partage entre lui et 8 copains, ils en auront combien chacun ?

— Quand il y a « bonbons » sur le livre, on doit écrire « fruits ». Parce que les bonbons, c'est pas bon pour la santé. Je trouve ça idiot. C'est des bonbons imaginaires, non ?

— C'est stupide, je suis d'accord. Mais le résultat est le même. Donc, combien de fruits chacun ?

Grattement régulier d'un crayon. Je distinguais chaque bruit venu de l'appartement. J'aurais pu les entendre, elle et lui, cligner de paupières.

— Et oncle Kevin ? dit enfin Holly.

Silence de nouveau.

— Quoi, oncle Kevin ?

— Quelqu'un l'a tué aussi ?

— Kevin... murmura Shay, avec une intonation que je ne lui avais jamais connue. Non. Personne ne l'a tué.

— Juré ?

— Qu'en pense ton père ?

— Je te l'ai déjà dit ! répliqua-t-elle exaspérée. Je le lui ai pas demandé. Il aime pas parler de l'oncle Kevin. C'est pour ça que je voulais te poser la question à toi.

— Kevin. Mon Dieu...

Shay eut un rire bref, amer.

— Tu es peut-être assez grande pour comprendre. Sinon, il faudra que tu t'en souviennes jusqu'à ce que tu le sois. Kevin, c'était un gosse. Il a jamais grandi. À trente-six ans, il s'imaginait encore que le monde allait tourner comme il voulait. Il ne lui est jamais venu à l'idée que le monde faisait ce qui lui plaisait, que ça lui convienne ou non. Alors, en pleine nuit, il est allé se promener dans une maison délabrée parce qu'il était persuadé qu'il ne risquait rien. Et il est tombé par la fenêtre. Fin de l'histoire.

Le bois de la rampe craqua sous mes doigts. Le ton définitif de Shay prouvait que ce serait sa version jusqu'à la fin de ses jours. Peut-être finirait-il par y croire pour de bon.

— C'est quoi, délabrée ?

— En ruine. Qui tombe en morceaux. Dangereux.

— Il aurait quand même pas dû mourir.

— Non, répondit Shay, cette fois avec lassitude. Il aurait pas dû. Personne ne le voulait.

486

— Mais quelqu'un voulait la mort de Rosie. Vrai ?

— Non, personne ne la souhaitait. Parfois, les choses arrivent, c'est tout.

Holly clama comme un défi :

— Si mon papa l'avait épousée, il se serait pas marié avec ma maman et j'aurais jamais existé. Je suis contente qu'elle soit morte !

La minuterie du vestibule, que je ne me rappelais pas avoir actionnée avant de monter, s'éteignit avec un bruit sec, semblable à une détonation, me laissant dans le noir, le cœur battant à tout rompre. Je n'avais jamais dit à Holly à qui Rosie avait adressé ses adieux. Ce billet, elle l'avait donc vu.

Tout à coup, je compris pourquoi, après son attendrissant morceau de violon sur ses merveilleux rapports avec ses cousins, elle avait, ce jour-là, emporté ses devoirs de math. Elle cherchait un prétexte pour voir Shay, seul.

Elle avait tout prévu. Elle s'était introduite dans cette maison, s'était plongée dans ses secrets, se les était appropriés. J'entendis mon père chuchoter à mon oreille : *La voix du sang*. Et son sarcasme. *Tu crois être un meilleur père ?* Je m'en étais pris à Jackie et à Olivia, je les avais accusées de toutes les perfidies. Or, si Holly se trouvait là ce soir, c'était à cause de moi. Pour moi. C'était mon œuvre. J'eus envie de hurler.

— Ne parle pas comme ça, protesta Shay. Elle est partie. Pour toujours. Laisse-la reposer en paix et finis ton opération.

Chuintement du crayon sur le papier.

— Quarante-deux ?

— Non. Reprends depuis le début. Tu n'es pas concentrée.

— Oncle Shay ?

— Oui ?

— Tu sais, le jour où j'étais là, quand ton téléphone a sonné et que tu es allé dans la chambre...

Elle venait de faire un pas de plus ; énorme, menaçant. Shay ne s'y trompa pas. Sa voix se tendit.

— Eh bien ?

— J'ai cassé ma mine et je trouvais pas mon taille-crayon parce que Chloe me l'avait chipé en cours de dessin. J'ai attendu longtemps, mais tu étais au téléphone.

Shay répondit très doucement :

— Ensuite, qu'est-ce que tu as fait ?

— J'ai cherché un autre crayon. Dans cette commode.

Long silence. En bas, une hystérique dégoisait à la télé. Les murs, les moquettes, les plafonds étouffaient ses bêlements.

— Et tu as trouvé quelque chose, reprit Shay.

Holly, presque inaudible :

— Je suis désolée.

Encore une fois, je fus sur le point d'enfoncer la porte, alors qu'il m'aurait suffi de tourner la poignée. Une fois encore, je me retins. Holly avait neuf ans. Elle croyait aux fées, un peu au Père Noël. Quelques mois plus tôt, elle m'avait raconté que, lorsqu'elle était petite, un cheval ailé entrait dans sa chambre et, sur son dos, l'emmenait voler au-dessus de la mer. Si ce qu'elle avait découvert devait servir de preuve, si, un jour ou l'autre, je voulais que quelqu'un d'autre que moi la croie, il fallait que je puisse corroborer ce

488

qu'elle venait de révéler. Il fallait que je l'entende de la bouche de Shay. Je me rapprochai de l'interstice lumineux de la porte et écoutai, balayant mes scrupules, Holly faire le sale boulot.

— Tu as raconté ça à quelqu'un ? hoqueta Shay, comme s'il avait du mal à respirer.

— Non. Je savais même pas ce que c'était, jusqu'à il y a deux jours, quand j'ai fait le rapprochement.

— Holly, mon ange. Écoute-moi. Tu sais garder un secret ?

Elle rétorqua vertement, avec une fierté qui m'anéantit :

— Je l'ai vu il y a très longtemps. Il y a des mois et des mois, et j'ai rien dit.

— C'est juste. Tu es une gentille petite fille.

— Tu vois ?

— Oui, je vois. Tu peux continuer, pas vrai ? À le garder pour toi ?

Silence.

— Holly, insista Shay, si tu parles à quelqu'un, il arrivera quoi, à ton avis ?

— Tu auras des ennuis.

— Peut-être. J'ai rien fait de mal. Mais plein de gens le croiront pas. Je pourrais aller en prison. C'est ce que tu veux ?

— Oh, non…

— C'est bien ce que je pensais. Même si je vais pas en prison, il se passera quoi ? Qu'est-ce que dira ton père ?

Holly semblait de plus en plus perdue.

— Il sera fâché ?

— Furieux, oui. Contre nous deux, parce qu'on lui aura parlé de rien. Il te laissera plus revenir ici. Il

489

t'interdira de nous revoir. Pour toujours. Ta mamie, moi, Donna… Et il s'arrangera pour que ta maman et ta tante Jackie te ramènent jamais chez nous.

Il se tut quelques instants, pour qu'elle se pénètre bien de tout cela.

— Quoi d'autre ?

— Mamie, tes tantes, tous tes cousins… Ils seront catastrophés. Aucun d'eux ne saura quoi penser. Certains te croiront même pas. Ce sera la guerre. C'est ça que tu veux ?

— Non…

— Bien sûr que non ! Tu veux revenir ici tous les dimanches et passer de merveilleux après-midi avec nous, pas vrai ? Tu veux que ta mamie te fasse un gâteau pour ton anniversaire, comme elle l'a fait pour Louise, et que Darren t'apprenne à jouer de la guitare quand tu auras les doigts assez grands. Tu nous veux ici tous ensemble. Qu'on aille se balader. Qu'on prépare le repas. Qu'on rie…

— Oui. Comme dans une vraie famille.

— Exactement. Et dans les vraies familles, on se soucie les uns des autres. C'est pour ça qu'elles existent.

En bonne petite Mackey, Holly laissa parler son instinct. Elle chuchota :

— Je dirai rien à personne.

— Pas même à ton père ?

— Pas même à lui.

— Je t'adore, dit Shay, avec une douceur qui décupla ma colère. Tu es ma nièce préférée.

— Oui.

— Ce sera notre secret. Tu me le promets ? Tout de suite ?

Avant qu'elle ait pu commettre l'irrémédiable, je pris une grande inspiration et poussai brutalement la porte.

Ils formaient un joli tableau. L'appartement de Shay était propre et nu : plancher usé, rideaux d'un vert fané, meubles passe-partout, rien sur les murs blancs. Jackie m'avait dit qu'il vivait là depuis seize ans, depuis que cette vieille folle de Mme Field était morte en lui laissant la place. Pourtant, le logement avait toujours l'air d'être habité par quelqu'un en transit. Shay aurait pu boucler son bagage et disparaître en deux heures, sans laisser la moindre trace.

Holly et lui étaient assis à une petite table de bois. Avec les livres de classe étalés devant eux, ils évoquaient une toile de l'ancien temps ; un père et sa fille dans leur logis, environnés de ténèbres et lisant ensemble un conte mystérieux. Une lampe sur pied plaquait une lumière crue sur les cheveux dorés de Holly, son cardigan rouge, le vert foncé du chandail de Shay, le reflet bleuté de ses cheveux corbeau. Il avait glissé sous les pieds de Holly un petit tabouret sans doute acheté exprès pour elle.

Cette scène touchante se dissipa en une seconde. Ils se retournèrent comme deux ados surpris en train de partager un joint, leurs grands yeux bleus, identiques, emplis de la même frayeur.

— On fait du calcul, bredouilla Holly. Oncle Shay m'aide.

Elle rougit jusqu'aux oreilles, ce qui me rassura. Elle n'était pas devenue une espionne de haut vol, impassible et glacée.

— Je sais. Tu me l'as déjà raconté. Comment ça se passe ?

— Très bien.

Elle jeta un bref coup d'œil à Shay. Lui me fixait d'un air inexpressif.

— Parfait. Tu as remercié ton oncle ?

— Oui. Des dizaines de fois.

Du regard, j'interrogeai Shay, qui acquiesça.

— Elle l'a fait, oui.

— Tant mieux. Je tiens beaucoup aux bonnes manières.

Holly se tortillait sur sa chaise, horriblement mal à l'aise.

— Papa…

— Mon cœur, tu vas descendre et finir tes maths chez mamie. Si elle demande ce que nous faisons, ton oncle Shay et moi, dis-lui que nous avons une petite conversation et que nous ne tarderons pas. OK ?

— OK.

Lentement, elle commença à ranger ses affaires dans son sac à dos.

— Je lui dirai rien d'autre. D'accord ?

Elle aurait pu s'adresser à n'importe lequel d'entre nous.

— Entendu, dis-je. Je suis sûr que tu ne le feras pas, mon ange. Toi et moi, nous parlerons plus tard. Maintenant, file.

Elle ferma son sac, nous considéra une dernière fois l'un et l'autre, si désemparée, si honteuse que j'aurais volontiers tiré une balle dans le genou de Shay pour l'avoir ébranlée à ce point. Elle s'en alla. En passant, elle pressa son épaule contre mon flanc. Au lieu de la prendre dans mes bras alors que j'en mourais d'envie, je passai ma main sur sa tête, puis

492

lui donnai une petite tape sur la nuque. Elle descendit l'escalier d'un pas de fée. En bas, un concert de voix l'accueillit chez Ma. Je fermai la porte derrière elle.

— Quand je pense que je m'interrogeais sur ses progrès en arithmétique... Marrant, non ?

— Elle est pas nulle, répondit Shay. Elle a juste besoin d'un coup de main.

— Je sais bien. Mais tu l'as soutenue. Sache que j'apprécie.

Je tirai la chaise de Holly hors du halo de la lampe et hors d'atteinte de Shay, avant de m'y asseoir.

— C'est coquet, chez toi.

— Merci.

— Autant que je m'en souvienne, du temps de Mme Field, il y avait des portraits du Padre Pio sur tous les murs. En plus, ça puait l'ail. C'est bien mieux maintenant.

Il s'adossa à sa chaise, faussement détendu, tel un chat sauvage prêt à bondir.

— Où sont mes manières ? Je t'ai même pas offert à boire. Whisky ?

— Pourquoi pas ? Ça m'ouvrira l'appétit avant le dîner.

Il inclina sa chaise vers le buffet, saisit une bouteille et deux verres.

— Glaçons ?

— Respectons les usages.

Me laisser seul parut l'inquiéter. Il n'avait pas le choix. Il emporta les verres dans la cuisine. Grincement de la porte du frigo, glaçons sautant hors du bac à glace. Le whisky n'était pas de la bibine : Tyrconnel single malt.

— Tu as du goût, dis-je.

— Ça t'étonne ?

Il revint en faisant tourner les glaçons dans les verres, pour les refroidir.

— Je noie le tien ?

— Ne m'insulte pas.

— Bien. Ce whisky, on le boit sec. Sinon, on le mérite pas.

Il nous versa trois doigts chacun, puis poussa, sur la table, un verre vers moi.

— *Slàinte,* dit-il en levant le sien.

— À la nôtre.

Nous avons trinqué. Le whisky au goût d'orge et de miel coula délicieusement dans ma gorge. Toute ma rage s'était évanouie. Jamais, au cours de mes missions, je ne m'étais senti aussi lucide, aussi froid. Le monde avait disparu. Nous restions face à face, de chaque côté de cette table bancale. La lampe projetait des ombres sinistres dans les coins de la pièce, traçait sur le visage de Shay des peintures de guerre. Pourtant tout semblait familier, presque apaisé, comme si nous avions, toute notre vie, préparé ce moment.

— Alors, commença Shay. Ça fait quoi de rentrer chez soi ?

— Hurler de rire. Je n'aurais manqué ça pour rien au monde.

— Tu étais sérieux quand tu parlais de revenir régulièrement ? Ou tu charriais Carmel ?

— Je n'oserais jamais. En effet, je suis sérieux. Tu es ravi, j'espère.

J'eus un grand sourire. Il me le rendit à moitié.

— Carmel et Jackie croient que ta famille te manquait. Elles vont avoir un choc.

— Tu me vexes. Prétendrais-tu que je ne m'en soucie pas ? Pas de toi, peut-être. Mais des autres, oui.

Il rit en portant son verre à ses lèvres.

— Tu n'as donc pas de programme précis, ici.

— Tout le monde en a un. Ne te mets pas martel en tête. Programme ou pas, je serai là assez souvent pour rendre Jackie et Carmel heureuses.

— Parfait. Rappelle-moi de te montrer comment emmener Pa aux chiottes.

— Tu ne seras donc plus là aussi souvent l'année prochaine, une fois que tu auras racheté la boutique de vélos...

Son regard se figea un instant.

— Ouais. C'est vrai.

Je levai de nouveau mon whisky.

— Excellente nouvelle. J'imagine que tu attendais ça depuis longtemps.

— Je l'ai mérité.

— Je n'en doute pas. Un détail, toutefois : je viendrai de temps en temps, mais je ne m'installerai pas.

J'inspectai l'appartement d'un œil ironique.

— Certains d'entre nous ont une vie à eux. Tu vois ce que je veux dire ?

Son regard se glaça, mais il ne changea pas de ton.

— Je t'ai jamais demandé d'emménager où que ce soit.

— Il faudra quand même que quelqu'un soit là. Tu l'ignorais peut-être, mais Pa n'a aucune intention de finir en maison de retraite.

— Je t'ai pas demandé non plus ton avis là-dessus.

— Bien sûr que non. Une dernière précision : il m'a dit qu'il avait pris ses dispositions. Si j'étais toi, je compterais ses pilules.

Cette fois, il haussa la voix.

— Minute. Tu prétends me dicter mon devoir envers Pa ? Toi ?

— Surtout pas. Je t'informe, c'est tout. Je ne voudrais pas que tu te sentes coupable si les choses tournaient mal.

— Coupable de quoi, bordel ? Compte ses médicaments toi-même, si tu y tiens. Je me suis occupé de vous tous, toute ma vie ! Je passe la main !

— Arrête ton cirque. Tôt ou tard, tu devras arrêter de te prendre pour le Chevalier Blanc en armure étincelante qui s'est sacrifié pour ses frères et sœurs. C'est du pipeau. Et ça nous fait tous marrer.

Il secoua la tête.

— T'as pas idée, dit-il. Pas la moindre idée.

— Vraiment ? L'autre jour, on a eu un petit entretien, Kevin et moi, à propos de ta façon de t'occuper de nous. Tu sais quel est le souvenir qui lui est tout de suite venu à l'esprit ? Le jour où tu nous as enfermés dans le sous-sol du 16. Kev devait avoir deux ou trois ans. Trente ans plus tard, il avait toujours la trouille de retourner là-bas. Tu t'es réellement bien occupé de lui, cette nuit-là.

Shay se renversa contre le dossier de sa chaise qui oscilla dangereusement sur deux pieds et éclata de rire, la tête en arrière, le visage émacié par les jeux d'ombre de la lampe.

— Cette putain de nuit, ouais. Tu veux savoir ce qui s'est passé ?

— Kevin s'est pissé dessus. Il était pétrifié, terrorisé. Je me suis mis les mains en charpie en essayant de déclouer les planches qui bouchaient les soupiraux. Voilà ce qui s'est passé.

— Ce jour-là, Pa a été lourdé.

Quand nous étions gosses, avant que plus personne n'accepte de l'employer, Pa se faisait virer régulièrement. Nous n'aimions pas ces jours-là. D'autant qu'on lui glissait, en guise de préavis, une semaine de salaire dans la poche. Shay poursuivit :

— Il se fait tard, il est toujours pas rentré. Ma nous envoie donc au lit. À l'époque, on couchait tous les quatre sur le matelas de la pièce du fond. C'était avant la naissance de Jackie, avant que les filles dorment dans l'autre chambre. Ma pique une crise d'enfer. Elle verrouille la porte, il peut aller cuver dans le ruisseau d'où il vient, elle espère qu'il va se faire ramasser et foutre en tôle aussi sec. Kevin pleurniche parce qu'il veut son papa, va savoir pourquoi. Elle lui balance que s'il la ferme pas, papa reviendra plus jamais. Je lui demande ce qu'on fera alors, et elle répond : « Tu seras l'homme de la maison. Faudra que tu t'occupes de nous. De toute façon, tu t'en sortiras mieux que ce poivrot. » Si Kev avait deux ans, j'en avais quoi ? Huit ?

— Comment n'ai-je pas compris que le martyr, dans cette histoire, c'était toi ?

— Ta gueule. Donc, Ma sort. Faites de beaux rêves, les enfants. Au beau milieu de la nuit, Pa arrive et défonce la porte. Carmel et moi, on se précipite dans le salon. Pa est en train de fracasser contre le mur, une pièce après l'autre, le service de porcelaine qu'ils ont reçu en cadeau de mariage. Ma a le visage en sang, elle lui crie de s'arrêter et le traite de tous

les noms. Carmel se jette sur lui, il l'envoie valdin-
guer au fond de la pièce. Il hurle que nous, les
enfants, on a gâché sa vie, qu'il aurait dû nous noyer
comme des chatons, nous trancher la gorge, rede-
venir un homme libre. Crois-moi, il plaisantait pas.

Il se versa un autre whisky, agita la bouteille dans
ma direction. Je refusai d'un geste.

— Tu te sers quand tu veux. Donc, il marche vers
la chambre pour nous faire la peau. Ma le retient de
toutes ses forces et m'ordonne d'emmener les petits.
Je suis l'homme de la maison, pas vrai ? Je vous tire
du lit et je vous dis qu'il faut qu'on s'en aille. Tu
protestes : « Pourquoi, je veux pas, t'es pas le
chef... » Je sais que Ma pourra pas maîtriser l'autre
très longtemps. Je t'en colle une, je prends Kev sous
le bras et je te tire par le col de ton T-shirt. Où j'étais
censé vous emmener ? Au commissariat le plus
proche ?

— On avait des voisins.

Il eut une grimace écœurée.

— Étaler nos histoires de famille en pleine rue,
leur donner de quoi jaser jusqu'à la fin de leurs
jours ? C'est ce que t'aurais fait ? Peut-être, après
tout. Pas moi. J'aurais eu trop honte. Même à huit
ans, j'avais plus de fierté que ça.

— À cet âge-là, moi aussi. Maintenant que je suis
adulte, je vois mal ce qu'il y a de glorieux à avoir
enfermé tes deux petits frères dans un trou à rats.

— Merde, c'était ce que je pouvais faire de mieux
pour vous ! Tu crois que vous avez passé une nuit
affreuse, Kevin et toi ? Vous n'aviez qu'à attendre
que Pa tombe ivre mort et que je vienne vous chercher. J'aurais donné n'importe quoi pour rester avec

vous dans ce sous-sol, bien pépère. Mais non, il fallait que je revienne ici.

— Envoie-moi la note de tes séances de thérapie. C'est ça que tu veux ?

— Je te demande aucune pitié, connard. Je te dis simplement ceci : t'attends pas à ce que je culpabilise parce que t'as passé quelques minutes dans le noir, il y a des siècles.

— Fais-moi la grâce de me dire que cette petite histoire ne t'a pas servi d'excuse pour assassiner deux personnes.

Il y eut un très long silence.

— Depuis combien de temps t'écoutais derrière cette porte ?

— Je n'ai pas eu besoin d'écouter.

Il se tut de nouveau puis reprit :

— Holly t'a raconté quelque chose.

Je ne répondis pas.

— Et tu l'as crue.

— Normal. C'est ma gosse. Traite-moi de naïf.

— J'ai jamais dit ça. Simplement, c'est une gamine.

— Ça ne fait pas d'elle une idiote. Ou une menteuse.

— Non. Mais elle a beaucoup d'imagination.

J'ai subi les pires insultes sans broncher. Néanmoins, que Shay insinue que j'aurais pu mettre dans la balance sa parole et celle de ma fille raviva ma colère. Je martelai, sans lui laisser le temps de reprendre l'avantage :

— Que tout soit clair. Je n'ai pas eu besoin que Holly me raconte quoi que ce soit. Je sais exactement ce que tu as fait à Rosie et à Kevin. Depuis plus longtemps que tu ne le crois.

499

Pause. Il se pencha en arrière pour attraper sur le buffet un paquet de cigarettes et un cendrier ; lui aussi ne fumait pas devant Holly. Il prit son temps pour enlever le plastique, tasser sa clope sur la table, l'allumer. Il réfléchissait, réarrangeant l'histoire à sa façon, vérifiant sa vraisemblance. Enfin, il déclara :

— Il y a trois choses différentes. Il y a ce qu'on sait. Il y a ce qu'on croit savoir. Et il y a ce dont on peut se servir.

— Magnifique, Sherlock. Et après ?

Il hésita une seconde avant de se jeter à l'eau.

— Disons-le tout net, je suis pas allé dans cette maison pour m'en prendre à ta nana. J'y ai même pas pensé, jusqu'à ce que ça arrive. Je sais que ça t'arrangerait de me considérer comme le salaud de service, que ça correspondrait à l'idée que tu t'es toujours faite de moi. Mais ça s'est pas passé comme ça. C'était pas aussi simple.

— Alors, éclaire-moi. Qu'est-ce que tu allais glander là-bas ?

Il posa ses coudes sur la table, souffla sur le bout de sa cigarette.

— Dès ma première semaine à la boutique, dès ma première paye, j'ai économisé le moindre penny. Et planqué mon pognon dans une enveloppe collée derrière le poster de Farrah Fawcett pour vous empêcher, Kevin, toi, ou Pa, de me le piquer.

— Je cachais le mien au fond de mon sac à dos. Dans la doublure.

— Heureux de l'apprendre. C'était pas grand-chose, après ce qui allait à Ma et les quelques bières que je m'offrais, mais c'était le seul moyen de pas devenir cinglé dans ce gourbi. Chaque fois que je

500

comptais mes économies, je me disais que lorsque j'aurais de quoi verser la caution pour un logement, tu serais assez grand pour t'occuper des plus jeunes jusqu'à ce qu'ils aient l'âge de se débrouiller seuls. Carmel t'aurait donné un coup de main. Elle a toujours été solide. Ce que je voulais, c'était juste une piaule à moi, où je pourrais recevoir mes potes. Amener une fille. Dormir sur mes deux oreilles, sans guetter les appels de Pa. Un peu de paix et de tranquillité.

Si je ne l'avais pas connu aussi bien, je l'aurais plaint.

— J'y étais presque, poursuivit-il. La première chose que je ferais, après le Nouvel An, ce serait de chercher une turne... Alors, Carmel s'est fiancée. Je savais qu'elle voulait se marier au plus vite, dès qu'elle aurait le crédit de la banque pour s'installer. Je la blâmais pas. Elle méritait de s'en aller, tout comme moi. Dieu sait qu'on l'avait pas volé, tous les deux. Il restait plus que toi. Mais tu voyais pas les choses comme ça, pas vrai ? J'ai appris que tu comptais te tirer aussi, à Londres, rien de moins. Moi, je me serais contenté de changer de quartier. Envoyer paître ta famille, hein ? Te défausser de tes responsabilités, bousiller ma chance de partir. Notre Francis voulait faire son trou. Le reste, il s'en battait l'œil.

— Ce qui m'importait, c'était que Rosie et moi, on soit heureux. Et on allait l'être. Comme des rois. Tu ne l'as pas permis.

En riant, il souffla la fumée par le nez.

— Crois-moi ou non, j'ai failli le faire. Je t'aurais flanqué une dérouillée de première avant ton départ, ça oui, je t'aurais expédié au bateau couvert de bleus en espérant que les Rosbifs te coffreraient de l'autre côté pour délit de sale gueule. Mais j'avais décidé de te laisser partir. Kevin aurait eu dix-huit berges deux ans et demi après, il aurait pu alors s'occuper de Ma et de Jackie. Je pensais pouvoir tenir jusque-là. Et puis...

Il se tourna vers la fenêtre, observant la ligne sombre des toits, les vitres illuminées des Hearne.

— Pa a tout foutu en l'air. C'est le soir où j'ai découvert tes projets avec Rosie qu'il a perdu la boule devant chez les Daly, provoqué l'arrivée de la Garda et tout le toutim. J'aurais pu ronger mon frein deux ans s'il était resté égal à lui-même. Mais il devenait de pire en pire. T'étais pas là ; t'as rien vu. Moi, j'en ai eu ma claque. Ce scandale a été la goutte qui a fait déborder le vase.

Moi rentrant chez moi après avoir remplacé Wiggy, flottant sur un nuage. Les lumières, les voix tout au long de la rue, Carmel ramassant à la balayette la vaisselle brisée, Shay cachant les couteaux effilés. J'avais toujours su que cette nuit aurait des conséquences. Pendant vingt-deux ans, j'avais cru qu'elle avait traumatisé Rosie. J'étais loin de me douter qu'elle en avait traumatisé d'autres.

— Donc, dis-je, tu as décidé de forcer Rosie à me plaquer.

— Je l'ai pas forcée. Je lui ai demandé de renoncer. Oui, je l'ai fait. J'en avais le droit.

— Au lieu de t'adresser à moi. Quelle sorte d'homme règle ses problèmes en s'en prenant à une fille ?

— Je m'en serais pris à toi, si j'avais cru que ça marcherait. Qu'est-ce que tu t'imagines ? Que j'aurais, de gaieté de cœur, déballé nos histoires de famille devant une greluche uniquement parce que tu l'avais dans la peau ? Mais je te connaissais. Jamais t'aurais pensé à Londres tout seul. T'étais encore un gosse, un puceau mal dégrossi. T'aurais jamais eu l'intelligence ni les tripes de concevoir un truc aussi énorme. Je savais que l'Angleterre, c'était l'idée de ta Rosie. J'aurais eu beau te hurler de rester jusqu'à m'en faire péter une artère, tu l'aurais quand même suivie comme un toutou. Sans elle, t'aurais jamais dépassé Grafton Street. Alors, je l'ai guettée.

— Et tu l'as trouvée.

— Facile. Je connaissais la date de votre départ et je savais qu'elle devait faire halte au 16. Je suis resté éveillé, je t'ai regardé te barrer. Ensuite, je suis sorti par-derrière et j'ai escaladé les murs.

Il fixait la fumée de sa cigarette, revivant ses souvenirs.

— J'avais peur de la rater. Mais, depuis le 16, je t'ai vu poireauter sous le réverbère, avec ton sac à dos. Touchant.

De nouveau, j'eus envie de lui briser les dents. Cette nuit avait été la nôtre, à Rosie et à moi. Ce secret que nous avions jalousement gardé pendant des semaines, Shay l'avait souillé. J'éprouvai le même dégoût que s'il nous avait épiés en train de nous embrasser. Il continua :

— Elle a pris le même chemin que moi, à travers les jardins. Je me suis planqué quand elle est entrée dans la maison. Ensuite, je l'ai suivie jusqu'à la pièce du haut. J'ai cru que j'allais l'effrayer. Elle a à peine sursauté. Elle, elle en avait. Je dois le reconnaître.

— Oui, dis-je. Elle en avait.

— Je l'ai pas brutalisée. Je lui ai juste parlé. Je lui ai dit que tu avais une responsabilité envers ta famille, même si t'en avais pas conscience. Que dans deux ans, quand Kevin serait assez grand pour prendre le relais, vous pourriez vous tirer où ça vous chantait, à Londres, en Australie, j'en avais rien à cirer. Mais, jusque-là, tu devais rester ici. Je lui ai dit : « Rentre chez toi. Si t'as pas la patience d'attendre quelques années, trouve-toi un autre gars. Si tu veux aller en Angleterre, vas-y. Mais laisse notre Francis tranquille. »

— Je vois mal Rosie acceptant que tu lui donnes des ordres.

Il ricana, écrasa sa cigarette.

— Tu m'étonnes. T'aimes les grandes gueules, pas vrai ? D'abord, elle m'a ri au nez, m'a répondu de rentrer à la maison moi-même et d'aller faire un gros dodo si je voulais que les gonzesses me trouvent un joli teint le lendemain matin. Mais quand elle a compris que j'étais sérieux, elle est devenue une vraie tigresse. Elle beuglait pas, mais c'était tout comme.

Elle n'avait pas élevé la voix parce qu'elle me savait à quelques mètres de là, attendant, écoutant, juste de l'autre côté du mur. Si elle avait crié pour que j'accoure, j'aurais pu arriver à temps. Toutefois, appeler à l'aide ne lui serait jamais venu à l'esprit. Elle se sentait capable de se débarrasser de ce salaud toute seule.

— Je l'entends encore. « Mêle-toi de tes oignons, casse-toi, si tu réussis pas à te construire une vie, c'est pas notre problème, t'arrives pas à la cheville de ton frère, pauvre minable », et patati, et patata...

Je t'ai rendu service. Elle t'aurait cassé les oreilles jusqu'au cercueil.

— Je t'écrirai une carte de remerciements. Maintenant, dis-moi, qu'est-ce qui a provoqué la suite ?

Il ne demanda pas quelle suite. Nous avions dépassé ce petit jeu. Il martela, retrouvant sa rage d'autrefois :

— J'ai essayé de la convaincre. J'étais tellement désespéré que je lui ai tout déballé. Je lui ai décrit Pa. L'angoisse à l'idée de le retrouver tous les soirs. Ce qu'il nous faisait. Je voulais simplement qu'elle m'écoute un instant. Tu comprends ? Qu'elle écoute !

— Et elle ne l'a pas fait. Quelle garce...

— Elle a essayé de m'écarter de son chemin. Je bouchais la porte. Elle m'a dit de dégager. Je l'ai saisie... Pour qu'elle se tienne tranquille, sans plus. À partir de là...

Il renversa la tête, scruta le plafond.

— J'ai jamais brutalisé une fille. C'est pas dans ma nature. Mais elle refusait de la fermer, elle voulait pas s'arrêter... Une vraie furie. Une virago. Une mégère. Elle m'a griffé, tapé. Elle a même failli m'envoyer son genou dans les parties.

Ces halètements, ces gémissements qui m'avaient fait sourire aux étoiles, pensant à Rosie...

— Je voulais qu'elle se calme et qu'elle écoute. Je l'ai plaquée contre le mur. Elle m'a donné de grands coups de pied dans les tibias, a essayé de m'arracher les yeux.

Silence. Il murmura, s'adressant aux ombres qui engloutissaient le fond de la pièce :

— J'ai jamais voulu que ça se termine ainsi.

— C'est arrivé, c'est tout.

— Ouais. C'est juste arrivé. Quand j'ai compris…

Mouvement brusque de la tête, silence encore.

— Quand j'ai repris mes esprits… Je pouvais pas la laisser là.

Ensuite, le sous-sol. Shay était costaud, mais Rosie devait être lourde. Son corps traîné dans l'escalier, sa tête, ses membres frappant le ciment. La lampe torche, le levier, la dalle de béton. Le souffle saccadé de Shay, les rats se risquant dans les coins, curieux, leurs yeux réfléchissant la lumière. Les doigts repliés de Rosie sur le sol humide.

— La lettre, dis-je. Tu as fouillé dans ses poches ?

Ses mains palpant son corps : rien que pour ça, je l'aurais tué. Peut-être le savait-il. Il protesta avec indignation.

— Tu me prends pour qui ? Je l'ai pas touchée, sauf pour la déplacer. Le mot était sur le plancher, dans la pièce du haut, à l'endroit où elle l'avait posé. C'était ce qu'elle était en train de faire quand je suis entré. Je l'ai lu. La seconde moitié pouvait rester là, pour ceux qui se demanderaient où elle était partie.

Il ricana.

— Comme un signe du destin. Le doigt de Dieu.

— Pourquoi avoir pris la première moitié ?

— Qu'en faire d'autre ? Je l'ai fourrée dans ma poche, pour m'en débarrasser plus tard. Ensuite, je me suis dit que, comme ça, tu saurais jamais rien. Les choses trouvent leur utilité après coup.

— Et ça a marché. Mon Dieu ! Tu y as vu un signe, là aussi ?

Il ne releva pas ma question.

— T'étais toujours en haut de la rue. À mon avis,

t'allais poireauter encore une heure ou deux avant de regagner la maison. Alors, je suis rentré.

Ce bruit de course dans les jardins, alors que je commençais à paniquer...

J'aurais donné des années de ma vie pour qu'il me précise certaines choses. Quelles avaient été ses dernières paroles ; si elle avait compris ce qui lui arrivait ; si elle avait eu peur, si elle avait souffert, tenté de m'appeler au dernier moment. Même s'il y avait eu la moindre chance pour qu'il me réponde, je n'en aurais pas eu le courage.

Au lieu de cela, je déclarai presque joyeusement :

— Que je ne réapparaisse jamais a dû t'en boucher un coin. Je suis allé plus loin que Grafton Street, après tout. Pas aussi loin que Londres, mais quand même. Surprise ! Tu m'avais sous-estimé.

— Pas tellement. Je pensais qu'une fois que tu aurais ouvert les yeux, tu comprendrais que ta famille avait besoin de toi. Tu nous le devais ! Ma, Carmel et moi, on t'avait nourri, vêtu. On s'était interposés entre Pa et toi. Carmel et moi, on avait renoncé à faire des études pour que tu puisses poursuivre les tiennes. On avait des droits sur toi, putain ! Elle, Rosie Daly, elle avait pas celui de s'opposer à ça.

— Ce qui t'a donc donné le droit de l'assassiner.

Il se mordit la lèvre, alluma une autre cigarette.

— Appelle ça comme tu veux. Je sais ce qui s'est passé.

— Magnifique. Et ce qui est arrivé à Kevin ? Comment tu appellerais ça ? Un meurtre ?

Son visage se ferma comme un rideau de fer.

— J'ai jamais rien fait à Kevin. Jamais. Je lèverais pas la main sur mon propre frère.

J'éclatai de rire.

— Comme c'est émouvant ! Alors, comment a-t-il basculé par cette fenêtre ?

— Il est tombé. Tout était sombre, il était bourré, le lieu est dangereux.

— Très juste. Et Kevin le savait. Alors, qu'est-ce qu'il faisait là ?

Cliquetis du briquet.

— Va savoir. Selon certains, il se sentait coupable. Et plein de gens pensent qu'il avait rendez-vous avec toi. Pour moi, il avait peut-être trouvé quelque chose qui le perturbait et qu'il souhaitait clarifier.

Il était trop futé pour mentionner le fait que le billet de Rosie s'était retrouvé dans la poche de Kevin, et assez intelligent pour en faire la base de son scénario. Mon désir de lui casser la gueule augmentait de seconde en seconde.

— C'est ta version, lui dis-je, et tu t'y cramponnes.

Il asséna, aussi brutalement que s'il claquait une porte :

— Il est tombé. C'est tout.

— Laisse-moi te donner mon interprétation.

Je pris une cigarette dans son paquet, me versai un autre whisky.

— Il était une fois, il y a très longtemps, trois frères, comme dans les contes de fées. Tard, une nuit, le plus jeune se réveilla et constata un changement de taille : il était seul dans la chambre. Ses deux aînés avaient disparu. Cela n'avait pas une grande importance, pas à l'époque, mais c'était assez inhabituel pour qu'il s'en souvienne le lendemain matin, alors qu'un seul de ses frères était revenu. L'autre était parti pour de bon ou du moins, pensa-t-il, pour la journée.

Shay m'écoutait, impassible.

— Quand le frère prodigue revint enfin chez lui, il cherchait une morte, et il la trouva. Alors, le plus jeune réfléchit et se remémora cette nuit. C'était celle de la disparition de ses deux frères. Cette nuit-là, l'un d'eux était parti par amour pour elle. L'autre, pour la tuer.

— Je te l'ai déjà dit. J'ai jamais eu l'intention de lui faire du mal. Et tu t'imagines que Kev était assez finaud pour faire le rapprochement ? Tu blagues.

L'âpreté de son ton prouvait que je n'étais pas le seul à me braquer. C'était bon à savoir. Je poursuivis :

— Ce n'était pas un génie. Voilà pourquoi il a perdu les pédales. Il n'arrivait pas à y croire. Il ne parvenait pas à admettre que son propre frère avait tué une fille. À mon avis, ça l'a foutu en l'air. Il a passé son dernier jour à essayer de trouver une autre explication. Il m'a téléphoné à dix reprises, en espérant que je décrocherais une fois, une seule, et que je le délivrerais de son fardeau.

— C'est ça, ton problème ? Tu culpabilises parce que t'as pas pris les coups de fil de ton petit frangin ? C'est pour ça que tu cherches à tout me mettre sur le dos ?

— J'ai écouté ta version. Laisse-moi terminer la mienne. Dimanche soir, Kevin était totalement chamboulé. Ainsi que tu l'as souligné, il n'avait pas inventé la poudre. La ruse, très peu pour lui. Il a foncé tout droit, tête baissée. Et, le pauvre, comme quelqu'un d'honnête. Il s'est adressé à toi, d'homme à homme, pour que tu t'expliques avec lui. Et quand tu lui as donné rendez-vous au 16, il est tombé dans le panneau. À ton avis, il a été adopté, ou il est né débile ?

— Il a été protégé. Toute sa vie.

— Pas dimanche dernier. Dimanche dernier, il était plus vulnérable que jamais, même s'il s'estimait solide comme un roc. Qu'est-ce que tu lui as servi ? Tes salades sur les responsabilités vis-à-vis de la famille, ton désir d'avoir un logement à toi, cette guimauve que tu as cherché à me faire avaler ? Aux yeux de Kevin, ça ne signifiait rien. Pour lui, seuls comptaient les faits : tu avais tué Rosie Daly. C'était plus qu'il ne pouvait en supporter. Que t'a-t-il balancé pour que ça te rende dingue ? Avait-il l'intention de se confier à moi s'il parvenait à me joindre ? Ou l'as-tu pris de court, le butant avant ?

Shay s'agita sur sa chaise, aussi fébrile qu'un renard pris au piège.

— T'en sais rien, pas vrai ? Personne n'en sait rien.

— Alors, éclaire ma lanterne. Raconte. D'abord, comment l'as-tu poussé à passer sa tête par cette fenêtre ? Ça n'a pas dû être facile. Comment tu t'y es pris ?

— Qui te dit que je l'ai fait ?

— Raconte-moi, Shay. Je meurs de curiosité. Quand tu as entendu son crâne se fracasser, as-tu attendu un peu là-haut ou t'es-tu précipité dans le jardin pour fourrer le billet dans sa poche ? Bougeait-il encore quand tu es arrivé ? Est-ce qu'il gémissait ? Est-ce qu'il t'a reconnu ? T'a-t-il supplié de l'aider ? Es-tu resté dans ce jardin, à le regarder mourir ?

Il se tassa au-dessus de la table, tête basse, comme un homme luttant contre la tempête.

— Après ton départ, énonça-t-il à voix basse, il m'a fallu vingt-deux ans pour retrouver ma chance. Vingt-deux putains d'années ! T'imagines ce qu'elles ont pu être ? Vous quatre vivant votre vie, vous mariant, ayant des gosses, comme des gens normaux, heureux comme des coqs en pâte. Et moi ici, bordel, ici ! Moi aussi, j'aurais pu avoir tout ça. J'aurais pu...

Il se calma, tira une longue bouffée de sa cigarette. Ses mains tremblaient.

— Maintenant, j'ai de nouveau ma chance. C'est pas trop tard. Je suis encore jeune. Je peux faire décoller ce magasin de vélos, acheter un logement, avoir une famille à moi... Je plais encore aux femmes. Cette chance, personne ne la gâchera. Personne. Pas cette fois. Pas une fois de plus.

— Et c'est ce que Kevin s'apprêtait à faire.

De nouveau ce souffle saccadé, ce halètement animal.

— Chaque fois que je suis sur le point de réussir, que j'en suis si près que je sens le goût de cette vie nouvelle, un de mes frangins fout tout en l'air. J'ai essayé de le lui dire. Il a rien compris. Ce petit con, cet enfant gâté à qui tout est toujours tombé tout cuit dans la bouche, il...

— Alors, c'est arrivé. Encore une fois. T'as pas de bol, hein ?

— La merde, ça arrive.

— Peut-être. J'aurais pu gober ça s'il n'y avait pas eu le mot. Tu n'y as pas pensé sur le coup, juste après la chute de Kevin. Pourtant, il t'était sacrément utile ! Tu n'as pas couru jusqu'à la maison, au risque qu'on te voie sortir du 16 ou y retourner. Tu l'avais déjà sur toi. Tu avais tout programmé.

Il planta ses yeux bleus dans les miens, avec une haine qui me plaqua presque contre le dossier de ma chaise.

— T'as un sacré culot, petit fumier, de prendre de grands airs avec moi. Tu crois que j'ai oublié, uniquement pour te faire plaisir ?

— Je ne vois pas de quoi tu parles.

— Oh si, tu vois. Me traiter de meurtrier…

— Un petit conseil. Si tu ne veux pas qu'on te traite d'assassin, ne tue pas les gens.

— … alors que je sais et que tu sais. T'es pas différent. Fier-à-bras, revenant ici avec ta plaque, ton sabir de poulet et tes copains flics… Tu peux tromper n'importe qui, te tromper toi-même, mais moi, tu me tromperas pas. T'es pareil que moi. Exactement pareil.

— Non. La différence, elle est là : je n'ai jamais assassiné personne. C'est trop subtil pour toi ?

— Parce que t'es un saint, pas vrai ? Tu me fais gerber. Ta morale, c'est du bidon. Si t'es pas devenu un assassin, c'est parce que t'avais rien dans le buffet. Si t'avais pas été une poule mouillée, tu serais un tueur, aujourd'hui.

Silence. Shay eut un sourire hideux. Pour la première fois de ma vie, je ne trouvai rien à répondre.

J'avais dix-huit ans, il en avait dix-neuf. On était vendredi soir. Je flambais mon allocation chômage au *Blackbird*. Dieu sait que je n'avais aucune envie de me trouver là. J'aurais voulu être en train de danser avec Rosie. Impossible. Matt Daly avait interdit à sa fille de fréquenter le fils de Jimmy Mackey. J'aimais donc Rosie en secret. Et je devenais fou. Tout était bon pour me changer les idées. Quand je ne pouvais plus supporter cette situation, je me saoulais à mort et je cognais ensuite sur des types dix fois plus baraqués que moi.

J'avais gagné le bar pour commander mon sixième ou septième verre et je m'apprêtais à m'affaler sur un tabouret en attendant le bon vouloir du barman qui, à l'autre extrémité du comptoir, discutait de courses de chevaux, lorsqu'une main s'avança et s'empara du tabouret, m'empêchant de m'y asseoir.

— Allez, me dit Shay. Rentre.

— Des clous. Je suis rentré le premier hier.

— Et alors ? Vas-y quand même. Moi, je suis resté coincé deux fois là-bas cette semaine.

— C'est ton tour.

— Je te suis dans une minute. Vas-y.

— Force-moi.

Ce qui aurait abouti à nous faire jeter dehors tous les deux. Shay m'observa un instant, pour s'assurer que je lui aurais vraiment résisté. Il eut une mimique écœurée et but une autre gorgée de sa pinte. Furieux, il grommela :

— Si on en avait, tous les deux, on mettrait un terme à tout ça.

— On se débarrasserait de lui, répondis-je.

Shay se figea.

— Comment ? En le foutant dehors ?

— Non. Ma le ramènerait. Sanctification du mariage et tout le bazar.

— Alors quoi ?

— Ce que j'ai dit. On se débarrasse de lui.

Silence.

— T'es sérieux ?

S'il avait dû m'en convaincre, son air stupéfait me prouva que je l'étais vraiment.

— Oui.

Soudain, les rires, les voix d'hommes, l'odeur de tabac et de sueur, tout se dissipa. Je me sentais glacé, plus sobre qu'un moine.

— Tu y penses depuis longtemps.

— Toi aussi. Dis pas le contraire.

Sans cesser de me dévisager, il s'installa sur le tabouret.

— Comment ?

Je ne baissai pas les yeux. Un clignement de paupières et j'y aurais renoncé comme à un caprice de môme, j'aurais tourné les talons et je serais sorti.

— Il rentre bourré combien de soirs par semaine ? L'escalier tombe en ruine, le tapis est en loques... Tôt ou tard, il dévalera les marches et se cognera le crâne.

Shay but une autre gorgée, très longue, s'essuya la bouche du revers de la main.

— Ça suffira peut-être pas. Pour finir le boulot.

— Peut-être, peut-être pas. De toute façon, ça suffirait à expliquer qu'il ait le crâne en bouillie.

Il m'étudiait d'un air perplexe et, pour la première fois, avec une sorte de respect.

— Pourquoi tu m'en parles ?

— Faut qu'on soit deux.

— Tu veux dire que tu y arriverais pas tout seul ?

— Il pourrait se défendre, quelqu'un pourrait se réveiller, on pourrait avoir besoin d'un alibi... Avec

514

un seul gars, ça risquerait de foirer à tout moment. À deux...

Il passa une cheville derrière le barreau d'un autre tabouret, le tira vers nous.

— Assieds-toi. La maison peut attendre.

Je pris ma pinte et m'accoudai au bar, à côté de lui. Nous ne nous regardions pas. Au bout d'un moment, il murmura :

— Y a des années que je réfléchis à un moyen.

— Je sais. Moi aussi.

— Parfois, je me dis que si je trouve pas, je vais devenir cinglé.

Jamais nous n'avions eu de conversation plus intime, plus fraternelle. C'était si bon que j'en fus sidéré.

— Moi, je suis déjà dingue.

Cela ne le surprit pas.

— Ouais. Carmel aussi.

— Et, certains jours, Jackie ne semble pas bien non plus. Surtout quand Pa a pris une mauvaise cuite. Elle flippe à mort.

— Kevin, lui, tient le coup.

— Pour l'instant. Mais va savoir ce qu'il ressent.

— Ce serait le meilleur service qu'on pourrait leur rendre à eux aussi. Pas seulement à nous.

— Pas le meilleur. Le seul.

Finalement, nos yeux se rencontrèrent. Autour de nous, les exclamations et les rires s'amplifièrent.

— J'en rêve depuis des années, affirma Shay. De le faire pour de bon...

Il avait des cernes blancs au-dessus des pommettes. Ses narines palpitaient chaque fois qu'il respirait.

— On en serait capables ? demandai-je.

— J'en sais rien. J'en sais rien.

Après un interminable silence, au cours duquel chacun se remémora ses pires moments avec le père, la réponse s'imposa. D'une seule voix :

— Oui. On en serait capables.

Shay me tendit la main. Il était livide, avec des taches rouges sur les joues.

— D'accord. Je marche. Et toi ?

— Je marche, répondis-je, frappant ma paume contre la sienne.

Nous nous sommes étreints avec violence, comme si nous nous lancions un défi. Les dés étaient jetés.

Cet été-là, pour la première et dernière fois de notre vie, Shay et moi fûmes inséparables. Plusieurs soirs par semaine, nous dégotions un coin tranquille au *Blackbird* et nous parlions. Nous peaufinions notre plan, l'examinions sous tous les angles, passions en revue ce qui pourrait ne pas fonctionner, recommencions. Nous nous détestions toujours, mais cela ne comptait plus.

Shay se lança à la conquête de Nuala Mangan, de Copper Lane. Elle était moche et conne, mais sa mère avait le regard le plus vitreux des environs. Au bout de quelques semaines, Nuala invita Shay à dîner chez elle et il barbota un bon paquet de Valium dans le placard de la salle de bains. Moi qui ne fréquentais jamais les bibliothèques, je passai des heures à la Ilac Centre Library à potasser des manuels de médecine, cherchant quelle quantité de Valium devraient absorber une femme de cent kilos et un gamin de sept ans pour ne pas réagir à un vacarme nocturne, tout en étant capables de se réveiller au moment où l'on aurait besoin d'eux. Shay alla à pied jusqu'à Ballyfernot, où personne ne le connaissait et où les flics ne lui poseraient aucune question, pour acheter l'eau de Javel nécessaire au nettoyage des lieux après le meurtre. Pris d'une sollicitude soudaine, j'aidai chaque soir Ma à préparer le dessert. Pa ricanait en me traitant de femmelette, mais nous devenions plus proches chaque jour, elle et moi, et nous supportions mieux ses sarcasmes. Shay barbota une barre de fer à son boulot et la planqua sous le plancher, avec nos sèches. On était des bons, tous les deux. On était doués. On formait une belle équipe.

Traitez-moi de détraqué, mais j'ai adoré ces mois de préparation. Parfois, j'avais du mal à m'endormir. Pourtant, je me sentais revivre. J'avais l'impression d'être un architecte, ou un metteur en scène de cinéma ; quelqu'un qui avait une vision à long terme, des projets. Pour la première fois de ma vie, je concevais quelque chose de grand, de compliqué, et qui en valait vraiment la peine.

Enfin, on proposa à Pa un boulot de deux semaines. Cela signifiait que, le dernier soir, il rentrerait à la maison à 2 heures du matin, avec dans le sang un taux d'alcoolémie qui nous mettrait hors de tout soupçon. Nous n'avions plus d'excuse pour reculer. Le compte à rebours avait commencé : quinze jours.

Nous avions si bien répété notre alibi que nous aurions pu le réciter dans notre sommeil. Dîner en famille avec une petite douceur pour finir. Une salade de fruits au sherry, une coupe par personne que j'aurais préparée moi-même puisque j'étais devenu serviable. Non seulement le sherry dissout le Valium, mais il en annihile le goût ; et une coupe chacun

517

permettrait d'y inclure des doses individuelles. Ensuite, direction le *Grove*, une boîte disco du nord de la ville, à la recherche de jolies minettes à draguer. Se faire virer vers minuit de façon aussi mémorable que possible pour harcèlement inqualifiable et pour avoir introduit dans l'établissement nos propres canettes de bière, ce qui était interdit. Retour à Faithful Place, arrêt en chemin pour terminer nos bières illicites sur les berges du canal. Arrivée vers 3 heures du matin, lorsque l'effet du Valium commencerait à se dissiper, effroyable découverte de notre père bien-aimé baignant dans son sang au pied de l'escalier. Affolement, bouche-à-bouche désespéré, cognements frénétiques à la porte des sœurs Harrison, coup de téléphone paniqué pour appeler une ambulance. Presque tout, sauf l'étape sur les berges du canal, serait vrai.

Nous nous serions certainement fait prendre. Talent inné ou pas, nous étions des amateurs. Nous avions négligé trop de détails, trop d'épisodes auraient pu mal tourner. Même à l'époque, j'en avais conscience. Je m'en foutais. Nous avions une chance.

Nous étions prêts. Dans ma tête, je vivais déjà chaque jour comme un fils qui a tué son père. Et puis, Rosie et moi, nous sommes allés un soir au *Galligan's*, et elle a dit « Angleterre ».

Je n'ai pas avoué à Shay pourquoi je renonçais. D'abord, il a cru que je lui faisais une mauvaise blague. Peu à peu, alors qu'il se rendait compte que je ne plaisantais pas, il est devenu enragé. Il a essayé de me forcer à changer d'avis, m'a menacé. Il m'a même supplié. Voyant que rien ne fonctionnait, il m'a sorti du *Blackbird* par la peau du cou et m'a foutu une telle tannée que je n'ai pas pu marcher droit pendant une semaine. Je n'ai pas résisté, ou si peu. Au fond de moi, j'estimais qu'il avait le droit de me tabasser. Quand, épuisé, il s'effondra enfin à mes côtés dans l'impasse, le sang qui maculait ma figure m'empêchait de le voir. Mais je crois bien qu'il pleurait.

— Nous ne sommes pas là pour reparler de ça, lui dis-je.

Il m'entendit à peine.

— Au début, j'ai cru que t'avais les foies. Que tu n'avais pas le cran d'aller jusqu'au bout alors qu'on approchait du but. J'y ai cru pendant des mois, jusqu'à ce que j'aie cette conversation avec Imelda Tierney. Alors, j'ai compris. Tu t'intéressais qu'à toi, à ton amourette à la con. Depuis que t'avais trouvé un meilleur moyen de te libérer, le reste comptait pour du beurre. Ta famille, moi, tout ce que tu nous devais, tes promesses : rien à battre.

— Dis-moi que le vent ne me joue pas des tours. Tu me reproches de ne pas avoir assassiné un homme ?

Il eut une expression d'incommensurable mépris. Cette grimace, je l'avais vue sur son visage des milliers de fois, lorsque nous étions gosses et que je m'efforçais de tenir le coup.

— Joue pas les rupins. À cause de ça, tu t'estimes au-dessus de moi. Voilà ce qui me débecte. Tes copains flics te prennent peut-être pour un type bien, t'en es peut-être persuadé toi aussi, mais moi, on me la fait pas. Je sais ce que tu es.

— Mec, tu n'en as pas la moindre idée.

— Vraiment ? Je sais autre chose : c'est pour ça

que t'es devenu flic. Le contrecoup de ce que t'as presque fait ce printemps-là. De ce que t'as ressenti.

— J'ai voulu me racheter, c'est ça ? Ton petit couplet de curé m'émeut aux larmes. Mais non. Désolé de te décevoir.

Il éclata d'un rire féroce ; celui de l'ado révolté d'autrefois.

— Te racheter, mon cul ! Pas notre Francis. Jamais. Tu t'es caché derrière ta plaque de flic pour te refaire une virginité, en bon hypocrite que tu es.

— Tu débloques à plein tube. Mets-toi bien ça dans le crâne : je ne suis coupable de rien ! Je pourrais aller dans n'importe quel commissariat, raconter ce que nous avons projeté ce printemps-là. Les flics me flanqueraient une amende pour leur avoir fait perdre leur temps. On n'est pas à confesse. On ne va pas en enfer pour de mauvaises pensées.

— Vraiment ? Dis-moi que le mois qu'on a passé à concevoir un parricide t'a pas changé. Dis-moi qu'après, tu t'es pas senti différent. Allez !

Pa affirmait jadis, avant la première beigne, que Shay ne savait jamais où étaient les limites. Mon ton aurait dû le mettre sur ses gardes lorsque j'assénai :

— J'espère, par tous les saints du paradis, que tu n'essaies pas de me rendre responsable de ce que tu as infligé à Rosie.

De nouveau sa grimace de mépris.

— Je te préviens. Je vais pas te laisser, chez moi, me toiser avec tes grands airs alors que t'es pas différent de moi.

— Si, frangin, je le suis. On peut, toi et moi, disserter à l'infini de sujets passionnants ; les faits sont là. Je n'ai jamais touché à un cheveu de Pa. Toi,

520

tu as massacré deux personnes. Traite-moi d'ergoteur, mais j'y vois une différence.

Il se buta et martela :

— J'ai rien fait à Kevin. Rien.

En d'autres termes, restons-en là.

— Que dois-je comprendre ? rétorquai-je. Tu t'attends à ce que j'acquiesce avec un sourire et que je m'en aille ? Fais-moi une énorme faveur et prouve-moi que je me trompe.

Un autre éclair de haine passa dans ses yeux.

— Regarde autour de toi, inspecteur. T'as rien remarqué ? T'es revenu au point de départ. Ta famille a de nouveau besoin de toi, t'as toujours une dette envers nous et tu vas la payer. T'as de la chance. Cette fois, si t'as pas envie de rester pour partager le fardeau, t'as qu'une chose à faire, foutre le camp.

— Si tu t'imagines un seul instant que je vais te laisser t'en tirer à si bon compte, tu es encore plus à la masse que je ne le pensais.

Les ombres mouvantes transformèrent son visage en un mufle d'animal sauvage.

— Ah ouais ? Où sont tes preuves, connard ? Kevin n'est plus là pour raconter que je suis sorti cette nuit-là. Ta Holly a meilleur fond que toi, elle mouchardera pas un membre de la famille. Et même si tu lui tords le bras, que tu prends ce qu'elle te dira pour parole d'Évangile, d'autres ne seront pas du même avis. Retourne chez tes copains flics et laisse-les t'éventer jusqu'à ce que tu te sentes mieux. T'as rien !

— D'où tiens-tu l'idée que j'ai l'intention de prouver quoi que ce soit ?

Je lui envoyai la table dans le thorax. Il grogna et

bascula en arrière, la table au-dessus de lui. Les verres, le cendrier et la bouteille de whisky volèrent dans tous les sens. Je repoussai ma chaise d'un coup de pied et fondis sur lui. Soudain, je me rendis compte que j'étais venu dans son appartement pour lui faire la peau.

Un instant plus tard, lorsqu'il saisit la bouteille et la brandit vers ma tête, je compris qu'il cherchait à me tuer aussi. D'un mouvement de tête, j'esquivai à moitié la bouteille. Elle m'atteignit tout de même à la tempe. À travers une pluie d'étoiles, j'attrapai Shay par les cheveux et cognai son crâne contre le plancher jusqu'à ce qu'il utilise la table pour me repousser. Je m'affalai lourdement sur le dos. Il bondit sur moi. Nous avons roulé l'un sur l'autre, cherchant à nous frapper avec ce qui nous tombait sous la main. Il était aussi robuste, aussi déchaîné que moi. Et, tous les deux, nous refusions de lâcher prise. Nous étions enlacés comme des amants, joue contre joue. La présence des autres au rez-de-chaussée et une habitude de dix-neuf ans nous réduisaient presque au silence. On n'entendait que des halète-ments, un bruit sourd de chair meurtrie quand un objet atteignait son but. Je respirais une odeur de savon Palmolive, venue tout droit de notre enfance, des relents de sueur et de rage.

Il m'envoya son genou dans les parties et se dégagea, cherchant à se relever. Je fus plus rapide. Je lui fis une clé de bras, le plaquai sur le dos et lui balançai un uppercut dans la mâchoire. Avant qu'il puisse de nouveau voir clair, j'avais posé mon genou sur sa poitrine et sorti mon flingue. J'appuyai le canon contre son front, entre les deux yeux.

Il s'immobilisa. Je récitai :

— Le suspect a été informé que, soupçonné de meurtre, il était en état d'arrestation. Il a reçu lecture de ses droits. Il a répondu par, ouvrez les guillemets, va te faire foutre, fermez les guillemets. Je lui ai expliqué que le processus se déroulerait de façon moins brutale s'il se montrait coopératif et lui ai enjoint de présenter ses poignets afin d'être menotté. Alors, le suspect est devenu enragé et m'a agressé, me frappant sur le nez, voir photo ci-jointe. J'ai tenté de me dégager et de battre en retraite, mais le suspect m'a barré le passage. J'ai sorti mon arme et lui ai ordonné de faire un pas de côté. Le suspect a refusé.

Shay s'était mordu la langue et avait les lèvres en sang. Il éructa :

— Ton propre frère... Petit salopard.

— Écoutez-le !

La fureur me souleva presque du sol. Je pris conscience, à l'effroi que je lus dans ses yeux, que j'avais presque appuyé sur la détente. C'était aussi délectable qu'une gorgée de champagne.

— Le suspect a continué à m'insulter et a répété plusieurs fois que, ouvrez les guillemets, je te tuerai, fermez les guillemets, et que, ouvrez les guillemets, j'irai jamais en tôle, je crèverai avant, fermez les guillemets. J'ai cherché à le calmer en l'assurant que la situation pouvait être réglée de façon pacifique, et lui ai de nouveau demandé de me suivre au commissariat pour que nous puissions discuter en lieu sûr. Il était dans un état d'agitation extrême et semblait ne pas saisir ce que je lui disais. À ce stade, j'ai commencé à subodorer que le suspect était sous l'influence d'une drogue, probablement de la cocaïne, ou d'une maladie mentale, tant sa conduite était irrationnelle, imprévisible...

— En plus, tu vas me faire passer pour un dingue ! C'est comme ça que tu veux qu'on se souvienne de moi ?

— Il fallait que l'arrestation ait lieu. Je me suis évertué plusieurs fois à convaincre le suspect de s'asseoir, afin de reprendre le contrôle de la situation ; sans résultat. Le suspect est devenu incroyablement agité. Il marchait de long en large, se parlant à lui-même, frappant les murs et sa propre tête avec ses poings. Finalement, le suspect a saisi... Trouvons quelque chose de plus digne de toi qu'une bouteille. Qu'est-ce qu'on a ?

J'examinai la pièce. Une trousse à outils, bien sûr, rangée derrière la commode.

— Je parie qu'il y a une clé anglaise, là-dedans... Le suspect a saisi une grosse clé anglaise, voir photos ci-jointes, et a réitéré sa menace de me tuer. Je lui ai ordonné de lâcher son arme et cherché à me mettre hors d'atteinte. Il a continué à avancer vers moi et essayé de me frapper à la tête. J'ai évité le coup, tiré un coup de semonce au-dessus de son épaule... T'inquiète pas, je ne vais pas bousiller tes meubles... et l'ai averti que s'il m'agressait une nouvelle fois, je n'aurais pas d'autre choix que de l'abattre...

— Tu le feras pas ! Tu vas dire à ta Holly que t'as flingué son oncle Shay ?

— Je lui raconterai un joli bobard. Tout ce qu'elle devra savoir, c'est qu'elle n'approchera plus jamais sa famille de demeurés. Quand elle aura grandi et se souviendra à peine de toi, je lui expliquerai que tu étais un fumier d'assassin et que tu as eu exactement ce que tu méritais.

Le sang s'écoulant de ma tempe se déversait sur lui, maculait sa figure et son pull. Lui et moi, on s'en foutait.

— Le suspect m'a de nouveau attaqué avec la clé anglaise, cette fois avec succès, voir le certificat médical et les photos de la blessure à la tempe... Parce que crois-moi, mon mignon, il y aura une plaie superbe... L'impact m'a poussé, par réflexe, à presser la détente. Si je n'avais pas été partiellement étourdi par le coup, j'aurais pu procéder à un tir de neutralisation non mortel. Quoi qu'il en soit, dans ces circonstances, recourir à mon arme était la seule solution. Si j'avais hésité, même quelques secondes, ma vie se serait trouvée sérieusement en danger... Signé, sergent inspecteur Francis Mackey... Avec personne pour contredire ma version officielle si vraisemblable et si bien tournée, que vont-ils croire, à ton avis ?

Il me cracha au visage.

— T'es à gerber ! Ordure !

Un éclair explosa devant mes yeux, tel du verre brisé. J'avais appuyé sur la détente. Oui, je l'avais fait ! J'en étais persuadé. Suivit un silence énorme, irréel. Pas un son, hormis le rythme saccadé de ma respiration. Je me sentis tout à coup délivré, léger, comme si je flottais en apesanteur au-dessus de l'Himalaya. Jamais je n'avais savouré un tel moment.

Enfin, la lumière s'estompa ; le silence se dissipa, les bruits de fond reprirent. Le visage de Shay se matérialisa comme un Polaroid sur une surface blanche, hagard, couvert de sang, mais toujours là.

Il poussa un rugissement qu'on aurait pu prendre pour un rire.

— Je te l'avais dit ! Je te l'avais dit !

Sa main saisit de nouveau la bouteille. Je retournai mon flingue et, de toutes mes forces, abattis la crosse sur son crâne.

Il eut comme un hoquet et s'effondra. J'arrachai mes menottes de la poche de ma veste de cuir, les enroulai, bien serrées, autour de ses poignets croisés sur sa poitrine, vérifiai qu'il respirait toujours et le calai contre l'extrémité du canapé pour qu'il ne s'étouffe pas avec son propre sang. Ensuite, je lâchai mon arme et extirpai mon mobile. Composer le numéro fut un supplice. Mes doigts, ma tempe ensanglantaient le clavier et l'écran. Je dus essuyer l'appareil sur ma chemise. Je dressai l'oreille, guettant des pas précipités dans l'escalier. Je ne perçus que le jacassement lointain de la télé, qui avait étouffé les grognements et les coups ayant pu filtrer à travers la porte. Après deux tentatives, je réussis à joindre Stephen.

— Inspecteur Mackey, dit-il avec une inquiétude compréhensible.

— Surprise, Stephen. J'ai notre homme. Neutralisé, menotté et pas content.

J'arpentais fébrilement la pièce, incapable de rester immobile.

— Vu les circonstances, il vaudrait mieux pour tout le monde que je ne procède pas à l'interpellation. À mon avis, vous avez mérité ce privilège. Si vous le souhaitez.

Il retrouva aussitôt ses esprits.

— Je le souhaite.

— Autant que vous le sachiez, mon petit, il ne s'agit pas d'un cadeau de Noël. Scorcher Kennedy va être fou de rage, à un point que vous n'imaginez pas. Vos principaux témoins sont moi, une gamine de neuf ans et le suspect lui-même, qui niera tout en bloc, pour le principe. Vos chances d'obtenir des aveux sont proches de zéro. Pour vous, le bon sens consisterait à me remercier poliment, à me conseiller d'appeler la brigade criminelle et à retourner à vos occupations du dimanche soir. Mais si vous n'êtes pas du genre pétochard, vous pouvez venir jusqu'ici, procéder à votre première arrestation pour meurtre et boucler votre première affaire importante. Parce que c'est notre homme.

Il ne tergiversa pas une seconde.

— Où êtes-vous ?

— Au 8, Faithful Place. Sonnez à l'Interphone. Je vous ouvrirai. Agissez très discrètement. Pas de renforts, pas de sirènes. Si vous venez en voiture, garez votre véhicule assez loin pour que personne ne le remarque. Magnez-vous.

— Je serai là d'ici un quart d'heure. Merci, inspecteur. Merci.

Il était dans les parages. Il fouinait. Scorch n'aurait jamais autorisé des heures supplémentaires sur cette affaire. Stephen avait décidé, seul, d'effectuer un dernier tour de piste.

— Nous vous attendons. Et... Félicitations, inspecteur Morgan.

Je raccrochai avant de lui laisser le temps de trouver quoi répondre.

Shay avait ouvert les yeux. Il gémit :

— Ta nouvelle pute, hein ?

— La crème de la police. Le meilleur pour toi.

Il essaya de se redresser, geignit et se laissa retomber contre le canapé.

— J'aurais dû deviner que t'avais trouvé un autre caniche, maintenant que Kevin est plus là.

Il s'essuya la bouche au dos de ses mains menottées et striées de sang, les contempla avec un détachement étrange, comme si elles ne lui appartenaient pas. En bas, une porte s'ouvrit, laissant s'échapper un flot de voix criardes. Ma aboya :

— Seamus ! Francis ! Le dîner est presque prêt ! Venez vous laver les mains !

Je me penchai sur le palier, me tenant assez loin de la rampe et de son champ de vision, tout en gardant un œil sur Shay.

— On descend dans une minute, maman. On bavarde.

— Vous pouvez jacter ici ! Tu veux qu'on vous attende jusqu'au retour du Christ ?

Je baissai le ton et répondis, d'un ton presque soumis :

— On doit vraiment parler, tous les deux. De choses et d'autres. Tu nous accordes quelques instants ?

— Entendu. Ça prendra encore une dizaine de minutes. Si vous êtes pas descendus à ce moment-là...

— Merci, maman. De tout cœur. T'es la meilleure.

— Sûr. Quand il veut quelque chose, je suis la meilleure. Le reste du temps...

Sa voix se perdit dans l'appartement, bougonnant toujours.

Je fermai la porte, tirai le verrou par précaution et

pris avec mon téléphone, sous des angles très esthétiques, des portraits de Shay et de moi.

— Fier de ton œuvre ? railla-t-il.

— Les photos sont sublimes. Je ne les mettrai quand même pas dans mon album. Je les garde au cas où tu déciderais de te plaindre des brutalités policières et de créer des ennuis à l'auteur de ton arrestation. Encore une. *Cheese !*

Il me lança un regard à terroriser un rhinocéros.

Après avoir enregistré les clichés, je me dirigeai vers la cuisine, petite, nue, immaculée et déprimante, en revins avec un torchon. Shay rejeta violemment la tête en arrière.

— Ôte tes sales pattes de là ! Laisse tes collègues voir ce que t'as fait, si t'en es si fier !

— Franchement, mon beau, je me fous éperdument de mes collègues. Ils ont vu bien pire de ma part. Mais, dans quelques minutes, ils te traîneront dans l'escalier et te feront descendre la rue. À mon avis, les voisins n'ont pas à savoir ce qui se passe ici. J'essaie simplement d'atténuer le scandale. Néanmoins, si tu tiens à une sortie théâtrale, je serais ravi de t'en coller une ou deux de plus.

Il consentit à se taire et à rester tranquille pendant que je nettoyais sa figure. Ses traits se détendirent. Je ne me souvenais pas de les avoir vus d'aussi près, au point de remarquer des détails qui ne fascinent que des amoureuses, ou des parents béats : les courbes puissantes de ses os sous la peau, sa barbe déjà naissante, le fouillis de ses pattes-d'oie, l'épaisseur de ses cils. Le sang avait commencé à sécher sur son menton et autour de sa bouche. Un instant, je me surpris à agir avec sollicitude.

Je ne pouvais pas grand-chose pour ses yeux au beurre noir ni pour l'hématome sur sa mâchoire. Mais, lorsque j'eus fini, il était presque présentable. Je pliai le torchon et m'attaquai à ma propre figure.

— Qu'est-ce que ça donne ?

Coup d'œil excédé.

— T'es superbe.

— Si tu le dis...

Il se ravisa, pointa un doigt, à contrecœur, sur le coin de ma bouche.

— Là.

Je frottai de nouveau ma joue, levai un sourcil vers lui. Il hocha la tête.

— Bien, dis-je.

Ravivé par l'eau imprégnant le tissu, le sang qui imbibait le torchon commençait à couler sur mes mains.

— Attends une seconde.

— Comme si j'avais le choix.

Je rinçai plusieurs fois le torchon dans l'évier de la cuisine, le fourrai dans la poubelle pour que les enquêteurs le découvrent plus tard, me frottai vigoureusement les mains. Ensuite, je retournai dans la pièce. Le cendrier gisait sous une chaise au milieu des cendres grises, mes cigarettes étaient dans un coin et Shay n'avait pas bougé. Je m'assis par terre en face de lui, comme si nous étions deux adolescents dans une surboum, plaçai le cendrier entre nous. J'allumai deux sèches, lui en coinçai une entre les lèvres.

Il inhala profondément, les yeux clos, laissa sa

tête retomber contre le canapé. Je m'appuyai contre le mur. Au bout d'un moment, il demanda :

— Pourquoi tu m'as pas buté ?

— Tu t'en plains ?

— Arrête ton char. Je te pose simplement la question.

Je m'écartai du mur en grimaçant, tendis le bras vers le cendrier. J'avais mal partout.

— Je crois que tu avais raison depuis le début, dis-je. En y réfléchissant bien, je suis flic, maintenant.

Il opina sans ouvrir les yeux. Nous sommes restés là, dans un silence uniquement troublé par notre respiration et les faibles accords d'une musique venue de nulle part. Ce fut le moment le plus paisible que nous ayons jamais passé ensemble. Lorsque l'Interphone retentit, j'eus presque l'impression d'une intrusion.

Je répondis tout de suite, avant que quelqu'un puisse voir Stephen attendant dehors. Il monta l'escalier en courant, aussi légèrement que Holly l'avait descendu. Ma braillait toujours.

— Shay, permets-moi de te présenter l'inspecteur Stephen Morgan. Inspecteur, voici mon frère, Seamus Mackey.

À en juger par son expression, le gamin avait déjà compris. Shay le considéra d'un air indifférent et las.

— Ainsi que vous pouvez le constater, poursuivis-je, nous avons eu un léger différend. Vous souhaiterez peut-être le faire examiner, pour déceler une éventuelle commotion cérébrale. S'il vous faut des photos pour étayer le dossier, elles sont à votre disposition.

Il examinait Shay avec attention, des pieds à la racine des cheveux, sans négliger un centimètre.

— J'en aurai peut-être besoin, oui. Merci. Vous voulez que je lui enlève ça ? Je peux lui mettre les miennes.

Il désignait mes menottes. Je répondis :

— Je n'ai personne d'autre à arrêter ce soir. Vous me les restituerez plus tard. Il est à vous, inspecteur. Je ne lui ai pas encore lu ses droits. À vous l'honneur. Ne vous laissez pas embobiner. Il est plus futé qu'il en a l'air.

Shay rebondit aussitôt.

— Vous avez un motif pour me coffrer sans mandat d'amener ?

— Qu'est-ce que je vous disais ? De toute façon, cette affaire se dénouera plus facilement si je ne vous expose pas mes preuves en présence du suspect. Croyez-moi, inspecteur, cela va beaucoup plus loin qu'une rivalité exacerbée entre frères. Je vous passerai un coup de fil dans une heure pour un briefing complet. D'ici là, ce qui suit devrait vous suffire. Il y a une demi-heure, il m'a fait des aveux complets à propos des deux meurtres, agrémentés de détails sur le mobile et les causes des deux décès que seul l'assassin pouvait connaître. Il niera jusqu'à ce que les poules aient des dents. Heureusement, j'ai du biscuit en réserve pour vous. En attendant, ça vous convient ?

Sa mine dubitative prouvait qu'il avait des doutes sur ces aveux. Il eut la sagesse de ne pas s'engager sur ce terrain.

— À merveille. Merci, inspecteur.

En bas, Ma beugla :

— Seamus ! Francis ! Si mon dîner crame, je jure que vous allez prendre une branlée dont vous vous souviendrez !

— Il faut que je file, ajoutai-je. Rendez-moi un service et patientez ici un instant. Ma fille est en bas et je préférerais qu'elle n'assiste pas à ça. Laissez-moi le temps de l'emmener. D'accord ?

Je m'étais adressé à eux deux. Shay acquiesça, sans un regard pour nous.

— Aucun problème, approuva Stephen. On sera peinards, ici, hein ?

Il avança la main pour l'aider à se mettre debout. Après un instant d'hésitation, Shay la prit.

— Bonne chance, conclus-je.

Je remontai la fermeture Éclair de ma veste sur ma chemise ensanglantée, piquai sur un portemanteau une casquette de base-ball ornée de l'inscription « Cycles Conaghy » pour masquer ma blessure à la tempe. Et je les laissai là.

En sortant, je croisai une dernière fois, derrière les épaules de Stephen, les yeux de Shay. Personne ne m'avait jamais fixé ainsi : ni Liv ni Rosie ; comme s'il lisait au fond de moi, sans effort, voyant et devinant tout, les secrets enfouis, les énigmes non résolues, les questions à jamais sans réponse. Il ne prononça pas une parole.

533

22

Ma avait interrompu la séance de télé et mis tout le monde à contribution. La cuisine était pleine de vapeur et de voix féminines, les hommes allaient et venaient, les bras chargés de casseroles et de plats, l'air sentait le rôti et les pommes de terre au four. Cette fébrilité me donna le tournis. J'eus l'impression d'être parti depuis des années.

Holly mettait la table avec Donna et Ashley. Elles disposaient autour des assiettes des serviettes en papier ornées d'anges joyeux et chantaient : « *Jingle Bells, Batman smells* ». Je les contemplai un instant, pour m'imprégner de cette image. Ensuite, une main sur l'épaule de Holly, je chuchotai à son oreille :

— Chérie, il faut qu'on s'en aille.

— S'en aller ? Mais...

Bouche bée, elle me fixa d'un air outragé, sidéré. Je ne lui laissai pas le temps d'argumenter.

— Prends tes affaires. Dépêche-toi.

Elle jeta brutalement ses serviettes sur la table, puis traîna les pieds vers le vestibule, aussi lentement que possible. Donna et Ashley me regardaient comme si j'avais décapité un doudou d'un coup de dents. Ashley recula.

Ma passa la tête hors de la cuisine, brandissant

une énorme fourchette à viande, comme s'il s'agissait d'un aiguillon.

— Francis ! Enfin ! Seamus est avec toi ?

— Non. Ma…

— Maman, pas Ma. Va chercher ton frère et allez tous les deux aider votre père à sortir de sa chambre pour le dîner ! Vite !

— Ma. Holly et moi, on doit partir.

Sa mâchoire retomba. Elle resta sans voix une seconde. Puis elle hurla, plus fort qu'une sirène de bombardement :

— Francis Joseph Mackey ! Tu te payes ma tête ! Dis-moi tout de suite que tu te payes ma tête !

— Désolé. Ma conversation avec Shay s'est prolongée, tu sais comment ça se passe. À présent, nous sommes en retard. Il faut qu'on y aille.

Le menton, les seins et le ventre en avant, elle gronda :

— Je me fous de l'heure qu'il est, ton dîner est prêt et tu quitteras pas cette pièce avant de l'avoir mangé ! Assieds-toi à cette table ! C'est un ordre !

— Impossible. Encore pardon de te faire faux bond. Holly…

Holly était dans l'encadrement de la porte, un seul bras dans son manteau qui pendait le long de son flanc, les yeux écarquillés.

— Sac à dos. Tout de suite.

Ma me frappa violemment le bras avec la fourchette à viande.

— T'oseras pas ! Tu veux que j'aie une crise cardiaque ? C'est pour ça que t'es venu, pour voir ta mère tomber raide morte à tes pieds ?

Prudemment, un par un, les autres se groupèrent

derrière elle pour savoir ce qui se passait. Ashley contourna Ma et se réfugia dans les jupes de Carmel. Je répondis :

— Ce n'était pas dans mon programme, mais, ma foi, si c'est ainsi que tu comptes terminer la soirée, libre à toi. Holly, j'ai dit « tout de suite » !

— Parce que si y a que ça pour te faire plaisir, tire-toi ! Et j'espère que tu seras content quand je serai morte. Vas-y, dégage. Ton pauvre frère m'a déjà brisé le cœur, de toute façon, j'ai plus envie de vivre.

Un rugissement furieux retentit dans la chambre.

— Josie ! C'est quoi, ce bordel ?

Suivit l'inévitable quinte de toux. Nous étions proches d'une des scènes que j'avais toujours voulu éviter à Holly.

— ...et moi je me tue à la tâche pour essayer de vous préparer à tous un beau Noël, toute la journée et toute la nuit devant ce four...

— Josie, ferme ta grande gueule, putain !

— Pa ! Il y a des enfants, ici ! protesta Carmel au bord des larmes, les paumes sur les oreilles d'Ashley.

La voix de Ma devenait de plus en plus aiguë. Toute sa rancœur éclatait d'un coup.

— ...et toi, petit fumier ingrat, même pas foutu de dîner avec nous, trop snob, hein, trop péteux !

Holly était pétrifiée, abasourdie. Même dans nos pires moments, nous nous étions toujours arrangés, Olivia et moi, pour ne pas nous déchirer devant elle.

— Dieu me pardonne, écoutez ce que ce salaud me force à crier devant les gosses alors que je dis jamais un gros mot ! Tu vois ce que tu m'obliges à faire ?

Un autre coup de fourchette. Je jetai un coup d'œil à Carmel par-dessus la tête de Ma, tapotai ma montre et lançai d'un ton pressé :

— Accord de garde alternée.

J'étais certain qu'elle avait vu une flopée de films où de méchants ex-maris torturaient de pauvres divorcées en violant ces fameux accords. Ses yeux s'agrandirent. Je la laissai expliquer le concept à Ma, saisis le bras et le sac de Holly et l'entraînai dehors, très vite. Alors que nous dévalions l'escalier, poursuivis par les imprécations de Ma (« Fous le camp, si t'étais pas revenu ici perturber tout le monde, ton frère serait encore vivant... »), je perçus la voix égale de Stephen. Calme, placide, il avait une conversation courtoise avec Shay.

Enfin, nous sortîmes du 8, retrouvant le silence, la nuit trouée par les réverbères. Je respirai longuement l'air froid et soupirai :

— Nom de Dieu...

J'aurais tué n'importe qui pour une cigarette. Holly s'écarta de moi et m'arracha son sac à dos.

— Je suis désolé de ce qui s'est passé là-haut. Vraiment. Tu n'aurais pas dû assister à ça.

Elle ne daigna pas répondre. Elle descendit la rue, les lèvres serrées, le menton rentré. Mauvais signe. J'allais passer un sale quart d'heure une fois que nous serions dans la voiture. Sur Smith's Road, à trois véhicules du mien, je repérai celui de Stephen, une vieille Toyota qu'il avait visiblement piquée au parc de la brigade pour se fondre dans le décor. Il ne négligeait rien. Je la remarquai uniquement à cause du flic en civil reconnaissable entre mille qui, avachi sur le siège du mort, se détourna quand je passai à sa hauteur. Stephen, en bon petit boy-scout, avait prévu le pire.

Holly se précipita dans son rehausseur et claqua la portière avec une violence à faire sauter les charnières.

— Pourquoi on doit partir ? Pourquoi ?

Elle ne comprenait pas. Elle avait laissé Shay entre les mains expertes de papa. Pour elle, l'affaire était réglée. La vie n'était pas aussi simple et, en dépit de tous mes efforts, elle allait bientôt l'apprendre.

Je ne démarrai pas. Je n'étais pas sûr de pouvoir conduire.

— Chérie, écoute-moi.

— Le dîner est prêt ! On a mis des couverts pour toi et moi !

— Je sais. Moi aussi, j'aurais aimé rester.

— Alors pourquoi...

— Tu sais, cette conversation que tu as eue avec ton oncle Shay ? Juste avant que je rentre dans son appartement ?

Elle cessa de gigoter, croisa les bras sur sa poitrine. Elle réfléchissait, se demandant où je voulais en venir. Enfin, elle laissa tomber :

— Oui.

— Tu crois que tu pourrais la raconter à quelqu'un d'autre ?

— À toi ?

— Non, pas à moi. À l'un de mes collègues de travail. Il s'appelle Stephen. Il n'a que deux ans de plus que Darren, et il est très gentil.

Stephen avait mentionné ses sœurs. Il me restait à espérer qu'il les avait bien traitées.

— Il a vraiment besoin d'apprendre ce dont vous avez parlé, ton oncle et toi.

Elle battit des cils.

— Je me rappelle pas.

— Mon ange, je sais que tu as promis de ne rien dire à personne. Je t'ai entendue.

— T'as entendu quoi ?

— Tout, il me semble.

— Alors, t'as qu'à le répéter à ton Stephen.

— Ça ne marchera pas, mon cœur. Il faut qu'il l'entende de ta bouche.

Ses poings serrèrent le bas de son pull.

— Il aura du mal. Je peux rien lui dire.

— Holly, regarde-moi.

Au bout d'un moment, de mauvaise grâce, elle tourna légèrement la tête.

— Tu te souviens de ce dont nous avons parlé un jour ? Qu'on doit révéler un secret à quelqu'un qui a le droit de le connaître ?

Haussement d'épaules.

— Et alors ?

— Eh bien, il s'agit d'un de ces secrets. Stephen essaie de découvrir ce qui est arrivé à Rosie.

Je laissai Kevin en dehors du coup. Nous étions déjà bien au-delà de ce qu'elle pouvait concevoir.

— C'est son travail. Et, pour le faire, il a besoin d'entendre ton histoire.

Haussement d'épaules plus appuyé.

— Je m'en fiche.

Son mouvement agressif du menton me rappela Ma. Elle était la chair de ma chair. Je luttais contre

540

son instinct, contre le caractère de cochon des Mackey que je lui avais transmis.

— Il ne faut pas, chérie. Il est important de garder un secret. Toutefois, dans certains cas, la vérité compte encore plus. Comme lorsqu'une personne a été tuée.

— Très bien. Alors, Stephen Machin peut aller embêter quelqu'un d'autre et me laisser tranquille, parce que je crois qu'oncle Shay a rien fait de mal !

Ses yeux lançaient des éclairs, comme ceux d'un animal pris au piège. Quelques mois plus tôt, elle aurait fait ce que je lui demandais, sans se poser de questions, et conservé intact son amour pour oncle Shay. Mais elle avait grandi, sans que je m'en aperçoive. Elle savait. Bien avant ce jour-là, elle avait deviné. Son cri du cœur n'en était que plus doulou-reux, plus pathétique.

— D'accord, ma belle. Laisse-moi quand même te poser une question. Aujourd'hui, tu as tout programmé avec soin. J'ai raison ?

De nouveau cet éclat dans ses prunelles.

— Non !

— Allons, mon lapin. On ne me la fait pas. Concocter ce genre de plans, c'est mon travail. Quand quelqu'un d'autre fait la même chose, je le devine tout de suite. La première fois qu'on a parlé de Rosie, toi et moi, tu as commencé à penser à la lettre que tu avais vue. Ensuite, tu m'as posé des questions innocentes à propos de Rosie ; et lorsque tu as découvert qu'elle avait été ma fiancée, tu as compris que c'était elle qui avait écrit ce billet. À ce moment-là, tu t'es demandé pourquoi ton oncle Shay cachait dans un tiroir un message écrit par une morte. Là, dis-moi que je me trompe.

Pas de réaction. La harceler comme je l'aurais fait d'un témoin m'épuisait au point que j'avais envie de m'allonger et de m'endormir sur le plancher de la voiture.

— Ensuite, tu m'as convaincu de t'emmener aujourd'hui chez ta mamie. Ce week-end, tu as pris exprès du retard dans tes devoirs de maths, pour pouvoir les apporter et t'en servir comme prétexte afin de te retrouver seule avec oncle Shay. Et tu l'as interrogé jusqu'à ce qu'il te parle de cette lettre.

Elle se mordait l'intérieur de la lèvre.

— Je ne te reproche rien. Au contraire. Tu as accompli un travail remarquable. Je rétablis simplement les faits.

— Et alors ?

— Alors, voilà ma question. Si tu crois que ton oncle Shay n'a rien fait de mal, pourquoi t'es-tu donné toute cette peine ? Pourquoi ne m'as-tu pas simplement dit ce que tu avais découvert ? Pourquoi ne pas m'avoir laissé lui en parler moi-même ?

Elle murmura, presque trop bas pour être intelligible :

— C'était pas tes affaires.

— Si, mon cœur. Et tu le savais. Tu savais que j'aimais énormément Rosie, tu sais que je suis policier, et tu savais que je tentais de découvrir ce qui lui était arrivé. C'était réellement mon affaire. Et ce n'est pas comme si quelqu'un t'avait demandé, dès le début, de garder le secret. Donc, pourquoi ne m'as-tu rien dit, si tu estimais qu'il n'y avait rien de bizarre là-dedans ?

Elle tira avec soin un fil de laine rouge de la manche de son cardigan, l'examina avec soin. Une seconde, je crus qu'elle allait répondre. Mais elle susurra :

— Elle était comment, Rosie ?

— Elle était courageuse. Elle était têtue. Et drôle.

J'ignorais où cela nous mènerait. Holly me fixait avec intensité, comme si c'était important. La morne lueur du réverbère assombrissait ses yeux, les rendait difficiles à déchiffrer.

— Elle aimait la musique, l'aventure, les bijoux, et ses amis. Elle avait de grands projets. Quand elle avait fait son choix, elle ne renonçait jamais. Tu l'aurais aimée.

— Non.

— Si, mon ange. Elle t'aurait aimée aussi.

— Tu l'aimais plus que maman ?

Ah...

Ma réponse me vint si naturellement, de façon si évidente, que je n'étais plus certain de mentir.

— Non. Je l'aimais d'une façon différente. Pas plus. Juste différemment.

Holly regarda par la portière, enroulant le fil de laine autour de ses doigts. Je n'interrompis pas le cours de ses pensées. Au coin de la rue, des gamins à peine plus âgés qu'elle se poussaient les uns les autres contre le mur, ricanant et jactant comme des macaques. Je discernai le bout rougeoyant d'une cigarette et le scintillement de canettes. Enfin, Holly demanda d'une toute petite voix :

— Est-ce qu'oncle Shay a tué Rosie ?

— Je ne sais pas. Ce n'est pas à moi de le décider,

ni à toi. Cette décision appartient à un juge et à un jury.

J'essayais de la mettre un peu moins mal à l'aise. Peine perdue. Elle serra les poings et se frappa les genoux.

— Papa, c'est pas ce que je veux dire, je m'en fiche, que quelqu'un décide ! Je veux dire « vraiment ». Il l'a fait ?

— Oui. J'en suis persuadé.

Nouveau silence, interminable. Les macaques s'écrasaient mutuellement des chips sur la figure, s'encourageaient à grands cris. Enfin, Holly reprit, toujours d'une toute petite voix :

— Si je raconte à Stephen ce dont on a parlé, oncle Shay et moi...

— Oui ?

— Il se passera quoi ?

— Je l'ignore. On devra attendre d'être mis au courant.

— Il ira en prison ?

— Peut-être. Ça dépend.

— De moi ?

— En partie. Et en partie, aussi, d'un grand nombre de gens.

Elle haussa légèrement le ton.

— Mais il m'a jamais fait de mal ! Il m'aide à faire mes devoirs et il nous a montré, à Donna et à moi, comment faire des ombres avec nos mains. Il me laisse boire du café dans sa tasse.

— Je sais, chérie. Il a été un bon oncle pour toi, et ça compte. Mais il a également fait d'autres choses.

— Je veux pas qu'il aille en prison à cause de moi !

— Mon cœur, écoute. Quoi qu'il arrive, ce ne sera pas ta faute. Quoi qu'il ait fait, Shay l'a fait tout seul. Tu n'y es pour rien.

— Il sera quand même en colère. Et mamie, et Donna, et tata Jackie. Elles vont me détester si je raconte tout !

— Elles seront bouleversées, c'est vrai. Et peut-être te le reprocheront-elles au début. Mais cela ne durera pas. Elles comprendront que tu n'es responsable de rien, tout comme moi.

— Qu'est-ce que t'en sais ? Elles pourraient me détester pour toujours. Tu peux pas me promettre le contraire.

Ses prunelles étaient remplies d'effroi et de chagrin. Je regrettai de ne pas avoir frappé Shay plus fort, quand j'en avais eu l'occasion.

— Non, dis-je. Je ne peux pas.

Elle donna de grands coups de pied dans le dos du siège du passager.

— Je veux pas de ça ! Je veux que tout le monde s'en aille et me laisse tranquille ! Jamais j'aurais dû voir cette lettre ! Je regrette, je regrette tant !

Un autre coup de pied envoya le siège vers l'avant. Elle aurait pu mettre ma voiture en pièces, si cela avait pu la soulager. Cela m'était égal. Mais elle risquait de se blesser. Je pivotai très vite, plaçai un bras entre ses pieds et le dossier. Elle cria, se contorsionna avec fureur, chercha à donner un autre coup sans m'atteindre. J'attrapai ses chevilles, les immobilisai.

— Je sais, mon lapin, je sais. Moi non plus, je ne

le souhaite pas, mais c'est là. J'aimerais te jurer devant Dieu que tout ira bien une fois que tu auras dit la vérité, mais c'est impossible. Je ne peux même pas te promettre que tu te sentiras mieux. Tu pourrais même aller plus mal. Pourtant, il faut que tu le fasses. Parfois, dans la vie, on n'a pas le choix.

Elle s'était renversée dans son rehausseur. Elle prit une profonde inspiration, essaya de dire quelque chose. Elle n'y parvint pas. Une main devant la bouche, elle se mit à pleurer.

Je faillis bondir hors de la voiture, me précipiter à l'arrière et la prendre dans mes bras. Je me ravisai à temps. Je n'avais plus affaire à une petite fille attendant que son papa la console d'un gros chagrin. Nous avions laissé cela derrière nous, à Faithful Place.

Je me penchai, serrai sa main libre. Elle s'y accrocha comme si elle allait tomber. Nous sommes restés ainsi très longtemps. Le front contre la vitre, elle sanglotait et tremblait de tous ses membres. Derrière nous, des voix d'hommes clamèrent des ordres brusques. Des portières claquèrent. Stephen s'en allait.

Nous n'avions faim ni l'un ni l'autre. Je forçai quand même Holly à manger un répugnant croissant au fromage acheté en route. Ensuite, je la ramenai chez Olivia.

Je me garai devant la maison, puis me tournai vers Holly. Suçotant une de ses mèches, elle contemplait la maison avec des yeux écarquillés, songeurs, comme accablée par trop de fatigue et d'émotions. Sur le chemin du retour, elle avait sorti Clara de son sac.

— Tu n'as pas fini tes maths, lui dis-je. Est-ce que Mme O'Donnel va pousser des hauts cris ?

Elle me fixa un instant, comme si elle avait oublié qui était Mme O'Donnel.

— Oh... Je m'en fiche. Elle est idiote.

— Je n'en doute pas. Il n'y a aucune raison pour qu'en plus, tu supportes sa bêtise. Tu as ton cahier de brouillon ?

Elle l'extirpa lentement de son sac, me le tendis. Je le feuilletai jusqu'à la première page vierge et écrivis : *Chère Mme O'Donnel, je vous prie d'excuser Holly de ne pas avoir terminé ses devoirs de maths. Elle n'a pas été bien ce week-end. Si cela pose un problème, n'hésitez pas à me téléphoner. Avec tous mes remerciements. Francis Mackey.* Sur la page opposée, j'aperçus son écriture appliquée : *Si Desmond a 342 fruits...*

— Voilà, conclus-je lui rendant son cahier. Si elle te gronde, donne-lui mon numéro et demande-lui de m'appeler. D'accord ?

— Oui. Merci, papa.

— Il faut mettre ta mère au courant. Laisse-moi le faire.

Elle acquiesça. Elle posa son carnet mais resta à sa place, débouclant et rebouclant sa ceinture de sécurité.

— Qu'est-ce qui te tracasse, ma belle ?

— Mamie et toi, vous avez été méchants l'un envers l'autre.

— C'est vrai.

— Pourquoi ?

— Nous n'aurions pas dû. Pourtant, de temps en

temps, nous nous tapons mutuellement sur les nerfs. C'est le lot de toutes les familles.

Elle fourra Clara dans son sac, tapota ses naseaux élimés.

— Si je faisais quelque chose de mal, est-ce que tu mentirais à la police pour m'empêcher d'avoir des ennuis ?

— Bien sûr. Je mentirais à la police, au pape et au président des États-Unis jusqu'à en perdre le souffle. J'aurais tort, mais je le ferais quand même.

Elle se pencha entre les sièges, passa ses bras autour de mon cou et pressa sa joue contre la mienne. Je la serrai si fort que je sentis son cœur battre contre ma poitrine, rapide et léger comme celui d'un oiseau. J'avais des millions de choses à lui dire, toutes plus essentielles les unes que les autres. J'en fus incapable.

Enfin, elle poussa un gros soupir et défit sa ceinture. Elle descendit de voiture, cala son sac sur ses épaules.

— Si je dois parler à ce Stephen, dit-elle, est-ce que ça pourrait être un autre jour que mercredi ? Parce que je voudrais aller jouer chez Emily.

— Aucun problème, chérie. Le jour qui te conviendra sera le bon. Vas-y, maintenant. Je te rejoins tout de suite. Je dois passer un coup de fil.

Elle opina. Elle paraissait exténuée. Mais elle eut un petit geste du menton et se ressaisit en remontant l'allée. Au moment où Olivia tira la porte et lui ouvrit les bras, son dos étroit était droit, solide comme l'acier.

Toujours au volant, j'allumai une cigarette, en fumai la moitié en une seule bouffée. Après avoir retrouvé mon calme, j'appelai Stephen.

La réception était mauvaise. Sans doute se trouvait-il au fin fond des locaux de la Criminelle, à Dublin Castle.

— C'est moi, annonçai-je. Comment ça se passe ?

— Pas trop mal. Ainsi que vous l'aviez prévu, il nie tout, lorsqu'il consent à me répondre. La plupart du temps, il se tait. Il ne rompt le silence que pour me demander si votre cul a bon goût.

— C'est un charmeur, comme toute ma famille. Ne le laissez pas vous faire tourner en bourrique.

Il éclata de rire.

— Aucun risque. Il peut dire tout ce qu'il voudra. À la fin de la journée, quand nous aurons fini, c'est moi qui rentrerai à la maison. Disposez-vous d'éléments qui pourraient lui délier la langue ?

Il était remonté à bloc et prêt à aller jusqu'au bout. Sa voix trahissait une assurance toute neuve. Même s'il essayait, avec tact, de ne pas le montrer, il vivait le moment le plus exaltant de sa vie.

Je lui donnai tout ce que j'avais, jusqu'aux détails les plus sordides. L'info est le nerf de la guerre et Stephen ne devait pas en perdre une miette. À la fin, je déclarai :

— Il est très attaché à ses sœurs, surtout Carmel, et à ma fille Holly. Il me hait, il haïssait Kevin mais refuse de l'admettre, et il hait son existence. Il est férocement jaloux de tous ceux qui ne détestent pas la leur, comme vous. Et, ainsi que vous l'avez sans doute constaté, il a du tempérament.

— Bien, murmura Stephen, presque pour lui-même. Je pourrai utiliser ça.

Ce gamin me plaisait de plus en plus.

549

— Oui. Vous pourrez. Une dernière chose, Stephen. Jusqu'à ce soir, il croyait qu'il était à deux doigts de s'en sortir. Il pensait pouvoir acheter la boutique de vélos où il travaille, mettre mon père à l'hospice, déménager et commencer enfin une nouvelle vie. Il y a quelques heures, le monde lui appartenait.

Silence. Un instant, je me demandai si Stephen n'avait pas pris cela pour une invitation à faire preuve de compassion. Enfin, il conclut :

— Si je n'arrive pas à le faire parler avec ça, je ne mérite même pas de l'interroger.

— Je partage votre avis. Allez-y, mon petit. Tenez-moi informé.

— Vous vous souvenez...

La réception empira. Je ne perçus plus que des grincements, puis :

— ... ils n'ont que nous...

La communication s'interrompit.

Je baissai ma vitre, fumai une autre sèche. Ici aussi, les façades exhibaient leurs décorations de Noël ; guirlandes sur les portes, une pancarte plantée de guingois dans un jardin : *Père Noël, arrête-toi chez nous.* L'air de la nuit s'était encore refroidi. Je jetai mon mégot, respirai longuement et allai sonner à la porte d'Olivia.

Liv m'ouvrit en pantoufles, démaquillée, prête à aller se coucher.

— J'ai promis à Holly que j'entrerais un instant pour lui souhaiter une bonne nuit.

— Elle dort, Frank. Elle est au lit depuis des lustres.

— Ah...

Je secouai la tête, tentant de m'éclaircir les idées.

— Je suis resté longtemps dehors ?

— Assez pour que je m'étonne que Mme Fitzhugh n'ait pas appelé la Garda. En ce moment, elle voit des individus louches partout.

Elle souriait quand même. De façon ridicule, le fait que ma présence ne l'exaspère pas me réchauffa le cœur.

— Cette bonne femme a toujours été une plaie. Tu te souviens du jour où...

L'expression de Liv me fit battre en retraite.

— Écoute... Je peux entrer quelques minutes ? Avaler une tasse de café avant de reprendre le volant, peut-être avoir une petite conversation à propos de Holly ? Je ne m'attarderai pas.

Je devais avoir l'air sincère, assez, en tout cas, pour balayer ses réticences. Au bout d'un moment, elle ouvrit la porte en grand.

Elle me conduisit dans la véranda. Du givre s'amoncelait au coin des fenêtres, mais la pièce était chauffée et douillette. Liv retourna dans la cuisine pour préparer le café. La lumière était tamisée. J'enlevai la casquette de base-ball de Shay, l'enfouis dans la poche de ma veste. Elle puait le sang.

Liv revint avec le café sur un plateau. Elle avait même pensé à apporter un petit pot de crème. Elle s'installa dans un fauteuil.

— Tu as l'air d'avoir passé un sacré week-end.

Je n'eus pas le courage de tout déballer d'emblée.

— La famille, répondis-je. Et toi ? Comment va Épiderme ?

Elle tourna sa cuillère dans sa tasse. Enfin, elle soupira.

— Je lui ai dit qu'il valait mieux que nous ne nous voyions plus.

— Ah...

Le brusque sursaut de bonheur qui chassa une seconde mes idées noires me prit par surprise.

— Des raisons particulières ?

Élégant petit haussement d'épaules.

— Nous n'étions pas assortis.

— Il était d'accord ?

— Il l'aurait été bientôt, après quelques autres rendez-vous. Je n'ai fait que précipiter l'issue.

— Comme d'habitude...

J'avais parlé sans méchanceté. Elle esquissa un petit sourire.

— Désolé que ça n'ait pas marché, ajoutai-je.

— Bof. Un de perdu... Et toi ? Tu as quelqu'un ?

— Pas pour l'instant. Personne d'important, en tout cas.

Sa rupture avec Épiderme était un vrai cadeau ; modeste, mais précieux. On prend ce qu'on vous offre. Je savais que, si je poussais mon avantage, je risquais de me casser les dents. Je ne pus pas m'en empêcher.

— Un de ces soirs, peut-être, si tu es libre et si nous trouvons une baby-sitter, ça te dirait de dîner dehors ? *La Coterie* n'est pas vraiment ma tasse de thé, mais je pourrais dénicher un endroit plus stylé que le Burger King.

Elle se tourna vers moi, légèrement ébahie.

— De quoi parles-tu ? De... D'un rendez-vous ?

— Euh, oui... Un truc comme ça.

Devant son silence, je poursuivis :

— J'ai bien écouté ce que tu m'as dit l'autre soir

sur les gens qui se déchiraient. Je ne suis pas encore sûr de partager ton avis, mais j'essaie d'agir comme si tu avais raison. Je fais de gros efforts, Olivia.

Elle leva la tête, contempla la lune qui passait devant les fenêtres.

— La première fois que tu as pris Holly pour le week-end, j'ai été terrifiée. Je n'ai pas dormi pendant deux jours. J'étais persuadée que tu allais l'enlever, sauter dans un avion et que je ne vous reverrais jamais.

— Cette idée m'a traversé l'esprit.

— Je sais. Mais tu ne l'as pas fait. Pas à cause de moi, bien sûr. Je ne me fais aucune illusion là-dessus. Mais fuir t'aurait obligé à abandonner ton travail. Et puis cela aurait traumatisé Holly. Et ça, tu ne le voulais à aucun prix. Alors, tu es resté.

— Oui... Depuis, je fais de mon mieux.

J'étais moins convaincu qu'elle d'avoir rendu, en restant, un si grand service à Holly. Elle aurait pu m'aider à tenir un bar sur une plage de Corfou, bronzée et gâtée par les autochtones, au lieu de se retrouver plongée dans la démence de ma famille.

— C'est ce que je voulais dire, l'autre jour, reprit Olivia. On n'est pas obligés de se déchirer parce qu'on s'aime. Toi et moi, nous avons abouti à un désastre parce que nous l'avons bien voulu. Rien n'était écrit.

— Liv, j'ai quelque chose à te dire.

J'avais passé l'essentiel du trajet à essayer de trouver le moyen de lui annoncer les choses en douceur. Je n'avais rien trouvé. Je lui racontai tout de but en blanc. À la fin de mon récit, elle me fixa d'un air effaré, ses mains tremblantes pressées contre sa bouche.

— Dieu du Ciel... Oh, mon Dieu ! Holly !

J'ajoutai, avec toute la conviction dont j'étais capable :

— Ça va aller.

— Toute seule avec... Frank, nous devons... Qu'est-ce que nous...

Il y avait si longtemps qu'elle m'offrait l'image d'une femme parfaite, maîtresse d'elle-même... En cet instant, désemparée, anéantie, décidée à protéger son enfant par tous les moyens, elle me bouleversa. Maîtrisant mon désir de l'enlacer, je me penchai vers elle, emmêlai mes doigts dans les siens.

— Chut, mon ange. Chut. Tout ira bien.

— Est-ce qu'il l'a menacée ? Effrayée ?

— Non, chérie. Il l'a perturbée, déstabilisée, mais je suis persuadé qu'elle ne s'est jamais sentie en danger. Je crois, d'ailleurs, qu'elle ne risquait rien. À sa manière, il tient à elle.

Son esprit fonctionnait à toute allure. Elle était déjà passée à un autre stade.

— Le dossier est-il solide ? Est-ce qu'elle devra témoigner ?

— Je n'en suis pas sûr.

Tous les deux, nous connaissions la liste des « si ». Si le procureur décidait d'engager des poursuites, si Shay ne plaidait pas coupable, si le juge estimait Holly capable de fournir un récit précis des événements...

— Toutefois, si je devais parier, alors oui. Il faudra qu'elle le fasse.

— Seigneur...

— Ça ne durera pas longtemps.

— La question n'est pas là. J'ai vu ce qu'un bon avocat pouvait faire à un témoin. Je l'ai fait moi-même ! Je refuse que Holly vive ce cauchemar.

— Nous n'y pouvons rien. Sauf lui faire confiance. Elle est forte. Elle l'a toujours été.

— Bien sûr. Mais aucun enfant n'est assez fort pour subir ça.

— Elle le sera, parce qu'elle n'aura pas le choix. Et, Liv… Tu le sais déjà, mais tu n'auras pas le droit d'évoquer l'affaire avec elle.

Elle retira vivement sa main, se redressa.

— Elle aura besoin d'en parler, Frank. Il est impossible qu'elle garde cette histoire pour elle. Ce sera trop dur.

— Peut-être. Mais tu ne pourras pas être la personne à qui elle se confiera. Pas plus que moi. Un jury te considérera toujours comme une juriste atta-chée au bureau du procureur. Tu n'es pas objective. Si on te soupçonne de l'avoir influencée, l'affaire tombera à l'eau.

— Je me moque de l'affaire ! À qui d'autre est-elle censée parler ? Tu sais très bien qu'elle ne se confiera jamais à une psychologue. Lorsque nous nous sommes séparés, elle n'a pas desserré les dents devant cette femme… Je ne permettrai pas que cette histoire la traumatise jusqu'à la fin de ses jours. Jamais !

Sa fougue, sa détermination eurent raison de ma résistance.

— J'en suis convaincu. Voilà ce que je te propose : laisse Holly se confier à toi autant qu'elle le voudra.

Mais que personne ne l'apprenne. Pas même moi. D'accord ?

Ses traits se figèrent.

— Je sais que ce n'est pas l'idéal, ajoutai-je.

— Je croyais que tu étais absolument opposé à ce qu'elle ait des secrets.

— Je le suis. Toutefois il est un peu tard pour en faire une priorité. Dès lors, quelle importance ?

Elle rétorqua avec lassitude :

— Je suppose que je dois traduire ça par « je te l'avais bien dit ».

— Non.

J'étais sincère. Elle ne cacha pas sa surprise.

— Pas le moins du monde, poursuivis-je. Cela signifie simplement que, dans ce domaine, nous avons tous les deux échoué et que nous devons nous efforcer de limiter les dégâts. Pour cela, je te fais entièrement confiance. Cette fois, pas d'arrière-pensées. Promis. Je suis ravi que cette gamine ait une mère telle que toi.

Elle ne s'attendait pas à ce compliment. Elle se détourna, changea nerveusement de position dans son fauteuil.

— Tu aurais dû tout me dire en arrivant. Tu m'as laissée la mettre au lit comme si tout était normal !

— Je l'admets. J'ai pensé qu'un peu de paix, ce soir, ne lui ferait pas de mal.

Elle remua encore, de plus en plus fébrile.

— Il faut que j'aille la voir.

— Si elle se réveille, elle nous appellera. Ou elle descendra.

— Peut-être pas. Je n'en ai que pour un moment...

556

Dix secondes plus tard, elle grimpait les marches, aussi silencieuse qu'un chat. J'avais vécu cette scène des dizaines de fois, quand Holly était encore au berceau. Un vagissement dans l'écoute-bébé et elle se précipitait pour vérifier si l'enfant dormait. J'avais beau lui affirmer que notre fille avait du coffre et serait parfaitement capable de se faire entendre, elle voulait en avoir le cœur net. Elle ne redoutait ni la mort subite ni une chute ni un étouffement accidentel. Tout ce qui l'inquiétait, c'était que Holly se réveille en pleine nuit et se croie abandonnée.

— Elle dort à poings fermés, m'informa-t-elle en revenant.

— Parfait.

— Elle semble paisible. Je lui parlerai dans la matinée.

Elle se laissa tomber dans son fauteuil, écarta ses cheveux de ses joues.

— Et toi, Frank, tu vas bien ? Je n'ai même pas songé à te le demander. Mon Dieu, cette nuit a dû être...

— Ça va. Il faut que j'y aille. Merci pour le café. J'en avais besoin.

— Tu es assez éveillé pour conduire ?

— Pas de problème. Je te vois vendredi.

— Appelle Holly, demain. Même si tu estimes que tu ne dois pas lui parler de... de tout ça. Téléphone-lui quand même.

— Bien sûr. J'en avais l'intention.

Je terminai ma tasse et me levai.

— Je suppose, risquai-je, qu'il n'est plus question de ce rendez-vous, à présent.

Elle me scruta un long moment avant de répondre :

— Nous devrons faire très attention à ne pas donner de faux espoirs à Holly.

— Entendu.

— Parce que je ne vois pas où cela pourra nous mener. Pas après... Tout.

— Je sais. J'aimerais simplement essayer.

Elle changea encore de position. La lueur de la lune s'éloigna de son visage, plongeant ses yeux dans l'obscurité. Je ne distinguai plus que la courbe délicate, orgueilleuse, de ses lèvres.

— Ainsi, tu sauras que tu as fait tous les efforts possibles. Mieux vaut tard que jamais, je suppose...

— Non, répliquai-je. Je souhaite réellement avoir un rendez-vous avec toi.

Je devinais son regard, perdu dans l'ombre.

— Moi aussi, murmura-t-elle enfin. Merci de me l'avoir demandé.

Je faillis m'avancer vers elle, m'agenouiller sur le carrelage de marbre, enfouir mon visage dans la douceur de son ventre. Je serrai les dents avec une telle violence que j'en eus mal à la mâchoire, rapportai le plateau dans la cuisine et m'en allai.

Olivia ne bougea pas. Peut-être me dit-elle bonsoir. Je ne m'en souviens plus. En marchant jusqu'à ma voiture, je perçus sa présence derrière moi, sa chaleur, telle une lumière solitaire brillant dans les ténèbres de la véranda. Elle m'accompagna, discrète et tenace, jusque chez moi.

23

Je laissai ma famille livrée à elle-même le temps que Stephen boucle le dossier à charge de Shay, officiellement accusé de deux meurtres, le temps, aussi, que la Haute Cour rejette sa demande de liberté sous caution. Ce bon vieux George me laissa réintégrer mon bureau sans faire le moindre commentaire. Il me confia même une mission impossible impliquant la Lituanie et plusieurs individus intéressants nommés Vytautas, assez complexe pour que j'y travaille cent heures par semaine, ce que je fis. À la brigade, la rumeur prétendait que Scorcher avait déposé une plainte contre moi pour non-respect de la hiérarchie, et que George avait émergé de son semi-coma habituel pour lui opposer une montagne de formulaires tatillons dont il lui faudrait des années pour venir à bout, demandant un supplément d'information en trois exemplaires.

Lorsque j'estimai que l'émotion de ma famille devait s'être un peu apaisée, je me libérai une soirée et regagnai mon appartement assez tôt, vers 22 heures. J'empilai ce qui restait dans le frigo entre deux tranches de pain et le mangeai. Ensuite, je fumai une cigarette en buvant un verre de Jameson sur le balcon, et téléphonai à Jackie.

— Jésus... bredouilla-t-elle, stupéfaite.

Elle était chez elle, avec la télé en arrière-fond.

— C'est Francis, précisa-t-elle à Gavin.

Il émit un murmure indistinct. Le son de la télé s'estompa tandis qu'elle s'éloignait du poste.

— Jésus, répéta-t-elle. Je pensais pas... Comment tu vas ?

— Je me maintiens. Et toi ?

— Tu dois t'en douter.

— Et Ma ?

Soupir.

— Pas fort.

— Mais encore ?

— Elle est morose. Et toujours calme. Ça lui ressemble pas. Je serais soulagée si elle hurlait de temps en temps.

— J'avais peur qu'elle ait une crise cardiaque à cause de nous, répliquai-je sur le ton de la plaisanterie. J'aurais dû savoir qu'elle ne nous ferait pas ce plaisir.

Jackie ne rit pas.

— Carmel m'a raconté, poursuivit-elle, qu'elle est allée là-bas l'autre soir avec Darren. Darren a renversé ce machin de porcelaine... Tu sais, le gosse qui tient des fleurs, sur l'étagère du salon. Il l'a mis en pièces. Il a eu la trouille de sa vie, mais maman n'a pas dit un mot. Elle a ramassé les morceaux avec une balayette et les a balancés à la poubelle.

— Elle se reprendra vite. Elle est costaud. Il en faut plus pour la briser.

— Sûr. Quand même...

— Oui. Quand même...

J'entendis une porte se fermer, le vent résonner

dans le téléphone ; Jackie était sortie pour pouvoir parler en paix.

— Pa, reprit-elle, va pas fort non plus. Il a pas quitté son lit, depuis...

— Qu'il crève entre ses draps.

— C'est pas la question. Maman peut pas se débrouiller toute seule, pas avec lui dans cet état. Je sais pas ce qu'ils vont faire. Je les aide dans la mesure du possible, tout comme Carmel, mais elle a ses mômes et Trevor, et j'ai mon boulot. On est pas assez fortes pour le soulever sans lui faire mal. De toute façon, il refuse que des filles lui fassent prendre son bain et tout le bazar. Shay...

Sa voix se brisa.

— Shay faisait tout ça, dis-je.

— Ouais.

— Tu crois que je devrais aller donner un coup de main ?

Silence stupéfait.

— Je me demande si c'est vraiment le moment, Francis. Je...

— Je peux me pointer là-bas demain, si tu penses que c'est une bonne idée. Je ne me suis pas manifesté parce que j'estimais que j'avais fait plus de mal que de bien, mais si je me trompe...

— Non, tu te trompes pas. Prends pas ça mal. Simplement...

— Je comprends.

— Je leur dirai que tu as demandé de leurs nouvelles.

— D'accord. Et s'il y a du nouveau, fais-le-moi savoir.

— Bien sûr. Merci de ton offre.

— Et Holly ?

— Qu'est-ce que tu veux dire ?

— Est-ce qu'elle sera toujours la bienvenue chez Ma ?

— Tu veux qu'elle le soit ? J'aurais pensé que...

— Je l'ignore, Jackie. Je n'y ai pas encore réfléchi. J'aimerais simplement savoir comment on la considère.

Elle soupira.

— Personne le sait... Pas jusqu'à ce que... les choses soient plus claires.

Jusqu'à ce que Shay ait été jugé et acquitté, ou reconnu coupable et condamné à la prison à vie, tout reposant en partie sur le témoignage de Holly.

— Je ne peux pas me permettre d'attendre plus longtemps, Jackie. Ni que tu me ménages. Nous parlons de ma fille.

Nouveau soupir.

— Pour être honnête avec toi, Francis, si j'étais toi, je la tiendrais éloignée un certain temps. Tout le monde est cassé, à cran. Tôt ou tard, quelqu'un fera une remarque qui la blessera. Sans méchanceté, mais... Laisse tomber pour le moment. Tu crois que ça ira ? Que ce sera pas trop dur pour elle ?

— Je ne peux rien affirmer. Sauf ceci : elle est persuadée que ce qui est arrivé à Shay est de sa faute, du moins que la famille en est convaincue. L'éloigner de Ma, ce qui, crois-moi, ne me pose aucun problème, ne fera que renforcer ce sentiment. Franchement, que la famille la traite en pestiférée, je m'en fous. Mais j'aimerais que tu sois l'exception. Elle est traumatisée, désespérée. Je voudrais qu'elle sache que tu fais toujours partie de sa vie, que tu n'as pas l'intention de l'abandonner, que tu ne la rends pas responsable de la catastrophe qui s'est abattue sur nous tous. Est-ce que ça te pose un problème ?

Elle protesta d'une voix attendrie.

— Ah, la pauvre chérie, comment pourrais-je la blâmer ? Elle était même pas née quand tout a commencé. Embrasse-la bien fort pour moi et dis-lui que j'irai la voir dès que j'aurai un moment de libre.

— Parfait. C'est ce que j'escomptais. Mais tu dois le lui dire toi-même. Pourrais-tu lui téléphoner et lui proposer de l'emmener quelque part, pour lui changer les idées ?

— Bien sûr. Je supporte pas l'idée qu'elle soit malheureuse.

— Jackie...

— Oui ?

J'eus envie de me mordre la langue. Mais la question jaillit d'elle-même.

— Puisqu'on a abordé le sujet... As-tu l'intention de continuer à me voir ? Ou resteras-tu simplement en contact avec Holly ?

Le bref silence qui suivit me parut éloquent.

— Quelle que soit ta décision, je l'accepterai. Je ne veux pas que tu te sentes en porte-à-faux. Toutefois, je préfère en avoir le cœur net.

— Ah, Francis...

Elle reprit brusquement son souffle, comme si elle venait de recevoir un coup.

— Bien sûr que je reprendrai contact. Bien sûr ! Simplement... Il me faudra quand même un peu de temps. Quelques semaines, peut-être, ou... Je vais

563

pas te mentir. Je sais plus où j'en suis. Je sais pas quand je pourrai...

— Pas de problème. Crois-moi, je sais ce que tu ressens.

— Je suis désolée, Francis. Vraiment désolée.

Sa détresse me toucha. Il aurait fallu être un salaud pour l'enfoncer un peu plus.

— Le malheur arrive sans prévenir, ma belle. Tu n'es responsable de rien, pas plus que Holly.

— Si, c'est de ma faute. Si je l'avais pas emmenée chez maman...

— Ou si, moi, je ne l'avais pas accompagnée l'autre jour. Ou si Shay n'avait pas... En tout cas, on en est là. Tu as fait de ton mieux. Remets-toi. Prends ton temps. Appelle-moi quand tu auras récupéré.

— Je le ferai. Promis. Et ne broie pas du noir non plus. Prends soin de toi...

— Toi aussi, petite sœur. À bientôt.

Juste avant qu'elle raccroche, j'entendis de nouveau cette respiration hachée, douloureuse. J'espérai qu'elle allait rentrer et laisser Gavin la prendre dans ses bras, au lieu de rester dehors, pleurant dans le noir.

Quelques jours plus tard, j'achetai dans une grande surface un énorme téléviseur hors de prix. Prévoyant que ce cadeau, aussi impressionnant fut-il, n'empêcherait pas Imelda de m'envoyer un coup de pied dans les parties, je me garai en haut de Hallows Lane et attendis qu'Isabelle, dont j'ignorais où elle passait ses journées, rentre chez elle.

Il faisait de plus en plus froid. Le ciel était gris, chargé de neige. Dans les trous de la chaussée, les flaques avaient gelé. Isabelle descendit Smith's Road à vive allure, tête basse, serrant contre elle son manteau de contrefaçon pour se protéger du vent. Elle ne m'aperçut que lorsque je descendis de voiture et me plantai devant elle.

— Isabelle, c'est ça ?

Elle me jeta un regard méfiant.

— Qui la demande ?

— Je suis l'enfoiré qui a écrabouillé ta télé. Ravi de te connaître.

— Foutez le camp ou je hurle.

Son impulsivité me rappela sa mère ; et le bon vieux temps.

— Range ton Colt, Calamity Jane. Cette fois, je ne suis pas venu créer des ennuis.

— Qu'est-ce que vous voulez ?

— Je t'ai apporté une nouvelle télé. Joyeux Noël.

Sa méfiance s'accentua.

— Pourquoi ?

— Tu as entendu parler du sentiment de culpabilité, non ?

Elle croisa les bras, me scruta avec hargne. Vue de près, elle ressemblait toujours à Imelda, à un détail près : elle avait le menton arrondi des Hearne.

— Votre télé, on n'en veut pas. Merci quand même.

— Toi, peut-être. Mais ta mère, ou tes sœurs ? Pourquoi ne pas le leur demander ?

— Ouais. Comment savoir si cette merde a pas été barbotée il y a deux jours et que, si on la prend, vous viendrez pas nous coffrer cet après-midi ?

— Tu surestimes mes capacités intellectuelles.

Elle ricana.

— Ou vous sous-estimez les miennes. Je suis pas assez débile pour accepter un cadeau d'un flic qui peut pas blairer ma mère.

— Je n'ai rien contre elle. Nous avons seulement eu une petite divergence d'opinion. Elle n'a rien à craindre de moi.

— Tant mieux pour vous. Parce qu'elle a pas peur de vous.

— Parfait. Crois-moi ou non, je l'aime beaucoup. Nous avons grandi ensemble.

— Ah... Alors, pourquoi vous avez démoli sa télé ?

— Qu'en dit-elle ?

— Elle dira rien.

— Alors, moi non plus. Un gentleman ne divulgue jamais les confidences d'une dame.

Elle me toisa avec mépris, pour bien me montrer que mon ton blagueur ne l'impressionnait pas. De toute façon, elle en était à l'âge où tout ce que j'aurais pu faire l'aurait laissée de marbre.

— Vous avez apporté cette camelote pour être sûr qu'elle dira ce qu'il faut au tribunal ? Parce qu'elle a déjà fait sa déposition devant ce jeune flic... comment il s'appelle, déjà... Ginger Pubes.

Une déposition qu'elle pourrait modifier et modifierait sans doute dix fois d'ici le début du procès. Si j'avais vraiment voulu soudoyer Imelda Tierney, je n'aurais pas eu besoin de me ruiner. Deux cartouches de Players bleues auraient suffi. Mieux valait ne pas faire part de cette réflexion à Isabelle.

— Cela n'a rien à voir avec moi. Je n'ai aucun

lien avec cette affaire, ni avec ce jeune flic, et je ne veux rien de ta mère. D'accord ?

— Vous seriez bien le premier. Puisque vous ne voulez rien, je peux m'en aller ?

Rien ne bougeait dans Hallow Lanes. Pas de vieux astiquant leur bagnole, pas de jolies mamans poussant leur landau sur le trottoir ; portes bien closes à cause du froid. Je percevais pourtant des regards derrière les rideaux de dentelle.

— Je peux te poser une question ?

— Si vous y tenez.

— Que fais-tu dans la vie ?

— En quoi ça vous regarde ?

— Je suis curieux. Pourquoi ? C'est un secret défense ?

— Je prends des cours de secrétariat juridique. Ça vous va ?

— Superbe. Bravo.

— Merci. J'ai l'air de me soucier de votre opinion ?

— Ainsi que je te l'ai dit, j'aime beaucoup ta mère. Je suis heureux qu'elle ait une fille dont elle soit fière et qui s'occupe d'elle. Maintenant, faisons-lui plaisir et apportons-lui cette foutue télé.

J'ouvris le coffre. Isabelle s'avança vers l'arrière de la voiture, en gardant ses distances au cas où j'aurais projeté de la kidnapper pour aller la vendre à un réseau de traite des Blanches, et jeta un coup d'œil.

— Pas mal, reconnut-elle.

— Le summum de la technologie moderne. Veux-tu que je l'apporte moi-même jusque chez toi, ou préfères-tu demander à un copain de te prêter main-forte ?

— On n'en veut pas. Faut vous le dire en quelle langue ?

— Écoute. Ce truc m'a coûté bonbon. Il n'a pas été volé, il n'y a pas d'anthrax dessus et le gouvernement ne pourra pas vous espionner à travers l'écran. Où est le problème ?

Elle me jaugea longuement, avec dégoût.

— Vous avez donné votre frère.

Nous y étions. Comment avais-je pu être assez naïf pour croire que cela resterait secret ? Même si Shay s'était tu, tout le monde avait deviné ; sans compter les allusions perfides que Scorcher avait certainement distillées lors des interrogatoires suivant l'arrestation. Et le téléphone arabe avait fonctionné. Les Tierney auraient volontiers reçu une télé tombée du camion ou offerte par Deco, leur gentil voisin dealer, en échange d'un service quelconque. D'un homme comme moi, ils n'accepteraient jamais rien. J'aurais eu beau plaider ma cause devant Isabelle ou tous les habitants des Liberties, cela n'aurait rien changé. Si j'avais envoyé Shay aux urgences ou même au cimetière, j'aurais eu droit à des hochements de tête approbateurs et à des tapes dans le dos. Mais aucun crime ne valait qu'on moucharde son propre frère.

Isabelle examina rapidement les alentours, s'assurant que ceux qui nous épiaient pourraient l'entendre ou venir à son secours, avant de clamer :

— Reprenez votre télé et carrez-vous-la dans le cul !

Elle recula d'un bond, au cas où je me serais jeté

sur elle. Elle me fit un doigt d'honneur pour être sûre que personne ne manquerait le message, pivota sur ses talons aiguilles et, dignement, marcha jusqu'à son perron. Elle s'arrêta un instant pour chercher ses clés, au milieu des façades de brique, des rideaux de dentelle et des espions tapis dans l'ombre, puis claqua la porte derrière elle.

Il commença à neiger ce soir-là. J'avais laissé le téléviseur en haut de Hallows Lane pour que le prochain client de Deco le vole, et ramené ma voiture chez moi avant de repartir à pied, au hasard. Les flocons descendaient mollement. Ils ne tenaient pas, ou si peu, mais ils tombent si rarement à Dublin que c'était la fête. Devant Jame's Hospital, des étudiants hilares se livraient à une bataille de boules de neige, sans se soucier des embouteillages ni des cols blancs moroses et pressés qu'ils bombardaient à plaisir avant de se réfugier, le nez rouge, derrière des badauds innocents. Des amoureux enlacés renversaient la tête vers le ciel pour se rassasier de cette neige qui tournoyait lentement. Des ivrognes sortant des pubs titubaient avec des précautions de Sioux, pour ne pas se casser la gueule.

La nuit était bien avancée lorsque j'aboutis à Faithful Place. Dans les maisons, tout était éteint, hormis une étoile de Bethléem qui clignotait contre la fenêtre de Sallie Hearne. Planté là où j'avais attendu Rosie, j'admirai les flocons que le vent faisait tourbillonner avec grâce sous le faisceau jaune du réverbère. Paisible, douillette, rêvant de grelots et de chocolat chaud, la rue évoquait une carte de Noël. Pas un bruit, sauf le chuintement de la neige projetée contre les façades et, dans le lointain, une cloche d'église sonnant la demie.

Une lumière discrète s'alluma au numéro 3. Un rideau s'écarta sur Matt Daly, en pyjama, silhouette sombre contre la faible lueur d'une lampe de chevet. Il posa les mains sur le rebord de la fenêtre, observa longtemps la neige sur les pavés. Enfin, ses épaules se soulevèrent et s'abaissèrent, comme s'il soupirait profondément. Il tira les rideaux. Quelques instants plus tard, la lampe s'éteignit.

Même si personne ne pouvait me voir, je ne me sentis pas le courage d'arpenter la rue. Je franchis le mur du fond et sautai dans le jardin du 16. Les cailloux et les herbes gelées craquèrent sous mes pieds, là où Kevin était mort. Au 8, les fenêtres de Shay étaient sombres et nues. Personne n'avait pris la peine de tirer ses rideaux.

Face à moi, la porte de derrière, grande ouverte dans les ténèbres, battait et grinçait à chaque coup de vent. Je restai immobile sur le seuil, dans l'air glacé, fixant la lumière bleutée qui nimbait l'escalier. Si j'avais cru aux fantômes, j'aurais guetté leur présence, leur haleine, un signe d'eux. Mais il n'y avait rien. Aucun endroit ne m'avait jamais paru aussi vide, aussi désolé. Quoi que je sois venu chercher, la fin d'une histoire ou, plus prosaïquement, une preuve ultime, ainsi que l'aurait sans doute suggéré ce cher Scorcher, je ne l'aurais pas trouvé. Balayant mon épaule, une brassée de neige s'engouffra dans le couloir et s'abattit sur le plancher, y demeura un instant avant de disparaître.

Je songeai à emporter quelque chose ou à laisser un objet sur place, simplement par amour. Je n'avais rien sur moi d'assez précieux et il n'y avait rien que j'aurais désiré prendre. Je dénichai un paquet de chips vide, le froissai et m'en servis pour coincer la porte après l'avoir fermée. Puis je sautai de nouveau le mur et repris mon errance.

J'avais seize ans lorsque, dans la grande pièce du haut, je touchai Rosie pour la première fois. C'était en été, un vendredi soir. Nous étions toute une bande, armés de deux grandes bouteilles de cidre bon marché, de vingt SuperKing light et d'un paquet de bonbons à la fraise. Des gosses. Zippy Hearne, Des Nolan, Ger Brophy et moi passions nos vacances à travailler sur des chantiers de construction. Nous étions bronzés, musclés ; et riches. Fiers de nous considérer enfin comme des hommes, on riait trop fort, racontant aux filles, pour les bluffer, nos histoires de boulot. Bien sûr, on en rajoutait. Les nanas en question étaient Mandy Cullen, Imelda Tierney, Julie, la sœur de Des, et Rosie.

Depuis des mois, elle me hantait. La nuit, dans mon lit, j'étais persuadé qu'elle m'attirait, par-delà les pavés et les façades de brique, jusque dans ses rêves. Me retrouver si près d'elle m'empêchait presque de respirer. Nous étions assis contre le mur et l'une de mes jambes effleurait la sienne. Je n'avais pas besoin de la regarder. Je devinais chacun de ses mouvements, frissonnant quand elle rejetait ses cheveux derrière son oreille ou changeait légèrement de position contre le mur pour que le soleil inonde son visage. Lorsque j'osai enfin regarder, j'en restai béat. Stupide.

Avachi sur le plancher, Ger racontait comment il avait rattrapé d'une main une poutrelle de fer qui, sans lui, aurait dévalé trois étages et écrasé la tête d'un ouvrier. Nous étions à moitié ivres, à cause du cidre, de la nicotine, et du désir. Nous nous connaissions depuis le berceau. Pourtant, cet été-là, tout avait brusquement changé. Julie avait fardé ses joues potelées, Rosie arborait un nouveau pendentif qui étincelait au soleil, la voix de Zippy avait enfin mué et nous nous étions tous aspergés de déodorant.

— Le type me serre dans ses bras et sanglote : « Mon pote, sans toi, je serais mort. »

— Ça pue la couillonnade à plein nez ! lança Imelda.

— Faut dire que tu t'y connais en couilles, répliqua Zippy avec un sourire enjôleur.

— Tu peux toujours rêver, puceau.

— C'est pas une couillonnade, objectai-je. J'étais là et j'ai tout vu. Je vous le garantis, les filles. Ce gars-là est un vrai héros.

— Héros, mon cul ! gloussa Julie en donnant un coup de coude à Mandy. Regarde-le. Il serait pas capable d'attraper un ballon. Alors, une poutrelle...

Ger gonfla un biceps.

— Viens voir ici et répète ça.

— Pas mal, admit Imelda en levant un sourcil et en tapotant sa clope au-dessus d'une canette vide. Maintenant, montre-nous tes pecs.

— Cochonne ! piailla Mandy.

— Cochonne toi-même rétorqua Rosie. Les pecs, c'est la poitrine ; les pectoraux. Tu croyais quoi ?

— Où t'as appris des mots pareils ? ricana Des. Jamais entendu parler de ces pecs à la con.

— Chez les bonnes sœurs, railla Rosie. Elles nous ont montré des photos et tout. En sciences nat.

Des en resta baba. Il se ressaisit, lui envoya un bonbon. Elle l'attrapa au vol, le fourra dans sa bouche et le nargua en riant. J'eus envie de casser la gueule de Des. Mais sous quel prétexte ?

Imelda décocha à Ger un petit sourire de chatte.

— Alors, on les voit, oui ou non ?

— Chiche ?

— Ouais. Allez !

Il nous fit un clin d'œil. Il se leva, roula des yeux en direction des filles et, langoureusement, remonta son T-shirt au-dessus du nombril. Les garçons crièrent « Hourra ! », les filles applaudirent. Il souleva son T-shirt jusqu'au cou, l'enleva, le leur lança et prit la pose de Monsieur Muscles.

Les filles riaient trop pour continuer à battre des mains. Tête contre tête, elles se tenaient les côtes. Imelda essuyait ses larmes.

— T'es un vrai *sex-symbol*, toi...

— Nom de Dieu, je crois que je vais faire pipi dans ma culotte, hoqueta Rosie.

— C'est pas des pecs ! couina Mandy. C'est des nénés !

— Ils sont super, protesta Ger, vexé, abandonnant sa pose et examinant ses pectoraux. Ce sont pas des nibards. Hein, les mecs, que ce sont pas des nibards ?

— Ils sont grandioses, lui dis-je. Amène-les-moi et je prendrai des mesures pour te payer un beau soutif.

— Va te faire voir, toi.

— C'est pour quand, la montée de lait ? demanda Julie.

— Rendez-moi ça, coupa Ger, agitant la main

vers Mandy pour réclamer le vêtement. Puisqu'ils vous plaisent pas, vous les verrez plus.

Mandy fit valser le T-shirt autour d'un doigt.

— Et si je le gardais en souvenir ?

— Il pue ! déclara Imelda en l'écartant de sa figure. Fais gaffe. Tu pourrais tomber enceinte rien qu'en le palpant.

Mandy poussa un cri strident et lança le T-shirt à Julie, qui l'attrapa en hurlant encore plus. Ger tenta de l'intercepter, mais Julie le planqua sous son bras et bondit.

— Melda, attrape !

Imelda le saisit d'une main en se levant, se dégagea prestement lorsque Zippy enveloppa sa taille et sortit en courant, brandissant le T-shirt comme une bannière. Ger se lança à sa poursuite. Des le suivit. Passant devant moi, il tendit la main pour me relever. Mais Rosie riait toujours, adossée au mur, et je ne bougerais pas jusqu'à ce qu'elle le fasse. Julie tira sur sa jupe moulante en sautillant vers la sortie, Mandy jeta un regard complice à Rosie tout en appelant les autres.

— Attendez-moi !

Tout à coup, nous nous sommes retrouvés seuls, Rosie et moi, dans la pièce déserte, nous souriant au milieu des bonbons répandus par terre, des bouteilles de cidre presque vides et des volutes des cigarettes délaissées.

Mon cœur battait à tout rompre. Quand avions-nous été seuls, tous les deux ? Pour ne pas lui donner l'impression que je cherchais à profiter de la situation, je bredouillai :

— On leur court après ?

— Je suis très bien ici. À moins que tu veuilles…

— Oh, non. Je peux survivre sans le T-shirt de Ger Brophy.

— Il aura de la chance s'il le récupère. Entier, en tout cas.

— Il en mourra pas. Il pourra exhiber ses pectoraux dans la rue.

Je désignai les bouteilles de cidre. Il restait un fond dans chacune d'elles.

— Un dernier coup ?

Elle avança la main. J'y plaçai une bouteille en effleurant ses doigts, ramassai l'autre.

— Santé.

— *Sláinte.*

Le soir tombait. Le ciel était d'un bleu clair apaisant, la lumière qui s'engouffrait par les fenêtres ouvertes avait des reflets dorés. Tout autour de nous, la rue bruissait comme une ruche. Dans la maison voisine, Johnny Malone le Barjo chantait pour lui-même, d'une joyeuse voix de baryton. En bas, Mandy poussa une exclamation ravie, suivie d'une explosion de rires. Au sous-sol, Shay et ses potes trinquaient bruyamment. Dans la rue, deux des moutards de Sallie Hearne apprenaient ensemble à faire du vélo sur une bécane volée.

— Non, abruti ! Tu dois rouler vite pour pas tomber ! Si tu renverses des trucs, tu t'en fous !

Un homme sifflait en rentrant du boulot, heureux d'avoir terminé sa journée. Une odeur de *fish and chips* se faufilait par les fenêtres. Un merle s'égosillait sur un toit, des femmes échangeaient les potins du jour en décrochant leur linge dans leur jardin. Je reconnaissais chaque voix, chaque claquement de porte.

Rosie me tira de mon hébétude.

— Dis-moi, c'est quoi, cette histoire de Ger et de la poutrelle ? Il s'est passé quoi, exactement ?

Je m'esclaffai.

— Je dirai rien.

— De toute façon, c'était pas moi qu'il cherchait à impressionner. C'était Julie et Mandy. Et je le cafarderai pas.

— Juré ?

Avec un sourire radieux, elle posa un doigt au milieu de sa poitrine, sur la peau blanche et douce que laissait entrevoir l'échancrure de son chemisier.

— Il a vraiment rattrapé une poutrelle qui tombait. S'il l'avait pas fait, Paddy Fearon ne marcherait pas droit ce soir.

— Mais...

— Mais elle est tombée d'une pile dans la cour, et Ger l'a rattrapée juste avant qu'elle écrabouille l'orteil de Paddy.

Elle éclata de rire.

— Il changera jamais ! Quand on avait huit ou neuf ans, il nous a fait croire qu'il était diabétique et que si on lui donnait pas nos biscuits à la récré, il mourrait aussi sec.

En bas, Julie beugla sans conviction :

— Lâche-moi !

— Aujourd'hui, précisai-je, il veut plus que des biscuits.

Rosie leva la bouteille.

— Il a bien raison.

— Pourquoi il cherche pas à t'en mettre plein la vue, comme les autres ?

Elle eut un geste indifférent.

— Peut-être parce qu'il sait que je m'en tape.

— Ah bon ? Je croyais que toutes les gonzesses en pinçaient pour lui.

— Pas moi. Les blonds grassouillets, c'est pas mon genre.

Mon cœur s'emballa. J'envoyai des ondes à Ger pour qu'il continue à draguer Jackie et nous laisse tranquilles ; pas une heure ou deux, mais jusqu'à la fin du monde.

— Ce collier te va à ravir, murmurai-je.

— Je viens juste de l'acheter. Regarde.

Elle reposa la bouteille, replia ses pieds sous elle et se dressa sur les genoux, tirant le pendentif vers moi. Je m'agenouillai sur le plancher strié de soleil, face à elle, plus près que nous ne l'avions été depuis des années.

Le pendentif était un oiseau argenté aux ailes déployées et aux minuscules plumes de coquillage. Lorsque je penchai la tête vers lui, il tremblait. J'avais déjà baratiné des nanas, et je savais m'y prendre. Là, pourtant, j'aurais vendu mon âme pour une remarque futée. Au lieu de ça, je bafouillai comme un con :

— C'est joli.

Je m'emparai délicatement du pendentif et mes doigts touchèrent ceux de Rosie.

Nous nous sommes figés tous les deux. J'étais si proche d'elle que je voyais cette peau blanche et douce à la base de sa gorge, qui battait au rythme de mon cœur. Je mourais d'envie d'y ensevelir mon visage, de la mordre. Et je savais que je mourrais sur

577

place si je ne le faisais pas. Je respirais ses cheveux légers, leur parfum de citron, ensorcelant.

Enfin, je trouvai la force de lever les yeux, de les plonger dans les siens. Ils étaient énormes ; un lac vert autour du noir de la pupille. Ses lèvres s'entrouvrirent, comme si je venais de la réveiller en sursaut. Elle lâcha le pendentif. Ni elle ni moi ne pouvions bouger, ni l'un ni l'autre ne respirait.

Quelque part, des sonnettes de vélos tintaient. Des filles riaient et Johnny le Barjo chantait : « Je t'aime à la folie, aujourd'hui bien plus que demain... » Soudain, tous les sons se diluèrent dans l'éclat glorieux du crépuscule.

— Rosie, chuchotai-je. Rosie.

J'ouvris les mains. Elle y plaqua ses paumes brûlantes. Lorsque nos doigts se mêlèrent et que je l'attirai vers moi, j'eus du mal à comprendre ce qui m'arrivait, à croire à ma chance, à ce bonheur qui me foudroyait.

Toute la nuit, après avoir abandonné le numéro 16 à sa décrépitude, je partis à la recherche des parties de ma ville qui avaient résisté au temps. J'explorai des rues dont le nom remontait au Moyen Âge : Copper Alley, Fishamble Street, Blackpitts où l'on enterrait jadis les victimes de la peste. Je cherchai des pavés lissés par l'usure, des rampes de fer affinées par la rouille, caressai les pierres froides de Trinity College, témoins de neuf siècles d'histoire. Je ne prêtai aucune attention aux enseignes criardes et aux nouveaux immeubles mal construits qui pourriraient bientôt, comme des fruits vermoulus. Ils ne sont rien. Ils n'existent pas. Dans cent ans, ils auront disparu. Ils auront été remplacés, oubliés. Telle est la vérité des ruines. L'arrogance qu'elles étalaient jadis n'est que du vent. Ce qui durera, ce qui subsistera, c'est ce que la violence et les guerres n'auront pas pu détruire. C'est cette architecture délicate qui, plus solide que le roc, est éternelle, à l'image des colonnes et des balustrades surplombant, sur Grafton Street, les *fast-foods* et les magasins futiles, éphémères. Depuis Ha'penny Bridge où les gens payaient autre-fois un demi-penny pour traverser la Liffey, je contemplai les lumières plongeant, sous la neige, dans les eaux noires du fleuve, et priai Dieu pour que d'une façon ou d'une autre, avant qu'il ne soit trop tard, chacun d'entre nous retrouve le chemin de son foyer.

Note de l'auteur

Faithful Place a bien existé. Elle se trouvait non dans le quartier des Liberties, au sud, mais sur l'autre rive de la Liffey, au nord, dans le dédale des rues aux prostituées de Monto. Et elle avait disparu bien avant l'époque des événements relatés dans ce livre. Chaque coin des Liberties porte la trace de plusieurs siècles d'histoire. Je n'ai pas voulu minimiser tout cela en centrant mon récit sur un lieu précis, ni faire fi des faits réels et des véritables habitants pour mettre en avant mon intrigue et ses protagonistes. J'ai donc préféré jouer de manière désinvolte avec la géographie dublinoise : Faithful Place ressuscitée a traversé le fleuve et j'ai inséré ce roman dans une période qu'elle n'a pas connue.

Comme toujours, les éventuelles inexactitudes, délibérées ou non, sont de mon fait uniquement.

Remerciements

Mes remerciements les plus vifs vont toujours aux mêmes personnes, ainsi qu'à quelques autres : au formidable Darley Anderson et à son équipe, en particulier Zoë, Maddie, Kasia, Rosanna et Caroline, de très loin les meilleurs agents qu'un auteur puisse rêver ; Ciara Considine chez Hachette Livre Irlande, Sue Fletcher chez Hodder & Stoughton et Kendra Harpster chez Viking, trois éditrices qui régulièrement me coupent le souffle par leur passion, leur compétence et leur immense sagesse ; Breda Purdue, Ruth Shern, Ciara Doorley, Peter McNuly et tout le monde chez Hachette Livre Irlande ; Swati Gamble, Katie Davidson et tous les collaborateurs de Hodder & Stoughton ; Clare Ferraro, Ben Petrone, Kate Lloyd et les équipes de Viking ; Rachel Burd, pour la finesse de ses corrections ; Pete St John, pour ses magnifiques chansons d'amour dublinoises et la générosité avec laquelle il m'a permis de les citer ; Adrienne Murphy, pour son souvenir du McGonagle's, même à travers la brume ; le Dr Fearghas Ó Cochláin pour les questions médicales ; David Walsh, pour avoir répondu à mes interrogations sur les procédures de police et partagé ses idées sur l'univers des enquêteurs ; Louise Lowe, pour avoir imaginé pour cette pièce de théâtre un aussi joli titre et trouvé une distribution épatante ; Ann-Marie Hardiman, Oonagh Montague, Catherine Farrell, Dee Roycroft, Vincenzo Latronico, Mary Kelly, Helena Burling, Stewart Roche, Cheryl Steckel et Fidelma Keogh, pour leurs inestimables chaleur, amour et soutien ; David Ryan, braccae aperientur tuae *; mon frère et ma belle-sœur, Alex French et Susan Collins, et mes parents, Elena Hvostoff-Lombardi et David French, pour toutes les raisons que je n'ai pas la place d'énumérer, et, le dernier mais non le moindre, mon mari, Anthony Breatnach.*

Composition et mise en pages réalisées
par Text'oh! - 39100 Dole

Achevé d'imprimer par N.I.I.A.G.
en octobre 2011
pour le compte de France Loisirs, Paris

N° d'éditeur : 65914
Dépôt légal : septembre 2011

Imprimé en Italie